琉璃时代

崔曼莉

著

人民文学出版社

图书在版编目（CIP）数据

琉璃时代/崔曼莉著. —北京：人民文学出版社，2022
ISBN 978-7-02-016083-9

Ⅰ.①琉… Ⅱ.①崔… Ⅲ.①长篇小说—中国—当代 Ⅳ.①I247.5

中国版本图书馆 CIP 数据核字（2020）第 024078 号

责任编辑　赵　萍　王昌改
装帧设计　陶　雷
责任印制　任　祎

出版发行　人民文学出版社
社　　址　北京市朝内大街 166 号
邮政编码　100705

印　　刷　三河市鑫金马印装有限公司
经　　销　全国新华书店等

字　　数　438 千字
开　　本　890 毫米×1290 毫米　1/32
印　　张　16.625　插页 3
印　　数　1—5000
版　　次　2022 年 1 月北京第 1 版
印　　次　2022 年 1 月第 1 次印刷

书　　号　978-7-02-016083-9
定　　价　68.00 元

如有印装质量问题，请与本社图书销售中心调换。电话：010-65233595

新版序
我的小说与我

二○一○年的春天,我正在休整。八年不间断地写作,一部中短篇小说集与两部长篇小说(《琉璃时代》《浮沉》)消耗了大量的心力,我第一次感觉到累。

本来计划休整结束后,我兵分两路,一是继《琉璃时代》之后完成另一部民国长篇,同时,静候着《浮沉》第三部的到来。

我清楚记得构思好《浮沉》第二部的大致内容后,我一直没有动笔。当时出版社与读者们都催得急,我也不便解释。有一天,我从上海乘火车回南京,当时是下午,车厢内光线明亮,车身轻轻摇晃着,很是舒服。也不知为什么,突然有一小段时间,光线暗了下来,不仅是窗外,窗内的也变得昏暗朦胧。一瞬间,我的心悸动起来,既幸福又带着微微的疼痛。我坐在座位上,略微缩起身体,尽量减弱冲击。小说中的人物、情感、命运扑面而来。我知道我可以动笔了。

我的每一部小说,都是我一见钟情的爱人。我不知道如何解释这种相遇,总之除了构思与写作,这种相遇是我小说的生命之源。我从不认为小说是死的,我认为它们是活的,不仅活而且活活泼泼,充满了能量。

它们引领着我,给予我小说创作中所有的需要,而我则通过文字,一点一点将它们呈于人世间。

如果没有这种感觉,我宁愿不动笔。

就在那个春天的一个傍晚,我去超市买东西,父亲来电话,让我回南京。他说小舅走了。我莫名其妙地一阵愤怒,质问他什么叫走了。

父亲说,母亲和舅舅们一起去踏青,在高速公路上出了车祸,小舅走了,大舅在抢救,母亲正被救护车送往南京。他让我赶紧买票回家。

记得那一晚我反复给父亲打电话,我怀疑母亲已经不在了,他怕我扛不住,所以欺骗我。我不停地告诉他我可以的,我能行,直到我听到急救医生说,母亲还活着,这才稍稍安心。

事隔十年,我到现在依然感觉如在梦中,似乎有人拍下我的肩膀,我就能醒过来。那场车祸没有发生,小舅还活着,生龙活虎地与我聊天。大舅更活着,已经搬到北京画画,如他当初所说,为人父为人夫的责任都完成了,作为艺术家,他要把人生最后的时间都献给艺术,当一个文艺老青年。

小舅是我的故事会,我们俩坐下来东南西北,比着说故事。大舅是艺术会,东说西说,总离不开书画。我出生时,他们都没有成家。我像一个小尾巴,在外婆家跟着他们玩耍。大家坐在一起,总有说不完的话,不仅说不完,还要比着说,比谁说得更有趣,谁说得更精彩。他们心里有忧愁,但从不表现,我则无忧无虑,笑得从板凳摔进桌肚里。

人生很多底色,就在那样的聊天中渐渐建立了。而外公与大舅的争论,永远是聊天里不可少的内容:什么是如锥画沙?什么是入木三分?碑学与帖学、二王与钟繇、用笔与结体、继承与创新……

中国艺术的千古之争,父子俩论起来没完没了,我和小舅互相挤眼睛,趁机多喝茶、吃点心。

后来两个舅舅各自成家,相聚少了。再后来我离开家乡来了北京。外公外婆高寿去世后,大舅常自嘲,说父母走了,他是面对死亡的第一梯队。大家听了哈哈乐,说我们是长寿家族,他这个队要排很多年的。

我们在有常里过得太久了。日日生活、年节聚会,老人们老到不能再老了,就离开人世。我们忘记了世事无常,人生的伤心之外,还有不可测。

一夜不曾合眼,我飞回南京。下飞机打给父亲,父亲的第一句是大舅走了。

我在赶往医院的路上充满愤怒,我不像去照顾母亲,倒像去打仗,要在死神带走两位舅舅之后,为抢夺母亲而战。

车窗外江南春色翠绿娇艳,我的心沉入一片白色茫茫。我的眼睛和心灵产生了分离,我陷入漫长的噩梦,并且再也没有能力醒过来。

夏天之后我回到北京,精疲力尽。

此后秋天、冬天、春天。我不断接到母亲、舅母们的电话,话说来说去,如同她们的悲伤一样,怎么说也说不完。

第二年春天,南方暴雨,母亲于深夜给我发了一条信息,她说她开始写字了,家里的书画不要断了。

不要断了。

外公与大舅对我的教育纷纷回到眼前。我虽然走了一条文学之路,但艺术启蒙与熏陶是我的文学基础。我有一支笔,没有写字画画,却可写小说。我要把那些争论写进小说,写成小说。这不是他们的故事,也不是我的故事,而是一个不要断了的故事。

我把宣纸铺在地上,写下巨大的两个字"风舞"。

从这两个字开始,我重读中国古代书论与画论,重新拿笔恢复书画训练。这不是为了疗伤,更不是为了写外公与大舅的命运,而是为"不要断了"。

"不要断了"是多么重要的事情。艺术也罢文学也罢,文明最基本和最重要的事,从来都是"不要断了"。

梁启超说,知识分子研究学问,既要精微又要博杂,更要用平实的语言将这些知识传播给大众。

如果这个语言是一个故事、一本小说呢?

"不要断了"是一代又一代人努力的结果。这其中有大师与学子们的薪火传递,有大学的建设与教育,还有很多家长们带着孩子奔波在少年宫、培训班、书画展……而在江南的某些年的某些时刻,是父子俩对坐桌前,不停地探讨与实践。当这一切变成激情与爱,潮水一般向我涌来,我的努力,则是以我之笔写下一部小说。

此后九年,我不停地对书画进行学习、研究与实践,同时一遍又一遍创作并修改小说开头、小说语言、小说结构、小说的一切又一切。

很多人问我,你还写《浮沉》三吗?

还有人问我,你还写作吗?

我张了张嘴,不知从何答起,只说,在写。不要断了,不能断了。

我有责任,更有发自心底的爱意与执着。

感谢人民文学出版社再版我的《浮沉》一、二部,《琉璃时代》与《卡卡的信仰》,这对我是莫大的鼓励。同时以这篇小文作为再版自序,说说我的这些年。没有写完的小说我一定会写完,而完成的作品不论好坏,在当时我都尽力了。

现在再看它们,缺点有的,遗憾有的,但是,没有后悔。

大概这就是青春吧。

崔曼莉
2021 年春

有些人永远掌握自己的命运，不交与他人，甚至一个时代！

第 一 章

初秋时节，一条船沿江而上，正驶向古都南京。一个身穿长衫头戴礼帽的年轻男人，站在一群人身边，似乎在眺望景色，又似乎在听人们谈话。

"洋人就是莫名其妙，把动物放在一起还要展览，叫什么动物园，要是把人放在一起，岂不是要叫人园？"一位老先生愤愤不平地道。周围的人哄笑起来，有人问："老先生，你不喜欢洋人，也去看南洋劝业会？"[1]"去！"老先生一抖胡须，倔强地道："我是遵照太后老佛爷的遗命，既然她要办这个会，一定错不了！"

周围人有的点头叫好，有的摇头讪笑。不多时已是傍晚，众人陆续回船舱用饭，年轻男人还站在甲板上，望着逐渐转暗的江面出神。天完全黑了下来，他慢慢地转过身，刚欲迈步，只见寒光一闪，一个男人举刀刺了过来，他侧身一躲，从袖中飞出一柄飞刀，直插男人胸膛，他再顺势一个倒地，又一柄刀从袖中飞出，直射甲板另一侧的暗处。只听一声惨叫，扑通一声，一个人栽倒在地。年轻男人翻身站起，先提起一人，大踏步走到另一侧，再提起另外一个。这两具尸体加起来少说也有两百斤，他就像提着两个轻飘飘的布口袋，几步来到船边，向上一举、向前一掷，两具尸体居然飞出十几米远，在空中划出两条弧线，砰的一声，落入江中，转瞬不见了。

"一百九十五、一百九十六。"年轻人默记了一下。这个数字并不准确，只能勉强统计被他杀死的人。在数到一百人的时候，他曾告诉过方先生，方先生把手放在他的肩膀上，道："我代表四万万同胞谢谢你。"

方先生的话总是接近于真理，在真理面前，他从不怀疑。但是他不喜欢杀人，杀人让他不舒服。此次离开广东，"尾巴"就层出不穷，不知道消息怎么走漏了。他们大概以为他是去上海筹办起义资金。其实他只是去南京，执行方先生的私人任务。

他在黑暗中默默伫立，直到一轮明月升上天空，他这才转身回到船舱。船又行了一夜一天，方到南京港。此时正是清晨，年轻人怕仍有人跟踪，便打定主意去劝业会逛一逛。一来消磨白天时光，二来看看这个劝业会，到底有什么神奇。他随着众人出了港，来到市内火车站。车站铺着青瓷砖片，两边放着一排排木椅，人来客往，调制有度。年轻人暗暗称奇，早就听说原两江总督张之洞，把江南一带建设颇佳，一个小小的车站，也修整得这般精致。他略等了一会儿，上了小火车。火车内也是干干净净，有人卖票有人查票，次序井然。年轻人打量着窗外的景色，只见两边的马路极为宽阔，铺着一层细细的煤渣。路上的马车、人力车、行人来来往往，一派宁静。年轻人虽走南闯北，又随方先生在日本住过半年，但还是第一次来到江南。他十分喜欢这里的气氛，不禁大为可惜，凤仪若一直生活在此有多好，也省得离乡背井，前往上海邵先生家中寄居。

正思量着，火车停了，有报站的喊："丁家桥、劝业会到了啊！"众人轰轰下了车，年轻人跟在后面，走出小站台，朝北行不多远，只见一座排楼闪闪发亮。有识字的念了出来："南洋劝业会！"又有人连声问："这是什么东西做的？"有人答："这是灯泡！"话音未落，有人喊道："娘的，比女人屁股还圆!"众人一阵哄笑,不少女客纷纷低下头。有人觉得不雅,骂道:"这是什么话,简直是有辱斯文!"

众人吵着嚷着、推着搡着,刚进大门,便走不动了。只见一条水柱从人群后冲天而起,每冲起一下,众人呐喊一声。有人急问:"这是啥?"有人道:"这叫喷泉!是西洋玩意!"众人迭声称奇。年轻人挤在当中,走走停停,约小半个时辰,才进了劝业会会场。他放眼望去,不禁暗暗稀奇,难怪这么多人慕名而来,莫说全中国,就连日本,也没有这么气派的地方。

他看着路边的指示牌,上写着法国馆、英国馆,大清国境内的,又有天津玻璃馆、安徽四宝馆、云南草药馆等。年轻人虽无多少文化,但对中草药倒颇有研究。他径直寻到草药馆,逛了两个多时辰,直到肚子饥饿,这才走出展馆。

此时已是中午,只见街道两旁有各色的旅店、饭店,还有洋人的动物园、游艺场、照相馆等。年轻人选了家包子店,吃罢江南汤包,闲闲地坐了一会儿,见四下无人跟踪,这才确定尾巴都干净了。他懒懒地出了饭店,随路前行,忽见前方一座展馆,有两层楼高,屋顶角檐之上,相间铺着透明玻璃,在阳光下刺人眼球。他眯眼一看,原来是天津玻璃馆,不由大为好奇,这玻璃何时成了中华物产?

年轻人走进展馆,见各色玻璃制品一一陈列着,有平板玻璃、花纹玻璃,还有灯罩、器皿等等。一眼望去琳琅满目,加上玻璃本身的特点,整个馆中清透明亮,令人神爽。

他走着走着,忽见一个小男孩,正呆呆地望着一块玻璃出神。他身穿黑色马褂,头戴一顶瓜皮小帽,五官清秀,双目灵动,看着碗的样子,似乎是想伸手去摸,又唯恐闯祸,便这么忍着。

年轻人见他的神情煞是可爱,心道江南真是人杰地灵,一个男孩也生得这般漂亮。

他出得展馆,又乱逛了一气。傍晚时分,来到一个小站台前,一个男人拿着喇叭正在喊票:"快来啊,快来啊,八百里劝业会场火车巡游,一个铜钱一张票啊!"年轻人觉得有趣,便买了张票,他刚欲上车,转头又看到了那个小男孩。他双手反背,眉头微蹙,正打量着这列花花绿绿的火车。年轻人不禁莞尔,走上前道:"小兄弟,你在看车?"

小男孩点点头,又摇摇头。

年轻人忽地童心大起:"你想坐车?"

小男孩摇摇头,又点点头。

"我带你坐,好不好?"

小男孩看了他一眼,退后了一步。年轻人见他小小年纪,却防范森严,不由乐道:"你是谁家的孩子,你家大人呢?"

小男孩又往后退了一步。年轻人上前一步,刚想说"莫害怕,我不是坏人",小男孩却掉头快跑起来,年轻人喊道:"你慢慢跑。"小男孩听了这话,回过头,扮了个鬼脸,转过弯便不见了。年轻人哑然失笑,转身上了火车。这一趟车跑下来,足足开了大半个时辰,他这才知道劝业会有多大。等他下得火车,已是天色黄昏,偌大的展区里还是人头攒动,好不热闹。只听轰的一声,年轻人只觉四下一片光彩,到处是璀璨的灯光。劝业会场中人,有不少人从未见过电灯,见这东西如此华贵明亮,堪与星辰媲美,不觉叩头作揖,口中直念神佛;也有识得电灯的,也觉会场之中与平日所见不同,不免高声叫好。年轻人站在当间,突然感到一种骄傲油然而生:我中华古国虽然落后,却仍是博大多彩。想到这儿,他忽然很想见到方先生的家人,一面捺住心中的激动,一面快步寻了辆人力车,直奔出劝业会场,朝城南而去。

汪宅是方先生岳父汪静生的宅院。汪家祖上原是官宦人家,后来虽没落了,但宅院还是上好的府第,加上汪静生生性清雅,将一座宅子打理得十分整洁，虽比不得大富之家，也是一座上好的宅院，在城南一带颇为有名。

年轻人按图索骥，很快找到了汪宅。他打发了车夫，四下又观望一会儿，方上前轻轻叩了几下门。

"谁？"一个中年男人的声音。

"你是陈伯吧？"年轻人熟门熟路地道，"是方先生叫我来的，我叫杨练。"

门呀的一声开了。陈伯又是惊喜又是慌张，悄声道："杨先生，家里有外客，您悄悄跟我去厢房，老爷和小姐一会儿就回来了。"

杨练点点头，闪身进了门。二人沿着墙脚走了没几步，忽听大厅里有人高声喝问："他是谁？从哪儿来的？！"

"回侄少爷，"陈伯高声道，"他是老爷的老朋友，找老爷有点小事。"

说时迟那时快，一个男人抢出了客厅。杨练忙低下头，一顶礼帽把脸遮得严严实实。那人快步来到杨练面前，阴阳怪气地问："你是谁？为什么低着头？"

陈伯大惊失色："侄少爷，他真的是老爷的朋友。"

"什么朋友，"男人冷笑一声，"我看他是方谦派来的乱党，是来祸害我们汪家的！"话音未落，他猛地一抬手，把杨练的礼帽打落了。礼帽上系着的假长辫也一起滚翻在地。男人见杨练一头短发，大喜过望，喝道："果然是个乱党！"杨练听他如此叫喊，一伸手握住了他的胳膊。

男人只听扑的一声，不知道胳膊是断了还是未断，只觉大痛之下无法形容，一层冷汗忽地涌了出来。"啊！"他惨叫一声。一个女人和一个少年忙从厅中抢出来，扑上前扯住杨练。但不管二人如何用力，杨练的手就像长在了男人身上，怎么扯也拉不开。男人吃痛不过，又不敢再骂杨练，只得痛骂自己妻儿："蠢货！一对蠢货！"杨练心中厌恶，不觉又加了两分力气，男人再也忍不住，嘶声大叫道："叔叔救我！叔叔救我！"

杨练循声望去,见一个老人立在门厅暗处。他身穿长衫,容貌清癯,身后站着一个女仆,和一个黑衣男孩。杨练自幼习武,眼力异于常人,一眼看出那小男孩正是白天在劝业会上见过的。难道,"他"就是方先生的女儿?!杨练松开手,男人闷哼一声,踉踉跄跄退出去几大步,方才站住。

老人慢慢地走上前,也不理杨练,冲着一家三人正色道:"你们来有事吗?"

"没什么大事,"男人的老婆赔笑道,"道德要上新学堂了,我们带他来向您请安。"

老人看了少年一眼。少年低头不语,似乎很尴尬。老人道:"上新学堂是好事,你要好好读书。"少年点了点头。老人道:"我这儿还有客,你们先回吧。"男人也不答话,抬脚便走,女人忙拉着少年跟上。三个人刚迈出门槛,陈伯便关上大门,落了大锁。

老人这才打量着杨练:"请问你是……"

不待杨练回答,陈伯笑道:"老爷,他是杨练杨大侠啊。"

老人哦了一声,微微一笑,指了指客厅:"杨先生,请。"

杨练听他称自己为"先生",忙躬身道:"汪老先生,您叫我杨练吧。"

汪静生知他和女婿方谦既有同志之谊,又有师生名分。当下也不推让,点了点头。二人分宾主落座,汪静生道:"上个月接到谦儿家信,说你亲来南京送凤仪去上海,我这才放心。过两天是中秋佳节,你们节后再起程,如何?"

杨练点头称是。汪静生见他举止文静,身材瘦小,不像习武之人,但目光炯炯有神,别有一番冷淡,不禁问:"你多大了?"

"十九。"

"老朽有个请求,不知当讲不当讲?"汪静生开门见山地道,"凤仪自幼丧母,父亲又长年在外,眼下小小年纪就要离家远行,也没个兄弟姐妹彼此关照,你是谦儿的学生,又比她年长,我有意让你们结为异姓兄妹,不知意下如何?"

杨练一怔:"汪老先生,杨练是一介武夫,怎么配得上小姐?"

"生逢乱世,武力有时候比文化有用得多,"汪静生长叹一声,"百无一用是书生啊!她又是个女孩,上海无亲无故,只托谦儿的面子寄住在别人家中,我年纪渐老,又在南京,万一有事,也是鞭长莫及。她有个像你这样的哥哥,他日我在九泉之下,也能放下心了。"

杨练见他话中有不祥之意,忙道:"老先生请放心,我会尽力保护小姐的。"

"这么说你答应了?"

杨练点点头。汪静生闻言大喜,对凤仪道:"你还不拜见兄长?"

凤仪早换了女装,站在旁边听他们说话。杨练见她一身粉绿色秋衫秋裤,外罩一件墨绿色马甲,一排一字刘海遮在额前,一条长辫紧绑脑后,面貌秀美,姿容可爱,不觉面上一红。真是没有想到,刚进汪宅不过一会儿,便与凤仪结为兄妹。凤仪轻轻上前,双目低垂,对杨练轻福一礼,叫了声:"哥哥。"

杨练忙起身还礼。陈妈又拿出两个蒲团,放在汪静生面前,二人共同拜见汪静生。一通忙乱后,这才重新落座。杨练想起白天与凤仪相遇的事情,道:"汪老先生——"话音未落便被凤仪打断了:"是外公。"众人都笑了起来,杨练也乐了。他想起白天在小火车站二人相遇的情景,觉得这小姑娘此时模样端庄,其实很是淘气。众人聊了一会儿,杨练惦记着刚才那个男人,担心他去官府生事,因问道:"刚才那个人是谁?"

"他是我的亲侄子,姓汪名永福,"汪静生无奈地道,"我没有子嗣,只有一个女儿,生下凤仪不久就病死了。他一直想把儿子过继我,将来好继承汪宅。我一来担心凤仪年幼,二来,我也想观察观察,那孩子人品如何,"汪静生叹道,"结果,他是小人之心度君子之腹,以为我不想把汪宅给他,几次三番到族中吵闹,说我没有给凤仪缠足,有伤风化,又拿谦儿说事,说我结交乱党。要不是他这么闹,谦儿也不会把凤仪送到上海,我也不会同意。"

杨练听了这话,不禁大为后悔。他早听方谦提过此人,若刚才知道就是他,一定捏碎他的胳膊。汪静生哪知他暗中动怒,见他脸色不好,以为他担心报官的事,便道:"他虽然恨我,但是报官也不至于,毕竟我是他的亲叔叔,凤仪也算他的亲戚!"

"我没有这样的亲戚。"凤仪听汪静生这么说,忽然脸色一冷,恨道。

"不许这么说,"汪静生沉下脸,"女孩儿家最是尊贵,行事说话务必温柔大方。子曰非礼勿言、非礼勿视、非礼勿动。你以后不可轻言轻动,明白了吗?"

"是!"凤仪低下头,应了一句。汪静生对杨练道:"她从小在我身边,难免娇纵,日后去到上海,只怕要给邵先生添乱了。"

"您放心,"杨练忙道,"邵先生是我们的老朋友。他为人很仗义,在上海的生意做得也大。凤仪去了肯定会过得好。"

"邵先生除了开丝厂,还做些什么事呢?"

"他还是湖南和广东同乡会的副会长。"

"他不是湖南人吗,"汪静生诧异道,"怎做了广东会的会长?"

"听说他父亲是湖南人,母亲是广东人,所以做了两会副会长。"

"哦,"汪静生点点头,"他在上海还有什么亲人吗?"

"听说有个姨妈在上海,姨父是个退休的文官。"

汪静生面容一喜:"哦,也是书香之家,他有没有娶妻呢?"

"都传他和姨妈家的表妹有亲事,可为什么到现在没有成亲,我也不晓得,"杨练道,"不过邵先生说,要是凤仪去了,他会请他的表妹照看她。"

"请问这位表小姐贵姓?"

"姓刘。"

"如此甚好，"汪静生对凤仪道，"你到了上海，要尊敬邵先生，更要尊敬这位刘小姐，不可随意造次。"

凤仪对去上海读书这件事，本是有些盼望的。此时听汪静生与杨练说到邵元任，还有他的表妹，感觉非常陌生，她想着自己幼年丧母，父亲终日不在身边，唯有外公和她相依为命，不禁又忧伤又忐忑，对汪静生道："外公，你陪我一起去吧！"

"真是孩子话，"汪静生笑道，"邵先生答应照顾你，已是天大的人情了，我怎能再去麻烦人家。"

凤仪黯然不语。汪静生道："南京上海，不过几个时辰的火车，你要想外公可以回来，外公也可以去上海看你。"

"真的？"凤仪高兴地道，"你真来看我？"

"当然，"汪静生笑道，"外公年轻的时候也去过上海，那时候它还是个小地方，听说现在很是繁华。等你到了上海，外公就寻觅机会去看你，顺便也看看新上海。"

汪静生怕凤仪不愿离家，便忍下心中难过，细细叙述上海洋学堂如何之好，可以了解西方的文化，学风开明，女子不必缠足，可以与众多大家闺秀为伍，交到许多好朋友。凤仪这才重又开心起来。她毕竟只有十岁，眨眼想到所有的好，便忘记了所有的不好。汪静生见夜已深，忙安排杨练休息，又命陈妈带凤仪回房安歇。他本来就有失眠的毛病，加上今日杨练来访，凤仪又远行在即，翻来覆去无心安眠，直到天色微明，才勉强合了一下眼。

第二天一早，杨练在院中习武，被凤仪瞧见了。她缠着杨练要学，杨练被逼不过，去问汪静生，汪静生微微一笑道："学学也好，可以强身健体嘛。"

杨练便教她压腿、扎马步等一些基本功，为了哄她高兴，再教她一两招擒拿手段。可惜凤仪筋骨并不强健，不是练武的材料。不过她学起另外的东西来却十分惊人，像什么"青莲心"指茶叶、"收玉子"指饮酒、"咬云"指吸鸦片、"八面子"指风、"震天子"指雷、"阴马子"指女人、"翻天子"指印信等洪门隐语，她几乎过耳不忘。而摆茶碗、摆石头等手语暗号也是一学就会。杨练一来觉得她喜爱这些非常有趣，二来想到她日后要在上海独处，多学点也未必有害，便将江湖上的林林总总悉数说给她听。两个人整天待在一处，相处的日子虽短，却十分投缘，像亲兄妹一般。

中秋节那天，陈妈做了很多菜。月饼、砀山梨、盐水鸭都早早买了回来。凤仪放假一天，不用温书习字。她一会儿到厨房看看陈妈，一会儿到院子里看看杨练和陈伯（两个人正在翻修花坛），荡来荡去，好不快活。合家上下，唯有汪静生郁郁寡欢。他回想自己一生，国事动荡、妻女早亡，唯一的欢乐便是外孙女，现在她也要离开自己，不免感时伤怀，止不住地心痛。直到晚饭时分，他才收拾起心情，强颜欢笑地陪杨练饮酒。杨练自幼父母双亡，十四岁跟着方谦，东奔西跑，少尝家庭温暖，此次在汪宅一住数日，又赶上过节，一边是可爱的小妹，一边是文雅的长者，实在令他温馨快慰。他喝了一杯又一杯，尽显湖南人本色。汪静生虽有酒量，怎奈心绪不宁，不一会儿便醉了。

他听见有人敲门，谁会在中秋节来访呢？他摇摇头，以为自己听错了。但是陈伯站起来，朝门厅走去，不一会儿，陈伯便满面惊恐地退进了客厅。两个端着枪的衙役紧紧跟在他的后面，而衙役身后，是大摇大摆的汪永福。

汪静生勃然大怒："你干什么？！"

"捉拿叛党！"汪永福毫不相让，喝道。

"谁是叛党？"汪静生气得浑身发颤，问。

"喏,"汪永福一指杨练,"辫子都剪了,不是叛党是什么?"

杨练瞥了一眼凤仪,见小姑娘一手举着没有吃完的月饼,一手紧握着筷子,愤怒地盯着汪永福。"凤仪,"杨练放低了声音,"哥哥要和他们走一趟,你记得要来看我。"见凤仪没有完全明白,他又问,"你还记得怎么来看我吗?"

凤仪恍然大悟,欣喜地点点头。杨练朝她温柔地一笑,将手伸向离得最近的衙役:"差官大哥,麻烦了。"

衙役没有想到他会束手就擒,大喜过望。他放下枪去掏枷锁,汪永福领教过厉害,喝道:"小心!"话音未落,杨练一拳将拿锁的衙役打倒在地,另一个衙役举枪要射,也被他一脚踹飞了出去。汪永福转身就逃,只觉得眼前黑影一闪,便有东西击中了他的鼻梁。他惨叫一声,砰!枪也响了,火药味四下飞溅。凤仪被陈妈一把搂进怀里,等她挣脱开来,杨练已经不见了。汪永福蹲在地上,用手捂着脸。凤仪见他的鼻梁从中间折成一个直角,一直歪到了左边脸颊上,不禁尖叫了一声。

汪永福觉得血不停地从脸上往下流,似乎倒也不痛。他又恨又怒,指着汪静生喝道:"汪静生也是乱党!把他抓起来!抓起来!"

两个衙役互望一眼,心道不管上面收了多少好处,他们犯不着得罪人。何况跑的那个,显然不是什么善良之辈。两个人彼此点点头,其中一个嬉笑道:"这个上面没说啊。"

"我不管!"汪永福吼道,"他就是乱党!就是乱党!"

"汪永福!"汪静生突然大喝一声。他一步一步地走到亲侄子面前,一个字一个字地问,"你想干什么?!"

汪永福见汪静生一张脸灰中泛青,眼珠暴出,眼白涨得血红,嘴唇也红得发紫,不由惊骇万分,不敢言语了。两个衙役扶着他一阵风地去了。陈伯忙关上门,打来井水,和陈妈清洗地上的血迹和铁屑。汪静生看着满屋狼藉,突然晃了一晃。他觉得月亮一下子扑进他的眼里,白得到处都是。在模糊的光线中,他看见了凤仪。他朝她笑了一下,重重地摔在地上。

"外公!"凤仪抓着他,嘶声尖叫,"你怎么了?"

当天夜里,大夫宣布了汪静生的死亡。得信的汪氏族人纷纷赶到汪宅,他们一面准备丧事,一面清点遗产。由于汪静生没有过继子嗣,也没有留下遗嘱,他的财产只能由族里平分了。

凤仪被套上一身孝服,然后跪在灵堂前,一边烧纸一边磕头还礼。和她同跪的,还有族中选出的孝子贤孙。凤仪不时地转过身,看着"躺"在奠帐后的汪静生。他的脸上盖着一张黄草纸。也许纸太轻了,凤仪总觉得有风在掀动纸的一角。她很想那风把纸掀开,她可以再看看外公的脸。可是不管她回了多少次头,她就是看不到。灵堂中烛火跳动、香烟袅袅,吊唁的人川流不息。他们先在厅中哭嚎泣诉,接着爬起来,和熟人聊天絮话,讨论家长里短。这简直比春节还要热闹了!凤仪怀疑自己在做梦,被鬼魇住了。她用力掐着大腿,希望能醒过来。就在这时,汪永福领着儿子老婆走进了灵堂,他的脸从中间裹了一层白布,上下露出眼睛和嘴。他们还敢来?!这简直有点天打雷劈的味道,凤仪觉得血一阵一阵朝上涌,冲得脑壳阵阵狂晕。她迅速扫视着整个灵堂,在丧服边发现了一把剪刀。她"突"地跳将起来,扑过去抓住剪刀,对着汪永福便是一下。汪永福吓得倒退一步,跌倒在地。凤仪一个踉跄,转过身又要动手,被众人夺的夺按的按,拖进了后面厢房。

"我的小姐,"陈妈哭道,"他是你外公最亲的侄子,还要指望他披麻戴孝、捧棺撒土呢,你伤了他可怎好?"

"我不是外孙女儿吗?"凤仪吼道,"谁要他来装好人!"

"那不一样,"陈妈捂住她的嘴,"你就消停些吧,你是个外姓人!"

凤仪不能理解地看着陈妈。陈妈长叹一声:"你爹姓方,你也姓方,你外公姓汪,他们一家人也姓汪。你外公疼你,把你养在身边,可论理你们是两家人。咱不说别的,汪氏族谱上就没有你的名字,你的名字只能写在方家。"

"你胡说!"凤仪愤怒地叫道,"我不许你胡说!"

陈妈按住她:"好小姐,你别发火了,你外公一死,他们就要分了这座宅子,我和你陈伯也住不下去了。你赶紧想办法找到杨先生,投奔你爹爹去。要不然,还不知道怎样呢……"陈妈落下泪来,"可怜你小小年纪,可怎么好……"

听了这话,凤仪一下子心冷了。汪氏族人素不喜欢她,现在外公不在了,谁还能保护她?她想起哥哥,想起父亲在信中说的,要送她去上海读书。她抓住陈妈:"我知道哥哥在哪儿,我要去找他!"

"不行,"陈妈压低了声音,"好歹也等你外公入了土,也不枉他养了你一场。"

凤仪不作声了,陈妈见她安静下来,便安抚她休息。凤仪想起杨练临走之前说的话,哥哥一定在湖南会馆等她。她打定主意,等外公下葬后就离家出走,去寻找杨练。

灵堂大闹之后,凤仪被关进了自己的屋里,陈妈也不让相见,换了其他女人照顾她的饮食起居。每天只有三顿饭,顿顿都是红豆糯米,凤仪也不管,给什么就吃什么。第四天下午,几个女人把一张靠背椅抬进房间。她觉得它和普通椅子没什么区别,只是多了个把手。但她们很快把她固定在凳子上,脱了她的鞋,抚弄她的脚。她一下明白过来,险些晕过去。缠足这件事,她常听汪静生谈起,方谦也在信中大加批判。既然他们都认为这件事不好,她自然认为这是无比混账的。

她开始痛骂。因她从小女扮男装,跟汪静生出入各种场合,所以会的词语很多:无耻、下流、混账、王八蛋……她把这些从未说过的话全骂了出来,最后,她吃痛不过,只反复骂道:王八蛋!

这词比较时髦。女人们哄笑着干活,毫不理会。她们把她的八个脚趾(大拇指除外)用力地朝后弯,一直弯到脚底,然后用白布一层一层裹起来,用线缝实。最后,她们给她套上一双尖头鞋,把她从凳子上松下来,分左右两边挟住她,强行行走。

凤仪的脚不停地出血。血从白布里一层一层渗出来,在地上留下两条湿痕。

这样折腾到晚上,她们把她扔在床上,然后离开了。凤仪缓了一会儿,拼着命坐起来,用力扯那些布,可那些布缝得如粽子一般,哪里扯得动。她又着急又伤心,不觉痛哭起来。也不知哭过了多久,她突然明白这是徒劳的。她止住泪,用膝盖代替双脚,从床上爬了下去。

她翻动所有能放东西的地方,居然找到了一把剪刀。她席地而坐,开始剪脚上的布条,每当布条松落一层,她的心就痛快一层。她一边剪一边朝布条吐口水,当双脚完全暴露在空气中,她痛得深吸一口气,然后无比畅快地大喘出一口气。

她小心翼翼爬上床,怎么也不敢睡着。其实白天的消耗早就让她精疲力竭,只是担心那些女人再回来。她握起剪刀,把它放在胸前。如果她们再来就杀了罢!她这样想起,觉得又痛快又安全,心内一宽,不一会儿便睡熟了。

第二天一早,她被剧烈的摇晃惊醒了。一群女人愤怒的模样映入她的眼帘。她们把她拖起来,要带她去见族长。她嘶声尖叫,双手乱舞和她们对打。一行人拉拉扯扯走到前厅,凤仪无意中看见了大门。大门是敞开的,一道强烈的光从门外照进,仿佛提醒她,外面天地正大。几乎不容再想,她低下头,一口咬在抓住她的女人的手上,女人惨叫一声,众人俱是一愣,她直蹿到大门前,和汪永福的老婆撞了个满怀。

真是仇人相见分外眼红!凤仪怒目而视,汪永福的老婆本性懦弱,吓得倒退一步。凤仪夺门而出,朝巷外拼命地跑去。也不知跑了多久,她拐进了一条陌生的小巷。这里每一户与一户间隔很小，房子又矮又破。唯有一家门前有一个小小的花坛，花坛里栽着一排美人蕉。

凤仪躲进花坛背后，坐在坛边。她这时才感到双脚钻心的疼痛，深浅不同的血迹已把一双白孝鞋染成了紫红色。她痛得无法自处，又恐有人追来，只得这么坐着。几天之前，她还和外公幸福地生活在一起，没想到几日工夫，已是物是人非。她又不知湖南会馆到底在何处，欲去寻找，又伤了双足，不觉凄楚惶恐，眼泪扑簌簌地掉了下来。

忽然，吱呀一声，花坛后的院门开了，一个花枝招展的年轻少妇，袅袅婷婷地走了出来。她看着凤仪，惊讶地问："你是谁家的孩子？怎么坐在这儿？"

"我，我……"凤仪擦去泪水，胡乱道，"我等人。"

妇人上上下下打量着她，又瞄一眼她的鞋，心中已有计划。她款款地在她身边坐下，软言道："你穿着孝服呀，你们家谁死了？"

"外公。"

"你在等谁呢？"

"哥哥。"

"你哥哥在哪儿？"

"湖南会馆。"

妇人神色一变，冷笑一声："小姑娘，听口音你可不是湖南人。"

"我不是，"凤仪道，"我哥哥是。"

妇人点点头，心道这小姑娘一身孝服，死人的话不假，等人就不一定了……她又堆起满面笑容："你知道湖南会馆怎么走吗？"

凤仪摇摇头。妇人道："我家那口子就在湖南会馆当差，你不如在我家歇息。等他回来了，让他带你去好不好？"

凤仪没有吱声。女人见她犹豫，笑了一笑，朝门内喊："如玉，家里来小客人了。"

"唉!"一声清脆的回答。一个着粉色衣服,白皮肤杏仁眼,长得如瓷娃娃一般的小姑娘跑了出来。她见到凤仪,便上前拉她的手。毕竟是同龄朋友,凤仪没有挣脱。妇人见她已然上套,慢悠悠地吩咐:"去,把她带进去歇一歇。"

如玉扶着凤仪走进小院。妇人紧关大门,把她们带进一间堂屋。如玉给凤仪倒了杯水,又抓了些瓜子糖果之类,放在桌上。妇人拿起一颗瓜子,闲闲地问:"小姑娘,你叫什么名字?"

"凤仪。"

"几岁了?"

"十岁。"

"看起来不像,"女人笑了,"倒像八九岁的。行了,我们今晚在这儿住一夜,明天我们就出发。"

凤仪闻言一愣:"阿姨,不是说去湖南会馆吗?"

"哦,"妇人道,"我那口子晚上才回来。明天我们就去会馆。"她见凤仪还有两分不信,便亲自蹲在地上,慢慢地替她脱下鞋袜,口中不住地道:"啧啧啧,真下得了狠手,你伤得不轻,你就别乱动了,阿姨一定给你送到湖南会馆去见哥哥。"

凤仪大为感动,再无二话,便留了下来。妇人给她上了药,又做了点吃的,嘱咐如玉好好招呼她。如玉虽比凤仪年幼,却十分知冷知热,一会儿让她坐在床上,不要动了伤口,一会儿又拿出木头玩具,和她过家家。凤仪自幼在汪宅长大,几乎没有和同龄人玩耍的机会。此时境遇,又遇上了如玉,她立即把如玉当成了知己良朋。两人玩着玩着,如玉便问她家住何方,都有些什么人,因何跑来此处。凤仪毫不相瞒,一五一十地告诉了她。讲到伤心处,凤仪流泪不止。如玉又是倒茶又是唱小曲,百般安慰。两人直好得如一人一般。到了晚间,妇人把如玉叫出去问了半天话,这才安排她们吃饭、洗漱,嘱咐她们早些休息,明天一早赶路。凤仪从未在汪宅外过过夜，加上突逢家变，流落江湖，心中五味杂陈，哪里睡得着。她害怕打扰如玉，便闭眼假寐。不知过了多久，门外传来一阵脚步声，有人走进来，站到了床边。

凤仪感到有光照在了自己脸上。一个男人低声问："这是兜顺风[2]的一枝花[3]？"

凤仪大惊失色，幸好那道光移开了。只听见女人轻声笑道："怎么样？"

"真是一节嫩藕。"

"好老妈[4]一定满意。"

"叫如玉好好看着她。"

"放心吧，她裹脚吃了大苦，跑不远的。"

两个人边说边朝外走，凤仪隐约听见一句"湖南会馆"，便听不清了。

原来这是一群人拐子！凤仪又惊又怒，她突然想起那句"让如玉好好看着她！"难道？她转过头，如玉不知什么时候已经醒了，一双眼睛如鬼魅一般，死死地盯住她。刹那之间，两个孩子都明白了对方的意图。凤仪一个翻身坐起，不等她再有动作，如玉发出了一声尖叫："妈——"

凤仪难以置信地盯着如玉。这就是她全心全意结交的朋友？她和他们是一伙的！但如玉双目含恨，恨中含乐，毫无下午时分的温暖与可爱，取而代之的，是一种亲眼看到猎物落网的古怪的痛快！

这时妇人已冲了进来，她一改白天的和颜悦色，喝道："你要干什么？"

凤仪大怒之下反而镇静下来，她嘟起嘴，装作恍然不知的样子："阿姨，我要喝水。"

女人狐疑地盯住凤仪："你真的要喝水？"

凤仪点点头。以前在家时，她常会在半夜里要水喝，都是陈妈起身帮她倒,刚才一着急,撒了这个谎,此时还真有点想喝了。她又说了一遍:"阿姨,我要喝水。"

她说得特别自然,就像在家中一样。女人放下心来,走到桌边给她倒了一杯,她一口气喝完了,说:"我还要。"

"少喝点,"妇人拍拍她的头,"要上厕所的。"她大约不满如玉的假情报,扰了她和那汉子的好事,恶狠狠地瞅了如玉一眼,喝道,"你好好照看她!"便关上门走了。

如玉不高兴地推了凤仪一把:"你要喝水怎么不说。"

凤仪回手也推了她一下。如玉恼了,突然伸手死死地拧住凤仪的大腿。凤仪痛得闷哼一声,觉得如玉不仅卑鄙而且无耻。她反手便是一拳,击在如玉的小腹上。如玉吃痛松开手,又揪住凤仪的头发。凤仪也不手软,对着她猛打死踹。两个孩子都觉得恨极了对方,却又害怕惊动另一屋的大人。各自忍着疼,不出声在床上搏斗。她们下午刚刚建立的友谊不仅烟消云散,而且成为彼此仇恨的根源。

第二天一早,女人拿出一套家常衣服让凤仪换上。凤仪也不作声,换了衣服跟着她们出了门。不一会儿,三个人上了大街,坐了辆马车,跑了约小半个时辰,这才下了车。凤仪一见到了南京火车站,不由暗暗叫苦,若出了南京城就麻烦了。忽然,她见街对面有一家茶馆,大门两旁各挂着一盏红色灯笼。她忙停下来,指着茶馆道:"阿姨我渴。"

"一大早的渴什么?"女人瞄了茶馆一眼,不耐烦地道。

"我渴,我饿!我要吃早饭!"凤仪咧开嘴,哭叫起来。女人见行人纷纷打量她,也不想在这个时候横生枝节,连声道:"行行行,我们去吃点东西。"凤仪便老老实实地跟着她走。如玉趁妇人不注意,伸手在凤仪背后狠狠地拧了一下。

凤仪此时的全部身心都在茶馆上,根本没有觉得痛。茶馆只隔一条街，几步路远，她觉得漫长得无法形容。好不容易到了门前，她觉得心怦怦乱跳，略停了一下，便用力迈右脚跨进了大门。茶馆里人不多，一个跑堂正在招呼客人，另一个跑堂坐在柜台里打盹。

三个人走到一张桌前。凤仪用双手按住桌面，高声大叫："请堂倌泡茶！"

这一声又尖又脆，满屋的客人都把头转过来，看着她们。妇人霎时惊了，她盯住凤仪。不等她反应，柜台里的那个伙计已抢到了面前。

"几位要什么？"伙计问，眼睛却盯着凤仪。

"我们什么也不要，"妇人一把拖住凤仪，便朝外拽，"我们要赶车。"

伙计抬手把她和凤仪分开，客气地问："您要什么茶？"

"红茶。"凤仪激动地道。

"上盖碗茶！"伙计喊了一声。旁边立即有人把茶杯递给他，他将茶杯放到桌上，同时递给凤仪一双筷子。

凤仪把筷子放在茶碗左首，将碗盖拿下来，放在桌子的左边。伙计的语气更加友好了："您要吃什么？"

"我要吃粮。"

"您从哪里来？"伙计又问。

"从山里来。"

"到哪里去？"

"从水路回家。"

"您府上哪里？"

"家住堂头乡下。"

话到此时，凤仪和伙计已经对完了洪门"山、堂、水、香"四个字。女人面色如土，直愣愣地站在原地。昨天她撞上凤仪，听她一口南京方言，加上谈吐穿着颇为富贵，所以根本没把"哥哥在湖南会馆"之类的话当真。此时见凤仪行动举止、一问一答都像模像样，不禁惊出一身冷汗。清末乱世，黑道人马纷纷纭纭，但谁敢和洪门[5]作对呢？

"您要方便吗？我领你去。"伙计说。

凤仪欣喜地跟着他走到茶馆后堂，进了一个包间。伙计好奇地问："你叫什么名字？令尊或令堂昆仲几人？"

昆仲指的是帮中职位。伙计天天守在火车站，一眼便认出女人是女拐，如玉是童拐。只是没想到，被拐的小姑娘居然懂得帮中暗语，他想，她肯定是家中父母在帮，而且地位不低。

凤仪摇摇头："我哥哥是楚金山的，老寨主陈天福。"

伙计一愣："你是哪里人？"

"我是南京人。"

"你哥哥呢？"

"他是湖南人。"

"是亲生的哥哥？"

"不是，"凤仪说，"他是我师兄。"

伙计点点头："他叫什么名字？"

"他叫杨练，人就在湖南会馆。"

伙计安排她在包间里等候，又端来不少茶点。凤仪兴高采烈地吃了会东西，才想起拐她的妇人和如玉，便问："伙计哥哥，带我来的人呢？"

"她们已经走了。"伙计说。

凤仪长出一口气。这个包间面积不大，桌椅板凳却都是红木的，比茶馆的门面豪华了许多。她昨晚一夜未眠，此时到了安全所在，又吃饱了肚子，不免困倦起来，趁包间无人，她爬上靠墙的美人榻，不一会儿便睡着了。

迷迷糊糊的，有人把她抱了起来。那个人抱着她，走进了南洋劝业会，他们在会场里看马戏，有猴子还有马，那个人把她放在马上，小马就慢悠悠地朝前跑。跑着跑着，马越跑越快，她害怕极了，喊"停"，可马不睬她，一直往前跑，她一头撞进一团白乎乎的雾里，又像是一团棉花，到处都是白的。她竭力睁开眼，马不见了，外公汪静生笑眯眯地问："凤仪，你到上海了吗？"

她张开嘴，却发不出声音，想点头，却一动也不能动，巨大的恐惧攫住了她，她大喊道："外公！救命！"

她一下子惊醒了，耳朵里传来闹哄哄的声音。她恍惚睁开眼，见周围有许多陌生人，一扇不大的玻璃窗外，风景正不断地朝后移动。一个熟悉的声音温柔地问："你醒了。"

她看见了杨练："哥哥！"她又惊又喜，咧开了嘴，眼泪却一下子涌出来。

杨练轻轻搂住她，心中万分自责。如果不是自己想等凤仪尽完孝道，等汪老先生下葬后再把她接出来，她就不会吃这么多苦。他笨拙地帮她擦了擦眼泪："都是哥哥不好，哥哥太蠢了。"

凤仪听他说自己"蠢"，又难过又心酸，勉强笑了笑，"我们在哪儿？"

"火车上。"

"去哪儿？"

"上海。"

"那外公怎么办？"凤仪脱口而出，说完之后，她愣住了。突然之间，她真真切切地感受到汪静生已经死了，真的死了，再也不能相见了！她猛地扑进杨练怀里，失声痛哭起来。周围的乘客不明所以地打量着他们，杨练轻拍她的后背，以示安慰。火车慢悠悠地朝前行驶，外公死了，家也没了，自己将去一个陌生的地方，凤仪心中无比哀痛，只能无助地抽泣。但有些东西正在她的心中生成，也许是从小的教育，也许是火车平缓温柔的节奏，她逐渐平息下去，沉入了梦乡。

第二章

上海从地方自治以来，便失去了政府保障。人们成立各种商会、协会、帮会。它们逐渐变成第二政府，规定各自"法则"，保卫各自"民众"。乱世之中，繁华都市，个体很难生存。弱者需要依靠，强者则需更强。李威成为邵元任贴身"秘书"后，才慢慢了解，这位三十岁湖南籍丝厂老板的势力，远远超出一般人的想象。譬如今日，邵元任主持的慈善机构德昌堂开业，且不说背后有两湖、两广四处同乡会支持，就说李威手中这张道贺名单，便是上海眼下的一张权力表：江苏商会、宁波商会、潮州商会……丝织同业会……上海自治公所……法租界公董局……《中国公报》陈其美！

李威拿着这张薄薄的纸，心头突突乱跳。今日一下子能见到这么多头面人物，可是生平未经之事，若是能遇上个把赏识的，没准就能飞黄腾达，也胜在邵府做个跟班。这些人中，别人还尚可，听说这陈其美，是个著名的"四捷"人物。他到上海不满两年时间，同盟会便声威大震，名扬江湖。传说他口齿捷、主意捷、手段捷、行动捷，黑白两道无不倾倒，尤其在青帮[6]之中，是地位显赫。

李威想自己十三岁到上海,便入了青帮,如今也二十出头,还是一文不名。今天一定寻得机会,向陈先生好生攀谈。他正思量着,不防邵元任已站在身后,轻轻咳了一声。李威吓得浑身一颤,忙躬身敛气,以听教训。邵元任悄声道:"你回去一趟,杨练带着方家小姐到了。"

"是。"李威一阵失落,面上却微微欢喜,"方家小姐今日到了?"

"你再去一趟刘府,"邵元任沉吟几秒,还是下了决心,"请雅贞小姐过来看看,我今儿回得晚,让阿金早些安排他们休息。"

"是。"李威答应了一声,恋恋不舍地将贺表交给另一个秘书,转身出了德昌堂。真是人在屋檐下,不得不低头,李威怅然不已。这些大人物可在酒桌上觥筹交错,谈的是生意政治、财产女人,他却像个女人,得回家照看一个孩子。李威只觉胸中烦闷,一路长吁短叹,回了邵府。

这个时候,凤仪已经坐在邵府的西洋沙发上了。她和杨练下得火车,便一路打听到这里。不料邵元任不在家中,女仆阿金又从宁波新到上海不久。她见杨练衣着朴素,凤仪穿戴平常,疑是来投亲靠友的。她阿拉、侬地盘问了半天,才把电话打到元泰丝厂,邵元任却刚好又离开了。杨练不禁有些闷气,觉得邵元任对凤仪的未来没做任何安排,连家里的下人都不知情。他虽然禀赋刚直,脾性却有些阴冷,只默默地坐着,告诫自己不可意气用事。如果没有十足把握,方先生不会将女儿送到这里。凤仪一路劳顿,来到这个陌生之所,又无一人接待,只紧紧地偎着杨练,呆呆地出神。

她见邵府墙角,摆着一台落地大钟,通身金光灿灿,一条金色锤摆不慌不忙地左右晃动。不禁想起不久前,在南洋劝业会上,也曾见这种玩意。那时她有家有亲人,也算书香门第的小姐,现如今却是无家可归,只等有人可以收留。她一阵气苦,拽了拽杨练的衣角:"哥哥,我们还要等多久?"

"快了。"杨练见凤仪神情凄楚,不由愠怒。若依了他,立时就带她

— 23 —

走了，直接去广东方先生处。可邵元任一直对南方政府颇有支持，是方先生口中的好同志，这样走了岂不坏了情谊。杨练捺下性子，柔声道："我们再坐一会儿。"

"我想去找爹爹，"凤仪道，"你带我去找爹爹吧。"

杨练心中一酸，不知如何回答，伸手摸了摸她的头发。这时，李威进了门。他原在邵府见过杨练两面，也算旧相识。李威满面笑容，连声吩咐让厨房的赵伯做些可口的小菜点心，又喝骂阿金为何不端茶递水。等一切照顾周到了，他坐在沙发前，解释德昌堂今日开业，邵元任实不能提早赶回，请杨练与凤仪见谅，又嘘寒问暖，询问南京家中事宜。杨练知他是邵元任心腹之人，见他如此，这才稍稍安心。一时饭毕，李威要安排他们休息，但杨练执意要等邵元任回来，凤仪又执意要和杨练在一起。李威只好打起精神，陪他们坐在沙发上，东拉西扯，聊些风趣之事。

与此同时，邵元任正在德昌堂中，与陈其美把酒言欢。陈其美现年三十二，比邵元任长了两岁，便称他为元任弟。邵元任称他其美兄。

"元任弟，"陈其美道，"我也是商贾出身，自认为振兴国家就必须振兴经济，他日革命成功，还要向你多多请教，我们一起在上海做番经济大事业。"

"其美兄言重了，"邵元任道，"元任不过是个小商人，实在不敢担当。"

陈其美哈哈一笑："虞洽卿先生经常向我提起你，说你是难得的人才，我总不能怀疑他的眼光吧。"

"哦，"邵元任欲探他和虞洽卿关系深浅，假作不知道，"我听说虞先生虽然是浙江人，却喜欢吃辣椒，这是真的吗？"

陈其美讶然道："我这些天，日日在他家吃饭，怎么没看见红彤彤的辣椒？！"说完，他指着上海自治公所董事李平书道，"李先生也是虞先生好友，你问问他可是真的。"李平书笑着点点头。邵元任打了个哈哈："邵某道听途说了。"陈其美似乎有些微醉，拉住邵元任的手，低声说："元任弟，建设新上海，指日可待了。"邵元任扶住他："其美兄放心，元任当尽匹夫之责。"

这场酒直喝到深夜，宾主尽兴而归。邵元任没有乘车，改为步行。两个随从不紧不慢地跟着。此时正是秋天，气候微凉，邵元任慢步前行，心中筹谋计划。再过段时间，上海就会是个新天地，到底谁会是这个新天地的新主人？光复会虽然根基深厚，可惜李燮和不是大治之材。同盟会虽气候渐成，但毕竟时间尚短，很难看出谁更胜一筹。不过，陈其美倒真是个人物，他一手在青帮拜山堂、结兄弟，一手大肆拉拢江浙财团、结交社会名流。邵元任想起方才晚宴之上，二人你来我往，大设玄机，不禁暗自冷笑。他岂不知虞洽卿不爱辣椒，不过小试陈其美与他的关系好到什么程度。而陈其美对他做出的"经济事业"的承诺，也真是好大的一个黄金空壳。不过就算这是空的，也不由人心动不已。

虽说时局紧迫，还是再拿捏几分尚好，以免赌错了人物，贻害无穷。他计议已定，略感一丝轻松，这才想起凤仪。杨练比约定时间早到，又无电报通知，多半是南京出了变故。本来方先生之子，无论男女，他都应妥善抚养。不过若是男孩，他可教他文韬武略，将来经世治国，成就一方伟业。一个女孩子，无非是供给吃穿用度，若说教育，还真没什么章法。教成雅贞那样，好虽是好，可就如暖棚里的花朵，经不起风霜。学成一些革命女强人？不男不女，还是免了罢。邵元任左思右想，觉得这事比政治还要麻烦，要不为了稳定与南方政府的关系，他真是懒得把凤仪收入邵府。不过此次由杨练亲自护送前来，倒是个好机会。杨练天生异禀、武艺超群，如能借机把他留在身边，那就是如狼添伴、如虎添翼；就算留不下他，也可有个深交，以备他日之用……他不知走了多久，举目望去，见夜色浓重，唯邵府小楼灯火通明，似无人安睡。

邵元任迈开步伐，一会儿到了家。保镖早就叫开了门，阿金与小卫垂首站在门边，杨练和李威站在厅中。邵元任一见杨练，三步并两步来到身前，紧执其手道："可把你们盼来了，凤仪在哪儿？"

"这儿！"杨练指了指沙发。邵元任见一个小女孩卧于沙发之上。大约听到了动静，她猛地睁开眼，翻身坐了起来。

这女孩又瘦又小，但满脸倔强，双目灵动机警，毫无退让与羞怯之色。邵元任大感意外，一股好感油然而生："你叫凤仪，"他笑了笑道，"怎么睡在沙发上？"

"快叫邵叔叔。"杨练连忙道。凤仪低下头，规规矩矩地行了个礼："邵叔叔好。"

"好，"邵元任道，"这么晚了，怎么还不休息？"

"我们在等你。"凤仪看了看杨练，答。

"阿金，"邵元任道，"小姐的房间收拾好了吗？"

"好了好了，"阿金慌忙道，"阿拉不晓得是给小姐住的。"

邵元任环顾客厅："刘小姐回去了？"

"刘府说小姐这几天身体不好，"李威低声解释道，"等好了再来。"

邵元任的脸上闪过一丝阴霾。凤仪正仰头看他，觉得他表情微变，其余人皆没有察觉。邵元任拉住凤仪："走，叔叔带你去看看房间。"

二人手拉手朝楼上走。杨练与李威小心地跟在后面，阿金与小卫又跟在这二人之后，另有几个手下，分四角站在客厅之中。合家上下，无有一人声张。凤仪大感诧异，觉得这里的氛围与汪宅完全不同。邵叔叔初次相见，虽不十分亲近，却令她很是安心。她觉得他的手又干燥又有力，不禁想，只要我拉着这只手，就没人敢来伤害我。想到这儿，她不禁抬头看了看邵元任，邵元任恰巧也在看她，二人相视一笑。邵元任天性肃穆，不喜孩童。虽常资助一些老乡或朋友之子，但他从不与孩子们相见，偶尔有人带着孩子前来道谢，小孩儿见了他，也只是害怕。众人都以为他是谨慎的人，又有尊严，故而如此。谁也没想到，这个二十岁闯荡上海，三十岁建

— 26 —

立企业王国的青年男人，其实对所有柔弱的东西心怀恐惧。此时他见凤仪神态自若，落落大方，不禁感到一种新鲜。"我不仅不厌烦这个孩子，而且非常喜欢，"邵元任吃惊地想，"她就像一株生机勃勃的小树，令人充满信心。"他打开房门，这是间很大的卧室，有高大的衣柜、宽大的书桌，还有一张西式双人床。

"喜欢吗？"邵元任问。

凤仪说不出喜欢还是不喜欢。对一个孩子来说，它太大了。邵元任看了她一眼："不喜欢我们慢慢改，今晚先睡这儿好吗？"

凤仪点点头。"一个人睡怕不怕？"邵元任又问。

"不怕！"凤仪干脆地回答。邵元任笑了，他命阿金帮凤仪安顿，又让李威回去休息，然后拉住杨练道："我留了块湖南腊肉，一直等你来，今夜我们边吃边聊，一醉方休。"

听有家乡腊肉，还有美酒，杨练拍手叫好。二人坐在小餐厅里，邵元任开了瓶西洋红酒，又开了瓶上好的白酒。厨师赵伯将腊肉切片，加上辣子炒了端上来，各配了几色精致小菜。杨练一面饮酒吃肉，一面把汪静生怎么去世、凤仪如何出逃、如何在茶馆引洪门自救的事情，一一告诉邵元任。听到凤仪大摆茶碗阵时，邵元任大笑道："看不出她小小年纪，还是个女中豪杰。"

杨练本担心邵元任得知汪静生死讯后，不肯长年收留凤仪，此时见他满面欢喜，便婉言道："我回广州之后把事情都告诉方先生，凤仪就先拜托您照看了。"

邵元任听其话音，立明心意，将筷子一放，假作不悦道："杨兄弟怎么说出生分的话来？请杨兄弟代告方先生，如果蒙不弃，我愿收凤仪为义女，一生尽责。如革命成功之日，方先生想接她回去，我也绝不阻拦。"

杨练闻言大喜，忙举杯连敬三次，以表谢意。二人渐谈到上海局势，邵元任眉头深锁，长叹一声，道："我这些天，团结湖南、广东几大商会，在南市开了一个慈善堂,本来想做点好事情,没想到各种势力都找上门来,若是为国为民,邵某定不推辞,若为其他,唉……"

"邵老板,有人想对你不利?!"杨练大吃一惊,忙放下酒杯问。

"一言难尽啊,"邵元任道,"邵某一介书生,能文不能武,虽然有几个手下,但不过是装装样子。不像方先生,身边能有你这样的好兄弟……我几次想开口求方先生,让你留在上海,帮我一段时间,可我也不能为了我自己,不顾方先生的安危……"

"这……"杨练为难了,若答应,他终不放心方先生,若不答应,邵先生多次资助南方革命,又答应照看凤仪,这是天大的情分。邵元任掠他一眼,知他不肯轻易留下,便道:"我也是酒后失言,杨兄弟不必过虑,邵某不会有事的。"

杨练赶紧道:"邵先生,我在上海有几位朋友,都是武艺高强之人,和帮会也没有什么牵连,如果您愿意,我先介绍他们来帮您,等我回南方之后,再请示方先生。只要他同意,我就暂回上海一段时间,您看怎么样?"

"好。"邵元任闻言暗喜,以他对方谦的了解,是不会拒绝这个请求的。他忙做关切地问:"如果你在上海,那方先生的安全怎么办?"

"这倒不打紧,"杨练道,"我此次出行,托了几个广东朋友暗中保护他,相信没什么大问题。"邵元任这才面露喜色,和杨练推杯换盏,痛饮了大半夜。杨练自去睡了,邵元任略休息片刻后,天刚亮,便忍着头痛开始工作了。他先去丝厂处理各种杂事,又去德昌堂查看开业情况,快到中午时,他赶回汪宅,从隐秘处取出资助南方的金条,又另封一笔钱,作为对汪静生去世的悼金,托杨练带给方谦。杨练此时虽不舍凤仪,也只能硬下心肠和她辞行了。

"哥哥,你今天就要走?!"凤仪穿着来时的旧衣裳,一下子从沙发上站了起来,讶然问。

"我要赶回广东,"杨练道,"还要把外公的事情告诉你爹爹。"

凤仪低下头,没有吱声。杨练道:"我会回来看你的。"

凤仪抬起头,盯住他问:"什么时候?"

杨练也不知什么时候能再回来,想到她小小年纪,不免心内酸楚,强笑道:"很快吧!"

凤仪黯然失色。杨练不知如何安慰,加之革命资金事关重大,不得久留,叮嘱几句便离了邵府,由李威开车直奔码头。凤仪一个人在沙发上呆坐良久,直到阿金来催她吃午饭。她勉强吃了几口,便闷闷地上了楼,将自己关在房间里。这些日子,离别已成为她的功课:外公汪静生、汪宅小院、故乡南京,最后是哥哥杨练。她感到心里屋里都空荡荡的,一种说不出的难过化成一种痛苦。她趴在床上,将头埋在枕巾里,默默地哭泣起来。

杨练走后,邵元任对凤仪很是关照。当天晚上便请裁缝上门,量做新衣,又厉告阿金等人,要像对他一样对待凤仪,如有造次,不得轻饶。阿金、小卫、赵伯等一干下人,哪里敢得罪她,只是唯唯诺诺,万事随她心意。幸而凤仪性格随和,又自小独处惯了,并不麻烦旁人,每日只在邵府里东看西逛,没过多久,便把这幢二层小楼,加前后花园逛了个遍。最后,她的活动范围停在了书房,这里除了线装书,还有许多翻译来的西洋读物与西洋画片。她没日没夜待在这里,或坐或睡,手中始抱一本书。阿金只需请她用三顿饭即可,有时请她也不出来,只得把饭端进书房里。

家里多出一个孩子,却好像什么都没增加,几天下来,不管白天黑夜,都静悄悄的。邵元任有些奇怪,担心下人们暗里欺侮凤仪。这天午饭后,他放下所有事务,突然回到邵公馆。

阿金正在午睡,小卫打开门,见是邵元任,吓得愣住了。这位年轻的东家总是早出晚归,晚饭也很少在家吃,更不用说中午了。"凤仪呢?"

邵元任问。

小卫张开嘴，不知如何回答，邵元任摆摆手，示意他退下，自己上了二楼。楼上一片寂静，卧室里也没有人，他又到花园里找一遍。小卫早把阿金叫醒，她慌忙跑出来，战战兢兢地道："小姐在书房里。"

"你为什么不陪着她，"邵元任道，"她还是个孩子。"

"她不让我陪，"阿金颤声道，"她，她要一个人待着。"

书房的门是反锁的。邵元任敲了敲门，没有回应，阿金用钥匙打开门。邵元任顿时愣住了，地上铺满了各种各样的书和画片，凤仪蜷在上面，头枕一本《三国演义》，睡得正香呢。

邵元任轻轻走过去，在凤仪身边席地而坐。这孩子看起来就像一只幸福的小狗，心满意足地沉浸在梦乡中。"凤仪！凤仪！"他伸手推了推她。

"邵叔叔。"凤仪睁开眼，见是邵元任，不由一愣，睡眼惺忪地坐了起来。

"为什么睡在这儿？"

"我在看书。"

"看得懂吗？"

凤仪茫然地点点头，又摇摇头。

邵元任看着地上的书："凤仪，你想上学吗？"

"上学？"

"就是和很多小姑娘一起读书。"

凤仪没有吱声，她喜爱这间书房，但是"很多小姑娘"，对她大有吸引力。这时，她听见阿金在书房外轻声道："邵先生，刘小姐来了。"

刘小姐？凤仪觉得这个人名既陌生又熟悉，猛然间想起，这是她来邵府第一个晚上，邵元任曾提到过的。他那微变的神情一下子印上她的心头。她大为好奇，站起身跟着邵元任朝楼下走，二人刚转过楼梯螺旋形拐角，便看见一个古色古香的女子站在客厅之中。她上着一件淡青色绣竹叶高领过膝长衫,下着一条深青色长裤,窄窄的裤脚之上,是两行墨绿色竹叶绣片。她见二人下楼,轻轻转过身,对着楼梯方向,以示尊敬。凤仪见她乌发中分,自额前美人尖处缓缓分开,轻轻贴在白皙的面颊之上。真是沉静中略带一分娇羞,柔弱中却含两分明艳,不由得傻了:她就和书房里那些仕女图上的小姐们一模一样啊。

"凤仪,这是我的表妹刘雅贞,你喊姑姑就行了。"邵元任说。

"雅贞姑姑。"凤仪小心翼翼地喊了一声。刘雅贞朝她微微一笑,然后,恭敬地向后退了半步,朝邵元任深福一礼:"表哥好。"

邵元任面色一沉,眉头一皱:"早就说了,不要再行这些旧礼。"

刘雅贞脸色飞红,微低头颈,一动不动地站在原地。

"坐。"邵元任说。

刘雅贞这才轻轻退了一步,慢慢地坐下。

"呀!"凤仪忽然发现,刘雅贞的裤脚之下,是一双小巧如粽的三寸金莲,不由轻叫了一声。她顿时在心中大为可惜,这么漂亮的姑姑为什么要缠足呢?

刘雅贞的脸红得更厉害了,她慢慢把脚藏在最里面,头低低地垂着。邵元任越加不耐起来,扫了一眼落地钟:"这是方先生的女儿,你有空多陪陪她。我还有事,就先走了。"

"是。"刘雅贞小声回答。

"她认识不少字,你可以再教她一些。"邵元任略带挖苦地道,"三从四德就免了,多教些知识。"

气氛更加尴尬,刘雅贞点了点头。

邵元任阴沉地注视着她,似乎因为忍耐才没有发作。他站起身,头也不回地出了大门。

"小卫,关上门吧。"刘雅贞柔声道,合府上下顿时松懈下来。刘雅贞让赵伯准备一些茶点,然后跟着凤仪去书房看她的"宝贝",和她慢慢地聊天。整个下午，两个人喝着可口的奶茶，吃着好吃的糕点。刘雅贞又让阿金找来纸和笔，教她画画。凤仪自出生以来，还没有品尝过如此温柔的女性关怀。她觉得刘雅贞就像一团温馨的空气，暖暖地包裹着她，让她又爱又崇拜。她立即迷恋上刘雅贞的一切，一面不自觉地想学她的模样，一面又觉得她太过柔弱，希望自己可以强壮一些，可以保护她。

也就是这天开始，凤仪迷上了绘画。她在任何能画的地方画：纸张、书本，甚至白色的餐布、花园里的空白水泥地。阿金拿她没有办法，不管她干什么，邵元任永远没有责备，只有赞成。阿金觉得东家成心想把这个小姑娘惯成一个野孩子。刘雅贞只上过几年私塾，学识并不高明，闲来无事，她想教凤仪刺绣，被邵元任阻止了。

"这是大门不出、二门不迈的小姐学的，"他嘲讽地道，"浪费时间。"

她早就习惯了他的刻薄。自凤仪来了之后，她有了光明正大的借口出入邵府。虽然难得见到邵元任，她也心满意足。她满心疼爱凤仪，觉得她既像一个孩子，又像一个良伴。通过她，她和邵元任之间有了某种特殊的关系：他收养了这个小姑娘，而且，默认她担当起了类似母亲的角色。

想起这些她就脸红，她的父母也默许她照顾凤仪。从刘府到邵府，所有人都默认了她和邵元任的将来。只要元泰发展得再好点，只要邵元任再有点时间，大家都这么想，他一定会和她完婚的。

邵元任为凤仪选择学校，暂时没有合适的。凤仪常思念方谦和杨练，也常怀念汪静生与汪宅故居。但她从不告诉旁人，不过夜深人静之际，躲在被子里哭上一场。虽然她是个孩子，但她和刘雅贞在一起，人们就感觉她可以保护刘雅贞，而刘雅贞则让人感到脆弱和无奈。除了凤仪，所有人都惧怕邵元任，这让凤仪很不解，她觉得邵叔叔是温和可亲的。大家为什么怕他？还有雅贞姑姑，她隐约觉得，她是喜欢邵叔叔的，邵叔叔也喜欢她，可为什么雅贞姑姑要怕邵叔叔，而邵叔叔一见雅贞姑姑，就满脸不高兴呢？

这些大人之间微妙的感情,她还不懂。而且不管天大的烦恼,只要拿起画笔,她就会忘了一切。转眼到了 1911 年春节,邵元任为凤仪缝制了新衣,除去两套中式棉衣,还有完全按照西洋画片上做的裙装和大衣。凤仪对这套衣服钟爱极了,每次试穿时她就想发笑——实在太像西洋画片里的东西了!

大年三十晚上,除去一干仆人,只有邵元任和凤仪两个坐在餐厅吃饭。邵元任难得在家,此时有了凤仪,二人说说笑笑,听着府外震耳的爆竹,倒也觉几分温馨。吃罢晚饭,二人来到书房,凤仪给他看自己的新作品:一个身着长衫的美丽小姐。"这是谁?"邵元任明知故问。

"雅贞姑姑。"凤仪快活地说。

邵元任一笑,在书桌边坐下。心道这孩子如此自然大方,不管与谁处,都能令人愉快,小小年纪,已有几分方先生身上那股子自然的魅力。只可惜是个女孩,不能堪当大用。"叔叔有件事情和你商量。"他从怀中取出一封信,递与凤仪,凤仪打开一看,是父亲的笔迹,大意是说,眼下时局严酷,清廷对革命党的迫害已恨不能食肉饮血,为了保护她,他希望凤仪能认邵元任为义父,并改姓为邵。

"能看懂吗?"邵元任问。

凤仪点点头。

"你怎么想?"

凤仪沉默了一下,自出生以来,父亲给她的印象就是一张张的信纸,她很想念他,却又觉得这个想念十分模糊。现在父亲让她认邵叔叔当义父,她抬起头,瞄了一眼邵元任,他并不高大强壮,但是严肃具体,是个再好不过的爸爸了。她不好意思地笑了一下,点了点头。

邵元任毕竟没有结婚生子,也觉有点尴尬,为了缓解气氛,他笑道:"那以后,你要叫我爸爸了?"

凤仪的脸红了,长这么大,她很少有机会喊爸爸,这段时间和邵元任朝夕相处,她对他的熟悉程度已超过了方谦。方谦是名义上的父亲,而邵元任是活生生的,她鼓了鼓勇气,喊:"爸爸。"

邵元任答应了一声,点了点头。一时二人都不知再说什么,居然沉默起来。邵元任暗想,自己过完年,便三十一岁了。古人云三十而立,他也早该娶妻生子。可是生逢乱世,谁可当妻呢?雅贞固然纯洁美好,又对自己一往情深,奈何不通世事,又生性柔弱,若与之成婚,万一自己有什么变故,叫她如何自处?难不成让她带着孩子投亲靠友,像凤仪这般寄人篱下么?何况凤仪能有今日局面,一是因为方先生在南方仍然掌权,另一方面也是和自己投缘,已是不幸中的大幸。饶是如此,也令人生怜,更何况其他不堪的局面。若真要与雅贞成婚,自己便不可再加冒险,一面谨慎生意,一面远离黑道革命之流,长保清白。可这世道,邵元任冷笑一声,清白之人又如何发迹,再说他天性如此,是绝不能满足一个平平安安的小日子的。他看着凤仪在画纸上忙活,不由环顾起四周,这座府第虽然华丽,也不过是个吃饭睡觉的地方,自凤仪来后,这儿开始像家了。有时看见雅贞和她坐在一处,就像一幅完美的家庭图画,但是这图画注定不是他的,他是真心想要,也是真的要不起。想到这儿,他轻咳两下:"初四晚上,我要办个西式宴会,庆祝收了个义女。凤仪,你要记住,从今天起,你就是我的女儿了。"

"嗯。"凤仪高兴地点点头。邵叔叔真的变成了爸爸,这儿就是她光明正大的家了!"邵叔叔。"她一张嘴就笑了,邵元任也笑了起来。

"爸爸,"她问,"雅贞姑姑那天会来吗?"

"不知道。"邵元任皱了皱眉。

"我要把这幅画送给她呢,她说了,过年要来看我的。"

"是吗?"邵元任问。

"是的。"凤仪说。

邵府的西洋茶话会，定于初四晚上九点。既是西式晚会，邵元任又尚未娶妻，所以无人携妻女出席，晚饭后不久，一拨一拨清一色的男宾来到了邵府，很快就把这座空荡荡的府邸塞得满满登登。阿金见来了这么些男人，羞得躲在凤仪房间，磨磨蹭蹭帮她穿衣打扮，恨不能整晚不用下楼。邵元任也不管她，早安排李威带着几个伶俐的工人，在厅中架起圆桌，铺上西洋桌布，摆上零食及小菜，倒着香槟红酒。又有几个容貌清秀的小工，穿着西式服装，在厅中招呼客人，接待座位，倒酒布菜，一切井井有条。凤仪穿着新衣裳，踩着新皮鞋，听着楼下闹哄哄的声音，在椅子上动来动去。要不是阿金拉住她，她早就下楼去看看，到底都来了什么人，为什么这么热闹。

她正不耐烦，邵元任推开了门，见凤仪穿着一身西式套裙，却梳着一个中式长辫，既漂亮，又有几分滑稽的可爱，不由微微一笑。凤仪早就等不及了，立即快步上前，跟在邵元任的身旁，走到了楼梯口，还未等她看清下面到底是些什么，掌声便响了起来。

凤仪不禁有几分羞怕，原来这么些叔叔伯伯，全是她不认识的。她跟着邵元任一步一步朝楼下走，新皮鞋又紧又滑，她很是担心，怕自己一脚踩空，一个跟头栽下去，那就太丢人啦。幸好，她稳稳地下了楼，跟着邵元任来到这些人的面前。邵元任一一向她介绍，有光复会的李燮和伯伯，有商会的李平书伯伯，有同盟会的陈其美伯伯。李燮和示意身边人把一个红包递给她，她看了看邵元任，邵元任点点头，她就拿着了。李平书弯下腰，笑呵呵地把一个红包塞进了她的口袋。陈其美则从脖上解下一块玉，戴在她的身上，又从口袋里拿起一沓纸牌，让凤仪抽出一张，然后将牌插回去，随手洗了洗，再打开时，每张牌都变成了白纸，什么字符都没了。凤仪又惊又喜，不由请他再变一次，陈其美哈哈一笑，又变了两次，每次结果都不相同，惹得李平书等人都围上前，看他大变戏法。李燮和不屑这种江湖把戏，目不斜视地端坐在一旁。

邵元任借机退到一个角落,悄悄打量着李燮和与陈其美。眼下上海最强势的两派革命力量的领导人,显示出完全不同的风格:李燮和气质超然,举止严肃,但随行的人员却在旁随意走动,吃东西聊天;陈其美嘻嘻哈哈、漫不经心,但同盟会的人却在四周暗自戒备,无有半点松懈。邵元任不由暗自称赞,这个陈其美果真是统帅之材。突然,一个激昂的声音从大厅中央传来:"童谣纷纷传唱:清受天命,十传而亡。清廷自顺治、康熙、雍正、乾隆等至光绪、宣统,刚好是十传。我看这宣统二字,暗合三数,而统字又类绝字,如今各地革命一触即发,清朝之亡指日可待也。"

这样高谈革命之论,又直指清朝灭亡,大厅众人纷纷变色,霎时一片安静。邵元任举目望去,早识得他是光复会中的一员骨干,叫陈慎初,亦是大户人家子弟。陈慎初抑扬顿挫地道:"光复会向有爱国爱民的赤子之心,加上李燮和先生领导有方,定能为上海谋图一个新未来。依我看,将来上海的领军人物,必是李燮和先生。"

听见这话,光复会会员们和几位商界人士纷纷鼓起掌来。李燮和微笑摇头,既有自得又表自谦之意。而同盟会和其他人员,却颇为不忿。邵元任见陈慎初出言不谨,两派人员必有争端,便退到更远处,一心要察李燮和与陈其美如何处事。陈慎初还欲再放高言,只听呸的一声,一个穿青色短衫的人啐出一口浓痰,险些溅到陈慎初的脸上。陈慎初本能地一让,大怒道:"你做什么?"

青色短衫的人把眼睛一翻,看模样便要开骂,只听陈其美轻咳一声,向李燮和笑道:"我这位兄弟不太懂规矩,请您和光复会的同志不要介意。"

李燮和冷冷地欠欠身,算是接受了道歉。青色短衫听陈其美说了这话,忙向陈慎初拱了拱手,以示赔罪。陈慎初满脸通红,恨道:"士可杀不可辱,大庭广众之下,你这样就算了?!"

青衫之人只低着头不作声。陈其美哈哈一笑:"陈公子,你是世家子弟，高高在上，何必和个手下人一般见识。"

陈慎初双目喷火："什么手下人，不过是个青帮混混，也敢这么放肆！"

"慎初，"李燮和轻轻饮了口茶，"既然陈先生赔了礼，你就给他一个面子，算了。"

"不行！"陈慎初不依不饶，其他几位光复会会员也纷纷大加斥责。陈其美面无表情地坐着，同盟会其余人等皆直立不言，只用眼光瞥着陈其美。气氛顿时尴尬起来。

眼见光复会如一盘散沙，虽有激愤却无章法，而同盟会却调制有度，一将之下，万兵不乱，邵元任不由暗自摇头。他正思量如何解开这个局面，忽然，靠近门口的人群发出一阵小小的骚动，不少人朝两边退去，让出一条小路。邵元任惊讶地转过头，便看见刘雅贞站在小路的尽头。她身披墨绿色"一口钟"[7]，高领长袍，直垂及地。乌发轻盘，斜插一朵镶金翡翠珠花，与绿袍相互映衬。她乍见到一屋子男人，顿时怔住了。不知是害羞，还是化了妆，她双颊飞红，在大厅水晶灯的映照下，宛如春天一般明艳动人。

邵元任见所有的男人都盯住雅贞，顿时大怒，但分明是刘雅贞突然闯入，他又不能怪众人无状，不禁深怨刘雅贞来得不是时候。他大踏步走过去，拉过她的手，用力轻轻一握，示意她跟着朝前。刘雅贞只觉无地自容，这么多男人围观，而且和邵元任手拉着手……这还是他第一次拉她的手……她怀疑自己沉陷一场甜蜜的噩梦，懵懵懂懂地朝前走着，跟着邵元任在李平书面前停住了。李平书是少数几个见过刘雅贞，知道一点缘由的人，他慌忙和刘雅贞正式招呼："原来是表小姐，您新年好啊。"

刘雅贞轻轻福了福，算是回礼。商界不少人听说过邵老板和表妹的"故事"，见李平书这么称呼，他们忙收回了目光。陈其美立时恶狠狠地扫视着帮会成员，逼着他们纷纷低下头……全场上下，只剩陈慎初一个人失魂落魄站在原地，呆呆地望着刘雅贞。

李燮和轻咳一声，道："慎初，你过来。"陈慎初站着不动，一个光复会成员推了他一下，他这才反应过来，慢慢走到李燮和身后，但目光始终不离刘雅贞。"雅贞姑姑，"凤仪不知哪里蹦了出来，快乐地抱住她，"我等你好久啦！"邵元任顿时松了一口气，感到可以顺理成章地让刘雅贞离开男人的视线，他淡淡地说："凤仪，带雅贞姑姑上楼去吧。"

"好！"凤仪拉着她便走，她着急要把画送给雅贞呢。刘雅贞如蒙大赦，恨不能一下就上了楼，怎奈她是小脚，只能一步三摇地跟在凤仪后面。众人不禁用眼角余光偷偷打量着这位古典小姐的风姿，只有陈慎初如痴如醉，毫不顾忌地盯住刘雅贞。邵元任阴冷地扫了他一眼，担心自己流露出不满，悄声和李威说起话来。凤仪浑然不觉气氛有什么变化，满心欢喜地和刘雅贞在书房里看画玩耍。就这样，她度过了在上海的第一个春节。

新年后不久，邵元任终于为凤仪选定了一所小学。这所小学不在南市，而在租界。它地处静安寺大道附近，环境幽雅，街道整洁，和南市相比，完全是另外一个世界。每天清晨，李威先开汽车把邵元任送到元泰丝厂，接着开车把凤仪送到学校，凤仪喜欢看车窗外的景色，南市密集的街道、低矮的棚户，还有元泰丝厂门前，坐着独轮车上班的女工们，都让她感到勃勃的生活热情，而到了租界，她又能看见外国侨民们坐着敞篷马车来来回回，透过马路边的镂空围墙，还可以看见大别墅里的花园和网球场。她每天在这两个地方穿梭，久久不厌倦，甚至，她喜欢在路上的时光，要远远超过在校园的时间。

学校只有两个班，教授英文、数学和基督教教义，凤仪的英文没有基础，上海话也讲得不好，这让她常常受到同学的耻笑。加上自小生长在南京，受的是纯中国文化的教育与熏陶，她在心理与行为习惯上，难免和上海家庭长大的孩子格格不入。她渐渐地独来独往，每天傍晚，李威来接她之前，她就一个人坐在校园旁边的教堂里，呆呆地发愣。

慢慢地，教堂里一个美国神父注意到她。这个中国女孩经常独自坐在长条凳上，似乎满怀心事。在她这个年纪，怎么会有人愿意享受孤独呢？这一天，他不禁走到她身边坐下，操着异域风味的中国话问："你在等人吗？"

凤仪看着他灰蓝的眼睛，点了点头。

"你每天都在这里，在想什么？"

凤仪摇了摇头。

"那你都在干什么呢？"

"我在看玻璃。"

"玻璃？"神父好奇地打量了一眼教堂墙上高高的玻璃窗，"玻璃有什么吗？"

"为什么这里的玻璃是彩色的，中间还有那么多格子？"

神父微笑了，怎么和她解释呢？他想了想："这个世界有很多东西都不是完美的，但是没有关系，比如一块玻璃，我们不小心把它打碎了，还可以把它粘起来，它还是一块玻璃，而且多了更多的颜色。"

凤仪若有所思："这些玻璃是多了更多的颜色，可是，也多了很多裂缝呀！"

"如果只看到裂缝，我们就会不高兴，如果我们能想到，它又是玻璃了，又多了很多颜色，我们就会很高兴。"神父有些惊奇，这么小的孩子，说起话来却别有一番意味。他不禁问："你叫什么名字？"

"邵凤仪。"

"我叫威廉。"神父伸出手，凤仪知道这是西洋的礼节，忙伸出手，开心地和他握了握。"你平常喜欢干什么？"神父又问。

"画画。"

"画画?!"神父喜道,"你喜欢画什么?"

"什么都画!"

"你有老师吗?"

"嗯,我姑姑,"凤仪想到刘雅贞现在除了夸她画得好,已经很少再教她了,只得补充道,"她原来教我的,现在不太教了。"

"为什么?"

"嗯,她,她不是画画的老师。"

神父笑了:"在我的国家,如果学画要先学素描,再用油料在布上作画,和这里是不同的。"

"素描!油料!"凤仪睁大了眼睛,"我想起来了,我家里有好多这样的画布呢!"

神父见她忽然间就神采飞扬起来,觉得十分有趣:"你喜欢?!"

"喜欢!"凤仪脱口而出,"我可以学吗?"

"当然可以,"神父高兴地道,"这样,以后你放学没事就到教堂来找我,我在上面有个小画室,还有两三个学生,你们可以在一起画。"

凤仪意外拜师,猛然想起这是一件大事,外公说天地君亲师,她就这样拜了一个外国人当老师,爸爸会不会不高兴?她忐忑不安地站起来,恭敬地给神父鞠了一躬:"神父,我回家问一问我的爸爸,如果他同意,我就正式拜您为师,好不好?"

神父一怔,不过他在上海久了,多少理解一些东方人的思维,便点了点头。凤仪见他没有生气,便大为轻松,细细地打听什么叫素描、什么又是油料。神父也一一给她讲解,二人正聊着,李威到了。凤仪请他再多等一会儿,平常李威对她几乎是言听计从,十分敬宠,但今日却一反常态,略带粗暴地回绝了。凤仪有些生气,又有些委屈,闷闷不乐地和神父告了别,走出了教堂。

因为李威与杨练年纪相当,又天天接送凤仪上学,渐渐地,她把一部分对哥哥的信任和情感挪到了李威身上。今天李威意外的斥责，令凤仪十分难过，她缩在车后座上，一句话也不讲。李威从倒车镜中瞥见她满面委屈，不禁心中一软，无可奈何地道："凤仪，叔叔今天有重要的事情要办，非常非常重要，你不要生我的气。"

凤仪听他软言相告，点点头，不一会儿，心情便好转起来，叽叽喳喳地说起教堂玻璃、西洋油画等事物。李威见她毫无心机，一派天真烂漫，不由长叹一声。他很想告诉她自己明天就要走了，要去执行一个可怕的任务，可能今后再也不能相见。但是这些话在他的嘴里只打了个滚，便咽了回去。小不忍则乱大谋，他告诫自己，虽然她流露的真情挺让人感动，但她毕竟是邵元任的女儿，是不可信的！

"叔叔，神父说要教我学西洋画，"凤仪问，"你说爸爸会同意吗？"

"会。"

"那我每天放学以后都要学画了，你要等我嘛。"

李威勉强笑了笑："好，我等你。"

两个人回到邵府，邵元任已经在家了。凤仪又惊又喜，邵元任常常深夜才能归家，偶尔早点，也都是晚饭左右，从来没有这么早过。她迫不及待地想告诉邵元任学画的事情，但邵元任把李威叫进书房，吩咐众人不可打扰。凤仪只好耐住性子，一直等到天黑，她肚子咕咕叫了几遍，李威才从书房里走出来。他没有像往日那样留下吃饭，而是回家了。

凤仪缠住邵元任，再不给他一点空当，她一口气把什么教堂、玻璃、神父、油画之类全倒了出来。邵元任见她神采飞扬，眉眼里全是快乐，不禁想，她要永远不长大有多好，她就会永远快乐。可她这个样子，我要怎么教她呢？是告诉她世界总有另外的一面，还是更好地保护她，让她保持天真与热情。他望着她的笑脸，不觉脸上也露出一丝微笑，算了，他想，她毕竟是个女孩，只要将来嫁个好夫婿便成了，无须了解人世沧桑。

"爸爸,你有没有听嘛,"凤仪嘟起了嘴,"怎么今天你们都心不在焉的!"

"嗯,"邵元任眉头一皱,"李威叔叔怎么了?"

"他没精打采的,下午我说让他多等会儿,他还不高兴,说有要紧的事情办。"

"他要出去一些天,"邵元任道,"明天我让别人来接你。"

"他去哪儿?"

"外地。"

"很远吗?"

"有点,"邵元任笑了笑道,"你不是想拜师吗,明天我亲自来接你,见见你的师父,再给你买些学习用具,好不好?"

"这么说你同意了!"凤仪不由欢呼一声,又赶紧道谢,"谢谢爸爸。"邵元任又细问了神父如何说的,如何提出让她学画等关节,觉得并无大碍,便让阿金服侍她休息。等凤仪上了楼,他回到书房,命小卫送来一壶开水,独自坐在茶桌旁,一边慢慢地冲泡,一边在心中筹划计较。

他团结广东、湖南两大同乡会,兴办了德昌堂。目前德昌堂不仅慈善基金雄厚,而且组建了救火队。救火队员由两百个精干的年轻人组成,他们大部分来自湖南和广东,也有部分来自上海和江苏。他们主要工作是负责南市地区的消防工作,给城外或城内的灾民发放粮食,收殓客死上海又无人埋葬的尸体,并埋入义冢。邵元任从杨练介绍的武师中,精挑了几员良将,由他们管理救火队,经过两个月的考察,又从救火队选出一批强干可靠的队员,学习枪击和武术。

只要假以时日,这支部队就是他在上海最大的势力和筹码。不管是同盟会,还是光复会,想要得到上海,总得争取一下他的势力。现在万事俱备,只欠东风,救火队通过南方关系联络到一批军火,但如何把这批军火从广东运抵上海,再运进德昌堂,就成了一件头痛的事情。此时的上海,军火已是各路人等急需之物，莫说各路黑帮盯死了他，就连各种名义成立的组织、商会，都大起觊觎之心。他连日以来，一面大张旗鼓地整队伍、找人手，一面在外面放出消息，说李威要带人去广东运"货"。另一方面，他请杨练在广州暗度陈仓，将真正的军火装在运家具的船中，只等李威到了南方后，在假军火的包装之上再铺一层枪支弹药，以掩人耳目。待李威从广东浩浩荡荡地出发之后，杨练再带人另择水路，悄悄地北上。

这招明修栈道之计，虽可保军火大半安全，却难保李威等人的性命。邵元任素知李威野心勃勃，一心要出人头地，这等建功立业的好机会，他肯定愿去，但未必不会贪生怕死。邵元任遂在南市为李威买了套房，又将李威母亲从苏州乡下接来，另请了个小丫鬟，在那里日夜照顾老人，又许诺他未来种种好处。李威心下也很清楚，他若去，不仅能为自己搏个将来，就算他死了，邵元任也会给母亲养老送终。他若不去，他和老娘恐怕就要在黄浦江里喂鱼了。

邵元任从滚烫的茶壶中倒出一杯茶，先将茶水注入闻香杯，略略一闻，便将小茶碗扣在闻香杯之上，双手轻轻一翻，便将茶水又扣入小茶碗中。他一手端，轻轻一吸，便将茶水吸入了肚中。叮铃铃，旁边书桌上的电话响了，他没有接，电话断了，须臾又响，反复三遍。邵元任轻轻放下茶碗，吐出一口气。这是码头暗探发来的信号，李威已经上路了。

就在李威出发后的第二天，上海举行了万人剪辫大会，当场有四千人剪去了象征皇权的长辫。革命呼声日益高涨，除了徜徉在书斋与画室里的凤仪，人人都感到，一场无法抵挡的风暴正在扑面而来。

第三章

刘雅贞陪着凤仪坐在沙发上，多年前，她就听邵元任提过方谦。在她眼中心高气傲的表哥，为何对这个男人钦佩有加？她对凤仪的父亲充满了好奇，凤仪则在座位上扭来扭去。她对父亲的好奇不亚于刘雅贞，他们整整六年没有相见，她感到不安和不耐烦，并且有一种说不出的难受。当邵元任告诉她，父亲方谦和哥哥杨练要来上海的时候，她高兴地跳了起来，现在她明白了，她的高兴完全是冲着哥哥的，她似乎从未盼望过父亲的到来。

这时，阿金打开了大门，凤仪第一眼便瞧见了杨练，他穿着合体的西服，又帅又精神。他的旁边站着一个三十多岁的男人，容貌普通，戴着一副眼镜。凤仪一阵失望，父亲的身高不如想象中的高大，模样也不如照片中英俊。

"凤仪，叫爹爹。"邵元任催促她。

"爹爹。"她结结巴巴叫了一声。

方谦笑了，他蹲下来，打量自己的女儿。上次见她还是个幼童，现在俨然是个漂亮的小姑娘了。她的气色十分健康，看来在这儿生活得很好。

她越长越像她的母亲，只有两道眉毛，清秀中略带英挺，是自己的翻版。方谦既激动又喜悦，又有一些惭愧，并且敏感地察觉到，凤仪有些不自然，毕竟是难得谋面的父亲，他轻轻抱住她，在她的背后拍了两下。

父女俩不出半个时辰就混熟了。凤仪带方谦参观自己的"阵地"，她的卧室、她的书房，到处是她的衣服鞋子、画纸画笔，还有她喜欢的各色小玩意。方谦有些感动，同时也有些不安。邵元任太宠她了，自己明天就要走了，短短十几个时辰，能说些什么？说些什么才能对女儿有帮助呢？他坐下来，觉得头脑一片混乱，即使面临再危险再宏大的场景，他也没有混乱过，现在，他却有些晕眩。才是五月，他觉得热得难过，伸手擦去额头的汗水。凤仪站在他的面前，盯着他的脸。

"你在看什么？"方谦抬起头，看见她的眼珠在滴溜溜乱转，忍不住问。

"我想看看你不戴眼镜是什么样子。"

方谦摘下了眼镜："怎么样？"

她像一个美术老师那样仔细端详着他，露出了满意的笑容："好看！你还是不戴眼镜好看！"

被女儿这样夸赞，方谦觉得有些脸红，赶紧戴上了眼镜，支开话题说："我小时候也喜欢画画，后来要学其他的东西，就渐渐不画了。"

"哦？！"凤仪来了精神，"那你画得好吗？"

方谦笑了笑："还算行吧。"

"怎么样可以把画画好？"

方谦想了想，在桌上拿起一支笔和一张白纸，在开头的地方端端正正地写下：循序渐进。

凤仪看了看，笑了："那，写好文章呢？"

方谦在"循序渐进"的下一行写下：言简意赅。

"那，我想同学们都喜欢我呢？"

"她们不喜欢你吗？"

凤仪嘟了嘟嘴。方谦写下：宽以待人，严以律己。

"这样她们就会喜欢我吗？"

方谦想了想："为什么一定要别人喜欢你呢？"

凤仪似懂非懂地笑了。方谦写下了"无欲则刚"四个字。凤仪看着这些排列整齐的四字箴言，忽然明白这是父亲在教导自己。她认真地想了想："要是遇到困难，遇到危险呢？"

方谦心中一惊，看来岳父的那场风波，给女儿留下了极深的印象。他感到自己的笔都有些沉重，写下了"沉着冷静，随机应变"八个字。

"爹爹，是不是什么事情都有办法？"凤仪问。

方谦想了想："人的经验多了就会有办法，这是靠时间和经历累积出来的。"

"雅贞姑姑总是心情不好，你有办法吗？"

"雅贞……"方谦想起刚才那个古典婉约的姑娘，她一直在照顾自己的女儿，是个贤妻良母型的好女孩。他望着凤仪，将来她大了，也难免会遇到感情问题吧，感情……他沉思良久，写下了"顺其自然"。凤仪指着这四个字："顺其自然？是什么意思？"

"嗯……自然而然……有些事情时间长了就好了。"

凤仪困惑地看着他。时间长了雅贞姑姑的心情就会好吗？她不理解，却也不知如何再发问。方谦无奈地笑了，他想把所有的一切都教给女儿，可是面对女儿的提问，他又觉得自己无法教导女儿，怎么才能把道理对孩子说清呢？自己长年不在她身边，元任又一味地宠爱她……方谦感到一阵心痛。凤仪见他默默不语，便把那张纸拿过来，假模假式地端详了一眼，便跑下楼去了。

方谦不知她要干吗，一时也没有喊她，独自坐在书房。现在全国革命呼声如此之高，也许成功离得不远了，如果国家能够安定下来，他就把凤仪接回自己身边，慢慢教育她。到那时她有多大呢？十五岁？太漫长了，十二岁，明年革命能成功吗？他觉得心绪纷乱，到时自己又在哪里落脚呢？南京已经没有家了，上海还是广州？这时，凤仪咚咚地跑了回来，刚才他随意写的那张纸已经装进一个画框里，她得意地举到方谦面前："爹爹你看！"

方谦又意外又惊喜："这是……"凤仪也不理会他，将画框拿在床头比画："爹爹你看看，我挂在这儿好不好？"

方谦忽然有些安心，女儿的这个举动显现出她天性中的热情和理解力。他感动地看着女儿的身影，从背后看，她已经显露出少女的身形，很快就会长大了。

这天，凤仪照常走出邵府的大门，她穿着白色的衬衫、西式背带裙，额前依然是浓密的一字刘海。上海的天气已经有些闷热，夏天就快来了。她走向汽车，忽然觉得司机有些不对，他背对着她，正在擦车窗玻璃。她激动地停了一下，然后飞快地跑过去："李威叔叔！"

李威转过身，朝她微微一笑，凤仪脸上洋溢的亲情还是打动了他。他打开车门，坐进驾驶室，凤仪飞快地爬进车厢，叽叽喳喳地问："叔叔你去哪儿了？怎么现在才回来？"

"我出了一趟长差。"

凤仪咯咯笑了："有多长？"

李威想了想："像黄浦江那么长。"

李威回来后，邵元任既没有把他派往德昌堂，也没有提升他在元泰的位置，依旧让他每天接送凤仪上学，晚上在邵府吃过晚饭后回家。大量的时间他都在陪伴母亲。也许轻松的工作有助于疗养，他的气色逐渐好转，除了沉默寡言，他和以往没有变化。他把从胸口取出的子弹装进一个锦囊,像幸运符那样日夜带在身边。说起来也真福大命大,那颗子弹离心脏的距离只有半寸,他差点送了命。

全国的时局在此时发生了微妙变化,四川"以保路、废约为宗旨"的运动,已成为一场大变革的导火索。各省各地的革命力量,都从观望变成了一种准备。邵元任感到,自己必须在光复会和同盟会之间做出一个明确的决定了。

这天晚上,他通知李威在邵府等他,因为应酬繁忙,邵元任难得回家吃饭,每天都是李威或刘雅贞陪着凤仪。邵元任回到家,凤仪已经睡了,他和李威来到小书房,二人落座后,他亲自给李威倒了一杯茶。李威看起来似乎有些不安,邵元任用一种兄长的语气说:"我让你等我,是有事情和你商量。"

李威微微一愣:"邵先生,你已经知道了?"

邵元任不禁有些诧异:"什么事情?"

李威小心翼翼地道:"陈慎初向刘家提亲了。"

邵元任没有说话,也没有任何表情。李威继续道:"今天刘家派人来,说想听听你的意见。"

陈慎初如痴如醉盯住刘雅贞的表情像洪水一般冲入邵元任的心底,他方寸大乱,连忙稳住心神,淡淡地道:"我找你不是这件事。"

李威双腿一颤,如果不是谈这件事,那就是和自己有关了。他竭力平静,等着邵元任开口。

"你回来后我没有安排,一是想让你好好休息一段时间,陪陪伯母。二是考虑怎么安排比较合适,你是个人才,"邵元任微笑着问,"有没有想过自己当老板?"

李威心头一跳,赶紧摇摇头。邵元任道:"青帮蔡洪生老爷子想开一家茶馆,我有意和他合股,如果你愿意,你就是这家茶楼的老板。"

李威大为失望,难道自己靠出生入死换来的,就是一家茶馆吗?何况自己没有资金,最多当个名义上的经理,拿一点干股。邵元任像是猜到了他的心思,从抽屉里拿出一张图纸:"这是茶馆的初步构想,你看一看。"

李威打开图,立即被吸引了,趴在桌上仔细地看了起来。只见这座茶馆高三层,大约有上千平方。第一层是茶座,中间标有正方形戏台;第二层是弹子房,至少有上百张弹子桌;第三层是餐厅,除了一排排方桌标志,还标着几排床位。李威知道,这是给客人提供鸦片的烟榻。他指着二层问:"这,这全是弹子桌?"

邵元任点点头,李威惊奇万分!上海虽然茶楼众多,但如此大的规模,又用整整一层引进西洋游戏,几乎闻所未闻……李威激动地问:"您打算开在什么地方?"

"八仙桥。"

八仙桥是法租界的闹市区,也是各路黑帮云集之地。李威听得是这个地点,心头又是一阵乱跳,这可是自己大大露脸的机会啊。邵元任打量了他一眼,淡淡地道:"元泰出资两万大洋,其中蔡老爷子占三成,你占一成。本来我是想把你派到德昌堂,可那儿毕竟是个慈善机构,元泰也不过是个丝厂。我思来想去,以你的能力,完全可以开辟一番新事业。我知道你来上海不久就加入了青帮,现在,有蔡老爷子和我,再加上这家茶馆,你就能安心做生意,有了钱,你就能在青帮有所作为。"邵元任突然伸出手,在他的肩膀上轻轻拍了拍,"我们兄弟一场,我也希望你在上海出人头地。何况你是一个孝子,百善孝为先,我能扶助一个孝子,也是我的荣幸。"

李威先是大喜,继而大惊!看来邵元任要扶持自己、借助自己在黑道上发展势力是真,但他日若有反目,会毫不留情地铲除自己也是真。德昌堂自己是插不进手了,而且只要母亲活一天,他就不要想随意背叛邵元任。李威连忙迭声道:"谢谢老板,老板放心,我会好好做事的。"

邵元任微微一笑。两人心下既明,也不再闲谈,只详细地筹划茶馆如何经营,如何发展,直谈到天色微明,二人俱是欣喜兴奋,毫无困倦之意。但邵元任惦记着陈慎初求婚之事,不得已打发李威回去了。他又泡了杯浓茶,端进了卧室。现在一切都在运筹帷幄之中,除了这个雅贞。他坐在床边的太师椅上,眉头紧锁。陈慎初在这个时候提出求婚,实在令他惊讶,就算光复会不想争取他的势力,也不至于从朋友变成敌人吧?不!他迅速地分析,这不可能是光复会的计谋,而是这个姓陈的小子因为表妹昏了头,他已经不管什么局势什么组织了,只想抱得美人归。邵元任大为不齿,真是个轻浮率性、没有头脑的男人,他怎么配得上表妹?以刘雅贞的容貌、品德,应该配一个性格温和、学识超群的大才子,二人花前月下、卿卿我我,不问江湖之事,尽享家庭和生活的乐趣。若给了这般无能之辈,不管家中有多少钱粮,将来还是会误雅贞一生。想到这儿,邵元任暗下决心,无论如何不能让这门亲事成功,怎么办呢?他思忖良久,这事就是回绝,也不能做在表面上,这一反对,得罪的不仅是陈慎初,而是光复会。光复会会认为他不想和他们太过亲近,以后的关系就难处了。莫说他现在还未决定站在哪一方,就算他选了同盟会,也不想和光复会翻脸成仇。

又不能同意,又不能反对,邵元任踌躇很久,也未能计划出个真章,正烦恼间,门轻轻响了。邵元任看了一眼钟,刚刚七点,不悦地道:"小卫,我让你今天早上不要叫我的?!"

没有回答。邵元任闭上眼睛,刚欲思索,咚咚的声音又响了起来,他怒道:"小卫,你还在敲什么?!"

一个柔弱的声音传了进来:"是我。"

邵元任大为惊讶,连忙起身,略理了理衣装,便打开门。刘雅贞满面羞红地站在门外,衣衫整齐,微尘不染,宛如一张仕女图。

邵元任沉下脸:"这么早,有事吗?"

雅贞听他语气森严,吓得向后轻退一步,但她毕竟不死心,又事关终身幸福，咬了咬牙又站住了。邵元任知她这样，已是尽了最大的勇气，不禁心中一软："进来再说吧。"

刘雅贞慢慢走进去，站在窗边，清晨的阳光淡淡地照进几缕，将她的头发打出一层光亮。邵元任从未在这个时候见过她，而且离得如此之近。他突然对她产生了一种莫名的恨意，她为什么要这么美，又为什么要这么柔弱，她牵得他心隐隐地痛，却又痛得他痛下决心，一辈子不和她靠得太近。

"陈家提亲了。"雅贞轻声道。

邵元任觉得嗓子一哽，差点伸出手，将雅贞揽入怀中。他连忙警醒自己：邵元任啊邵元任，枉你一世英雄，如此时不能硬下心肠，只怕日后要祸遗表妹终身。想到这儿，他灵机一动，放慢语速柔声道："现在上海风起云涌，时局很难把握啊。"

刘雅贞不明所以，困惑地看着他。邵元任道："你也知道，我一直支持南方的革命，所谓国事未定，何以为家，现在，眼看到了这紧要关头，眼看着上海要光复在即，可你却……"说到这儿，他真觉得有万般无奈，千般痛楚，不由长叹一声，真的说不出话了。

刘雅贞见他双眼深凹，似乎一夜未眠，又如此痛苦之态，她一下子明白啦，原来邵元任是喜欢她的，是想娶她的，不过是想等国事定了之后。那么，他显然是不想让陈家提亲的，不想让自己出嫁的！刘雅贞自通人事之后，一颗心便拴在了邵元任身上，可怜她单纯至极，哪里想到邵元任百种心思，一时之间，她自认经年痴恋有了结果，她痴爱之人，原也痴爱着她，不由大为喜悦。一双眼睛笑中含泪，双颊通红，整个人都光彩照人起来。

邵元任知她已被自己说动，心中大为不忍，低了头不敢再看她。只听她响亮快乐地道："我明白啦！"

邵元任从未听过她这般语调，不禁一呆，也不知是喜是悲，口中喃道:"也许时间很短,也许很长……"

"我明白啦,"刘雅贞欢快地道,"你莫再说啦!"她想着他为了自己担心受累,不由又是心疼又是内疚,福了一福,又想着他不喜欢这些旧礼,忙忙地又站直了,道:"我不会答应陈家的,你好好歇息吧。"

说到这儿,她似乎认为二人心意已通,也不等邵元任发话,便径直走了出去,又反身轻轻关上门。等邵元任回头望去,哪里还有她的人影。邵元任觉得似梦似幻,也不知她是真的来过了,还是自己的想象。他慢慢走到床边,双腿一软,瘫倒在被褥上。一个未有过的念头闪了出来:我是不是一个懦夫?!他骇然震动,不敢再想下去。无论如何,有他这几句话,雅贞就不会答应这门亲事。刘家只有她这一个女儿,又一直希望把她嫁给自己,只要她竭力反对,亲事就会不了了之。

转眼到了1911年6月,四川爆发了"保路事件"。10月,湖北武昌的新军士兵占领了武昌城,成立了湖北军政府。辛亥革命爆发了。大清国的湖南、江西、山西、云南等省相继独立,闲居洹上的袁世凯被委以重任,统领北洋军南下镇压,武汉战事吃紧,武汉党人急电全国:亟望各处响应。

一时之间,上海街头到处贴满了革命标语,报纸上,里弄里,无人不在谈论这场变革。各方力量被天时地利扭在一处:同盟会陈其美掌控的敢死队约三千人,李燮和麾下除光复会还有策反的驻沪湘籍防军,上海自治公所董事兼江南制造局提调李平书带领的商团武装约两千人,同济大学学生敢死队约五百余人。上海已是一触即发,还人们一个新天地。

这一年的11月3日,因闸北清军巡逻队哨官、闸北起义军指挥陈汉钦在秘密活动时被发觉,闸北起义被迫提前。同盟会、光复会、商团武装等各股力量立即前往闸北支援,不到一个上午,闸北便顺利光复,紧接着,各路人马齐聚九亩地,准备光复上海老城厢。

陈其美率先登上高台，朗读了上海军政府的独立宣言。敢死队员们扯下清朝的龙旗，升起了白色的革命旗帜，很快，上海县衙被拿下，众人一把火烧了道署衙门，天刚擦黑，吴淞口守军便改弦易辙，仅一天时间，整个上海，只剩下江南制造局还在拼死顽抗。

江南制造局存有大批军火，它三面环江，只有一条长巷可以进入，坐镇指挥长官张楚宝，是李鸿章的外甥，颇有几分才干，如此地利与人和，令起义军几次冲锋，都被密集的炮火顶了回去。长巷之中尸横累累，进攻被迫停止，城外的坏消息不断传来，清廷正从南京等地急调军队，前来救援。

众人一筹莫展，只能在巷外苦苦等待。孰料陈其美乘众人不备，独自举起一面白旗，走入了巷中。李平书等人大惊失色，忙喝问同盟会会员，方知陈其美欲单身涉及，劝降张楚宝。李平书搓手顿足，道："那张楚宝心高气傲，又是李中堂的家人，怎么会听一个乱党之言。陈先生此去，只怕是危险了！"

商会会员面面相觑，不知如何作答。光复会众人素来不喜陈其美，也无人理会，只有李平书和几个同盟会头领，暗自着恼。如今陈其美身陷制造局，众人也不好轻举妄动，但若迟迟不动，又恐援军一到，起义全盘皆输。光复会会员开始苦劝李燮和进攻，同盟会会员则怒目而视，商会与学生会员们也不敢多言，眼看得局势越来越糟，这时，一直在巷外观察地形的杨练，走到李平书身边，悄声说了几句。李平书眼睛一亮，问："你有把握？"

杨练点了点头。李平书等人忙低声商议，因为杨练甚少在上海露面，李燮和等人并不认得他，只道他是邵元任的救火队队员，唯有李平书知道几分底细，对他的提议不敢轻视。众人一面觉得太过冒险，一方面又觉得或可一试，正商议间，上海一批倒戈的军警突然赶到，要助起义军一臂之力。这毕竟是支训练有素的队伍，起义军民为之一振，加上时间紧迫，众人当即决定依计而行。

霎时喊杀声四起,李燮和高举火把,冲在最前面,各种敢死队员紧随其后,朝巷内强攻。杨练一人轻衣短打,溜到墙脚下。他猛地一提气,如壁虎紧紧贴住墙壁,游上了墙头,接着缩身扭动,如蛇一般游到了制造局那头。制造局的清兵正在与敢死队力战,哪里想到墙头之上会有人攻入。杨练轻轻一纵,跃入了制造局内。

"谁?!"一个清军喝道。

杨练一个扫堂腿将他放倒在地,手起刀落,割断了他的喉咙。他走到无人处,解下捆在背上的炸药,将导火索连成长长的一根,点燃火索,飞身趴在远处。只听轰的一声,制造局火光冲天。杨练跳起直奔大堂,杀了个清军,夺了一支枪,又向外杀来。张楚宝见后方突然大乱,误以为起义军从水路攻进了制造局,慌不择路,自己开船从水路逃了。清军顿时溃不成军,众人一哄而入,占了制造局。

李平书忙着领同盟会与商会的人寻找陈其美,众人在一间小屋内找到了他,他浑身上下捆成如粽子一般,拴在一张铁床边,半长不短的头发另用一根铁钉钉在墙上。众人忙把他解开,他浑身酸麻,半晌才能活动。值此制造局一役结束,上海才实现了所有地方的光复。第二天一早,全上海的人们都知道了这一特大新闻:上海光复了!

光复了!人们一面议论纷纷,一面用最快的速度恢复生活。商会与学生敢死队纷纷解散,死的高金抚恤,活着的各回商号或学校。唯有同盟会会员全部原地待命。事情的发展果不出邵元任所料,虽然光复会和各上海商团,都推举李燮和做沪军大都督,但因浙江财团的财力支持,加上青帮的武力介入,陈其美果然当选了上海第一任沪军大都督。11月7日,上海军政府正式宣布成立。

从这一天起,邵元任再也没有回过家。他一面忙于交际,另一方面,主要为着躲开刘雅贞。他巧施缓兵之计,令陈慎初求婚未果,可如何再向雅贞解释"国事未定，何以为家"呢？邵元任知道以雅贞的性格，自己若继续欺哄，她还会相信他，还会等他，但再过两个月，雅贞就年满二十周岁了。这个年龄再不出嫁，就要惹人笑话了。他得让她死心，而且还得让她风光大嫁。

他想躲开她一些日子，让她冷静冷静，接着，又找来上海几位能言善道的媒婆，为雅贞筹措婚事。这几个媒婆见邵元任出手大方，无不全力相助，没几天的工夫，就张罗了几家大户人家的公子，有考中过秀才的，还有留过洋的，还有家财万贯的，个个都是好人选。

邵元任心怀内疚，托人详细打听这几家公子的人品学识、家中长辈的脾气性格，就像嫁自己的亲妹妹一般。选来选去，选中了两户人家，都是知书达礼、家产丰厚、父母温和厚道、容貌清秀的好公子。邵元任将这两人的资料用小楷亲手抄写了，入在一本小册中，想想觉得不妥，又细细写了这两户人家如何之好，成家之后如何能和美生活；再想又觉得不够，又写了自己如何会为雅贞筹办嫁妆，添置多少四季衣裳、珠宝首饰、田产股份等。他思来想去，几经誊写，方写成一个成稿的小册，只待有机会去刘府，拜见雅贞父母时，好好地呈上。

杨练虽为上海光复立下汗马功劳，却不为人所知。人们更津津乐道于大都督陈其美孤身犯险的英雄事迹。杨练亦不愿露面，假称自己要回南方，躲进了邵府。他本意想陪陪凤仪，等邵元任筹措给南方政府的资金到时，即押回广州。可没有想到，他在邵府待了几日便待不下去了。刘雅贞每天都在府中守候邵元任，杨练虽不懂男女之爱，但他一看见雅贞日渐清瘦的模样，就觉得说不出的难受。他想出去走走，但凤仪因为雅贞心情不好，也不肯出门，日日陪伴雅贞。杨练无法，只得找几个江湖朋友打发时间。这一晃便到了十一月底，雅贞突然回了刘府，接连几日没有再来。杨练得到消息，便去看望凤仪。

凤仪未通人事，虽然担心雅贞，但见到杨练又高兴起来。二人在府中无事,杨练就带她出门游玩,因为邵元任工作繁忙,刘雅贞又是三寸金莲,所以除了上学必经之路,她几乎没玩过上海什么地方。

杨练日夜带着她在外玩耍。凤仪最喜欢租界的晚上,那儿灯光要比南市明亮太多,一些华丽多样的大楼矗立在街边,充满异国情调,一次两人停在汇中饭店的门口,凤仪指着饭店顶端道:"哥哥,这房顶上还有两个小房子。"把杨练逗得哈哈大笑。而说到白天,凤仪就最爱城隍庙了。这儿不仅热闹,而且有很多小吃,怎么吃都吃不够。这天礼拜日,她又吵着要去城隍庙,杨练便带她出了门。两人到了庙前,照例摸石狮,逛宝殿,玩得开心不已。不一会儿到了中午,凤仪来到池塘边的小吃摊前,把喜欢的各色小吃吃了遍,正吃到油面筋百叶汤的时候,听见小伙计惊乍乍地尖叫起来:"小鬼头吃白食还想跑?!"

凤仪循声望去,见伙计抓着一个穿洋装的少年,正大声地叫骂着。

少年十二三岁年纪,手里拿着本书,他把浑身上下每个口袋都翻遍了,也没找到半文钱,伙计更得理了:"小小年纪就是赖皮精,看你穿得像个小少爷,原来是个小瘪三。"

"我出门的时候正在看书,"少年操着北方话解释道,"所以忘记了。"

"忘了?我看你是没钱吧!"

"你等一会儿,我回家拿了就送给你。"

"回家?你当我是寿头啊?"伙计听了这话,作势便要打人。凤仪心中不平,扯了扯杨练,杨练抄起一根竹筷,嗖地弹了出去。伙计觉得手背一阵剧痛,忙四下回顾,也不知什么人打他,喝骂道:"哪个赤佬多管闲事?!"

凤仪乘乱走过去,把钱递给少年,少年眼睛一亮,笑了接了过去。等伙计回过神来,少年已经把钱付给了老板。老板知有人暗中相助,忙把伙计叫回来,莫惹是非。少年朝凤仪一笑,转身慢慢地走了。凤仪自觉做了件大好事,胃口大增,居然把百叶汤吃了个干净。杨练见她吃了甚多东

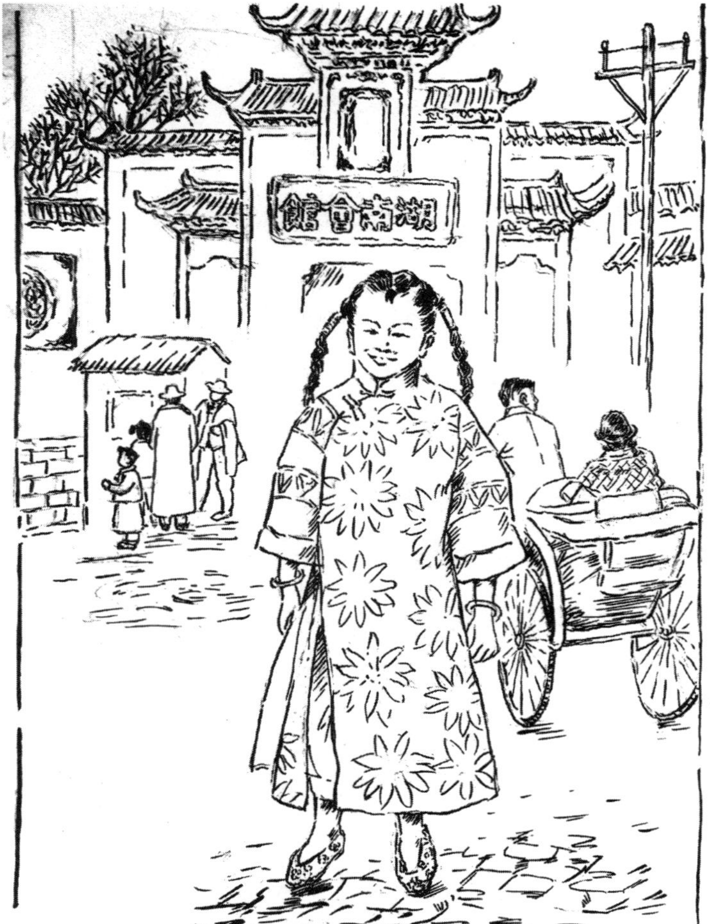
湖南會館

西，怕一时积食不消化，便带她到湖心亭中的茶馆喝茶。这是上海老字号的茶馆，窗外是池塘，窗内是茶座，十分雅致。二人落座不久，便听一个茶客正向人介绍一个不黄不绿的碗，凤仪好奇心重，走上前一看，见那碗质地奇特，介于透明与不透明之间，不禁站在一旁旁听。那茶客洋洋得意地道："我这个琉璃碗可是古货，你们都看看清爽。"

"清不清爽可说不准，"有人插话道，"这东西可失传了好多年。"

"你懂什么，我这个是唐代的货，失传？那是明朝以后的事情。"

凤仪忍不住问："阿伯，这是什么？"

"琉璃。"茶客说。

"琉璃是什么？"凤仪又问。

"就是琉璃！"茶客看了她一眼，不耐烦地道，"小孩子家家懂什么，去去去，莫打坏了我的东西。"

凤仪嘟起嘴，正欲转向身，忽听一个人道："琉璃就是玻璃，有什么稀奇的。"她抬头一看，睁大了眼睛，原来是那个没钱付账的少年，正笑嘻嘻地看着她。

"玻璃？！"那茶客哼道，"玻璃是什么东西？"

"玻璃就是二氧化硅。"

"二氧，二氧什么？"茶客们哄地笑了，"这是什么东西？"

"这是化学，"少年正色道，"也是西洋科学。"

茶客们见他一身洋装，虽然年纪幼小，但谈吐不凡，倒也不好为难他，便自己聊了起来。少年一拉凤仪，二人走到旁边的空桌处，凤仪迫不及待地问："化学到底是什么？"

少年笑了："化学是一门西学，二氧化硅是玻璃的化学名称。"凤仪见他手上拿着一本书，书名写着"代数学"。不由问道："这又是什么？"

"这也是一门西学。"少年道。

凤仪见这位年纪稍长的少年如此有学问，不由又敬又愧，觉得自己枉上了学堂。她终究是少儿心性,想了想道:"我也懂一门西学,叫油画。"

"哦,你会画油画,可真了不起。"少年衷心赞道。凤仪嘿嘿一乐,有些不好意思起来。少年见她的表情煞是可爱,不禁问:"你叫什么?"

"凤仪。"凤仪道,"你叫什么?"

"我,"少年刚欲回答,心中念头一转,道,"我就叫玻璃啊。"

"玻璃?"凤仪一本正经地道,"你爹爹是学西学的吗?怎么会起这种名字?"

少年哈哈大笑。凤仪又惦记起琉璃碗,转过头目不转睛地盯着那茶客手中之物。少年似笑非笑地注视着她,脸渐渐地红了,柔声问:"你什么时候再来?"

"我吗?"凤仪道,"不知道呀。"

"那我怎么把钱还给你。"

"钱?"凤仪一愣,随即笑了,"这是我哥哥的钱,不是我的。"

"你哥哥?"少年一愣,顺着凤仪的视线看去,见杨练正坐在靠窗的桌边,默默地盯着他们。"你哥哥的钱也得还呀,"少年笑道,"不然我真成了吃白食的赖皮精了。"

凤仪咯咯地笑了。少年说:"下个礼拜天我们还在这儿见好不好?我把钱还给你?"

"好呀,"凤仪想了想道,"那还是这个时候?"

"好!那就到时候见。"少年大为开心,恋恋不舍地道,"今儿我要回去了,我家里大人还等着我呢。"

少年朝凤仪拱了拱手,凤仪不知如何还礼,便学雅贞福了一福。二人挥手作别,凤仪回到杨练桌边,忙忙地说了刚才相约之事。杨练度那少年是好人家的子弟,笑笑道:"下个礼拜哥哥陪你一起来,好吗?"

凤仪大为欢喜。她又听那几个茶客大谈了会琉璃,又喝了一肚子茶,这才意犹未尽地跟着杨练回去。这一天又累又饱,天一黑她就上床睡了,一觉醒来,她感到床边有人,高兴地道:"是雅贞姑姑吗?"

"是我。"刘雅贞道。

凤仪伸手拨开帐帘,见刘雅贞外穿一套西洋套装,内衬小格子翻领衬衫,一头乌发向侧后盘起,紧致俏丽,并无半点装饰。凤仪惊讶万分,张着嘴说不出话,她急忙跳下床,也顾不得穿鞋,就拉住雅贞左看右看。刘雅贞面色绯红,但仍鼓起勇气不回避她的目光,羞声问:"好看吗?"

"好看好看!"凤仪连声称赞,突然,她尖叫起来,"雅贞姑姑,你的脚?!"

刘雅贞的三寸金莲不见了,取而代之的,是一双正常尺寸半高跟皮鞋。"你怎么弄的?!"凤仪万分惊喜,"你怎么弄的!"

刘雅贞小心翼翼地把脚褪出皮鞋,露出一双特殊结构的袜子。这袜子是专门给一些小脚姑娘设计的,袜的前端缝成脚趾模样,里面塞满棉花,后半端可以穿在她们的脚上。这样一来,小脚也可以穿西式皮鞋了。凤仪开心地道:"雅贞姑姑,你的脚也光复了!"

"好看吗?"刘雅贞又问。

"好看好看,还有你的头发,这是怎么梳的呀?"

"这叫竖爱司头[8],听说是从日本传过来的,"刘雅贞笑道:"是最新式的发型。"

"要是爸爸见了你不知道有多高兴,"凤仪脱口而道,"他最不喜欢那些旧式的东西了。"

"是吗?"刘雅贞冷不防从凤仪口中听到一句大实话,不由一呆。她慢慢地坐到床前的凳子上,口中喃喃道:"他最不喜欢旧式的东西了。"

她只觉心口发悸,浑身发颤。这段日子在邵府无穷无尽的等待,她也渐渐觉出,事情不像之前她想的模样。她这才鼓起把勇气,买来光复的鞋袜,又说服爹娘,同意她做西式打扮。她本想改变之后,可以让邵元任看一看,以博得好感。但是凤仪这句话,如醍醐灌顶,一语惊醒梦中人。邵

— 59 —

元任向来不喜欢旧式的东西,包括她刺绣、她行福礼、她裹小足,她的一切一切。如今她换上一身衣服,一套鞋袜,就能挽回一个人心意么?

她总不肯放弃一点渺茫的希望,半晌回转过来,轻轻拉过凤仪。凤仪觉得她的手指冰凉,吓了一跳:"姑姑,你冷吗?"

"姑姑不冷。"雅贞柔声道。她慢慢地替她把衣服一件一件穿好,又帮她把头发一点一点梳通,仔细地编成长辫,又用小梳把额前刘海梳得一丝不乱。凤仪见她神情凄凉,一双美目温柔无限又泪光点点,似乎对自己大有不舍之意,不禁有些不安:"姑姑,你怎么啦?"

刘雅贞伸出手,柔柔地抚摸着她头顶光可鉴人的头发:"没事儿,你长大以后就明白了。"

她从脖颈中取出一块白玉,戴在凤仪身上:"这是姑姑生下来,姑爷爷送给我的,以后你天天戴着它,就像看见了姑姑,好不好?"

"姑姑,"凤仪见那玉白得温润,正想伸手把玩,听刘雅贞这么说,又把手缩了回来,哑声道,"你要去哪儿?你去哪儿我也去哪儿。"

"傻孩子,"刘雅贞笑了笑,"我要去找你义父,你在家好好玩。"

"那你什么时候回来?"

"姑姑有空就回来。"

"你会回来吗?"

刘雅贞听了这话,浑身一颤,眼泪险些落了下来,她连忙稳了稳心神,见凤仪盯着她,似在询问又似在警觉。她长叹一声,轻轻拥住她:"要是姑姑能像你一样就好了。你以后要听你义父的话,千万不做雅贞姑姑这样的女人,不要学这些旧式的东西。"

"不,姑姑,"凤仪偎在她怀里,"你最好了,我就要和你一样。"

"别傻了,像姑姑一样,就不会有男人喜欢。"

"男人不喜欢有什么关系?"

雅贞凄然一笑:"女孩子大了,就得有男人喜欢,没有男人喜欢,就嫁不出去了。"

"嫁不出去就嫁不出去,"凤仪大为不满,"我就和姑姑在一起,哪儿不要去。"

"真是孩子话,"雅贞笑了笑,"好啦,姑姑走啦,你在家好好的。"

她不待凤仪再说,轻轻扯出身,一步一步地出了门。凤仪见她的背影俏丽干练,与以往那种风姿完全不同,不由得痴了。没有男人喜欢有什么打紧,她在心内想,以后我长大了,就和姑姑在一起,我挣了钱,养姑姑一辈子。

她本以为刘雅贞去了元泰,见了邵元任就会回来,谁知道到了中午,也不见人。她心绪不宁,等到下午,还是不见人,到了晚上,不仅刘雅贞没有回来,杨练、李威等都没有回来。她打电话到元泰,说邵元任正忙,刘小姐来了又走了。她又逼着小卫去刘府,回来说刘小姐身体不适,已经休息了,改日再来看望。凤仪食不知味,卧不安寝,呆呆地躺在床上,看着方谦写的字:循序渐进;言简意赅;宽以待人,严以律己;无欲则刚;沉着冷静、随机应变;顺其自然。她模糊地体会它们的意思。"顺其自然,"她喃喃自语,"这有多难啊。"

也不知过了多久,大约夜深了,她听见窗外有车灯闪亮,还有小卫打开大门的声音。她翻身下床,披上小外套,噔噔下了楼,见了邵元任便问:"爸爸,你看见雅贞姑姑了?"

邵元任点点头。凤仪觉得他的表情很凶,但她素不惧他,继续问:"姑姑今天漂亮吗?"

一阵沉默,邵元任答:"漂亮。"

"她人呢?"

邵元任转过身来,低声喝道:"阿金,带小姐上楼休息。"

阿金从未见东家如此模样,吓得双腿一软,便来拖凤仪。凤仪岂能善罢甘休,几下挣脱了,冲到邵元任面前:"姑姑人呢?"

"她回家了,"邵元任见凤仪满面关切,心头一酸,耐下性子道,"你上楼休息,明天爸爸带你去看雅贞姑姑,好不好?"

"真的?!"凤仪从未听邵元任说过此类的话,不禁又惊又喜,"明天我们一起去吗?"

邵元任点点头:"爸爸很累,让我歇会儿,好吗?"

"好,"凤仪福了一下,"爸爸晚安。"

邵元任不悦地道:"你不要学这些,只说晚安就可以了。"

凤仪才不理他,朝他做了个鬼脸,开心地上楼去了。邵元任拿她没有办法,只命小卫关好门户,给他泡杯茶,端到面前,又命阿金等不许打扰他。等小卫把茶送上来,他就同虚脱了一般,瘫倒在沙发上。

他做梦也没有想到,雅贞会穿扮成这样,还跑到工厂去找他。这个大门不出、二门不迈的旧式小姐,怎么会做出如此乖张的事情。难道,雅贞俏丽的身影如雪片般纷乱地落入他的心中,难道我喜欢她?难道我一见到她,就愤怒不安的原因,是因为我爱着她?

这不可能!他连连否决,我不可能喜欢她、爱上她。她的未来必须幸福。邵元任不停地告诫自己,绝不能心软。可是他一想到,今天他把那两个公子的小册交给她,向她介绍这两人的家境人品,又细说自己会出多少嫁妆时,刘雅贞那绝望又凄楚的眼神,他的心就隐隐作痛。这么些天来,他们一直没有相见,可她的身影无时无刻不纠缠着他,但是今天,他实在躲不了了,只能把真相告诉她。

不知道她回去后,会怎么想,能不能吃得下饭,睡得着觉。邵元任只恐自己伤她太深,忧心不已,只恨不能一下子天光四亮,他好带着凤仪前往刘府,再去劝解雅贞。他想回卧室小睡,又想去书房小坐,却怎么也挪不开步,只是半躺在沙发中。阿金在楼上偷窥了几次,见他还在客厅中,也不敢下楼,怕落了个打扰的罪名,只得在凤仪床头猫了一夜。凤仪也睡得不稳,天蒙蒙亮时,她在梦中惨叫起来,阿金慌忙把她摇醒。这次之后，她好像平静了，又不知睡了多久，她睁开眼，感到房里站着一个人："雅贞姑姑，"她叫了起来，"我担心死了！"

那人没有说话，她探出头，原来是邵元任。凤仪大为惊诧："爸爸，你今天不上班吗？"

邵元任摇了摇头，退到门外，命阿金进去帮她穿衣服。阿金捧着一套衣服走了进来，从衬衣、衬裤、外套、帽子，都是白色的，凤仪渐渐感到事情有些异常了。等她穿戴整齐，邵元任走到她身边，扶住她的肩膀："爸爸告诉你一件事。"

"什么事？"凤仪觉得自己的声音凶巴巴的。

"你雅贞姑姑，死了。"

"……"

"雅贞，她死了。"

凤仪张了张嘴，感觉呼吸有些不畅，自从外祖父汪静生去世以来，她很久没有这种感受了。她觉得被什么东西压住了，不管她怎么用力，就是无法清醒过来。她攥着邵元任的衣袖，跌跌撞撞地走下楼。李威、杨练站在客厅，他们穿着黑衣裳，家里好像什么人都不在了，外面大街也没有人，到处是黑的，冷的，只剩下邵元任柔软的衣角。直到汽车发动，直到风从车外吹进来，她才开始抽泣。邵元任既不为她擦去泪水，也不命令她停止流泪。父女二人到达时，凤仪已从哭泣变成了哭嚎。她张着嘴，从肺腑里发出悲伤的叫声。虽然她和刘雅贞相处的时间不长，但对她来说，刘雅贞代表了所有的女性关怀：妈妈、姐姐和姑姑。她怎么也想不通，昨天见面的时候还好好的，她又温柔又美丽，为什么一觉睡醒，她就没有了，再也见不到了。

刘府上下一片悲痛。雅贞的母亲病倒了，只剩父亲勉强主持局面。他是个闲居多年的小文官，膝下只有雅贞一女。这些年邵元任对刘家可谓关心之至，他也把他当成未来的女婿，如今上海光复，革命成功，眼看二人成亲在即，女儿为什么悬梁自尽呢？他百思不得其解，因为雅贞被发现的时候，身穿西式套裙，脚穿"文明皮鞋"，一反日常装扮，一时间鬼怪作祟的流言传得到处都是。刘府一面举办丧事，一面请来法师作法，黄色的道符从大门一直贴到内宅院中。

邵元任面无表情地守在灵堂上。除了凤仪，没人敢和他说话。他坚持要雅贞穿上新娘嫁衣，脸上盖着红色锦帕。刘家一来素知雅贞的心愿，二来怕他也被"鬼迷了"，只得一一听从。只有凤仪猜到一点缘由，她一面痛哭，一面暗自怨恨邵元任，如果他早点能这样对待雅贞姑姑，雅贞姑姑就不会死了。

父女俩就像一个丈夫和一个女儿。凤仪披麻戴孝，为前来吊唁的人们磕头答礼。邵元任除安排大小事务，就静静地守在灵前，看着刘雅贞。她一身喜气，柔顺地躺在那儿，就如睡着了一般。为什么她柔弱的极致是这种坚决，永远不再给他机会：微笑、说话，或者彼此折磨……佛说世上有八种苦：生、老、病、死、怨憎会、爱别离、求不得、五阴炽盛。为什么老天爷要这样安排他们的命运：在一起的时候，他不知道他喜欢她，总是讨厌她，令她伤心；现在终于他明白了自己的心意，她却死了，阴阳相隔、永世不能再相遇。

他起先还又痛又恨，既想疯了般大哭，又不得不打叠精神，料理各种杂事。渐渐地，他就觉不出什么了，只是冷冰冰地，胸中口中一片麻木。

他以丈夫的名义给雅贞举行了葬礼，改叫刘家二老为父亲、母亲。墓地由他亲自挑选，墓碑上刻上他和雅贞的名字，一个为黑字一个为红字，预示着将来他要在此陪她合葬。

刘雅贞生前没有得到的愿望，身后全部得到了。她的葬礼既完整又风光，刘家二老略感欣慰，唯有凤仪在悲痛中深感迷惑，为雅贞姑姑活着的时候爸爸不喜欢她，死了又要娶她，又想和她永不分开。如果这就是嫁人，她宁愿一辈子不嫁，最多和爸爸、爹爹或者哥哥住在一起。

刘雅贞的葬礼结束后,凤仪大病一场,持续地发烧、再发烧,待在空荡荡的房子里。邵元任更是一连月余,居住在龙华寺[9],除了凤仪的病和丝厂紧急要务,不见任何人。与此同时,中国正经历着改朝换代的大事。1912年1月1日,孙中山在南京就任中华民国临时大总统,新年被定为阳历元旦。

凤仪度过了少年时代最孤独悲痛的一段时光。她母亲早亡、外公去世,父亲长年不得相见,这些累积的情感伤痛,被刘雅贞之死激发了,她仿佛成为天下最不幸的孩子,叹气、流泪,日日夜夜把自己关在房里。等方谦赶到上海后,发现自己的女儿完全变了。

这个十二岁的少女,眉宇间满是哀怨。她的眼睛本来是天真而明亮的,现在却全无光彩。因为持续生病,她显得瘦弱无力,原来那股子勃勃的生机,突然之间就消失了。令他方谦心痛的不仅是凤仪,虽然已在龙华寺皈依佛门,成为一名俗家弟子,夜夜抄写《金刚经》。方谦仍然不能从雅贞之死的痛苦中摆脱出来,他极度消瘦,脸色苍白。除了必须要谈的事情,他几乎不开口说话,没人知道他心里在想什么。

这天吃罢晚饭,方谦说想出去走走,凤仪勉强同意了。她已经两个月没有跨出邵府的大门。她跟着方谦出了门,初冬的凉风吹过,不由让她想起了一些往事:雅贞姑姑天天在家里等爸爸、哥哥带着她去城隍庙吃小吃……那个有两条浓眉毛的少年……"下个星期天还在这儿好不好?我把钱还给你"……她不觉轻轻地叫了一声。

"怎么了?"方谦和蔼地问。

凤仪吐出三个字:"琉璃碗。"

"琉璃碗?"方谦问,"你知道什么是琉璃吗?"

凤仪想起少年明朗快活的笑容,还有两条乌黑神气的眉毛,沉默了半晌道:"琉璃就是玻璃。"

方谦看了看她,没有再问。他们慢慢走到了老城墙,这里搭建了不少棚户。自1911年以来,大量的灾民不断涌入上海,形成了特有的棚户区:简陋的房屋、破旧的衣服、异域的方言……这里充满了努力求生的气氛。凤仪走着走着,渐渐觉出自己和这儿的不同,不少人好奇地打量她,还有人对她吐口水,或者视而不见——她显然不是这里的一员。

"凤仪,"方谦道,"我一直在外漂泊,把你托给外公,外公走了之后,又把你托给邵叔叔。你很埋怨爹爹吧?"

"没有,"听到爹爹温和的自责,凤仪心内一酸,"外公和爸爸对我都很好。"

"你知道爹爹的理想是什么吗?"方谦看着几个在棚户区里玩耍的孩子。凤仪摇摇头。"爹爹的理想,就是让更多的孩子过上凤仪一样的生活,至少,有饭吃有衣穿,能接受良好的教育。"

"这个,很难吗?"

"很难,"方谦沉重地道,"至少现在的中国,很难。但是,爹爹一直在努力。"

"爹爹,"凤仪忽然问,"雅贞姑姑的死也是一种努力吗?"

方谦思虑良久。她不是小孩子,需要更慎重的评价:"我不清楚雅贞小姐是出于努力还是出于放弃,但是爹爹不喜欢轻言就死。就像你今天看见的这些人,他们因为战乱或者灾害离开自己的家乡,来到上海,就是为了活下去,为了活得更好,这就值得尊敬。"

凤仪全神贯注地听着。方谦说:"你记住,活着是人的根本,是人应该做好的第一件事。"

"不管遇到什么吗?"

"不管遇到什么!"

凤仪觉得一股气流在胸前翻涌,方谦看着她眼睛里闪出的光彩,欣慰地点了点头。她问:"爹爹,如果绝望了怎么办?"

"放弃,从头再来。"

凤仪想起刘雅贞等待邵元任的表情:"如果不能放弃呢?"

方谦隐约明白了凤仪的所指:"承受。"

"承受?"凤仪有些迷茫,"那不是很痛苦?"

"承受痛苦,并且承受时间,时间会让痛苦减淡,然后给予新的欢乐。"

"就像爸爸那样?"

"是的,"方谦说,"所以不必担心什么,他会好起来的。"

第 四 章

　　这场父女间的谈话对凤仪影响深远,她开始拼命绘画,画所有能看见的:叫卖的小贩、狭窄的里弄、路上奔跑的人力车夫、穿着西式洋装进出洋行的中国人……但个人全新的一页实在不算什么,这一年民国了,中国的最高首领不是皇帝,而是袁世凯大总统,诸多上海第一在这一年产生:第一家华商电车公司,第一家啤酒厂,第一家电池厂,第一家游乐场,第一台国产中文打字机,第一所私立大学……连空气里都充满了百废待兴的味道。

　　小教堂仍是她的最爱,那儿光线斑驳,富于变化,那些彩色窗玻璃,一直停留在她的视线之内,每当她欣赏这些渐变的,相同或不同的色彩时,她就会听见那个声音:"琉璃就是玻璃。"

　　"琉璃就是玻璃。"她喃喃自语,悄悄重复这句话。这个十二岁的少女,还不明白男女之间的爱恋,但是一种朦胧好感在无意之间,拨动了她的心弦。她无法忘记那个约定,时常一个人去逛城隍庙、湖心亭。她希望有一天,突然之间就遇见了那个少年,他笑嘻嘻地站着,对她说:"琉璃就是玻璃。"她就一股脑儿地告诉他:为什么失约,为什么自己会难过,她想请他帮忙想想，雅贞姑姑为什么要死呢？她想告诉他自己在那一周，失去了比亲人还亲的亲人，可是每一次，她都是失望而归。

邵元任把所有的时间都用在工作上。凤仪起床时，他已经去公司了，凤仪睡下时，他还没有回来。方谦希望在民国后和女儿团聚的梦想，也因为时局变化没有实现。袁世凯当政之后，民国有名无实，众多革命党人遭到暗杀或追捕，方谦不得不逃回到广州，继续他的革命。幸而绘画使得凤仪不孤独，或者说，使她更加孤独，到了夏天，她考入了威德女中，在学校里，她交了两个好朋友：杨杏礼和金美莲。

杏礼比她大两岁，高个浓眉，长得极为漂亮。她的爷爷是个老派的洋买办。美莲的父亲是个珠宝商，她与凤仪同岁，有一张可爱的圆脸，和一双细长柔美的单眼皮。秋天的时候，凤仪跟着威廉神父去窦伯烈（德国人，上海公共租界工部局化验师）的府上做客，结识了窦伯烈的学生方液仙。这是她第一个异性好友，这位生于上海、长于上海的小伙子，刚满十九岁，却已经在一片创业热潮中，创建了自己的化工社，这也是上海第一家化学工业社。

凤仪很重视她的朋友，除了绘画与身世，她是什么都要拿去与朋友分享的。自从认识了方液仙，她便约杏礼和美莲去化工社玩耍，方液仙对这三位漂亮的小妹妹总是彬彬有礼、和蔼可亲，偶尔周末有空，还会请她们喝点咖啡、吃点好吃的点心。他正在研制出雪花膏，经常把试用品送给她们。凤仪还不会用化妆品，美莲与杏礼都比较喜欢，其中以杏礼最为精通，她认为液仙研制的雪花膏是一级棒，不比她爷爷托人从法国带回来的差，可是这个一级棒的产品并不能解决它的销路，化工社的生意非常惨淡，幸而液仙天性乐观，又十分热爱化工行业，这才勉强维持着。凤仪对此很想不通，这天晚上，她特意等到很晚，询问邵元任："爸爸，为什么好的东西却卖不出去呢？"

邵元任一愣。他很久没有和女儿谈心了，却没想到她一开口是生意上的问题。他微微一笑:"什么好东西?"

"化工社的雪花膏可好了,可就是销不出去。"

"哦,"邵元任道,"是你的朋友方液仙吗?"

凤仪点点头。邵元任打量了凤仪一眼,有些日子没有仔细看看她,她好像又长高了。看来,他有必要和女儿深入地谈一谈"生意"了。自雅贞过世之后,他对凤仪的教育有了转变。一个女孩能否找到好夫婿显然不是人生重点,将一个人的命运寄托在另一个人的身上,是一种虚妄。她是否坚强,能否承受打击,有本领独自生存,这才是最重要的。不管是父亲还是丈夫,都不可能时时刻刻保护她,再说丈夫有时也靠不住,不要说其他人,自己不也是伤害了雅贞,还让她付出了生命。邵元任在沙发上坐下来,语重心长地道:"自从上海开埠以来,很多洋人都来这儿做生意,他们人生地不熟,语言也不通,他们怎么做的?"

"雇用买办呀,"凤仪笑道,"像杏礼的爷爷,就是帮洋人做事的,可液仙是中国人。"

邵元任启发道:"你再想一想。"

凤仪想了想,茫然道:"我想不出来了。"

"你知道在中国做生意,最紧要的是什么?"

"人?"

邵元任摇摇头。

"银子?"

邵元任又摇了摇头。

"哎呀,"凤仪道,"爸爸,你就告诉我嘛。"

"有钱、有人不一定能做好生意,"邵元任道,"洋人为什么要用买办,因为通语言不代表能通文化,通文化不代表能通人情,通人情不代表能通世故,通世故不代表能通权谋,就算这些都通了,也不代表能通关系。所以人和最难把握,而在中国做生意,没有人和,万事不成,"他看着凤仪,"现在的上海,哪些势力比较大?"

凤仪目瞪口呆,她还是第一次听父亲这样说话,结结巴巴地道:"嗯,洋人、商会、帮会……嗯……好多种吧。"

"方液仙和谁的关系好?"

"他?他都不错呀,"凤仪说,"他的老师是洋人,叔叔好像是商会的,帮会,我就不知道了。"

"他利用了洋人的关系?还是利用了商会的关系?人和不仅要处理好各种关系,还能根据自己的需要加以利用。二者缺一不可。"

凤仪似懂非懂,觉得人生非常复杂。比起她掌握的色彩与线条,也复杂太多了。她不想多想这些问题,但是她很急于把爸爸见解告诉方液仙。第二天放学,她来到化工社,将邵元任的话原原本本地说了一遍。方液仙大为意外,一方面很感动这个小姑娘真诚地为自己好,另一方面,他觉得"人和"这样的词从她嘴里说出来,实在有那么点不伦不类。方液仙自从跟着窦伯烈学习化学之后,就萌生了要开创中国化工事业的念头。他认为中国化工之所以发展缓慢,关键是技术的学习与革命,所以他的化工社,从一开始就极为重视产品的研究和开发,而对这些所谓的"关系",他一向是不屑的。方液仙不忍冷了凤仪的意,一面感谢她的建议,一面表示自己会注意"中国式人和"的,二人聊着聊着,凤仪忽然发现方液仙的桌上有一只杏黄色的碗,她觉得非常眼熟,不禁走过去,拿了起来。这只碗和当年在湖心亭见到的琉璃碗虽不一样,却也晶莹剔透,惹人喜爱。她把碗举起来,欣喜地看着光从碗的另一面折射过来,喃喃道:"真像!"

"像什么?"方液仙见她痴痴地看着一只碗,不禁笑了起来。

"像我以前见过这只碗,"凤仪笑道,"这是玻璃做的吗?"

"是,"方液仙道,"是我一个师弟做的。"

"师弟?!"凤仪好奇地道,"他是谁呀?在哪儿?"

"他叫袁子欣,早就出国留学了,"方液仙道,"这是他走之前做的。"

"哦。"凤仪失望地撇了撇嘴。方液仙呵呵一笑道:"你这么喜欢,送给你吧,我这个师弟手很巧的,等他学成归国,我让他再做一个。"

"是吗?"凤仪开心地问,"他什么时候回来?"

"他什么时候回来我还真不知道,等他回来我介绍给你认识。"

"好啊,"凤仪乐道,"那谢谢方先生。"

方液仙扯过两张报纸,把碗包好,递给她。凤仪得了这碗,欢喜得像什么的,也不想和液仙聊天了,急忙忙地告辞了,捧着碗回到了家。从此,这只玻璃碗便放在了她的书桌上。她每天回到房间,都要抚摸它、看它,对着它说话。有开心的事情也说一番,有不开心的事情也说一番。有一次阿金好心,把碗收了起来,她一时找不见,大发了一次脾气,把阿金吓了一跳,以后再也不敢碰它了。凤仪偶尔还是会在周末去湖心亭小坐,喝喝茶,听茶客们东南西北地聊天。这渐渐地变成了她一种休息的方式。她羡慕别的孩子有父母在身边,常常想念外公汪静生、雅贞姑姑,更想念已经很久没有消息的父亲方谦。南方正乱。但是她相信有哥哥保护,父亲一定会平安无事的。

她暗自伤感,可她每次自怜的时候又觉得对不起养父邵元任,更对不起为了中国所有孩子在努力的父亲方谦。她一天一天地长大,就像一条深深的小溪,表面上只是平静地流淌,心底却是暗流激荡。

幸而有绘画可以让她忘却烦恼,每当她叹着气,无法排遣内心情绪的时候,她就回到画架旁,开始不停地绘画。那是她可以掌控的世界,是她熟悉得几乎可以不动脑子就知道对错、是非,以及微妙之义的地方。她对绘画越来越自信,越来越觉得得心应手,而另一方面,她就越来越为自己面对现实世界时的无能感到苦恼、感到自卑。但是她能怎么办呢?她只有这样,一天接一天地画下去。邵元任虽然也想和她多谈谈心,怎奈工作繁忙,偶尔父女二人坐下来,又觉得找不到什么特别的话题,谈来谈去,还是学习怎么样,画画怎么样。邵元任觉得她喜爱画画是件好事,如果将来能成为一位画家，也是不错的选择，就算不能成名成家，也是一门手艺。所谓家有万亩良田，不如薄技在身，所以对此十分鼓励，希望她能在这绘画里有所作为。

1913年注定是民国的多事之年。这一年的春天，宋教仁在上海遇刺身亡，夏天爆发了二次革命，秋天袁世凯下令解散国民党，民国形势急转直下。由于上海的特殊性，袁世凯的势力无法进入租界捉拿革命党人，为了打开租界的方便之门，袁世凯政府允许上海法租界向外扩大了近一千亩的面积，由此换取进入租界的权利。如此一来，上海的形势也分外严峻起来。方谦为了保护女儿，切断了与凤仪的一切联系，连邵元任也联络不到他。凤仪至此，完全失去了父亲与哥哥的消息。

这样的日子一晃就是两年。1915年1月，日本提出了令中国人震惊的《二十一条》，猛然间，全国上下掀起了反日活动的高潮。凤仪所有的同学都参与到了这样的活动中，美莲更是当中的积极分子，凤仪却似乎沉浸在绘画世界里，对此不闻不问。美莲指责她是象牙塔里的人，只关心自己不关心国家与民族，而杏礼觉得女人议政是十分荒唐的事情，女人就应该把自己打扮得漂漂亮亮的，找个好男人嫁了，一辈子过得舒舒服服的。她对凤仪的行为也看不惯，嘲笑她除了画画什么都不懂，打扮得像个穷学生。三个人的友谊第一次出现了裂痕。凤仪感到十分痛苦，她一方面痛恨日本的侵略，一方面却觉得是革命夺去了自己的父亲，夺去了自己的哥哥，让她生下来就没有一个完整的家，不知道一家人亲亲热热的团圆是什么感受。从道理上说，她支持革命，从情感上说，她不仅不能接受，甚至有些厌恶。但是她不能把这种复杂的情感向杏礼和美莲倾诉，她们只知道，她的父亲一直在国外游学，所以把她寄养在邵府。她唯有躲在绘画世界里，让自己忘记现实的烦恼。

这天，全校举行反日货大会，美莲在没有打招呼的情况下，把杏礼和凤仪的日本文具扔进了垃圾堆。为此，杏礼和美莲大吵了一架，杏礼指责美莲反日就反日,凭什么不打声招呼就扔自己的东西?美莲则痛斥杏礼只知道爱美,不爱国家与民族。凤仪夹在中间,左右为难,杏礼和美莲吵到最后,双双把她拉下了水,她们嘲讽她是"象牙塔里的艺术家"。

三个人全部恼了,放学后各走各的,谁也没有理谁。凤仪背着包,无聊地在街上闲逛,因为邵府和金家靠得很近,金家专门有一辆车接送美莲姐弟们上下学,她就经常搭金家的车与美莲同进同出,渐渐地,邵府汽车就不怎么接送她了。今天美莲负气走了,杏礼也不知什么时候不见了,只剩下她一个人。她百无聊赖,既没有地方可去但也不想回家。回到家还是她一个人,去年阿金和小卫结婚了,两人仍住在邵府。凤仪有时觉得,邵府更像是他们两个人的家,不是自己的,更不是爸爸的。她漫无目的地坐上一辆人力车,半晌才想起去哪儿,一个至少称得上有"亲人"的地方,她打起精神道:"八仙桥凤凰阁。"

人力车夫打量了她一眼,迈开脚板跑了起来。凤凰阁开业已经四年了,她还没有去过,李威叔叔自从当了茶馆老板就不开车了,每个星期回邵府一次。她曾经提出去茶馆玩耍,但是爸爸不同意,李威叔叔也暗示她,那不是好小囡去的地方。

只去一次又有什么打紧呢,她想着,再说要真是不太好的地方,怎么还能在闹市中做生意。她来到门口,下了车,感到这里热闹非凡,街上的招牌旗帜迎风招展,形形色色的人在旗帜下来来往往,川流不息。她走到茶馆门口,见这是一座三层高的大楼,从外面看,就觉得十分气派,门头上挂上描金的四个大字:凤凰阁。

凤仪正要往里进,突然从里面走出几个短打模样的男人。他们看见了凤仪,就像恶狼看见了一块嫩肉,肆无忌惮地打量着她,似乎用眼神就剥光了她的衣服。凤仪又惊又怒,霎时愣住了,她一下子明白了李威和爸爸为什么不让她来。她转身就要走,被一个小伙计喊住了,他轻佻地道:"姐儿,你找谁?"

凤仪的脸顿时沉下来，她慢慢转过身，盯住他："我找李威。"

伙计微微一愣："你是……"

"我是邵凤仪！"

"邵？哎呀，原来是邵家大小姐呀，"伙计立即满脸堆笑，"您等着，我这就去请老板。"他走了两步又折了回来："大小姐，您这样站在门口可不成，跟我到楼上等吧。"

他领着她悄悄来到二楼的一间雅室，又给她泡了杯茶，这才退了出去。凤仪好奇地打量着这个地方，这儿的布置很淡雅，只有一张书桌和一张烟榻，没过多久，李威猛地推门而入，他一进门就仔细地打量着她，确定她没有受伤也不像被人威胁过的模样，这才放松了一点，坐下来问道："你一个人来的？"

凤仪点点头。李威笑道："放了学干吗不回家，上我这儿来了？"

"我和同学吵架了。"

"吵架？"李威长出一口气，这彻底放下心，不禁又好气又好笑。刚才听伙计说邵家大小姐来了，差点没把他吓死，他以为凤仪被人欺负了送到了这里，万万没想到她自己跑来的。他活动活动了脖子："他们欺负你了？"

"没有，没欺负，我就是不太高兴。"

"那为什么不回家呢？"

"回家还不是我一个人，"凤仪叹了口气，"我不想一个人待着。"

李威没有吱声。再没有人比他更了解凤仪的处境了，偌大的邵府每天都是她一个人待着。邵元任早出晚归，阿金、小卫毕竟是下人，能老老实实地做活就不错了，现在她的亲生父亲也下落不明，这孩子，说她命好也真好，说她命不济也真是不济。李威想了想，吩咐伙计送来一套工作服："你穿上，我带你到处走走。"

凤仪愣了："行吗？"

"当然行，"李威笑道，"不过你要答应我两件事情。"

"好啊，我答应。"

"第一，你不许告诉邵先生，他知道了会生气的；第二，这里和学校不一样，你就当看西洋景，随意散散心，回家就都忘记吧，明白吗？"

"明白。"

"你换衣服吧，"李威道，"我在外面等你。"他转身走了出去。凤仪连忙把那件短衫套在自己的身上，又把那条长裤穿在外面，裤子偏长，她努力提上去用裤带扎紧。穿戴完毕后她走出门，李威一见她就乐了，恰好一个小伙计端着盘子经过，李威伸手将他的帽子摘下来，戴到凤仪的头上。凤仪朝李威做了个鬼脸，两个人都笑起来，李威道："走，咱们先上三楼。"

两个人先上到三楼，这里有上千位客人，有的喝茶有的吃饭，还有的躺在烟榻上吞云吐雾。每个桌边都坐着一个或几个女人，开始她还以为是女客，走了大半圈之后她忽然明白过来，顿时红了脸。

她低着头，跟着李威往楼下走，一个极为妖娆的女人和一个龟奴走上来。李威示意他们停下，打量着女人问："你叫什么名字？"

女人将头低下去，似乎不好意思，又似乎很高傲。龟奴识得李威，忙笑嘻嘻地答道："这是我们书寓新进的先生，叫如玉。"

如玉！凤仪惊呆了，盯着楼梯上方女人的脸。她袅袅婷婷地站着，一只洁白如玉的手拈着一条绣帕，略略挡在脸前，一双乌黑的眸子斜斜地向下勾着李威。李威示意他们离开，她朝李威嫣然一笑，转身上了楼。凤仪觉得头皮一阵发麻，这么多年过去了，她还是像小时候那样，这么漂亮可爱，一双眼睛黑得发亮。凤仪想起她美丽外表之下的狠毒，不禁打了个冷战，不自觉地朝李威身边靠了靠。李威看了她一眼，等如玉走远后问："你认得她？"

"她是小时候拐我的童拐。"

李威眉头一皱，他记得这件事："她没认出你？"

"我不晓得。"

李威没有再说话，带着她来到二楼。这里最初的设计是弹子房，后因为生意不好，改成了回力球场。这是一种变相的赌博，分为单打和双打，球员背上编有号码，供赌客选择。赌客购票与茶馆赌输赢，票分为"独赢""双独赢""座位""联号"数种。李威低下头，靠近凤仪的耳朵，详细解释各张票的含义。"独赢"指某一球员得五分；"双独赢"指两场球赛某一球员均得第一名；"座位"是赌第一、第二名队员；"联号"则是赌每场的第一、第二员……凤仪忍不住央求说："李威叔叔，给我也买一张票吧。"

"买票？"李威吃惊地看了她一眼，"不了，邵先生晓得了会不开心的。"

凤仪只得作罢。李威见天色不早，便派了一辆车，又吩咐两个得力手下，悄悄地将她送回了邵府。这天晚上，凤仪失眠了。凤凰阁这个完全不同的世界，突然打开了社会的另一扇门，它超出了她现在的理解范畴，觉得既新鲜又一种说不出的难受。她觉得杏礼和美莲的争执在现实面前实在不值一提。就在这座城市，就在离她们不远的地方，有人抽大烟、赌博、嫖娼，而从凤凰阁来看，他们绝对是大多数……这就是象牙塔外的世界吗？父亲奋斗一世要实现的目标，就是要改造这样的一个世界吗？

她久久不能平静，也就是从这一天开始，她有了了解绘画之外的世界的欲望。学校的教室、从学校到邵府的沿途风景不能再吸引她的目光，甚至连画架与画笔也不能。每天放学后，她在租界、南市、闸北各处流连，幸而没人制约她的时间，而交通费用也是不缺的。

再有一年，她就要中学毕业了。毕业是关键时期，杏礼和名门子弟顾家安订了婚，婚期就在明年。她整天忙着置办嫁妆，顾不上其他。美莲则加入了学生会，成为各种活动的骨干力量。而凤仪不是绘画就是在街上流连,找不到自己的方向。这天,她又独自背着书包离开教室,却被美莲叫住了:"你去哪儿?为什么放学也不叫我同路?"

"我四处逛逛。"凤仪无精打采。

"去哪儿?"

"四马路。"

"四马路?!"美莲睁大了眼睛,"去那儿干什么?"

"就是去看看嘛。"

美莲转了转眼珠:"你不要骗人了,你要去我们一起去。"

凤仪没有吱声,两个人坐上金家的小汽车,来到四马路。四马路是一条吃喝玩乐俱全的马路,沿街的小楼密密地连成一排,楼上各色书场、茶室、烟馆、妓院的招牌旗帜等连成了一片,在街道上方迎风招展。凤仪与美莲下了车,美莲跟着她逛了半天,见她一家店铺也不进,就是这样懒洋洋地在街上游荡着,不禁道:"你在找什么?"

"不找什么。"

"那你走来走去东张西望看什么?"

"随便看看。"

"总要看个什么吧?"

"喏。"凤仪指了指不远处,美莲顺着望去,见一个年轻的女学生正和一个男人站在街角嘀嘀咕咕地说话。过了一会儿,女学生亲热地挽着男人的膀子,双双上了一辆马车。

美莲不明所以:"他们认识?他是她男朋友?"

"她不是女学生。"凤仪道。

"那是什么?"美莲不解地问。凤仪没有说话,微皱着眉头,美莲一下子领悟了:"她不会……"她尖叫起来,打量了一眼凤仪和自己,她们也穿着女学生的衣服,"我们会不会也被人误会……"

"不会,"凤仪拉住她,"你小声一点。"

"我要回家!"美莲恶心地道。凤仪跟着她匆匆往回走,行不多远,她发觉有人在跟踪她们。她们快他也快,她们慢他也慢。这时美莲也察觉到了,她有些慌乱,紧紧地握着凤仪的手。两个女孩子挨在一起,几乎要小跑起来。凤仪瞥见拐角处站着一个印度警察,等她们走到警察身边时,她猛地停下来,转过身大吼道:"你跟着我们干什么?!"

美莲被凤仪拖得一个趔趄,险些摔倒。等她站稳身体,抬起头,却见暖暖的夕阳中,站着一个眉清目秀的男子,他穿着灰色的西服,里面衬着雪白的衬衫,脚下是一双雪白的皮鞋,浑身上下,找不出一点不美的地方。他温柔柔地看着她们,温柔柔地微笑着。美莲感觉像有一盆雪水浇下来,一腔怒火顿时烟消云散,又有一盆炭火在后背烤着,不自觉地羞涩地笑了起来。她觉得自己的心跳得又猛又烈,像要跳出来了。男人递过来一样物品:"你们丢了东西。"

凤仪迅速接过,又还给了他:"我们没有这样的东西。"

男人的脸红了,面颊上浮起淡淡的红晕:"是我弄错了,不好意思,惊扰了两位小姐。"

"谢谢你。"凤仪拉住美莲,转身便走,美莲依依不舍地跟着凤仪,回过头看了一眼,那个男子恰好也在看她,两个人眼波流转,顿时纠在了一处,美莲觉得自己双腿发软,几乎要失去力气了,这时,那个男子追了上来:"两位小姐,我车子就在附近,要不要送送你们?"

"不!""好啊!"凤仪与美莲同时叫了出来,凤仪恼怒地看了美莲一眼,美莲也不高兴地翻了她一眼。两个人站定下来。男人笑了,从口袋里掏出一个小盒,取出两张名片,恭恭敬敬地递给她们:"我叫纪今明,是圣约翰大学的老师,两位小姐不用担心,我不是坏人。"

凤仪接过来仔细地看了一眼,片子上有姓名和电话。美莲心中更崇拜了,想不到他这么年轻,就是大学老师了。纪今明道:"不知两位小姐在哪里读书?"

— 79 —

"我们是威德女中的学生,我叫金美莲,她叫邵凤仪。"美莲连忙回答,凤仪来不及阻止,只得轻轻碰了她一下。

"这是所好学校呀,"纪今明微微一笑,"你姓金,金伯达先生你认识吗?"

"那是家父。"美莲有些诧异,"你……"

"他为了救助北方灾民,一次性捐了两万块的衣服棉被,很多报纸都有报道,我对他是很敬仰的。"

美莲心中又自豪又羞怯,低着头微笑着,不知该说什么。凤仪又碰碰她:"我们回家吧。"

"纪先生再见。"美莲见她一再催促,也不好和纪今明再聊下去,只得依依不舍地告别。

"再见,"纪今明温存地道,"你们以后最好不要单独来这里,如果你们想逛街,可以随时给我打电话,我陪你们去逛。"

美莲点头称好,纪今明又望了她一眼,转身走了。美莲见他清秀的背影渐行渐远,不禁悲伤起来,她想都是凤仪从中阻挠,不然这人现在还和她们在一起。她恨恨地道:"你为什么不让纪先生送我们?"

"他有点奇怪,"凤仪道,"现在世道这么乱,我们还是小心一点比较好。"

美莲拿出名片:"他是圣约翰大学的老师,他会是坏人?"

凤仪不高兴了:"一张名片能说明什么,你要想印,你也可以印。"

"这上面有电话。"

"电话也可以是假的呀。"

"你!"美莲气急,恨声道,"你这个人,平日里嘛就晓得画画,什么都不想问,今天倒好,人家纪先生好心好意地和你说几句话,想送我们回家,就成了坏人了?!"

凤仪惊讶地道:"你为什么生气,不就是一个刚认识的人嘛,再说你又没有和他深交过,他是不是纪今明,是不是在圣约翰教书,也不一定呢。"

美莲连连冷笑:"我只当你是个象牙塔里的小画家,原来不过是个小人,喜欢以小人之心度君子之腹的小人!"

"金美莲,"凤仪顿时恼了,"我也是为你好,你好端端地为什么这样说我?"

"我说你怎么了!"美莲又难过又生气又觉得说不出的伤心,猛一跺脚,转身便走。凤仪大怒,掉头便朝另一个方向走了。美莲走了几步,觉得自己有点过了,回头见凤仪不仅没有跟上,反而走得远了。她张口想叫,又觉得叫不出口,环顾四周,触目纷乱繁华,更衬得她分外孤独。美莲闷闷不乐地上了汽车,想着纪今明风度翩翩的模样,感到又寂寞又酸楚,险些落下泪来。

从那天开始,凤仪又恢复了独来独往。她找杏礼要了几张照片,说想画幅西洋画送给她当新婚礼物。杏礼很高兴,拿了沓相片让她挑,她选了杏礼一张身穿校服、梳着长辫的照片。两个月后,油画完成了,画中的杏礼既有学生的清纯,又充满女人的妩媚。威廉神父觉得她的画艺越加精进了,劝她毕业后去欧洲留学,凤仪很犹豫,神父以为她年纪太小,不舍离家,便游说她报考上海美术学院,凤仪仍然很踌躇。她是喜欢绘画,却从来没有想过她为什么要画画。她是真的喜欢吗?还是太过孤独了?

未来到底要做什么?凤仪困惑了。她想当老师不错,当个医生也不错,当画家也没什么不好……十六岁正青春年纪,她有大段的时间去选择,或者去迷茫。如果不是美莲,她也许真的会走另外一条路,成为一个老师、一个医生,抑或去欧洲留学,成为一个画家。

这天是周日,她像往常一样,去画室画画,傍晚时分才回到家。一进家门,便看见了邵元任,美莲的父亲金伯达也坐在客厅里,旁边还有两个警察。"金叔叔,"凤仪有点惊讶,因为金伯达生意繁忙,每次去金家都难得见到,"您怎么来了?"

"美莲去哪儿了?"金伯达有点激动,站了起来。

"美莲,"凤仪更吃惊了,"她不在家吗?"

"金小姐失踪了,"一个警察道,"金家的保险箱也被人打开了,里面所有的现金和首饰都不见了。"另一个警察接着道:"我们怀疑金小姐离家出走,希望邵小姐能提供一些有价值的情况。"

"我,我最近一直在画画,"凤仪结结巴巴地,觉得大脑轰的一声,只剩下一片空白,"美莲离家出走了?为什么?出了什么事情?"

"凤仪,"邵元任缓缓地问,"美莲最近有什么异常吗?比如,认识了什么人?"

"人……"凤仪猛然间想起了四马路遭遇,"我们在四马路遇到一个人,他说他叫纪今明,是圣约翰大学的教师,还给了我们一张名片,对!就是他,他还说他还知道金叔叔捐献的事情。"

邵元任和金伯达对视一眼,金伯达问:"你们后来和他还有联系?"

"我不晓得。那天他说,他愿意陪我们逛马路,我觉得他很奇怪,我说他不好,美莲还说我不好,说我是小人,"凤仪语无伦次地道,"我们俩吵了起来,后来,我画我的画,她忙她的事情,她没有理我,我也没有再理她。"

"这人长得什么样?"警察问。

"长得瘦瘦的,五官很漂亮,名片有名字,还有圣约翰的电话。"凤仪想起小时候被拐卖的经历,不觉心乱如麻,"他,我觉得他不像个好人,你们去查查他!"

警察又问:"还有什么人是你们新近认识的?"

"不晓得了!"凤仪沮丧地摇了摇头。警察合上了记录本:"谢谢邵小姐,你有线索请再通知我们。"

"凤仪,要是有美莲的消息立即告诉我。"金伯达见警察要走,也站了起来,对邵元任道,"邵老板,家门不幸,打扰你了,如果你有什么消息务必通知我。"

"金老板客气了,"邵元任道,"美莲和凤仪是好朋友,我也算她的长辈,有什么需要,我一定帮忙。"

金伯达连声感谢,带着警察告辞了,只剩下凤仪与邵元任坐在客厅。凤仪还没能从美莲出走的震惊中清醒过来,呆呆地坐在沙发上,只听邵元任道:"你每天放学都在外面游荡,有什么特别的原因吗?"

"爸爸!"凤仪第二次震惊了,她以为爸爸根本没时间,也没想过要花时间管她。她看着邵元任:"你怎么知道的?"

"我一直派人保护你,"邵元任说,"你这样很不安全。"

凤仪低下头,眼泪一下子涌了出来,怎么能埋怨爸爸不关心自己呢?如果没有爸爸,她不知道会去什么地方,过上什么样的生活:"我只是想知道社会是什么样的,没想到会害了美莲。"

"你害了美莲?"

"是我要去四马路的,"凤仪哽咽道,"我那天就觉得纪今明有点奇怪,可是美莲不听,她和我吵架,我就不理她,我根本没想到她会离家出走,我对不起她!"

"你为什么觉得纪今明奇怪?"邵元任问。

"我不知道,"凤仪道,"我觉得他就像小时候拐我的人拐子,我也不知道哪里像,反正他不是好人!"

邵元任没有吱声,忽然问:"你说那天你们一见面,他就提到金伯达捐款的事情?"

"他说金叔叔捐了很多,他很敬佩。"

邵元任看着凤仪伤心的模样,缓缓地道:"这件事情不能怪你,就算你不带美莲去四马路,她还会遇见那个纪今明。"

"怎么会呢?"凤仪摇头道,"哪里会这么巧。"

"天下的事情都很巧，"邵元任冷冷地道，"要怪就怪金伯达，他不应该大张旗鼓地捐那么多钱，更不应该当什么珠宝协会的会长，这些人早就盯上他了。"

凤仪打了个冷战："爸爸，你说什么？"

"如果我没有猜错，"邵元任道，"拆白党[10]可能盯上金家了，美莲的事情和你无关，你不要再自责了。"

"拆白党？！"凤仪一下子抓住邵元任的胳膊，"爸爸，你能帮她吗？"

"我的能力也很有限，"邵元任长叹了一声，"不过你放心，如果真能帮得上忙，爸爸会尽力的。"

"爸爸，"凤仪又伤心起来，"要是我早点告诉你，早点提醒美莲，或者早点留意一下她的举动，就不会这样了。"

"凤仪，"邵元任恐女儿受美莲事件影响，就此陷入自责之中，忙道，"人生许多事情，都是前世因果。也许美莲上辈子欠了纪今明的。你现在不要责备自己，而是想一想，怎么能帮助美莲。你不是会画画吗，能把纪今明的模样画出来吗？"

"可是爸爸，我……"邵元任见她还是不能释怀，语重心长地道："要是你忙着责怪自己，事情就会越来越糟。每个人的命运是不一样的，只有由每个人自己负责。或许，这就是她的命，你要振作起来。"

凤仪默默地转回书房，开始去画纪今明的肖像。不一会儿，杏礼打来电话，她也知道了这件事，两个好朋友都觉得自己这段时间只顾着自己，疏忽了美莲，感到很内疚。凤仪说了纪今明的事，又说了邵元任的猜测，杏礼惊恐地道："我听家安说过，他们家有一位姑奶奶，年轻的时候就被拆白党拐骗过，救回后疯疯癫癫的，不到三十岁就死了。"

"杏礼，"凤仪心乱如麻，"美莲怎么办啊？"

"我爷爷认识一些人，我求他想想办法。"杏礼道，"家安那边我还没有过门，不好随便跟他讲，美莲爸爸也真是的，这种事情怎么能到处去问呢，以后美莲回家，还怎么嫁人嘛。"

"他也是急，"凤仪道，"我也求了爸爸，希望能帮上他。"

两个人万分不安地挂断了电话。凤仪把自己关在书房里，整夜都在画纪今明的肖像。第二天，金家传来的消息证实了邵元任的猜测，圣约翰大学虽然有个老师叫纪今明，而且也很年轻，但是他说从来没有去过四马路，更不要说与女学生在马路上搭腔了。警局请凤仪去认纪今明，凤仪到了一看，果然不是四马路上的那个人，除了姓名电话，其他都是假的。美莲在家中偷走的金条和首饰，高达一万多元。警察局初步认定"纪今明"是个拆白党，但一无证据、二无线索，除非找到美莲，否则就算抓住纪今明，也不能证明什么。案件陷入了僵局，金家无奈之下，拿出五千大洋悬赏美莲的下落。

一个星期过去了，美莲没有任何消息，金家的花红一涨再涨，已经涨到了两万银元。这个数目，让上海滩很多人坐不住了。民国虽然已经五年，上海的社会秩序不仅没有变好，反而更加混乱：人口激增、政治动荡、律法腐败……各种黑帮层出不穷，不要说帮与帮之间斗争激烈，帮会内部也是弱肉强食、此消彼长。烟土、赌馆、妓院、人口，都是牟利之道。这两万花红，虽让人眼红，但也非易取之物。黑道上很快就传开消息，拐骗美莲的是法租界最大的人口贩子集团，组织头目余祥桂。

余祥桂控制着一个精密的网络。他们将人分成两类，一类是男客，由女拆白党出面，引其迷恋骗其钱财，如果对方颇有权势，就借机敲上一笔后脱身；如果对方仅有些钱财，就耗到财尽后把人卖到海外当劳工，或干脆打个"包"扔进黄浦江内。另一类是女客，通常是大家闺秀或富家少奶，由男拆白党出面，趁女客意乱情迷时诱其携款"私奔"，钱到手后，如果家人愿出钱赎人，就再敲一笔，如果家人不管不问，就把人卖入妓院。整个法租界的拐卖案件，都和他们有点关系。这种生意，与传统人口拐卖大不相同，不仅要计划周密、行事妥当，还要有雄厚的背景，能摆平随时可能出现的各种势力。

这几年，余祥桂无论对巡捕房，还是青帮中的弟兄，都是重金铺路，黑白两道是路路皆通。但他犯了两个错误，第一，他不应该插手其他生意，在八仙桥一带大开赌馆烟馆妓院，犯了众怒；第二，他不应该绑架美莲，给了邵元任一次机会。

邵元任坐在书桌旁，轻轻品着清茶，一言不语。李威坐在他的对面，焦急地等待着。他不明白邵元任为什么还不表态："金家的花红已经出到两万，金伯达的小舅子，也就是美莲的亲舅舅，和巡捕房的关系很深，金家既有钱又有人，再说余祥桂在八仙桥又开赌馆又开妓院，不仅蔡老爷子，其他几个青帮老大对他也是恨之入骨，现在正是除掉他的好机会。"

邵元任继续沉默。民国之后，救火队的精锐部分正式转入黑帮，当初他让李威开凤凰阁，正是为这支人马做准备。本来余祥桂在八仙桥一带生事，就让他萌生了除掉他的想法。如果没有美莲，他还不便先发制人。现在，余祥桂自己把头伸进了凤凰阁的铡刀下，这么肥的生意送上门，他没理由拒绝，就算他不想要，青帮的几位大佬也不会答应。但是余祥桂在法租界的势力盘根错节十几年，除他并不容易，而且除了他，他的生意怎么分也是一桩难事。邵元任瞅了李威一眼，李威现在的翅膀越来越硬，如果不借此事拿他一把，将来就更不好控制了。余祥桂这块臭石头用是用定了，关键是要怎么用？邵元任放下茶杯："今天我累了，不说这些，你先回去吧。"

李威忍耐地看了他一眼，退了出去。"妇人之仁"在他的脑海里跳动了一下，自从雅贞小姐去世之后，邵先生慢慢就不如以前了，三十六岁年纪，看起来像个四十多岁的男人，一位枭雄，怎能因为女人意志消沉。李威无法理解，甚至有点不屑。他今年二十七岁，正是大展宏图之时。他忽然想，如果邵元任不能下决心，他是否要联合蔡洪生等人……这个突如其来的背叛的想法让他猛地起了一身的鸡皮疙瘩。

不！李威迫使自己冷静下来。邵元任素来老谋深算，这事无论如何得等等，看看他有什么计划！李威亲手给邵元任烧了壶开水，小心翼翼地送到书房，这才告退。邵元任一边喝着茶，一边坐在书桌前慢慢筹划。除去余祥桂，至少要两个月时间，别的都好说，美莲怎么办？如果他现在出面，将金家两万块花红送到余祥桂的手上，不出三天，美莲即可回家……可这样一来，凤凰阁的势力就不能扩张。而从余祥桂现在的发展势头来看，八仙桥一带迟早要有一场血拼，到了那个时候，恐怕青帮兄弟要怪他放过此次良机，若再让李威逞猛斗狠闯出点名堂，凤凰阁就更可制了。再说金家的花红如此之高，江湖上哪个不眼红，他把这笔钱送给余祥桂，不等于断了其他人的财路？

看来，美莲还要再委屈一段时间了。邵元任觉得心情沉重，他一生自认是个英雄，却两次把女人当成牺牲品。一是雅贞，已痛入骨髓，二是美莲，也令他愧疚。他左思又想，折腾了一夜，直到天色微明之时，才合了一下眼。天一亮，他就命司机送他去龙华寺，并派人通知李威，他要在龙华寺听大师父讲解佛经，没有大事，不得前来打扰。

李威不明白，邵元任怎么会在此时去龙华寺？他一面叫手下兄弟盯紧余祥桂，一面请青帮几路老大喝茶洗澡。其间聊问此事，套问口风，这几位青帮老大说别的还好，只要一谈起此事，不管李威如何搭话，那几位老爷子不是打个哈哈，就是岔开话去，既不说做也不说不做。李威觉得有些不对，便暂时隐忍下来。

眨眼又过了一个礼拜。这天一早，李威刚到凤凰阁，就有人把一摞当天的报纸递给他。他打开一看，不禁大吃一惊。所有的报纸像约好了一样，铺天盖地报道了富家千金惨遭绑架的事实，矛头所指全部指向法租界巡捕房，指责他们缺乏办案能力，不能维护地方治安，甚至暗示他们与黑帮勾结……是谁这样大胆，在报纸上做文章？李威百思不得其解，难道是金伯达，他不会蠢到救女儿，连性命也不要了？

李威命人暗中查访，说与报馆联系的，多是学生，而且凤仪也在其中。李威心惊不已，他把报纸事件与蔡洪生等人的态度联系起来，觉得此事与邵元任必有干系。那么他躲进寺庙不是讲经，不是为了躲避，而是为掩人耳目！此等大事，他为什么不告诉自己？李威猛地意识到，他急于除掉余祥桂，就向邵元任表明，他急于壮大自己的势力。邵元任已是疑心大起。事到如今，他还有两个选择，一是表现忠诚，继续依赖邵元任发展；二是除掉邵元任，独占凤凰阁！可凤凰阁只有约一半人完全听命自己，除了邵元任，恐怕自立不成，反引来杀身之祸。李威想到这儿，不免有几分沮丧，同时也暗自庆幸自己没有轻举妄动。

　　他不再和外界任何人联系，也决不出席任何饭局茶会。每天除到凤凰阁上班，几乎足不出户。几日之后，报界声讨愈演愈烈，不仅绑架、抢劫、盗窃被反复提及，就连烟馆、赌馆、妓院也被牵连其中，八仙桥一带更是千夫所指。迫于压力，巡捕房开始着手整顿，由于缺乏具体的计划，一些规模较大的赌馆妓院首当其冲，凤凰阁也牵连在内，接到了暂停营业的通知书。李威立即派人去龙华寺，带回的消息却是，邵元任要吃斋礼佛，闭关十天。

　　李威闲来无事，便每日去邵府小坐，有时他让司机歇着，自己给凤仪开车。他发现凤仪果然和很多家报馆在联系，不过，她并不知晓内情，只是在帮金家跑腿。李威问她，邵元任是否知道，凤仪说，是爸爸让她帮忙的，说她现在大了，可以做些大人的事情。李威不由心中暗叹，难怪他事先没有听到任何风声，他只顾盯着金家和各路黑帮，根本不会注意凤仪和几个学生。而这样一来，邵元任与金伯达居中联系，也不会有外人知晓了。

　　不过，他对邵元任利用凤仪传递消息，感觉有点不忍。到底不是亲生女儿，连这种事情也让她参与。李威悄悄加派人手，跟着自己每天接送凤仪，怕遭遇什么不测。他哪里知道，邵元任早就派人暗中保护凤仪了。他让她做这件事,其实用心良苦。自雅贞去后,邵元任对凤仪的教育观有了改变,也许一个女子能够自立,才是最重要的事。他本打算等她中学毕业之后,再细加引导,但没有想到,凤仪先是放学后不肯归家,日日在外流连,接着又出了美莲之事。邵元任觉得,是时候让凤仪接触社会了。他让她联系报馆,一方面确实不引人注目,另一方面,也可以让她在社会上有所锻炼。

时间一晃,又是一周。这天李威送凤仪去望平街。望平街只有几百米长,却林立着上海大部分的报馆,人称"报馆街"。负责报道赌馆之害的《新民报》大门大开,二人进得门内,见桌、椅、办公器材砸得乱七八糟,满地狼藉、空无一人,只有两个打扫的女工。凤仪问:"报馆的先生呢?"

"去医院了,"女工道,"打得一塌糊涂。"

"谁打的?!"

"我不晓得,上班好好的,突然冲进来一帮人,又打又砸,几位先生来不及理论,就被打伤了。"

凤仪勃然大怒,对李威道:"我们去龙华寺!"

李威觉得这是一个自然而然见到邵元任的机会,便没有回避。二人来到寺院,他让凤仪先去邵元任的厢房,自己在大殿守候。

凤仪到了厢房,说了报馆的事,邵元任安慰了她几句,打发她去大殿烧香,顺便把李威叫了进去。李威进门后,立即将这段时间发生的事情一一汇报,邵元任默默地听完,也不多加询问,只把一份名单交给李威:"你在凤凰阁安排一下,后天的下午一时,我要约他们在凤凰阁小聚。"

李威打开这张折好的宣纸,上面用工整的小楷写着法租界各路黑帮的首领名字。李威默数了一下,一共有十七人。这些人有的他认识,有的素未谋面,李威恭敬地点了点头。他既没有多问,又表现出能办好事情的信心。他拿着名单退出客房,来到大殿,凤仪站在烟火缭绕的香炉前,正望着天空出神。李威顺着她的目光望去，恰好看见寺院飞起的一处檐角。这些日子有多少消息从这里传出去，又从外面传递回来。李威微微冷笑着，果然是佛门清净啊。

两天之后，李威站在停业的凤凰阁的三楼大厅内。这里从没有如此寂静和空旷过。阳光从迎街的木格窗透进来，可以看见无数的灰尘在空中飞舞。李威做了个手势，穿戴整齐的"救火队员"们立即将桌椅往两边排开，留出一块空地。空地中间用方桌拼成一张大桌，大桌周围排好十八张靠椅。李威发现，这些"救火队员"有不少是新面孔，这让他大惊失色。如果他再往前"走"一步，恐怕被除掉的，就不只余祥桂了。李威心中升起复杂的挫败感、恐惧感与耻辱感。他苦心经营的势力依然被邵元任操控着，他还是没有摆脱随从的命运。

午饭之后，各路黑帮大佬走进了凤凰阁。自民国之后，黑帮的革命色彩逐渐消退，他们开始公然从事另一种"社会事业"：毒品、色情、赌博、军火。为了与其他行业的人有所区别，他们统一了穿着，凡黑帮成员，一律短衣打扮，上衣口袋里需装一块金表，表的链子要垂在胸前。链子越粗，表示身份越高。高级别成员的手指上还要戴一枚钻戒，钻石越大，身份越高。今天来的人无一免俗，全部这身装扮，而辈分最高的蔡洪生等几人，还在短衣外面加了一件披风，以显示自己地位不凡。

众人相聚，气氛热闹又微妙。蔡洪生等几个地位较高的大佬，就像商号里的老掌柜，不停地抱怨这段时间时局不好、生意难做等。其他人则按各自恩怨坐在一起，有的叙旧聊天、有的沉默不语。李威周到地招呼着他们，给他们端上上好的绿茶。不过这种布置和招待，显然和黑帮众人常去的酒楼澡堂大不相同。看着邵元任的面子，他们大都客随主便，没有计较。其中一位号称码头南霸天的南霸坐不住了，他双眼一翻喝道："你们除了鸟茶还有什么？"

李威忙笑着赔了不是，又解释说凤凰停业，时间又紧，所以准备得不好等等。南霸这才愤愤然坐好。李威又命人拿上瓜子、花生等货色,满满地摆在桌上,还没有忙定,坐在主宾席位上的蔡洪生突然站了起来。其他十余个党徒见蔡洪生起立,也连忙站了起来。李威急命伙计们撤下,自己也站到一边。南霸回过头,见一位瘦削的穿着长衫的人走了过来。他容颜肃穆,五官中略带哀愁,这一身打扮既不像一个商人,也不像一个黑帮老大,倒像一个穷书生。如果不是从一楼到三楼,全部站满了身穿短衫、形容肃穆的"救火队员",如果不是蔡洪生等人以起立的姿势表示尊敬,南霸绝对不会买一个"教书先生"的账。他勉强站起来,和他差不多时起立的,还有坐在蔡洪生身边的青帮老大步云山。步云山素与余祥桂交好。南霸天瞄了他一眼,心道,这个鸟会不知道是什么意思,怎么不分门派什么人都请来了。难道他们不知道,我和步云山都是余祥桂的死党?他这样想着,邵元任已经到了桌前,他笑着朝大家拱手,请众人落座后,方在席上坐下:"蔡老爷子,大家都在说什么,这么热闹!"

"唉,"蔡洪生叹了一口气,"谈什么,生意不好做,最近又是查又是关,再这样下去,我们就要喝西北风了。"

"蔡老爷子说得对,您看看凤凰阁都被停业了,再这样下去确实不是办法,所以我才请大家来,"邵元任开门见山地道,"我们一起商量个办法。"

"哦,"蔡洪生问,"邵先生有什么好法子?"

"这事坏在一个人身上,只要我们把他交出去,大事化小、小事化了,大家的生意就可以正常开张了。"

"交他当然好,"蔡洪生道,"不过他的势力很大……"

邵元任看了看周围几个青帮老大,众人纷纷道:"我们这么多人,难道还怕了他一个人?""是啊,我看老爷子多虑了。""他又是开赌馆又是开妓院,抢了我们这么多生意,他不管我们死活,我们还管屎那么多!"

"余祥桂的生意除了人口,还有赌馆和妓院,把他交出去之后,这些生意还要靠大家接管经营,不能再出什么麻烦,"邵元任缓缓地看着桌子上的人,"大家如果没有意见,我们就看看这些生意怎么分配,今天有蔡老爷子做主,一定会分得公平合理。"

南霸瞅了步云山一眼,步云山也在瞄着他。二人对邵元任的安排惊讶不已。原来这一个月,邵元任一面利用报馆大造声势,暗中指使巡捕房查封各路人马的生意场所,一面和蔡洪生等十五位江湖老大谈妥了条件,一举拿下余祥桂,重建法租界的黑帮生意与秩序。众人心照不宣,只有邵元任自己清楚,这次会议他还请了两个不速之客。一位是步云山,他因与余祥桂交情颇深,条件没有谈妥;另一个南霸的势力并不大,但也与余祥桂息息相关,邵元任根本没有和他谈过,今天请他来,是另有目的。

步云山心想,此时再不走,就没有办法脱身了。他不想头一个出面,便又向南霸示意。南霸早就不耐烦了,此时见有步云山支持,把脸一沉眼睛一翻,叫了起来:"邵老板,你说要交人,这个人是谁啊,我认不认识?"

"余祥桂。"邵元任笑了笑,道。

"余老板怎么得罪你了?"

"他没有得罪我,"邵元任说,"他得罪了大家的生意。"

"大家?!谁的生意?谁的?"南霸恶狠狠地道,"说出来我听一听。"

蔡洪生等人见南霸突然撒泼,不禁面面相觑。难道这里面还有人没讲好条件?邵元任看了步云山一眼,步云山双目微垂,不动声色。邵元任又笑了笑,询问南霸:"你不同意交出余祥桂?"

"××××××!"南霸天骂了句粗口。

"南霸,余祥桂现在是众矢之的,你何必为了他得罪大家呢?何况除掉他之后,你自然能从中得到好处,"邵元任温和地道,"谁是敌人、谁是朋友,你要拿捏清楚。"

"我呸!"南霸叫道,"你少在这儿给老子掉书袋,老子听不懂这些!"

他气哼哼地站起身，呼喝身后的几个弟兄："我们走！"

邵元任冷眼看着他走到了楼梯口，朝几个"救火队员"微一侧目，那几个人从短衫后抽出枪来，举手便射。只听几声枪响，南霸惨叫一声，栽下楼去，跟着他的几个手下也横尸当场。气氛陡然紧张起来，因为事先有所规定，所有来的人都不许携带武器，十几个站在桌外的黑帮党徒慌忙抢到桌前，有的抄起盖碗，有的横在老大身前，似乎想用身体抵挡住子弹。

"邵老板，您这是……"蔡洪生不解地看着邵元任。邵元任微微一笑："老爷子，你看是不是叫大家退后站好，听我说几句。"蔡洪生瞄了一眼周围，见数十个"救火队员"全部捂住腰间，忙呵呵一笑道："大家都不要慌，听邵老板说一说嘛。"

"除掉余祥桂势在必行，如果刚才我让南霸走出去，后果是什么，我不说大家也知道。"邵元任娓娓道来，"他肯定立即通知余祥桂，让他准备好和我们火拼，八仙桥就不是做生意的地方，是一个坟山、战场。邵某再不济，也不能让大家牺牲兄弟。不过，"他看了一眼步云山，又道，"现在，这里每一个人都是我尊重的人，如果大家愿意参加这个行动，我非常欢迎，如果有人坚持不合作，我没有意见，如果有人坚持要离开，我绝不拦着，也绝不会让手下的人再动手。"

听了这话，众人又是面面相觑，不知邵元任这话是对谁讲的。步云山深悔自己来赴这个鸿门宴，他太小看这个生丝商人了。南霸勃然反目，显然之前没有任何沟通，那么邵元任请他来，就是料到他会当众反目，他的目的就是要他反目，然后杀掉他，这样，这里所有的人都被绑在了一条船上。

现在自己若坚持离开，就表示和在座的所有人为敌，就算邵元任不杀他，其他人也不会放自己走。再说南霸一死，他就算出得了这个门，余祥桂也不会再相信自己。步云山又怒又悔又怕，强迫自己冷静下来。他看着邵元任,邵元任笑道:"步老板,这里你最了解和熟悉余祥桂,你有什么意见?"

步云山顿时听出了弦外之音,好个邵元任,他既这么说,一方面表示他非常需要自己的力量,另一方面,自己若再执意为敌,那么他们剿灭余祥桂之前,第一个人要除掉的,就是自己了。步云山哈哈一笑:"邵老板,我为了大家来做这件事情,有什么好处?"

"这里除了步老板,没有人会做人口生意,"邵元任道,"这可是租界的大买卖,牵涉到方方面面的人。相信各位兄弟和巡捕房都会愿意由步老板来接管。"

众人这才听明白,原来演的是哪出戏。由于人口生意不同于赌博与色情,也有不少黑帮中人不愿牵涉此行。步云山环视一圈,见没有人反对邵元任的说法,蔡洪生也是频频点头,便痛下决心:"既然各位看得上我步云山,我也表个态,余祥桂的其他生意,我绝不会插手,全部交给各位。"

"好,"邵元任举起一杯茶,"那我以茶代酒,敬各位一杯,大家有福同享、有难同当。"

众人忙举杯同和,各自干下一杯清茶。李威派人把几具尸体抬了出去,摆上酒菜,众人重新落座,这才开始商量下面的事情。这场黑帮之战不是上海光复之后最大的战争,只是美莲意外地成为黑帮重新分配利益的导火索。接下来的一个月,巡捕房和帮会联手对余祥桂实行了剿灭,至"破案"时,牵连出的人口案件约有上千起,余祥桂党徒死的死伤的伤,还有不少投奔了步云山。步云山接替余祥桂成为法租界最大的人口贩子。而余祥桂的赌馆、烟馆等其他生意,一律先由巡捕房查封,再转入蔡洪生等人手中。凤凰阁经此一战,不仅名声大振,而且它的其他势力也顺利地渗入到法租界的方方面面。如果没有美莲身心所受的创伤,没有一个小报记者的介入,这场战争对邵元任来说,几乎是完美无缺的。

美莲从苏州河上一条小船中被解救出来,这场纯洁的初恋和不顾一切的浪漫的爱情冒险,变成了最残酷的底线之外的生活。这完全超出了一个少女的想象力和承受力。在小船上,美莲被迫接客,不停地被殴打与侮辱,甚至被强奸与轮奸。她发现死真的很艰难,因为她每逢有机会可以跳入肮脏的河水结束生命时,她自己都不知道为什么,她会在最后关头停住了。

她回到了金家,见到了父母和朋友们。她觉得他们很遥远,远到是两个角度看世界的人。她并不需要他们守在身边,说一些宽慰的话,担心她活不下去。她见他们这样就报以冷笑,他们怎么能想到,这段时间她唯一学会的就是活着。

凤仪和杏礼隐约了解了美莲的苦难。她们不敢问,也不知如何问,只是尽力地陪在她身边,说些她们认为轻松或愉快的事,可每每气氛反而更加沉重。凤仪感到,美莲的眼睛里闪烁着一种可怕的东西,而她的嘴角,也似乎是在冷笑。

"你在笑什么?"这一天,凤仪终于忍不住了,问。

"笑?"美莲懒懒地盯了她一眼,"我没有笑。"

"你有笑!"凤仪执拗地道,"你不回学校读书,也不理大家,你到底想怎么样?"美莲闭上眼睛,表示无意争吵。"你知不知道你出了事之后大家都急坏了,你爸妈、我、杏礼,还有我爸爸,动用了多少力量,还有那些记者,每个人都在为了你而努力,甚至被打伤,甚至住院,可你怎么能这样,这样不死不活的,对这些人摆出这种态度?!"

美莲听着凤仪急切又伤心的语调,不觉冷笑起来,她睁开眼斜了她一眼,这人可真是个孩子。她不耐烦地挥挥手:"你走吧,我累了,想睡会儿。"

"金美莲!"凤仪站起来,伸手去掀她的被子,"睡睡睡!你整天就知道睡!除了睡你就不能做点别的吗?你弄成这样你还有理了,我告诉你,这事你不能怪别人,只能怪你自己!"

美莲啪的一声,反手摁住了凤仪的手。凤仪想挣扎,但是美莲十分用力,指甲深深地嵌进她的肉里。凤仪痛得一下子咧开了嘴。"滚回家去!"美莲嘶声喝道:"别在我这儿撒野!"

"放手!"凤仪咬住了牙。

美莲的嘴角一扯,手更用力了。"金美莲,你别以为我不敢打你!"凤仪低声喝道,"你放手!"美莲一动不动。凤仪猛地一错手,反扣住了美莲的手腕,美莲没想到她会这个,吃了一惊,向后用力一扯,两个人一起滚倒在床上。

二人在床上撕打起来。美莲就像弄堂里最下贱的泼妇,拽凤仪的头发、撕凤仪的衣服、牙齿在凤仪的身上寻找机会。凤仪被深深激怒了。两个好朋友像两只野兽展开了搏斗,凤仪从来没想过,自己在这个时候去打美莲,但是美莲对她的痛殴,她自己的痛疼,和通过这种发泄出的怒火,让凤仪直接领会了美莲的绝望与痛楚。打死她算了,凤仪悲痛地想,打死她我也不活了!

杏礼这时进了房间,她感觉真是世界末日,她最好的两个女朋友,像疯子一样厮打搏斗。她起先想拉架,但她们俩谁也不理她,甚至找着机会就打她,不知是谁的指甲用力在她脸上划了一下,杏礼伸手一摸,居然有血!她顿时怒疯了!她比她们大两岁,个子也最高,以往玩笑时推推搡搡她们都不是对手。在美莲失踪的这两个月,她和凤仪都因友谊而承担了许多压力,正常的幸福被打乱了,甚至连她的婚礼都不能尽力地快乐地准备,而此时,正是一个发泄的良机。

杏礼加入了战斗,先是混战,最后,她和凤仪开始联手打美莲。这让她们占尽上风。美莲被打得毫无还手之力,她的头发被猛烈地向后拉扯,身体、四肢被拳头撞击,还有乱七八糟的脚在踹她。这种痛打让她想起了在船上被迫接客的日子,每天都是毒打与饥饿,直到你愿意出卖身体为止。她们为什么打她,她们不是她最好的朋友吗?她绝望地发出了一声撕心裂肺的号哭。

这痛苦的声音一下子让凤仪和杏礼恢复了理智,她们为什么打她?她已经这么不幸。凤仪第一个流下了泪水,她抱住美莲,她要怎么办?她们要怎么办?生活为什么会如此痛苦,难道那些快乐就一去不再复返了吗?三个女孩相互摸索着拥抱在一起,痛哭起来。

"我完了!"美莲抽泣着道,"你们不懂,我完了!"

"你怎么会完了呢?"凤仪哭着反驳道,"你有家,那件事情不能怪你的。"

"我已经不是一个清白的女人了,将来没有人会再爱我,再要我,我什么都没有了!"

"美莲你听我说,"杏礼擦去泪水,扳过美莲的身体道,"没什么大不了的,你年轻漂亮又有文化,家里又有钱,还怕嫁不出去吗?"

"你跟我妈妈说的一样,"美莲流着泪冷笑道,"嫁出去又怎么样?人家会真心对我吗?都说浪子回头金不换,有谁说女子回头金不换的?我一个女孩儿家,做出这等事,将来一辈子都抬不起头的。"

"那就一辈子不嫁人好了,"凤仪道,"你可以找工作,一样可以养活自己。"

"这是什么混账话,"杏礼道,"哪有女孩不嫁人的……"她想了想,大约也不敢肯定以美莲的处境能找到一个好夫婿,烦乱地泣道,"这种事情都很难说的。"

"我不想嫁人了,"美莲摇了摇头,说,"我再也不相信男人了。凤仪说得有道理。只怕我出去工作,也会被别人瞧不起的。"

"怎么会呢?"凤仪说,"报上又没有说纪今明的事情,你只是被绑架。"

"有些事情是瞒不住的,"美莲道,"前几天因为家里的用人多嘴,我爸还开除了两个,开除有什么用,嘴长在人家身上,人家要说你有什么办法?"

"要不你出国留学吧,换个环境?"杏礼道。

"我哪儿都不想去,我看见人就烦。"

"要不你去你爸爸的公司上班吧?"凤仪道,"这样就可以工作了。"

"我不去,我在家里丢人就成了,不想到那儿去!"

凤仪和杏礼苦劝了半天,美莲既不想回学校,也不想去任何地方。气氛渐渐陷入了某种无奈,眼看得天色黑了,美莲的心情好了一点,便劝她们回去,说自己想一个人待着。凤仪和杏礼整理好衣衫,重新梳了头发,方从金家告辞出来。二人上了汽车,凤仪这才想起杏礼的婚礼,问:"你的婚事怎么样了?"

"就那样吧。"杏礼淡淡地,"液仙很担心美莲,我让他过一段再来看她。"

"方先生?"凤仪有些惊讶,"我们很久没有联系了,他还好吗?化工社生意怎么样?"

"就那样,"杏礼叹了一口气,"不死不活地撑着,也不明白他为什么还要做下去。"

"他是有抱负的人。"凤仪道。

杏礼黯然地看了她一眼:"你呀,什么都不懂,真是个小孩子。"

凤仪奇怪地打量着杏礼,敏感到杏礼和液仙之间有一丝另外的东西。"杏礼,"她小声问,"你喜欢方先生吗?"

"别胡说,"杏礼立刻打断她,"我已经订婚了。"

凤仪转过头,看着车窗外的风景。四月春天,正是好时节,去年这个时候,她天天和杏礼、美莲一块儿上学、一块儿放学,周末她们还会去化工社,有时拉上方先生一起去公园,去沙莉文喝咖啡,去楼外楼看哈哈镜……现在想来,那是多么快活的生活啊。可那个,她并不觉得自己有多快乐,也许快乐只能是一种回忆,就好像她和湖心亭里的少年,相遇时并不觉得怎么样,现如今一生一世也许都不能再相遇了,她才觉得,那时候的相见是多么愉快和幸福的事情。

凤仪猛然间有一种潸然泪下的冲动,为美莲、杏礼和不能再回头的好时光。

第 五 章

早在1913年,上海工商界陆伯鸿等人便立志要创建中国的钢铁企业,邵元任也是其中一分子。1913年2月到11月,陆伯鸿将《化铁炉说略及预算》一文广发至上海实业界和金融界,在文中,他们利用国内外资料对比,详尽地阐述了创办钢铁企业的重要性、必要性和可能性,以及无法估算的利润空间。在邵元任等人鼎力追捧下,先后有乐振记、姜炳记、四明银行、丰昌庄、增泰行、慎记号、合兴厂等工商、金融企业参与其中,以6万两票存资金和2.3万两押款作为投资,兴办了第一家民族资本钢铁厂,定名为:和兴化铁厂。

钢铁厂因为种种原因,一直没有正式投产,但邵元任对此信心百倍。民国之后,上海工商业虽有了长足进步,但大抵以轻工业为主,陆伯鸿、邵元任等人认为,中国工商业想要真正地发展,重工业必不可缺。而且他们深信,只要把钢铁厂做起来,就一定能得到比丝厂多出千百倍的利润。

像疯子一般地投入工作,为邵元任减轻了雅贞这个心结,但美莲获救后,他又一次陷入了自责。这个女孩的部分不幸是他造成的。他可以改变很多人的命运,甚至希望影响一个国家的命运,但对于一个女孩,这实在让他感到不耻……为了让凤仪强大起来,他逐渐安排她接触社会,但女人要如何强大,又应该强大成什么样子?他没有答案。他也接触过一些革命女同志,她们穿男装、像男人一样谈论事业,邵元任虽然钦佩,却很难从心底里赞同,说到底,他还是一个传统的中国男人。

为了帮助美莲,也为了减轻心底的内疚。他请美莲在德昌堂管理一些慈善事务。连年的灾荒和战乱,导致每天有无数灾民涌入上海,德昌堂除了赈济粮食,管理义冢,也开办工人技术学习班,让难民们学到技艺、找到工作,在上海立足。邵元任觉得眼见到别人的不幸会降低自己的不幸感,他希望从事有意义的工作能让美莲重拾自信、得到慰藉。

美莲也确实在德昌堂渐渐找到了新生。回想在学校时的集会、演讲,她觉得那只是青春的一股热情,生活是实际而困苦的。有些简单的问题很难回答和解释:为什么有些人生来就可以穿金戴银,有些人却为了温饱要苦苦挣扎……她有了更多的想法与困惑。

她计划开办一个针对妇女和儿童的技术培训班,供应给上海的纺织企业。邵元任为她争取到了这笔慈善基金,并派来元泰的技术工人担任教师,就在一切顺利的时候,一个小报记者找上了美莲,他写了一篇文章,行文极其俗艳,名为:《金家小姐贪恋拆白党,贴钱贴色;租界巡捕房误信绑架案,贻笑大方》。他将此文寄给金伯达,声称没有两千元的酬金,他就在报上刊登此文。

金伯达通过前段的事件,深知新闻与帮会的力量,何况此事既关系女儿名声,又直指巡捕房,思前想后,他把钱和文章转送给邵元任。邵元任的惊讶不下于金伯达,这篇文章可能会带来极为恶劣的后果,难道有人要为余祥桂报仇,还是步云山等人再度反水?他急命李威调查此事,并迅速把钱付给了记者。

调查很快有了结果,此人没有后台、没有背景,一切行动都出于私欲。李威说:"为了大洋发疯了。"邵元任让李威找他"谈谈",不要再纠缠此事。如果有经济困难，可以向德昌堂救助。但那人写了更刺激的文章，再次向金家敲诈。

金伯达不胜烦扰，埋怨了美莲几句，美莲一言不发，搬到了德昌堂居住。不管金伯达夫妇如何劝解，也不肯回家，金伯达无法，托凤仪劝劝美莲，凤仪屡劝未果，金伯达又转托邵元任。邵元任借口询问妇女儿童技术培训班开办的情况，将美莲叫到了办公室。

美莲详细汇报了各项情况，看得出来，她很努力。邵元任打量着她细如弯月的眼睛，感到这个少女的内心坚硬了许多，他叹了一口气："美莲，你爸爸让我劝劝你，还是回家住吧。"

"我喜欢住在德昌堂。"美莲迟疑了半晌，"除非……"

"除非什么？"

"那个记者不再打扰我父亲。"

邵元任微微一震，这句话既像请求，又像命令，甚至可以说是威胁。难道她知道了剿灭余祥桂的实情？这不可能，他企图在美莲的脸上看出什么，但这个女孩只是倔强地坐着，再也不说话了。

"好，"邵元任温和而斩钉截铁地说，"这件事情交给我。"

"谢谢您！"美莲感激地道。邵元任示意她离开，她走到门口，突然被他叫住了："是你父亲教你刚才这样说的？"

"啊……不！"美莲的脸色唰地白了，"他什么都不知道。"邵元任笑了："不管是你父亲，或者别的什么人，我都要谢谢他教你这么说，没有你这句话，邵叔叔还不敢擅自主张地帮忙，你毕竟是当事人，要尊重你的意见，现在，我只想知道，是谁这么聪明，猜到了我的心思。"

美莲舒了一口气："是凤仪。"

邵元任愣了一下，然后笑着与她告别。美莲忽然发现自己上当了，邵元任的那些话，无非骗她说出幕后指使者，她越想越心惊，到处寻找凤仪，最后，在元泰丝厂的办公楼二层，她找到了她。她正饶有趣味地听工程师们讨论，如何改进丝厂的机器。美莲将她拉到过道，把经过说了一遍，凤仪高兴地道："爸爸答应了就好，你不用担心，事情肯定能解决。"

"你怎么知道一定能解决？"

"他办法多嘛。"凤仪见四下无人，悄声笑道，"他肯定让人把那家伙打一顿，打得他再也不敢来找你。"

美莲皱起了眉头，难道凤仪对邵元任一无所知吗？还是她根本没有理解："你怕你爸爸吗？"

"怕？！"凤仪惊讶地问，"怕什么？"

"如果是我……我会怕……"美莲若有所思。她无法向凤仪解释，社会的另一面是什么，能操纵那个世界的人，足以令人生畏。这时，一个四十岁左右的男人举着块画板跑了出来："凤仪小姐，你的东西。"

"谢谢刘叔叔，"凤仪接过来，"我差点忘记了。"

"女画家怎么能少了自己的工具，"那人和蔼地帮凤仪背好画板，"你要不要回去？车子有吧？要不要我准备一下？"

"我先回了，我们自己坐车，"凤仪笑道，"您不要费心。"

那人走后，美莲问："他是谁？"

"他叫刘庆生，是元泰的副总经理，一直帮着爸爸管理工厂。"

"我来了几次也没有见过他。"

"他一直跑丝行洋行什么的，很少在家的。"

两个人朝德昌堂方向走去，美莲询问凤仪明年毕业后，考不考美术学院，凤仪叹了口气："我喜欢画画，可是，我也想知道外面的世界是什么样的。"

"外面的世界……"美莲不禁冷笑了一声，把身在福中不知福的话咽了回去。凤仪假装没有注意到她的情绪变化，自从美莲回来之后，她们之间有一层说不出的隔阂，这和友谊无关，而杏礼正忙于准备婚礼，为避免美莲尴尬，杏礼没有邀请凤仪当伴娘，三个女孩曾经幻想和讨论过的婚礼,只与杏礼自己相关了。凤仪试图说服杏礼,请美莲当伴娘,但杏礼有些犹豫,而美莲一听说此事也严词拒绝了。

凤仪依然孤独,不知道什么时候才会感到不孤单。父亲和哥哥没有具体的消息,爸爸只是告诉她,他们都活着。唯有画室可以让她宁静。她喜欢将自己置于画笔与画布之中,但她仍然无法做出终生从事绘画的选择。她还是想不明白,她是因为孤独才喜欢画画,还是因为喜欢画画而喜欢画画。

这个有些哲学意味的命题困扰着她,但她的绘画天赋令神父欣喜不已。在神父看来,她拥有了学习绘画的一切条件:天赋、勤奋和经济基础。

"凤仪,如果你不想留在上海,我可以介绍你去欧洲,去那里继续学习。"这天喝下午茶的时候,神父又说起了这个老话题。

凤仪抚摸着精美的白底玫瑰花瓷杯,它细腻的质感宛如美丽的教堂景色。院中青桐树的叶子开始黄落了,而五月结满红花的石榴只剩下浓密的枝条,木栏后的青草坪开始出现不同的色彩。而围墙外,是宁静的马路和同样丰富多彩的杉树。这是上海最好的地方,很多人梦想的地方。可是她知道,离开这里不远,就有最狭小的里弄、最破烂的棚户;在福州路的大街上,妓女们沿街拉客;在爸爸的丝厂,有十岁左右的小女孩为了吃饱饭拼命工作。同样生而为人,大家为什么要活在两个世界?难道人只要一个世界活得好,就可以对另一个世界视而不见?那为什么让她的心会隐隐作痛,她的亲生父亲会为此奔走?她不能安然地坐在这里,假装不知道另一个世界的存在。她的父亲,哥哥,还有爸爸,都在为那个世界做着各种各样的努力。在她看来,他们都是英雄。她又怎么能退缩于象牙塔之内,将自己的一生献给一块画板和一支画笔?

"邵,"神父听她絮絮地说出这些心事,长叹一声道,"也许你复杂的事情想得太简单了,包括你的父亲、哥哥和爸爸,你并不了解他们的世界。你是个单纯的人，又很有绘画天赋，也许你该学习听从神的旨意，顺从命运的安排。"

"我从小就和他们在一起，我怎么会不了解他们的世界？"凤仪反驳道，"我承认我单纯，可是我又怎么知道，绘画是神对我唯一的安排？"

"理想主义者，"神父苦笑了一声，"也许曲折的道路才是真正的道路。"

"我听不懂。"

"我只是你的绘画老师，"神父意味深长地说，"神的声音只有你自己才能听到。"

凤仪陷入了苦恼，很想找人说说话，找谁呢？爸爸为了钢铁厂的事情日夜忙碌，李威似乎不合适讨论这些，杏礼在忙结婚，美莲……还是算了吧，不要太打扰她……要是父亲在就好了，她回想和父亲的两次见面，每一次父亲都能立即指出问题的所在，给她希望和鼓舞。要是有一个能谈话的朋友……忽然，她眼前一亮，不如去找方液仙，他自己创业这么久，应该能给她些指点。

方液仙经营化工社已经多年，生意一直没有起色。化工社生产的牙膏、雪花膏虽然品质上乘，但销路总是不畅。他认识凤仪的时候，她只有十二岁，刚刚进入女中，不久又带来两个女同学，美莲和杏礼，一个与她同岁，是个可爱的少女，一个比她大两岁，是个十分美艳的少女，一晃四年过去了，而现在，方液仙打量着坐在对面的杏礼。她上着翻领单扣西式外套，下着薄呢长裙，显得既摩登又有一种鼓动男人本能的热情的优雅。

"美莲最近怎么样？"方液仙问。

"她在做慈善事业，"杏礼的声音有一些烦躁，"做得挺好。"

"凤仪呢？"

"她还是老样子。"

"你的婚礼呢?"

杏礼抬起头,修长而白皙的手指神经质地在桌上用力地敲了一下:"液仙,除了美莲、凤仪、我的婚礼,你就没有要问了的么?"

方液仙笑了笑:"那么,你最近又看了什么比较好的小说?"

杏礼浓到极致的眉毛和眼睛深深地凝视了他一眼,他是不会对她说实话了。虽然她已经订了婚,虽然她知道自己不会选择这个清贫的化工社,但是,她对他的感觉,还有这段时间他看她的眼神……哪怕在成婚之前,有一段精神上的恋爱也是十分美妙的……

这种初恋一样的朦胧爱意,和即将面对婚姻的压力,让这位美艳的女孩像花一样,突然盛开起来。方液仙转过头,不敢再看她的模样。虽然他猜不透这女孩的心,但有一点,他是可以肯定的。她永远不会和贫穷相关。如果说美莲能因爱情莽撞出走,凤仪还单纯不通时务,而杏礼,永远不可能犯她们犯的错。她太爱现实中的东西,比如豪华场所、漂亮时装和名贵首饰。方液仙不明白,自己什么地方打动了她,但这种打动极不可靠,像一个没有达到平衡的化学方程式,不足以证明什么的。

杏礼幽幽地叹了一声:"上次你送我的雪花膏感觉还不错,我喜欢那个香味。"

"是吗?"方液仙笑道,"我等会再送你两瓶。"

"我觉得包装不太漂亮,不像那些法国货,味道虽然一般,但是外面包的瓶子、纸盒都十分精美,让人一看呢,心里面就喜欢。"

"我是小本生意,再说东西都让货郎挑着上街卖,都是普通人家的女孩买买,要求别太高了。"

"我知道,"杏礼娇媚地嗔道,"但是你的东西比他们都好。"

这时有人敲门,液仙打开门,惊喜地看见凤仪站在门外。他笑道:"你们要么是天天都不来,要来还都一天到了。"

凤仪进来,看见了杏礼,惊讶地问:"你怎么在这儿?"

"我怎么不能在这儿，"杏礼笑了，啐道，"你不好好画画，跑这儿来干吗？"

"你不好好嫁人，又跑这儿来干吗？"凤仪笑道，"莫不是看上了方先生。"

"你?!"杏礼的脸色变了变，冷笑道，"你这个宝货，什么话都说得出。"

"我开玩笑嘛，"凤仪腻在杏礼身旁，"别生气呀。"

杏礼轻轻戳了她一下："你什么时候才能长大。"

"我已经长得够大了，"凤仪吐出一口气，"正好你也在，我有事情请教方先生呢。"

"什么事情？"方液仙奇道，"还要请教我？"

凤仪叹了口气，将是否继续求学绘画的事情说了出来。液仙听后沉默不语，杏礼却不以为然："我要是你就去欧洲，在那儿待个几年，可以嫁个留学生，或者回来再嫁人也不晚。"

"你整天就知道嫁人。"

"女人大了就要嫁人，你要去欧洲留过学，回来就能嫁得更好。结婚这种事情，对男人来说无所谓，"杏礼瞄了方液仙一眼，"对女人来说，可是至关重要的。"

"我不太明白你说的两个世界，"液仙若有所思，"也许世界只有一个，没有你说的那么复杂。"

"只有一个吗？"凤仪问。

液仙点点头："去欧洲还是考美院，或者从事其他工作，都没有什么区别，你这么年轻，花点时间知道自己想要什么，也是值得的。"

"是啊，反正你比我还小两岁，"杏礼说，"晚两年结婚也不要紧。"

凤仪琢磨着液仙的话，半晌问："液仙，你做化学实验的时候，没有觉得和卖东西是两个世界吗？"

液仙一愣："有吗？"

"也许没有吧，"凤仪心中似有所解，又似乎完全无解，笑了笑道，"谢谢你的意见，我觉得好多了。"

方液仙包好两份雪花膏，递给她和杏礼："别谢了，这是我的新产品，你们拿回去试一试，还要请你们多提意见呢。"

凤仪回到了邵府，躲在房内发呆。她有三样东西可以诉说心事，一样是挂在墙上的父亲的字，一样是放在床头柜上的雅贞姑姑的照片，还有一样，是摆在书桌上的玻璃碗。马上就要十六岁了，她觉得自己浪费了大量的人生，又觉得未来一片迷茫。中学即将毕业，杏礼要嫁人，美莲在德昌堂工作，她的人生，应该如何选择呢？

她忽而看看墙上的字，忽而看看雅贞姑姑的照片，忽而拿起玻璃碗，烦恼始终不能消散，她感觉很不舒服，决定还是拿起画笔，画一张未完的风景。她正准备动手调颜料时，阿金推门进来了。她神秘兮兮地道："小姐，你晓得吗，今天有小报把美莲小姐的事情登出来了。"

"什么？！"凤仪心中咯噔一下，"你听谁说的？"

"对啊，"阿金道，"我听送报纸的阿三说，好多人都在买报纸，一沓一沓地买，好多报纸还没有来得及卖出去就被他们买走了。"

想起这事对美莲的影响，凤仪又惊又怒，站起身便往外走。阿金慌忙拉住她："小姐你去哪儿？马上要吃晚饭了。"

"我去德昌堂，"凤仪边走边道，"你给我留点饭就行了。"

"天黑了，"阿金叫道，"让小卫陪你去。"

凤仪和小卫出了门，叫了辆马车，径直到了德昌堂。他们在宿舍没有找到美莲，见办公室亮着灯，便走了过去，不料听见了邵元任的声音。

"还有多少份报纸留在市面上？"

"他们的发行量很小，只有一千多份，"李威道，"今天派出去的兄弟估计收回来一千份左右,只有很少的一部分被人买走了。"

"那个主编说什么?"

"他很害怕,保证再也不登这样的文章了。"

"记者呢?"

"扔进黄浦江了。"

房间里沉默了几秒:"找到美莲了吗?"

"美莲小姐下午请的假,回了金家,现在还在那儿。"

"凤仪没和她在一起?"

"没有。"

凤仪转过身,悄悄地退到拐角处,小卫忙轻手轻脚地跟了过去。"你并不了解他们的世界……"神父的话像警钟一样在她耳中响起。是的,她在黑暗中痛苦地想,我的爸爸,我的李威叔叔,他们随时都会杀人的!

直到这时她才恍然大悟。为什么从小到大,阿金、小卫、李威甚至雅贞姑姑,那么多的人都惧怕爸爸,还有美莲……那么,父亲会杀人吗?哥哥会杀人吗?她迷惘地想,哥哥一身的好武艺,她不禁闭了一下眼睛,她不记得是谁说过,革命,需要很多人的血。

办公室的门开了,邵元任和李威走了出来。小卫连忙伸手捂着嘴,大气也不敢出。凤仪等二人走远,道:"我们走吧。"

"小姐……"小卫嗫嚅地,想说又不敢说。

"我们没来过这儿,"凤仪道,"我一直在家吃饭,吃过饭就睡了。"

"哎!"小卫用激动地语调答应了一声。凤仪从小卫的反应中意识到,如果爸爸发现他们在偷听,小卫可能就会没命了。她走出了墙角,在淡淡的路灯中,默默前行。小卫紧紧跟在她的后面。凤仪的心情十分复杂,这是她第一次尝到,有些事不得不如此的滋味。她是撒谎了,但是她保护了小卫。她觉得浑身上下,有一种冷冰冰的舒服。

凤仪一生都没有告诉过邵元任,她知道了这个小秘密。有时她想,她为什么没有因此憎恨爸爸和李威，甚至还有一点隐隐的自豪。是因为那个人先威胁了美莲，还是因为她本能地尊重了弱肉强食的动物真理？如果她是邵元任，她会怎么办？是尽量不伤害任何一个人……可是如果不可能呢？必须要有一方受尽伤害呢……她敏感到，爸爸和李威之间，也许没有什么兄弟之情，小卫和阿金的俯首帖耳，也不是因为主仆情深……这让她越发想念方谦，父亲的慈爱豁达，一定能为她解答心中的困惑。可是要见父亲一面是多难啊。她只有默默地等，等见到他的那一天，把问题提出来，得到一个好答案。

时间一天天过去，邵元任也因联系不到方谦而苦恼。凤仪拒绝报考美院，也拒绝去欧洲留学，这让他手足无措。他不知道应该赞成，还是反对。这是人生的关键时候，走错一步就决定了完全不一样的未来。他觉得凤仪十分单纯，但有时候，又有一种难以捉摸的复杂。她现在什么都不缺：钱、机会和天分，不知道多少人羡慕，可她偏偏要掉转头，走向社会……邵元任不禁回想自己当年，执意要离开湖南老家到上海闯天下……不能说当年的选择错了，可他也不想说，这就是对的……

和兴化铁厂兴建在即，自己很难兼顾元泰。让凤仪去元泰，倒是一步好棋。如果她真是这块料，就可以慢慢把元泰交给她，自己脱开身，在和兴全力以赴……离凤仪毕业的时间越来越近，邵元任终于决定，把未来交给凤仪决定，她自己的人生道路由她自己选择。

中学毕业之后，杏礼在张园举办了盛大的文明婚礼，在园内的 Arcadia Hall（洋房名，意为世外桃源，中文名为"安垲第"）大厅，高悬着两面红、黄、蓝、白、黑，象征着"五族共和"的国旗，国旗下是两个红色双喜字的霓虹灯，灯下的长条礼案上放着结婚证书、印盒、手花和花篮。案前陈列着亲友们送来的各色礼品，凤仪给杏礼画的油画肖像也在其中，画上的杏礼穿着女中校服，浓眉微舒，杏眼含笑，纯真中一派妩媚。

大厅摆了八十八张中式圆桌，桌上放着精美的礼单，上面写着来宾姓名。凤仪和美莲在桌子中间寻找她们的座位。"在这里。"凤仪拿起礼单，这一桌都是些小朋小友，方液仙也在其中。忽然，她看见方液仙旁边写着"袁子欣"三个字，不禁心头一震。是那个做玻璃碗的人！难道他回来了?！凤仪又惊又喜，脸一下子红了！

　　美莲见她脸上红红的，还以为厅内太热了，怕她中暑，便向服务生要了两杯冰水。两个人坐在席前喝着凉凉的清水，看着厅内华丽的布置与往来的宾客。此时是 1917 年初秋，上海还处于炎热之中。男士们大都身着长衫，也有穿学生装和西服的，女士的服装则多姿多彩。由于时装观念的变化，不少女士都露出一截手臂，或者脖颈，或者一截小腿肚，妖妖娆娆、分外好看。凤仪见来宾越来越多，不免害羞起来。自己是先到外面转一转，等方先生带着袁子欣落座之后，大大方方地进来；还是就这样坐在这里，等他来的时候，给他们一个漂亮的微笑？她这样想着，不觉脸上又是一阵发热。美莲奇怪地道："你穿得也不多，怎么这么热？"

　　"我没事儿，"凤仪娇嗔道，"空气不好，有点闷了。"

　　"凤仪、美莲！"只听后面一声爽朗的笑声，凤仪与美莲回过头，便看见方液仙和一个青年男子站在身后。二人忙站了起来，含笑施礼。方液仙介绍道："这位是金美莲小姐、方凤仪小姐；这位是我的师弟，刚刚从美国留学归来的袁子欣先生。"

　　凤仪看着袁子欣，见他身材高大，五官端正，尤其是两道浓浓的眉毛，在脸上神气地向上仰着，还有一双似笑非笑的眼睛，调皮地看着她们。凤仪不觉乐了起来，这个人长了一张多快活的脸啊。袁子欣也微笑着看着她们，一个身量不高，圆润的小脸配着精致的五官，两道微挑的剑眉比自己的眉毛还要英俊清秀。另一位同样脸庞圆润，但眉儿弯弯，眼儿长长，颇有妩媚之态，偏偏又打扮得十分朴素，看起来与众不同。

　　四个人在席中坐下，一边聊天一边议论着婚礼。液仙道："凤仪，我听杏礼说你给她画了一幅画,那画呢?"

"喏,"凤仪朝主席台上遥遥一指,"放在那儿了。"

"我们也去吧,"液仙对袁子欣道,"现在国内流行,宾客们若是送礼物的,都可以堆在主席台的长几下。"

"真的,"子欣乐道,"那赶紧去看看!"他跟在液仙后面,跑到主席台上,凤仪与美莲远远地看着他们站在上面,液仙规规矩矩地站着,那袁子欣一会儿抬头,一会儿低头,一会儿踮脚,一会儿弯腰,不知忙些什么。凤仪与美莲都笑了起来。过了半晌,那两个人才走了回来,刚一落座,袁子欣便对凤仪道:"你画的新娘子太漂亮了!她真的有这么漂亮?"

"当然了,"凤仪笑道,"当然有这么漂亮了,她可是我们威德女中的校花!"

"不得了,"子欣道,"新郎官好有福气。"

"那自然了,"美莲哂道,"人家是上海的名门望族,又是长子,嫁过去就是大少奶奶!"

液仙恐这样议论婚礼,触动美莲的伤心事,便问凤仪:"凤仪,你考美院的事决定了吗?"

凤仪摇摇头:"我不打算考了。"

"你准备去留学?"液仙问。

"我可能要去爸爸的工厂了。"

"去元泰?"方液仙惊讶,"为什么?"

"还记得我跟你说过的两个世界吗?"凤仪道,"我不知道我选择绘画,是真的喜欢绘画,还是因为一直这样画了,所以要画下去。而且,我也想知道绘画外面的世界是什么样的。"

"什么两个世界,"美莲道,"方先生你听听,她这肯定是瞎想出来的。"

"怎么会没有呢,"凤仪道,"比如同样这个时候,在这里参加婚礼,

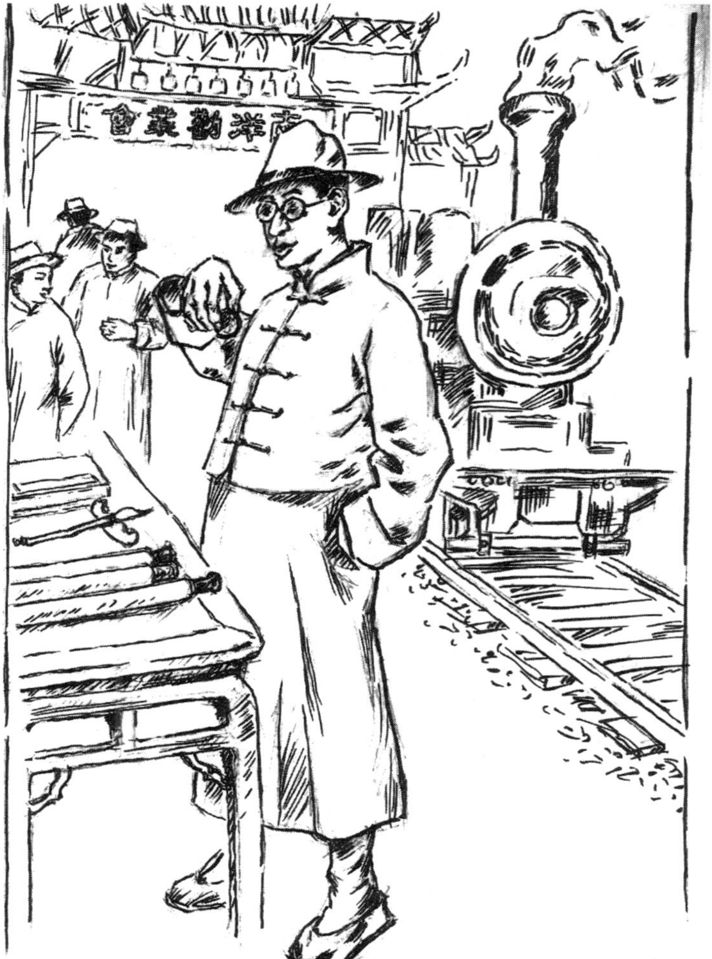
洋勸業會

和在工厂上班,就完全不一样。"

美莲心中一沉,不再说话了。液仙见她脸色不好,忙问:"神父怎么说?"

"他尊重我的决定,"凤仪道,"他说,神会给我指引。"

"那你见到那个神了?"袁子欣听她这么说,不禁问。

"没有。"

方液仙碰了碰子欣,悄声道:"你不信基督教,别乱说话,她的绘画老师是个美国神父。"

子欣哦了一声,没有再说下去。这时,《美酒高歌》的乐曲奏响了。杏礼穿着婚纱走进了大厅,她乌发高盘,领口略低,一条钻石项链闪耀在白腻的脖颈上,衬得她雍容艳丽。全场来宾们爆发出热烈的掌声。子欣见杏礼果然美艳,而且他觉得,凤仪画上的人要更加漂亮,更加地动人心弦。他不禁想,这个画画的女孩这么有才气,难怪她的老师要劝她继续求学。他不禁看了凤仪一眼,而凤仪,正迷茫地望着主席台,陷入了沉思:这就是杏礼想要的,极尽繁华也极尽浓烈,符合一切生活的标准,女大当嫁,男大当婚。可是,这样的生活有意义吗?她不禁深深地叹了一口气,她还是敬重像父亲那样的人生,至少,他在改变一个时代,为了自己的国家倾其所有……

婚礼按部就班地进行着:证婚人讲话、新郎新娘双双在婚书上盖好印鉴、交换戒指……仪式完成后,全场高举酒杯,庆祝晚宴正式开始。很快,杏礼又换上一套中式红色礼服,依然裁成最新潮的款式,露出脖颈和小手臂,和顾家安一同给宾朋们敬酒。

"顾家可真开明。"威德女中的几个女生开始议论纷纷,一个道:"不仅给穿西洋婚纱,就连中装也能做成这样……"另一个道:"前些天报纸上还有些老学究写文章骂人呢,"她学着老学究的样子,摇头晃脑地道,"此等妖服,始于妓女,妓女以色事人,本不足责,乃上海各大家闺秀,均效学妓女,女教沦亡,至斯已极……"

众人哈哈笑了起来。美莲经过拆白党一事后,已颇通人事,她见液仙笑得开心,悄声打趣道:"一入豪门深似海,方先生一点也不担心?"

"杏礼也出身大家,又喜欢热闹,嫁入顾家是个好选择。"方液仙望着新郎顾家安满面春色地跟在杏礼旁边,一会儿为她挡酒,一会儿又低头与她窃窃私语,笑道,"何况新郎是个谦谦君子。"

"还是个掉进蜜罐的君子。"袁子欣在旁插话道,众人又一起哈哈笑了起来。整个大厅喜气洋洋,独有凤仪若有所思,不知为什么不能开怀。子欣见她这般模样,不禁也有些沉默。他在国外也参加过一些婚礼,但无论奢华程度,还是宏大场面,都无法和这个婚礼相比,这就是中国,不管国家是否分裂,民国是否存亡,人们都能在有限的条件下,把生活过到无限。他感到有些眩晕,从前天下船到现在,他还一直无法从眩晕中摆脱出来。

"他们来了!"女生们发出一阵欢呼。杏礼和顾家安双双走到桌边,两个人都满面红晕,显然喝了不少酒。不等两个人解释,众女生把早倒好的酒杯递到他们面前,顾家安赔笑道:"各位小姐,我们还有很多桌要敬。"

"哟,其他桌都可以喝,独独我们不行,你这是不把杏礼的朋友当朋友哟。"

"这样吧,"顾家安指着身后一位穿西服的伴郎,"我把他留给你们,他是我弟弟顾家俊,今年二十岁,在圣约翰大学读书,还没有女朋友。"

"那就把伴郎留下,"女生们笑道,"至于伴娘嘛,我们就不要了。"

顾家安与杏礼得了这道赦令,忙把顾家俊推到桌前,慌不迭地逃走了。顾家俊倒也大方,端着酒杯在一张空位上坐下来:"我代表家兄和大嫂敬大家一杯。"众女生见他虽与顾家安有几分相似,但脸形瘦长,看起来颇为清秀,不像顾家安圆中带方,一脸"富贵"相,不免都羞涩起来,哧哧笑着各饮了一口。又有善饮地拿话逗他，劝他饮酒。顾家俊连喝了数杯，神色不变，忽然笑了起来："我想请问各位之中，谁是邵凤仪小姐？"

凤仪听见自己的名字，愕然地看着他。顾家俊立即反应道："你是邵小姐吧，我代表大嫂敬你一杯，谢谢你为她画了这么好的肖像。"

"哟——"女生们嬉笑起来，"你是喜欢画上的人，还是喜欢画画的人？"

顾家俊微微一笑："我当然喜欢画画的人了。"女生们哄地闹将起来，要罚顾家俊三杯。顾家俊毫不在意，举杯三饮而尽。众人又闹凤仪，凤仪酒量不佳，端起酒杯，勉强抿了抿。女生们不干了，强迫她喝了两杯，顾家俊见她实在不善饮，又代喝了一杯。美莲听顾家俊在"圣约翰大学"读书，不禁触痛了心中伤疤。她今天虽然穿着朴素，但举手投足落落大方，就是不想在以前的同学面前丢了面子。自从到德昌堂教书后，她逐渐地找回了自信，那里的学生十分尊重和信赖她，称她为"金老师"或"美莲姐"。

她虽然嘲笑凤仪的"两个世界"，却感到自己是另外一个世界的人。她觉得这些花枝招展的女生们非常无知与可笑，而且不知为什么，她们对顾家俊的好感和顾家俊的举止，都让她联想起了"纪今明"。她压抑着心中愤怒与屈辱，默默地坐着。

凤仪两杯酒下肚，不禁有些头晕，她悄悄和美莲打了声招呼，起身朝洗手间走去。这个洗手间很大很干净，温度比外面稍低。凤仪用冷水洗了洗手，又把帕子打湿了，轻轻擦了擦脸。洗手台上有一面大镜子，她本能地打量了一眼自己，她没有杏礼那么漂亮，也不如美莲那么有气质，还有雅贞姑姑，她多么美啊！她不禁有些气馁，感到自己像一只丑小鸭，缺少动人的吸引力。

她们已经那么美了，可是她们却不幸福。雅贞姑姑死了，美莲遇到了坏人，杏礼嫁人了，她应该很幸福，可是，凤仪想，这幸福却不是我想要的。那么,我到底想要什么?她不想再回大厅,洗手间旁有一个偏门出口,她走了出去。凉爽的晚风轻轻吹来,她深深地吐出一口气。张园花草怡人、景色优美,远处的戏台传来阵阵歌声,霓虹闪烁处,是电影院和一些游乐设施。她走到近处一个池塘边,池塘不大,朝另一边纵深而去,两旁的大树在隐约的灯火中,显得茂密丰盛。

六年前她来到上海,还是前清王朝,那时候租界公园不允许中国人和狗入内,而现在,像张园、愚园这样华人对外开放的公园,无论从风景还是设施,都不比租界公园差。六年前雅贞姑姑还裹着小脚,活在世界上,自己在南京,还因为裹脚离家出逃,而现在,杏礼可以穿着袒露的婚纱举办婚礼……一切变化得那么快,快得让人来不及想,等你想到的时候,事情已经发生了。

身后传来脚步声,会是谁呢?她的头脑里突然跳出袁子欣这名字,她一阵激动,转过身,失望地笑了笑。

"在看什么?"顾家俊走到她身边,盯着池塘问。

"风景。"

"你喜欢优美的东西?"

"是的,"凤仪点点头,接着又摇摇头,"我不喜欢。"

"为什么?"

"因为太多了。"凤仪答。

真是个奇怪的女孩,顾家俊打量着她:"那你喜欢什么?"

"真实。"凤仪随口说出这个词,不禁一怔。她五年的等待不过是一场虚空,父亲和爸爸到底在做什么,她根本不了解。她一直和优美打交道,画风景、画街道、画人,不管画面是什么样,绘画始终是一件优美的事情。优美?她冷笑道:"我喜欢真实的东西。"

她平生第一次,对自己热爱的人们产生了怨恨。她感到自己的长处成了自己的羞辱。这是个五光十色的时代,上海每天都在更新,每天都在发生着奇迹。有人一夜之间从乞丐变成富豪,有人一夜之间从富豪变成乞丐;有人死了,有人死里逃生;有人欢笑,有人悲啼……是的,他们生活在五颜六色之中,不停地让她嘲讽自己。虽然她拥有真正的画笔和画板,却始终不知道生活的颜色。

如果说,之前她对选择元泰还有几分困惑和不自然,那么现在,她几乎完全坚定了信心。她可以选择绘画,但前提是,她必须在现实世界里,轰轰烈烈地战上一场。

她的好奇心、好胜心,促使她做了这个决定,她年轻且骄傲,不愿意只做自己力所能及的事。从小到大,她身边的亲人,都以各自的方式与时俱进:汪静生是老秀才,却能对传统抱有警戒之心;方谦从读书人变成革命者;邵元任抛弃舒适生活,只身在上海打天下;而上海,这个拥有特殊地理位置、特殊发展经历的地方,一直以极快的速度变化着,并成为与西方最接近的城市。她深受这些人和这个地方的影响,从骨子里已经变成一个冒险家,而不是一位东方淑女。

第六章

　　杏礼婚后不久,凤仪来到了元泰缫丝厂,开始了她人生的第一份工作。不久,威廉神父回到法国,后又转去美国,与凤仪保持书信来往。邵元任没有给凤仪具体安排职务,只是让她去上班,坐在刘庆生对面,协助刘庆生进行缫丝厂管理。

　　刘庆生天生一张笑脸,未语先喜,温和机敏。他十四岁从无锡来到上海,上无祖业下无根基,从丝厂童工做起,一步一步爬到了元泰缫丝厂副经理的位置。眼见邵元任不肯娶妻,沉迷于重工业建设,义女凤仪是个只知画画、不通人事的小姑娘,刘庆生暗暗心喜。这两年缫丝厂他几乎当了大半个家,本是一人之下,众人之上,没想到半路杀出个程咬金,凤仪突然来丝厂上班了。

　　他心中暗恼,面子上却不流露半分,每天又是斟茶又是递水,把凤仪伺候得妥妥帖帖。凤仪在缫丝厂待了两个月,也没有什么具体的事情可做,只是到各部门走走串串,或者去车间看望她熟悉的女工。缫丝厂的用工都由青工把持,从招工到工资发放,甚至到工人的生死,都是由青帮工头管理,刘庆生等人并不过问,只是按月把工资发到工头的手中。在工厂管理区与生产区之间，有严格的界线，生产区出入的小门，由帮会的人员看管。整个生产区中，弥漫着强烈的茧蛹尸臭味，凤仪第一次跟刘庆生去车间的时候，险些吐了出来。刘庆生安慰她："这味道对人没害处，闻惯了就好了。"

　　这就是凤仪的新天地。一排排缫丝机床前，全是女工和童工在劳作，他们的手异常敏捷，遇到中断的丝，就飞快地打一个结，那些丝细得几乎看不见，由于长期在空气中捕捉这样的线头，他们的眼睛全部是红的，有时在暗中看到，如同鬼怪一般吓人。当一天工作结束，所有的工人都会聚集起来，查看自己的工作成绩。工厂有多少缫丝工，就有多少个牌子，分三角、梅花、葫芦形三种，工头用它们追踪工作质量，计算工人工资。由于上工时工人沉浸在工作中，丝飞快地过手，就算老工人，也不清楚今天干得是好是坏。凤仪每次去车间，看到那些血红的眼睛、疲倦的脸孔、过度劳累的弯曲的身体，都感到一种难言的痛苦。为什么人生有这么大的不同？他们长年千辛万苦只为了吃一口半饱的饭，而她什么都不懂，却能坐在明亮的办公室里，乘着小车上下班。

　　她胡乱忙碌着，今天向技术人员请教技术问题，明天到生产区看工人工作。工人们开始很不喜欢她，觉得她什么都不懂，来了之后还会打断他们的工作。但毕竟是少东家，大家对她还算客气，时间长了，又觉得她天真单纯，不管谁有事求她，只要能办到的，她都能去办。慢慢地，喜欢她的人就很喜欢她，也有想利用她的，总是想办法套她去实现自己的目的。她也分不清好坏，倒觉得自己能和工人们打成一片，是个受欢迎的好东家。

　　这时，上海各大丝厂都在开拓海外市场。元泰为了拿下法国和意大利，决定推出甲级生丝，命名为"金元牌"和"银元牌"。为了"金元牌"与"银元牌"的生产，从选蚕茧开始，刘庆生就制定了严格的标准，一选江苏无锡"莲子茧"，二选浙江萧山的"余杭种"，每四百斤左右的头号茧,才能缫制出"金元"生丝一担。由于原材料昂贵,刘庆生对工人的要求几乎到了苛刻的极限。头三月的试生产,就有两百多个工人被除牌、四十多个被开除。每天被扣工资的人是不计其数。整个工厂弥漫着紧张的气氛。

有些和凤仪熟识的女工,不停地向她抱怨。她左右为难,一方面觉得刘庆生严守质量关是对的,一方面也觉得工人太苦。刘庆生察觉到工人想利用凤仪来妨碍自己,立即把几个女工除了牌,女工们自恃无错,找凤仪理论,凤仪去问刘庆生。刘庆生笑眯眯地道:"凤仪小姐,这些女工的事情,你不用多管。现在元泰的情况不比往日,不杀一儆百,在工人中建立威信,我们就没有办法推行金元与银元的生产。"

"现在竞争这么激烈,如果不推金、银元,拿不下法国与意大利的市场,我们还怎么在上海立足嘛,"刘庆生又道,"她们当工人的,应该与工厂共患苦难,如果连这个都做不到,还是不要做的好。"

凤仪见他一席话说得有理有据,只得保持沉默。刘庆生又向帮会打招呼,要他们加强管理。帮会进行了一次清理,所有由青帮管理的工人们全部闭上了嘴。但元泰除他们之外,是还有一批自由工人。这些人有不少从元泰创建之初就在这里做工,自恃技术熟悉,又多与邵元任相识,因此很不服气。

1917年7月1日,张勋、康有为等人拥戴溥仪复辟,就在同一天,上海为了庆祝"远东俱乐部"开张,一张名为《大世界》的报纸,开始创刊号销售。十二天后,复辟结束了,但《大世界》的造势宣传却愈演愈烈,什么"铁索飞船""机器跑马""升高轮"……上海大街小巷都在议论这个奇妙的娱乐城:"屋顶花园"能装一万多人;"大观楼"站上去可以看到全园胜景,还有"共和厅"能举行文明结婚……建一个大世界,花掉的不是金山银山,而是几座金山银山……

凤仪得到了两张大世界开业时的请柬,都是约她观看大世界的开业大典的。这两个人说有关系关系很近,说没有关系也不挨着,一个是顾家俊,另一个是杨杏礼。凤仪觉得有些好笑,通通答应了下来。

她很久没有离开工厂,平日穿戴也十分朴素,突然要出席这样的场合,她不知道穿什么,幸好上海不少杂志都有介绍,她胡乱翻了几本,才发现自己落伍了。她的衣服领子太高了,袖子也太长了,就连她的裤脚也应该剪短一寸。她请裁缝照流行的款式做了套衣裳,大世界开业那天,她穿着新衣服到工厂上班,准备下午早点下班,直接去大世界与杏礼碰头。这时上海还是夏天,她坐在办公室里扇着扇子,翻着报纸,突然听见楼下一阵喧闹,有人叫她:"凤仪小姐!凤仪小姐!"

她推开窗,一群女工围在楼下,她们发现了她,嚷得更凶了:"小姐!小姐!"

"刘经理呢?"凤仪打开办公室的门,问。"他去洋行办事了,"一个文员惶恐地道,"小姐你别下去,我们已经打电话到洋行了,刘经理说他马上回来。"

凤仪不等她说完,已经跑下楼去。几十个女工立即围住了她。她们大部分来自江苏北部,领头的女工杨四,自元泰创业时便在此打工。"凤仪小姐,"杨四气愤地道,"俺们干不了这活儿了,俺们不干了。"

"杨四!"几个工头捉住她,"你立即回去,其他的人也散了!"

"散个屁!"杨四挣扎着,"以前邵先生在的时候,什么时候这样扣过我们的钱,他刘庆生是个什么东西,老虎不在家,猴子也敢称霸王了?!天天扣、月月扣,他全家老小吃得饱穿得暖,俺一家老小就不是人了,不要吃饭,喝西北风就能喝饱了?"

"四姐,我也知道你们困难,可如果生产质量达不到,再好的蚕茧也没用的呀。"凤仪拉住杨四,"为了金元和银元,你们大家就帮帮忙,等过了这一段就好了。"

"小姐,"杨四道,"以前邵先生在的时候,从来没有这样的事情,这金元和银元还是他刘庆生想出来的,你不要上他的当。我们今天来找你,就是想让你告诉邵先生,让邵先生评评理。"

"杨四!"几个男工头喝道,"你是不是不想活了!"

"俺不怕!邵先生是什么人,俺还不清楚?元泰开工的头一天,俺就在这儿上班了。"

人越围越多,办公楼里的文员们纷纷走了下来。财务部的邵焕英,是邵元任的远房表哥,前年从湖南来上海后,便到元泰帮忙,凤仪去元泰之前,邵元任把他调入了财务部。"杨四,"他操着湖南口音道,"你再闹下去就要被开除了。"

"开除?!"杨四冷笑一声,"现在厂里一共有八十六个苏北女工,都是熟手,刘庆生有本事就把我们全都开了。"

凤仪心中一凛,苏北女工在元泰的人数比重虽然不大,但这八十六个人,个个技术熟练,经验丰富,不少人从元泰创业起就在这里做工,和邵元任也十分熟悉。"开除你们不要紧呀,"邵焕英阴阳怪气地道,"有钱哪里招不到工人,你们还是不要闹了,现在邵先生每天忙得不得了,你何必用这种事情麻烦他。"

"焕英表叔,"凤仪见他说得难听,阻止道,"有钱是能招到工人,可是我们现在需要的,是技术过硬的熟练工。"她问四姐:"你今天被扣了多少钱?"

未等四姐回答,刘庆生分开众人走了进来,他一反往日平和,厉声道:"被扣多少钱也是应该的,生产质量不过关就必须扣钱。"他狠狠地瞪了杨四一眼,将凤仪拉到身边,低声道:"小姐,钱财事小规矩事大,现在金元银元正是紧要关头,你不能因为她们闹事就坏了规矩。"

"刘经理,"凤仪也悄声道,"先把她们的钱补一部分,把事情平息了再说。"

"她们的钱一补,其他工人还怎么干活,如果所有的工人都要补钱,那金元银元的成本怎么控制?"刘庆生的脸上渗出了汗珠,"小姐,我知道你是好心,可你不能乱来呀。"

凤仪恍然大悟,她环顾四周,发现所有的工人都在看着她,有的满含期待,有的满是疑惑,还有邵焕英,一双眼睛阴阴不定,似乎在幸灾乐祸。她心中一惊,感到这件事情不那么单纯,想了想,她问杨四:"你信我吗?"

杨四一愣,不知如何回答。凤仪的声音高了起来:"你就算不信我,也该信我爸爸。这件事情我会如实告诉他的,你们先回去,有什么事情等到明天再说。"

众女工一起看着杨四,杨四却瞄了一眼邵焕英。邵焕英哈哈一笑:"这点小事,何必告诉你爸爸,他忙和兴的事已经很辛苦了。"

凤仪见杨四看邵焕英的眼色行事,不由大怒,她按捺地道:"今天大家找我,就是希望讲个公道,我年纪轻,当不起这个家。以前这个家的家长是爸爸,现在是刘经理,既然大家觉得刘经理做得不好,那就让爸爸来评评理,谁对谁错,相信他最明白。"她转过头,询问刘庆生:"刘经理,你觉得我这样合适吗?"

刘庆生看着凤仪,连声道:"我赞成你这么做,不管邵先生有什么决定,我都服从。"

"四姐,"凤仪拉住杨四,"你就当帮帮我,先回去,晚上回家我就告诉爸爸。"

"俺们相信小姐,"杨四不再坚持,"大家都回吧。"几十个苏北女呼啦啦一下,散得个干净。刘庆生也招呼文员们回办公楼。凤仪见刘庆生脸色异常难看,以为他怕自己向邵元任告状,心中不忍,道:"刘叔叔,对不起,这事儿闹大了,我不得不和爸爸说一声。"

"你一定要告诉的,"刘庆生赶紧赔笑道,"这事儿一定要邵先生出面才好。"

"真的吗?"

"真的!千真万确!"刘庆生急道:"你刚才不是说了,晚上就讲吗。"

"可是,"凤仪道,"如果告诉了爸爸,他会不会责备你?"

"金元银元的事情从头到尾邵先生都一清二楚,他不会责备我的,"刘庆生一语双关地道,"如果你不告诉他,让别人告诉了他,反而不太好。"

凤仪立即想起邵焕英不怀好意的表情,她点了点头。"所以啦,谁说都不太好,你说最合适,"刘庆生岔开了话题,"好啦小姐,你晚上不是要参加大世界的开业典礼吗,现在都快四点钟了,你还要进法租界,你收拾一下,我让车送你过去。"

凤仪这才想起晚上的约会,她看看身上的衣裳,还好,虽然扯了几下,没有扯破也没有弄脏,她洗了把脸,拢了拢头发,便朝大世界赶去。

汽车离开元泰,从南市驶进法租界,便渐渐行不动了,大世界的开张为整个法租界带来欢庆,尤其是八仙桥一带,处处张灯结彩,热闹非凡。凤仪看着车窗外热闹的景象,不由摇下窗,深深地吸了一口气,这才是她熟悉的上海味道,连空气都和元泰不一样。快到大世界的时候,车开得还不如行人快,凤仪索性下了车,朝大世界步行。等她到了门口,杏礼和顾家俊已经到了,三个人边聊边朝里走,杏礼悄声道:"呀,早就通知你了,怎么穿成这样。"

"我?"凤仪环顾自身,"我这是新衣服。"

"你要学学化妆了,还有,你这身衣服太土了。"

凤仪扑哧笑了,她转过头,问顾家俊:"我很土吗?"

顾家俊慢悠悠地打量了她一眼,故作正经地道:"土是土了点,不过小囡还是老漂亮的。"

三人一起乐了。凤仪见到场的女宾们都是衣着华丽,款式新鲜,一个个争奇斗艳,不由想起了在工厂做活的女工,轻轻叹了口气。"怎么,"

顾家俊立即体贴地问:"有什么不高兴了?"

"这里和工厂真像两个世界。"凤仪说。

"谁说的,"顾家俊道,"世界只有一个,五颜六色,什么都有。"

凤仪不由心中一动,看了顾家俊一眼。顾家俊微笑着看着她,大嫂的话确实有道理,她需要打扮,需要变得更漂亮一些。"凤仪,大嫂,"他柔声建议,"听说先施公司在建百货大楼,建成了我陪你们去逛逛。"

"好啊,"杏礼高兴地道,"你的眼光最老到的,凤仪,你知道吗,家俊对这些东西不要太懂啊,有他陪我们去逛,我们一定能挑到好东西。"

三个人走到了席位前,坐了下去,不一会儿,法租界总领事上台致辞,一时致辞结束,伴随着一句悠扬的法语,几千个气球突然腾空而起,而大世界屋顶上,又落下无数彩色纸屑。所有人都仰着头,看着这美妙的景色,凤仪不禁伸出手,想抓住一两张纸片,如果能把这一切都画下来……不知过了多久,她感到有人在注视自己,她朝左边一转头,便看见一双乌黑发亮、似笑非笑的眼睛:袁子欣?!她的心怦怦地跳起来,自从上次杏礼婚礼后,他们还没有见过呢。

她坐了过去,笑道:"袁先生,一个人来玩?"

袁子欣点点头:"你呢?"

"我和杏礼、家俊来的。"

袁子欣看着杏礼和家俊,他们也在打量他,三个人互相点点头。袁子欣笑道:"你是应杏礼的约呢?还是应家俊的约?"

"我?"凤仪转了转眼珠,淘气地道,"我是应了朋友、小叔子的约,也是应了朋友、大嫂的约。"

话音未落,袁子欣呵呵笑了起来,他一边笑一边注视着她,幸好天色渐晚,她看不清他脸上的颜色,否则,她一定能看到,他的脸渐渐地红了。他瞥了一眼顾家俊,漫不经心地问:"你在工厂做得怎么样?"

"不怎么样,"凤仪惊讶地问,"你怎么知道我在工厂?"

— 125 —

"我听液仙说的，"袁子欣道，"说说，有什么不怎么样？"

凤仪想起工人罢工的事，不禁心烦意乱："那是另一个世界。"

"说说另一个世界怎么了？"

"我什么都不懂，经常说错话，办错事情。"

"哦，"袁子欣问，"你每天都做什么呢？"

"最近忙一些工人的事情，乱七八糟的。"

"你每天要去几个部门呢？"

"随便吧，"凤仪道，"我喜欢听技术工人讲技术，有时候也去生产区，你不知道，我们的工人特别辛苦，厂区里的味道都不能闻的……"

"你每天看账吗？"

"账？"凤仪茫然道，"我看不懂，有刘经理看呢。"

袁子欣微微皱起了眉，她去工厂几个月了，难道连门都没有入，听说邵元任一直忙于和兴，难道他真的把工厂交给了刘庆生？"要是有个老师教我就好了，"凤仪惆怅地道，"我的爸爸，还有刘经理，都是经营丝厂的老前辈，可不知道为什么，我什么也学不会。"

"哦，"袁子欣笑了，"你想学什么？"

"就是学喽，"凤仪道，"我每天一到厂里脑袋就一团乱麻，遇到事情我不管还好一些，一管嘛就更乱，怎么说呢，大家在画一幅画，他们知道要画什么颜色，走什么线条，我呢，什么不懂，上去一画，就画差了。"她惭愧地笑了："你看，我说着说着又成了画画。"

"能懂绘画就能懂管理嘛，"袁子欣鼓励地道，"这些事情又不难，只不过你以前没有学过，缺少经验，谁开始不是这样呢？"

"真的？"

"真的，"袁子欣点头道，"你不相信，我可以教你。"

"你教我？"凤仪又惊又喜，"我，我可是个笨学生！"

袁子欣哈哈一笑："没关系，我是个聪明先生。"

凤仪开心至极，连忙和他约定周末到教堂的小画室上课。这时，杏礼朝凤仪招手，凤仪便回到了原来的座位。杏礼见她回来之后满面春风，两只眼睛闪闪发亮，不由哼一声，轻轻一扯凤仪："你这个小囡，你要把事情弄清楚一点，不要糊里糊涂上人家当。"

"上当，"凤仪惊诧地道，"上什么当？"

"我告诉你讲，袁子欣的家在北京，除了一个空空的房子，他是一无所有，他的姆妈还是住在亲戚家里，那个房子出租，房租全部交给他娘亲生活，他到现在，连去美国留学欠的债还没有还清，"杏礼冷冷地道，"你是谁啊，元泰公司的女公子，家在上海有实业，有房有车，你不要轻易上人家当。"

"你，"凤仪讶然道，"你怎么这么了解情况？"

"我自然是问了液仙了。"杏礼道，"女孩子长大嫁人，事关一生幸福，你不要糊涂，被感情迷住眼睛，到时候后悔不及。"

"杏礼，"凤仪面上一红，"你不要担心，我会有分寸的。"

"分寸？"杏礼道，"你没有谈过恋爱，哪里知道其中的分寸。"

"我虽然没有谈过恋爱，"凤仪笑道，"但我看过你们谈恋爱嘛。"

"我们有什么恋爱，"杏礼不屑地道，"美莲是受骗，我是嫁人。"

"好好好，"凤仪听她说起美莲，心中一凛，脸上却笑道，"我一定注意。"

"两位上海滩最美的小姐，"顾家俊坐在一旁，突然插话道，"你们来是看大世界的，怎么讲起了女儿经，我请两位上去看看，好不好？"

他哄着杏礼，照顾着凤仪，三个人说着笑着，摇曳而去，凤仪本不想再看袁子欣，一时忍不住，还是悄悄回头看了一眼，恰巧袁子欣也在看她，两个人眼神一碰，俱是心头一跳，赶紧挪开了。

大世界的典礼结束后，她才回到家，此时已是深夜。邵元任的书房还亮着灯。凤仪轻轻吐出一口气,丝厂生活和工人闹事又回到了她的脑海中。她轻轻敲了敲门,邵元任在屋内道:"进来。"

凤仪推开门,走了进去。邵元任看着女儿,又看了看珐琅钟,现在已经十一点了,她虽然强装稳重,但满面喜色,看来玩得很高兴。凤仪在邵元任对面坐下,台灯光晕里,邵元任的脸上的皱纹又深了几分,凤仪已经多日没有和他见面了,平常他大都忙到深夜回来,此时见他的表情非常和蔼,凤仪忍不住有几分伤感,喊了一声:"爸。"

"嗯,"邵元任道,"大世界好玩吗?"

"好玩,"凤仪说了几句有关大世界的情况,道,"爸,我这么晚找你,是有事要和你谈。"

"是工厂的事情?"

凤仪看着邵元任,忽然意识到,不是她找邵元任,而是邵元任在等她:"你都知道了?"

邵元任点点头。

邵焕英闪烁不定的眼神一下子浮现出来,凤仪有些不悦:"是不是焕英表叔来过了?"

邵元任看了看凤仪,她去丝厂几个月了,倒也不是一无所获,他笑了笑:"你怎么知道?"

"他白天就很古怪,"凤仪道,"我看杨四她们一直看他的眼色行事,我怀疑……"

"你怀疑什么?"

"是不是他让工人闹事?"

"他让工人闹事,有什么好处?"

"这……"凤仪语塞了,"这我还没有想到,平常他和刘经理的关系也不错。爸爸,他都和你说什么了?"

"他说刘庆生管理不当,说金元银元有可能有问题,"邵元任道,"你怎么看?"

"我看他没安好心。"

"为什么?"

"无缘无故说人坏话,安了什么好心?"

邵元任轻轻叹了一口气,又问:"刘庆生呢?"

"刘经理,他很好呀,"凤仪道,"他抓生产质量也是为了金元银元,为了开拓海外市场呀,爸爸,这也是你同意的啊。"

"嗯,"邵元任问,"你到工厂这段时间,刘经理教过你看账本吗?"

"账本?"凤仪想了想,"开始他给我看过,可我看不懂,爸爸,你不用担心,我找了个老师教我呢。"

"老师?"

"是方先生的好朋友,人家刚从国外留学回来,什么都晓得呢。"

"他什么都知道?"邵元任笑了笑,"他是液仙的好朋友,现在在哪里上班?"

"这,我不知道。"

"他回国以后,都以什么为生呢?"

"这,我也不知道。"

"他现在住在上海哪里?"

"他住哪里,我怎么会知道。"凤仪羞红了脸。

"那你知道什么?"

"爸爸,"凤仪明白过来,娇嗔道,"你把我讲得像傻瓜一样。你放心,他是我刚刚认识的朋友,以后时间长了,自然都会知道的。"

"你还记得你小时候在南京,遇到人拐子的事情吗?"

"记得,"凤仪道,"要不是哥哥教过我洪门的规矩,我就不晓得被卖到哪里去了。"

"一个人能临危不乱,"邵元任道,"是很好的天赋。你决定不出国留学,要到社会上闯荡,我没有阻拦你,是觉得你有能力在社会上做事,甚至有可能把事情做得很好。你要相信自己,要学会留意身边的每一件事情和每一个人。"

凤仪有些惊讶,这些话,邵元任从来没有说过。她想了想,问:"爸爸,你是不是担心我做不好社会上的事情?"

"没有。"邵元任也惊讶了,"你怎么这么说?"

"我只懂得画画,其他的我都不懂。我晓得工人闹事不是那么简单,可是我还是不知道怎么处理。我现在只知道,金元银元是很好的产品,要是放弃了,就太可惜了。"

"你不懂这些,是因为你一直学画画,"邵元任第一次见凤仪流露出不太自信的神态,不免有些懊悔,自己本打算让她在丝厂历练一段,视她的情况再慢慢地教她,却没有想过,她的处境会损伤她的信心,连忙道,"如果你一直学习管理工厂,你也会游刃有余。"

"真的吗?"

"天下事都有相通之处,"邵元任道,"你也不是第一天学画画就画得好,做人做事,不能心浮气躁。你学了五年的绘画,今天才敢说个懂字,可你去工厂才几个月时间,正是刚刚开始学习的时候,你就是应该不懂,而且应该好好学习,怎么会没有自信呢?"

"爸爸,"凤仪突然问,"你说,什么叫自信?"

"自信?"邵元任愣住了,思量了一会儿,道,"自信就是自己看得起自己。"

"自己看得起自己。"凤仪心神一震,似乎理解了什么,又似乎还没有完全理解。邵元任又鼓励道:"就像你小时候,如果不遇到人拐子,你也不晓得你能在茶馆中求助洪门,所以,没有谁是天生的英雄,人都是在事情中学习的,你只肯努力学习,并且相信自己,你就一定能够学会。"

"爸爸,"凤仪问,"这些话,你为什么不早告诉我?"

"爸爸不知道你需要这些，"邵元任有些内疚，"是我疏忽了。"

自己相信自己……凤仪陷入了沉思：现在是金元银元生产的关键时候，既不能打消了刘庆生的劲头，也不能不顾工人的感受。邵焕英鼓动工人闹事，到底有什么好处？难道，他是不高兴刘庆生，要借机整整他？还有账本，为什么袁子欣和爸爸都问起这事情？邵元任见她似有所感，缓缓地道："孔子说过，有文事者，必有武备，文武之事，不可相离。"

"文事？武备？这是什么意思？"

"它的意思，是说用文的地方一定要有武力，用武的地方一定要有文的办法。比如在工厂，有罚的地方一定要有奖，有奖的地方一定要有罚，不然你就没有办法管理。"

"哦！"凤仪恍然大悟，"你是说，刘经理不应该只罚工人，还应该奖励他们？"

邵元任点点头："你尽快和刘经理商量一个奖励办法，让局面稳定下来。至于杨四，我会把她调到德昌堂。"

"那，"凤仪道，"焕英叔叔呢？"

"他掀不起什么大浪，先放着吧。"

这是凤仪在管理上的第一课。果然，奖励制度的产生，使工人很快把心思用在了技术提高上。这么简单的事，爸爸为什么不早说？凤仪有些不解，不过，工厂又恢复到了正常，甚至比正常更好。在此之前，工人们都觉得凤仪虽然心肠不错，却是个银样镴枪头的少东家。但是现在，他们觉得，她还是能够解决一些问题的，而且看起来，邵老板还是最喜欢、最信任她。对这个结果，刘庆生有苦说不出。当初为了配合"金元、银元"的生产，他是制定了一系列的奖罚制度，在给邵元任看的时候，邵元任把奖励制度全部取消了。当时刘庆生没往深里想，以为老板是要下狠手抓"金元银元"的生产，现在看来，他早就猜到工人可能对此不满，这是他留着给自己女儿收买人心的本钱啊。

— 131 —

刘庆生暗自不平，他想到自己在元泰兢兢业业地工作，从新产品设想、制定，再到原材料购买、生产、质检、销售，哪个环节不是他在努力，结果呢，搞砸了，是他的罪过，搞成了，他也落不下几分好。

当初邵元任在元泰的时候，他还没有这种感觉，他觉得是邵元任有本事、有手腕，但自从邵元任忙于和兴以后，他的感觉就变了，他觉得是他撑起了元泰，如果离开了他，早就要垮台了，还能像今天这样红红火火地生产吗？想不到邵元任先把邵焕英调进财务部，接着又叫他鼓动工人闹事，给凤仪立威信。他算是明白了，自己再努力，也不过是个帮工，他为老板挣到再多的钱，也是老板的钱，等什么时候老板一脚把他踹出大门，他就什么都不是了。

刘庆生跟了邵元任十几年，多少对他有点了解，暂时也不敢怎样。不过，他只猜对了邵元任一半的心思。当初邵元任去掉奖励制度，是因为邵元任担心"金元银元"生产要求太高，先去掉奖励制度，万一工人不能承受，再增加上去。这样一来，工作要求没有变，但对工人来说，却有了缓冲，在要求不变的情况下，工人们就能安心生产了。

至于树立凤仪的威信，邵元任觉得为时太早，他根本不会叫邵焕英去煽动闹事。但刘庆生企图架空凤仪，他也不能坐视不理，所以工人闹事给了他一个小小的机会，让刘庆生得到小小的警惩，让他明白谁是元泰真正的主人。

凤仪哪能猜到周围人的心里复杂的想法，她兴致勃勃地准备上课了。她和袁子欣约好的第一个周末，她早早来到小画室，把教室打扫得干干净净，把小圆桌铺上台布，台布上放着干净的茶杯，然后又把她最满意的一幅画拿出来，架在画架上。

大约九点钟，袁子欣来了，天气还有些炎热，他穿着衬衫和长西裤，显得十分挺拔。他没有想到在这个教堂里面还有这样好的一个小天地，兴致勃勃地参观了半天。当他听说凤仪长年在这儿作画的时候，不禁叹了一声,原来这里就是她这些年常常流连的地方。

他看着架上的画,那是一个十分年轻的男人,五官清秀,表情却十分冷淡,尤其是一双眼睛,透出一股说不出的寒意。袁子欣觉得他有点面熟,不禁道:"这个画中人是谁?"

"这是我哥哥,"凤仪介绍道,"我和他几年没有见了。"

"哦,"袁子欣道,"我听液仙说,你不是邵老板的亲生女儿,难道他是邵老板的儿子?"

"不是的,"凤仪道,"他小时候救过我,后来一直在外地生活。"

"救过你,你怎么了?"

"我呀,我遇到了人拐子。"

"人拐子?"

"就是人贩子。"凤仪把当年怎么遇到人拐子、怎么在洪门茶馆摆阵自求的事情说了一遍。袁子欣不禁拍手叫好:"了不得,你还是个花木兰!"

"什么花木兰,"凤仪乐了,"她是女扮男装、替父从军,我又没有这样。"

"我说错了,"袁子欣道,"我的意思是,你很勇敢!"

凤仪微微一笑:"你呢,说说看,你现在又做什么?"

"我?"袁子欣道,"我现在什么都没有做,不过我相信,我很快就有事情做了。"

"什么事情?"

"暂时保密。"袁子欣嘻嘻一笑。他见墙边放着一块小黑板,便把黑板拿起来,架在窗台上:"你看,这就更像个教室了。"

"好啊,"凤仪见他不肯谈自己的情况,也不再追问,笑道,"袁老师,可以开始了?"

"可以,"袁子欣笑道,"你想学什么?"

"做生意。"

袁子欣看了看她,又环顾画室:"你为什么要做生意,你的画画得很好。"

"嗯,"凤仪想了想,不知这话要怎么去说。她慢慢地道,"我不想做一个傻瓜!"

"傻瓜?"袁子欣诧异了,"你为什么这样想?"

"除了画画,我什么都不懂,可是我知道,很多事情是在它之外的。"

"之外?"

"在另一个世界。"

袁子欣明白了:"能告诉你的另一个世界具体是什么吗?举个例子?"

"举个例子?比如,现在南方与北方要打仗,南方要实现真正的民国;比如元泰工人们在闹罢工,为了能多挣一角钱吃饭;比如这些账本,"她指了指面前的一摞本子,"我一点都看不懂;比如我亲生父亲……"

"你亲生父亲?"

凤仪叹了口气:"总之,是这些事情了。"

袁子欣想了想道:"你知道吗?很多人都想过你这样的生活,不用为了生计发愁,可以做自己真心想做的事情,这有什么不好吗?"

"好呀,但现在这种生活不是我的生活,"凤仪道,"这是别人给我的。"

"有什么区别吗?"

"有!"

"你讲讲看,"袁子欣见她如此具有独立意识,与传统的中国女性很是不同,不禁大加欣赏,笑道,"你可以再比如。"

"现在这种生活,是别人给我的,所以,我不自信,我不晓得要是爸爸不在了,我是不是能管理好元泰,要继续这样生活。我不是觉得这样的生活不好，而是说，"凤仪想了半天，道，"我也讲不清，反正，它是从容的、自信的，是让我自己看得起自己的。"

"你是说，"袁子欣若有所思，"你喜欢现在的生活，但前提是，它必须是你自己创造出的。"

"对对对，"凤仪欣喜地道，"差不多是这个意思。"

"那，画画不能给你吗？"

"能，可只在画画里。"

"人不可能样样精通，"袁子欣有些懂了，"一个人精于画画，不精于其他，这很正常，你想两样都要，恐怕会很辛苦。"

"为什么我不能明白两个世界？为什么我只能明白一个世界？"凤仪道，"爸爸说，只要我愿意学习，我就一定能学得会！"

"好好好。"袁子欣看她有点着急，连忙举起手，示意投降。看来，她是很受"另一个世界"的困扰了。他快乐地笑道："你想学习当然没有问题，现在请你把本子打开，我们开始'做生意'。"

凤仪觉得自己有点失态，不好意思地笑了笑。"我们来画一条线，"袁子欣走到黑板前，在黑板中间画出一条线，线的上面依次写下：管理、人事、财务、技术，线下面写上：进货、生产、出货、销售、服务。

"这是一个工厂的基本模式，你不需要事事精通，但是要有一个大的概念，"他侃侃而谈，"在元泰这段时间，你处理过劳工关系，看过一点账本，这些都属于人事和财务的范围，但对一个企业的管理者来说，这是远远不够的。"

凤仪顿时精神百倍，她觉得原来心中那些一团一团的乱麻，被袁子欣抽丝剥茧一般，一点一点理清楚了。原来工厂是这么一回事呀，是这样组成的呀，整个元泰，渐渐从一团迷雾，变成了一条清澈的小溪，在她心中潺潺流动。这几个月，她在元泰的所见所闻，也变成了一种收获，毕竟，她是在边实践边学习。

每周一次的课,表面上看起来,只是学习知识,但对凤仪来说,简直是一种新生。她每上一次课,就进步一次,每进步一次,她的自信心就强了一层。有时候,回想起从南京到上海的日子,她不禁感激命运对她的厚待,从哥哥杨练到爸爸邵元任,现在又是袁子欣,他们都救过她,教过她,让她能在乱世之中好好生存。

不过,这种感激也让她产生了新的忧患,如果有一天,她失去了他们,她需要孤身一人面对命运的挑战,她还能应付吗?这让她在内心深处,又加深了一层对自己的怀疑,同时,也促使自己更加努力地去学习。

袁子欣的理论,和工厂的实践,帮助凤仪学到了不少商业知识。袁子欣也逐渐掌握了教她的要领。其实,她只需要一个人,帮她把商业知识理成一个体系,然后根据她的思维习惯与行为习惯,把这个整体的知识,更好地教给她,让她培养起一个良好的商业思维习惯与行为习惯。这样一来,她做起事情,就能事半功倍。

袁子欣对她的敏而好学十分喜爱,觉得是个很好的学生,但是从商人的角度说,她还需要很长的时间去积累经验、磨炼性格。毕竟,一个好商人是社会教育出来的,理论只能解决一部分问题。

凤仪平日忙于工作,周末去向袁子欣求学,她和美莲、杏礼的联系越来越少。三个好朋友偶尔相聚,都觉得彼此变化很大。杏礼成婚之后,完全是富家少奶奶的派头;美莲总是一身素装,对工人教育和俄国十月革命非常关心;凤仪也不再是画室的小画家了,而是谈论起商业的事情。"我真是不明白,"这天三个人偶尔相聚,杏礼劝凤仪道,"你放着好好的画不画,要去管什么丝厂,你看看你现在,打扮得这么老土。唉,过几天是先施公司开业,家俊让我约你一起去。你要好好买点东西,好好学学社交了。"

凤仪与美莲相视一笑,凤仪点点头:"遵命,顾太太。"

"还有,"杏礼接着道,"你不要整天和那个袁子欣在一起。我看他给你上课,是没安好心,我估计他是看上了元泰——"

"你不要瞎说,"凤仪打断了她,笑道,"袁先生不是这样的人。"

"他是什么样的人,你又晓得了?"杏礼冷笑道,"凤仪,你不要觉得你满口商业就什么都懂了,我问你,你晓得他有没有女朋友?"

"女朋友?"凤仪的脸红了,"袁先生是教我的先生,他有没有女朋友关我什么事。"

"先生?!"杏礼伸出玉葱一般的手指,在凤仪的脑门上用力一戳,"我告诉你,我和家俊前些天在南京路,亲眼看到他和一个女孩在一起。那女孩子长得很漂亮,像个中外混血儿,凤仪,你不要太相信他了。"

"什么人没有几个朋友呀,"凤仪笑道,"两个人在南京路上走走也是正常的嘛。"

"那可不一定,"杏礼道,"家俊和先施公司的经理都是好朋友,他告诉我,那个女孩是先施公司的雇员,袁子欣经常去接她下班,两个人不要太要好。"

美莲奇怪地问:"先施百货?不是还没有开业吗?"

"这么大的商场开业,要招很多人,那个女孩听说是先施公司最漂亮的售货员,招考的时候,她是全上海第一名。"

"那这个女孩子还是很有本事的,"美莲道,"不过,这种女售货员的工作,真的很合适现代女性。它对技术的要求比体力高,工作性质也很体面。"

"现在谁说这些了,"杏礼道,"我告诉你们,像这种售货员,外地来的女工是做不来的,上海小姐只要家里有钱,也抛不下这张脸面。像她们这些人,都是上海小户人家的女孩,钱是没有的,但个个伶牙俐齿,手段不要太精明。袁子欣对我们来讲,是个一无所有的穷光蛋。对那样的女孩来说,哎呀又是海外留学归来,又穿戴得人模人样,人家还不要牢牢地抓住。我看,像抓住救命稻草一样吧。"

"话说回来,袁子欣愿意交什么样的女朋友都可以,不过,他既然有女朋友,为什么每个礼拜天和凤仪约会,教什么商业?我看,他看中了元泰这块肥肉。"杏礼不屑地道:"凤仪,不是我说,你十个大脑加起来,也没有人家半个脑袋大。你呀,你除了画画,什么都不懂!"

杏礼话音未落,凤仪便猛地站起来,满面通红地盯着她:"杨杏礼,你胡说什么?"

"我说什么啦?"杏礼结婚之前是杨家的大小姐,结婚之后是顾家的大少奶奶,平日里只有她呼来喝去,哪受过别人一句重话。她见凤仪神色不好,不禁脸一沉,道:"我说你也是为你好,要不是我,你还巴巴地每周去找人家上课呢!"

"我懒得跟你说!"凤仪见天色不早,又不想和杏礼纠缠,索性伸手拿了包,转身扬长而去。杏礼和美莲从未见过她发这么大的脾气,两人面面相觑,杏礼道:"她疯了吗?"

"她从上学的时候,就不欢喜人家说她除了画画什么都不懂,"美莲道,"你何必这样说她。"

"我也是为她好,"杏礼道,"那个袁子欣不是什么好人……"

美莲想起自己当年,为了一个假纪今明,不惜离家出走,身败名裂,长叹一声道:"这种事情劝也没有用,女孩子大了,总是不由人的。"

杏礼听了这话,不禁黯然不语。聚会不欢而散。凤仪独自在马路上走了一会儿,气也慢慢地消了。一阵迷茫却不经意间涌上了心头:一个先施公司的小姐,最漂亮的女售货员?难道说,袁子欣来画室教课,真的是别有目的?她走了几步,忽地笑了起来。天下哪有这样的事情,她只是向别人求学,别人答应教她,便来教好了,这有什么,上当不上当,又不在袁子欣,还不是在于自己。

若是前怕狼后怕虎,就干脆什么也别干了,不如躲在画室里画画来得安静。

凤仪觉得自己很久没有这样走路了，还是在读女中的时候，她会每天放学在路上游来荡去，那个时候，她还不清楚外面的世界是什么样，对自己和他人都不知怎么把握……凤仪细细思量着，杏礼说的也没有错，她是不了解袁子欣，以后上课归上课，还是对他当心点。或者，可以想办法盘问盘问。另外嘛，杏礼也是为自己好，唉，等晚上还是打电话到顾家，向她赔个不是拉倒。

转眼又是周末，凤仪早早地等在教室里，想着如何询问袁子欣的近况，没想到袁子欣打电话到小学校，校工上来转告她，说袁先生临时有事，来不了了。凤仪一个人呆坐了半天，实在无事可干，便信手打开画夹，开始画窗外一棵树的形状。现在已经初秋了，树叶已经变得微黄，树干是棕色的，有点干巴巴的……她一笔一画地画着，渐渐地，她忘记了一切，沉浸在画面呈现的世界中。

突然，门轻轻响了一下，她恍然以为自己听错了。门又响了几下，难道？她惊醒过来，难道是袁子欣？她忙打开门，一个朝思暮想多年的身影像做梦一样站到了她的面前，她愣了半晌，猛地扑上去，紧紧抱住了那个人："哥哥——"

杨练的脸唰地红了。两个月前，孙中山就任广州军政府海陆军大元帅，开始了新的护法战争。此次他来上海，就是要把一批黄金押回广州，同时，他受方谦之托，来看望凤仪。

为了不暴露凤仪身份，方谦忍了五年没有和女儿互通消息，他相信邵元任是个强有力的保护人，能满足女儿的基本生活。他虽然把和女儿团圆的梦想，寄托在共和早日实现之上。但长年的奔波，让这个读书人在劳碌中，彻底拖垮了身体。方谦知道他的日子不多了，而袁世凯的势力也在逐渐减弱，他这才同意与凤仪恢复联系。

杨练一到上海，办完事情就来看凤仪。他一路跟踪她到了小画室，确定四下无人之后，这才敲开门。他觉得她长高了，也长大了，完全是个大姑娘了。他没想到,她一见到他,就像个小孩扑上来抱住他。他只能一动不动地由她抱着。凤仪没有注意到杨练的不自然,她热情地拉着他来到室内,让他坐在沙发上,然后给他倒水沏茶,一连串地叽叽喳喳地问:"爹爹好吗?你们几年都在哪里?爹爹什么时间来看我?"杨练坐在沙发上,见她的眉毛画得整整齐齐,嘴唇上闪着淡淡的红色,虽还有两分孩子气,但温柔妩媚了许多。他不禁对时间的力量感到惊讶,不过他不擅言谈,只是坐着。等她一口气问完了十几个问题,杨练道:"我们很好。"

凤仪坐在他的对面,睁大了眼睛:"没有了?"

杨练勉强笑了笑。方先生一再叮嘱他,不要告诉凤仪他身体不好,要多询问她的近况。他道:"我们都很好,方先生想知道你的情况。"

凤仪嘟起了嘴:"想知道情况为什么这几年不找我?"不等杨练回答,她连忙笑道,"我知道,你们一定是没有办法,再不然就是怕影响我嘛……"

杨练问:"你……过得好吗?"

"我……"凤仪想了想,"我没有再画画了,我现在在元泰帮忙。"

杨练点点头。凤仪问:"你这次来是有任务?"

"是,"杨练说,"任务很紧,我现在要走了。"

"你不见爸爸了?"

"我们已经见过面了,"杨练问,"你还有什么要我转告方先生?"

凤仪失落地嗯了一声。她平常思念父亲和哥哥的时候,觉得有太多话想对他们说,可是现在,她又觉得无从开口了。她想了半天道:"我很好,你叫爹爹不用担心,爸爸对我很好。"

"好。"杨练答应了一声,抿了一口茶。凤仪见他的模样,知道他要走了,不禁一阵心酸,但脸上强装开心道:"哥哥你什么时候再回来?"

"快了,"杨练的语气中含着一丝期待,"如果这次南方政府胜利了,方先生就可能回到上海了,到时候我也回来了。"

"真的?!"凤仪又惊又喜。

"真的!"

"那,"凤仪按捺心中喜悦,"我们会赢吗?"

"会吧,"杨练道,"方先生说,民国这么多年了,中国应该统一了。"

凤仪多么开心啊!现在天大的事情也不能和这个相比:爹爹要回来了!哥哥要回来了!中国的统一就要实现了!她觉得连分离的气氛都欢快起来。她想起袁子欣,虽然觉得不大妥,还是忍不住告诉了杨练:"哥哥,你知道吗,我现在跟一个人在学做生意!"

"做生意?"杨练觉得很奇怪,他观察着凤仪脸上的神色,判断不出她和这个人是什么关系。

"是啊,"凤仪道,"你告诉爹爹,我会努力学习的。"

"他,"杨练小心地问,"是个男的?"

"当然了!"

杨练嗯了一声,心想如果把这个消息告诉方先生,他会高兴还是担心?他的小凤仪已经长大到开始交男朋友了。就是不知道,这个袁子欣人品怎么样。凤仪见杨练脸上露出奇怪的笑容,不禁问:"哥哥,你在想什么?"

"没想什么,"杨练道,"他是哪里人?家在上海吗?做什么工作?"

"哎呀,"凤仪叫了起来,"你和杏礼问得一模一样,这些我还没问清楚呢,"她笑了笑道,"你放心,我不会当一个傻瓜的。"

杨练笑了。他不担心她会受骗上当,他相信邵元任早就查得一清二楚了,不过,他听见有人问得和自己一模一样,奇怪道:"杏礼是谁?"

"我的同学,一个漂亮的大小姐,"凤仪想起给杏礼画像时打的草稿,便翻出一张来,拿给杨练,"喏,就是她!"

杨练第二次脸红了。第一次是因为凤仪突然抱住他,第二次就是为了这个画中人。他也说不清楚,这张纸上的女人为什么这么动人,她双眉浓

— 141 —

致，双眼含情，两片嘴唇就像两片甜蜜的花瓣。杨练觉得下体一阵发热，连忙调整了一下坐姿。他想转移目光，但还是忍不住多看了几眼画像。虽然这个画上的女孩穿着女学生的校服，但杨练觉得，她太女人了，比很多女人都更像一个女人。

他口干舌燥，又喝了几口水。这时，楼下传来几声呼哨，杨练道："我要走了！"

"哥哥再见。"凤仪也不敢留他，只好帮他打开门。杨练迅速下了楼，凤仪赶紧奔到窗前，看着楼下的楼梯口，她希望再看一眼哥哥。但奇怪的是，没人从楼道里走出来，也没有人从小路离开。她又跑到门口，楼梯也是空荡荡的。杨练就像从空气中蒸发了一样，无影无踪了。凤仪怀疑自己做梦了，她看着桌上的茶杯，杯口冒着热气，杏礼的画像也放在一边。她揉了揉眼睛，这一切都不是梦，哥哥真的回来了，也许过不了多久，爹爹也要回来了！

第七章

先施百货开张的轰动不亚于大世界。当很多偏远地区的中国女人还裹着小脚、男人还留着长辫时,上海的女人们,已经用自己的实际行动证明:上海是紧随世界潮流的。

先施开业当天,整条南京路的交通全部堵塞,庆祝开业的彩旗挂满了街道。百货公司内部更是人山人海。家俊陪着杏礼和凤仪,一层一层地逛着,他果然是这方面的行家里手,不仅对首饰、面料、化妆品颇有研究,就连女人的小生活用品,他也头头是道。凤仪对家俊的表现非常惊奇,在她从小到大的世界里,男人动辄以天下为己任,或一心扑在事业上,男人关心的都是大事情,还没有一个男人会如此费心地对待女人,更不用说女人的穿戴物品了。

三个人逛到中午,家俊请她们在百货公司内部的东亚酒楼吃午餐。东亚酒楼分为中餐与西餐两个大厅,布置得十分华丽。三个人在西餐厅落座,家俊点了鹅肝、小牛排,和一瓶上好的红酒。凤仪感到双脚钻心地疼痛,累得快要虚脱了。杏礼与家俊却不觉疲倦,两个人还在讨论要买什么样的面料、设计什么样的款式,做今年冬天的大衣。

凤仪歇了一会儿，起身来到洗手间，这儿也是人满为患。七八个女人挤在镜子前补妆。十月末正是乱穿衣的天气，她们有的穿着时下最流行的裙装，露着雪白的小腿，有的却早早套上外套，颈上围上一圈狐狸毛……忽然，凤仪感到一个熟悉的目光正从镜子中盯着她，她细一打量，顿时怔住了。

那张雪白的脸搽了粉之后显得更白，细弯的眉毛画了之后显得更黑更细更弯，还有那双像两枚黑杏仁的眼睛，足以勾人魂魄。凤仪不自觉地打了个寒战。她一想起那天晚上如玉的眼睛，黑洞洞地盯着她，表情恶毒又诡异，就觉得莫名地恐惧。如玉就像一条蛇，或者一种致命的毒药。这时，有个女人挤了凤仪一下，凤仪回过神来，再看时，镜子里全是女人的脸，而如玉已经不见了。

她稳住心神，走了回去。家俊发觉她脸色苍白："你怎么了？"家俊问，"累了？"

"有一点。"凤仪道。

"那我们多休息一会儿。"顾家俊体贴地叫来侍应生，为她点了杯咖啡提神，又说等会可以去买双合脚的皮鞋，这样可以走长路。正说话间，几个妖艳的女人在不远处坐了下来。凤仪一眼就看见了如玉，如玉也冷冷地睇了她一眼。

"她们也来了，"杏礼碰了碰家俊，轻蔑地笑道，"你看，她们的打扮怎么样？是洋中见土，还是雅中见俗？"

"大嫂评得真妙，"家俊笑道，"不过，我可得找先施公司提意见，大好的日子怎么能让她们来呢？"

"大门开着，她们要来，人家有什么办法，"杏礼道，"难不成门口挂块牌子，上面写上：娼妓与狗不得入内？"

"大嫂，"家俊乐了，"原来最毒不过妇人心，就是从你这儿来的。"

杏礼笑而不语。家俊道："这些人虽然漂亮，但是她们全部加起来，也没有大嫂好看。"

"去!"杏礼嗔道:"她们是谁,我又是谁,有你这样比较的吗?"

"是是是,"家俊道,"是我错了。不过,她们今天到这里来,恐怕不是来逛街的,她们一定是打听到,上海第一名门少奶奶在此,所以来开开眼界。"杏礼拿他无法,笑道:"你就胡说八道吧。"

"家俊,"凤仪忍不住插话道,"你们认识她们?"

"你不知道她们?"家俊笑道,"她们是上海滩几个有名的长三[11],前些日子上海的长三们搞了一次选美,得一二三名的不叫花魁,叫总统小姐、副总统小姐,报纸上登了很多,你看,中间那个脸白白的眉毛长长的,是第三名,叫总理小姐。"

"总统小姐?总理小姐?"凤仪勃然大怒,"这不是拿着民国开玩笑吗?现在南北正在打仗,多少人为了民国在舍生忘死,这些人怎么能这样称呼自己,还有这些报纸,居然把这些登出来……"她的声音越说越高,将上菜的服务生吓了一跳。杏礼和家俊都笑了起来。杏礼对家俊道:"我说她是个怪人吧,一点儿没错。"

"我觉得挺好,"顾家俊欣赏地道,"至少不是每个上海小姐都能这样讲话的。"

凤仪沉默了,她压抑着心中的怒火,为今天和如玉等人同店吃饭深感不齿。难道父亲耗尽一生还没有完成的事业,就可以让这些人随意糟蹋吗?总统、总理,这是民国最高的行政称呼,怎么能用在妓女选美的事情上?这时,她感到如玉又在盯着自己,不由得转过头,愤怒地盯住她。两人的目光在空中相遇,如玉见凤仪目光炯炯,与前几次的恐惧大相径庭,不禁微微一愣,接着一股无名火腾地升了起来。这个死丫头,当初被她逃掉了,要不然,她现在也和她们一样,都是堂子里的货色,没准,她连长三都混不上,最多当个站街妓女!一想起这事儿,她就恨得要死。不过现在,人家是元泰邵元任的女公子,连李威都要让她三分,要想置她于死地,还真的只能从长计议。想到这儿,如玉慢条斯理地翻了一个白眼,将头转了过去,再也没转回来。

餐厅的人渐渐都认出了如玉等"总统"与"总理"小姐。众人一边打量她们,一边窃窃私语。如玉等人却毫不在意,只是娇滴滴地说笑,大有全场中心的派头。顾家俊不禁想,这些长三们虽然媚态百出,却一股风尘味;而其他这些大家闺秀,虽也漂亮,又各有才情,却少了一种美艳绝伦的姿色。这满场之中,要论漂亮女人,恐怕唯有自己的大嫂杏礼,才能算得上。他微微转过头,见杏礼一边用餐,一边和凤仪聊天,举手投足之间,哪怕是个不经意的动作,也足以让人赏心悦目、流连忘返。好一派天然的妩媚。杏礼见他盯着自己,将刀叉一停,抿嘴一笑:"你在看什么?"

家俊脸一红:"我不敢讲。"

"说呀,"杏礼道,"我听听是什么?"

"大嫂保证不生我气,我就敢说。"

杏礼乐了,学着戏腔道:"恕你无罪。"

"得令,"家俊道,"我刚才在想,可惜上海的名媛淑女不允许选美,要不然大嫂肯定是冠军。"

杏礼听他赞自己漂亮,心中暗喜,脸色却一沉:"你看了那些不正经的女人,却拿来打趣你大嫂,看我回家不告诉你大哥,让他好好收拾你。"

"哎呀,"家俊见她怒中藏喜,连忙赔笑道,"你说了不生气的,凤仪也在,好作证的。"

凤仪看着杏礼:"她本来就漂亮,哪个角度看都好看。"

"你们呀,"杏礼嘻嘻一笑,"你们别忙着恭维我,怎么不互相恭维恭维。"

"我们?"凤仪与家俊面面相觑,家俊道:"凤仪也很漂亮的,要是去选,也能当个总理小姐。"

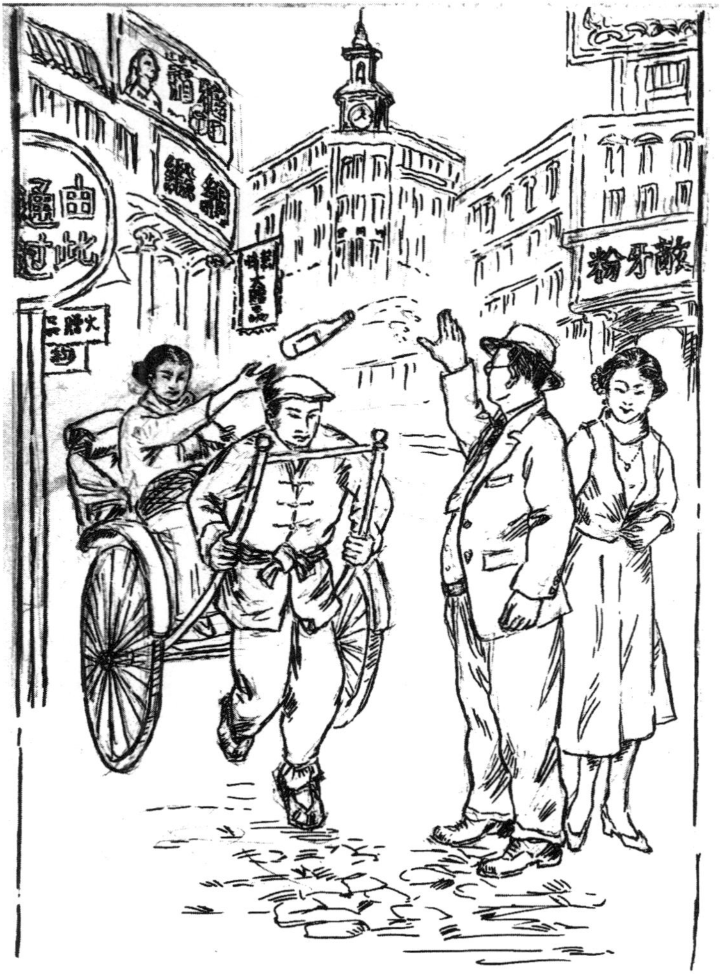
由此通过

"呸!"凤仪着恼了,反唇相讥道,"你要去选,也能选个总理先生。"

杏礼将刀叉一放,咯咯笑道:"真是现世报,你们一个总理小姐,一个总理先生,难不成要配夫妻么?"

"杨杏礼,"凤仪飞红了脸,气道,"你再胡说,看回头上了车,我怎么胳肢你。"

"别别,"杏礼十分怕痒,听凤仪一说连忙告饶,"我错了还不成嘛。你也不用生气,我们家俊有什么不好,要是你能嫁过来,我们不是能天天在一起了嘛。"

"鬼才要和你天天在一起呢,"凤仪见她还提这个,轻轻跺足道,"你除了知道买漂亮东西,你还知道干什么。"

家俊有点尴尬,也不好插话,恰好有服务员上菜,便糊弄了过去。三个人吃罢饭,又一直逛到夜幕降临,这才提着大包小包走出先施百货。

"你们不用送我了,"凤仪道,"爸爸这些天一直住在工地,所以我在用车子,我自己回去。"

"邵老板已经住到和兴了?"家俊道,"我听说已经有人在炒它的合约了,你有什么消息,要早点通知我啊。"

"好的,"凤仪笑道,"怎么你对赚钱也有兴趣?"

"我闲着也是闲着,"家俊笑,"做点小生意,赚点零花钱。"

"哎呀你们走不走,"杏礼一听生意就脑袋疼,"我快累死了。凤仪,你过几天有空就来找我,你买的那些料子不要随便交给裁缝,要研究一下款式才好做的。"

家俊见杏礼叫苦,忙一阵风地哄着她走了。凤仪把大包小包的包裹交给司机,塞进后座,然后上了车。此时南京路依旧热闹非凡,开业一天的先施百货还没有打烊。凤仪看着繁华的街景,想着后座里那些华丽的面料,感觉像做梦一般。她忽然想,她也不是不爱这些,只是觉得和元泰的忙碌相比,她还是喜欢更充实的生活。这时,一个熟悉的背影出现在街道上："停车！"凤仪叫了一声，她仔细地打量着那个人，脸上荡出了微笑。

她悄悄下了车，跟着他走了大约一百多步，袁子欣不知在想什么，默默地走着，居然没有发现。她实在忍不住了，快步上前，在他的胳膊上轻轻拍了一下！

袁子欣吓了一跳，回头一看是她，笑了起来："都说南京路上有女鬼，我还以为有什么艳遇，原来是你。"

"女鬼？"凤仪调皮地四下张望："我怎么没听说？"

袁子欣哈哈乐了："逗你玩呢，谁叫你吓我。"

她嘟起嘴："当老师的，怎么能随便开玩笑。"

"你当学生的，就能随便吓老师了？"

"我是个假学生。"

"怎么说？"他愣了，停住脚问。

"又没有正式拜师，怎么能算嘛。"

"那什么时候拜一下？"

"我才不呢，"凤仪笑问，"你什么时候来的？"

"下午。"

"下午一直逛到现在？"她看着他空空的两只手，"你没买东西吗？"

"买了。"袁子欣从口袋里取出一个盒子，交给凤仪。凤仪打开一看，是一支十分精致的钢笔："金笔？"

"是啊，你没听说吗？"袁子欣道，"现在的男人，要有西装一套，西帽一顶，手杖一根，夹鼻眼镜一副，洋泾浜外语几句，外出轿车或黄包车一辆。还要有金笔一支！这才能算真正的上海文明男人。"

"哦，那女人呢？"

"女人的我不清楚，"袁子欣笑了，"就刚才这番话，也是我下午刚学来的。"

"哦，和谁学的？"

"一个朋友。"

"朋友?"凤仪猛地想起杏礼说过,一位在先施公司上班的小姐和他的关系非常好,她不禁问,"你朋友是做什么的?"

"她是卖金笔的。"袁子欣漫不经心地道。

"哦,原来是位金笔小姐。"

"是啊,"袁子欣道,"她是考到先施公司当上的售货员,人非常能干,现在在金笔柜台卖金笔,你要去先施,没准还能看见她。"

"你们关系很好?"

"还行,"袁子欣道,"她是个很能干的人。"

"还很漂亮吧!"

"漂亮,"袁子欣看着她,笑了笑道,"不过没有你漂亮!"

"哎呀,袁先生,"凤仪调皮地道,"这个问题你不用恭维我,我很有自知之明的。"

"哦?"袁子欣乐了,"什么自知之明?"

"我呢漂亮是算不上,不过,可能会画个两笔,说个两句,仅此而已啦。"

袁子欣哈哈大笑:"你真这么想?"

"真的。"

"那以后你怎么找男朋友?"

"我有才嘛,"凤仪笑道,"女子无才便是德,我这个人德才兼备,还愁找不到男朋友吗?"

袁子欣不等她说完便大笑起来:"原来我这个学生是个吹牛大王,哎呀呀,乐死我也。"

"袁先生,"凤仪一本正经地道,"您要注意形象,您都有金笔了。"

"行行,"袁子欣忍住笑道,"我们说点正经的。"

"好啊,"凤仪道,"说说您下面的计划,比如,要在哪儿上班?想做什么?"

"这是我的秘密。"

"那什么时候才不是秘密?"

"等我做成了就不是秘密了。"

"那不是等于没有说,谁知道你什么时候做成?"

"很快,一年吧。"

"真的?"

"真的。"袁子欣道,"别老说我了,上个星期我有事没上课,你还好吧。"

"好啊。"

"元泰好吗?"

"好啊,"凤仪道,"怎么了?"

"我听说金元的价格已经涨到一百四十两一担了,而且有市无货。不过,利来丝行却从元泰收购了大量的金元丝,其他想买的人,都得到利来去买。"

凤仪皱起了眉:"这……利来是我们的老主顾,会不会有些照顾呢?"

"你觉得呢?"

凤仪看着他:"你是不是想到了什么,为什么不告诉我?"

"你这样就不对了,"袁子欣道,"遇到问题要先自己去想,不懂了再来问老师啊。"

"有什么了不起的,"凤仪道,"我自己想就自己想。"

"这就对了,"袁子欣嘻嘻笑道,"不然,你怎么能知道另一个世界呢?"

凤仪心中一动,看着他笑了。第二天一早,她到了元泰,本想问刘庆生利来的事情,但刘庆生不在厂里,她便来到财务室,仔细地看了一下利来的往来账目。果然,在整个金元市场供不应求的情况下,利来丝行的供货价没有上升,但供货量却大为上涨了。难道?凤仪心想,刘庆生和利来有什么勾结,从这里面拿了什么好处?

凤仪觉得事情蹊跷。一来从账面上看账都是对的;二来毕竟金元银元的成功,刘庆生功不可没;三来他就算拿了好处,她又如何处理?开除他,那谁来管理元泰?告诉爸爸,不!她想起上次美莲的事件,担心以邵元任的手段会害了刘庆生的性命。

她本想去问袁子欣,但又忍耐住了。如果他真的像杏礼说的,教自己的目的是元泰,自己贸然把这些事情告诉他,可能不太好……可是这个事情如何处理?邵焕英一直在财务部,他应该一眼就能看出其中的问题,为什么这一次,他一直没有说话呢?

凤仪越想越不安,她觉得自己有必要去见见邵元任。如果爸爸真的要惩罚刘经理,自己再好好地向他求情,长这么大,爸爸还没有什么事情不答应她,救下刘庆生,应该没有什么问题。

她想定之后,也不等下班,直接叫上司机,送她去和兴的工地。和兴的厂址设在上海浦东的周家渡西村,占地大约二十亩。汽车出了上海城区,在郊外行驶良久,她才远远地看见一座巨大的炼铁炉。

车穿过尘土飞扬的工地,停在一座简易的小楼前。凤仪在司机的带领下来到邵元任的办公室,这里的陈设更是简单:一个穿衣柜将房间隔成两半,一半放一张写字台和一张书桌,一半放着一张床和一只床头柜。满屋上下,除了一张雅贞的照片,几乎没有多余的物品。

这几年父女二人从不谈论雅贞,每逢忌日,邵元任会独自去龙华寺,凤仪则独自去扫墓。两个人都小心地不触动对方的伤心事。凤仪呆呆地看着雅贞的照片。这是刘雅贞在上海光复后,鼓起勇气,穿着文明新装[12]后拍的照片,也是她唯一的一张相片。这真是一种嘲讽,这位让爸爸不能下定决心娶她的传统的小脚姑姑,留给爸爸唯一的容貌纪念,却是一副与时代共同进步的气质。难道,这就是雅贞姑姑对爸爸的惩罚?或者,这就

— 151 —

是一种命运?

门开了,邵元任走了进来。凤仪道:"爸爸,你怎么住在这里,也不另置一间卧室。"

"这儿很好,"邵元任命司机去烧水。一会儿开水到了,他亲自给凤仪泡了一杯茶,"这是龙华寺的师父送我的,你尝一尝。"

凤仪轻轻抿了一口,看了一眼邵元任,他瘦了,也稍稍有些见老,但看起来还是那么镇静。邵元任问:"你来看我,有什么事情吗?"

"嗯,没什么事。"

"那喝完茶就回去吧,路很远,我还有很多事情。"

"爸爸,"凤仪见他如此,只得道,"你觉得我能管好元泰吗?"

"能,"邵元任望了她一眼,"但你还需要时间。"

"那,那在这段时间之前呢?"

邵元任放下杯子,笑了:"你说话学会绕圈子了。"

"没有,"凤仪道,"我没有绕圈子,我是想问问,您的看法。"

"这个世界你可以信任很多人,"邵元任避而不谈,"有方先生、杨练、我,还有,"他扫了雅贞的照片一眼,淡然道,"而我在元泰,只信任你,你可以告诉我,发生了什么吗?"

"那您答应我不要怪刘经理?"

邵元任的笑意更深了:"你还学会了讨价还价?"

"爸爸,"凤仪见他流露出慈爱的表情,索性撒娇道,"那您同意了?"

"好吧,"邵元任道,"说说,你发现什么了?"

"是这样的,利来丝行一直以每担一百四十两的价格购买金元生丝。可是这段时间,金元在市场上是供不应求,我今天看了一下账本,我们给利来的货一分钱没有涨,而且供货量加大了……"

"这说明什么?"邵元任悠闲地品着茶,问。

"我觉得,"凤仪吞吞吐吐,"刘叔叔偏着利来,向他们大量供货。"

"这不正常吗？利来是老主顾。"

"老主顾也不可以这样，这样一来，很多人都得到利来去进货，不到我们这儿进货了。"

"然后呢？"

"我们的钱就少了，都给利来赚了。"

"真的是这样？"

"我是这样想的，"凤仪见邵元任不置可否，道，"我拿不定主意。"

"你还是没有说出你的想法。"邵元任奇怪地看着她，他不由想起，当年她在人拐子手中如何自救，还有她曾教美莲威胁过自己……这真是很有意思……

"爸爸，"凤仪烦恼地道，"我觉得刘经理可能拿了他们的好处，但是我不能确定，所以才来和您商量。"

"那你为什么不直接说？"

"我怕你会怪刘经理。"

"你怕我伤害他？"

"是的，"凤仪点点头，"我也怕没有人管理元泰，我根本做不来。"

邵元任笑了："看来那个袁先生还是很有办法。"

凤仪一愣："什么？"

"没什么，爸爸是说你有进步，"邵元任从书桌里取出一个账本，"你自己看看。"凤仪接过账本打开来，见里面密密地记录着元泰与利来关于每一单金元生丝的交易，每单交易的回扣都不等，有的是一担一两，一担二两、三两，最近一段时间，几乎每担都是十两。凤仪简直不敢相信自己的眼睛："这，这是从哪儿来的？"

"丝行里有我的眼线。"邵元任淡淡地道。

凤仪心头一震。"爸爸，你早就知道了，"她有些埋怨地问，"为什么不告诉我？"

— 153 —

"是这样，"邵元任道，"你很聪明，只要给你时间，你一定会看出问题。但是看出问题并不重要，重要的是怎么解决，如果没有好的解决办法，这个问题就等于没有发生。"

"没有办法解决就等于没有发生？"凤仪困惑了，"我不明白。"

"你刚刚进入丝厂，还有很多东西要学，做生意不是一件容易的事情，整个元泰都需要刘庆生，"邵元任笑了笑，"这一点，你已经看出来了。所以很多事情，只要他不是太过分，我们也只能睁一只眼睛闭一只眼睛。"

"你是说，我一天不能撑起元泰，就必须容忍他的这种行为？"凤仪摇摇头，"可那么多工人辛辛苦苦生产出的金元，是为了让刘经理一个人赚钱吗？"

"你即使撑起了元泰，也需要刘庆生的帮助，除非你有了得力的助手，就算你有得力的助手，你也不能保证他能全心全意地为元泰出力，人都是有私心的。所以中国人有两句话说得好：水至清则无鱼，还有一句话，打虎要亲兄弟，上阵要父子兵。"

"那，难道永远没有解决的办法？"

"不是永远，是暂时。"

"那么，"凤仪翻了翻账本，"我要当一切没有发生过？"

邵元任点点头。

"不可能没有解决办法的，"凤仪道，"爸爸，你再想想。"

"办法不是完全没有，"邵元任道，"可我没有时间与精力，以你目前的能力，也很难想到，就算想到了，也很难做到。"

凤仪想了想："那，你能让我来想这件事情吗？"

"当然可以，"邵元任道，"如果你能找出解决办法当然好，但是你要答应爸爸一件事。"

"什么事？"

"在没有确定解决的办法之前,你要假装不知道这件事,对刘庆生和所有的人都要守口如瓶。"

凤仪点点头:"你也要答应我一件事。"

"说说看?"

"如果我能想出办法,就算用不着刘经理了,你也不要怪他。"

"呵呵,"邵元任看着女儿,"你这个办法肯定不存在,不过,我答应你。"

凤仪得了这个任务,又高兴又有点紧张。她第一次发现,原来企业也是需要不断修改的,就像她在画板上涂抹颜色,一遍不行,就再来一遍。当然了,画画的修改没有什么实际风险,大不了重画一张。企业就不同了,她要去想的新办法,不仅关系到元泰的利润、金元的生产,可能还关系到刘庆生的生死。

这时候,她才体会出袁子欣的课程是有大用场的,他教会了她看懂了一个企业的模式与流程,就像神父教会她看懂了一幅画的结构、线条与色彩。当然,凭她的水平,短时间是想不出什么办法的,但这让她学着把元泰当成一块画板来对待,这让她找到了一个管理企业的一个入口:旁观。她这时才理解了,世上的事物为什么可以相通,修改企业和修改一幅画,原理也差不多嘛。

除了寻找能解决"刘庆生"的办法,南北战争也牵动着她的心情。如果南方政府胜利,父亲和哥哥就可以回到上海,回到她身边了。但几个月后,上海新闻界报道了北方军队在平江三天不封刀的消息,战争惨烈超出了国民们的想象。凤仪有种不祥的预感,也许她的希望又要落空了。

不过,坏消息和好消息总是掺杂在一起。和兴化铁厂经过艰难的建设,终于产出了钢铁。此时正值第一次世界大战尾声,中国市场的钢材正处于奇缺时候,和兴产品一经出厂,就立即轰动了全上海。邵元任等人大获成功。这不仅意味着赚下了无数白银,同时,也意味着,中国的民间重

— 155 —

工业,又朝前进了一小步。

这天,方液仙打电话邀她去德兴馆吃饭。他们已经很久没见面了。德兴馆是正宗的上海菜,杏礼最爱这儿的青鱼秃肺和下巴甩水。凤仪猜想,订这个地方必然是考虑杏礼的口味,果然,她一进包厢大门,就看见了杏礼。几个月未见,杏礼越发珠光宝气了,说来也怪,一般女人这样打扮,就显得很俗,她穿戴起来,偏偏在艳丽中多了几分高贵,好像珠宝的光彩也不足与她争辉。杏礼递给凤仪一个礼盒,里面装着一只牙梳,做工极为精致。"送我的?"凤仪笑道,"这么大方。"

"我哪有这份闲心,"杏礼斜了坐在旁边的袁子欣一眼,"是家俊托我带给你的,他说现在流行这个,让你拿去装装门面。"

袁子欣正坐在一旁看杂志,像是没有听见。凤仪道:"替我谢谢家俊。"杏礼又道:"有什么好谢的,我们是一家人嘛。"

美莲见杏礼大打机锋,丝毫不给袁子欣留情面,不禁抿嘴一笑。这时,方液仙从门外急急忙忙地走了进来:"对不起对不起,我迟到了,我给大家隆重介绍,这位是我从南京请来的化工师,他姓汪,有个了不起的名字,叫道德。"

汪道德?!凤仪愣住了。只见液仙从大门外一把拽进一个青年男人。他大约二十五六岁年纪,眉目还算清爽,只不过上唇微翘,依稀带着汪永福的模样。当年中秋节、南京小院、满天的月光,外公倒在地上……所有的画面就像一部快进的电影,在凤仪的脑海中飞速闪过。方液仙带着道德走到每个人身边,把大家一一介绍给汪道德。

汪道德很腼腆,低着头,红着脸,与每个人都迅速握一下手。当他走到凤仪面前,方液仙介绍道:"这位是邵凤仪邵小姐。"

汪道德听见凤仪的名字,不禁抬起了头。他对人的容貌并不是特别敏感,因此也不敢肯定,她是不是八年前离家出走的小表妹。凤仪厌恶地伸出手,让他握了一下。他走到了美莲身边,液仙道:"这位是金美莲小姐。"

汪道德又是一愣,这位小姐脸庞如满月一般饱满可爱,两双细细的单眼皮,如新月一样迷人妩媚,还有她的衣服,既不是绸的,也不是缎的,而是布的。她看上去那么清新迷人,比在座的所有女人都要漂亮千倍万倍。杏礼见他像个傻子一般,直勾勾地盯住美莲,不禁暗暗好笑。美莲皱了皱眉,看了一眼液仙,液仙忙把道德拉开:"这位是我的好朋友,袁子欣先生。"

子欣与道德握了握手,笑了笑道:"液仙,我有点事情要出去一下,"他轻轻碰了碰凤仪,"邵小姐,我们走吧。"

不等凤仪回答,他握住她的手,将她拉出了包厢。凤仪像做梦一般,跟着他,直到拐下二楼的楼梯,才猛然清醒过来。她缩回了自己的手。袁子欣看着她,皱起了眉头:"你怎么了,看上去很不舒服?"

"没怎么,"凤仪心乱如麻,"我想回去了。"

"你认识那个化工师?"

"我不认识他。"

袁子欣一阵失望。他本来想在席上告诉她,他如何在回国后赚到了第一笔钱,然后出资五百两白银,成为化工社的股东。这既解决了化工社的资金问题,又让他在自己看好的产业中占了一席之地。可见她如此模样……他想了想:"我今天有很重要的事情告诉你,你能去小画室等我吗?我和他们解释一下,吃完饭就来找你。"

凤仪点点头,离开了饭店。四月的上海还有些清冷,等她坐进画室的时候,她又有点后悔了。她为什么要来这儿等他,他又能告诉她什么呢?

她恨汪永福,可是第一次与父亲在上海相见的时候,父亲就告诉她,不管汪永福做了什么,外公始终是病死的,而且,汪家族人始终是外公的亲人。随着她日渐长大,她也能体会到,外公的死有一部分也是为了自己。如果汪氏族人不是惧怕她这个外人抢了汪家的财产,也不至于如此对待外公。她静静地坐着，汪道德的样子不时浮现出来，她小时候几乎从来不和他说话。这么多年过去了，她已经忘记了这个人，却没有想到，他们还能相遇，而且是在这样的场合。汪道德，说起来，他是她在上海真正唯一的亲人吧。她觉得一阵莫名的恶心，还有一种说不出的伤感。

她不知坐了多久，袁子欣到了。他的脸红通通的，显然喝了酒，一副兴高采烈的模样："我可替你解了围了，你拿什么谢我？"

"你怎么说的？"

"我说你不小心扭伤了脚，就让你的司机送你去医院了。"

"他们信了？"

"信，又不信，"袁子欣呵呵笑道，"尤其杏礼，那位家俊先生的大嫂子。"

凤仪勉强一笑。袁子欣见她似乎无意向自己吐露心事，便转开了话题："你知道今天为什么吃饭吗？"凤仪摇摇头。袁子欣把自己入股化工社的事情说了一遍："我和液仙决定研究一项新产品，那个姓汪的化工师傅也是因为这件事请来的。"

五百两白银……凤仪有些惊讶，他从哪儿赚来这么多钱？他还没有告诉过她，他到底以什么为生？袁子欣似乎猜到了她的想法，嘿嘿一笑道："你想问我这钱从哪儿来的？是你爸爸给我的！"

"什么？"凤仪难以置信，"这怎么可能？"

"听我慢慢说，"袁子欣收敛了笑容，"我父亲去世得早，只留给我一处祖产，现在我母亲住在里面，空出的房间租给了亲戚们，一来也好有个照应，二来母亲也可以多些收入，这些钱我是不会用的，所以，从国外学成回来，我几乎是个一无所有的人。"

"为了安身立命，我回国的第一件事，就是寻找机会赚钱。现在西方各国正在打仗，自己生产的钢材都不够用，哪里还顾得上中国市场，所以我一听说和兴要生产钢铁，就认定这是个只赚不赔的买卖。我唯一的财产，就是北京的那张房契，我和母亲借了来，用它向银行贷款了一千五百两白银，与和兴签了十吨木炭生铁的供货合同。"

凤仪听得目瞪口呆："这是……什么时候的事情？"

"去年。"袁子欣笑了笑，"和兴当时的定价，是一百四十五两，我付完了这笔钱，不多不少，还剩下五十两。我当时想，赚了当然好，万一赔了，我就拿这五十两回北京，给母亲和亲戚们租个房子，再寻找下次的机会。我一直没有告诉你，就是怕这个万一。"

"结果呢？"

"赚了！"袁子欣开心地道："我一直坚持到最后，才把这个合同转卖给了上海兵工厂，你猜他们出价多少？"

凤仪愣愣地摇摇头。"他们出到二百五十两，我整整赚了一千零五十两，扣除银行的钱和利息，还有吃用，我还有一千两。我用五百两入股化工社，还有五百两。"他观察着她的表情："你不高兴吗？"

"恭喜你。"凤仪淡淡地道。

子欣不明白她的心情，还以为她另有心事。而凤仪却在想，你现在告诉我有什么意思呢？如果从开始你能信任我，与我一起分享，那么现在，我肯定会非常开心吧。子欣又看着她，神色凝重："另外还有一件事情，我想和你谈一笔生意。"

"和我谈生意？"凤仪心中一沉，说来说去，他果然是冲着元泰来的。

袁子欣愣了一下："你不高兴？"

"没有，"凤仪冷冷地问，"什么生意？"

"我想建一个丝织厂，把生丝织成布。"

"嗯。"

"但是它不是人工织丝，而是电织。"

"电织？"

"就是电机织丝。"

凤仪皱着眉头："这是什么？"

"你听我说，"袁子欣见说起这个，不免有几分兴奋，"现在的上海，还没人使用电机织丝。可是这种把丝织成面料的办法，在美国已经有了。我们可以从美国进口机器，还可以从美国请工程师，为我们培训工人。你知道吗，电机织出的丝，比人工的光滑、美观，而且能节约大量的成本，"他滔滔不绝地道："最关键的是，生丝行业的竞争已经完全形成了，利润也逐渐微薄，元泰想要获得更好的发展，就必须进入一个有关联的新领域，由元泰出资，和我合办一个电织厂，既能开拓新产业，又能直接从原材料方面，节约最大的成本，这样一来，就能保证最大的利润。"

"这样一来，我们中国人的生丝的出货就再也不用完全依赖出口了。我们也能建设我们自己的电织厂，我们可以把丝纺成布，再把布用来出口。你想想看，我们的国家就有那么多蚕户，而且有那么多的丝织厂，我们在原材料上从源头就比外国人占优势，那么为什么，我们不建设我们的电织厂，而把这部分利润让给外国人？而且还让我们国家的人，去买他们电织的面料？！"

凤仪听到此处，见袁子欣双目炯炯，与平日懒懒嬉笑的模样判若两人，不禁把刚才那点不快完全抛开了。她多么熟悉这种热情啊，就像她熟悉父亲方谦、爸爸邵元任，和哥哥杨练。是的，她的国家需要这样的工厂，她的企业需要这样的工厂，那么，就算袁子欣教她上课，是为了寻找建设企业的机会，那又有什么呢？她沉吟片刻："我们……怎么合作？"

"建一个电机丝织厂，五百两根本不够。我想把它投入到机器的购买上，作为实际的一点点的产业股份。另外，如果你父亲愿意雇用我，我希望来经营这个电织厂，我想用此，来换取一点营业股份。"

"产业股份？营业股份？"凤仪的心中一亮，"你能说得再明白点吗？"

袁子欣拿过一张纸，迅速在纸上画出两个圆。一个圆里写"产业股"，另一个圆里写上"营业股"。然后，他在产业股的圆圈里填上厂房和设备,在营业股里填上租金、雇工备料、经营管理,最后,他在两个圆中间画出一个连接线,线上写下:共担风险、共享收益。

他把这张纸递给凤仪,凤仪看了半天,问:"这种形式上海不是没有,可是缫丝业的特点是,营业股东往往会接到了订单,才会去租厂开工,谁会为了工厂的长期发展而努力呢?"

"缫丝?"袁子欣乐了,"我和你说的是电织。"

"我知道,"凤仪道,"可是这段时间,我一直在想缫丝厂的问题,我觉得这个方式虽然好,可是解决不了长远问题。"

"这简单,"袁子欣道,"让营业股东投钱,比如像我这样的,投资成为小额产业股东;而产业股东也必须同时拥有经营股,对营业股东实行监管。如果管理者能够完全管理目标,那么大家就让他继续管理,如果他经营不善,就可以让他不再参与管理。"

"这倒是个好办法。"凤仪拿着这张纸,"如果有了这个办法,是不是管经营的人就不会再拿黑钱了?"

袁子欣立即猜到了她的所指是刘庆生:"当然了,营业股东就是把伙计变成了老板,一个老板拿合理的利润就可以了,干吗还要拿黑钱。"

"那他会好好工作吗?"

"当然会,这是他自己的企业。"

"电织厂是这样的,缫丝业也可以这样吗?"

袁子欣乐了:"当然可以,这不是哪个行业、哪个企业可以,这是商业模式和制度,也是一种规律,所有的企业、行业都可以。"

凤仪笑了:"袁先生,那你能帮我写出来吗?"

"当然,这不叫写出来,这叫写一个方案。"

"方案,"凤仪想了想,道,"原来洋人是这么说的呀。袁先生,我也想写个方案!到时候还请您帮助看一看。"

"哦,"袁子欣明知故问,"你有什么计划?"

— 161 —

"我是想写一个改变元泰管理的方案,我想了很久,今天才想到。"

"举一反三,学以致用,你真是个好学生!"袁子欣笑道,"方案你尽管写,你有什么不懂的,尽管问我,我鼎力支持。"

二人商议已定,袁子欣见夜已深,忙把凤仪送回邵府。今天是他非常高兴的一天。从事业上说,他的经济状况大有改观,同时拥有了化工社的股权,电织厂一事也有了眉目。他坚信自己能给液仙和凤仪带来好的商业理念,同时能和他们一起,在中国建设优秀的化工企业与纺织企业。而且,他觉得和凤仪在一起,就特别开心,如果真的能建成电织厂,他就有很多机会和她一起工作,进而了解她,也让她多多了解自己。

凤仪立即着手完成缫丝厂的方案。袁子欣也一面修改电织厂方案,一面对凤仪的方案加以指导。一个月后,这两个方案终于完成了。

这天是礼拜天,凤仪一早便将两个方案用盒子装好,打电话到和兴工地,问司机能不能回来一趟,载她去一次和兴。不料司机告诉她,邵先生今天要回邵府,他们马上就出发。凤仪听后非常高兴,因为邵元任很长时间没有回过家了。大约到了中午,邵元任回来了。凤仪高兴地迎出去,见邵元任脸色沉重,慌忙问道:"爸爸,你不舒服吗?"

邵元任来到书房,从包里抽出一张电文,递给她。凤仪小声读道:"顾吾国之大患,莫大于武人之争雄,南与北如一丘之貉,虽号称护法之省亦莫肯俯首法律及民意之下……知我者谓我心忧,不知我者谓我何求,斯之谓矣。"

"这是……"凤仪不禁为文中所言动容。邵元任道,"孙先生辞去了大元帅职务,护法运动失败了。"

凤仪双腿一软,跌坐在沙发上,半晌问:"那……爹爹他们有消息吗?"

邵元任看着她痛苦的模样,微微摇摇头。父女俩半天没有说话。凤仪哪还有心情谈论电织缫丝方案,推说有事,回到自己的房间。整整五年了,她等了父亲五年,又是一场空。若不能相见也还罢了,可是,她不知道父亲是否平安,哥哥是否平安,他们都是否还活着。凤仪迅速打开画板,开始完成一幅久没有动笔的风景画。那画中的叶子颜色太单调了,不仅要有墨绿、浅绿、草绿、黄绿,还应该有棕红、深红、灰红、深棕,甚至还可有几片明黄、嫩粉……她一遍又一遍地画着那些叶子,一点一点琢磨那些颜色和线条,渐渐地,她忘记了所有的事情,沉浸在画画的世界中。

邵元任悄悄来到女儿门前,瞥见她全部身心都在绘画之中。邵元任似有顿悟,以前看她喜爱画画,还以为是单纯的喜爱,今日看来,她是以绘画求得解脱,用以忘却现实。邵元任感慨不已,他太不了解女儿了,难怪,她会提出不继续求学绘画,这么多年,不管是雅贞去世,还是方先生的问题,这恐怕是她唯一宣泄痛苦与悲伤的方式吧。

凤仪画了整整一夜,天亮时方倒在床上睡去。邵元任亦辗转难眠。杨练早就从南方捎来消息,方先生的病很重了,此次失去联系,邵元任很担心方先生的身体。而护法运动的再次失败,也让他对南方政府失去了信心。中国不知还要在乱世中挣扎多久,也许他这一代人是没有办法见到和平了。他想着方谦只比他年长一岁,今年虚岁才满四十,不由感慨人生苦短,又想起雅贞,更觉世事无常。若不是化铁厂大获成功,凤仪尚未婚配,他觉得抛却红尘、遁入空门,也未尝不是一种结果。

第二天中午,父女二人方才见面。他们各自的心情平复了不少,谁也没有再提南方之事。凤仪将两个方案交给邵元任,将缫丝改革与电织建设想细细说了一遍。邵元任把方案带回和兴,白天工作,夜里研究这两份方案。他认为很多想法都可圈可点,尤其是袁子欣这个人。自袁子欣教凤仪以来,他把他的家世背景查得一清二楚,又冷眼旁观到现在,觉得此人行事为人都无不妥之处,和兴那笔买卖,更做得大为魄力,是个不可多得的人才。凤仪虽然天资聪慧,但毕竟是个女流之辈,所谓孤掌难鸣,若袁子欣能真心帮他,倒是个不错的人选。

邵元任乘和兴增资扩股,加大生产之前的空闲,开始建设元泰电织厂。产业股和营业股的新模式,在电织厂得到了很好的实行。此后,经过半年的调整,元泰缫丝厂也完成了这个方向的转变。刘庆生不再是个二管家,而名正言顺成为缫丝厂的营业股东,同时拿出部分家产,购买了少量的产业股份。缫丝厂表面上看,并无太大变化,但实际上,刘庆生对工厂管理进行了一系列的改善,许多原先藏在他心里可以利用的漏洞,都被他不动声色地补上了。邵元任"拿"到的利来丝行"账本"上,刘庆生的红利从十两降到了二两,而利来丝行的进货价,却上涨了八两。

除了方谦迟迟没有消息,总的来说,这半年邵元任过得比较愉快。和兴化铁厂蒸蒸日上,产品供不应求。元泰完成了新厂建设和老厂的改革。而所有的建设与改革,只要有他参与,凤仪都寸步不离左右,他能感到,女儿在尽心地学习。而对袁子欣,他也有了实质的接触。他还不知道凤仪如何判断袁子欣,但从一个男人的角度,他觉得他很优秀。这让他对袁子欣和凤仪产生了一点小小的"联想",而且,那个顾家俊也是大家公子,人品优秀。他几乎望见了佳儿佳婿、事业兴隆的美好前景。俗话说三十而立、四十而不惑,他又从生活里品出一点甜味。

第八章

　　方液仙自1912年创办化工社后，历时七年时间，一直生产美容产品，生意惨淡，只能勉力维持。子欣归国后，觉得液仙的雪花膏虽质量一流，却和销售对象的需求不相符。他的货物大都由货郎挑上街，卖给底层市民。雪花膏对他们来说，太奢侈了。而有钱人爱用高档洋货，自会去百货公司购买。子欣劝液仙要么把雪花膏做成高档货，要么放弃这个产品，另辟新路。液仙也觉得，子欣对市场的判断，恰恰是这七年来，自己一直无法领悟的要害。

　　子欣入股化工社后，二人便开始新产品研制计划。由于化工社多年的销售渠道都是在民间，液仙最终接受子欣后一条建议，放弃护肤品，改走低端路线。他们要寻找一个，即使最穷苦的人，也能从货郎手中购买得起产品。

　　虽然凤仪没有告诉子欣，为什么见到汪道德后心神大变，他也没有再追问，但从此以后，子欣便留意观察汪道德。汪道德吃住都在化工社，为人少言寡语，就算谈论工作，也时时处于被动状态，除了和液仙聊起化工技术，他似乎是个聊天都很困难的人。袁子欣暗自诧异，这样一个老实人,会和凤仪之间有什么恩怨呢?

凤仪的亲生父亲是谁呢?她因为什么来到邵府?子欣心中藏着谜团。自建设元泰电织厂以来,他和邵元任的交往多了许多。虽然能感受到邵元任对他的赏识,子欣还是对这样一位人物保持着警惕之心。这种警惕可能是一些关于邵元任的传闻,还有他们商业理念的不同。虽然子欣不断地告诫自己,要尽量适应中国的现状,在现有基础上去做事情,要慢慢地改革。但他还是不赞成黑帮的极端手段,包括对缫丝厂的用工制度,也存有自己的想法。

这天,他一早到了化工社,汪道德刚刚起床。不知什么原因,汪道德心情很好,话也比往常多了几分。子欣乘机和他聊天,得知他的经历非常简单,生在南京长在南京,毕业后因成绩优异,被留校当了老师。后来一次偶然的机会,他结识了前往南京寻找化工技师的液仙,便离职随他到了上海。他既没有谈过恋爱,也是第一次离开南京。

子欣心想,难道凤仪的祖籍在南京?他又问:"你在南京还有什么亲人?"

汪道德摇摇头,沉默了。原来汪静生死后,汪永福夫妇与族人大闹了一场,到底搬进了汪宅,霸占了整个小院。谁料好景不长,一年之后,汪宅突然起了一场大火,将汪道德夫妇双双烧死。汪道德因为住校,这才免于一难。汪道德夫妇死后,族中也无人眷顾汪道德,都说他不是名正言顺的继承人,将他赶出了汪宅。宅院由族长做主,变卖给一个商人,所得银钱按辈分以及和汪静生的远近关系分成数份,大家一起分了。幸亏汪道德在化学上颇有天赋,被学校留用,这才勉强度日。他从小就不喜父亲的作为,但又惧怕汪永福的暴躁,加之天性内向,口拙言讷,所以从不敢反抗,也不敢向人诉说。父母双亡后,他很是难过,又觉得他们当初不贪图这个宅院,就不会死于非命。亲戚们也不至于看不起他们,当年的叔爷爷也不会死,表妹凤仪也不会至今下落不明。因此族人叫他走时,他倒觉得是件好事。加之遇到方液仙后,觉得遇到了一位志同道合的朋友,便下定决心离开伤心之所,转来上海。袁子欣见他神情淡漠,似乎情绪不佳,也不再追问。二人略坐了一会儿,便听见方液仙爽朗的笑声:"道德!我找到了!找到了!"

他砰的一声推开门,见到子欣,哈哈笑道:"你也在,好啊好啊!省得我去找你了!"他小心翼翼地把腋下夹里的包裹打开,从里面取出一个盒子,又把盒子打开,露出一个纸包。子欣与道德不知他要变什么戏法,都伸长了脖子看着。液仙把最后一层纸打开来,却是几盘黑乎乎的东西。袁子欣拿起来,见是蚊香,不禁会心一笑。汪道德不明所以,结结巴巴地道:"液、液仙,天气还冷,你买它干什么?"

"我跑了多少家店才买到,"液仙看着子欣,"这可是去年的存货。"

"真有你的!"子欣乐道,"上海夏天又热又潮,家家户户都要用蚊香。只要我们做得又好又便宜,一定能红遍上海滩。"

"不错!最关键的是,"方液仙指着蚊香笑道,"现在我们的国货还没有蚊香,上海卖的全是日本货,我方液仙要做中国蚊香第一人,我不仅要红遍上海滩,我还要把它赶出上海滩,赶回它的东洋老家去!"

子欣哈哈一笑。汪道德面无表情地盯着蚊香,慢慢地伸出手,拿起来,闻了闻,又掰开来,看了看。子欣与液仙盯着他的表情,子欣见他表情凝重,心里一沉,液仙问:"有把握吗?"

"试试。"汪道德答。

液仙知道他说试试,就表示不管有多难,一定会坚持下去。"这样就好,"他道,"那我们就开始试试。"

"液仙,"子欣道,"我们是不是应该制订一个计划,看看需要多长时间、投入多少成本来研制这个产品?"

"哎,"液仙道,"我这个人,以前学着做化学实验的时候,就习惯了越做越败,越败越做。化工社成立到今天,走了七年弯路,我都没有放弃。子欣,我知道你在国外学的是商业,但是这件事情,只要我决定了,不管多难,我都会走下去。"

子欣暗自思量:从市场上说,蚊香确实是底层市民不可缺少的产品,加上目前上海,除了日本人,还没有化工企业能够生产,如果能研制成功,就有了根本的竞争实力。但是研制的时间成本、费用成本,还是个未知数。子欣深知液仙性格坚忍,从不畏难,而且此次目标与方向都很正确,若叫他放弃,他没准会背着自己继续研究,反不如全力支持,没准能大获成功,想到这儿,他道:"那这样,从现在开始,让道德带两个化剂师,全力来做这件事。我们原来设想的,牙膏等一些产品,也继续生产销售,用以维持化工社的日常运转。"

"好,"液仙见他投了赞成票,大喜过望,"有你这样的朋友,化工社一定能发达。"

三个人又细细商量了许久,等一切计议已定,袁子欣这才离开了化工社。这真是一个令人振奋的清晨,袁子欣匆匆忙忙地赶回电织厂,一方面他急于想告诉凤仪这个好消息,另一方面,他还想告诉凤仪,汪道德的父母已经双双过世,在南京没有一个亲人。他想看看她对这件事的态度。

他进了元泰电织厂的大门,远远地,便瞧见顾家的汽车停在办公楼下。这是谁来得这么早,不知是顾家少奶奶,还是顾家二少爷。子欣放慢了脚步,见凤仪和顾家俊双双从办公楼里走出来。一个是清丽淑女,一个是温柔书生,倒还真是一对璧人。"嗨!"子欣打了个招呼。

"袁先生,"顾家俊笑眯眯地道,"我约邵小姐一起去看时装表演,您有没有兴趣?"

"你们去吧,"子欣笑道,"我不一定有时间。"

顾家俊便回过头去絮絮叨叨地叮嘱起凤仪来:看时装表演时要穿什么衣服、梳什么头发。现如今上海正流行学生装,她骨骼娇小,容颜秀丽,很适合这种装束,千万不要过于装饰,以免落后于流行。袁子欣听他如数家珍地抖搂女人们的这些事物,不禁大为惊奇,这顾家俊真是一号人物,比那《红楼梦》里的贾宝玉是有过之而无不及啊。凤仪听家俊嘱咐完了,送他上了车,回头见子欣还站在原地,笑嘻嘻地看着自己,不禁问:"你看什么?"

"没什么,"袁子欣笑道,"我在看西洋景。"

"什么西洋景?"

"我说错了,"子欣道,"是中国景色。"

"不知道你说什么,"凤仪道,"你一上午都不在,去化工社了?"

"我刚从那儿回来,有个好消息告诉你。"

"什么好消息?"

子欣说了蚊香的事情,凤仪听后也为液仙欢喜,子欣又说了担心研制成本的问题,凤仪道:"他那个人,决定做的事,九头牛都拉不回来,我看,你还是做好心理准备吧。"

"只要资金链能够维持,"子欣道,"我会全力支持他,毕竟,我们中国人也应该生产自己的蚊香。"

"想不到你这么爱国。"凤仪打趣道。

"我当然爱国,"袁子欣道,"我不爱国就不会回来了。"

"算了吧,你不是说回国是因为喜欢上海菜,还有上海的姑娘吗?"

"我什么时候说过,"子欣笑道,"你净胡说。我回国,是因为我是中国人,只有在中国我的机会才最多。我还想把国外学到的管理理念带回来,在这里建设真正的企业。"

"你现在不是有了电织厂?"

"将来还有更多,"子欣道,"我想把自己知道的,能和大家知道的融合起来,建立最合适中国的企业管理制度。"

"所以,"凤仪道,"你从开始就不同意电织厂从青帮招工?"

"不仅电织厂这样,缫丝厂一样可以。我正在建议邵先生取消青帮的用工制度。一个企业要长时间的发展,应该对工人有自己的管理制度,而不是通过帮会来控制工人。"

凤仪对子欣这个想法是支持的,同时,她也对受帮会控制的丝厂工人报以深切的同情,但是她不知道,牵涉到帮会利益,爸爸是否能同意,而事情,又是否会顺利地达到。

"还有件事,"袁子欣边走边道,"今天听那个工程师道德说,他父母都过世了,好像在南京没有什么亲人了。"

凤仪一愣:"他们死了?!"

"嗯。"

"怎么死的?"

"好像是火灾。"

"那汪宅呢?"

"汪宅?"子欣摇摇头:"他没有说,那是什么地方?"

"那是我的故乡。"凤仪凄然一笑。子欣愣住了。两人来到办公室,凤仪缓缓地将汪静生如何去世,自己如何被迫离开家告诉袁子欣,只是隐去了父亲方谦是革命者的身份。"人真是奇怪,"凤仪悲伤地道,"我这么多年,一直恨他们间接造成了外公的过世,可是今天,我听见他们已经不在了,我一点儿都不高兴,反而很难过。"

"那说明你很善良。"子欣感慨地道,"上次你只告诉我遇见过人拐子,想不到你还裹过脚,还会说洪门暗语。"他见凤仪神色不佳,打趣道:"说说,你的武功怎么样?"

"我不会武功,"凤仪道,"哥哥才是高手。"

"是那个画中人吧,他现在人在哪儿?"

"他……四海为家吧。"凤仪道:"你不去看时装表演吗?这对我们面料设计应该很有帮助。"

"我倒是想去,只怕你的顾先生不答应,"子欣笑道,"你不用管我,我自己想办法。"

"什么嘛，"凤仪红了脸，"我和顾先生是好朋友。"袁子欣哈哈一笑，没有再说下去。凤仪见事关家俊的隐私，也不便多言，只好由得他乱猜了。

上海最早的时装表演，始于 1918 年的永安百货公司。此后一发不可收，成为上海最时髦的节目。这天凤仪来到会场，见台上的表演还没有开始，台下的女人已穿得各有千秋，让人目不暇接，幸好有顾家俊提醒，她打量着自己，不然又要落伍啦。

家俊与杏礼早已入席，凤仪找到他们，见杏礼一改往日华丽，上身穿一件高领收腰的白衫，下身穿一条黑色半戴裙，通身上下，除了斜夹在右边发际的一朵白色珠花，再无半点装饰，正是当下最流行的"文明新装"。家俊见凤仪穿戴十分朴素，她秀丽的五官与天然的气质和这种打扮十分相符，但和杏礼坐在一起，还是要输杏礼一层风光。他冷眼望去，这满座的女人中，恐怕还无人可及杏礼的风采呢。

表演很快开始了。凤仪顾不上看时装款式，全部身心都放在了面料上，大抵是什么面料、什么个花色、什么样的织法，她只恨自己没有纸笔，只能凭大脑强记了。正看得入神，家俊碰了碰她，她顺着他的目光看去，居然看见了袁子欣。

只见他坐在前几排的右侧，不时低下头，和身边的一位女士耳语。由于隔得远，加之灯光原因，凤仪隐约只能看见那女子侧面，只觉得轮廓分明，应该是个很漂亮的小姐。

这就是他想的办法了！凤仪心神一乱，看他整日忙进忙出，都是孤身一人，好像也没有女朋友，没想到居然和一个小姐来到这里。这时，杏礼也看见了袁子欣，低声恨道："你看，那就是金笔小姐，我当初怎么说的，他接近你就是没安好心，现在电织厂建起来了，人家的女朋友也正式拿上台面了。"

— 171 —

凤仪又是一阵心乱如麻，连忙在心中道：凤仪啊凤仪，你怎么了，就算袁先生教你商业是为了电织厂，他也没有错，何况，建设电织厂也是对元泰有益的事情，你也学到了很多知识。怎么可以因此忌恨袁先生交往女朋友。她对杏礼笑道："人家有女朋友是人家的事情，你干吗生气，难不成，你想我把他当男朋友？"

"那可不成，"杏礼本来十分担心，见凤仪若无其事地看起了表演，似乎心情很好，这才放下心来，"你不在乎我才阿弥陀佛呢。"

家俊的心思比杏礼又细了一层，轻声道："你要是不想看，我们就走吧。"

"这样好的机会，我才舍不得走呢，"凤仪微笑道，"你莫打扰我，我要记面料。"

家俊听她这样说，不由微微一叹。他第一次见她的时候，就觉得她十分特别，也许是那种特别的坚强吧。不知何人得幸，能和这样的女人互相欣赏与喜爱，也不知坚强对女人来说，是有幸还是不幸。他不得不承认，他欣赏她的性格，但是，他无法被她吸引。杏礼倾城的美貌，对男人来说，才是致命的毒药。

凤仪慢慢地沉浸于面料当中，就像她沉浸于绘画。这些颜色、这些画样，这些都是由蚕茧织成了丝，丝织成的布，再由裁缝之手，转成的服装啊。一时表演结束，她不知应不应该与袁子欣打招呼，没想到，袁子欣领着那位小姐主动走了过来。

只见这位女郎身材修长，五官像西洋人一样清晰饱满。与满场文明新装不同，她身穿一套暗红色西式套装，显得既精明能干，又娇艳动人。不要说凤仪看得目瞪口呆，就连杏礼、家俊也暗暗心惊，金笔小姐果然名不虚传！袁子欣介绍道："这位是先施公司金笔专售货员，康凯蒂康小姐。"

凤仪等人点头致意。康凯蒂未等袁子欣开口介绍，落落大方地笑道："这几位一定是袁先生的朋友啦，我来猜猜看，这位小姐气度不凡，想必是顾家的大少奶奶,顾太太了。我早就听说,顾家有一位风流倜傥的二少爷,想必这位就是了。至于这位小姐,你漂亮可爱,一定是元泰有名的女公子,邵凤仪邵小姐了。"

众人见她一一报上姓名,忙笑着答礼。杏礼与家俊均想,好个伶牙俐齿的售货小姐,几句话一说,倒显得她和袁子欣的关系比大家都亲密了。顾家俊见她风度不凡,又想,自己见过这么多女人,能和大嫂一争美貌的,恐怕也只有这位康小姐了。他怕凤仪被她压住风头,连忙笑道:"我们一会儿去沙利文喝咖啡,两位要不要一起去?"

"真不巧呀顾先生,我约了袁先生帮我去看点东西,就不打扰大家了。"康凯蒂悠闲自得地说完,笑着看着袁子欣,子欣道:"是啊,我答应了康小姐,去看一点东西,"他又看着凤仪,"你一会儿回电织厂吗?"

凤仪点点头,袁子欣道:"我可能要到下午才回来,有什么事回来再说。"

凤仪又点点头。康凯蒂笑道:"时间不早了,我们走吧,几位拜拜。"说完,她拉着袁子欣便离开了。凤仪这半年来,已经习惯了与袁子欣朝夕相处、同进同出,此时与康凯蒂双双离去,不禁一阵茫然。

她跟着杏礼和家俊来到沙利文店,要了咖啡和点心。康凯蒂说请子欣陪她去看东西,看什么呢?凤仪胡乱猜想着。虽然早就听说了袁子欣与金笔小姐的事情,但毕竟没有亲眼所见,如今他公然地带着她来看表演,必是拿她当女朋友一般了。

她忽地想起在杏礼婚礼上初次见到他的情景,他快乐的向上飞着的眉毛,他在主席台上动来动去,欣赏她画的杏礼;他在大世界开业的时候,说当她的老师;他站在小教室里,指着黑板上的那条线,说"我们来做生意";他在路上告诉她,要留意金元的销售;还有他在发现她不高兴时,把她拉出了饭店包厢;凤仪心中一阵酸楚,原来不知不觉,他有这么多的画面留在她的脑海里,每一幅都让她快乐,令她莫名地感动与酸楚。

她心神大乱，只觉一阵悸动涌上心头，同时，还有一股轻微的疼痛，迫使她轻轻地弯了弯腰。她看着杏礼，是不是男人都喜欢时髦摩登的女人，就像顾家安、顾家俊喜欢杏礼，子欣也一定很喜欢那位康小姐。

"这个袁子欣真是有手段，"杏礼喝了口咖啡，道，"一手开办什么电织厂，一手吊着金笔小姐，事业爱情两不误啊。"

家俊见凤仪脸色不佳，轻轻碰了碰她，示意她不要再讲。杏礼更觉窝心，道："我们这里有位新女性，人家是要爱国要创业的，哪里管男人是什么居心。"

"杏礼，"凤仪凄然道，"袁先生和我只是普通朋友，他开电织厂是双方有利的事情，你不要这样说他了。"

杏礼听她还维护袁子欣，冷笑一声，赌气不说话了。家俊忙赔笑道："今天天气这么好，我们干坐在这儿真没什么劲，这样吧，我们一起去大世界散散心吧。"

"我不去，"杏礼没好气地道，"晚上我和你大哥有饭局，我得回家换衣服，你想去，你陪她一起去吧。"

顾家俊只得先把杏礼送回家，再陪着凤仪前往大世界。凤仪坐在车上，看着窗外吐满新芽的梧桐树，便在心中勾勒树枝的形状、树叶的颜色，这一片又一片的绿，这才是她最喜爱的东西，她熟悉理解并能深为控制的世界。家俊见她一直沉默不语，突然道："知道我心情不好的时候都做什么吗？"

凤仪吓了一跳，清醒过来，摇了摇头。顾家俊道："我就拼命地玩，玩到再也玩不动了，玩到把什么都忘记了，然后回家，倒在床上就睡着了。"

这对凤仪来说，倒是个新方法，她好奇地问："有用吗？"

"有用！"家俊道，"保证有用。"

凤仪从小的榜样：汪静生、方谦、邵元任、杨练，都是纹丝不动地承受生活的痛苦,就连柔弱的刘雅贞,也从没有失态的时候。所以,她也养成了这样的习惯。但顾家俊完全不同。他允许失态,允许放纵,允许一切不合常理的事情。他像一个坏朋友,却充满理解力和同情心。他带着凤仪在大世界里坐飞船、打弹子、听书听戏,在舞池里旋转,一圈又一圈。凤仪虽也去过舞厅,但这样跳舞还是第一次。音乐和节奏让她的身体本能地愉快起来。偶尔一闪念,她也会想:如果这时是和子欣该有多好啊!但是她立即阻止了自己,她要这样旋转下去,尽情地快乐,为了,像家俊说的,可以把一切都忘记,可以立即倒在床上,沉沉地睡去,不再有烦恼,不再有悲伤。

她一直玩到深夜才回到家,早把回电织厂的事忘得一干二净。她倒在床上,累得不想再动一下。家俊说的办法也不是没有效果,只是太折磨人了,要累成这个样子才行啊。她要即刻睡去,不再想任何一点东西。这时,她听见阿金在门外道:"小姐,你的电话。"

难道是子欣,她一阵心跳,连忙坐起来,快步来到楼下:"喂。"

"喂,"家俊在电话那头关切地问,"怎么样,心情好点吗?"

"还好啦,"凤仪一阵失落,"谢谢关心。"

"早点睡,什么都别想了。"

"好的。"凤仪挂上了电话,回到了房间。她躺在床上,望着父亲写下的词句:循序渐进、言简意赅、宽以待人、严以律己、无欲则刚……顺其自然……顺其自然,这是当年父亲说雅贞姑姑时用的话,要怎么样才能顺其自然呢?她只有在画板前才品尝过这种滋味,顺着那些线条、结构、色彩,她真的能感觉到,那些画面一直存在在某个地方,悄悄地把她引入那个世界,然后借她之手,呈现出来。

凤仪踏入社会两年多之后,第一次产生了犹豫。也许她不应该放弃绘画,这些线条、结构、色彩,才是她真正熟悉的,可以掌控的。子欣也说过,人精于一样事物,不精于另一样事物,是很正常的。她隐约感到,也许她放弃了一条真正合适自己的道路。

现在一切都晚了。元泰的格局刚刚形成,她不能因为这些,毁了爸爸的事业。而且,爸爸说过,天下的事情都是相通的,她用了五年的时间熟练了绘画,也许再努力三年,她也能对绘画之外的世界熟能生巧呢。那么,就像父亲说的,一切顺其自然吧。"爹爹,你一定要平安归来,"她喃喃自语,"我还要好好孝敬你呢。"她觉得眼角有什么东西落了下来,她轻轻伸出手,擦去了一滴眼泪。

这时已是五月,上海虽说是暮春时节,却是初夏的气候。而在这样的季节,法国巴黎引爆了所有中国人的愤怒,从报纸到街头的墙壁,到游行队伍中高举的旗帜,到处是"取消二十一条""外争国权、内惩国贼"的标语。凤仪仿佛一夜之间,就回到了1911年的那个秋天。她觉得整个中国都被紧张、愤怒、痛苦涨满了,空中充满了浓浓的火药味,似乎随便扔一根火柴,上海就会随之爆炸。

这一年,是民国八年,上海经过八年的发展,城市工人的数量越来越多。从电力、水力、交通到各行各业……这股新力量在城市中默默地壮大,谁都没有想过,如果有一天,他们集体停止工作,上海会变成什么样子。

邵元任作为纺织业的代表,参加了上海商、学、工、报四界爱国联合会。以往的爱国行为和政治斗争,绝对不会牵涉到丝厂。但是这一次,爱国联合会提出了工人罢人、商人罢市、学生罢课的形式给政府施加压力。其中纺织、印刷、运输三个行业又成为罢工的重要力量。也正是在这个会议上,邵元任第一次看见了工人代表。他们与他们的老板平起平坐,谈论江山、指点政治。邵元任不禁对自己没有及早注意这股势力深感后悔,难道是自己老了?跟不上时代的变化了?如果不是国家命运将工人们推到台前,他还一直认为,利用青帮的力量就可以牢牢控制住他们。

当初他把美莲安排在德昌堂，是出于一片好意，没想到倒是一步好棋。这几年德昌堂培训了很多工人，美莲在他们当中威信很高。除此之外，杨四姐也有点号召力。他想和美莲聊聊，问问工人组织的详情。没想到美莲先找到了他。原来罢工的风声一起，刘庆生便着急了。他费了九牛二虎之力，刚刚拿下一个法国订单。为了及时完成订单，他下了道死命令，谁罢工就开除谁！

"庆生也是着急了，"邵元任微笑道，"他大概觉得工人们不会真罢工，他们都要养家糊口嘛。"

"邵伯伯，现在的局势很敏感，虽然大家只是普通的工人，但是国家兴亡，匹夫有责，"美莲侃侃而谈，"我希望您能撤销这个规定。"

邵元任对美莲的镇静自若有点惊讶，她初入德昌堂时虽然倔强，却仍能看出她的胆怯与不自信，想不到几年一过，这个小姑娘俨然有了几分工人领袖的气度。他想了想道："你也知道元泰的管理权和产权是分开的，庆生的决定我是不好随便干涉的，当然了，他也会给我几分面子。今天这件事，事关国家，我虽然是个商人，但对这种事情，是一定要支持的。你放心，我一定和庆生去谈。不过，我也想听听您的意见，如果所有的企业都不允许工人罢工，罢工还能坚持下去吗？"

美莲笑了笑："去年俄国闹了一场十月革命，您一定知道吧。您想想，工人们连一个国家政府都能推翻，还不能坚持一次爱国的罢工行动吗？"

"那是俄国，"邵元任也笑了笑，"中国会这样吗？"

美莲在心里轻轻叹了口气，看来不施加一点真正的压力，是不能说服这位特殊的企业家了。邵元任看着美莲细如弯月的眼睛，感到里面有一丝较量的味道。他决定利用刘庆生的决定，探一探美莲所说的工人运动的底线。他作为老板与商人，只坚信工人们对勤劳致富的渴望，他们不是黑帮，更不可能成为亡命之徒。

两天之后，邵元任承认自己的判断有点失误。元泰缫丝厂一百五十名

— 177 —

自由工人突然宣布罢工，支持爱国运动。由于这些工人散布在各个车间，导致全厂的机器都无法运转，损失在毫无准备的情况下，被猛撕开了一条裂缝。邵元任立即意识到，他必须和这股新势力成为朋友，他已经晚了一步，不能再晚第二步。他立即和刘庆生、袁子欣、凤仪开了一个小会。

刘庆生仍然固执己见，他不相信凭邵元任的力量，还不能摆平几个闹事的工人："邵老板，现在的金元不同以往了，各个缫丝厂都提高了质量，还有那些日本企业，生产的丝特别好。这个订单我是好不容易才拿到的，如果不能按期完成，我们就要赔一大笔钱，这还是小事，如果因为这个事，我们赔了信誉，以后的生意就更不好做了……"

"你怎么看？"邵元任问袁子欣。

"现在反对罢工确实有些困难，我倒是觉得，不如我们同意罢工，然后以此和工人们谈条件。"袁子欣道，"第一，争取他们在罢工前加班加点，完成订单；第二，制定出一个合理的罢工时间段，只要不超出这个时间，就不会影响后面的生产；第三，罢工也可以树立元泰的爱国形象，现在到处在反对洋货、支持国货；有一个爱国的好名声对我们的产品也是有帮助的。"

"你的电织厂可以这么办，但是缫丝厂不行，"刘庆生继续恳求邵元任，"邵老板，我知道您有办法，只要您说句话，哪怕全上海的工厂都停工了，元泰缫丝厂也能照常运转。"

听到这句话，袁子欣惊讶极了，他看着邵元任。邵元任平静地摇了摇头："我知道你的难处，生丝厂的确罢工不起。但是现在全国纷纷罢课、罢工、罢市，要求严惩卖国贼。谁反对罢工，谁就是卖国贼，庆生，你担得起这个罪名吗？"

刘庆生张了张嘴，没有说话。

"子欣说的有道理，"邵元任道，"有些事不宜太过用强，时代不同了，我们要学会跟着它一起前进。"见刘庆生仍然满脸忧虑，邵元任安慰道：

"你放心,我不会让这件事完全失控,让子欣帮着你制定一个罢工期间使用的上班制度,其他的事情,你交给我。"听到这句话,刘庆生的表情略有松弛。"你们都要学会应对罢工,如果这次罢工成功了,"邵元任语重心长地道,"它就会成为一种力量,会随时出现。我们一定要开好这个头,不能让它乱了工厂的阵脚。"

听到这话,刘庆生目瞪口呆,袁子欣暗暗佩服。邵元任对凤仪道:"你到德昌堂去找四姐和美莲,请她们协助庆生在此期间管理工厂,一定要抢在罢工前完成这张订单。只要她们开口,工人们自然会平息下来。"凤仪点点头。邵元任又道:"庆生,你立即高价招募一批熟练工,和厂里的工人排成三班,二十四小时不停机地生产。子欣,你把电织厂里会缫丝的,用得上的工人也全派过来。"邵元任停了停,"其他的事情,就交给我吧。"

邵元任和美莲等达成协议,元泰缫丝、电织两厂无条件支持工人罢工。6月5日,上海大罢工开始了,五天之后,大罢工进入高潮,沪宁、沪杭铁路两线工人全体罢工,轮船水手、车行车夫、电话工人、电灯工人、卷烟工人、外国洋行的中国职工……上海此时的人口约两百万,而罢工的人数高达七万。这意味着,这座城市基本功能都停止了运转。

而当这罢工运动如火如荼开展时,6月15日,元泰缫丝厂的工人全部返回了工厂,将订单的最后一批货顺利抢工完成。袁子欣虽然有心理准备,但还是非常惊诧。他也知道,邵元任在其他地方操纵着另一些势力。只是他没有想到,这种势力的作用会在这种时候,以这样的方式显现出来。他现在才明白,为什么刘庆生会固执地请求邵元任阻止罢工。他越发觉得,要尽可能地说服邵元任,在元泰建立完善的用工制度与管理制度,否则,一个企业依靠这样的力量发展,那不是一件很荒唐,也不能长久的事情吗?

这次全国性的工人罢工、学生罢课、商人罢市显示出极大的力量。至

6月27日，中国代表团在巴黎联名致电中国政府，表示拒签和约，并集体提出了辞呈。元泰缫丝厂虽然有部分损失，但好在完成了订单，保住了客户。邵元任很高兴，破例在邵府办了一次家宴。

自从雅贞去世之后，邵府再也没有热闹过了。阿金和小卫不禁有些忙乱，把落伍的餐桌布全部换成新的，茶几上的花瓶重新拿出来，插上新鲜的玫瑰。幸好邵元任一直吃素，菜全部从功德林预订，由厨师带好配料上门来做。什么兰花鲍鱼片、红油大明虾、菜心大乌参、百粒炸虾球……全部色香味俱全，足可以以假乱真。邵元任特意交代子欣、美莲、凤仪等，可以带同伴出席，但除了刘庆生夫妇，他们都是孤身一人。邵元任坐在席上，环顾四周，不禁哑然失笑："你们这些年轻人，怎么比我的观念还旧，不一定谈恋爱了才是同伴嘛，你们就没有要好的朋友？"

三个人都笑了笑，没人吱声。邵元任对美莲道："你和凤仪同岁，虚岁都是二十，我记得你的生日也在秋天，这可是大事，我建议你们放在一起，由邵伯伯给你们过怎么样？"

"邵伯伯，你的心意我领了，我已经多年不过生日了。"美莲道。

"哎，"凤仪碰碰她，笑道，"二十岁是大生日，我们一起过嘛。"

"对，"邵元任道，"这可是大生日，就这么定了吧。"

"是啊是啊！"刘庆生夫妇连忙附和，刘庆生道："时间过得真快，一眨眼这两位小姐都二十岁了。"

"就是，"邵元任道，"幸好现在是民国，要在满清，早就该出嫁了。"

"哎呀邵老板，嫁人有什么好，"刘庆生的老婆道，"我十七岁倒是嫁了人，十九岁就生了第一胎，所以我什么也不懂，只能在家烧饭带孩子。她们小姐可不一样，她们是新女性。"

"你也知道什么叫新女性？！"刘庆生佯装诧异，"了不得啊，老婆，我考考你，那个'新女性'的'新'字怎么写呀？"

"去，"刘庆生的老婆嗔道，"你又不是不知道我不识字，少来这儿打趣我。我告诉你,我也听别人讲过了,新女性不要太吃香,我要是年轻十岁,一定把你休掉,再找一个新男性。"

众人哈哈大笑。凤仪素知刘庆生是个妻管严,不禁更加莞尔。她略一抬头,见袁子欣似笑非笑地注视着她,不禁心头一跳,忙若无其事地给美莲夹起菜来。俗话说当局者迷,旁观者清,这两人情潮暗涌,都以为这是各自最秘密的心事,却哪里瞒得过邵元任的眼睛。近来袁子欣和金笔小姐谣言甚多,凤仪也和顾家俊走动得颇近,这到底怎么回事……邵元任微微一笑:"凤仪,家俊怎么没有来?"

凤仪惊讶地看着邵元任。邵元任似乎很高兴:"家俊的父亲前几天遇见我,还打听你的消息,我看顾家是准备提亲了。"

"这是哪儿的事,"凤仪大惊失色,满面通红地道,"您别乱说。"

"哎呀,这可是大好事,"刘庆生的老婆忙端起酒杯,"邵老板,恭喜恭喜。"

邵元任笑着喝了一杯。刘庆生的老婆还要再说,被刘庆生在桌子下悄悄踢了一脚。原来刘庆生素觉子欣与凤仪之间有些牵扯,唯恐伤了袁子欣的面子,便不许老婆胡说。子欣本就猜度家俊喜欢凤仪,此时邵元任公然提出来,可见都是真的了。他想着顾家是豪门大族,又有杏礼从中撮合,本就占尽了天时地利,但是没有想到,顾家会这么着急。这样一来,自己就连输了好几步了。早知道这样,他就应该早点追求凤仪,就算没有成功,至少他不会留有遗憾。想到这儿,他不禁暗自着恼,默默地坐在一边。

邵元任端起酒杯:"庆生、子欣、美莲、凤仪,你们都是我最亲近的人,也为元泰做了不少事情,我想把元泰拜托给你们,以后,你们要把自己当成元泰真正的主人,元泰就拜托给你们了!"

袁子欣喝下酒,忽然警觉起来:"邵先生,您这样说是什么意思?"

"和兴要增资扩股,我想趁此机会加大股份,以后我会以钢铁业为重，元泰缫丝、电织两个产业就交给你们了。"

袁子欣愣住了："您，真这么想？"

"有什么不对？"邵元任见他欲言又止，笑道，"今天是家宴，有什么想法你可以畅所欲言嘛。"

"和兴现在是很成功，"袁子欣道，"但是很大的原因是因为国外的战争，他们自身的钢铁供不应求（1918年11月11日，第一次世界大战结束），现在只要战争一结束，他们就会把多余的钢铁卖到中国，到时候和兴无论在价格还是质量上，都没有办法和他们竞争。"

"唔……"邵元任笑了笑，"说下去。"

"钢铁制造属于重工业，这不是一个能靠私人力量建设的企业，一时的投机可以，长久的建设恐怕……"袁子欣看着邵元任，他非但没有面露不悦，反而鼓励地看着他，袁子欣吐出一口气："恐怕会失败。"

刘庆生大吃一惊，没想到袁子欣会说出这么煞风景的话。"说得很好。"邵元任笑道，"和兴的事我们改天再谈，今天把酒言欢，不说这些事情了。"

"是的呀，"刘庆生道，"钢铁太重啦，还是葡萄酒轻，"他端起杯子，"我敬大家一杯。"众人笑着举杯畅饮，气氛又融洽起来。袁子欣隐隐感到不安，后悔没有早点与邵元任沟通和兴一事，但他再着急，现在也不便开口了。他只得将心中的忧虑暂压下去，另找机会进言。

晚饭后，刘庆生提出陪邵元任打会麻雀牌，邵元任居然同意了。刘庆生的老婆是个牌迷，美莲在家中也常陪母亲打着玩儿，只有袁子欣和凤仪完全不会。四个人你来我往，打得开心，阿金和小卫在旁斟茶递水，只剩下凤仪陪着袁子欣坐在客厅。凤仪忍不住笑道："我是常常落伍的，袁先生怎么也跟我一样落伍。"

袁子欣看着她笑容可掬的模样，不觉也笑了："你不是有个好老师吗，怎么会落伍？"

"老师?"凤仪道,"不就是你嘛。"

"除了我,你还有一个穿衣打扮的老师。"

"你是说杏礼呀,"凤仪嘟了嘟嘴,"我哪有时间像她那么打扮,她是一分分都不能落后的,上海要说时髦,她要排前三名的。"

袁子欣嘿然一笑。"说说和兴的事吧?"凤仪见他心情好转,乘机道,"为什么说和兴会失败呢?"

"和兴是重工业,和元泰不一样。"

"不明白。"

"如果战争没有结束,和兴还有希望,现在战争结束了,就意味着和兴要和国外的钢铁产业竞争,也就是说,一个私人集资创办的企业,要和实力强大的国家展开竞争,这没有成功的可能性。"

"也许,"凤仪想了想,"会有奇迹呢?!"

"奇迹也要符合逻辑,做商业,有商业的规律,这是科学,"袁子欣道,"不是凭借个人意志就能完成的。"

凤仪皱起了眉头。也真奇怪,袁子欣想,只要她向我请教问题,我们之间就会非常融洽。难道她只把我当成了老师,再无其他想法了……他喝了口茶:"顾家就要提亲了,你高兴吗?"

凤仪吓了一跳:"你不要乱讲,没有的事。"

"顾先生好像很喜欢你?"

凤仪摇摇头:"你听谁说的?"

"他不是经常和你在一起嘛。"

"你也经常和金笔小姐在一起,"凤仪又气又恼,忍不住道,"那你是不是也喜欢人家,想学人家提亲呀。"

听了这话,袁子欣心中一动,不禁仔细打量了她一眼。难道……难道她误会我喜欢康凯蒂……他似笑非笑地抿了抿嘴,"这件事情我正在考虑,怎么样,给你讨一个金笔师娘,好不好?"

凤仪心中一沉，冷笑道："窈窕淑女，君子好逑，老师喜欢也是应该的。"

"老师喜欢没有用，"袁子欣道，"要学生喜欢。"

"笑话，"凤仪道，"我又不要娶老婆，喜不喜欢有什么关系。"

袁子欣见她越生气，心中越是欢喜，假作正色道："你不喜欢金笔小姐？那就找个银笔小姐，要不然铜笔小姐、铁笔小姐也可以，反正，不能是个画画小姐。"

凤仪感到一股无名火直往上冲，心道，这个人真是不知趣，他不喜欢也就算了，居然还要拿我开这种玩笑。她手中恰巧有了杯盖，便顺手一飞，只听砰的一声，那杯盖飞出去老远，在墙角处摔了个粉碎。邵元任等人正玩得高兴，听见声音便叫阿金出来看看，阿金跑到客厅一看，见凤仪若无其事地道："我不小心摔了个杯盖，你赶紧扫了它。"

阿金忙去打扫。子欣没有想到她会这么大反应，不知她是因爱生妒，还是自己开错了玩笑，只觉得场面十分难堪。一时众人都出来了，邵元任道，"今天就散了罢，子欣和庆生明天还要早起。""是呀是呀，"刘庆生等人也打起圆场，"打扰了一个晚上，应该告辞了。"邵元任与凤仪将众人送上车，目送汽车驶出邵府的大门，邵元任这才转过头，看着凤仪："你怎么了？"他和颜悦色地问，"为什么砸东西？"

"我不小心抬了一下手，"凤仪道，"它就自己飞出去了。"

邵元任在院中的长椅坐下，拍了拍身旁的位置，示意凤仪坐下。凤仪看着天上的星星："爸爸，我们从来没有一起在这张椅子上坐过。"

"是吗？"邵元任道，"没有坐过吗？"

"没有。"

"爸爸很少有时间陪你。"

"没有，你很好。"

"自从你长大之后，我最担心的，就是你的感情问题，"邵元任看着凤仪,"我以前不懂女孩子的心思,不知道女人会为了感情的事情这么伤心。后来我就想,以后你长大了千万不要为这种事情伤心,要顺顺利利的,遇见一个合适的人,尽快定下来,然后成家立业、生儿育女,我就放心了。"

"我不要嫁人,"凤仪想到子欣,又伤心又委屈地道,"这样陪着你就很好。"

"这是傻话,"邵元任道,"子欣和家俊,你到底喜欢哪一个?他们两个,到底哪一个更喜欢你?你不是小孩子了,多多少少要懂得把握。爸爸别的事情都能帮你,唯有感情的事,只能靠你自己。"

"家俊不喜欢我,"凤仪道,"子欣也有女朋友,他们都不喜欢我,我也不想嫁人。"

"他们都不喜欢你,"邵元任微微皱起眉,"你能肯定吗?"

"家俊和我在一起,是有苦衷的,"凤仪轻轻叹了口气,"子欣,他喜欢那个金笔小姐。"

邵元任想了想:"你怎么知道他喜欢金笔小姐?"

"他自己说的,"凤仪道,"他还说,如果我不想要金笔师娘,就帮我找个银笔师娘、铜笔师娘、铁笔师娘,就是不找一个画画的师娘……"邵元任不等她说完,呵呵地笑了起来:"你就为这个砸了杯子?!"

"嗯,"凤仪不悦地道,"他喜欢谁是他的事情,干吗拿我打趣。"

邵元任微笑道:"他说这些话之前,有没有打听顾家提亲的事?"

"有,"凤仪想了想,"他问我,顾家提亲我高不高兴。"

"你怎么说的?"

"我说没有这回事。"

邵元任叹了口气,真是个傻女孩,对男人的心思一点都不敏感,还是顺其自然,让袁子欣和她慢慢扯吧。凤仪道:"爸爸,你觉得子欣的话有道理吗?"

"什么话,师娘?"邵元任愣了。

"就是和兴的事,"凤仪道,"您怎么一转眼就忘了?"

邵元任哭笑不得,不知道谁一转眼就忘了,刚刚还在说她感情的事。她这样的性格也好,不会像雅贞那样受折磨。雅贞,他觉得胸口微微发痛,她也太苦了。

"我觉得他说的有道理,"凤仪忧心忡忡,"和兴是重工业,靠个人力量恐怕很难成就。"

邵元任沉默了几秒:"当年孙先生提出驱除鞑虏,恢复中华,是个人力量;你爹爹长年为革命募集资金而奔走,是个人力量;我来上海创办元泰,依然是个人力量;在中国、上海,没有什么不是个人力量。这个国家要靠很多个人力量才能强大,一个国家况且如此,更何况一个企业。"

凤仪听到说到这些,只觉荡气回肠,半响没有言语。邵元任以为她还在担心,道:"子欣说的情况我会考虑,你不用担心。"

"爸爸,"凤仪的脸上露出笑容,"我全力支持你!"

"你支持我就把元泰做好,还有,不要向子欣乱发脾气,什么事都要顺其自然,你忘记了,方先生给你的字里,也有这一条。"

"你放心,我不会把他打跑的,"凤仪娇嗔道,"元泰离不开他嘛,大不了我就把他当成老师,随便他找几个师娘好啦。"

邵元任哈哈笑了。她到底还是个孩子,一时恼了,一时好了。也许只有孩子,才是机敏而勇敢的,人成了年,容易变得懦弱和保守。如果当初把她送出去学画,也许她会活得更快乐更自在吧。但是现在,她已经走上了这条路,就必须面对自己,尽快变得练达和从容。他轻轻拍了拍她,大意是,人生路很长,你慢慢体会吧。

父女俩二人在院中长谈之际,司机已将刘庆生夫妇送回了家,接着向美莲的公寓驶去。子欣住在元泰附近,最后再送他。此时还不算太晚,车窗外不时有霓虹闪过。美莲看着窗外的夜景,想着这次罢工运动的成功,陷入了沉思。子欣偶然间转过头,看着她出神的模样,不禁觉得有些奇怪,虽然她和凤仪同年,但不知为什么,她显得刚毅得多,而且似乎对政治的兴趣,要超过了爱情与时装。

他隐约听说她少年时遭遇过绑架,不知是否是这个原因,让她和凤仪、杏礼等许多上海女孩都不一样。美莲感觉到他在打量自己,转过头,朝他笑了笑。子欣觉得凤仪与她比起来,还有与康凯蒂比起来,显得幼稚与单纯得多,这让他十分担心。生逢乱世之中,虽然她有邵元任的保护,又有自己在她身旁,但是,谁又能保证,他们每一分每一秒都能守护着她。看来,她得快点长大,要长得非常非常强大。子欣叹了口气。忽听美莲道:"我认识她七年了,还是第一次看见她摔东西。"

袁子欣微微一凛,他佯装轻松道:"呵呵,那她可真是个淑女。"

美莲没有回答,慢慢将头转向了窗外。顾家俊似乎不是全身心喜欢凤仪,袁子欣又和金笔小姐牵扯不清,这世上最骗人的莫过于爱情。她对着夜幕冷笑,心底滑过一道残酷的快感。不管是谁,对她表示怎样的好感,做怎样的事情,她发誓永远不堕入爱情苦海,不再受它欺侮玩弄。

第九章

秋天的时候，法租界的梧桐树叶开始发黄了。美莲每天清晨，都要离开租界，前往南市。她坐在拥挤的电车上，到丝织厂附近的车站下车，再行到德昌堂。她的风景，是在繁华与贫穷、优美与窘困之间转换的。但是美莲更热爱贫苦的景色，尤其接近丝厂时，女工们常常八个人一排坐在一辆小独轮车上，由一个推车的男人，用力地推着她们前进。风微微吹过她们的脸庞。她们有的皱着眉头，有的聊着天，有的发出哈哈大笑。美莲觉得，这就是实实在在的生活，要不停地努力地活下去，不停地努力再努力。她现在常穿布衣裳，头发也剪成了女工式的短发。

如果不是液仙在德兴馆的那场聚会，引来一个奇怪又固执的男人，美莲对现在的生活，几乎能用满意这个词来形容了。而且，他的造访，也成了德昌堂人所皆知的一道"风景"。

这天晚上，美莲照例准备上课，杨四给她端进一杯茶来。"俺看那个人晚上还会来，"杨四姐嘻嘻笑道，"金老师，这小伙子天天在这儿站街，够可怜的。"

"板凳准备好了吗？"美莲道，"你再烧点水，等会上课的时候放在门边，谁想喝都可以喝一点。"

"这姑娘大了总要嫁人的，"杨四道，"俺那个老头虽说是个熊包，可总有个男人和帮着俺一起过日子，金老师，你是大家闺秀，肯定看不上那个小伙子，不过，俺看他是个老实人，你要是实在不喜欢他，和他说说，别让他来了，趁早让他断了念头。"

美莲眉头一皱："我又没有让他来，能和他说什么？"

"话不能这么说，"杨四道，"他来找你，是你俩的缘分，你不愿意，不得和他说清楚，你们有文化的人怎么说的，叫解铃还得系铃人。"

"这铃是他自己系的，让解，让他自己解吧。"

"这到哪一天，"杨四道，"你看这天，越来越冷了，回头再把他冻着。"

"冻坏了自然不来了，"美莲道，"赶紧烧水吧，一会儿上课了。"美莲打发四姐出了办公室，打开教案准备了起来。一会儿，上课铃声响了，美莲照例走进教室，女工们已经齐齐地等在课堂里了。她们工作了一天，无不疲惫万分，还有一些缫丝厂的女工，个个努力瞪起血红的眼睛，来听免费的课程。美莲每次见到她们，都会觉得有一种复杂的感动和迫切的欲望。当租界的少奶奶们，每天除了打牌逛街，就是休闲娱乐，还要抱怨头痛腰痛、老公不疼自己的时候。这些女人们，要凭着自己的身体和双手，为自己和家人挣出一点饭钱与房租。美莲把她知道的都教给她们，让她们凭借知识，在上海能活下去，活得更好一点。

女工们看见美莲，脸上露出了奇怪的笑容。整整一个夏天，那个每天夜晚等在德昌堂门外的男人，给女工们的生活增添了美妙的滋味。她们会在下课后，路过他身边时打量他：窃窃私语，哈哈大笑。她们都知道他是来等金老师的。她们也想知道，事情会变成什么样子。

美莲对她们的表情心知肚明，脸上却佯装不知。她立即开始讲课，女工们也赶紧听了起来。一个时辰后，下课铃声响了，女工们匆匆地离开了

— 189 —

德昌堂,她们还得赶回家去,有的人还要走很远的路。美莲回到办公室,收拾了一会儿,却听得外面淅淅沥沥地下起了雨来。南方的雨,春雨多情秋雨缠绵,这雨一下起来,便又密又细。美莲朝窗外望去,见灯光中的雨丝像线一般密密地布满天空,朝一个方向斜下去。她不由打了个寒战,到底秋天了,真是冷啊。

"金老师,"杨四提着一把伞走进来,发梢裤脚全滴着水,"你快去看看吧,那傻子还站在那儿,俺劝了他半天了也不听。"

美莲迟疑了一下。杨四急道:"他又不是坏人,你不是说,他是什么方老板的朋友吗,把他淋坏了,不是也对不住方老板吗。"

美莲这才接过雨伞,走出了德昌堂。雨丝稠密之中,汪道德孤零零地站在小街对面。天气如此之凉,他还只穿着一件单衣。衣服不知哪儿来的,又大又长,下摆挂在屁股后边,显得他越发地单薄。

"汪先生,"美莲把伞举过他的头顶,替他挡着一点雨丝,"你快回去吧,这伞给你,你以后不要来了。"

汪道德固执地站着,一动不动。"我不会嫁人,也不想嫁人,请你尊重我,也尊重你自己。"美莲说完,将伞塞进他的手里,转身进了德昌堂。汪道德呆呆地举着伞,又站了良久,这才发现美莲已经不见了。他嗅了嗅鼻子,觉得又饿又冷,便迈开步子朝化工社走去。到底能用什么样的办法可以使蚊香点燃后不断呢……每天这样来回,他在路上要走一小时四十分钟,在德昌堂门外,他一般站一个小时,也就是说,他每天有一百六十分钟时间可以进行心算,而且,他还可以远远望着美莲教室的灯光。他一边大步往回走,一边觉得无比幸福:这真是一个美妙的旅程啊!

这是上海一个普通的秋季雨夜,但是邵元任却彻夜难眠。

和兴之事果真被袁子欣说中了,这才几个月的时间,洋人就把他们停战后用不完的钢材全部卖到了中国。他们的钢材质量又好,价格比和兴的成本价还要低十几两银子。和兴眨眼之间,就从大赢利转为大亏损,不得已宣布了停产,邵元任也从和兴的办公室搬回了家。

难道,真的像袁子欣说的,个人力量不能插足重工业?邵元任喝着茶,默默思量着,什么商业规律,这都是洋人的东西,中国人只讲天人合一,讲尽人事听天命。和兴远没有到放弃的时候。这些天陆伯鸿等人正在筹集资金,要修建更大的熔炉。只要我们的大熔炉建起来,我们就可以生产更好的钢材,价格也更便宜。到时候一定可以胜过洋人。想到这儿,邵元任看着书桌上的协议书,拿起笔,签上了自己的名字。

他吐出一口气,感到一丝轻松。字签完了,现在就要通知刘庆生和袁子欣了。刘庆生他不担心,袁子欣恐怕不会赞成自己这么做。

他决定先去缫丝厂,再去电织厂。这时已天光微明,邵元任吃了早餐,又喝了杯浓茶,坐车到了缫丝厂。刘庆生听邵元任说了之后,并无什么意见。一来他信任邵元任,二来邵元任拿走的,都是产业股东的钱,只要不太影响缫丝厂的资金运转,他认为自己无权干涉。邵元任在缫丝厂休息片刻,又赶往了电织厂。袁子欣听后大惊失色。他从不认为邵元任是个固执的人,但在和兴问题上,他不明白,邵元任为什么不肯从实际出发来看待这个问题。

"邵先生,现在国外的钢材就正在向中国倾销,如果再向和兴投入资金,根本就不值得。您是企业的最高决策人,如果您的决策失误,元泰会受到很大的影响,和兴会把元泰所有的利润,甚至成本都源源不断地吸走。"

邵元任微笑道:"我让财务部做了调查,目前我想要投入和兴的利润,不会影响元泰的正常运转。"

"但是元泰的资金链会变得很薄弱,"袁子欣道,"和兴真的不值得再投入了。"

"子欣,"邵元任道,"人生很多时候都是冒险,我来上海是冒险,开办丝织厂、电织厂是冒险。我喜欢冒险,它不仅仅是目的,也是一种感情,和一种人生。就像我对你,你是电织厂的经理,也是我的朋友、助手。我希望你支持我、信任我,就像我支持你、信任你。这样吧,我把电织厂交给你,你可不可以把建设和兴的任务交给我?"

"Whatever."子欣不觉讲了句英文。他见邵元任毫无老板姿态,既像一个畅谈理想的朋友,又像一个渴望得到鼓励的长辈,不禁暗自动容。没有什么可说的了,邵元任给了他成功的机会,而且,他所拿走的钱完全属于产业股东所有,他没理由阻止什么:"无论您做什么,我都会支持您,"他站起身,恭敬地道,"我会按时把您要的资金准备好。"

"好!"邵元任欣慰地点点头,二人沉默了几秒,邵元任问:"你最近还给凤仪上课吗?"

"她说她已经毕业了,"袁子欣一想自从上次杯子事件后,凤仪对自己就有意疏远,甚至连课也不怎么上了,便无可奈何地道,"看来,我只能教她这么多了。"

邵元任微微一笑:"听说你在帮金笔小姐创业?"

"是啊,在中国,还很少有女孩子有创业的想法,"袁子欣道,"她很有才干,我愿意帮助她,而且我觉得,金笔厂是一个有投资价值的好事情。"

邵元任点点头:"这位康小姐出身贫寒,却颇为上进,听说她十几岁就女扮男装,在上海绸缎庄和票号都打过零工,当初考先施百货的时候,也是全上海第一名。凤仪和她相比,恐怕要学的实在太多了。她这个当学生的不懂事,你这个当老师的,可不能轻易放弃。"

袁子欣听他对康凯蒂的过去如数家珍,不禁惊讶地看着他。邵元任笑了笑,站起身:"我要走了,你还有很多工作。"袁子欣忙送他离开。邵元任出了办公室大门,不由叹了口气。康凯蒂可不是等闲之辈,这样的女孩,只要让她嗅到一点点幸福的滋味,她就会紧紧抓住。子欣目前虽然没

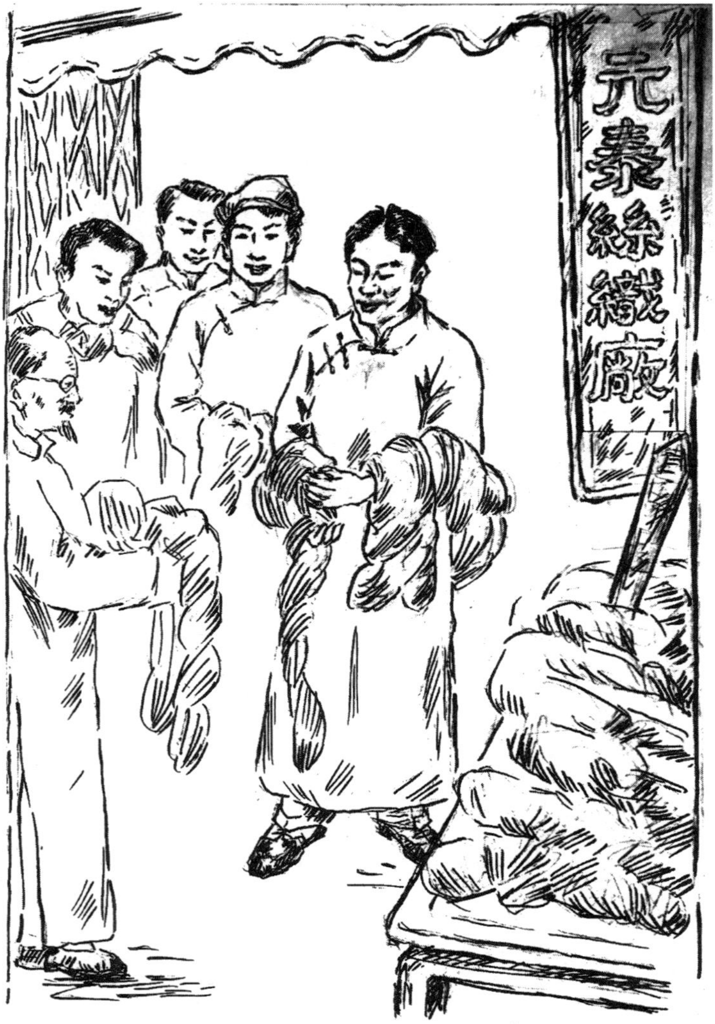
元泰絲織廠

有什么家产，但以他的天资和才能，日后一定能发达。如果这个女孩真的有眼光，就会牢牢地把握子欣。而凤仪，还在她的两个世界里折腾。再过一个月，她就要过二十岁的生日了，这个年龄，完完全全可以谈婚论嫁了。可她对袁子欣不冷不热，对家俊，也不是那么有心。邵元任想着这些凤仪的终身大事，觉得十分烦恼。

这几个年轻人，除了杏礼出嫁了，还正常一点，其他几个，美莲是宣布单身，凤仪是没有状况，子欣和金笔小姐扯不清，还有那个汪道德，天天守在德昌堂门口。要不是看他是液仙的朋友，又对美莲一往情深，他恨不能找人把他扔出南市。唉，美莲有过那样的经历，如果有人能慢慢感化她，倒也不是件坏事。

邵元任不禁摇摇头，考虑他们的情感问题，还不如考虑和兴来得轻松愉快。由他们去吧，时代不同了，像雅贞这样的女孩，只怕再也找不到了。

且不说邵元任如何投入到和兴的重建工作，袁子欣如何帮助康凯蒂创立自己的事业，汪道德如何每天在化工社与德昌堂的路上往返，方液仙如何对他的表现保持沉默，并利用白天的时间和他一起研制蚊香制造工艺。只说这场雨，真是一场缠绵不断的秋雨，滴滴答答淅淅沥沥地下了半个多月，把上海裹在一团湿润冰冷的潮气中。这样的天气，如不强迫自己动起来，只静坐在一个地方，只怕身上就要发霉，长出绿色的菌来了。

凤仪现在就是这种感觉。电织厂与缫丝厂运转平稳，朋友们都忙着各自的事情，就连袁子欣，也因为康凯蒂的事情，经常几天不能碰面。她站在窗前，望着落雨的灰蒙蒙的天空，感觉心情像这天气一般。子欣和金笔小姐的流言越传越盛，他也说正帮她筹办一个金笔加工厂。凤仪现在有点能理解雅贞姑姑了，为情所困真的很烦恼，不见子欣吧，她很想念他，见到他吧，又会想起他和金笔小姐。他们看起来那么般配……

威德女中的同学们，大都谈婚论嫁，做了少奶奶。美莲现在有汪道德追求,杏礼反正衣食无忧,每天想着做衣服买首饰。只有自己,连一次恋爱也没有谈过。凤仪觉得自己被世界遗忘了,或者,被爱情遗忘了。她的世界里,除了绘画,还是只有绘画。

　　她胡思乱想了一会儿,听见了下班的铃声。百无聊赖之下,她又去了小教堂。她打开画室的门,开了灯,静静地坐在沙发上。在这个现实的世界晃了三年,好像也没有什么特别之处,当时她为什么要这么固执,不去欧洲游学呢?那可是全世界艺术家都向往的地方,有迷人的咖啡馆,充满优雅情调的街道,还有无数的美术馆、博物馆……也许神父是对的,弯曲的路才是正确的路,她当年应该听他的劝告,去欧洲,或者至少坐在上海美术学院的课堂里,和大家一起画画。

　　她打开画板,想画又不想画,磨蹭了一会儿,索性一个人打着伞去街上闲晃。也不知走了多久,她看见两个熟悉的身影进了一家专做女式西服的服装店。她撑着雨伞,略略挡住自己的脸,悄悄靠了过去。只见吊灯灯光将如玉的脸照得分外洁白,两条黑细的眉毛一直挑到了太阳穴。她一边选料子,一边轻轻扭动着腰肢。李威穿着闪闪发亮的缎子衣服,嘴里叼着一支雪茄,就像个发了财的大财主。一只手还在下面不停地摸着如玉的屁股。

　　凤仪不想再看,转身离开了。这事没有一点风声,看来李威并不想让人知道。李威叔叔为什么要喜欢如玉呢,凤仪有点担心,可转念一想,凭李威的本事,对付如玉应该不是问题吧。再说感情的事,只要他喜欢就好。她想起在凤凰阁,第一次见到如玉时,李威就问起了她的名字,也许从那个时候起,他就挺喜欢她了。凤仪又逛了一会儿,实在也没有什么兴致,只好回了家。她一进邵府小院,阿金就迎了上来:"小姐回来了,老爷也回来了,他说在家吃晚饭。"

　　"哦,"凤仪有点惊喜,"那好啊,晚上叫厨房多做两个素菜。"她进了大厅,走到邵元任的书房门前,轻轻敲了敲。邵元任叫了声"进来",

她推开门,邵元任道:"这么晚才下班?"

"我去画室了,"凤仪笑道,"爸爸今天这么早?"

"我有个消息要告诉你,"邵元任示意她关上门,低声道,"中华革命党改名为中国国民党了。听说南方又要大有作为了。"

凤仪懒懒地点点头。邵元任又道:"还有件事,方先生要回上海了。"

凤仪一愣:"你说什么?"

"方先生要回来了。"

凤仪激动地站了起来:"这是真的?爹爹真要回来了?"

"真的。"邵元任道。

"那哥哥,哥哥回来吗?"

"回来。"

"什么时候?"

"两个月之后。"

"两个月,"凤仪掐着手指头一算,"那就是十二月了!爸爸,是月头、月中、月尾?他们是不是要赶回来给我过二十岁生日?"

邵元任含糊地点点头,不再多说了。方先生的病已经很重了,这次秘密地回上海,是寄希望上海的医疗条件比较好,能让他再多活一段时间。如果他们能赶上凤仪的生日,凤仪一定会非常高兴,但是如果她发现他的病情严重,恐怕这个生日也不会有什么心情了。

凤仪不知其中隐情,对这个天大的好消息是又惊又喜。凤仪的生日本在十一月,美莲的在十二月,邵元任为了尊重美莲,便依着美莲的日子,将二人生日宴会定在了十二月二十日。

就在凤仪迫不及待等待着父亲与哥哥的归来时,元泰的缫丝、电织两厂的资金源源不断地流入到了和兴的账户上。袁子欣为此忧心不已。他提议由刘庆生、凤仪和他组成一个小组,在每周六下午增开一次碰头会,随时沟通问题、解决问题。

由于缫丝、电织两厂的管理基本分开，所以一开始，并没有什么实质性的讨论内容。刘庆生既没有反对开会，也没有什么热忱。而凤仪又是欢喜又是烦恼，她高兴又多了一个和子欣相见的机会，烦恼的是，子欣除了关心商业，对其他都漠不关心，包括她的二十岁生日。而这是她多么重大的一个生日啊。她想请所有的人参加，有爸爸、美莲、杏礼、液仙、子欣、家俊等等，等等，如果爸爸与父亲同意，她还想把父亲与哥哥，都介绍给她认识的每一个人。她一直想告诉大家，她有一个多么值得骄傲、值得崇敬的父亲。他终于能有机会，和她一起度过一个女孩子最大的生日。

她请家俊帮忙，陪她买一套漂亮的衣裳，又请杏礼看看，是不是要买件漂亮的首饰，自己一套，再送美莲一套。又忙着饭店的菜单，定宴会上的乐队与乐曲。又想着多年不见父亲与哥哥，她现在长大成人了，能挣到自己的钱了，应该给他们买份厚礼。她又不知道二人衣裳尺寸，也不知脚的大小，思来想去，在一家钟表行给二人订了两块漂亮的手表，忙得不亦乐乎。

这天，凤仪因和顾家俊去试衣服，开会时迟到了。她来到元泰电织厂，推开办公室大门，一股浓烈的烟味呛得她立即咳嗽起来。"刘经理，"凤仪推开窗户，"怎么抽这么多烟？"

刘庆生唉声叹气，沉默不语。袁子欣也表情凝重，凤仪心中一沉："出什么事了？"

"我签了一个单子！"刘庆生无精打采地道。

"签了单子，"凤仪笑了，"这是好事情啊！"

刘庆生长叹一声，沉默不语。

凤仪看着子欣："他到底怎么了？"

"他签了一个大单子！"

"我知道啊，"凤仪问，"这是好事情，为什么要这样？"

"单子没有问题，"子欣道，"是别人出了问题。"

"什么?"

"小姐,"刘庆生道,"你还记得三井株式会社吗?"

"记得,"凤仪道,"他们不是前年才来上海的?"

"可是他们发展得很快,"子欣道,"这笔单子就是从他们手上抢过来的。"

凤仪看着刘庆生:"你是不是为了抢单,低过了成本价?这不可能吧?"

"当然不可能,"刘庆生道,"不过,现在恐怕要可能了。"

"为什么?"

"我们去无锡收购蚕茧的人回信说,日本人在当地哄抬蚕茧价格,我们原来的钱,只能买现在三分之二的蚕茧。"

凤仪一愣,扑哧一声笑了:"刘经理,你莫乱说,日本人疯了不成?"

刘庆生与袁子欣没有说话。凤仪道:"你们想一想,这不是杀敌一千,自伤八百吗?他们这样哄抬价格对他们有什么好处?大不了,我们就高价收购,做一笔赔钱的买卖。可我们买来的高价蚕茧,至少还能卖出去,他们收了这么多,他们怎么办?难不成烂在家里,不还是要赔钱往外卖嘛。"

"话是这样说没错,可眼下!"刘庆生跺了跺脚,"我是不应该答应邵老板啊!"

"爸爸?!"凤仪奇道,"这事和他有什么关系?"

"听我说凤仪,"子欣道,"我们现在缫丝与电织两厂的大部分资金,都抽给了和兴,就是说,我们的资金链非常非常紧张,这笔单子在之前,是没有什么关系,但是现在,就有可能引起破产。"

"破产?!"凤仪吓了一跳:"有那么严重吗?"

"有。"袁子欣道。

凤仪不能置信地看着刘庆生,刘庆生点了点头。

"这不可能,"凤仪道,"一笔单子会引起企业破产?"

— 197 —

"这笔单子的订货量相当大,本来流动资金就有点跟不上,加上金元蚕茧的收购量非常有限,日本再一哄抬价格,赔这么大一笔买卖,"刘庆生伸手擦了擦额上的冷汗,"恐怕,真的会做不下去了。"

"那怎么办?"凤仪问。

"你觉得呢?"袁子欣看着她,问。

"能不能让爸爸从和兴挪部分资金回来?"

"已经问过了,"刘庆生道,"和兴现在的资金比我们还紧张,钱一到账就用出去了。"

"那从银行借呢?"

"恐怕很难,"袁子欣道,"时间太短了。"

"那我还有一个办法。"凤仪思量片刻,道:"我们就找人去借。"

"谁肯借这么一大笔钱?"刘庆生看了凤仪一眼,凤仪也看着他。两个人同时想到了,刘庆生顿时面露喜色:"行啊,这事只要邵老板出个面,就一定能解决。"

"你们在说谁?"子欣奇怪地问。

"凤凰阁的李老板,"刘庆生道,"他是邵老板多年的朋友,这个忙他一定会帮的。"

子欣一愣,看着凤仪,凤仪也面带微笑。子欣道:"我听说,他是做那种生意的。"

"我们借钱嘛,"刘庆生道,"你管人家做什么生意。"

"数目这么大?"袁子欣道:"能行吗?"

"只要邵老板出面一定行,"刘庆生道,"我们别在这儿商量了,赶紧去找邵老板吧。"

三个人出了门,坐车来到了和兴。邵元任听后并没有大吃一惊,他让他们坐下来,又喝了茶定了心神,方道:"这事我已经听说了,我问你们,缫丝、电织两家工厂,知道在向和兴抽调资金的,一共有几个人?"

"我的财务部只有两个人。"袁子欣道。

"我的是三个人，"刘庆生道，"那两个是跟了我多年的老财务，还有一个是邵焕英，那也是您的亲堂弟。"

"邵先生，"袁子欣道，"你的意思是日本人在我们的企业有商业间谍？"

"这些小日本，"刘庆生恨道，"难怪他们下手下得这么快，原来是有内奸。"

"我的财务部门应该问题不大，"子欣道，"我抽调资金的时候，只是说调用我们的资金，马上就会还，而且，我说这些资金有和兴股东的房产做抵押，随时都可以把钱拿回来。"

"哦，"刘庆生闻言一喜，"真的吗？那还有救啊。"

"哪里有什么抵押，"袁子欣苦笑道，"我是怕财务漏了消息，引来麻烦。"

"子欣考虑得很周详，"邵元任道，"为今之计，不是去想办法弄钱，而是想办法让日本以为，我们解决了资金问题，这样一来，他们就会停止哄抬价格。"

"对，"子欣道，"毕竟这样对他们也有损失。"

"爸爸，"凤仪道，"你已经想到办法了？"

"我们在元泰搞个增资扩股大会，"邵元任道，"宣布凤凰阁成为我们的股东，另外，叫李威拿笔钱，在账上放一段时间。"

"邵老板，"刘庆生又惊又喜，"你这招实在太高了，有了李老板当我们元泰的股东，那我们很多事情，就好办多了。"

"我觉得不好，"袁子欣果断地道，"工厂是企业，企业是要讲管理制度的，现在缫丝厂的用工改革，刚刚好转一点，如果让李老板入股元泰，那么以后工厂的管理建设，还有执行，恐怕都会带来很多麻烦。"

"袁经理，"刘庆生道，"你这样说就多虑了，他不过是个股东，股东都要为了自己的企业说话办事,怎么会妨碍我们管理,还有,青帮用工,那是上海缫丝厂的传统,又不是我们元泰一家这样。依我看,日本这次敢这样,和你的改革也有很大关系。不要说别的,我们的金元成本,就是比原来要高。再者说,这里是上海,没有人帮忙,我们也活不下去。"

"刘经理,"袁子欣道,"企业都是需要发展的,你说的情况是存在,但它不可能长期存在,只会在某个特定的历史阶段,你看看国外,哪一家企业不是依赖良好的企业制度才能发展壮大,我们做企业,要有长远的眼光,不能只看到眼下。"

"长远?"刘庆生道,"长远就没有我们了,现在日本人盯得这么紧,又收买内奸,又哄抬价格,如果没有有本事的人撑着,我们哪还有长远。袁经理,你说的都是洋人的理,不是我们中国人的理。"

"好了,"邵元任摆摆手,"你们不要再争了,你们说的都有道理。"

"邵先生,"子欣道,"不是我袁子欣讲原则,不懂变通,有些事情,恐怕要三思而后行。"

"我们现在只是一时资金紧张,不需要真正的增资扩股,"邵元任道。"所以让凤凰阁装装门面,哄过日本人就行了。至于是不是要他们入股,我们以后再说。"

袁子欣宽下心来,他见刘庆生沉默不语,忙道:"刘经理,毕竟你在上海做生意的时间长,考虑得比较实际,我以后还要和你多多学习。"

刘庆生忙笑了笑:"哪儿的话,我还要多向袁经理请教。"

"你们不要忙着客气。"邵元任道。袁子欣道:"三井本来还不足惧,现在看起来,他们不仅发展得快,手段也很非常。日本人一向自恃在上海有租界,做事情横行霸道,如果被他们盯上了元泰,我们就要处处小心。"

"庆生,"邵元任又道,"你回到元泰之后,只管不动声色地准备高价收购蚕茧,如果有人问,你就说有人要向缫丝厂增资扩股,我们有了一大笔资金。其他不要多谈。至于内奸的事情,你们就不要再管了,我自然会查出来。"

"邵先生顾虑得是,"子欣道,"我看日本人不会蠢到相信,哄抬一次价格就能拖垮元泰,这恐怕只是一个开始。"

"邵先生,"刘庆生道,"那既然三井不好对付,干脆让李老板他们入股进来就是了。"

"这个事情我会考虑,"邵元任道,"不过,还没到时候。"

三个人见商议已定,邵元任还有工作,只得告辞而出。刚一出门,刘庆生便埋怨道:"袁经理,你的现代制度在电织厂建就可以了,干吗反对李老板入股我们缫丝厂。"

"刘经理,"袁子欣耐心地道,"我是为你担心,我们中国不是有句古话,叫请神容易送神难,如果李老板进了元泰,你觉得你还能真正管理一家企业吗?"

"他再怎么样,也需要人帮他赚钱,"刘庆生摇摇头,"子欣,不是我年长几岁就来说你,你这个张口现代、闭口规律的毛病也要改一改了,这是中国上海,不是美国纽约。你在这里做生意,得跟邵老板学才行啊。"

袁子欣笑了笑:"你说得对,以后我一定注意。"

刘庆生嘀嘀咕咕唉声叹气地一个人回了缫丝厂。凤仪见子欣神情落寞,轻声安慰道:"你不用介意刘经理,他只能理解他的世界。"

子欣无可奈何地笑了笑,他看着凤仪,忽然道:"我现在真的能理解你说的两个世界了。"

"是吗?"

"是的,"子欣道,"我既不在西方世界,也不在东方世界。"

凤仪笑了:"那你在哪儿?"

子欣也笑了:"我在寻找世界的路上。"

十天之后,元泰缫丝厂举行了盛大的增资扩股的庆祝会。会场设在丝厂的会议室,二十几名中层管理人员全部到会,袁子欣和电织厂的几位管理人员也接到了邀请。这个颇有来头的财神爷对元泰缫丝厂来说并不陌生,不少在丝厂工作多年的老员工,和李威都曾经是同事,还有许多控制工人的工头,都是青帮弟子,辈分都在李威之下。

子欣听凤仪说过,这位凤凰阁的老板,在她小时候经常开车送她上学,对她很是关心。不过,他还从来没有见过这个人,也很少听邵元任提起他。不过,袁子欣暗想,这会不会就是邵元任另一种势力的一部分呢?他带着电织厂的管理人员迈进会场,就看见凤仪和一个三十多岁的男人正言谈甚欢,这个人个子不高,皮肤白皙,如果不是一身短打的绸缎服装,胸前一条金灿灿的表链,手指上闪烁的大克拉钻戒,还有一件非常滑稽的黑色披风,真的很难把他和黑帮老大联系在一起。

"子欣,"凤仪招手让他过去,笑容可掬地介绍道,"这就是我和你提过的李威叔叔。"

"李老板。"袁子欣伸出手,与李威握了握。李威的手劲非常大,握时也非常有力。子欣客气地回握了一下,笑了笑,收回了手。李威微笑着看着他。早在他教凤仪上课的时候,他把他的底细查了个清楚,而且连他怎么炒化铁厂的订单、怎么和金笔小姐交往,他都心中有数。

袁子欣哪里想到,李威对自己的生平为人,以及各段时间的表现,都了解三分,还以为是初次相见。他见满场之中,除了邵元任和凤仪,谁都对李威毕恭毕敬,畏惧三分,不禁大为感触。他暗想,李威操纵的世界是他永远不想介入的:杀人越货、贩毒聚赌,他第一次对邵元任产生了某种奇异的联想。能掌握李威和这种世界的人,一定有些他无法理解的内容。或许,就是这样的内容,才会让这样的一些人,从不在乎什么制度、什么规律,他们会不惜一切代价,不择手段完成任务、达成目标。

李威见子欣小心地与自己保持距离,不禁暗自冷笑。他知道,袁子欣不可能成为他的朋友。他和凤仪一样,天生就有点运气,他们可以生活安定，不缺吃穿，能见世面受教育，靠正常的手段在社会上谋生。而他今天得到的，全得靠自己的努力。他不禁觉得有点自卑，同时又深为自己骄傲。他见邵焕英坐在邵元任身边，便和众人略略打个招呼，也到邵元任身边坐了下来。

"李老板，"邵焕英点头哈腰地道，"这次要多谢你啦。"

"谢我什么，"李威微微一笑，"投资元泰缫丝厂可是只赚不赔的好买卖。"

"那是那是，"邵焕英道，"凤凰阁的生意最近好不?"

李威心想，我正愁找不到话，你倒自己送上门来。他阴阴地一笑，道:"最近我的生意好得不行，哎，邵老哥，我还有事请你帮忙呢!"

"我?"邵焕英赶紧道，"李老板有什么吩咐直管说，什么帮忙不帮忙，都是一家人。"

"我最近有笔大买卖，赚头大得很，你也知道，我是个粗人，不懂什么财务，想请你过去帮我一段时间，"李威笑道，"到时候少不了你邵老哥的好处。"

邵焕英的脸唰地白了!调到他去凤凰阁，他看了看邵元任，邵元任面无表情。邵焕英勉强笑道:"这……这是从何说起，我，我不太懂茶楼的账。"

"哪儿的账不是账，"李威把脸一沉，"怎么，邵老哥看不起我?"

"不不不，"邵焕英连忙摆手，"我是怕元任那儿不好说。"

"邵先生就在这儿，"李威笑了笑，"他一定会同意的。"邵元任也笑了:"焕英，凤凰阁现在是元泰的股东，你就当为元泰出力，去帮他一段时间。现在是他请你，你开个高价，我保证他不敢少付一毛钱。"

"哎呀堂哥，"邵焕英急忙朝邵元任身边凑了凑，"这不是钱的事情，我在元泰做得好好的，这，这不合适。"

"邵老哥，"李威道，"你只是去一段时间，等生意忙完了再回来。"

"是啊，"邵元任道，"就算他留你我也舍不得，我老家的兄弟只有你一个人在我身边，少了你，我连说几句家乡话的人都找不到了。"

邵焕英见二人一唱一和，更加惊魂不定，他一直听到邵元任最后那句话，这才心定了一些，勉强点了点头。

会议喜气洋洋地结束了。刘庆生悬着的心放下了一半。最近几次谈买卖，都被三井的人从中搅和，卖价低了不少。这以后赚钱，是越来越难了。刘庆生心事重重地跟在众人后面，把李威送出工厂。袁子欣见厂门外有几十个男人，一律身着短打，沿厂门两边排得整整齐齐，纹丝不动地站着。他感到这些人有些眼熟，定睛一看，似乎都是元泰缫丝、电织厂的工头和管理人员。他大吃一惊，低声询问凤仪："他们这是干什么？"

"他们可能都是青帮的弟子，"凤仪悄声道，"是来拜送李威叔叔的。"

袁子欣惊诧不已。这大约就是罢工时，元泰工人能如期返工的原因了。他建立起的电织厂，原来和缫丝厂和上海滩一样，都暗藏着另一种智慧和知识。他穿过这些熟悉的面孔，感到自己被他们抛弃在外，甚至是嘲笑和愚弄了。子欣突然感到前所未有的沮丧与孤独。

刘庆生也望着这些面孔。经过这几年的改革，元泰逐渐脱离了传统的用工制度，不要说生丝业，在整个上海纺织业中，元泰的工人福利也是数一数二的。但现在看起来，还是老制度好，只要厂主把眼睛一闭，工头们就能把工人变成机器，可以不停机地永远运转。他们没有奖金工资和休息日，只要不死就可以工作，一直工作到死。

他从十四岁就这样生活，不也一步一步爬上来了。现在的工人如此娇贵，累了要休息，加班要奖金，这简直就是浪费成本，浪费金钱。如果缫丝厂再这样下去，只怕成本会越来越高，那真的离破产不远了。这可是他辛辛苦苦经营了半辈子的事业，刘庆生暗自盘算，无论如何不能由着袁子欣的性子来，要尽快找邵老板"吹风"，恢复老制度。他袁子欣要改，尽可以到电织厂去折腾，不要多管缫丝厂的闲事。

第 十 章

凤凰阁的"入资",虽然令三井株式会社停止了蚕茧价格的哄抬,但这一次订单的成本,已经涨到了历史最高位。元泰缫丝厂的资金链,已到了一触即断的危险境遇。刘庆生苦求邵元任,让他恢复老的用工制度,继续由帮会管理工人。

邵元任何尝不知,用工制度的改革,提高了缫丝厂的成本。而且缫丝行业与电织行业不同,电织是新生事物,而缫丝在上海已发展多年,激烈的市场竞争已使利润十分微薄。在和兴、电织、缫丝三厂经营良好的前提下,改革用工也是件好事。但现在,和兴摇摇欲坠,缫丝危在旦夕,电织也只是个新工厂,而且,失去了帮会的控制,自由工人越来越多,一旦再有罢工等事件,工厂就会陷入失控的局面。邵元任思前想后,决定同意刘庆生的建议,元泰缫丝厂全面还工于青帮。

顷刻之间,缫丝厂取消了工资与奖金制度,工钱仍由财务部直接发给帮会工头,由工头发给工人。而工头,必须保证工人在规定时间完成生产。除了技术熟练的上百名自由工人得以继续沿用,其他技术一般的工人们,全部遭到开除。工头们也立即将各地农村的女人和儿童,源源不断地重新输送进工厂。这些人一进厂就过着与世隔绝的生活,每天除了工作还是工作。他们不仅是生产机器,也是工头的赚钱机器。他们得到的生活供给十分有限,即使病了,也不允许治疗和休息。看着一批一批的老工人被迫离开工厂,新工人过着没有保障的生活,美莲心中燃烧着怒火。她几次和刘庆生交涉未果,决定去找邵元任谈一谈。

邵元任早料到,她会来找自己。他温和地替她泡茶,听她说完工人们痛苦的遭遇。等她说完之后,情绪稍稍平复一些。他才道:"工人们这样,我也很心痛,但我只是产业股东,不是营业股东,刘经理的决定我也不能多加干涉。"

"邵叔叔,您不是一直支持用工改革吗?"美莲忍耐地道:"没有您的支持,改革不会完成,同样地,没有您的支持,还工青帮也不可能这么容易。"

"美莲,我们做事情都想做得十全十美,"邵元任道,"但是你知道吗?这世界最难的,就是十全十美。缫丝厂现在困难重重,如果按照理想的制度用工,工厂就很难保证利润,甚至有可能破产。难道我们希望工厂破产,让工人们全部失业吗?"

"可是现在用工改革,不仅仅是元泰一家?"

"是,可是大部分缫丝厂,还在沿用过去的用工制度,因为只有这样,用工成本才能降到最低。如果元泰经营良好,我也愿意让工人过得舒服一些,但是现在这个情况,我再舍本逐末,就会让工厂关门。"

"难道,"美莲冷冷地道,"我们还不如日本人吗?"

"你说什么?"邵元任眉头一皱。

"我听说日本在上海的工厂,全部是采用的合理的用工制度,工厂设有工资和奖金,工人们也有休息日。尤其是三井株式会社,他们的用工制度是最合理的。"

"呵呵,"邵元任冷笑一声,"不错,他们是可以这么做,但是我们不行。"

美莲脸色一变："您说什么？"

"他们当然能这么做，"邵元任冷冰冰地道，"这些日本企业在开中国工厂，谁敢多管他们的事？谁敢和他们面对面地竞争？他们就是一把火把我元泰烧了，谁又敢去抓他们？这里虽然是中国上海，更是人家的日本租界！"邵元任的声音越来越高："他们，在我们的国家，却比我们享有特权！我们这些企业，是踩着钢丝和他们竞争，可人家，那是脚踏实地！"

美莲第一次看见邵元任如此激动，不禁目瞪口呆。邵元任字字句句，都敲打在她的心上。是啊，国之不国，商业竞争又何来平等可言？

"你知道我一向支持用工改革，希望工人可以活得好，"邵元任缓缓地道，"但是现在，邵叔叔真的没有办法。我知道你心疼工人，邵叔叔只能向你保证，我会努力建设和兴，只要和兴能有盈利，电织厂的业务能大为拓展，我会用这两个厂的资金来支持缫丝厂用工改革。但是现在，邵叔叔也想请你多多帮忙，安抚好工人的情绪，和元泰一起度过非常时期。"

"这个时间是多久？"

邵元任苦笑了："我也经常问自己。中国要多久才能实现统一，才能变成真正的民国？才能外不受列强欺侮，内能发愤图强。但是我没有答案，我只能等。如果我这一辈子等不到，相信你和凤仪还会等，如果你们也等不到，相信你们的孩子也会等。美莲，我只能答应你，只要元泰有所缓和，我一定会重新进行用工改革。"

看来这是个没有期限的等待，而且，邵元任也只能做一部分主。美莲离开和兴，久久不能平静。如果国家不能强盛，那么在国家的任何一个人都不能幸免。邵元任固然是强者，可他同样举步维艰。美莲第一次思考起国家的问题。中国为什么不能兴盛？以前说皇帝不好，皇帝现在已经不在了，那么是北洋政府不好，那么，要什么样的政府，才能带领这个国家走向强盛呢？

她不禁感慨个人力量的微小。她不过是个德昌堂的老师，是一个现实上抹点止痛药的慈善工作者，她没有力量去从根本上改变现状。她也不知道，那个根本到底是什么？

美莲走后，邵元任亦独坐了良久。当年缫丝厂初建之际，他势单力薄，只能任帮会在自己的工厂管理工人、榨取利润，这个在很多工厂主看来，是两全其美的事情，却让他很不愉快。这段时间，元泰的用工改革，使工人生活有了保障。他亦以慈善之名闻名上海纺织界。但是和兴的停产，三井的恶意竞争，以及复杂的社会环境，让他不得不还工青帮。他走出办公室，望着不远处热火朝天正在兴建的熔炉，但愿和兴能结一场商业善缘，只要二次投产成功，元泰的资金问题就能得到彻底缓解，到时候，他就可以把帮会慢慢地清出工厂，重新完成企业制度的改革了。

转眼就要到凤仪与美莲二十岁的生日了。凤仪想把头发剪短，但家俊建议不完全剪短发，可以梳一些发式。另外，家俊帮她挑了一套收腰的套裙。她个头不高，但身姿挺拔，只要衣服腰身收得恰当，再配上合适的鞋与包，整个人就显得亭亭玉立，十分姣美。

"女大十八变啊，"这天凤仪与家俊最后一次试装。顾家俊半赞美半嘲笑道："你打扮起来还很漂亮。"

凤仪听见这话，笑道："你也不必聒噪我，我再漂亮也不如你美丽的大嫂。"

家俊脸色一沉，旋即笑了："这都怪你呀。"

"怪我？！"凤仪睁大了眼睛。

家俊抽出一支烟，慢慢点上："我还没见到她的人，就先看见了你的。你把她画得那么美，我敢打赌，每个见到那幅画的男人，都会爱上她。"

凤仪沉默不语，见他斜斜地靠在一根装饰柱上，轻轻地吞吐着烟雾，叹息道："你什么时候开始吸烟了？"

"偶尔抽抽，"顾家俊问，"你要么？"

凤仪摇了摇头。

"你比我强，"顾家俊笑了笑，"我做不到像你那样。"

"我哪样了？"

"你太理智，太不容易动心，"顾家俊道，"但是我不行，我开始还觉得，这么陪着她，哄她开心就是一种幸福。可我每天看着她和我大哥出双入对，一家人都把她当成我的大嫂，我也必须喊她大嫂，"他苦笑了一声，"我不行了，我做不到了。"

凤仪惊讶地听到关于她"理智"的评价，她苦笑道："有些事情不理智能怎么样呢？你说做不到了，是什么意思？你想告诉她？"

"不，"顾家俊慌忙道，"这是我们两个人的秘密，我永远不会告诉她。"他微微一笑："告诉了她，她也不会选择我。"

"为什么？"

"你是她这么多年的好朋友，"家俊睇了她一眼，"你应该知道。"

"是啊，"凤仪叹了口气，"她会选择一直当你的大嫂，而且会远远地躲开你。你又何苦？"

"那么袁子欣一直和金笔小姐在一起，"家俊漫不经心地道，"你又何苦？"

"康小姐和杏礼一样，都是会让男人着迷的女人，"凤仪难过地坐了下来，自嘲地道，"我很一般，所以也就不争什么。"

"你不一般，"顾家俊睇起了眼睛，"金笔小姐比你漂亮，能吸引全部人的注意力；但是你特别，只能相遇不能相求。"

凤仪抬起头，见他眼中一股柔情闪烁，不禁慌乱了一下："真的？"

"真的，"家俊道，"我要是你，一定鼓起勇气追求袁子欣。"

"或许吧，"凤仪叹道，"但是我不会，也不懂。"

"在这一点上，你要向金笔小姐学习，"家俊道，"你不懂，男人有时

— 209 —

候很需要女人鼓励,也许你稍微主动一点,他就会很开心,而且会特别留意你。"

"真的吗?"凤仪笑了笑:"我还第一次知道。"

"这样吧,"家俊道,"我给你一个建议,你不妨去找袁子欣表白一次,如果他拒绝了你,你又很伤心,就跟我一起去欧洲留学。我想到那儿散散心,你呢,可以到那儿去学习绘画。我们白天各忙各的,晚上就一起出去吃饭、喝咖啡,过得特别浪漫、特别幸福。"

凤仪不等说完就乐了:"去欧洲?我们俩?顾家俊先生,你是不是糊涂了?"

"我没有糊涂,"家俊道,"你不开心的时候谁第一个赶到你身边,是我。你喜欢吃什么、穿什么、玩什么,甚至你衣服的尺寸是多大,谁知道?是我。你最近在画什么,画上的哪些颜色用得比较漂亮,哪块色彩比较均匀,谁知道?是我。除了做企业我不在行,我觉得,我了解你的一切。我有时候在想,如果我没有先遇见杏礼,你没有先遇见袁子欣,我们会不会很合适?"

凤仪想了想:"这倒是个新的想法,不过顾先生,你不觉得我们,像报纸上说的,不怎么通电吗?"

家俊扑哧笑了:"好吧,请你给我一个自私的机会,我想逃跑了,而且我在逃跑之前,想再抓一个逃兵。凤仪,你不要再自欺欺人了,你的艺术才能远在你的经济才能之上。你不是常说两个世界吗,我觉得,你应该回到绘画的世界中去。"

凤仪没有吱声,半晌道:"其实这段时间,我也常常这么想。绘画还是很吸引我的。但是现在,缫丝厂又开始还工青帮,工人们过得很惨,爸爸和子欣为了这件事,也是闷闷不乐的。我很想帮忙,可也不知道能做什么。有些问题很复杂。"

"那就跟我去欧洲吧,以后只做两件事,绘画和生活。"

凤仪笑了："这听起来也太幸福了。"

"只要我们去了欧洲，实现起来就很容易。而且到了那边，你可能会比我适应得要快得多。只要有你在我身边，我就不再惶恐，不再难受了。"

"这么说，"凤仪道，"你是承认你害怕，想找个人做伴了？"

"是的，"家俊笑了笑，"等有一天你真正伤心的时候，你就知道，有个朋友陪着你，去一个浪漫的地方，躲开让你伤心的人、让你触景伤情的地方，也是件美丽的事情。"

"真的？"

"真的，"家俊道，"等到你真够伤心、够绝望的时候，你就会这么想了。"

是啊，凤仪想，我是不够伤心，也不够绝望。我现在二十岁生日在即，不管子欣与金笔小姐怎么样，我的父亲与哥哥就要回来了。我已经七年没有见过父亲，这种喜悦，是任何世界也不能代替的。

第二天一早，凤仪来到了德昌堂，想和美莲再确定一下生日宴会的细节。她来到美莲的办公室，却见她趴在桌上，正在小睡。这可真奇怪，一大早怎么就犯困呢？凤仪悄悄地踱过去，调皮地用手指轻轻地挠了挠美莲的鼻尖。美莲猛地惊醒了，睁眼见是凤仪，长长地松了一口气："是你呀！"

"不是我是谁，"凤仪打趣道，"难不成是他？"

美莲脸一沉，见凤仪梳着半长不短的头发，穿着一套粉紫色西式洋装，淡妆轻抹，容颜秀丽，不禁皱起了眉头："你有事儿？"

"明天就是生日宴会了，"凤仪见她打量自己，站起来道，"怎么样，漂亮吗？"

美莲一抿嘴，嘲讽地道："是顾家俊的杰作吧。"

"我们约了你几次逛街，你都不去，真的什么都不买？"

"我对生日没有兴趣。"

"你怎么了?"凤仪看着她:"好像不高兴?"

"我没事,"美莲不想和她多说,"我一会儿还要工作,你没事就回去吧。"

"你到底怎么了嘛?"凤仪诧异地道:"我还想找你讨论生日宴会的细节呢!"

"小姐,"美莲昨天失眠了一整夜,此时觉得无数无名火在胸中乱窜,不耐烦地道:"不是人人都像你这样,可以无忧无虑地去逛街、买衣服,举办生日宴会,很多人是要被饿死、累死,或者被生活折磨死的。"她见凤仪的表情十分尴尬,不禁心中一软,道:"你呢,去忙你的生日宴会吧,不要到我这儿来,我真的很忙。"

"美莲,"凤仪简直不能相信自己的耳朵,这是最好的朋友对自己的评价,"你不高兴,是因为缫丝厂还工青帮吗?"

"其中之一吧。"

"还工青帮我们每个人都不好受,但这是现实,全上海大部分的纺织厂差不多都是由青帮控制的,想要改变用工制度,不是一天两天就能完成的。我们只能慢慢想办法,一点一点去努力。可是生活还是得继续,难道因为这个,我们就要停下生活吗?"

美莲盯住凤仪:"你真这么想?"

"我这么想有什么不对?"凤仪奇怪地道:"难道工人又要罢工?"

美莲走到门边,打开门:"你出去,我不想和你说话。"

"你?!"凤仪勃然大怒,转身离开了办公室。她走到了院中,杨四姐和几个工人站在拐角处,以往他们见到她,都会热情地打招呼,但是今天,他们的脸上露出复杂的冷淡的表情,甚至暗含着愤怒,最后还是杨四姐勉强笑了笑。

难道,凤仪敏感地想,是缫丝厂出了问题?她顾不上换衣服,立即赶到了工厂。从厂门到办公区,再到生产区,她意外地发现,这才几天时间,生产区便矗起了一道铁丝围墙,墙中间开了道小门,有四个陌生男人分左右两边把守着。整个工厂一派死气沉沉,宛如监狱一般。

凤仪走到铁丝门前,几个男人立即拦住了她:"生产重地,闲人免进。"

"我是这个工厂的负责人,我有权进去。"

四个人互相看了看:"你是……"

"我姓邵。"

"原来是邵小姐。"他们客气地道,"你有刘经理的条子吗?"

"条子?!"凤仪含怒而笑,"他是我家请来的经理,我进我的工厂,还要他的条子,你们让开!"

四个人又拦住了他:"邵小姐,我们也是奉命行事,你不要为难我们。"

"你们不让我进,"凤仪冷笑道,"是不是等我把李威找来,你们才能点头?"

几个人愣了。这时,刚好有一支二十几个人的工人队伍,正要进生产区上班,他们打开了门,凤仪跟在工人后走了进去,他们也没敢再作阻拦。

凤仪跟着工人后面,见那些人的面孔非常陌生,似乎都是新工人。此时已是入冬天气,他们却穿得非常少,衣衫褴褛表情呆滞。一个三十多岁的男人跟在队伍旁边,像押解着一队犯人。凤仪跟着他们走进车间,一股熟悉的令人呕吐的味道扑面而至。凤仪见工人们都在有序地忙碌着,不由一愣,工厂似乎没有出什么问题。她顺着机器之间的通道走了几个来回,渐渐地,觉得有点不对了。这些工人大部分都换了新的,而且几乎无人注意到她,就算有人看见了也像没看见一样。女工和童工们瞪着血红的眼睛,紧紧盯住飞扬的丝线,双手灵敏快捷地在空中伸缩翻动,不出声地像是豁出命地,把线头一个挨着一个接好。

— 213 —

突然,有人哼了一声,便倒了下来,凤仪连忙赶上前,见周围的女工全部在继续工作,竟无一人前来过问。凤仪扶起那个,见她十二三岁年纪,完全还是个孩子。一双眼睛鼓在瘦削的脸颊外面,像两个通红的灯泡。凤仪摸了摸她的额头,在她耳边大声道:"你坚持一下,我送你去医院。"

女孩子微弱地看了她一眼,嘴巴动了动,没有发出声音。一个工头走了过来,抬腿就是一脚踹,踹在了女孩的腰上。凤仪感觉她的身体抖了一下,似乎一下子就断成了两截。"你干什么?!"她站起身,愤怒地吼道:"你给我滚开!"

她的声音淹没在机器的轰鸣中。工头根本不加理会,继续抬起脚,朝孩子的身上踹下去。凤仪没有办法,上前一把抱住那女孩,她感到身体右侧一阵钻心的疼痛,肯定是那个男人踢到自己了。凤仪大怒,猛地站了起来,恶狠狠盯住他。那男人此时才发觉她衣衫亮丽,似乎不是普通的管理人员,不禁愣住了。凤仪感到脚底的血从下往上奔流,冲得大脑一阵阵发热。这是当年在灵堂之上刺杀汪永福时才有的感受:"你要是再踢一脚,"她嘶声道,"我就杀了你!"

男人根本听不见她说话,只是站在原地,不知应该如何处理。这时,刘庆生带着几个人赶到了。他急忙拉住了那个男人,对着他的耳朵说几句。男人冲凤仪抱了抱拳,似乎表示道歉,然后一挥手,示意其他人去抬那个孩子。

"不许动她!"凤仪挡在了孩子面前。

"凤仪小姐,"刘庆生走到她身边,大声道,"这是工头们的事情,我们管不了。"

"我要送她去医院!"凤仪冷冷地看了刘庆生一眼,大声叫道。

刘庆生只得和工头们头贴着头、嘴对着耳朵商量起来。几个男人又是摇头,又是比画又是说话,刘庆生又解释了半天,说了些什么。他们转过头,打量着凤仪,见她无比倔强地站在女孩面前,只得点了点头。于是两个男人走上前,一前一后地抬起那女孩,女孩似乎已经没有什么重量了,像一根柔软的面条,挂在男人粗壮的胳膊上。凤仪紧紧跟在他们身后,她感到新皮鞋有些硬,似乎阻碍了她快步行走。她走出车间,走出铁丝墙,心中燃烧着说不出的愤怒。这就是还工青帮吗?她想起爸爸轻描淡写地提起,缫丝厂早年都是由青帮管理的,不禁阵阵心寒。她想到昨天还和家俊在先施公司明亮的咖啡厅里,讨论要不要去欧洲游学,而这一道铁丝网内的世界,如此现实与残酷,她感到上下牙微微打着战,在口腔里发出奇怪的有节奏的声响。

美莲闻说此事,与杨四姐也赶到了医院。但女孩的生命像油灯耗尽,已无法再挽留了。她躺在白色的病床上,深深凹下去的脸颊使她的面孔呈现出半骷髅的状态。她的手握着凤仪的手,眼珠在红色的眼眶里竭力转动,当她看清凤仪的眼睛的时候,就停止了转动。开始凤仪还没有发觉,过了一会儿,她明白过来,这个人已经死了。

她觉得女孩的手越来越冷,像握住几条冰冷的铁丝。就是这样的手在她的工厂里做工,为她生产产品,创造利润。凤仪感到那一股子带着死亡气息的寒冷从手指慢慢向上漫延,从胳膊到肩膀,从肩膀到下巴,再到眉毛和眼睛。它们慢慢渗进她的血液,流进她的心脏。她纵然逃出了象牙塔,纵然努力地了解这个世界,纵然她曾经做过一点什么,或者即使她穷尽一生之力,也挽不回这个生命了。神父说得对,她不了解爸爸的世界,也不了解父亲的世界。也许她从没有了解过他们的世界。

她第一次听见了神的声音。她感到沮丧与挫败,感到耻辱与羞愧。也许她应该接受家俊的邀请,去欧洲学习绘画。她真的不合适这个世界,除非她像父亲那样,去学习改造它,但是没有这么强大的能力,因为她不想看见任何一个生命的消失。从这个意义上说,如果父亲与哥哥的革命,需要用生命做代价,那么,她也会离开他们。

美莲和四姐将女孩的尸体带回德昌堂焚烧安葬。凤仪独自回到了电织厂。她的新衣服被踢破了,头发也凌乱了。今天起床时,她还带着期待的心情换装梳发,期盼着明天的生日,两个时辰后,她带着说不出的创伤回到了办公室。她感到自己很想见一个人,他不是邵元任,也不是李威,他有快乐的笑容、独特的看问题的角度。她问一个文员:"袁经理在吗?"

"在。"文员回答。

她走到袁子欣办公室,敲了敲门。"请进。"袁子欣在里面道。她推开门,一个意想不到的场景出现在她的眼前,康凯蒂身穿一件桃红色长大衣,高绾着发髻,正亲热地站在袁子欣的旁边,两个人头挨着头、肩并着肩,在看一样东西。

凤仪愣在了门口。"邵小姐,"康凯蒂热情地招呼道,"快请进呀。"

凤仪走进去,在沙发上坐下。"你没事儿吧?"袁子欣见她衣衫不整,忙问。

凤仪摇摇头,又站了起来:"你们忙吧,我走了。"

"你的衣服怎么了?"袁子欣道。

"不小心剐坏了,"凤仪看了看康凯蒂,好一个大方鲜艳的女郎,她凄然一笑,"我没事,只是来坐坐,我想回去了。"

"你是不是不舒服?"袁子欣道:"要不要回家休息?"

凤仪点点头,告辞出来。她觉得冷,非常非常冷。好像那个女孩把冰冷留在了她的体内。她回到家,就倒在了床上。阿金见她浑身滚烫,慌忙给她加盖被子,又给她煮了姜汤,又打电话叫医生。医生来后,只说是普通的感冒,开了一味药,说休息几天就好了。但是凤仪的体温高得吓人,到了夜里,她一个人躺在床上,觉得刺骨的寒冷像是要将她带离这个世界。她觉得非常非常舒服,像是进入了一片黑色的温暖的海洋。也不知过了多久,她忽然想,为什么她要躺在黑色的海洋中?她喜爱画画,她想要色彩、要线条、要斑斓的世界。她紧紧咬住牙。她不能就这样认输,她要留在这个现实的世界,她要见到七年未见的父亲与哥哥。她迷迷糊糊地一遍一遍背着父亲写下的词语:循序渐进、言简意赅、宽以待人、严以律己、无欲则刚、顺其自然……父亲和画板的色彩,就像五色的和煦的阳光,在不远处等待着她。她坚持着,坚持着,终于迷蒙地睡去,陷入了梦乡。

子欣见凤仪脸色不好,等送走了康凯蒂后,忙打电话到邵府,阿金告诉她,凤仪感冒了,正在家中休养,他这才放下心来。明天就是她二十岁的生日了,袁子欣满心盼望着这一天的到来,他回到家,又从柜子里打开礼盒,取出那个准备了很久的礼物。子欣一想起第一次在婚礼上见到她,她喝得脸色微红的可爱模样,就不禁微笑起来。现在电织厂的运营越来越稳定,他在化工社的股份也没有亏损,投给康凯蒂的金笔加工厂,眼看也要出产品了。他虽然不能像顾家俊那么有钱,让她过上豪门少奶奶的生活,但是这些都是靠他努力一点一点得来的。从这个意义上说,他觉得自己比顾家俊更有资格去追求她。

说到底,他还真是个中国男人,虽然在美国待了这么多年,但他处理感情问题,还是十分小心谨慎。他一方面观察着她,生怕对她不太了解,贸然追求反而会伤害她;另一方面,他积极地准备着物质力量,生怕让别人误会自己,是看上了她的家庭背景。现在,一切准备就绪,她也到了二十岁,可以恋爱和结婚了。袁子欣在欢喜和忐忑中度过了一夜。第二天一早,他小心翼翼带着礼盒到电织厂转了一圈,好不容易到了傍晚,他连忙赶往邵府。一进门,他就觉得有些异样,这里既没有张灯也没有结彩,冷冷清清,丝毫不像要举办晚宴的模样。小卫悄悄地把他让进了客厅。他坐了一会儿,见邵元任和一个青年男人从楼上走下来。袁子欣觉得他很眼熟,好像在凤仪的画室见过他的肖像。

"子欣来了,"邵元任道,"我给你介绍一下,这位是凤仪的义兄,杨练杨先生。"

袁子欣连忙施礼。他觉得杨练的容貌并无什么出奇之处,但是他的一双眼睛,却似乎深不可测,就像一个冰冷的深涧,让人过目不能忘。二人握了握手,在沙发上坐下。子欣道:"今天晚上是邵小姐的生日,我特地来道贺的。"

邵元任沉默了几秒:"生日宴会取消了。"

"这……"

"你也不是外人,想必也听说了凤仪不是我的亲生女儿,"邵元任道,"本来今天她的亲生父亲也要回来,结果……"邵元任控制了一下情绪,慢慢地道,"他在回来的路上去世了。"

袁子欣愣住了:"这是什么时候的事情?"

"昨天晚上,"邵元任道,"恰巧凤仪也在生病,晚宴就取消了,没什么事就请回吧,我们还有事情要处理。"

袁子欣站起身,待要告辞,又想到凤仪失去了父亲,心中大为不忍:"我能……看看她吗?"

"她不想见人,"邵元任道,"连我也不想见,就让她一个人待会吧。"

"这是我送她的礼物,"袁子欣指了指桌上的礼盒,"麻烦您转交给她。"

邵元任点点头,袁子欣告辞而去。大厅里只剩下他和杨练二人。二人相对无言,就这么静静地坐着。空气中充满了悲伤,和一种复杂的平静。邵元任暗想,他闯荡上海二十年,阅人无数,真正能让他从内心折服的,只有方先生。也是因为他,他才对南方政府充满了信心。他支持南方固有私心,但这其中包含了他对这个国家的希望和选择。也许只有像方先生那样的人,才能超越私欲与野心,才可以不计报酬不谈手段,就能令人信服与追随。现在,方先生去世了,谁还能为他和南方建立一条稳固的联系线。他看了看杨练,他比李威略小几岁,却比李威难控制得多,除去一身高强武艺,最关键的是,他追随方先生是因为个人情义,而不是其他。

"你有什么打算?"邵元任问。

杨练轻轻抬起头，一双眼睛显得十分宁静："我没有打算。"

邵元任轻叹一声，果然不出所料，方先生一死，就没有人可以再驱使他，就算南方政府也不行了。"我会留在上海，"杨练道，"以后的事情以后再说吧。"

"灵柩先停在龙华寺，墓地这些你都不用担心，"邵元任道，"我会妥善安排。"

"谢谢邵先生。"

"后事就交给我，"邵元任道，"你多陪陪凤仪，她等了方先生七年，"邵元任停了几秒，方接下去道，"我担心她会受不住。"

"方先生都交代我了，"杨练道，"您不用担心。"

"他还有什么遗言吗？"

"他让我交代凤仪两句话。"

"哦？"

"不要害怕，不要后悔。"

邵元任觉得眼角有点湿润，忙控制住了情绪："只有方先生才能把话说得这么直白，又这么透彻。"

"他还有话要转告邵先生。"

"请说？"

"多谢您照顾凤仪。您对南方政权的支持，他已经悉数告诉了孙先生，以后，您可以与南方李先生联系。他让我留在上海，以备您不时之需。另外，方先生说，凤凰阁不是长久之计，邵先生欲做大经济，还是要立足商业与政府根本，方能成就大事业。"杨练道："方先生说，生他者父母，知他者，是邵先生。"

邵元任喟然长叹，再也忍不住，落下了一滴眼泪："方先生说错了，邵某并不懂他，他却懂得邵某。生我者父母，知我者方先生也！"

— 219 —

二人商议完后事，邵元任不放心凤仪，让阿金上去看看，阿金说凤仪把门反锁了。杨练让阿金煮了点粥，端着来到凤仪门前，屋子里静悄悄的，没有一点声息。杨练敲了敲门："凤仪，开门。"

屋子里没有回答，杨练道："凤仪，我是哥哥，你把门打开。"

还是没有声音，杨练又道："你不想知道方先生最后留给你什么话吗？"

一阵沉默，突然，门开了，凤仪面容憔悴地站在门后，看着他。杨练把粥端进去："你一天没吃东西了，喝点吧。"

凤仪也不答话，关门靠坐在床边，闭上了眼睛。屋子里没有开灯，黑乎乎一片，杨练能在黑暗中视物，他把粥放在床头柜上，然后走到书桌旁，默默地坐在椅子上。

这就是世界的本来面目，凤仪想到昨天夜里那一片黑色海洋，那黑暗如此之黑，不见一点色彩。也许，那就是父亲要去的地方。如果不是她追求什么色彩，追求什么现世中的相见，她就能见到他。

那是父亲人生中对她最后的一次探望。她居然错过了，她失去了他。

兄妹二人就这么将时间一秒一秒地熬过去，除了凤仪偶尔一两声的咳嗽，没有人开口说一句话。

"哥哥，"也不知沉默了多久，凤仪问，"爹爹最后想告诉我什么？"

"他让我说八个字。"

"哪八个字？"

"不要害怕，不要后悔。"

"不要害怕？不要后悔？"

"他说，不管你做什么，想做什么，都不要害怕。做了什么，没有做什么，都不要后悔。"

凤仪感到眼泪一下子涌了出来。为什么父亲总能用几个字便直抵人的内心，解答人生疑问。"不要害怕"，是的，她只能不要害怕，也只有不要害怕。她要么被生活打倒,要么站起来。当年离开南京的时候不要怕,决定投入社会的时候不要怕,现在父亲死了,她失去了生命中最温暖的阳光,她还是不要害怕。

而且不管她这几年的努力怎么样,她是否因此缺失了真正的世界,她都不要后悔,也不能去后悔。这就是人生,她必须向前看。

她伸手拉亮电灯,翻身坐起来,走到书桌旁,拿起一支笔,在纸上写下:如果我失去了生命中最重要、最温暖的一道阳光,我就是这阳光;如果这世界是永远的黑夜世界,我就是要变成那道温暖的阳光;不管我遇到什么,心中多么痛苦,我永远都要成为那一道阳光。

杨练站在她身边,看着她在纸上奋笔疾书。他不理解她话中的意思,但是他从她的神态中,能看出她已经开始振作了。他看着她写字时的姿势,感到她和方先生那么相像,这世界上,也许有一种人是永远不能被打倒的。或许,这就是为什么他身怀一身绝技,却常常觉得,方先生的坚毅刚强,永远在自己之上。

"哥哥,"凤仪问,"我写得好吗?"

杨练点点头。凤仪走到他身边,将头靠在他的肩膀上。杨练伸手轻轻拍着她的背,他第一次在方先生去后,流下了男儿的热泪。

邵元任在黑暗中独自坐着。今天晚上,再柔和的灯光也是刺目的,他不想让自己看到自己软弱的一面,看见自己卑微猥琐的一面。他最欣赏的一个朋友离开了,就像失去了他本身的一些生命。方先生最后留给他的话,俱是他想要的东西,这让他既悲痛又感到惭愧。原来,他一点都不曾有过理想主义的翅膀,他内心真正的力量源泉,原来是那么的空虚与不能经受推敲与反省。邵元任默默地流着眼泪,为方谦背诵经文,超度他真正尊敬的灵魂。他感到时空之中,有一种巨大的力量,将他的肮脏渐渐净化,将他的悲哀缓缓抚平,变成一种宁静的疼痛和喜悦的哀伤。

第十一章

　　凤仪就这样度过了二十岁生日。没有鲜花、没有美酒,却失去了她最重要的父亲。仅仅几天时间,她就瘦得脱了形,下巴的线条完全失去了圆润。这是她人生的第三次葬礼。这次葬礼没有白色孝服,没有送葬的队伍,没有燃烧的纸钱,甚至没有哭泣的声音。她穿着黑色大衣,看着父亲的棺木缓缓放入整齐的长方形的土坑中。邵元任示意她捧起第一把土,撒进坑里。泥土有些潮湿阴冷,它们落在木棺上,发出重而闷的声响。

　　杨练走上前,轻轻扶起她。墓地的工人们开始挖土,掩埋棺木。邵元任、李威、美莲、杏礼、顾家俊、方液仙、袁子欣、刘庆生默默地站成一排,观看着最后的仪式。这天的阳光分外冷淡,照在身上一点也不觉得温暖,反而有那么一点冰凉。

　　葬礼结束后,凤仪便回到了家,此后数日没有去元泰工作。一方面她要为父亲守孝,另一方面,父亲的话给了她新的启示,她想知道,未来的道路究竟应该如何选择。美莲、家俊、杏礼等只要闲来无事,都会去邵府探望她。尤其是顾家俊,他担心凤仪过度伤心,便和她谈论美术、音乐、诗歌,这时,凤仪才惊讶地发现,原来他的艺术修养相当之高,远远超过他对女人物品的研究。家俊也发现，凤仪除了绘画，对其他艺术也很有理解力，涉猎也很丰富。二人的谈话虽然严肃，却感到非常舒服。家俊也不再拉她去大世界等地散心，二人更多的时间是留在书房里。

"家俊，"这天她忍不住说，"你变了。"

"我没有变，"顾家俊看着她，"我原来就是这样。"

"是吗？"

"是的，"家俊道，"这几年我被她纯粹的女性美吸引，我几近疯狂、几近痴狂。为了不引起别人的注意，我拼命地玩乐，拼命地花钱，拼命地享受。但是这段时间我陪着你，听音乐，谈绘画与诗歌，我发现这是唯一可以让我安静的方式。也许我们是同一种人，不管我们生活有多么糟糕，艺术都可以带领我们脱离苦难。"

凤仪靠在书房的西式躺椅上，慢慢地点了点头。她已经一个月没去元泰上班，感觉像过了几年。那个在丝厂送命的小姑娘，那些血红的女工们的眼睛，美莲、子欣、账本、机器、销售、生产……离她多么遥远啊，远到她再也不想回到那些中间。原来，她还是更喜欢这儿，喜欢绘画、音乐、诗歌与一切优美的东西。

家俊拿起一本油画画册，举在空中："你知不知道你到底有多爱它？它在你生命当中，占有多重的分量？你注定是在这个世界，为什么要去另一个世界？"

"我记得液仙说过，"凤仪沉默良久，"世界只有一个。"

"不！世界有两个！"顾家俊道："比如我和杏礼，我们就是两个世界的人。我只爱她的美，爱她最虚无的气质、姿势，与波光盈盈的眼神。可是，她却爱豪华的生活，爱世上最现实最实际的东西。比如她嫁给我大哥，是因为他是顾家安，顾家的长子。她喜欢和我在一起，是因为我能告诉她哪个珠宝更珍贵，更能衬托她的气质。她不了解我大哥，也不了解我，她也不愿意了解我们。她其实，根本不需要爱情。而你，"顾家俊嘲讽地笑了笑,"亲爱的邵小姐,你恰恰需要这世界上最有意义最具有精神价值的东西。你不选择绘画,是因为你不知道,你对画画的喜爱到底有多真诚。你不对袁子欣表白,是因为你还不能确定,你是否真心地爱着他。你想在元泰把事情做好,是因为你想在另一个世界活得有力量有价值。你用这个世界的精神,对另一个世界付出精神,所以你注定一无所有。"

"我不明白。"

"比如你和袁子欣。你们同样是两种人。他留学、回国、开工厂,每一步都是要证明他的成功。他要得到、要拥有。他就像金笔小姐,要成为上海滩最好的售货小姐,要成为真正的老板,要成功、要拥有。他和金笔小姐都是要凭自己的能力在这个世界拿到最多的东西,这对他们来说,就是一种幸福。"顾家俊长叹一声:"而你,在我看来,是一个很不错的珍宝,你充满性情富有才华,你会用心去理解世界。可惜你对袁子欣来说,只是个无用的珍宝,是一个莫名其妙的东西。"

凤仪心神一震,略带酸楚地看着顾家俊:"你又想劝我去欧洲?"

"对,"顾家俊笑了笑,"因为我想和你一起去另一个天地,去画画和生活。因为我们属于那个世界。"

"不,我暂时还不想走。"凤仪想了想,道。

"为什么?"

"我是想做个选择,"凤仪道,"可是这感觉,我像一个逃兵。"

"逃兵?"

"家俊,"凤仪道,"我在这个世界待了三年,我什么也没有做。建设电织厂,是子欣的方案,改革缫丝厂,是子欣的主意。用工改革、还工青帮,还是他和爸爸的决定,甚至连资金问题的解决,都是由李威叔叔出面的。"

"那又怎么样?"

"缫丝厂见客户管生产,是刘经理的事,电织厂搞经营搞销售,是子欣的事情,"凤仪道,"你不觉得我是个很没有用的人,或者说,我根本没有在这个世界画出一幅画来吗?"

凤仪站了起来,激动地摆了摆手,阻止了欲开口说话的家俊:"我忽然想明白了,为什么我这段时间不想去元泰上班,为什么自从父亲走后,我一直想着回到原来的世界,是因为,我还不够自信,我不够勇敢,我怕了,我怕我做不好,父亲让我不要害怕,可是我一直在害怕,父亲叫我不要后悔,可我现在就是后悔了。我对这个世界是这样,对感情也是这样。我喜欢袁子欣,可是我不敢追他,"她看着顾家俊,"你说的没有错,我怕金笔小姐,因为她漂亮、大方、美艳动人,我感觉自己比不上她!"

"我像个傻瓜一样管着我自己,找这样那样的理由,去克制自己,"凤仪嘲讽地笑了,"我以为这样,我就永远不会输了。"

家俊半天没有说话,问:"你真这么想?"

凤仪点点头,走到家俊身边拿起画册:"我知道它对我来说意味着什么,我也知道,它在我的生命中占有什么样的地位,但是家俊,如果我这样走了,我就是逃兵,我必须要在这个世界里打赢这一仗,至少,我努力了,我没有害怕过。那么我再去欧洲,再回到绘画的世界,我才能不后悔。"

"唔……"家俊吐出长长的一口气:"看来,我们也是两个世界的人。"

"家俊,"凤仪看着他,"你是我最好的朋友。"

"好吧,"家俊道,"我呢,需要三个月的时间去办出国手续,我办我们两个人的,这几个月,你可以慢慢考虑。如果到时候你想走,就可以走,想留也可以留,"他望着凤仪笑了笑,"我够朋友吗?"

"绝对!"凤仪看着他:"但是你得帮我一个忙。"

"什么忙?"

"你从现在开始,真正地教我穿衣打扮。"

"你说什么?"家俊张口结舌:"你父亲才刚刚过世。"

"不,"凤仪道,"你不了解他,这正是他要我做的。"

"他要你做什么?"

"不要害怕,不要后悔!"

时间飞一般地过去了,转眼 1920 年的元旦过去了,又到春节。凤仪本想等春假放假时,主动约子欣,但是没有想到,子欣说有事要和刘庆生出差,大年三十打了个问候电话,便匆匆离开了上海。这一年的年夜饭与以往不同,凤仪是和杨练、邵元任、邵焕英一起吃的。杨练虽然住在邵府,却常早出晚归,连邵元任也不知他的行踪。邵焕英陪着他们吃完饭,就告辞了,邵元任等他走后,才拿出酒,与杨练小酌,二人喝了一会儿,杨练便说自己有事,也离开了邵府。凤仪见邵元任一个人在书房,便过去敲了敲门:"爸爸,在休息吗?"

邵元任打开门,微笑道:"今天我得了点好茶,正要叫你下来喝,来,尝一尝?"

凤仪喝了一口:"这茶真好,哪儿来的?"

"是个居士送我的,还是去年春天的时候,他到江南的茶场自己制的茶叶。"

凤仪嗯了一声。邵元任问:"你去欧洲的事情准备得怎么样了?"

"我不打算去了。"

"哦,"邵元任惊讶道,"可是家俊告诉我,他正在办手续。"

"办手续嘛,"凤仪道,"办了也可以不走。"

邵元任坐了下来:"你可不可以帮爸爸一个忙?"

"什么忙?"

"选一条真正合适你的道路,尽量过得顺利、幸福,"邵元任慈爱地看着她,"其他的你都不用考虑。"

凤仪内心一阵感动。邵元任见她穿得有点单薄，便将一件大衣披在她的身上。凤仪忽然问："爸爸，我来这儿有十年了吗？"

"你是1911年，还是1910年来的？"邵元任呵呵一笑，"差不多有十年了。"

凤仪感慨地一笑："时间过得真快。"

"是啊，你一转眼就长这么大了。"

"你还是第一次给我披衣裳呢。"

"是吗？"邵元任内疚地道，"我不是个好爸爸，对你照顾得不够。"

"不，"凤仪道，"我知道你一直在关心我，只不过，你有你的方式。"

"我不比你雅贞姑姑，"邵元任看着书桌上雅贞的相片，"一晃，她走了也有九年了。"

"是啊，"凤仪道，"你不打算再找一个了？"

"不了，"邵元任道，"我一个人过挺好的，再说，不是有你雅贞姑姑陪着我吗？"

"你？"凤仪看着邵元任，想问又说不出口，半晌还是没有说出来。

"你想说什么？"邵元任看了她一眼，问。

"你后悔吗？"凤仪道，"对雅贞姑姑？"

"后悔，"邵元任的脸痛楚地牵动了一下，"我后悔了无数次，无时无刻不在后悔。"

"你那个时候为什么要这样呢？"

"我也不知道，"邵元任想了想，长叹一声，"那个时候，我不懂得珍惜。"

凤仪笑了笑："谁叫你那么喜爱工作。"

"这是两回事，"邵元任看着她，"不谈她了，说说，你到底喜欢什么？"

"我？"凤仪道，"我喜欢证明。"

"证明?"

"我要证明我能在一个世界活得很好,"凤仪道,"然后,我才能回到另一个世界。"

"说的什么话,"邵元任道,"大过年的,什么一个世界、另一个世界。"

凤仪微微一笑:"爸爸,过完年我想继续回去上班。"

"你真的决定了?"

"决定了!"

"凤仪,"邵元任道,"你有没有想过,你是一个女孩子,你这样追求这些东西,会让你以后的家人怎么想?一个女人,总归要相夫教子。"

"爸爸,"凤仪道,"这都什么时代了。"

"什么时代都一样,"邵元任道,"方先生是男人,他可以把你和家抛下,你能行吗?"

"爸爸!"凤仪道,"我首先是一个人,其次才是一个女人。"

"唉,"邵元任道,"我不和你讨论这样的问题,爸爸已经落伍了。"

"好啊,"凤仪道,"那我们今天晚上喝茶聊天,不谈别的。"

邵元任看着她,忽然笑了:"你真是长大了,能和爸爸说这些了。"

"是的,"凤仪也长叹了一声,"爸爸,这是我们两个人,第一次讨论雅贞姑姑,也是第一次讨论女人应该是什么样子。"

邵元任愣住了:"是吗?"

"是的,"凤仪道,"自从她走了之后,我们再也没有当面谈过她。"

邵元任默默地冲着茶,凤仪披着大衣,蜷在他的身边,父女俩相伴而坐。十年了,凤仪想,她从未像这样靠近过他,他也从来没有像这样,对自己敞开过心扉。她感到很暖和,不想移动身体,便悄悄闭上了眼睛。邵元任也不打扰她,拿起一本佛经,默默地阅读了起来。"什么是我的路?"凤仪扪心自问,她希望听到一个坚定的声音,帮她指明方向,但是四周宁静一片，没有什么神的声音，看来，一切还是靠自己，她这样想着，蒙眬地睡去了。

大年初五的晚上，凤仪听邵元任说，刘庆生与袁子欣已经回来了。她便想去看望他。为了给他一个惊喜，她没有告诉他。初六一大早，凤仪洗漱之后，选了一件合身的黑色外套，又化了一个精致的淡妆，打扮得整整齐齐，这才前往袁子欣的公寓。她走在大街上，呼吸着上海湿润的空气，心情又紧张又有点刺激。到了那儿要怎么和他说呢？是说拜年，还是说约他逛街？看来，她并不了解他，除了工作，她还不知道他喜欢什么呢。

袁子欣的公寓也在法租界，离邵府并不太远。凤仪走了一段，又叫了辆马车，不一会儿便到了。她来到公寓楼下，付了车钱，刚上了一层台阶，便见一个火红色的身影从上面绰约地走了下来。

"邵小姐，新年好啊，"不等凤仪先开口，那个人影已经满面春风地到了面前，"你一早来，是找子欣吧，哎呀，你现在上去可不成，他累了一个晚上，"康凯蒂一语双关地道："刚刚才睡下呢。"

凤仪皱了皱眉："康小姐，你也是来找袁先生的？"

"是子欣有事儿找我。"康凯蒂微微一笑，站在她的上方，挡着她的去路。

凤仪瞄了眼康凯蒂的头发，那头发吹得如此漂亮，一定是刚刚在理发店整理过，子欣从来不吹头发，这旁边也没有理发店。她转了转眼珠，嘻嘻一道："我听刘经理说，昨天晚上子欣把右腿摔坏了，所以就来看一看，他现在怎么样了？"

"没事儿了，"康凯蒂盈盈一笑，"我已经给他上了药，你就放心吧。"

"谢谢你。"凤仪说完，朝旁边让了让，继续往上走。

康凯蒂一愣："邵小姐，你这样恐怕不妥吧。"

凤仪掉过头，微笑着看着她："康小姐，没有人告诉我子欣摔坏了腿，你是不是刚才才到，没有看见他啊。"

康凯蒂脸色一变,凤仪又是一笑:"康小姐,拜拜哟。"说完,她便上了楼,把康凯蒂抛在了楼下。她按了按门铃,没有人开门,难不成袁子欣不在家,她又按了按,见依然无人响应,刚准备走,就听见里面喊了一声"来了",门就打开了。

袁子欣穿着睡袍,睡眼惺忪地站在门后。他看见是凤仪,愣住了:"你怎么来了?"

"我来拜年。"凤仪道,"不请我进去坐坐?"

子欣惊讶地看着她,那天在墓地见到她伤心的模样,他还一直很担心,没有想到,她这么快就恢复了。看来,爱情的力量还真是够大。他灰心丧气地坐在客厅里:"不好意思,我刚刚回来,家里很乱。"

"我知道,"凤仪找了张椅子,也坐了下来,"我刚刚遇见康小姐了,她说你昨晚很累,才睡下一会儿。"

"凯蒂?"子欣莫名其妙地道,"她来了吗,我不知道啊。"

凤仪又是一笑,没有吱声。袁子欣觉得她今天有点奇怪,和平时总是有点不大一样,想了想问:"你的手续办完了?"

"什么手续?"

"出国的手续。"

"谁说我要出国?"

"不是说要和家俊一起走吗,听说他一直在办手续。"

"我还没有决定。"

"哦,"袁子欣一愣,"为什么?"

"嗯,"凤仪看着他,"有人还没有给我娶师娘,我现在走了,岂不是不好?"

"师娘?"袁子欣扑哧笑了,"你还记得。"

"我当然记得,"凤仪道,"有人说过,要找金笔师娘、铜笔师娘、铁笔师娘,就是不找会画画的师娘。"

袁子欣听了这话,心中一动,他看着凤仪,虽然这段时间她消瘦了不少,但是眉宇间的气息却更加明亮,她似乎刚刚走出一段伤心往事,整个人都透出活力与新鲜。他笑着问:"那如果我找一个会画画的师娘呢?"

"谁呀,有吗?"

"有啊。"

"谁?"

"这里不就坐着一个。"

"你少拿我打趣,"凤仪笑了,"当心我会飞杯子。"

袁子欣看着她的样子,突然站了起来:"你等我一下,我换件衣服,洗个脸,我带你去一个地方。"

"什么地方?"

"你别着急,一会儿就知道了。"

没过多久,袁子欣拉着她出了门,上了一辆四轮马车,对车夫说:"城隍庙。"

司机应了一声,挥鞭而行。凤仪看着他,他笑道:"今天那边很热闹的。"凤仪便随他去了。两个人一会儿说说这个,一会儿看看窗外的景色,好像时间没有过多久,就到了城隍庙。两人下了车,见人山人海好不热闹,九曲桥的池塘边摆满了各种摊点,两个人看看这个,买买那个,在人群中挤来挤去,袁子欣忽然停住了,他指着一个油面筋百叶汤的小吃摊问:"要不要来一碗?"

凤仪点点头。子欣开心地坐了下来,叫道:"两碗百叶汤。"

伙计应了一声,招呼二人坐下,不一会儿,热腾腾的百叶汤放在了桌上。袁子欣一边吃一边赞不绝口:"好吃好吃,和我出国前的味道一模一样。"他看着,忽然笑道,"那时候我和我妈住在一个亲戚家里,亲戚家离这儿很近,有一次我看书看迷了,忘记带钱,跑到这儿吃东西,差点被人打一顿。"

"后来呢?"

"有个好心的小姑娘,帮我付了钱,"袁子欣放下汤匙,似笑非笑地道,"然后我一直跟着她,到了那边的湖心亭,和她聊天,还和她约会。"

"后来呢?"

"她没有来,大概忘记了。"

"你来了吗?"

"我来了,等了整整一天。然后他们告诉我,我去美国的事有了进展,我父亲生前的好友愿意资助我去美国读大学,我就离开了。"

凤仪看着面前的小碗,感到一阵晕眩。这不可能吧,天下不会有这么巧的事情!

"那,"她问,"你要是见到那个小姑娘,还能认出她来吗?"

"不能了,"袁子欣摇摇头,"时间太久了,我连她长什么模样都忘记了。"

凤仪三口两口吃完了百叶汤:"你快点吃,我带你去一个地方。"

子欣连忙掏出钱放在桌上,跟着她往前走。两个人穿过九曲桥,迈进湖心亭,这里亦是人满为患,一张空位都没有了。凤仪道:"你记得这里吗?"

"这里,"子欣四下看了看,"我记得啊,我还在这里和她说过话呢。"

"你说了什么?"

"我说琉璃就是玻璃,就是二氧化硅。"

凤仪笑着看着他,心中涌上一种奇异的柔情与感动:"你说,你要还她的钱,还问她什么时候能再来。"

"对啊!"他开心地一拍手,突然,不可置信地看着她:"你?!"

"我什么?"

"你怎么知道的?"

"因为我就是那个小姑娘。"

子欣看着她，忽然，像一片完整的圆壳突然裂开一条缝，他突然领悟了：难怪在杏礼的婚礼上，他就觉得她有点面熟，觉得她特别可爱；难怪在小画室，他会觉得杨练的画像很熟悉，他就是那个坐在湖心亭的男人；难怪他一直这样喜爱着她，原来他们不是似曾相识，而是早就相识！早就有了一个没有见面的约定！

他又激动又开心，差点跳了起来。他见四下全是人，连忙把她拉出了茶馆，在河岸边站定。他仔细地看着她，没有错，这样的两条眉毛，这样的一双眼睛，她就是当年那个可爱的小姑娘。

"凤仪，"他再也忍不住了，"不要走好吗？我喜欢你！"

"你说什么？"凤仪愣了。

"我喜欢你！我一直喜欢你！"

凤仪的脸腾地红了："你胡说，你喜欢金笔小姐。"

"我没有胡说，我没有喜欢过金笔小姐。"

"那就是金笔小姐喜欢你。"

"她也没有喜欢我。"

"那是什么？"

袁子欣摸了摸脑袋："等一等，我说我喜欢你，和金笔小姐有什么关系？"

凤仪扑哧笑了："当然有关系，就是有关系。"

"有什么关系？"袁子欣莫名其妙，"这是我们两个人的事情。"

"你不是说要给我找一个金笔师娘？"

"哎呀，"子欣道，"我错了不行吗，我不应该开那个玩笑，我是为了试探你，"他的脸也不禁红了，"有没有一点喜欢我。"

"鬼才喜欢你呢。"

"真的？"

"真的。"

"那你就是全上海最漂亮的鬼,"他轻轻拥住她,悄声道,"我最喜欢的鬼。"

"人家看着呢,"凤仪挣脱开一些,她看着熟悉的九曲桥、湖心亭,觉得又幸福又感慨,深深地叹了口气,"你干吗带我来这儿,你认出我了?"

"没有,"袁子欣道,"因为我这三年一直想带你来,我想告诉你关于我的很多事情,可是,我觉得我事业不成功,样样都比不上家俊,所以也不好追求你。你今天说了画画师娘的事情,我就想,也许你也喜欢我,所以我就带你来了。"

"谁喜欢你呀,"凤仪嗔道,"自作多情。"

"那你答应我不走了?"

"我不是答应你,"凤仪看着九曲桥上熙熙攘攘的人群,"现在和兴生死未卜,电织厂刚刚运转顺利,缫丝厂危机重重,我是因为它们才不走的。"

"没有因为我?"

"你,"凤仪调皮地笑了笑,"你有金笔师娘就行了,要我干吗。"

"又来了!"子欣头痛地哼道:"你这样可不像上海的淑女。"

"你又说错了,"凤仪道,"我本来就不是淑女,我是冒险家,也是画家,是企业家,就不是淑女。"

子欣看着她容光焕发的模样,情不自禁地伸手搂住她:"你说对了,我就是不喜欢淑女,我就喜欢冒险家、画家,还有企业家。"

"那金笔小姐呢?"

"呵呵,"袁子欣笑道,"你不要乱吃醋,我不过是她的投资人,又不是男朋友。"

凤仪瞄了他一眼:"那如果人家想当你的女朋友呢?"

"没有这个如果,"袁子欣笑道,"她不喜欢我这样的男人。"

"谁说的?"

"她自己说的,她说她喜欢成功的男人,要非常成功的。"

"那你以后也可以成功啊。"

"为了成功谈恋爱,"袁子欣困惑地道,"那不是爱情吧。"

"那什么是爱情?"

"就像我这样,"子欣笑道,"你喜欢当冒险家,我就喜欢一个冒险家,不管你是成功还是失败。"

这天凤仪与子欣在上海街头走了很久很久。凤仪絮絮地说了五年前雅贞的死,后来她怎么在湖心亭等他,又如何陷入孤独,如何与美莲遇到了拆白党,如何在杏礼的婚宴上决定要进入元泰,了解另一个世界的真实。子欣就像中了头彩的穷光蛋,不禁惊奇这个女孩子的内心如此丰富。他静静地听她说,仿佛要借这个机会把她的心全部看透。然后,他也说,当年在湖心亭等她,接着出国,接着在婚宴见到了她,就觉得很喜欢她,然后一步一步地,通过液仙了解她的动向,教她知识,和她一起办厂,想等到自己有了基础之后,再来追求她。凤仪笑道:"杏礼说得没有错,你来教我,果然是没安好心。"

"那也不是,"子欣道,"其实我在教你的时候,我也很受益,好像把很多学过的知识又理了一遍。"

"是吗?"

"嗯,"他想了想道,"而且你的思维非常中国化,我通过教你,也在不断地提醒自己,要学会变通与沟通,让自己更好地适应乱世中的上海。"

"变通?"凤仪笑了:"容易吗?"

"不容易,"子欣笑道,"不过只要目标是这样的,步子慢一点也没有关系。"

"就像你对我?"

"你?"子欣酸酸地道:"你比较麻烦,我只慢了一步,你就要跟别人跑了。"

"我跟谁跑了,"凤仪笑道,"明明是你心里只装着金笔小姐。"

"谁说的,"子欣道,"明明是你喜欢家俊。"

"那也因为你太冷静了,"凤仪道,"我看不出来你喜欢我。"

"你也冷静,"子欣道,"我也看不出你喜欢我。"

凤仪的脸红了:"我本来就不喜欢你。"

"好吧,"子欣佯装叹气,"那我只好去找金笔师娘了。"

"袁子欣,"凤仪低喝道,"你当心杯子。"

子欣哈哈大笑,轻轻拥住她:"我才不要什么金笔师娘呢,有你就够了。"

凤仪也乐了,她抬起头,看了看四周,睁大了眼睛:"我们现在在哪儿?"原来两人只顾着说话,走到了一条从没有来过的马路上。子欣询问路人,这才知道到了上海虹口。他看了看表:"我们在街上走了三个小时。"

"不可能吧,"凤仪道,"有这么久吗?"两个人相视而笑。虹口是日本租界,离南市很远,要穿过部分法租界。这里日本人较多,酒肆茶馆等都颇有日本风味。子欣与凤仪进了一家日本餐馆,叫了生鱼片、寿司与清酒,继续边吃边聊。

凤仪吃了口生鱼片,觉得异常鲜美,不禁道:"原来生鱼片这么好吃!"

"你没有吃过?"子欣道:"不可能吧。"

"爸爸最不喜欢日本人了,从来不许我碰日本菜。"凤仪道:"朋友里面,美莲与液仙也是从不去日本餐馆的,杏礼倒是无所谓,可她说她小时候吃过生鱼片,一吃就想吐,所以,我还真没有机会尝过呢。"

子欣停住了筷子:"不吃日本菜,这虽然爱国,可是没有用啊。"

"什么?"

"现在日本对我们国家逼得越来越紧,除了军事上,还有商业上。就拿三井说吧,这家株式会社到上海不过几年时间,发展的速度非常快,他们的生丝质量、价格,制丝技术,都比元泰有过之而无不及。而我们中国人,仅仅靠不吃日本菜,是没有用的。"

"是啊,"凤仪长叹一声,"我听说液仙一直在研制日本蚊香,现在怎么样了?"

"很难,"子欣道,"我们的技术根本没有办法和日本人相比,液仙研制的蚊香一烧就断,根本不能投产。"

"那怎么办?"

"我们正在商量,实在不行就派技师去日本。"

"去日本?"凤仪惊讶了,"去日本学?"

"学,日本人会教吗?"袁子欣笑了笑,"应该说,是偷学。"

凤仪心中很是感慨,她忽然想,这就是现实世界吸引她的原因,能够为了国家和理想去努力实现。就像父亲奔走一生,像爸爸在建设和兴,像子欣与液仙现在的事业。她想了想:"子欣,缫丝厂和三井的竞争很激烈,我们下面有什么好办法吗?"

"我和刘经理想到了一个好主意。"

"什么好主意。"

子欣看了看四周,悄声道:"搬家。"

"搬家?"凤仪吓了一跳,"搬到哪儿?"

"你知道这些天,我和刘经理去哪儿了吗?"子欣笑了笑,"我们去无锡了。"

"无锡?"凤仪讶然道:"去那儿干什么?"

"无锡是我们收购蚕茧的基地,"子欣道,"我们去了解那儿的生活水平,还有方方面面的情况。"

"你们,"凤仪道,"你们想把缫丝厂搬到无锡?"

"对!"子欣道,"我们计算了一下,那边的生活水平比上海低很多。如果一个工人每个月的工资降低十块,三百个工人就是三千块,一年下来,就是四万二千块。这还只是一个方面,再说无锡是蚕茧基地,我们就近收购,对价格和质量都会有很大的帮助,而且那边熟悉缫丝的农民很多,我们很容易招到又便宜手艺又高的工人。"

"对啊!"凤仪拍手道,"真是个好主意,怎么早没有想到?"

"你先不要激动,"子欣笑了笑,道,"你想想,无锡离上海很近,在那边开厂是有大量的好处,那为什么别的丝厂不搬过去呢?"

"运输成本?"

"这和整个成本比,根本不算什么。"

"招不到工人?"

"当地到处是缫丝能手,而且那边的人也非常勤快。"

"那是为什么?"

袁子欣看着她:"因为守旧!"

凤仪以为自己听错了:"因为什么?"

"守旧!"子欣道,"你知道吗,在当地,蚕农缫丝都是用最老的办法,他们宁愿这样缫丝,或者把蚕茧卖给收购商,也不接受缫丝工厂的。我和刘经理到了那儿,打听了一下,原来几年前就有人在那儿开厂,结果,当地的村民说缫丝厂会破坏风水,还说烟囱经常冒烟,会让他们的祖宗不高兴。总之,是很奇怪的理由。所以他们经常去找工厂的麻烦,甚至不许家里人到厂里上班,慢慢地,工厂都开不下去了。"

"怎么会是这样的原因……"凤仪愣了半晌,方道,"那,我们还能搬吗?"

"能啊。我们这次去很有收获。你知道吗,这几年乡下收成不好,当地很多人出来打工,他们没有别的手艺,到了上海,就在缫丝厂做事,有些就留下了，有些又回到家乡，所以慢慢地，当地人也能接受缫丝厂了。刘经理还有一个远房亲戚，愿意把他的土地租给我们呢！"子欣高兴地道："当地人长年和蚕丝打交道，如果能招到这样又好又便宜的工人，那我们的成本就会比三井低很多，质量也更有保证，那我们和他们竞争起来，就不用发愁了。"

凤仪没有想到，自己在书房里考虑未来选择的时候，子欣在忙这样的事情。她端起酒杯："那我们碰一下，向你表示祝贺。"

"现在祝贺不了，"子欣道，"还有两件头疼的事情。"

"什么事？"

"我们刚刚还工青帮，帮会工厂是有些好处的，可如果把它再收回来，我们很有可能要赔给帮会一笔钱，这笔钱是多少，我一点也不知道。而且都不知道如何去计算，另外，工厂搬迁又要一大笔钱，这笔钱从哪儿来，我也不知道。"

"那刘经理怎么想？"

"他又想让凤凰阁入股。"

"其实你也可以变通一下，"凤仪道，"有了他在，很多帮会上的事情就好解决了，而且以后到了无锡，有些事情他也能帮上忙。"

子欣看着她："你真这么想？"

凤仪点了点头。"看来，还是你更加中国化。"子欣道："缫丝厂使用青帮管理工人，这本身就不合理，现在，又让一个帮会老大入股……"

"他只不过是股东嘛，"凤仪道，"又不插手管理上的事情。"

"刘经理也是这么说，"子欣道，"但是如果他想插手，你觉得，我们有办法反对吗？"

凤仪愣了愣，道："你想得也有道理，不过，李威叔叔不是这样的人。"

"把问题的解决，建立在一个人的人品上，这一点都不科学，"子欣笑了笑,"这可靠吗?"

凤仪笑了笑:"你刚刚说你要变通,现在又不能接受现实了。"

"凤仪,"子欣看着她:"如果,我不能时刻保护你,你能保护你自己吗?"

"能啊。"

"不,"子欣道,"我是说心理上,不管我们如何,我都希望你从心理上不要依赖我,不要对我产生眷恋,你要把心放在你自己的身上,要像以前一样,去想办法学习,追求你自己想要的东西。"

凤仪闪过一丝不快:"你,为什么这样说?"

"我也不知道,"子欣笑了笑,"忽然想到的。"

凤仪没有吱声。子欣道:"你不高兴了?"

凤仪摇摇头,嫣然一笑。二人在小馆里坐了许久,又在马路上散步了许久,直到天色晚得不能再晚,如果再晚,就有可能让邵元任出动人马,到街上去找她了,她才回到家。她一进门,便看见杨练与邵元任坐在沙发上,她一阵心虚,笑了笑道:"爸爸,哥哥,你们还没有休息?"

"你去哪儿了?"邵元任问:"现在已经一点了。"

"我,我和子欣出去逛了逛。"

"和子欣?"邵元任一愣:"家俊打了几个电话,问你回来了没有,他好像要你的照片。"

"我知道了,明天我打给他。"

"你和子欣怎么会逛到这么晚?"

"我们在谈缫丝厂搬家的事,"凤仪道,"他还说明天和刘经理来家里开会。"

邵元任点点头,凤仪道:"明天的会我也参加。"

"那你确实不去留学了?"

"我不去了。"

邵元任沉默了几秒,道:"太晚了,赶紧上去休息吧。"

凤仪听了这话,连忙溜上楼,回到自己的房间。她拿起镜子,照了一照,天啊,她的眼睛是亮的,眉毛是弯的,嘴角是翘的,哪儿哪儿都带着笑容。天知道爸爸和哥哥有没有看出异样,她放下镜子,走到床前,看着方谦写的那些字。

爹爹,她在心中默默地道,我要开始创造我的生活了,不管感情上,还是事业上。尽管我现在还不知道,我的两个世界是什么,但至少,我不会再害怕什么,也不会再让自己后悔。她轻轻地念着那些文字,当念到"顺其自然"的时候,她心神一震,她和子欣少年相遇,之后错过,成年后再相遇,又历经三年,方才成就今日恋情,若回头细想,那是前进一点也不成,后退一点也不成,一切都是顺其自然的。

第十二章

凤仪在无限感慨与甜蜜中睡去,第二天一早,她刚刚梳洗完毕,便听到楼下闹哄哄一片。阿金上来道:"小姐,袁经理、刘经理,还有李老板都来了。"

"李威叔叔?"凤仪一愣,忙下了楼,见袁子欣、刘庆生,还有李威都坐在客厅里。凤仪和大家打了招呼,李威从口袋里摸出一个大红包,递给她。凤仪面上一红:"李威叔叔,我又不是小孩子了,还拿红包。"

"拿着拿着,"李威道,"等你去了欧洲,我想送,也送不了了。"

"我不去欧洲了,"凤仪抿嘴一笑,推开了红包,"我年年都在上海了。"

李威一愣,便把红包递给阿金:"这是小姐赏你们的,拿去分了。"阿金忙接过来,千恩万谢地谢过了。邵元任道:"人都齐了,我们去书房吧。"他站起来,便朝书房走,子欣、刘庆生和凤仪都跟着他进了书房。子欣发现,李威没有跟来,这让他很意外,难道他今天来,不是谈凤凰阁入股元泰的事情吗?

几个人在书房落座,子欣和刘庆生说了无锡的情况,邵元任听后颇为满意。子欣又把整个搬迁的方案拿给邵元任。邵元任翻了翻，放在书案上："子欣，对凤凰阁入股一事，你怎么看？"

子欣看了看邵元任，实在猜度不出他的意思，便泛泛而道："中国不管怎么样，还是在进步当中，如果不抢在时代的前面，我们就会受制于时代。"

"大而化之，"邵元任笑道，"你现在也越来越圆滑了，说说心里话。"

"我的意思刘经理都知道，"子欣也笑了，"他觉得我的意见很不妥。"

"对的，"刘庆生道，"我觉得袁经理想得太多了。要我说，不管谁做股东，他都要企业好，要企业办事说话，还有，青帮用工，那是缫丝厂的传统，又不是我们元泰一家。再说了，我们这是要搬家，一来要用人家的钱，二来搬到无锡，有了事，不还得大家一块解决。我觉得入比不入好。我们现在一时也筹不到这么多资金。人家李老板愿意入，那也是邵老板的面子比天大，一般人，请人家入，人家还不来呢。"

"子欣，"邵元任道，"你觉得不以凤凰阁的名义，用李老板本人的名义怎么样？"

袁子欣想了想："区别很大吗？"

"有一点。"

"这方面我不大懂，"子欣笑了笑，"我的意见也仅仅是意见，再说了，实际情况摆在这儿，我们不行可以先这样，以后再慢慢地改回来。"

这时，书房的门开了，李威端着茶壶走了进来，他在放好茶叶的杯子里沏上开水，然后把剩下的开水灌在水瓶里。最后，他把四杯热茶，一杯一杯地端给众人，然后恭敬地站在邵元任身旁，似乎是自己是一个仆人，正准备随时为主人服务。袁子欣不能置信地看着李威，他很难把上次增资扩股会上，颇有派头的李威，和眼前这位温顺的男仆联系在一起，难道，社会上的传言是真的，凤凰阁的部分势力，是属于邵元任的？而刘庆生也没有想到，这么多年过去了，这位声名赫赫的凤凰阁老板，还在邵府做着

— 243 —

下人的事情,他不禁目瞪口呆。

"李威,"邵元任道,"你也坐,和我们一起讨论。"

"是。"李威恭敬地答应了一声,坐了下来。

"那个人怎么样了?"邵元任问。

"他早年是同盟会会员,也入过青帮,和蔡洪生老爷子也说有点交情。他和江苏督军关系一般,和上海这边反而关系密切。他有一个小老婆,就住在法租界,每隔一个月他就要来一次。老爷子已经递过话,他说春节一到上海就会约我们见面。"

子欣没有发问。刘庆生见子欣没有开口,也忍住了。凤仪道:"这个人是谁?"

"是无锡一个有实力的人,"邵元任道,"有他的帮忙,我们在那儿开厂就容易多了。"

袁子欣又是心神一震。邵元任对刘庆生道:"话说到这儿了,我有事要和你商量。"

"邵老板请说。"刘庆生慌忙放下手中的茶杯,毕恭毕敬地坐好。

"我们要赔偿给青帮一些钱,加上搬家的费用,数目惊人。我想了很久,我愿意拿出部分产业股,让李威正式入股缫丝厂,这样一来,钱就不用还了,而你在无锡有任何困难,相信他都会帮你解决。但是,除了产业股,他还希望你拿出一部分营业股,不知你意下如何?"

"营业股?!"刘庆生惊慌失措地看着李威:"李老板想要多少?"

"不多,意思一下,"李威笑道,"百分之二十就够了。"

刘庆生放下心来,他喝了几口茶,心里飞快地盘算着,百分之二十不多啊,李威为什么要营业股呢?刘庆生忽然明白过来,只有给了李威营业股,邵元任才能放心让他在无锡独揽大权,这一招是防着自己的。而且李威又是产业股东,又是营业股东,以后缫丝厂在无锡遇到困难,他出面解决又好说了很多。想到这儿,他放下茶杯,满面堆笑道:"李老板加盟,我是求之不得,本来我也这样想过,只不过不敢开口,现在有邵老板做主,我就什么都不用愁了,万事大吉,万事大吉。"

邵元任打量了袁子欣一眼:"子欣,你怎么样?"

袁子欣笑了笑,为了缫丝厂搬迁,他花了多少时间来计算成本,核实其中的可能性,几乎到了不眠不休的地步。他所做的一切,就是希望元泰能提高竞争能力,建立一个合乎经济发展、企业发展的制度。可是现在,青帮摇身一变,竟然成为合法的股东。但是,他也不得不承认,帮会的力量非常强大,也许这就是他必须要理解、适应和变通的地方。他平静地道:"这毕竟是缫丝厂的事情,我没有意见。"

"工厂到了无锡,"邵元任道,"会采用合理的用工制度管理工人,毕竟我们降低了成本,而且在当地用工,都是乡里乡亲的,也不能太过分。"

"是啊,"刘庆生笑道,"这就顺了袁经理的意思,叫什么现代管理。"

众人都笑了起来。邵元任道:"我和李威还有事情要谈,就不留你们了。庆生辛苦了,赶紧回去,和家人团聚团聚。我就不留你了。凤仪,你和子欣不想在家也行,可以出去逛逛。上海玩的地方很多。"

"是啊,"刘庆生道,"最近百货公司很热闹,城隍庙也不错,春节有庙会。"

凤仪与子欣听到城隍庙,俱是面红心跳。二人忙跟着刘庆生走出了书房。刘庆生先辞了,两个人没事,便又出门玩去了。李威见他们全都走了,这才又给邵元任泡了一壶新茶。邵元任望着杯口袅袅的热气:"你查清楚了?"

"查清楚了,"李威道,"缫丝、电织一共六个财务,其他五个人都没有问题。"

"有问题的是谁?"

"本来我也不相信是他,后来他包的一个舞女说漏了嘴,这才查到,

— 245 —

那个叫龙川民的三井的经理,给了他一座小公寓,就在法租界里,和他相好的舞女就住在里面。"

邵元任闭了一下眼睛。邵焕英可是老家的表姑妈唯一的儿子。当初表姑妈不愿他来上海,是他一定要来此发展,表姑妈又几次三番来信,让自己好好照顾他。可是现在,他与日本人勾结,为了钱出卖元泰。邵元任暗暗恼火,一套公寓,还要包养妓女,那他再给多少工资,也填不满邵焕英的胃口了。李威见邵元任一直沉默,知道他顾忌老家的亲情,但如果只是背叛元泰,他就会劝邵元任放了他,做个顺水人情,可是现在他投靠的是日本人,李威阴着脸,决意不发一言,那意思就是杀之而后快!

时间一分一秒地过去,邵元任意识到自己不能再沉默了:"把他的老婆儿子送回老家,其他按规矩办!"

李威点点头。邵元任平息了一下情绪:"康凯蒂怎么样了?"

"袁子欣投给她的小厂,办得还挺不错,这个女人的确有本事。不过,她好像在外面有好几个男朋友,有一个是做火柴生意的,还有一个是大学教授,还有一个是大家子弟,条件都不错。"李威笑了笑:"我看,她是找了几棵大树,比比看哪棵好,才决定到底要吊哪一棵。"

邵元任喝了一口茶,没有说话。

"凤仪真的不去欧洲了?"李威问。

"年轻人的事情,"邵元任叹了口气,"由他们去吧。"他看着李威:"你跟了我多少年了?"

李威微微一愣,道:"要是从元泰算起,我跟了您十五年了。"

"我听说你现在外面开了不少烟馆,又和几个青帮弟兄合伙贩卖烟土,"邵元任摆了摆手,阻止了李威的辩解,"如果我只想你一直跟在我身边,为我倒茶递水,我就不会让你去凤凰阁了。"

"邵先生,"李威笑了笑道,"我知道你不喜欢烟土生意,我就是拿点积蓄,和他们玩玩。"

"你在说什么?"邵元任用略带责备的语气道,"我会为你拿自己的钱,做你自己喜欢的生意而生气吗?你是个讲实际的人,这是你的优点,也是我最欣赏你的地方。这点我比不上你,刚才坐在这里的人,除了刘庆生,他们都比不上。但是庆生终究是个小商人,你不同,你会做得很大,而且总有一天,你会脱离我建立你自己的王国。我们终将成为好朋友,要互称一声老板,"邵元任看着他微笑道,"如果你做不到这一点,你就白跟了我十五年。"

李威嘿然一笑,沉默不语。邵元任又道:"讲究实际是优点,但是做人要有长远打算。一个国家不可能永远混乱下去,像这样南北对峙、群雄混战的局面不会维持太久。只要大局一定,到时候国泰民安,任何政府都不可能允许帮会长盛久昌。你在黑道上要做大,但是在白道一定要留有退路。这一次,我想让你本人入资元泰,而不是以凤凰阁的名义。而且,如果你在生意场上的朋友,只要是做合法生意的,愿意给你这样的机会,你都应该参与。将来有一天,国家变了,你跟着摇身一变,就是个合法商人,到时候,就算你结束所有的烟、赌生意,你还是个有钱人、大老板。"

李威愣住了。邵元任这番推心置腹的话,不仅让他觉得,元泰需要他的帮助,他对元泰也同样有所借助,而且也让他觉得,他跟邵元任十五年,也努力了十五年,还是比这位老板棋差了一着。"邵老板,"李威恭敬地道,"谢谢您的指点。"

"不用谢我,"邵元任道,"反过来,我还要谢你这十五年的努力。你要记住,永远不要把自己放在一个颜色里,黑与白,文与武,是与非,它本来就是一体的。"

李威怔怔地点点头,将这番话全部记在了脑海里。邵元任知道他不能完全理解其中的含意,不禁感到一丝轻微的遗憾。这个道理他可以直接对李威说,却不知如何告诉凤仪。他只能寄望于她在社会上慢慢磨炼,然后领悟这个人生道理。

经过两个月的调整,元泰缫丝厂终于搬到了无锡。这是个鱼米之乡,临近太湖,风景优美。刘庆生将孩子放在上海寄宿学校,夫妻二人都搬了回来。他颇有荣归故里之感,对缫丝厂的前程也很有信心。凤仪和子欣在忙碌之余,也在小城里,度过了一段甜蜜的时光。凤仪特意带上了绘画用具,偶尔空闲,她会到湖边采风,太湖湖面开阔,一眼望不到尽头,天气好的时候,湖面碧波荡漾,各色渔船在湖上奔忙,令人见之忘忧,心情舒畅。

她从未在绘画中获得如此之多的乐趣,她开始领悟到,恰恰因为她的喜爱,她才能在寂寞的少年时光中,与这门艺术共度。小城里的每个角落,都留下了她采风的身影。让她惊奇的是,袁子欣虽然不懂绘画,却对她的喜好很有偏爱,她喜欢的往往也是他喜欢的,两个人的感情与日俱增。她不再想出国,不再想当逃兵,但是她仍然很遗憾,她从内心开始向往西方美术胜地,向往卢浮宫,向往那些大师们的作品。

人生就是这样奇怪,在艺术上最了解她的人是顾家俊,他们却只能成为挚友。袁子欣虽然与她十分不同,却莫名其妙地吸引着她。她想,也许杏礼对家俊的吸引也是如此。爱情没有理由,更像是一种命运。

两个月后,她和子欣返回了上海。二人刚到邵府,方液仙的电话就追了过来。因为蚊香实验一再失败,他和道德商议很久,最后还是决定由道德前往日本,去一家蚊香厂偷学技术。液仙说要请大家一起为他壮行。凤仪自听说汪永福的死讯后,对以往的事情已经释怀了,她很少有机会见到汪道德,听子欣说,他是个十分木讷的人,却没想到会有这般勇气,她不禁产生了几分敬佩之情。

"你原谅他了?"子欣原本担心凤仪不肯前往,见她没有丝毫推托,高兴地问。

"本来就不是他的错。"凤仪道:"我只是没有想到,他做事情这么有毅力。"

"他很了不起,"袁子欣笑道,"什么事情想到了就做,而且做不成功誓不罢休。这是他单纯的一面,也恰恰是他过人的一面。"

"你真这么想?"

"对,一般人没他的勇气,没有他固执。"

"你是说美莲吧?"凤仪笑道。

"这世界上最考验人、最折磨的人就是爱情,"子欣也笑道,"像他那样,被拒绝了几百次还有信心站在别人门前的,你说有几个?"

"乱讲,"凤仪嗔道,"哪有几百次!"

"每天按一次计算,"袁子欣道,"他在德昌堂门口站了一年多,至少三百多次。"

"那是人家有毅力,"凤仪道,"你能做到吗?"

"我做不到,"袁子欣哈哈一乐,"我比他聪明多了!像我这样有计划有步骤,才能抱得美人归!"

"谁给你抱了?!"凤仪笑问。

"谁说你是美人了?!"袁子欣亦回问。

话音刚落,一只小木梳便从凤仪手中飞了过来,袁子欣笑着躲出了房间:"画画师娘,你这个飞东西的习惯得改改了。赶紧打扮!我们可不能迟到啊。"

晚宴依然订在德兴馆,此时已是春天,包间的窗户开着,一股浓浓的春意从空气中涌进来。凤仪脱了外套,穿一件粉紫色中式西做高领夹衫,看起来十分俏丽。杏礼是洋装打扮。美莲则穿着一件近似于女工的衣服,在杏礼、凤仪的映衬之下,倒显出另一种朴素之美。杏礼见凤仪与子欣成双成对,美莲又有汪道德追求,不禁郁郁寡欢。顾家安是个不大懂情趣的人,整天忙于工作,本来有家俊相陪,日子倒也不闷,但眼看家俊就要出国了,最近还一直忙着学外语,也很少陪她,以后更是连面也见不着了。美莲本十分厌恶道德的追求,但他坚持"上班"久了,倒慢慢动摇了她的心性。这些天听说他要去日本,不禁觉得他勇气可嘉,又觉得他十分爱国,心中竟莫名地牵挂起来。她暗自想,这个男人如此执着,对自己又如此钟情,可见是与一般男人不一样的。

三个女朋友经月未见,却似乎并不热闹,杏礼与美莲各有心事,都不想说话,只听见凤仪一个人叽叽喳喳地讲无锡风光如何之好,工厂搬迁之中,种种的趣事。液仙坐在旁边听着,不禁莞尔。真是女大十八变,凤仪忽然漂亮了许多,可能这就是爱情的魔力吧。袁子欣见凤仪如此话多,也觉得有趣,他拉着液仙坐在僻静处,商议些化工社的事情。五个人又等了半天,门开了,汪道德捧着一束玫瑰花走了进来。

他上身穿着一件蓝色旧西装,估计出门前走得匆忙,扣子系错了一行,西服前襟一长一短地挂在身面。下身穿着一条灰色棉布长裤,裤脚还扎了起来,看起来与西服极不搭调。偏偏他手里捧着的玫瑰花儿又十分艳丽,与他的模样不成正比。众人想笑又不好意思笑,将他迎到桌前。他一言不发,将花递给美莲,美莲双颊通红,默默地接了过来。

"开席!开席!"方液仙举起酒杯:"祝道德马到成功,把日本人的技术全部拿回来!"

众人哄然叫好,举杯庆祝。汪道德的眼睛笔直地看着美莲,一眨也不眨,方液仙逗他说话,他回答几句,又看着美莲。众人见他似乎有话要对美莲讲,便赶紧草草吃完,一哄而散,留下他送美莲回家。美莲抱着花儿,居然就这么依允了。

二人顺着路慢慢前行,美莲怀中一大捧鲜花着实引人注目,可惜除了行人的目光,汪道德始终不看她,也不说一句话。美莲实在忍不住,问:"你去过日本吗?"

汪道德摇摇头。

"去了以后有把握吗?"

汪道德还是摇摇头。

美莲无话再问,只得继续朝前走,快到德昌堂的时候,汪道德突然停住了。他看着美莲,半天从嘴里蹦出一句话:"你等我!"

美莲吓了一跳,觉得他直接得有些过了。汪道德浑然不觉:"你等我,我回来娶你!在日本,我不变心!"

"你,"美莲听了这话,觉得一阵欢喜涌上心头,她相信他说的是实话,"你要去多久?"

"几个月,几年,"汪道德似乎早已想好,"一年我回不来,有合适的你就嫁。"

美莲听了这句话,知道他一是为自己考虑,二是下了学不到技术必不回来的决心了,她顿时心一软,整个人都酸楚起来:"我以前的事情你还不知道吧——"

汪道德打断了她:"我知道!"

"你,你怎么知道?是不是方……"

汪道德摇摇头:"我知道你很好,非常好。别的我不想知道,知道了也没有用。"

美莲不知道说什么,轻轻抬起头,看着他。路灯下的汪道德又高又瘦,似乎很久没有吃好睡好过。她不禁怜惜地伸出手,替他把西装扣子解开,理得整齐后,再轻轻地一颗一颗扣好。汪道德从未被女人这么温柔地对待过,也从未这么近距离地看过美莲。他只觉得她身体浑圆,五官饱满,两条细弯弯的眉毛低垂着一双温柔多情的丹凤眼。他不禁浑身上下都打起战来,腿一软,险些栽倒在地上。"你怎么了?"美莲问。汪道德摇摇头,觉得脸上一面潮热,伸手一摸,居然全是眼泪。

三天之后,汪道德登上了前往日本的轮船,液仙通过法国老师的关系,把他介绍进了日本蚊香厂。他每隔一个星期给美莲写一封信,信很简短,用词却十分热情。这个古怪的人到底用他的方式得到了爱情。美莲于是安心在德昌堂工作,等待道德归来。到了五月,顾家俊去法国的行期不能再拖延,他也不得不出发了。

凤仪也前往码头为他送行,顾家上上下下一家老少全部到了。家俊的母亲用丝帕捂着脸,想哭又怕不吉利,杏礼也红着眼睛,离别的气氛十分令人难过。顾家俊见众人如此,连忙打叠起精神,他先同父亲告别,再安抚了母亲,又逐一安抚姑妈、姨母、表妹,最后来到顾家安与杏礼面前。顾家安与他拥抱了一下,他嘻嘻一笑:"大哥,以后我不在,你要多陪陪嫂子。"

杏礼听了这话,突然觉得肝肠寸断。她嫁入顾家整整三年,和这个清秀可爱的小叔子相处的时间,远远多于丈夫,他那些温存的表情,和气的话语,又体贴又聪明,现在他走了,谁还能像他这样对自己呢?她忍住眼泪:"到了法国,你好好照顾自己。"

"我会的,"顾家俊道,"大嫂也要好好照顾自己。"他看了看站在杏礼旁边的凤仪:"我大嫂就拜托你了。"

凤仪勉强笑了笑。这满府上下,只有她一个外人了解他此时的心情。顾家安道:"家俊,你说错了,以后在上海,我们要多照顾凤仪小姐的。"

"你要一直画下去,"顾家俊对凤仪道,"不要辜负我的理解。"

"你放心,"凤仪亦道,"你的事情我都懂。"

顾家安拉着杏礼走到旁边,让家俊和凤仪说悄悄话。杏礼万般无奈,只能挪动了脚步。家俊忍不住看了她一眼,见她双眉含怨、两眼含情,不禁心神大乱,他连忙转过头,惧怕自己一时心软,就永远留了下来。

"凤仪,"他说,"你要好好照顾她,也要好好照顾自己。"

凤仪点点头。顾家俊咬咬牙,转身朝船上走去。顾家的女眷们有的喊有的哭,登时乱成一片。家俊的母亲倒在两个用人怀里,几乎晕了过去,杏礼靠在顾家安的身上,泣不成声。凤仪不想再看这个场面,悄悄地退后了几步，只见家俊的身影在登船的人流中消失了一会儿，接着，又出现在船头。他笑着向众人挥手，众人也一起挥手。凤仪遥望着他，向他举起了手臂。这个和她彼此了解、彼此有许多共同话题的男人就要离开了，她感到一股说不出的惆怅，和一种奇特的孤独。以后，再也没有人会那样和她谈论艺术了。她在这个世界里的那个世界，有一部分随着家俊远行了。

自从顾家俊走后，杏礼百无聊赖起来。每天不是逛街，就是约了太太小姐们打麻将，日子过得像白开水一样。她觉得自己一下子老了，才二十三岁年纪，心像六十岁一样。她不禁后悔嫁给顾家安，他只是个好门面，有地位有钱，却一点不明白妻子的需要。她有时在街上看见普通人家的夫妻，互相挽着轧马路，或提着菜篮子一同去市场，不禁又羡又妒。总比自己这样好，她想，一个人孤单单的，像具穿金戴银的行尸走肉。

凤仪和袁子欣一起忙电织厂；美莲在德昌堂和几个平民学校教书，每周和汪道德通信，日子过得十分充实。杏礼偶尔与她们碰见，好像也没什么话说，家俊每次来信也是淡淡一句，问大哥大嫂好，就不肯多话了。她连封回信也没法写，更别说诉说心中的烦闷。渐渐地，她爱上看电影，隔两天不看就像少了什么，这一年中，她几乎把每部电影都看了十几遍，有几部外国的爱情片，她几乎连台词都能背下来。电影上的人儿还未张嘴，她就知道他们下面要说什么。电影院真是好，黑乎乎一片，只有银幕亮着闪闪的光，她坐在里面，就忘记了自己。何况靠背椅是舒服的，汽水是可乐的，夏天有冷气，冬天散着热乎乎的暖气。

这一天她又来到电影院，看见门廊里贴着一张海报：明生电影公司培训班招聘女学员，凡十六周岁以上，容貌端丽，无不良嗜好的女子皆可报名。杏礼心中一动，看完电影出来，她仔细记下了电影公司的地址和电话。

提着小包，踩着高跟鞋，感觉脚步忽然轻快了。她打量起街上女人们

— 253 —

的行头，路过布店进去看看、摸摸，将轻薄的绸缎捏在手里掂一掂。春去秋来，现在又快到夏天了，一股久违的生机在她的心中升起，演电影，像那些女主角们，在银幕上将爱情的泪珠儿洒干，将人生的快活尽情欢笑……

顾家安以为这玩意就像戏曲玩票，怕她闲着寂寞，便答应了。电影公司招收女学员，报名的人很是寥寥，人们普遍认为女人演戏是伤风败俗的事情。等他们见到杏礼，立即惊为天人，又兼她本身就出自豪门，连忙量身定做，为她编写了一个剧本。故事是说一位豪门少妇长期受丈夫冷落，不禁爱上了丈夫的表弟，两个人在爱情的诱惑下，品尝了爱之禁果，事情败露后，女主角被两个男人同时抛弃，悲惨地遁入空门。

杏礼明艳幽怨的气质，加上天生美貌，几乎不用演，就算原地站着不动，也能将人物出神入化地表现出来。明生公司如获至宝，不仅和她签下高额片酬，又给她专门配了化妆师、服装师，和两个服务人员，务必要让这部戏一炮而红。

就在这部名为《倩棠泪》的电影紧锣密鼓地拍摄时，另一家电影公司拍了一部更加惊人的电影《张瑞丰》。这部电影是根据真人真事改编的。上海有位洋行买办张瑞丰，他与一位高级妓女相恋，为她散尽家财后，因炒股票亏欠大批公款，无奈之下，他将妓女骗至别处杀害，将其首饰钱财席卷一空，最后被捕入狱，成为阶下囚。这个事情在上海各大报纸都报道，可谓家喻户晓。电影公司为了造势，又在上海数位名妓中揿选女主角，一时间，电影还未拍完公映，便引得报纸大加追捧，人们更是议论纷纷。

明生电影公司见《张瑞丰》受到关注，便请记者们将它与《倩棠泪》拿来比较。这两部电影打擂台倒没有什么，但是这两部戏的女主角却大有噱头。一个是上海名妓，一位却是上海豪门顾家的大少奶奶。记者们个个攒足了精神，有夸的，有骂的，有谈妇女从业的，有谈世风日下的，顿时热遍了上海滩。杏礼自恃身份,觉得自己怎么能和妓女放一起称量,一怒之下,辞演了角色。顾家也觉事态严重,宁愿拿钱赔偿电影公司,让他们另请高明。

明生公司十分爱才,连忙将《倩棠泪》档期推后,以避免和《张瑞丰》纠缠不清,一面又亲自登门向顾家赔礼道歉,声称《张瑞丰》并非电影艺术,而是胡闹。一个妓女,最多只能拍一部这样的电影而已,而他们的《倩棠泪》才是真正的艺术,只有杏礼这样的名媛淑女,才能当之无愧成为上海最耀眼的明星。顾家俊闻说此事,也从法国源源不断写信回来,称电影明星在西方国家的地位如何高尚,如何受人欢迎……这样折腾了两个月,顾家对杏礼拍戏之事,口风稍缓,杏礼也渐渐有点回心转意。此时,《张瑞丰》已先期公映,一时间电影院门前排起了长队,就连很少有时间娱乐的凤仪和子欣,也跑去看了个究竟。

"哎,她小时候真是个人拐子?"电影院里,子欣看着如玉在银幕上的模样,忍不住悄声问。

"嗯,"凤仪看着如玉千娇百媚的模样,低声道,"是的。"

"她看起来不吓人呀,"子欣道,"娇娇弱弱,很漂亮。"

凤仪听了这话,也不吱声,悄悄伸出手摸到他的胳膊,仔仔细细地掐住一声肉,使劲这么一拧,子欣毫无防备,疼得差点叫了出来。他倒吸一口凉气,悄声笑道,"你谋杀亲夫呀。"

"谁是我亲夫?"凤仪悄声笑道,"叫你再胡说。"

"哎,"子欣低声道,"听说这部电影李老板投了不少钱。"

"李威叔叔挺喜欢她的,"凤仪叹了口气,"不知道为什么,他始终不明说,可能担心我和她小时候的事吧。"

袁子欣没有吱声,暗想李威可能是想让如玉转变身份,再明说此事。现在的上海,已与几年前不同,不仅淑女名媛们开始在社会上交际,就连女学生们也纷纷上了交际场。以往在社交场合颇为受捧的长三们,已经变成了上不了台面的角色。"我觉得李老板不聪明。"他悄悄道。

"为什么?"

"这个如玉虽然漂亮,但她想从一个妓女变成明星,不要说中国人,就是美国人也可能会不接受,"子欣道,"他喜欢她,娶回家就可以了,为什么要她这样。"

"哦,"凤仪笑了笑,"你这个想法倒挺新鲜。"

子欣也笑了:"你还恨她吗?"

凤仪摇摇头:"她也是好人家的女儿,被拐子拐出来,就流落在江湖。有段时间,我一见她就有点不舒服,现在想想,她也挺可怜的。也许这就是我和她的孽缘吧。"

"孽缘,"子欣惊讶起来,"这不是形容男人和女人的吗?"

"是吗?"凤仪乐了,"我倒没想过。"二人不再说话,电影散场后,两个人坐在休息区里吃冰激凌。1921年上海夏天不是很炎热,两人难得有机会放松,都觉得这样很舒服。突然,凤仪眼睛一亮,站了起来,她四面寻找了一番,又颓唐地坐下了。

"怎么了?"袁子欣问。

"好像是哥哥。"

"他在哪儿?"袁子欣赶紧四下张望,却哪里有杨练的影子,"你这位哥哥,真有点神龙见首不见尾的味道。"

凤仪叹了口气。自从方谦去世之后,杨练的行踪越来越神秘,邵府给他留了一间房,有时候几个月没有人住,有时一推开门,他就站在里面,和她说话、微笑,就好像他一直住在那儿。"他不是普通人嘛,"凤仪道,"像你这样的凡夫俗子哪能想见就见。"

"对对对,我是凡夫俗子,"袁子欣笑道,"不过,我们还有一位侠客,就要露面了。"

"谁呀?"

"有位漂洋过海，偷取情报的……"

"你是说汪道德？"凤仪惊讶地道，"他要回来了？不是还要再过两个月嘛。"

"一级情报，"袁子欣道，"这是液仙告诉我的，他说道德要给美莲一个惊喜，你千万不能告诉她。"

"是吗？！"凤仪羡慕地道，"这位木头先生又有什么惊人之举呀？"

"礼拜天你就知道了，"子欣道，"液仙已经请了杏礼，他让我们去请美莲，就说我们俩想和大家聚聚。"

"哎呀，"凤仪道，"什么时候有人为我请一次客呀，这样嫁给他也值了呀。"

"哎呀哎呀，"袁子欣乐了，"一顿饭就嫁人，有没有这么便宜的媳妇儿呀，"他伸手搂过她，"我请你吃饭，你嫁给我吧。"

凤仪伸手便要掐他，这下他有了防范，一把抓住她的手，两个人打打闹闹，将工作的烦恼一扫而空。第二天是周六，凤仪想去公园转转，拍几张相片，上一次拍照还是因为出国的事情，转眼家俊走了一年多了，她却连一照片也没有。第二天一早，袁子欣拿着从液仙那儿借来的相机，兴冲冲地来到邵府。他只会简单地摆弄相机，替人拍照还是第一次。他走进客厅，见邵元任和凤仪面对面地坐着，桌上放着一壶清茶。袁子欣不禁一愣，印象中每次邵先生要谈什么问题，总要泡上这壶茶。果然，邵元任闲谈几句，便话锋一转道："子欣，今天难得你们有空，我有件事情要和你们商量。"

袁子欣觉得脑袋有些发麻，他看了看凤仪，凤仪一脸茫然，似乎不知要谈什么。千万不要再谈和兴，袁子欣在心中暗自祈祷，谈什么都可以，千万不要再牵扯上和兴！

"和兴二次停产已经半年多了，我们又拟了个计划，要重新组建一个钢铁股份有限公司，要将和兴建成一个能炼铁、炼钢、轧钢的综合性钢铁厂，"邵元任把一份文件递给子欣，"这是'扩充计划书'，总股本的目标是一百万两。"

"现在益华公司要投十五万两，江南造船所要投十四万两。除了内资，还有外资也要投入，德国吕桑矿务钢铁公司，要投给我们两座十吨碱性平炉和一套二十英寸轧钢机，抵作五分之一股本。"邵元任说得兴奋，不禁笑了起来，"这一下子就解决了一半的资金，还有很多人要拿着钱往里面投，内资外资！德国人不仅提供设备，还要提供技术人员，和兴这次是真正的成功在望。"

袁子欣手一松，险些把"计划书"与相机掉在地上。这些雄心勃勃的人们怎么了，为什么要不惜身家性命，在一个乱世之中，凭借个人力量去振兴一个国家的重工业，并且认为自己能获取巨大成功。凤仪看着邵元任："爸爸，你又想投钱吗？"

"我原来投入的十万两，现在换算成十二万两作为新公司的股本，另外我还要想投入八万两，一共是二十万两，百分之二十的股份。"

子欣觉得头开始痛了。八万两，现在缫丝、电织两厂好不容易有了起色，到哪里凑八万两？等一等，他盯着邵元任，他不会想要……邵元任看着他的表情，笑了起来："子欣，你怎么了，不舒服吗？"

"没有，"子欣问，"这八万两的来源是……"

"我想过了，"邵元任平静地道，"我想用产业股做抵押，向洋行贷款！"

"产业股，"凤仪睁大了眼睛，"你是要把元泰的厂房、机器拿去抵押？"

"对，"邵元任道，"这两个厂的地皮、房舍加上机器，还是值一点钱的。"

"邵先生，"子欣道，"如果我们把产业股抵押出去，一旦和兴不能成功，那么我们拿什么钱还给洋行，如果是这样，元泰就很危险了。"

邵元任没有回答，而是亲自给他们倒上两杯茶："子欣、凤仪，我到上海的第一年，创办了元泰，开始只是把农民缫出的土丝买来，再卖给洋行。到了第三年，我开了缫丝厂，只有十几个工人，它就像我的孩子，一步一步把它喂养壮大，我比任何人都舍不得让它担风险，它不仅是我的心血，也是我的立身之本。我知道投资和兴让你们很为难，但是我希望你们能继续支持我，支持和兴。"

"邵先生，"袁子欣道，"君子有所为有所不为，和兴真的不适合在这样的时候，由民间的商人们去投资。"

"对！你说得很好，"邵元任道，"有所为有所不为，投资和兴，就是在这样的时候，是我们这样的商人，必须所为之事。"

"明知道要失败吗？"

"子欣，"邵元任道，"你回国也有五六年了，应该很了解中国的情况了，现在的中国，北洋政府不能实现民国，南方政权又不能统一中国，外面，还有日本人、俄国人都盯着我们。我们是在乱世中生活，凡事都要靠自己。我们这些人，不都是靠着自己一步一步走到了今天，你为什么确定我们会失败呢？"袁子欣张口欲言，邵元任摆摆手，"你不要谈你的商业理论，这是中国，不是美国，国情与国情不同，商业和商业也不一样。"邵元任转向凤仪，问："你支持爸爸吗？"

"爸爸，"凤仪看了看这两个男人，他们对和兴的看法自始至终没有改变过。一个认为只要坚持就能成功，一个认为不讲规律一定会失败，"我觉得成败没有那么重要，如果你觉得这件事情你非要做，就算失败了也要做，那我只能支持你。"

"话不能这么说，"邵元任道，"如果这次和兴失败了，子欣和庆生可能会失去自己的工厂，你也不可能再做什么邵府的女公子，"邵元任看着她："上海是个很实际的城市，这里只有成功的人才能活得好，活得愉快。"

"爸爸，"凤仪笑了笑，"我从来没觉得当邵府的女公子有多珍贵，如果您失败了，我就去教人画画，当老师，我一样可以养活自己，我还能养活您。只要你坚持为和兴付出了努力，就是一种成功。"

邵元任哑然失笑，这孩子还是这么理想主义。而子欣听了这话，却深为感动："邵先生，我同意凤仪的意见。您不用担心我和刘经理，上海到处都是机会，和兴就算有风险，我们也能做好元泰。就算失去了元泰，我们也能去创建新的企业。"

"哦，"邵元任听了这话，奇道，"你不讲你的规律了？"

"讲规律是一回事，"子欣道，"对价值的判断又是另一回事。"

邵元任微微一笑，一切皆缘，元泰与和兴，凤仪与子欣。他喝了口茶道："你们去玩儿吧，我一会儿也要见见朋友。"

子欣与凤仪答应一声，双双出了门。今天天气非常好，阳光明媚，凤仪穿着海蓝色西式条纹女衬衫，领口处系一条蓝色丝带，看起来十分俏丽。袁子欣和她来到公园，凤仪坐在一张秋千架上，她看着远处淡淡的湖水，和几棵绿色垂柳。子欣道："怎么了，还在担心和兴的事情？"

"你最后怎么忽然松口了，"凤仪问，"好像能理解他们？"

"能啊，"子欣笑了笑，"社会环境这么动荡，如果他不能相信自己，不能坚持自己，他就做不到今天。至于他不理解我的规律，因为他又是一代人了。"

"那如果因为和兴，元泰破产，你会怎么想？"

"没关系，"子欣道，"我还有化工社的股份，还有金笔小工厂，我这么年轻，有的是机会。"

"那是，你当然没有关系，"凤仪扑哧一笑道，"你有正房的太太，还有偏房的小妾。"

"什么？"

"怎么不是呀，你有元泰，还有金笔小姐的工厂嘛。"

"你！"袁子欣又爱又恨，伸手在她的脑袋上轻轻敲了一下："我还没有结婚呢。开工厂也能被说成这样，你呀！"

"不知道谁说要找金笔师娘，"凤仪捂着头，从秋千上跳下来，"哎，我的铜笔师娘呢？铁笔师娘呢？哎呀呀，你们在哪儿呀？"

子欣见几个游人面露笑容地看着他们，忙上前抓住凤仪："哪儿来的这么多师娘，人家都看笑话了。"

凤仪做了个鬼脸："这有什么好看的，今天晚上才有好戏看呢。"袁子欣被她这么一闹，也笑了起来。二人索性放下心中所忧，痛快地玩了一天。为了欢迎汪道德归来，又去百货公司挑了件礼物，这才去到德兴馆。两人进门一看，杏礼、液仙、美莲都到了。只见杏礼身穿一件西式连身长裙，一头乌发烫成弯弯大卷，随意地披在肩上。美莲仍然是一身棉布衣服，留着齐耳边的弧形短发。"大明星，"凤仪挨着杏礼坐下，"你的电影还拍不拍了？"

"拍呀，"杏礼嫣然一笑，"刚刚液仙和美莲还在劝我，要我尽快工作呢。"

"顾家同意了吗？"

"家俊一直写信来，劝说他们同意。他们现在呢是不反对也不赞成，说是无论如何等《张瑞丰》的风头再过去一点，我要是想拍，就可以去拍。"

"《张瑞丰》的事情你不必介意，"液仙道，"一个妓女能争取到这样一部电影，是不容易。不过，她想成为正式演员，我看不大可能，要是成为明星，就更不可能了。"

"不错。上海再新，也脱不了旧的影子，"美莲道，"那个如玉虽然很有勇气，可惜她太小看这些传统的旧势力了。"

凤仪听他们如此议论，不禁默然。她忽然想，如玉大约从不曾对命运屈从过，在她的世界里，她已经竭尽所能做到了最好。"你在想什么？"

子欣见她又神游物外，不禁碰了碰她，她抬头一笑，刚欲开言，一个伙计捧着一大束玫瑰花走了进来："哪位是金美莲小姐？"

美莲愣住了，凤仪忙朝她指了指，伙计将花递给她，然后打开一封信，用不太标准的上海话大声朗读起来："啊，我亲爱的美莲！"

杏礼正在喝茶，扑哧一声，便将茶水喷到了液仙的身上。方液仙想笑又不敢笑，强忍着对她打手势，意思是不要紧。凤仪将头低下去，咬着嘴唇不敢出声，肩膀却笑得打起战来。子欣退后一步，不敢让美莲看见自己的笑脸。伙计旁若无人："啊，我心中的皇后，我日日夜夜想念的人啊！啊！我那么想你，恨不得飞回你身边，做一只听话又温顺的白鸽，围绕你飞翔！啊！为了你，我愿意做一盆四季常绿的小草，默默地为你开一朵鲜艳的花！啊！"

"别念了！"美莲恨恨地看着眼前笑得不成样子的几个人："你们搞什么鬼？"

"念下去念下去！"方液仙喘着气对伙计说："念得很好，念完了有赏！"

听了这话，伙计精神一振，声音顿时又高了八度："啊！我完成了我的任务，我回到了你的身旁，我用我的产品向你求婚，求你日日夜夜守在我的身旁！"

美莲惊呆了！伙计放下信，从怀里取出一个小盒交给她，众人含笑看着她打开，是几盘整整齐齐叠在一处的蚊香。"啊！"伙计又朗诵起来："金美莲小姐，请你嫁给汪道德吧！"

美莲拿着蚊香，不知是要笑还是要哭，只是呆呆地站着。众人听到这最后一句，顿时哄地叫起好来。道德这是向美莲求婚呢！伙计见美莲没出声，又道："啊！金美莲小姐，请你嫁给汪道德吧！"

美莲抬起头："他人呢？"

伙计有些慌张，看了看众人，见他们面露嘉许之色，将心一横道：

"他说你答应了他才进来！啊！金美莲小姐，请你嫁给汪道德吧！"

液仙哈哈大笑："美莲，你就说句话吧。"

"是呀是呀，"凤仪道，"看在他为国争光的分上，你就答应了吧。"

美莲面色绯红，突然将花往胸前一抱："你们欺负人。"说完，转身要走，却被凤仪、杏礼死死拉住。杏礼笑道："你要是同意就点点头，不同意就摇摇头，金美莲老师，别不好意思呀。"

"要不然这样，"凤仪道，"你要是不同意就把花扔了，同意就拿着。"

"你们这两个宝货！"美莲又羞又气，却抱着花儿不松手。"哟，她是答应啦！"凤仪笑着叫道："汪道德先生，她可是答应啦！"

话音刚落，汪道德从门外走了进来。他直直地望着美莲，美莲看见他，是又羞又喜又怒又怜，两只脚像被钉在了地上，一步也挪不动了。

"恭喜恭喜！"方液仙、袁子欣与汪道德握手道贺。汪道德仍然满面严肃，与二人一一握手。凤仪将美莲推到他面前，他嗫嚅地问："你，生气了？"

美莲摇摇头。汪道德又问："你，同意了？"美莲只得点点头。汪道德长出一口气，突然一把抱住美莲，在屋里转个圈，然后又跑到方液仙、袁子欣面前，拼命与二人握手。二人深知他的性格脾气，见他激动得几乎要落下泪来，便分别与他拥抱了一下，以示理解与鼓励。杏礼与凤仪见道德如此欢欣，也不禁深为感动，同时为美莲感到高兴。液仙拿出钱，打赏了那个伙计，又招呼众人坐下，为道德接风，庆祝道德成功完成任务，与他和美莲的订婚之喜。

"道德先生，"凤仪打趣道，"看你老老实实，却原来是个贼呀。"

道德一愣："我没有偷过东西。"

"你怎么没有，"凤仪道，"你偷了东洋人的技术，还偷走了美莲的心。"

"对呀，"子欣道，"你偷出了中国人的志气，偷出了中国男人的

— 263 —

脸面。"

杏礼扑哧一声笑了出来。液仙哈哈大笑,美莲与道德面红耳赤。美莲恨道:"你们两个又好到哪里去啦,当心哟,那个什么金笔小姐来啦。"

除了道德,众人又是一阵会心的大笑。凤仪见子欣也笑个不停,不禁悄悄伸手拧住他的胳膊:"金笔小姐在哪儿呀,我怎么没有看见。"

"哎呀痛!"子欣大叫告饶:"道德,你看一看,上海的姑娘不要太凶啊。"

液仙看着众人,不觉举起酒杯:"各位,我们敬道德一杯,他的确长了我们中国人的志气,我方液仙的化工社,从今天开始,就要生产我们自己的国货蚊香,我说过,我一定会把国货蚊香卖到全上海、全中国,我要把东洋人的蚊香,从中国赶出去!"

众人哄地叫好,举杯庆贺。道德功成而归,又得到了美莲,心中无限喜悦,只是他不擅言谈,只是脸红红地坐着。液仙觉得,自己创业十年,一直在勉力维持之中,今日终于到了大展拳脚之时。而子欣一面深感这是化工社腾飞的良机,一面为元泰未来的命运忧心不已。美莲再尝爱情滋味,心中又是甜蜜又是感慨。凤仪受她感染,也沉浸在幸福当中。而杏礼想到自己即将开创的事业,亦不免有了一点激情。这几个青年人即将面对什么样的未来,没有人知道,但是欢乐、幸福、爱情、事业伴随着今天晚上,在他们的人生路上,留下了一个美好的记忆。

第十三章

和兴的第三次重建,并不像邵元任预计的那么顺利。经过了一年困难的重组,直到1922年的4月,和兴钢铁股份公司方正式成立,而且公司成立之后,一直没能拿下新执照。陆伯鸿、邵元任等人上下奔走,忙了大半年,直到1923年的元月,方才领到北洋政府工商部的颁发的营业执照。时年春节,和兴再次动工兴建,不仅厂区扩大到六十亩,而且改由南市华商电气公司直接供电,从鲁班路底沿江码头西侧铺设了一条过江电缆,直接把电力输送给了和兴。

袁子欣小心地提防着三井株式会社。幸好三井公司在这两年之内,正在建设三井电织厂。虽然它从进口的机器,到设计的产品,无一不与元泰步步相同,但却让子欣感到安心。只要他们不在元泰还清八万两银行贷款期间生事,子欣就有把握和他们竞争。他心下清楚,一旦电织业像缫丝业一样,出现供大于求的现状,那么三井和元泰的恶战就不可避免了。

子欣希望在恶战来临之前,再次提高元泰电织厂的竞争能力。他想从美国进口一批最新的电织机器,可是,钱从哪儿来?元泰旧债未清,新债也无处可借。

这天是清明,他陪凤仪前往公墓祭扫方谦和刘雅贞。正是乍暖还寒时候,空气中遗留着一丝冬天的寒意。凤仪内穿一件短袄,外穿一件马甲式长袍。子欣觉得她很合适穿这类的衣裳,人显得非常匀称。

凤仪把墓地打扫干净,放上鲜花和供果,按旧俗烧了纸钱。她曾想把外公和母亲的墓地迁到上海,与父亲团圆。怎奈汪氏子孙不愿意将汪静生移出汪氏墓地,她又担心只把母亲移走,外公不免寂寞,只得作罢。

"我和父亲相处的时间很少,"凤仪轻轻地道,"我这个做女儿的,连他喜欢吃什么、喜欢什么颜色都不知道,真是很惭愧。"

袁子欣轻轻搂住她:"难过了?"

"有一点,"凤仪道,"树欲静而风不止,子欲养而亲不在,这是最让人感到遗憾的。"

"凤仪,"子欣道:"等我们有空的时候,你陪我去北京祭奠一下母亲吧。"

"好。"

"时间真快,一晃一下,你的孝期已满三年,我也过了一年热孝。"

"这么快,"凤仪道,"都过去三年了。"

"嗯,"子欣道,"我回国也有六年了,可惜呀,我生在这样一个时代。"

"哦,"凤仪道,"我们在什么时代?"

"琉璃时代。"

"什么?"

"还记得我们小时候见过的琉璃吗?它很难成型,做起来非常困难,就像民国,折腾这么多年,依然内忧外患,可这几十年,从文化到经济,有很多的碰撞,五光十色,既传统又现代,就像琉璃的色彩,非常吸引人……"

凤仪没有想到袁子欣会说出这样一番话。她不禁回想起在湖心亭第一次看见的那只琉璃碗。袁子欣忽然道:"如果我不能给你幸福,只能给你我的努力,你会怎么想?"

凤仪心头一跳,抬起头看着他,他的表情异常严肃,仿佛要说出一个重大的不可改变的决议。这几年的相处,她已经开始了解他了,在这个时候,在父亲的坟前,他说出这番话,一定是有所准备的。她从心中绽放出小小的欢乐:"你努力了,我就幸福了。"

"不,你不明白,"子欣道,"在琉璃时代,我们每个人都只能依靠自己,我希望你能明白,我也许不会在你最困难的时候,守在你的身边,不会在你需要的时候,就能马上出现。我是个普通的男人,做不到那么好。所以,我只能努力,但是,我不能保证你会幸福。"

凤仪心中若有所失,他为什么总要讲这样的一些话?"我没有想要完全依靠你,"凤仪道:"这一点你清楚。"

"那么,你能保证在没有我的情况下,也过得幸福?"

凤仪双眉微皱:"为什么要这样保证?"

"因为我觉得,你还不够强大,还不够令我完全放心。"

"我不明白?"凤仪道,"只要我们在一起努力就可以了。"

"不不,"子欣道,"我想你更努力一点,不要总说两个人,要当成你自己是一个人。"

"子欣,"凤仪看着他,"你怎么了?"

"没什么,"子欣见她明显地有点不悦,笑了笑,轻松地道,"我想把好学生变成好师娘,你愿意吗?"

凤仪勉强地笑了笑:"哦,是这样。"

袁子欣从怀中掏出一个翡翠手镯,给她戴上,镯子略有点大,垂在她圆润的手腕上。"这是母亲留给我的,"袁子欣道:"她希望我送给我满意的女孩。我们在一起三年了,我觉得我多少了解你,你也多少了解我。我希望你知道,和我在一起,也许不会有美满的生活,所以,我希望你能够更加地努力，更加地强大，你能明白吗？"

凤仪的心微微往下一沉，这算求婚吗？怎么听起来，像是一种难以喻明的苦难生活？在她的想象中，这应该和鲜花、戒指，和无比的喜悦联系在一起的，至少，要像道德对美莲那样吧，但是子欣……她困惑地看着翡翠镯子，它温润的光泽那么美丽……

"你答应我吗？"

"我……"凤仪张了张嘴，把那句"你爱我吗"摁了回去，她实在有一点问不出口，但是子欣，似乎从来没有说过。

"如果你答应我，"子欣小心翼翼地道，"我就把会对不起你的事情都告诉你。"

凤仪惊诧了："对不起我的事？"

"第一件对不起你的事情，"子欣道，"我不能给你一个盛大的婚礼。"

"为什么？"

"电织厂必须进口一批机器提高产量与质量，就算我把所有的钱都投进去，都远远不够。"

"还有吗？"

"金笔厂的销量在增加，康凯蒂找我，希望能够增资扩股，我觉得元泰的处境很微妙，所以答应了她。"

凤仪点点头："我没反对过你投资金笔厂呀？"

"但是我知道你不舒服，"子欣道，"这是第二件。"

"还有第三件吗？"

"我没有想好，但是我不是一个完美的人，也许还会有其他。"

"袁子欣先生，"凤仪看着他，"这是你的求婚吗？"

子欣点点头。

"你当着我父亲的面，告诉你不会给我一个完美的生活，告诉我你会对不起我，会犯这样那样的错误，你觉得这样合适吗？"

"我觉得我至少很诚实,"子欣道,"海誓山盟没有意义。"

"那你至少可以说得很高兴吗?"

"高兴是假的,生活才是真的。"

凤仪仰着头看着他,她爱他吗?答案似乎是肯定的,那么他爱她吗?他从来不愿意去说这样的话,每当到了这种时候,他就会说誓言是没有意义的,只有现实中的付出才是真正的感情。子欣看着她若有所思的眼睛,问:"你答应我吗?"

"什么?"

"结婚?"

"除非,"凤仪道,"你说点开心的,把我说笑了。"

子欣半天没说话,默默地替她拢了拢头发:"我想办个展销会,看看能不能拿到好的订单,然后想办法向银行贷点款。"

凤仪一阵失望:"这个主意不错。"

"我们一家办,可能不会有太大效应,如果联合其他工厂,我又怕引起竞争,"子欣道,"我本来想,等元泰到了一个好的时候,可以平稳地运转,我有钱、有时间,能举办一个漂亮的婚礼。其实我很憧憬人生的婚礼。可是,以现在这个形势,我只怕几年之内都不可能了。我既然事事时时都告诫自己要变通,那么,"他笑了笑道:"我先把你娶回家,以后再慢慢补偿。"

凤仪有点理解了:"你这个傻瓜,我根本不在意那些,只要我们一起努力,什么事情都会解决。"

"不,"子欣热烈地看着她,"你要把我们忘记,要只想你,你自己能不能努力生活,能不能努力幸福。"

"子欣,"凤仪问,"你是不是要做什么事情?"

"没有,"子欣笑道:"好啦,看来我是说不清楚了,我只想告诉你,我希望你幸福,一直一直幸福。你能保证吗?"

"好吧，我保证。"

子欣轻轻地吻了她一下。两个人祭扫完毕，慢慢走出公墓，凤仪觉得脑海中灵光一闪，停住了脚步："我有个好主意！"

"什么主意？"

"我们在办展销会的时候办婚礼，"凤仪道，"这在上海还没有过，到时候一定会轰动，我再找杏礼来主持，她现在可是大名鼎鼎的女明星，只要她出面，那些报纸呀什么的，都会争相报道的！"

"展销会？婚礼？"袁子欣惊诧起来，"那，那……"

"那什么？"凤仪道，"我都不介意，你还介意什么。你想想，很多有关系的洋行啊、客户啊，可以一并请了来，有些关系不深的呢，也可以请呀，中国人很讲究这个，你请他来参加个小展销会，他可以不来呀，你请他来参加婚礼，喝杯喜酒交个朋友，又看女明星又看产品，他多半就不推托了。"

袁子欣实在不知道应该赞赏还是歉疚："这太委屈你了。"

"我从来就不在意什么形式，"凤仪道，"我只要你和我，我们两个人的心在一起，遇事能一起面对就好。"

子欣看着她的脸，张了张嘴，把想说的话咽进了肚里。这正是我担心的，他想，你要抛开这种想法，不要想着两个的心在一起，不要想着遇事能一起面对。也许，是这几年，我们太顺利了，你也太顺利了。也许，是我让你养成这样的习惯，但是以后，不会事事如此了。他又难过又伤心，把眼光投向了远处。

"我这个主意好不好？"凤仪还沉浸在她的创意中，"我还可以把我们主打的几种面料做成时装，如果让杏礼穿上，搞一个小小的时装展，那就更好了！"

子欣不得不承认，这个办法很天才。他真的没有想到，她会把一生之中最重大的婚礼与商业活动联系起来，虽然这样效果会很好，但是他觉得,她这样做,仍然是不与现实相符的。他担心她的理想主义会在未来给她带来伤害。同时,他希望这是自己的多虑,但愿她这样的性格能让她应付一切磨难与困难。

婚礼在一种奇怪的氛围中筹备着。为了表现元泰电织的面料如何一级,凤仪费尽心思,她用没有染色的白坯丝绸设计婚纱,又让杏礼从电影公司请来十几个女学员,请她们根据自己的容貌气质挑选面料,做了三十多套服装。袁子欣忙着租场地、请宾客、制作产品清单……邵元任觉得他们真的匪夷所思,但他还是尊重了年轻人的想法,并由他出面请到许多商界、新闻界的老朋友。有了这些人出场,再加上杏礼的影响力,这场"婚礼"不仅盛大,而且是空前绝后了。

凤仪在工作中感到快乐,几乎忘记了自己是个新娘。婚礼没有安排在饭店或教堂,而是别出心裁地安排在电影公司的一个影棚。影棚中间搭着一个T型舞台,背景全部用丝绸面料拼接而成,周围放着一些圆形的桌子,上面放着冷餐盘和酒水。婚礼的前一天,凤仪才忙忙地约了理发师,专门缝制礼服的师傅也将改了几次的婚纱拿到了邵府。

明天就要结婚了,凤仪却累得不想动。生活真是忙碌!但是她喜欢忙碌,喜欢和袁子欣一起,一点一滴地做事情。她躺在床上,没有期待的甜蜜和幸福,也没有期待的那种激动,她一下子就睡着了,在梦中,她仍然没有任何的想法,只是沉沉地睡着。

二十三的凤仪,迈入了人生重要的旅程。她穿着自己设计、自己生产的白色婚纱,额前的刘海被理发师卷得弯弯蓬蓬,一双眼睛经过化妆师的点缀,在弯弯而略略英挺的眉毛的衬托下,散发出晶亮的光芒。昨天,她还是个有些可爱随性的女孩,今天,她突然华贵起来,长长的裙摆让她高挑,轻盈的白纱让她浪漫,一束红玫瑰让她艳丽……当她这样走下邵府的二层楼梯,邵元任、杨练、阿金、小卫都愣住了。她十岁那年,风尘仆仆来到这里的模样,不约而同地出现在邵元任和杨练的脑海:长大了,两个人不觉喟叹。杨练想要是方先生活到今天……而邵元任则想起刘雅贞,他感到心口微微一痛,忙将伤心事压在了心底。

这时的凤仪才意识到,她要出嫁了,虽然婚后她和子欣还住在邵府,但家的意义已经改变。她看着邵元任和杨练,如果没有记错,哥哥今年三十岁,看起来还是那么年轻,爸爸四十三岁,却已是满头白发,显得那么沧桑。她走到邵元任面前,不由自主地拉住他的手……邵元任轻轻拍拍她,示意她不必伤感。

她又看着杨练:"哥哥,你什么时候回来的?"

"今天早晨。"

"你在忙些什么?"

"一些小事,"杨练笑了笑,"你不用担心。"

为了展销会,新娘出门的礼仪一切从简,美莲陪着子欣来到邵府,给阿金等人发了红包,就算接到了新娘,然后新郎新娘双双给邵元任奉茶鞠躬,就算完成了仪式,最后几个人坐上车,直奔展销会现场。不少商家都早早到了,他们翻看资料、产品小样,和元泰的销售人员交谈,对这个婚礼感到新鲜不已。凤仪穿着婚纱,向每一个人微笑致意,而每个人都对新娘子的问候感到快乐,并纷纷向她祝福。子欣见她巧笑倩兮地在人群中周旋,不免觉得惊讶,什么时候她成了个交际人才……

"子欣,"液仙也注意到了凤仪,笑道,"你看看她,女大十八变,越变越好看。"

"是啊,"子欣道,"她总是能出人意料。"

"嗯,"方液仙也有点感慨,"她们三个人当中,她年纪最小,一直像个小孩子,可是今天,她真是长大了,漂亮了!"

"她一直都挺漂亮。"袁子欣依然想起自己在湖心亭初遇她时的感受,不禁微笑起来。这时,一个高挑靓丽的白色身影抢入了他的眼帘,只见康

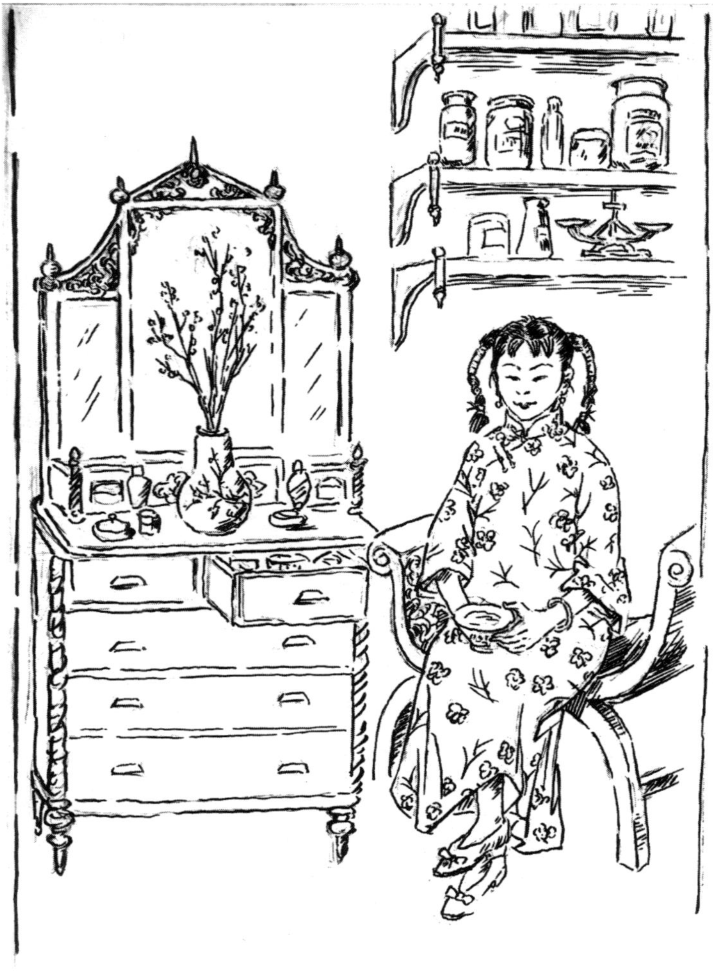

凯蒂身穿一件月白色长裙出现在大厅里。俗话说,若要俏,三分孝,她这样一打扮,一改平日娇艳的形象,显得格外清丽。液仙不禁皱了皱眉,这不是要抢凤仪的风头吗,这个金笔小姐,不知什么时候才肯罢休。

凤仪也看见了康凯蒂。女人通常对这些很敏感,金笔小姐的打扮,无疑是一份硬邦邦的战书。她笑了笑,正想迎上前去。不想一个带着异国口音的声音响了起来:"美丽的新娘,您比她更加动人!"

凤仪惊讶地转过头,看见二十多岁的年轻男子。他身着浅色西服,显得非常儒雅。她微笑道:"您是……"

年轻男子轻轻鞠了个躬:"三井株式会社商务总管,龙川民。"

三井龙川民?!这个名字在这几年当中,无数次地出现在元泰的会议桌上,出现在她和子欣的日常交谈中。因为凤仪负责设计和生产管理,所以,她还是第一次面对面地和龙川民接触。她惊疑地望着他,难道元泰对他发出了邀请?!

"龙川先生,"袁子欣不知何时来到了凤仪身边,"欢迎您来参加婚礼。"

"这是个别出心裁的婚礼,"龙川民礼貌而周到地说,"恭喜您,袁先生,您的夫人非常美丽。"

"谢谢。"袁子欣笑着和他握了握手。

龙川民转身向展台走去,不少客户认出了他,开始和他打招呼。凤仪道:"你请他来的?!"

"该来的总要来,"袁子欣笑着低声道,"今天不管谁来,怎么来的,我们都要高高兴兴的。"

凤仪感到他话中有话,抬起头,看见他正似笑非笑地看着自己。她明白了,他是在安慰她,不要为了三井和金笔小姐的事操心。她感到一阵幸福,子欣悄声道:"你真漂亮。"

"我没有金笔师娘漂亮。"凤仪亦悄声道。子欣哈哈一笑,一切尽在

— 273 —

不言中了。

傍晚时分，众人期待已久的时装表演会开始了，身穿桃红色绸缎长褂的杏礼在灯光下闪亮登场。她将长发波浪高高盘起，长褂腰间微微收紧，将丰满匀称的身材衬托得淋漓尽致。袁子欣虽然是新郎官，也不禁心神一荡。他慌忙转移了目光，四下看了看，只见到场的嘉宾，不论男女，都被杏礼牢牢吸引，一眨不眨地盯着舞台。袁子欣暗自赞叹，真不愧是上海第一性感女神，除了她，谁也不会有这般魅力了！

接着，电影公司的女学员们鱼贯登场，这些姑娘年轻、漂亮，就像彩色的小鱼儿，在舞台上尽情游动，一时间，连袁子欣都被自己的产品吸引住了。他突然有一丝后悔，应该请摄影师把这一切都记录下来，可以在需要的时候反复播放。他觉得这是个非常好的主意，便把它记在了脑海。

这场服装盛会的婚礼效果非凡，杏礼的号召力是毋庸置疑的。第二天，全上海的报纸都竞相报道了这个大消息。元泰电织的面料成为一个闪亮的品牌，跃入了大众的视线。但凤仪在完美中仍有一丝遗憾，一个是金笔小姐身穿白裙的身影，一个是龙川民文质彬彬的模样，她隐约感到，这两个人会是自己幸福生活的威胁。不过，她又有什么办法呢？她又没有办法阻碍他们的行为、控制他们的思想。

婚礼之后，子欣一连签下了十几单业务，他用这些订单，和元泰良好的信誉，悄悄向银行贷到了一笔钱。新婚后的第三个月，他坐船离开上海，前往美国。在此之前，各个电织厂的并丝和捻丝都是采用手工机具加工的方法，而子欣从美国带回了阿脱伍特 5B 型并丝机，6B 型捻丝机，将这两道工序从人的手中解放出来，交给了机器。这样一来，元泰电织大大提高了工作效率，一时间震动上海电织厂，各个丝织厂纷纷想办法从美国进口机器，或订制相仿的机器。这一场纺织历史上小小的变革，一直沿用到很久很久之后。

贷款提高了成本，但是新机器又降低了成本，进出之间，元泰抢在三井等企业之前，完成了机器的更新换代。龙川民没有想到，袁子欣不仅利用婚礼大做商业，甚至在新婚后，也是全部身心放在企业上。他对自己的落后感到耻辱，发誓要将败局再扭转过来。而此时，凤仪正处在一个女人人生最幸福的时刻，婚姻带来了家的感觉，邵府再也不仅仅是个吃饭、睡觉、绘画的地方。但就在这种幸福之中，就在她每天要在工厂忙碌、晚上和周末还在陪伴子欣的时候，她仍然不时前往小画室。那儿似乎不再是一个打发孤独的地方，渐渐地，它有了一股力量，和一种吸引她的魅力。这是成功的事业与幸福的家庭都不能给予的。每当她打开小画室的门，她都会忍不住用鼻子嗅一嗅。她能闻出那里的气味与众不同：安静、丰富、与世无争，却又是整个世界都不能代替的。

　　就在元泰与三井都暗中积蓄力量，等待正式交锋之时。化工社的三星牌国货蚊香正与日本野猪牌蚊香在上海展开了一场市场大战。"三星"蚊香一问世，就遭到了"野猪"的倾轧。日商凭借资金雄厚、技术先进等优势，采取降价、赠品等手段招徕生意，妄图把"三星"挤垮。而液仙从容应战，他首先借"抵制洋货、振兴国货"的爱国浪潮，以"国人爱国，请用国货三星蚊香"等口号打响了市场。

　　接着化工社推出了优待批发，即先出货后收款的政策，吸引底层的批发商与零售商。由于推销"三星"蚊香有利可图，又没有风险，上海各大小商店以及摊贩、无业居民都来批销。一时间，"三星"蚊香遍及大街小巷，"国货三星蚊香"的广告招贴随处可见。随后他对他们销售商们采取分级累计销售奖励制，每推销1万元以上的奖励3%、2万元以上的奖励4%、3万元以上的奖励5%，鼓励多销多得。这其中最绝的方法是退盒有奖，只要顾客购买"三星"蚊香后，把包装盒退回，就可以得到三星的奖品一份，如牙膏、味精、爽身粉等。这既降低了包装的成本，又给了消费者实惠。

三星与野猪的对垒，以液仙大获全胜告终。这令子欣都大为惊讶，他没有想到，液仙在商业中，除了不屈不挠的坚持精神、事无巨细的刻苦精神，更是一位出色的战术天才。而蚊香给化工社带来的丰厚利润，也让液仙意识到，子欣在制定市场宏观的战略方面，的确有过人之处。

转眼到了1925年春节，凤仪定在初五家中举行宴请。除了邵元任、杨练、子欣，她还请了美莲、道德、杏礼夫妇与液仙夫妇。凤仪考虑着每个人的口味喜好，安排菜谱、准备节目，忙得不亦乐乎。邵元任觉得自打凤仪结婚后，家里就热闹多了。他得空便与杨练、子欣喝茶聊天，或接受李威等人的拜访，颇感家中人丁兴旺，再也不是他们爷俩相对，孤孤单单的时候了。而这一年春节之后，和兴的三建就会完成，面临再次正式投产了，这让他心情舒畅，同时也满怀期待。

初五这天，液仙早早地到了。他虽然性格刚毅，却天生乐观开朗，加上这些年的磨炼，更让他觉得做人要事事开心，日日开心，走到哪儿都是笑声一片。"邵老板，听李平书先生说，他们建议上海和宝山合并，改称淞沪特别市，"液仙笑道，"这下子上海就不再是个小县城了。"

他说到"小县城"三个字时加重了语气，众人一听便莞尔起来。"上海今时今日在中国的地位，早就超过了一个县，设市是理所当然。"邵元任道。

"喏，这里谁是土生土长的上海人，"方液仙道，"凤仪从南京来的，和道德是老乡，液仙是北平人，美莲生在宁波，杨先生？"

杨练微微一笑："我是湖南人。"

"哦哦，"液仙道，"那你和邵先生是同乡，哎呀，我们的大明星没有来，算一算，只有她和我是真正生在上海长在上海的上海人啊。"

众人哈哈大笑。凤仪见杏礼还没有到，不禁十分担心。这几年杏礼的事业虽然如日中天，但与顾家安的关系却一落千丈。整个顾氏家族都十分反感她"性感女神"的封号，除了远在法国的家俊，几乎所有人都在向杏礼施加压力。众人正聊着,突然,一个靓丽的身影转过客厅,来到了餐桌前。她头戴一顶奶白色礼帽,身穿一件奶白色大衣,领口嵌着银蓬蓬的一圈狐毛,衬着倩眉黛唇的一张俏脸,把所有人都看得呆了。液仙见杏礼虽然装扮一新,但眉宇中却似乎暗含不快。他笑了笑道:"说曹操曹操就到,我们的大明星,你要不要先上楼休息休息,然后再下来接见影迷?"他嘴上这样说,脚轻轻踢了凤仪一下。凤仪见杏礼孤身前来,就觉得不妙,她见液仙暗示,连忙站起身,笑道:"方先生就爱开玩笑,杏礼,我们上楼脱大衣,才不理他们呢。"

杏礼嫣然一笑,黑眼珠轻轻一转,似乎向所有人打了个招呼:"我先失陪一会儿。"众人忙纷纷相让,请她上楼。她跟着凤仪上了楼,脱了大衣,凤仪怕她冷,又找出一件家常的短外套让她穿上。这外套再普通不过了,往杏礼身上一穿,却显出另一种风情来。凤仪不禁啧啧赞道:"奇怪呀,破衣服穿在你身上,也像个明星了。"

杏礼眼圈一红。她立即伸出手,用染着红指甲的手指轻轻弹去泪珠。凤仪关上门,悄声问:"你怎么了,出什么事了?"

"我要离婚了。"

"什么?"

"顾家今天本来是要去拜祭祖先的,我还想打电话告诉你,说我们来不了。结果今儿早上顾家安他才告诉我,说我不用去了!"杏礼愤愤地道:"他们这是什么意思?'性感女神'是新闻界封的,又不是我要的。再说了,我现在还是顾家的大少奶奶,祭祖不让我去,凭什么,难不成我会污了他们顾家的祖宗?"

"顾家这么做是不对,可是你离婚?"凤仪半晌道,"家俊知道吗?"

"他?!"杏礼冷哼一声,"他自从去了法国,就像陌路人似的,写信都是谈些艺术,哪里还记得我这个嫂子。这事儿你暂且替我保密,我告诉你,我是不怕离婚的。我现在的片酬养活十几个人都没有问题,离了他顾家,我一样活得好好的。"

"你真的要离婚?"

"离,为什么不离?"杏礼咬了咬牙,"你放心,我不会这么轻易放手的,顾家安的房子、钱哪一样都少不了我,想就这样让我成下堂妇,他顾家安真是瞎了眼睛。"

"杏礼,"凤仪道,"你不要这么冲动,家安也是迫于压力,你这样只会让事情越来越糟。"

杏礼微微一笑:"你放心吧,离了顾家,我想再嫁,有的是人娶。"

"这个我倒不担心,"凤仪无奈地笑了,"不过家安对你始终是不错。"

"什么错不错,"杏礼厌恶地道,"当初要不是他没有时间陪我,我也不会去拍电影,现在我成了大明星了,倒搞得好像是我的错。"

"那你,"凤仪自己都觉得问得多余,"还喜欢他吗?"

杏礼浓密到极致的睫毛在空中眨了眨,似乎在嘲笑凤仪的多话。她站了起来:"我饿了,赶紧下去吃饭吧。"凤仪默默地陪杏礼下了楼,落座之后,她注意到杨练不见了。"哥哥呢?"她悄悄地问子欣。

"不知道,"子欣回答,"他说有事,就离开了。"

春节之后,和兴两座化铁炉投产,开始生产硬钢和竹节钢两类产品。邵元任又一次搬进和兴工地。方液仙则忙着选址,欲开设分厂,壮大三星化工社。子欣忙于元泰电织厂之事。三个企业都在稳步前进。这天,液仙约子欣前往槟榔路(今安远路)看厂房,晚上无事,又约了凤仪吃饭。凤仪在城隍庙西首,发现一个味道绝佳的小馆,名叫老板店。店铺面积不大,生意却十分兴隆。三人坐下后,凤仪忙不迭地点了雪菜蒸黄鱼、蟹粉烩豆腐、糟八珍、乳腐肉排,液仙笑吟吟地道:"你把菜点完了,我们点什么?"

"难得杏礼不在,"凤仪笑道,"我尽兴点个够,免得你天天吃德兴馆的小菜，忘记了其他地方还有美味呢。"

液仙的笑容隐去了一层，顾家夫妇失和已是各小报津津乐道的头条新闻，但是几个朋友之间却不曾公开讨论过。子欣察其颜色，笑道："听说这里原名叫荣顺馆，因为生意好，大家老板老板地叫个没完，就干脆改名叫老板店了。"

"生意做成这样，也不容易。"液仙笑了笑。

"就是很辛苦。"凤仪道。

"不辛苦怎么赚钱，"液仙道，"我和日本人打到今天，除了比质比价，就是比辛苦，"他摸了摸略带浮肿的脸，"他们睡六个小时，我就睡四个，他们睡四个小时，我就睡两个，他们要是不睡觉，我就敢成仙。"

子欣与凤仪哈哈大笑。凤仪坐在二楼靠窗的位置，她见一个报童走进了楼下的大厅，不一会儿，整个一楼忽然安静下来。凤仪正在诧异，那报童又上得楼来，他小声地对着近前的食客们说了几句，那些人纷纷掏出钱来，不一会儿，二楼也陷入一片安静。子欣与液仙也大为惊奇。那报童不急不忙，挨着桌子收钱发报，不一会儿来到了近前。报童低声道："号外，孙文先生北京病逝……"

凤仪的心重重往下一落。子欣与液仙分别掏出钱，一人买了一份，子欣打开一张，凤仪见报上赫然登着一幅照片，中间是孙先生的遗像，左右两边为一副对联，上联是：革命尚未成功，下联是：同志仍需努力。

方谦的身影突然清晰地跃入凤仪的眼帘！凤仪一直埋怨革命夺走了她的家庭，她的父亲。可是看着这副对联，她感到一种热血沸腾的悲痛。原来她是如此深爱着这些人，就像她深爱着父亲，深爱着自己的祖国。整个饭店陷入一片沉寂。自 1911 年元旦以来，民国已经整整十四年，可是孙先生的遗嘱表明这个国家依然在支离破碎中，艰难地前进。空气中弥漫着悲痛的气氛，凤仪心中忽地闪过一个念头：今天晚上，爸爸可能会从和兴回家。

— 279 —

有人举起一杯酒,缓缓倒在地上。第二个人也这样做了,接着是第三个、第四个。一桌和一桌的人们都这样做了。没有人开口说话,酒水和茶水打湿了地面,酒保站在一边,也不出言阻止……子欣与液仙对视一眼,两人均想,失去孙先生,中国该往何处去……

这天晚饭后,凤仪与子欣没有坐车回家,二人步行了很久很久。子欣忽然道:"我回来八年了吧。"

"是,"凤仪长叹一声,"我都二十五了。"

子欣不禁看了看她,结婚一年多,她退去了不少孩子气。他轻轻搂住她:"你一点都没有变,还是漂亮的小姑娘……"

凤仪笑了笑。不管世界怎么变,这个怀抱却是温暖的。两个人默默无语。与此同时,邵府的书房里亮起了灯,阿金烧好开水,送进书房,邵元任在雅贞的遗像前插上香,氤氲的气味渐渐散开,凤仪走到家门前的时候,就隐约闻到了这股味道。

凤仪与子欣对视一眼,"我去看看。"凤仪道。子欣点点头。凤仪敲了敲门,门没有锁,她推开门,邵元任坐在桌前,微微闭着眼睛。

"爸爸,"凤仪走过去,"喝茶呢?"

邵元任睁开眼,点了点头。

"你看到报上的消息了?"

邵元任又点点头,示意她坐下。

凤仪坐在他的对面,看他娴熟地将茶泡了一遍又一遍:"这是南方泡茶的方法,"邵元任慢慢地道,"还是方先生教我的。"

"爸爸……"凤仪忍不住轻呼一声,又沉默了。

邵元任将茶壶里的水注入茶碗中,没有再发一言。

不管孙先生的去世,给民国带来什么样的损失,生活还得继续。液仙化工社选址已定,新分厂开工后,他与日本野猪蚊香展开了新一轮的角逐。子欣发现在斗争这个问题上，液仙与他的态度是完全不同的。他虽然不畏惧斗争，但从骨子里却不喜欢。可是这种斗争，却能激发液仙的青春与活力。他惊讶地发现，领导者对斗争的感受直接影响了商业竞争，如果说，元泰与三井一直是不动声色地较量，那么三星与野猪则是公然的你死我活了。

液仙对"战斗"毫不讳言，他的目的，就是要把日本蚊香赶出上海滩！子欣觉得液仙对"野猪"的态度掺杂了太多个人情感，在他看来，商业就是商业，但他从没有把这个意思对液仙说过。因为他能理解液仙的爱国情绪。而在斗争这个问题上，他发现自己不要说和邵元任、液仙、李威等比较，他甚至还不如凤仪。每当他看见凤仪因与三井的斗争两眼放光时，就觉得很不可思议。凤仪偶尔也会嘲笑他，说他是和平主义者。

这种在乱世生存下造就的激烈性格，袁子欣在邵元任、方液仙、杨练、李威、美莲甚至凤仪的身上都能感受到，他觉得这既不像美国的个人奋斗，也不像中国传统的齐家治国平天下。除了他，每个人都对规则之外、底线之下保有默契与理解之情。或者说，他们都很蔑视规则。而他这个少小离家，在国外度过大半青春岁月的人，却反而显得很古典、很平和。

和兴的第三次投产，依然没有逃脱它注定的命运。美国销往中国的竹节钢市价从每吨 84.2 两降至 72.6 两，而和兴的成本价为 69.4 两，差价还不足三两。和兴因产品尚未取得信誉，售价一跌再跌，最后跌至 58.25 两，不仅难以获利，反而亏损巨大。但是邵元任等人并没有及时做出停产决定，子欣与凤仪都预感到，元泰的危机迫在眉睫了。

但是，这个危机何时爆发，以何种方式爆发，他们并不知道。子欣几乎陷入了焦虑之中。凤仪则认为忧虑是自我折磨，不如每天做好自己的事情。她劝子欣说：天塌下来有地撑着。子欣嘲笑说这是土匪想法，凤仪道："这可是我爹爹说的，做人不要害怕。"

子欣想，一个阅历极丰的男人在最后关头留给女儿这样八个字，可见不要害怕、不要后悔是很难做到的。包含着人生的智慧、勇气。可到了凤仪这里，真的成了简单八个字，就好像晚上不要怕黑，走夜路不要怕强盗一样。子欣也不知道她为何这般自信，只好随她去了。

五月中旬的一天，凤仪正在与技师们讨论机器的问题，美莲来了。凤仪见她身穿棉布齐肚的短衫，外面是一件同色长马甲，面色沉重、发梢凌乱，便打发了技师们回去，又给她倒了杯水，这才问道："出了什么事情？"

"昨天晚上，日本棉纱厂的大班打死了一个中国工人，还打伤了十几个人。"

"什么？！"凤仪愣了。

"他们突然宣布纱厂要闭厂，当时的夜班工人去理论，日本大班就开了枪！"

"呵呵！"凤仪怒极反笑，"他们不是说他们的管理制度好吗，原来可以开枪杀人的！"

"日本人的气焰越来越嚣张，政府又放任不管，"美莲看着她，"我来是通知你，这一次为了逼政府严惩凶手，可能会有大罢工。"

凤仪心中一凛："你放心，我们就算赔钱，也不能让日本人随便在中国杀人放火。我们会安排好一切的。"

"还有，我听说液仙和日本人闹得挺厉害，你有空劝劝他，让他当心一点。"

"好，"凤仪道，"我会的。"美莲匆匆告辞而去。凤仪立即找到子欣，商议如何应对当下的局势。两人忙把订单整理出来，急着交货的立即加班生产，其余按原有的罢工安排来进行处理。事情果如美莲所说，由于日本企业态度强硬，拒不向受害人道歉，同时赔偿抚恤金，激起了强烈的民愤，到了五月三十日，许多工人与老百姓在街上游行抗议，几位印度巡捕居然向人群开枪,打死十三人,重伤了五十三人,此事一出,整个上海都不再平静了。

从六月起,上海的工人开始大罢工,学生罢课,大部分商人也开始罢市。由于每天都有中国人被枪杀的消息,这激起了人们更大的愤怒。租界中的各国领事,纷纷要求各国军舰进驻上海港口,以防不测。上海气氛异常紧张。此时恰逢初夏时节,液仙在报上大做三星宣传,希望上海市民们拒买日本野猪蚊香,支持中国国货。至此,野猪蚊香在上海遭到了全体市民的抵制,几乎到了无人问津的地步。

元泰、和兴、化工社的工人们,也都以合理的方式加入了罢工,就连李威的凤凰阁也关门歇业三天,以支持国人。在上海一片爱国热潮之际,杏礼与顾家安悄悄办理了离婚手续。虽然也有报纸做了报道,但与国事相比,这终究是一个极小的声音,没有引起太大关注。

杏礼分得了顾家在静安寺附近的一处公寓。凤仪与子欣前去探望,不想遇到了液仙。液仙知道杏礼喜好奢华,特地送来了一个落地水晶灯,杏礼十分喜欢。凤仪嘲笑道:"哎呀,有人成天小气得要死,一分钱要分成八分花,送起东西来却很舍得呀。"

液仙呵呵一笑:"这个东西送她还成,我自己就没有必要买了。"

凤仪见公寓面积不大,但布置得极为精致,就连沙发上一个靠垫,也是价格不菲的进口货。凤仪想,杏礼身边的男人,最绅士的当数液仙,他深知他们是两个世界的人,所以离她不远不近,既保持一种君子的喜爱,又能让这种喜爱给自己带来欢乐。不知怎的,她忽然想起了金笔小姐康凯蒂,不知子欣对她,会不会也是这样一种情怀呢……

"在想什么?"子欣拍了拍她,笑道。

"没什么,"凤仪道,"不知道眼下这个局势会怎么发展?"

"乱不可久,"液仙道,"大家都还要生活,罢工罢市不能维持太长时间,但现在的社会压力很大,估计日本方面也不会死硬到底。"

— 283 —

"他们搬了石头砸了自己的脚,"杏礼让女佣将洗好的枇杷端上来,慢条斯理地剥着皮,"让液仙打了一张爱国牌,现在那个野猪呀根本没有人买,听说日本人气得跳脚呢。"

"这不是爱国牌,"液仙正色道,"振兴国货是我们这一代人的责任。现在一切都只是开始,将来我们可做事情还有很多。"

"你要当心呀,"凤仪道,"当心他们狗急跳墙。"

"这是在中国,他们敢怎么样,"液仙冷笑道,"难不成他们会杀了我?"

"他们不是杀了那个工人,"凤仪道,"你还是万事小心。"

"好啊,他们有种就杀了我,"液仙道,"那这样一来,全国的国人都会为我讨个公道,我方液仙以一己之身,激全国爱国之情,也死得其所了!"

"哎呀,行啦行啦,"杏礼道,"最不喜欢听你们说这些杀来杀去的事情了。我这儿呢,有一瓶法国红酒,是前些天工部局的董事送给我的,一会儿呢,牛排也送来了,我特意吩咐了,只要六分熟。我们开酒庆祝,不要再讲那些了。"

"庆祝?"凤仪道,"庆祝什么?"

杏礼轻轻睇了她一眼:"庆祝我恢复自由,迁入新居。"她轻轻叹了口气,"不过这里还是太小了,过些天签了新约,我就另找个地方。"

凤仪与子欣相视一笑。依着杏礼的喜好,凤仪想,她会在租界挑一处小洋楼吧。液仙往沙发里深深靠了靠,感觉这里实在太舒服了。他如果不竭力打叠精神,恐怕马上就能睡过去。他努力睁着眼睛,打量着杏礼的家。这儿既与上海的潮流,甚至世界的潮流紧密相关,又似乎完全与世隔绝。这里只见上海的繁华,却不见上海的悲愤……说真的,他还真不敢长留此地。倒不是因为什么温柔乡是英雄冢,他是怕待得时间长了,自己连骨头都变酥了。

三个人陪杏礼吃完晚饭,又聊了会儿天,听了会儿音乐,到夜深之际,方告辞出来。子欣见液仙满脸疲惫,而且已有几分醉意,便道:"今天我们没有开车来,坐你的车回去吧。"

"好啊,"液仙欲上驾驶室,被子欣拉住了,"我来开吧,你和凤仪坐后面。"

液仙知道他的好意,哈哈一笑坐到了后面。凤仪也坐进去,子欣发动了车。凤仪笑道:"我没见像你这样省钱的老板,租车不租司机。"

"我自己能开,"液仙道,"何必增加企业的成本。"

"你算是精明到家了。"

"我没有你的先生精,"液仙嘻嘻笑道,"他是人才,你是人物,你们俩天生一对。"

"我是什么人物?"凤仪亦笑道,"公寓里住着的才是人物。"

"她是人物,你也是人物,"液仙道,"都可遇而不可求……"

可遇而不可求,凤仪心中一震,这句话多么熟悉,她忽然想起远在法国的家俊,已经去信告知了与杏礼离婚的事,为什么迟迟没有回音……她正神思恍惚,突然,车前面什么东西一闪,只听哐啷啷一声,副驾驶右边的车窗被砸碎了,子欣一脚踩下刹车,只听嘎吱一声,凤仪、液仙往前一撞,车停了下来。凤仪一只手撑在了前方驾驶靠背上,只觉得胳膊一痛,好似断了一般。液仙没有扶稳,一头栽了下去,卡在座椅中间狭小的空地上。凤仪忙去扶液仙,等她抬起头,只见微弱的路灯下,杨练站在打开的车门外,悄声道:"你们不要乱动,车里有炸弹。"

凤仪扶着液仙的手猛地停了,她感到液仙的身体僵硬,前排的子欣也没有任何声音。

杨练伸进一只脚来,踩住车中一小块地方。凤仪觉得车身一晃,杨练道:"打开那边车门。"

凤仪伸手将左边车门打开,杨练道:"慢慢挪出去。"凤仪轻轻将脚跨

— 285 —

出去，杨练又微微加了点劲，凤仪挪出身体，转过身又来拉液仙，液仙此时的酒已经惊醒了一半。他也慢慢腾出身体。杨练对子欣道："你也出去。"

子欣意识到杨练在用功夫沉住几个人的重量，估计车一失重就会爆炸。他急道："我走了你怎么办？"

"下去！"杨练喝道，"没时间了。"

子欣打开车门，一步跨了出去。杨练依然保持着原来的姿势，一脚使力压住车底，一脚站在车边的地上。三个人全部直愣愣地看着他，他挥手示意他们走远，三个人跑出十几步，又回头看他，他又挥手，三个人再走远，杨练估计不会伤到他们了，猛地抽身朝近旁的一条巷子跃去，这一跃至少有十几米远。他落地后赶紧卧倒在地，双手抱住头，然而，没有意料中的轰然巨响，他仔细听了听，夜晚还是安静的，什么都没有。

凤仪、子欣、液仙三个人在原地等了一会儿，不见杨练也看不见爆炸。凤仪欲上前查看，被子欣拉住了："你在这儿等一会儿，我去看看。"

"不！"凤仪本能地拉住他。夫妻二人对视一眼，凤仪道："我去看看哥哥。"

"你们都别去，"液仙的酒似乎全醒了，他愤怒地道，"我去。"

"你等一会儿，"子欣道，"第一，不见得有炸弹；第二，如果有炸弹，那么要对付的人就是你，你现在不要出声，安静地站在这儿，我过去看一眼。"

凤仪看了看子欣，松开了手。子欣走到车旁，杨练也走了过来。

"杨大哥，"子欣道，"没事儿吧。"

杨练俯进车子底下，不一会儿从底座上解下一个形似炸弹的东西。液仙与凤仪也走近了。杨练就着路灯检查了一番，缓缓地道："是假的。"

子欣心中一凛，看来液仙对野猪蚊香的步步紧逼，已经让日本人忍无可忍。液仙一愣，突然哈哈笑了起来。他笑容满面地从杨练手里接过

"炸弹":"杨先生,刚才多谢你了,日本人送我的这个礼物,就交给我保存吧。"

"方先生,你要多加小心。"杨练把东西交给液仙,对子欣道:"你们也当心点,早点回去。"

"哥哥,你去哪儿?"凤仪见杨练要走,忙问。

"我还有事。"杨练看了看她,朝巷子走去,凤仪欲再叫他,他已经消失在夜幕之中了。子欣拉开驾驶室车门:"我们走吧。"

液仙道:"你们还敢坐我的车?"

子欣笑了笑,没有答话。凤仪坐了进去:"我们命大福大,当然敢坐了。"

液仙坐在凤仪身边,看看手中的炸弹,又看看窗外的街景,突然又笑了:"活着真好啊!"

"为什么?"凤仪见他逢此惊吓之后突然生出感慨,好奇地问。

"你看那些街上的霓虹,"液仙笑道,"他们送我炸弹,让我到鬼门关转了一圈,等我回来一看,啊呀,原来上海这么漂亮,凤仪也这么漂亮,你说,活着是不是很好?"

"哈哈,"凤仪笑道,"古人说生子当如孙仲谋,我看现在是,送炸弹当送方液仙。你这么乐观,只怕要活活气死送炸弹的人啦。"

"我可不想他们气死,"液仙道,"他们送我炸弹,说明我做得对,说明我打蛇打到了七寸上,这是他们对我的勉励。"

"液仙,"子欣一边开车一边道,"你还是当心点。"

液仙没有说话,过了一会儿道:"子欣啊,看来国事、家事、天下事,事事都连着啊。"

子欣明白他话中所指,不禁一阵迷茫。他回国来,一心想用自己的所学建设中国的商业,希望通过这种方式来报效国家、反馈社会。但是,他不得不承认,企业是不可能活在真空中的,在此时的中国、此时的上海,有太多其他的东西制约着商业发展,他不能把这些东西称为规律,因为它们早就超出了商业的范畴。他缓缓开着车,在心中升起一个疑问,是不是当初的想法太天真了,这个理想,是不可能在琉璃时代实现的。

第十四章

上海的秋天总是多愁，淅淅沥沥地下着小雨。邵元任坐在湖心亭的茶座里，打量着面前的这个年轻人。他个头不高，容貌温和，通身上下没有什么出奇之处，却十分干净整洁。他刚和几个老朋友刚刚讨论完和兴的事情，正准备离开，却被这个年轻人拦住了。他说他有一种刚从湖南带回的好茶叶，特意请他品尝。邵元任与朋友们告别后，便随着年轻人来到了这个茶座前。年轻人将自带的茶具摆在桌上，将茶叶放入杯中，命伙计冲泡好，轻轻挪到邵元任面前。

邵元任见那茶叶色泽暗沉，似乎没有什么奇特，不过香味却十分清雅。年轻人微微一笑："邵先生，请。"

邵元任端起杯子，轻轻啜了一口，他脸上没有表露，心中却暗暗惊讶，这茶的味道圆润畅滑，入口毫无阻力，回味香浓略带一丝甜味。年轻人道："中国江浙一带的茶叶虽然有名，却不如这种茶味道上乘，何况它声名寂寂，就更有一种味道了。"

"我对茶叶没什么研究，"邵元任淡然道，"喝茶只是习惯。"

年轻人拿出一个礼盒，将开封后的茶包放进去："这茶就送给邵先生

— 289 —

了，这是您故乡的茶，就当是我送您的见面礼。"

"这可真是礼轻情意重，"邵元任笑道，"故乡我已经很久没有回了，在上海这么多年，这儿倒更像是我的故乡。"

年轻人又等了一会儿，见邵元任既不问他姓名也不问他所为何事，只是静静地品着茶，便轻咳一声道："最近江浙混战，道路不通，麻烦得很啊。"

邵元任看了看他，年轻人又道："振兴国家重工业，是一项艰苦的事业，我对邵先生的毅力十分钦佩。邵先生把元泰的产业股抵押给银行，换得八万两投资和兴，可是自从和兴投产以来，便一直卖价低于成本，如今两地战争，运输不畅，长此下去，和兴不可坚守，那么元泰，就很危险了。我，很为邵先生担忧啊。"

邵元任微微一笑，继续喝着茶。

"无泰是邵先生一手创办的，金元生丝和金元绸缎，都是非常好的品牌，中国有句话说得好，叫未雨绸缪，邵先生不担心和兴会影响元泰吗？"

"看来，你很了解元泰，而且似乎已经有办法了？"邵元任道。

"我们想出资帮您偿还银行的债务，这样，您就可以继续维持和兴，也不必担心元泰的安全。"

"哦，"邵元任道，"那条件呢？"

"您依然是元泰最大的老板，我们不会介入元泰的管理，只要按照股本价卖给我们就可以了。"

"你们？"邵元任喝了一口茶，"你们是谁？"

年轻人打量着邵元任，见他的表情非常平静，似乎还有一丝笑容，便道："我们是日本三井株式会社，我叫龙川民。"

"哦，龙川先生，"邵元任道，"我在小女的婚礼上见过你，难怪眼熟。我很谢谢你愿意帮我的忙，不过，做企业只是我的兴趣，我是个佛门居士，这些成败、名利我都无所谓了。"

龙川民愣了愣，随即笑道："原来邵先生早就认出我了。"

"龙先生少年才俊，邵某欣赏得很，可惜我今天很忙，约了好几件事情，不然倒很想和龙川先生品茶论道……"

"邵先生，"龙川民慢慢地道，"他日和兴牵连元泰，元泰的身价就没有这么高了。"

邵元任笑了笑，点头示意后飘然而去。龙川民略坐了一会儿，也起身离去。邵元任缓步走出九曲桥，一边走一边欣赏路边风景，等上了车，他立即对司机道："我们马上回邵府，等我回去之后，你去找李威，让他晚上来见我。"

司机点点头，邵元任闭上了眼睛：日本人的算盘打得够精，想用八万两买下元泰。这样一来三井不仅少了一个竞争对手，扩大了产业，而且他们可以用元泰的商标躲过反对日货的风潮。真是可笑，他们居然想让我邵元任帮他们挂这个羊头！邵元任控制着内心的怒火，看来必须尽快补上这个漏洞，否则被日本人抓着做文章，元泰就没有宁日了。

不管怎么样，邵元任想，这个八万两的漏洞都是为了和兴，祸是自己闯的，必须由自己来承担，不能交给女儿女婿。而且以凤仪和子欣的江湖经验，根本对付不了日本人。这个龙川民，不是个简单人物。

从哪儿弄这么多钱？邵元任的手微微有些颤抖。难道还要插手军火生意？现在南方重新成立了军政府，军火生意的钱倒是好赚，可是上海到南方这条线，不知被多少人盯着，凤凰之前的几单，除了损失人马、死伤弟兄，连本都没有捞回来。如果要李威组织人马再做，恐怕他不肯。现在他越来越不好控制了，邵元任阴沉沉地睁开眼，他是个孝子，只要他老娘活一天，这事儿就由不得他了……

就在邵元任赶回邵府的路上，凤仪正在画室中，秘密地画一幅画。原来这年夏天,上海美专起用裸体模特,在社会上引发了轩然大波。这让她对画人体产生了极大的兴趣。但是上哪儿去找裸体模特呢?美专的课又十分严谨,根本不允许任何外人参观。无奈之下,她就想到了自己画自己。初秋天气已有几分寒意,她拉上窗帘,烧上炭火,然后轻轻褪去衣服。然后,她调整好画架的位置,以便能在镜中更好地观察自己。她开始还有点羞怯,但是很快,骨骼与肌肉产生的线条完全吸引了她,创作占据了她的身心。不知过了多久,她实在冷了,打了个喷嚏,这才发现已经晚上八点过了。她穿上衣服,收好画夹扑灭炭火,拉开了窗帘。窗外已是黑沉沉的一片。

她带着这个秘密走出了画室,今晚子欣有应酬,她回家随便吃点就可以了。她沿着马路前行,没过多久,似乎有人喊她的名字。她惊讶地停住了,一个穿西服的年轻男人走到面前,凤仪一眼便认出了:"是你呀,龙川先生。"

"袁夫人,您去哪儿?"

"我回家。"

"哦,"龙川民笑道,"我还以为夫人也去参加杏礼小姐的晚宴呢。今晚听说很热闹,有很多社会名流,还有我们几个日本朋友。"

凤仪勉强道:"我还有别的事情,就不去了。"

"是吗,"龙川民道,"我听说袁先生是从美国留学回来的?"

凤仪点了点头。

"如果袁先生有机会做成远东最大的电织企业,袁夫人会支持吗?"

凤仪一愣,她看不清龙川民的脸色,只觉他笑眯眯地一团和气。凤仪笑了笑:"远东第一企业太奢望了,我们能开好自己的小厂就很满足。"

"袁夫人这话太客气了,"龙川民体贴地让开道,"那么,袁夫人慢走。"

凤仪快步走了过去,找了辆人力车,回到了邵府。出乎她意料的是,子欣已经回到了家。

"你怎么回来了?"凤仪问,"你不是去见南洋的郑老板了吗?"

"郑老板晚上有事。"

"哦,"凤仪看着他,"你没有事情告诉我吗?"

子欣一愣:"有,也没有。"

"怎么说?"

"我还没有想好。"

凤仪嗯了一声:"你猜我遇见谁了?"

"谁?"

"龙川民。"

子欣脸色一变:"他和你说什么了?"

"他问我如果你能做远东第一电织企业,我会不会支持。"

"他专门去找你谈这个?"

"没有,"凤仪道,"他去参加杏礼的宴会,路上遇见的。"

"我看以后去画室,你最好有司机接送,"子欣道,"其实你在家里画也一样,没有必要往那边跑。"

"子欣,"凤仪坐了下来,"你到底怎么了,是不是龙川民找你说了什么。"

"他说什么不重要,"子欣道,"我还没有想好怎么处理。"

"到底怎么了?"

"我们现在欠银行八万两银子,"子欣道,"眼看和兴无法把钱还给元泰,我们自然就没有钱还给银行。"

凤仪皱起了眉:"是啊,"她看着子欣,"龙川民为了这事找你?"

"他们想收购元泰,说如果我能促成这件事情,他就聘我做三井、元泰两家企业的总经理,还说他很欣赏我,会支持我做全亚洲最大的电织业老板。"

— 293 —

"他们想收购元泰，"凤仪大惊失色,"你怎么想？"

"如果他们不是日本企业，并购也许我会考虑，但是现在，我宁愿破产，也不会把企业卖给他们。"子欣道："我猜他们的目的，不是元泰的企业，而是元泰的商标，如果他们挂在元泰下面生产销售，那么他们的货就变成了国货，不会在中国市场受到抵制了。"

"那这样一来，"凤仪沉声道,"我们不成了汉奸吗？"

"商业汉奸，"子欣苦笑道,"看来，不仅液仙和日本人打得激烈，我这个和平主义者，也不得不开战了。"

"你有什么想法？"

"我还没有想好，"子欣看着凤仪,"有个问题，我一直想问你。"

"什么？"

"我和金笔小姐一直有来往，虽然都是商业上的，但是我也知道你不喜欢，我想问你，你信得过我吗？"

凤仪觉得子欣话中有话，不由心中一动："信得过。"

"不管我做什么决定，你都会支持我吗？"

"当然了。"

"还记得我向你求婚的时候说的吗，如果有些事情，必须是你一个人面对，我不一定会站在你的身边，甚至，都不能有什么帮助，你能行吗？"

"子欣，"凤仪道,"你觉得技术与生产管理很容易吗？我要和帮会的人打交道，还要和工人组织来往，同时还要熟悉市场，设计产品。除了李威叔叔的面子，和你在销售方面的支持，你觉得有什么事情，我不是一个人面对的呢？"

"我知道，"子欣道,"但是也许还不够，也许会更严重。"

凤仪没有吱声。这是她最爱的丈夫对她的要求。她略带嘲讽地看着他："袁先生，如果你觉得，不管这个世界出现了什么灾难，你不能第一时间站在我的身边,也不愿意第一时间站在我的身边,我觉得,是我这个妻子做得还不够好。如果你一直要这么想,那么我只能告诉你,你在不在我身边,是你的事情。如果因为你不在我身边,我就被世界毁灭,那就是我的事情。"

"凤仪,"子欣苦恼地道,"我不是这个意思,你不要这样,我的压力很大。"

"我的压力也很大,"凤仪道,"但是从来没有说过这样的话,我总是告诉你,不管有什么困难,我都会在你身边。"

"这不现实,"子欣道,"这是不可能的。"

"好吧,"凤仪摇摇头,"我不想吵架,我想休息一会儿。"

子欣叹了口气:"你变了。"

"我没有变,"凤仪道,"是你变了,变得越来越什么,"她想了想,"我认识的袁子欣,是个快乐的有才华的好老师,而不是一个整天和老婆讲价钱的小男人。"

"OK,OK!"子欣举起手,"我向你道歉,我是担心你才这么说,现在局势这么不好,日本人虎视眈眈,我是担心保护不了元泰。"

"我从来没有在乎过,"凤仪道,"哪怕元泰破产了,我们一无所有,我都不会怪你和爸爸。"

"那是你的想法,"子欣道,"我和爸爸会怪我们自己的。"

凤仪没有吱声,夫妻二人一夜无话。第二天又是忙碌的一天,到了晚上,凤仪终于忍不住了,对子欣道:"我要和你谈一谈。"

"好,"子欣道,"我也想找你谈一谈。"

夫妇二人坐在书桌旁,子欣道:"我们现在的处境非常危险,三井的电织厂已经完成了建设,现在国民都在支持国货,抵制日货,他们既然动了收购的心思,就不会那么轻易放弃。如果我们弄不到八万两白银,那就两条路,一条卖给三井,一条宣布破产。"

"没有第三条路吗?"

"有,"子欣道,"但是更危险,而且更麻烦。"

"你说说看。"

"凤仪,"子欣道,"这第三路,如果你能做好,元泰就能成功,如果你做不好,元泰就会失败。"

"我?!"凤仪睁大了眼睛,"什么意思?"

"我有一个想法,"子欣道,"你看,电织行业的特点是市场大,入门门槛低,所以这些年,上海冒出不少电织工厂,但是很多人进来之后呢,因为不懂业务,也没有过硬的技术,所以就不死不活地半撑着。"

"嗯。"

"以前我上学的时候,知道有一种方法叫特许经营,目前在上海还没有人试过。"

"特许经营?"

"就是把这些小厂从名义上并入元泰,由我们提供原材料和销售的订单,让他们自己管理生产,但是要保证产品的质量,然后使用元泰的商标,从元泰统一出货。"

"这有什么好处,"凤仪道,"这么多厂子,我们怎么管理?"

"好处是这样,每加盟一个工厂,就有一笔加盟费,我算过了,这钱虽然不多,加起来也不少。而且我们的业务一直不能饱和,生产的量也没有那么大,这样一来,就能提高生产,而且,元泰无形当中,就扩大了很多倍,三井想一口吃掉我们,就没那么容易了。"

凤仪沉思良久:"你这个主意不好。"

"说说看?"

"你知道《三国演义》吗?曹操打东吴,东吴的人出计,让曹操把小战船全部连在一起,成为一只大战船,这样表面上看起来,战船是稳了,可是一把火烧起来,也容易干干净净。"凤仪道,"你搞特许经营,是能拿到一大笔加盟费,可是如果有一件厂子的管理出现问题,就会影响整个元泰产品的声誉,而且,你现在负责销售业务,你去做这件事情,销售怎么办?到时候争不到订单,那些厂子又怎么办?我们会得不偿失的。"

"我想你把销售兼起来。"

"我?"凤仪道,"我一个人怎么行,那些老业务一直跟着你,再说,我缺少销售经验。"

"我想找一个人顶替我,做你的左膀右臂。"

"一时之间上哪儿去找,"凤仪道,"这个人必须懂工厂业务,懂销售业务,还要能言善道,又出得了场面,关键是,还必须是我信任的人。"

子欣看着凤仪:"这个人除了最后一条,其他条条都达标。"

凤仪心中一动:"是谁?"

"说真的,她真是一个人才,这个人交际能力强,又能吃苦,而且我和她打了很多的交道,也比较了解她,所以,我才想请她。"

凤仪没有说话,半晌道:"你想请金笔小姐入主元泰?"

"我也很犹豫,"子欣道,"我知道你不喜欢她,而且你们的个性都很要强,如果我分手去管特许经营,而你们在元泰又失和,那到时候,是乱七八糟了。"

"所以昨天你不告诉我?"

子欣点点头:"我担心你用不好她。"

凤仪心中有点不快:"除了她,就找不到其他人?"

"现在金笔厂效益不好,她也和我说过,想找地方工作,我让她试着跑跑电织业务,结果,她结识了一个南洋商人,他对我们很有意向。"

"那既然你都想好了,"凤仪冷冷地道,"还和我商量什么?"

"凤仪,"子欣烦恼地道,"我想好了没有用,如果你不能兼顾好销售,那么特许经营就不会成功。"

"那这样,"凤仪道,"我继续管生产和设计,请康小姐管销售,不就成了。"

"你说些什么?"袁子欣不悦地道,"现在工厂到了什么时候了,你还有心情不高兴,请她管销售,她怎么管,老业务们会听她的吗,你是元泰真正的股东,同时也是邵家的大小姐,这件事情,只有你能做。而且康凯蒂这个人野心勃勃,如果你不能控制得了她,她也不见得能产生多大的效益。"

凤仪听到此时,才觉得子欣用心良苦。她有些歉疚地道:"你真的要冒险去试特许经营?"

"对,"子欣道,"爸爸建设和兴,压力一定很大,我们不能再让他烦恼,这事早一天解决,我想我们大家的心才会放下来。"

"那你告诉我,"凤仪道,"管理金笔小姐的诀窍是什么?"

子欣一愣:"诀窍?"

"你和她相处这么长时间,"凤仪笑了笑,"总有点诀窍吧。"

子欣思量道:"她这个人从小就在社会上闯荡,吃过不少苦,很难轻易信任一个人。但是,她肯努力,只要你给她机会,她就会做的。"

"听起来和李威叔叔很像,"凤仪道,"我同意你的意见。"

子欣看着她的脸色,猜度了半天,也不知她到底是高兴还是不高兴,半晌道:"凤仪,事关重大,你想清楚。"

"我不用想,"凤仪笑道,"这件事情我们没有选择,你放心,我会努力去做的。"

"你这么有信心?"子欣狐疑地问。

"对。"

子欣还是有点不能肯定:"你没有管理过销售,而且也没有和她打过交道。"

"你呀,"凤仪道,"我只知道两件事情,第一,我信任你;第二,现在情势所逼,我们必须一起努力,相互支持,共渡这个难关。"

子欣见她在灯光之下，满面温柔平和，顿时心头一松，"凤仪，你长大了。"

"我早就长大了，"凤仪道，"我很担心你，你的成败心太重了。"

"这是我们和三井的第一场恶仗，"子欣道，"我要是液仙就好了，他这方面比我行。"

"你也不要这么说，"凤仪道，"如果特许经营做成了，元泰的规模就会大于三井，到时候日本就会很难动摇我们了。"

"但愿如此。"子欣勉强笑了笑。凤仪见他还是心事重重，便悄声笑道："你猜猜我最近画了什么？"

"静物？风景？"

凤仪摇摇头。

"是什么？"

凤仪咬住子欣的耳朵，轻轻说了声："裸体。"

子欣怀疑自己没有听清："你画了什么？"

凤仪悄声说了自己的创意，子欣听得红了脸，见她一副得意的模样，抓住她低声道："你，你这个……"他不知说什么，联想着凤仪赤身裸体站在画室中的模样，不觉又是销魂，又觉得她勇气可嘉。夫妻二人哈哈笑着，双双上床就寝。

一周之后，康凯蒂穿着西式套装，迈进了子欣的办公室。几年时光过去了，她一直没有找到理想的归宿。她虽然也遇到成功的人，但成功的人也大都挑剔，有的想娶她，却要求她回家相夫教子，有的倒能支持她做事业，却要求她只做一个情人。她有点后悔，早就知道这样，当初就不应该挑剔袁子欣一无所有，白白浪费了青春。

不过，今天不同往日了，袁子欣真的成了一位企业家，她也不再是一个站柜台的小姐。只要给她机会，不愁再把袁子欣抢回来。她环顾子欣的办公室,露出一丝得意的微笑。

门响了一下,她回过头,见进来的不是子欣,却是凤仪。凤仪笑吟吟地道:"康小姐,欢迎你呀,子欣今天早上有点事情,让我来招呼你一下。"

康凯蒂忙赔笑道:"袁夫人,以后还要你多多关照呢。"

"关照什么,以后大家就是同事了。"凤仪见康凯蒂一张立体分明的脸上化着均匀的妆,越发明艳照人,笑道:"这么长时间没见,康小姐还是这么漂亮。"

"我哪儿比得上你。"康凯蒂见凤仪穿着合体的长马甲,显得娇小可爱,一张粉嫩的脸蛋像没有被时光碾过一样,还是那么年轻朝气,不禁在心里打翻了五味瓶。她将酸意咬在牙根下面,脸上愈加堆满笑容:"袁夫人美丽大方,才华过人,可是我们女人中的楷模呢。"

"你来了就是我们的好帮手,"凤仪道,"大家一起努力。"她带着康凯蒂来到她的办公桌前,康凯蒂见那是一个靠窗的位置,光线敞亮,桌上纸笔等办公用具一应俱全。凤仪拿起一支笔:"康小姐,你来看。"

康凯蒂走过去:"这是,金笔?"

"对呀,"凤仪道,"你的办公用具,除了这支金笔,其他东西都是我让从先施公司买来的高档货。"

"袁夫人,"康凯蒂见她如此,也不知道她是真心欢迎,还是面上功夫,连忙道,"您太客气了。"

"我一直在元泰负责生产与设计,"凤仪道,"销售方面我们一直缺少好的人才,康小姐肯屈尊来元泰,是我们的荣幸,这点办公用具,不成敬意。只要康小姐做得好,薪水奖金都不是问题。最关键的,我想子欣一定会觉得,康小姐才是他最好的商业伙伴。"

康凯蒂闻言又是一愣。这个邵凤仪,说的话倒是一针见血,让子欣离不开她,也正是她心中所愿。凤仪道:"一会儿子欣就回来了,让他带着你四处转转，熟悉熟悉，我还有事，就不陪你了。"

"袁夫人再见。"

凤仪回到自己的办公室，拿起画笔设计面料，刚画了几下，就觉得有点心烦意乱，不禁放下了。出于一个女人的直觉，她能感到金笔小姐对子欣的用心，以及对自己的敌意。但现在不是感情用事的时候。从企业的角度说，她的确是个人才，只有把她用好，才能让子欣全身心地投入特许经营的建设。她将些许醋意悄悄藏在心底，开始了忙碌的工作。

康凯蒂进入元泰后，见凤仪与子欣都重用自己，倒也存心要显显本事。说来也巧，那位南洋的郑老板似乎很偏爱康凯蒂，所以和元泰合约都很顺利，首次合作之后，又续签了两笔小订单，双方都十分愉快。康凯蒂初战告捷，子欣也加意培养，希望她能在凤仪的管理下，和几个老业务把销售的事情扛下来，这样，他才能进行特许经营的项目。他早出晚归，和众多电织小企业沟通、谈判，大约三个多月后，有十五家小企业和他签订了合约，交了加盟的费用。

这天，他好不容易抽出了时间，准备和凤仪一起回家吃饭。二人刚要离开，不防康凯蒂走了进来："袁经理，晚上郑老板说，想请我们去丽都吃饭。"

子欣愣了一下，看了看凤仪。他已经很久没有和凤仪一起吃晚饭了。康凯蒂打量了凤仪一眼，正色道："郑老板说，这次的订单数额巨大，上海不少人都盯他呢，你不去恐怕不合适吧。"

凤仪微微一笑："既然康小姐这么说，你就去吧，不要怠慢了郑老板。"

"是呀，袁夫人都这么说，你还等什么。"康凯蒂说完，不等子欣，便拉着他走了出去。凤仪见她如此安排，不禁叹了口气。如何才能打消康凯蒂的觊觎之心，让她安心工作，这是个问题。现在，康凯蒂只要和销售相关的事情，都尽量安排与子欣一起出席，渐渐地，她和子欣出双入对，已经成为商场中一道风景。每每饭局中逢人打趣,她也是低头一笑,似乎二人之间真有什么说不清的感情。子欣虽觉不妥,但有些场合也不好回避。凤仪心知康凯蒂的用意,面上只佯作不知。倒是不少老业务看不下去了,对康凯蒂颇有微词。凤仪每每听到,便叮嘱众人不要乱加议论。众人不解其意,都觉得她过于善良,但凤仪却知道唯有如此,方能稳住大局。

子欣与康凯蒂走后,凤仪本想去画室画画,却突然觉得有点不舒服,便离开工厂回了家。此时已是1926年的初春,天气正是乍暖还寒时候。凤仪回到家,让阿金给她冲了杯姜茶。她正歇着,邵元任走进了大厅,凤仪奇道:"你今天在家住吗?"

邵元任点点头:"你一个人?子欣呢?"

"他要陪南洋郑老板吃饭。"

"哦,你吃饭了吗?"

"还没有。"

"那我们再等一下就开饭吧。"

"再等一下。"凤仪问,"还有谁吗?"

"我!"李威答了一声,从门外走了进来。凤仪见李威内穿绸布薄棉长衫,外罩貂皮马褂,显得十分精神,笑道:"李威叔叔,今天很时髦嘛。"

李威笑了笑,然后向邵元任微微施礼,邵元任吩咐阿金开饭。凤仪和邵元任、李威坐在一起,仿佛又回到了她上学的时光。饭桌之上,听她一个人说话,一会儿说些趣闻,一会儿咯咯而笑,气氛热闹而含蓄。一时饭毕,李威泡好茶,端进了邵元任的书房,凤仪便回了房间。

邵元任的书房里新添了一张喝茶用的红木方几,几边放着两张靠背椅,高度只有寻常椅子的一半。"这是明代的茶桌。"他一边向李威介绍,一边用毛巾仔细地将桌椅擦干净。李威欲动手帮忙,他却示意他不要动:"每次看见它,就想约你来喝茶,可是我们太忙了,今天大家才有时间。"

李威一动不动地站着。以往在这间房间喝茶，都是邵元任坐在书桌的太师椅上，他在一旁端茶递水，今天突然让他站着，看着邵元任忙碌，他真的有点不适应。看来，自己的确是一步一步赶上了老板，李威见邵元任满头白发，脊背微驼，不觉一阵心酸。

邵元任擦完桌子，满意地笑了笑："你来泡茶吧。"

李威忙坐在他的对面，伸手泡起茶来。邵元任见他动作敏捷，羡慕地道："还是年轻好啊。"

"邵老板，"李威道，"你也很年轻。"

"我不成啦，"邵元任道，"再做完这一单，我就再也不做了。"

李威心头一跳，不觉放下了杯子："邵老板，这笔军火你还想做吗？"

邵元任点点头，指了指茶杯。李威忙将泡好的茶替他倒上："现在南方虽说统一了广东，又在大买军火，和北方打仗。可从上海到广东的路上，实在不太平。你也知道，我李威是刀头上滚过来的，这生意如果能做，我是不会不做的。可现在的局势，真的太难了。"

邵元任没有吱声。李威道："我不明白，这几年您已经不做道上的生意了。为什么这个时候一定要做。当初和兴要用钱，道上生意多好做，可您偏偏要从元泰筹钱。现在这个时候，反而一定和南方做买卖。"他见邵元任喝下一杯茶，连忙又斟上一杯，"您实在要做，可和北边做，北边出价高，路上又好走。"

邵元任抬了抬手，制止他再说下去："我和南方政府这么多年，积累了大量的人情，如果因为一时钱财紧急，就转向北方，一来多赚不了多少，二来断了这些人情未免太可惜了。"

"那有什么关系。"

"李威，"邵元任道，"做人不能目光短浅，这笔军火如果能够做成，我就想退出凤凰阁了。"

李威手一颤，洒了几滴茶水出来。邵元任看着他："凤凰阁交给你，我很放心。"

"邵老板，"李威不知他是真心，还是假意，谨慎地道，"凤凰阁是您一手创立的基业，李威何德何能？这笔军火我一定想办法做，其他的，您不要多想。"

"我虽然是个商人，"邵元任道，"但江湖上义字当头，既然我说了这句话，就一定会这么做。我也知道你是个孝子，百善孝为先，我没有什么可担心的。"

李威听他提起母亲，心头一阵乱跳。他知道了，邵元任想以凤凰阁为代价，逼自己无论如何从南方走军火赚到这笔大钱是真，如果自己不从，只怕他翻脸无情，来个兄弟反目，杀母泄愤他也干得出来。李威哈哈一笑："这么多年，邵老板对她老人家最好，就冲这个，我也一定做好这笔买卖。"

邵元任盯着他的脸，确定他领会了自己的意图后，道："最近你找个人，盯着点康凯蒂。"

"金笔小姐，她怎么了？"

"不知道凤仪怎么想的，"邵元任道，"她把她招进了元泰，还放在子欣身边，现在这两个人出双入对，外面的人说得难听。"

"那凤仪……"

"她说没关系，还说金笔小姐是个人才。"

李威一愣。邵元任道："这孩子的雅量固然可取，我也相信子欣是个正人君子，但是我担心这个康凯蒂。"

"女人就是麻烦，"李威叹了口气，"我会盯着的。"

邵元任看着他道："你身边也有一个麻烦吧，这些年你钱也花了不少，要是真心喜欢，就娶回去，何必这样。"

"她是个下九流出身的人，我娘她不乐意。"

"那你就娶个让她满意的。"

"她自己就是个小妾，"李威道，"却一定要我娶个家世清白的上海小姐，要是强娶，我一百个也娶回来了，可那真没劲。我十几岁出来闯江湖，受不得那个规规矩矩的样子。这个如玉虽然是个长三，再和我对路，我和她在一起，真的很开心。"

邵元任微微一笑："那你就纳个妾。"

"我娘也不干，"李威道，"说起来就烦，先这么混着吧。"

二人又喝了会茶，李威方才告辞去。凤仪一直在房间里等子欣，等景泰蓝时钟敲过了十一下，子欣才微醉地推开房门。他见凤仪和衣躺在床上，似乎睡着了，便坐在床边道："我回来了。"

凤仪佯装没有听见。子欣轻轻推她："穿着衣服睡容易着凉的。"

凤仪也不睁眼："你推我做什么，陪好金笔师娘就行了。"

"今天可是你同意的，"子欣笑道，"不能怪我。"

"那你怎么谢我？"

"我谢你，"子欣道，"我发现自从金笔小姐来了之后，你的态度变了很多。"

"哪儿变了？"

"你好像不会酸了，"子欣奇怪地道，"难不成把醋坛子收起来了？"

"我酸容易，"凤仪坐了起来，"元泰就难了。"她看着子欣，嘻嘻一笑道，"我冷眼看来，那康小姐的确有才干，人也美貌，我看不如这样，你把她娶进门，我们一妻一妾如何？"

子欣端着茶杯，正要喝水，听到这话，吓得把杯子放下了："你胡说什么，我，袁子欣，读了这么多书，留了这么多年的洋，我会去娶一个小妾，你把我当什么人了？！"

"哦，这么说，你是不愿意。"

"我当然不愿意，"子欣微微不悦，"你怎么会这么想？"

"那你为什么要耽误康小姐。"

"我耽误她?"

"你们现在出双入对,外面风言风语,"凤仪道,"我是信得过你,可是时间长了,大家对康小姐会怎么想?"

"这,"子欣坐了下来,"我倒没有想过。"

"人言可畏,"凤仪道,"你是个男人当然无所谓,可是康小姐终究没有嫁人,若是名声不好,那就麻烦了。"

"可是我们做业务……"

"我知道,"凤仪道,"有些场合总是难免。而且现在,要是让她离开元泰,不要说你舍不得她,我也舍不得她。元泰要发展,就要不拘于用人,而且要人尽其才,物尽其用。康小姐既然在我们元泰上班,就是我们元泰的人。她糊涂,我们不能糊涂。她的终身大事,你若有空,也要关心关心。"

"我关心能解决吗?"

"不解决是一回事,你关心是另一回事,"凤仪道,"如果康小姐对你还有希望,只怕她面对婚姻,更难做出抉择。"

子欣默默不语,半晌道:"你说得对,我会留心的。难为你了。"

"那有什么,"凤仪笑道,"她也许不喜欢我,但她未必不能成为我的好下属。"

"可是她……"

"好了,"凤仪道,"很晚了,快点休息吧,我明天还要去看医生。"

"你病了?"

"有点。"

"那赶紧休息。"子欣洗漱之后,轻轻上了床。他见凤仪还未睡着,便道,"现在南洋来上海的订单越来越多,我想等特许经营的事忙完了,走一趟南洋,看看当地的市场。"

"唔……"凤仪道,"好啊。"

子欣伸手抱住她:"我们一起去。"凤仪又哼了一声,便迷迷糊糊地睡着了。子欣躺在床上,感到有些轻微的失落。这是怎么了,他不是一直希望凤仪能变得独立,对他没有什么依赖吗?可她如今,也似乎太独立了一些。子欣想不出她什么时候起的变化,只是觉得有一种隐隐的不同。

第十五章

　　特许经营的事情无风无险地开展起来。凤仪与康凯蒂也相安无事。甚至连南洋郑老板的订单也越来越多。事情顺利得让子欣有些害怕。为什么三井会在这样的时候,对元泰不闻不问?就在他深感不安的时候,南洋郑老板,下了一笔从未有过的大单。

　　这天,液仙来到元泰,二人谈起此事,液仙问:"这家南洋公司之前的信誉怎么样?"

　　"信誉很好。"

　　液仙沉默了一会儿:"新订单量很大吗?"

　　"很大,"子欣道,"日本人也在争取。"

　　"你怎么想?"

　　"我真后悔,当初想去南洋考察的时候就应该去,就算自己去不了,也可以派人去。"

　　"你是担心这个郑老板?"

　　"他和我们合作过很多次了,"子欣道,"我更担心日本人。"

　　"是三井又做了什么?"

"不,"子欣摇摇头,"是他们什么都没有做。"

"派人去南洋时间上有点迟了,"液仙想了想,"如果订单的数额太大,你可以让他们找银行担保,最好是英美银行。"

"可是,"子欣道,"如果他不同意,这笔业务我要是放了,就是很大的一笔业务,而且会得罪一个客户,可是让我接,我真的有点不敢。"

"你让康凯蒂跟他谈一下,他如果诚心想做这笔生意,也不是一件难事,"液仙道,"我们在英美银行都有朋友,介绍给他就行。"

"这件事情太顺了,"子欣迟疑地道,"我总是有些不放心。"

"你当初让康凯蒂进公司,就是看中了她的能力,"液仙笑道,"现在有人追求她,正是机会难得,只要他们拿到银行担保,这笔生意就万无一失,你还有什么可担心的?"

"我不知道,"子欣自嘲地笑了笑,"我一向不相信好运,只相信合理的逻辑。我觉得,郑老板为了一个女人下这么多单,也不大合逻辑。"

液仙笑了笑:"你不用太紧张,也许就是运气到了,就像我,干了那么多年,最后也坚持到了!"

"但愿吧。"子欣道。他知道自己的长处,也知道自己的短处,他不是一个长于短兵相接的人,尤其是运用非常手段。"液仙,你等我一下,我去找一下康凯蒂,和她商量一下。"

"你去吧,"液仙见他面容憔悴,知道他很是担忧,忙道,"我就在这儿等你。"

子欣来到业务办公室,见康凯蒂正在伏案写东西。他轻轻咳了一声。康凯蒂抬头见是他,笑了:"袁经理,有事?"

子欣说了希望让郑老板提供英美银行担保的事情。康凯蒂惊讶了:"你觉得郑老板的信誉度还不够高吗?"

"挺高的,"子欣道,"但是我们还是保险点比较好。"

"你也太多虑了,"康凯蒂忍耐地道,"如果他不愿意提供银行担保,订单我们还签吗?"

袁子欣想了想:"如果没有银行担保,原则上我想放弃。"

"放弃?"康凯蒂焦急地道,"这可是一笔大业务,三井那边争得可厉害呢。"

"如果我们放弃,三井那边也不一定会接,"袁子欣缓缓地道,"这笔订单量太大,如果签下合同全单生产之后,他突然提出什么意见,或者货款不能及时支付,我们就会蒙受巨大的损失,而且凭元泰自己的力量是无法生产的,必须带动所有的加盟厂。这就是说,如果订单出现问题,我们不仅要承担损失,可能还要面对所有特许经营加盟厂的损失,"他长出一口气,"我觉得风险太大,必须有银行的担保。"

康凯蒂没有吱声。她觉得袁子欣这段时间像变了一个人,当年他们刚认识的时候,尽管他一无所有,可是他多么阳光、多么快乐。怎么现在有点像个谨小慎微的中年商人。她半晌道:"那,我去找他谈一谈。"

"他到上海时间不长,"子欣道,"可能和银行的人不熟悉,最好想办法安排个饭局,把英美银行的几个买办都请到一起,大家一起吃吃玩玩,他如果真的愿意担保,我们也可以帮帮他的忙。这事儿,尽量要安排得巧妙,不能让他不高兴。"

"周末你忙不忙?"康凯蒂道。

"你有什么想法?"

"郑老板和我提起,想到上海附近的乡下转一转。那我们就把几个买办一起约出来,我做点正宗的西餐,配上汽水什么的。我们大家先去郊游,再找一个风味的饭店,吃一顿饭,怎么样?"

"这个主意不错,"子欣稍微轻松一些,"你什么时候学会做西餐了,味道怎么样?"

"你去了不就知道了,"康凯蒂嫣然一笑,"味道嘛,当然是尝了才知道。"

二人正在商量，突然有人在敲门。子欣道："进来。"门开了，他和康凯蒂都觉得眼前一亮。只见凤仪身着时下最流行的松身旗袍走了进来。那衣服色泽清丽，款式优雅可爱，领口袖口绣着一圈鲜亮的花边，与凤仪平日的风格不大一样，却显得十分漂亮。她满面笑容，走到袁子欣面前。

子欣愣了："你怎么了，这么高兴？"

凤仪不好意思地看了看康凯蒂："康小姐，你能回避一下吗？"

康凯蒂笑了笑，站起身走到门外，礼貌地带上了门，走廊里空无一人，她四下留意一番后，将耳朵轻轻贴在门上，听见了凤仪的声音："我怀孕了！"

康凯蒂觉得一阵眩晕，仿佛马上就要拿到手的心爱的宝贝又被别人一把夺走！子欣惊喜的询问声与笑声，都像在反复证明这个事实，她觉得仇恨顿时涌上心头：怎么能在这个时候怀孕？！这个邵凤仪真正是她命中的克星！眼看元泰历史上最大的订单就要被她谈成了，眼看子欣和她相处的时间越来越多……门砰地被拉开了，子欣背着她，脸还对着凤仪："我去告诉液仙，让他晚上和我们一起吃饭，他就在我的办公室。"

康凯蒂来不及躲，勉强笑了声："恭喜你。"

"你晚上也别走，"子欣高兴地道，"大家一起吃饭。"

子欣大步离开了业务部。康凯蒂看着笑盈盈的凤仪，将怨愤朝心里压了压，脸颊上的肌肉朝两边牵了牵："袁夫人，这旗袍真漂亮！"

"是杏礼送给我的，"凤仪道，"她一高兴就买了这个送我，说什么这个时候要打扮得更加漂亮。"

"你已经很漂亮了。"康凯蒂被自己声音里的言不由衷吓了一跳，是啊，嫁了这么好的丈夫，又有了孩子，凭什么不漂亮？凤仪见她夸奖，开心地问："晚上你去吗？"

"去哪儿？"康凯蒂皱起了眉。

"吃饭，"凤仪道，"我们约了杏礼，液仙也去。"

"我不去了,"康凯蒂道,"晚上我约了郑先生。"

"那正好一起去呀!"

"不,"康凯蒂道,"我们有重要的事情谈。"

"哦——"凤仪拉长了声音,"是很重要的事情喽,好吧,我们不打扰你们。"

康凯蒂见凤仪笑得暧昧,不免心中又添了一层怨气。最近袁子欣没来由地很关心她的终身大事,还老是打听郑老板对她的态度。一定是邵凤仪说了什么,他才会这样。康凯蒂心道,你也不用太傲气,等我抢下南洋的订单,再慢慢和你理论。她忍怒带笑道:"袁夫人,那我走了,你们慢聊。"

凤仪点头称是,康凯蒂走出大门后,凤仪抑制不住心中的幸福,轻轻地跳了一下。一切都是那么顺利,元泰的业务上去了,康凯蒂也有了合适的男朋友,杏礼与液仙要分享她的欢乐,不,还要有更多的人!她拿起电话,脸微微地红了,她想告诉爸爸,告诉哥哥,告诉李威叔叔,还有美莲与道德,她想告诉所有的人,怀孕的感觉真好!

周末时候,子欣与康凯蒂陪着郑老板同几个银行买办前往上海旁边的一个小乡村,这里景色平平,并无什么出奇之处,倒是康凯蒂的西式餐点做得颇为美味,加上瓶装的可口可乐,和她一身西洋的女装打扮,把这次出行衬托得有声有色。

"袁经理,"几个人坐在山间的小石亭中,郑老板道,"担保的事情我听康小姐说了,这似乎有点为难啦,我们合作了这么久,你还信不过我吗?"

"郑老板,元泰电织厂开办将近十年,你是我最为尊敬与钦佩的一个客户,"子欣微笑道,"但是在商言商,这笔业务确实数额巨大,不是我不信任您,而是我缺少像您这样的胆略,总希望是万全之策方好。"

郑老板哈哈大笑："我们这里就有几位银行的朋友，提供担保不是不好，不过手续费用也不低呀。"

袁子欣听他这样说，大喜过望："手续费用您不用担心，由我们元泰承担。"

郑老板看了看袁子欣："这笔费用可不低。"

袁子欣笑了笑，旁边的银行买办见有机可乘，忙道："小心驶得万年船，袁经理虽然降低了利润，但做的是保险生意，还是划得来。"

"好，既然大家都这么说，我就把在北京的房产抵押给你们，"郑老板看了看众人，道，"那可是个大宅院。"

"您在北京还有宅院？"康凯蒂惊诧地问。

"那是我先祖留下的，我几年前去看过一次，面积很大，很古色古香，我想只会比这笔订单的数额大，绝对不会小。"

"那就要辛苦你们了，"袁子欣对银行的买办说道，"要到北京去验房子了。"

"不辛苦、不辛苦，"买办笑道，"关键是你们能做成生意，大家合作愉快。"

"来来喝汽水。"康凯蒂将几瓶汽水发给众人，袁子欣和她对视一眼，感到心情无比愉快。看来真是好运到了，一切都那么顺利，只要银行的担保一到，这就是一笔稳赚不赔的大生意：有订金，有银行担保，有合理的价格。而且有了这么大的订单，那些还在观望要不要加盟元泰的人，一定会对元泰趋之若鹜。

几个人在郊外吃着野餐，聊着各种趣事。子欣与几位银行买办，俱是想讨好郑老板，什么话都顺着他说。康凯蒂本就知道他对自己有意，听他如此豪富，不禁又多了几分媚态。二人你来我往，端的是风光无限。到了晚上，众人又回到租界，在郑老板下榻的酒店用晚餐。郑老板酒量惊人，他一会儿与子欣干杯，一会儿向康凯蒂敬酒，不知不觉，便有些微醉了。

以往不管吃饭吃到多晚,郑老板都会殷勤地送康凯蒂回家,今天他说实在累了,便只把康凯蒂送到酒店门口。买办们见此情景,俱都告辞了。子欣见天色已晚,便道:"我送你回去吧。"

"好啊!"康凯蒂也喝多了,她仿佛战场上凯旋的战士,一边走一边乐。"子欣,"康凯蒂笑,"你知道吗,你比几年前成熟了。"

"是吗,"子欣也呵呵笑,"你也比几年前漂亮了。"

"你说这笔订单做完我们能赚多少钱?"

"好多钱,"袁子欣歪歪倒倒地道,"好多钱!"

"有了这钱你想干什么?"

"干什么?"袁子欣愣了,"我没有想过。"

"你现在想想?"

"发展元泰,发展元泰,发展元泰,"袁子欣时断时续地说出这三句,呵呵地笑了起来,"我还要给凤仪和孩子买份大礼物,买什么我还没有想好,"他看着康凯蒂,又嘻嘻一笑道,"我还要给你发个大红包!"

"你没有想过做自己的企业?"康凯蒂见他念念不忘凤仪,试探地问道。

"自己的企业,元泰不就是我的企业?"

"那是邵先生的,怎么是你的呢?"

"我是营业股东,当然是我的,"袁子欣笑道,"我的理想是要做最好的企业,他的理想,是要做最好的钢铁企业,我们目标一致,但是我能实现,他不能实现。"

"好了好了。"康凯蒂不想再听下去,扶他上了车。子欣嘿嘿地笑了笑,这就是凤仪和她的区别,凤仪永远关注理想,她永远关注现实,凤仪虽然一直努力在社会上做事情,仍然是个理想主义者。袁子欣醉意蒙眬地想,这大约就是康凯蒂不能吸引我的原因吧,尽管她比凤仪更加漂亮迷人。这时,康凯蒂身体软软地靠了过来,陷在他的怀抱里。他感到她的身体与凤仪不同，肌肉紧实又丰满，充满了女人味道。子欣闭上眼睛，康凯蒂的身体又近一步，两片红唇呼出的热气微微地袭向他的耳边，既热又痒痒的说不出的舒服。

这时，车停下了。子欣推了推康凯蒂，她似乎完全醉了，轻轻地唔了一声，动也不能动。子欣只得将她扶出来，二人几乎黏在一起，慢慢地走进去。他们穿过一排房门，推开其中的一扇，再顺着黑乎乎的楼梯朝上走。康凯蒂完全贴在了子欣的身上，正是初夏时节，二人的衣衫都不是很厚，子欣觉得她的身体快从衣服里跳出来，跳进他的血液中了。

子欣极力稳住心神，掏出钥匙打开门。未等他出声，康凯蒂伸手环住了他的脖子，眼睛微眯，看着他的眼睛："我要你送我进去。"

子欣张了张嘴，觉得吐出这个"不"字是那么艰难，多少年了，从认识她的第一天起，他就防备着这个局面出现，他有时候觉得这个局面永远不会出现，是自己心底深处男人的小心眼，他又有点盼望这个局面出现，以证明他是个有魅力的男人。

康凯蒂见他一动不动，两片嘴唇似张非张，浓浓的眉毛在昏暗的走道灯光下分外惹人喜爱，不禁将嘴唇递上前，轻轻碰住了他。

子欣微微一麻，康凯蒂已经知道自己抓住了机会，她立即吻了上去，不容子欣迟疑，子欣一面任她吻着，一面紧紧咬住牙关，他知道只要松口，就全部完了。就在这个时候，他的手不知不觉握到了门的把手，冰凉的铁的质感让他微微一惊，恍惚中好像有什么闪了一下，他向后退了一步，伸手抓住了她的身体。

"不要这样，"子欣道，"你喝多了。"

"我没有！"康凯蒂又贴了上来，子欣又往后退了一步，整个人都贴在了门上。两个人身高相当，康凯蒂清楚地平视着子欣的眼睛，现在，意乱情迷已经消失了，只剩下一种坚决。

康凯蒂停住了进攻，每次都是这样，她快要成功了，他就停了下来。

为什么这个男人永远不会被她打动,难道她不够漂亮不够迷人吗?难道那个除了画画什么也不懂的小贱货就这么好吗?她恨恨地问:"为什么?"

"什么为什么,"子欣笑了笑,"你喝多了,来,让我开门,你进去休息。"

他转过身,用钥匙转开门锁,康凯蒂从身后抱住他:"为什么,我什么都不要,我只喜欢你。"

"康小姐,"子欣的声音里加重了老板的口吻,"你喝多了,明天还要上班。"

"我不管,"康凯蒂抱紧了他,"我只要你。"

袁子欣转过身,将她扶得更直一些:"我不明白你在说什么,我想你喝得太多了。"话音一落,他便松开手,大踏步地走出楼道。"袁子欣——"康凯蒂尖叫一声。

礼拜一的时候,康凯蒂来到公司,子欣在特许经营厂视察生产质量。下午两个人碰面,一切就像没有发生过一样,子欣照样和她说话、开玩笑、交代工作任务。康凯蒂自己都有些困惑了,难道那天什么也没有发生,他们没有拥抱、接吻,一切都是自己的想象?

她很沮丧,觉得自己是个失败者。可是,她没有勇气离开元泰,也没有勇气离开袁子欣。元泰给她的待遇非常优越,而且等这笔大订单结束,她就能收到一笔可观的提成。这个钱她不能不要。再说,袁子欣始终是个好老板。她见袁子欣装傻,她也装着忘记了那天晚上的一切,按部就班地做自己的工作。

转眼到了五月,凤仪害喜程度减轻许多,可以吃各种东西了。阿金成天忙着做东做西,或是煮各种糖水。由于身体欠佳,凤仪的工作时断时续,不能天天上班,杏礼偶尔空了,便会过来陪她。家俊一直杳无音信,似乎不想和离婚后的杏礼扯上关系。凤仪想,他或许不能接受自己与以前的大嫂恋爱，但是就算不恋爱，也可以成为朋友，她不禁为家俊担心，打电话到顾家询问，顾家对她还算客气，告之家俊与家人有电报往来，一切平安。

"人走茶凉。"杏礼用这四个字总结了她与家俊的关系，这个走既包括家俊的远行，也包括她离开顾家。她说这话的时候神态并没有什么伤感，反而有种玩世不恭的轻佻。作为上海滩第一性感女神，她有资本这样说话，只要她愿意，每天都有各种人聚集在她的家里，男人、女人、中国的、外国的，她早已忘记了寂寞的滋味。

美莲与道德也会来看她，李威派人送了不少补品。凤仪的怀孕意味着下一代人的出生，这让所有人都感到时光的流逝。邵元任加紧了军火生意的步伐，和兴的状况一个月比一个月糟，就算把全部基地与设备抵押给银行团，也不够清还和兴的贷款，无论如何，要想办法把元泰的八万两贷款在和兴二次破产前还清。

"那个什么野猪蚊香，居然想请我给他们当模特，画月份牌呢，"这天杏礼中午便到了邵府，一边与凤仪喝糖水，一边聊天，"我想也没想就拒绝了。"

"他们不知道你和液仙是朋友，"凤仪道，"自然会请啦。"

"我出道这两年，可没有为日本人做过广告，"杏礼有些不高兴，但还是和颜悦色地道，"我和他们交朋友归交朋友，做广告的事情一件也没有。"

"咦，"凤仪奇道，"我从不知道你是个爱国主义分子？"

"什么爱国主义分子，"杏礼轻轻一叹，"我是从来不赞成什么游行、烧日本人的东西的。我觉得爱国归爱国，做生意归做生意，这是两桩事情，怎么好放在一个事情里面讲。但是呢，我是不会为日本人做广告的，我交日本朋友，是看这个人怎么样，但是日本企业要和我们中国企业竞争，那我还是要帮自己人的。"

凤仪笑了："那要是液仙请你做广告呢？"

"那么我一定做。"杏礼的眉毛轻轻一挑，"而且免费。"

凤仪不禁乐了，杏礼没好气地道："哎呀，我不要讨论这些事情。对了，上次我陪你买的布料还在吧，马上要过夏天了，热得很，你还不抓紧时间，做几件像模像样的、凉快一点的孕妇裙，到要穿的时候再做，就来不及了。"

"料子在，"凤仪笑道，"一直等你来定呢。"

"款式嘛一定要新，今年夹袄合一了，都穿一件式旗袍。正好，凉凉爽爽，不用里面一件外面一件的。你就做一件松身的，袖子要宽一点、要短一点，下面长度正好盖住膝盖，领子要绣花，花样要简单点。"杏礼说着站起来："你下午不要上班了，我们去房间看看面料花色。"

"好。"凤仪也觉得有些累，站起来与杏礼上楼去了。二人聊了会儿天，又睡了会儿午觉，不知不觉天晚了，有人敲门，凤仪以为是阿金，道："进来。"

门开了，杨练穿着一件素色长衫走了进来，凤仪高兴地站了起来："哥哥，你这段时间去哪儿了，什么时候回来的？"

杨练朝杏礼点点头，然后答道："我刚回来。"

"晚上在家吃饭吗？"凤仪道，"要不要住一晚再走，我好长时间没见到你了！"

杨练看了看杏礼，杏礼也在看他："我在家吃饭，住一晚再走。"

"这样好了，"杏礼道，"你在家陪凤仪吃晚饭，我走了，明天再来，我晚上还有个约会。"

"杏礼小姐，"杨练轻轻拦住她，"你也一起吃晚饭吧。"

杏礼刚想开口拒绝，无意中看见了他的眼睛，多少男人望着她的眼光都闪烁着欲望，不论是顾家安、家俊、方液仙、龙川民，甚至袁子欣，她都能隐约地感受到，唯有这双眼睛，沉静得像一面湖水，没有丝毫的情欲，只有一种淡淡的悲凉。

她没有说不，也没有说是，重新回到了座位上。

这天晚上，袁子欣早早地回来了，邵元任也从和兴赶了回来，凤仪不禁幸福地发了感想："要是美莲、液仙他们都在，那多好啊，像过节一样。"

"美莲他们明天来看你，"杏礼道，"液仙如果有时间也来。"

"你们商量好的？这么巧？"凤仪笑道。

杏礼看了看袁子欣："我们三个人你第一个有小孩，应该好好陪你。"

"凤仪呀，"邵元任道，"你看大家多关心你，这些天就不要上班了，等身体好了再说。"

"是啊，"子欣笑道，"现在元泰的事情不知道多顺利，你就趁这段时间，好好休息休息。"

"我已经好多了，"凤仪道，"现在吃什么都香的。"

"还是再歇几天，"子欣道，"哥哥也在。"

"你这几天不走吗？"凤仪问杨练。

"我不走。"杨练道。

"那我就在家歇几天，"凤仪笑道，"你要批准哟，袁经理。"

袁子欣含笑着点了点头。晚饭后，杏礼坐车回去了，杨练陪着凤仪，子欣和邵元任在书房聊天。一切都是那么平静，凤仪觉得在这静静的生活中流淌着一种幸福，是她任何时候都没有体会过的。她的身体正在经历着另一种成熟，可以孕育生命，可以保护、哺育另一个人，她是他的母亲，他因她而存在。

凤仪安心在家休息，没有工作、生意、谈判，甚至没有绘画，只有浓浓的亲情、爱情、友情，这种美好的感受实在令人甜蜜。这个月月初，国民革命军第四军叶挺独立团和第七军第八旅第十五团挺进湖南，自此揭开了北伐的序幕。消息很快在全国蔓延开来,凤仪偶尔外出,也总能耳闻到这样的故事,也就是在这个时候,她感到了异样。

这些天家中的报纸突然全部消失了,哥哥寸步不离地陪着她,不管她外出还是待在家里。阿金与小卫则恰恰相反,似乎很害怕与她单独相处,总是有点躲着她,难道,发生了什么不好的事情?她很想告诉大家,现在对她来说,没有什么比生命更加重要,就算元泰与和兴全部破产,她也不在乎,她只要平安,她自己的、孩子的、每个人的,她在孕育着生命,每个生命的平安就是最大的幸福。

每天傍晚,她都会出门散步,从邵府往南,走上十五分钟,再慢慢走回来。杨练一直陪伴左右,兄妹两人常常不知不觉就陷入沉默,凤仪发觉哥哥其实是个内向的人,如果不主动逗引他,他几乎不会开口说话,那么小的时候,他们如何叽叽喳喳说个没完呢?凤仪慢悠悠地走着,感觉记忆是一个永远带着错误的画面与结局,她不禁微微一笑,当年和哥哥在上海到处玩耍,一定是自己说个没完,哥哥只是个旁听者罢。这么多年,她似乎从没有关心过哥哥,他以前是什么样的,心里真正喜欢什么。

然而对话总是很艰涩,杨练无法回答她的问题,喜欢什么,不喜欢什么。这些问题对他来说,第一,很少有时间与心情去留意;第二,因为那些能直接打动他,使他莫名其妙地在心底产生喜欢的东西或人实在太少,少到成为一种秘密。反倒是他们谈论方谦的时候,他说得会很流畅,甚至很自然与温暖。于是这样的散步,成为凤仪了解父亲的一种方式和一个机会。这是她无心为自己得到的礼物,她觉得命运是神妙而圆满的,在自己的孩子出世之间,她终于得到了与父亲亲密接触的机会。

她也凭借这些谈论,隐隐约约地画出了哥哥的命运轨迹。杨练是孤儿,因为天生神力,才被一个镖局收养,十四岁那年,镖局失了一趟镖,因为数额巨大,镖局无法赔偿,便将几样值钱的东西藏在他的床底,然后说他勾结强盗,私吞镖银。虽然他是镖局里年纪最小的镖师,但论武艺,

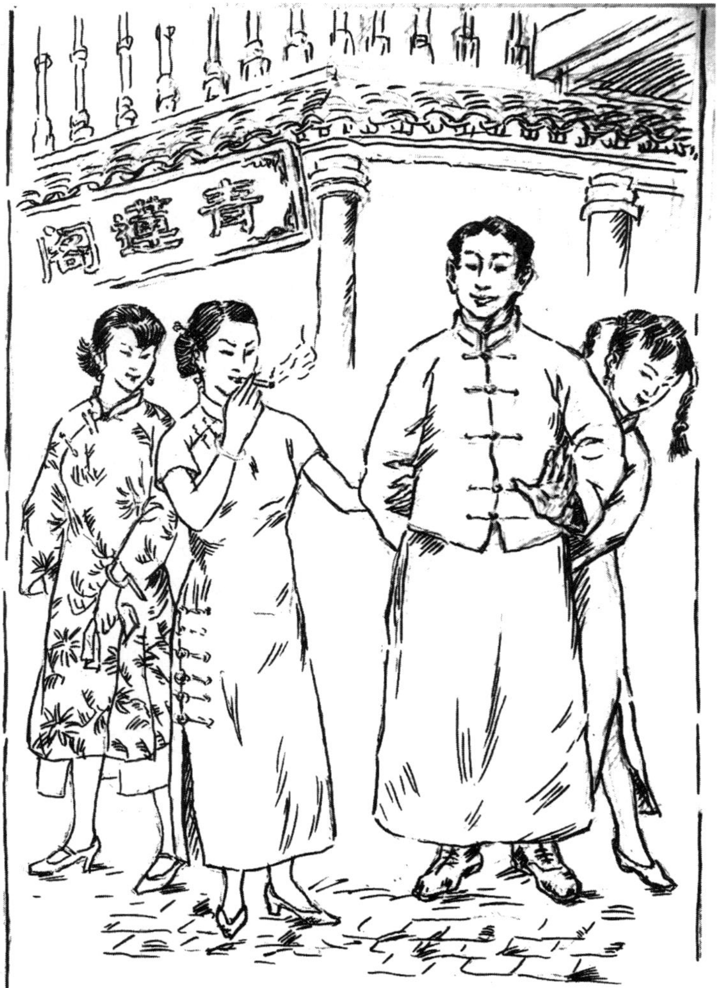
青蓮閣

已在所有人之上。他于是在监狱里，遇到了方谦，这个后来救他出狱，教导他终生的良师益友。

"哥哥，你为什么不逃，为什么不辩解？"凤仪恨恨地问。

杨练笑了，这个问题方谦也问过，问题一模一样，语气却截然不同。他还记得他戴着眼镜，稳稳地坐在床沿边，语气温和地问着，而且，在他问出问题的时候，他似乎已经理解你的做法。

"镖局对我有养育之恩，我逃了，他们就会吃官司，他们既然想让我顶罪，我怎么讲也没有用。"

"那你当时就准备'咔嚓'了？"凤仪调皮地做了个抹脖子的动作。

"我没想过，"杨练简单地回忆了一下，"后来方先生就把我救出去了。"

"他因为什么事儿坐的牢？"

"当时他们在湖南起义，起义失败后官府到处抓他，是一个牢头把他藏到监狱里的。"

"然后呢？"

"我就跟着方先生了，是他教我认的字，我的名字也是他起的。"

"哦！"凤仪睁大眼睛，"你原来叫什么？"

杨练不好意思地笑了笑："石头。"

"你真的姓杨吗？"

杨练点点头。

"还记得父母的模样吗？"

杨练摇摇头，凤仪微微叹了口气。"累吗？"杨练问，凤仪摇摇头，二人默默地往回走，天气又开始炎热了，从空气里已能闻出夏天的味道，凤仪本是不怕热的，怀孕后却觉得温热难耐，身上只穿一件薄绸松身旗袍，脖颈上却汗津津的，擦来擦去一点也不清爽。

"想喝荷兰水，"凤仪突然站住，馋馋地道，"或者可乐水也行，加冰

— 321 —

块的。"

杨练对她这些天来突然的"想吃"已经习以为常,他笑了笑:"家里有吗?"

"没有,"凤仪嘟起嘴,"以往夏天我不爱吃冰,爸爸喜欢喝茶,阿金他们从来不准备的,子欣倒是爱喝,可惜还没到时候呢。"

"很想吃?"

"唉,"凤仪长叹一声,"原来吃不到东西也这么令人惆怅。"

杨练微微一笑:"我去买吧,这附近什么地方有?"

"静安大道那边的沙利文就有,哥哥,你顺便看看他家的刨冰卖了没有。"

"行,你赶紧回家。"杨练看了一眼邵府,已经近在眼前了。凤仪点点头,一边用手绢擦着额头,一边朝家走去,杨练见她拐进了大门,这才转过身,朝静安大道走去。凤仪想着一会儿的荷兰水,没准还有刨冰,口水便在口腔中泛滥了。听人说,孩子喜欢吃什么,怀孕时的妈妈就想吃什么,凤仪不禁摸了摸肚子,心里对他道:"我又不喜欢吃冰,你那么想喝荷兰水,一定是像你的爸爸了。"

她坐在沙发上,想找个报纸什么的扇扇风,发现以往摆报纸的地方还是空空如也。"阿金。"她叫了一声,小卫跑了出来,"阿金呢?"凤仪问。

"她带孩子回娘家去了,"小卫道,"今天是我老丈人的忌日。"

"你怎么没回去?"

"不回了,"小卫道,"老头子死了好多年了,不过是走个过场。"

"报纸呢?"

"哦哦,我不晓得。"

凤仪点点头,小卫迅速退出客厅,转眼不见了。到底什么地方不对,凤仪压抑着心中隐隐的不安,这一个多星期,爸爸常常回来,哥哥寸步不离,子欣也是到了下班就回到家中,杏礼与美莲也基本上每天都有问候,这不是不好，而是太好了，她深深地靠在沙发上，尽量不去追究这个中的原因。也许以往的生活在她心中埋下了一个经验：幸福总是短暂，她不想亲手打破。

五月末，凤仪上班了，她的办公室挪到了元泰办公楼的顶层，就在总经理办公室的旁边，子欣说不放心她的身体，这样方便照顾。凤仪觉得有些奇怪，这样的体贴不像子欣的风格，而且原来的办公室就在楼下，离得并不远。如果仅仅是她的调动倒也周全，可是康凯蒂的业务部也做了挪动，搬到了三层的两间空屋，子欣说那两间屋地方大，便于客户往来，可以喝喝茶聊聊天，但凤仪总觉得事出另有原因。

她天生的好奇心，和敏感的领悟力，不由自主地开始寻找原因了。她在每个人的脸上寻找蛛丝马迹，从门房打招呼的表情，到打扫卫生的阿姨的眼神，都觉察出一分异样。尤其是康凯蒂，自从她开始上班以后，就没有再见到她。子欣说，她正在忙南洋郑老板的大订单，十家特许经营工厂和元泰总厂一起，正在统一进货生产，要赶在交货日期前完工。

凤仪坐在新的办公室里，觉得心里空荡荡的。她站起身，想去德昌堂看看美莲与四姐，她穿过走道，漫步到元泰工厂的大门，门房叫住了她："凤仪小姐，有你的东西。"

凤仪疑惑地看着门房从屋里取一个长方形的包裹，包裹不大，分量很轻，上面贴着她的地址和姓名。她拿起它，快步走回办公室，她轻捷地迈上一个又一个台阶，心跳也随之加快起来。她走进去，轻轻将门关好，把包裹放在办公桌上。她看着它，心里像被一根锐利的针戳开了一团迷雾，她预感到，答案近在眼前了。

她取出剪刀，轻轻挑开包装绳，一沓剪贴得很好的报纸呈现在眼前，她将它们全部倒在桌上，一张接着一张翻阅起来。在她的人生路上，虽然经历过各种痛苦，其中不失幸运的成分，但是这样的滋味她还是第一次品尝，她久久地坐着，不知过了多长时间，她看见窗外的光线渐渐转暗，腿和脚都已经全部麻木了。

　　这就是她的幸福,由许多假象填充而来,被谎言和欺骗包围。袁子欣,你怎么能在我怀孕的时候做出这样的事情?她不禁伸出手,想拍一下小腹,瞬间,她就为自己的念头后悔了,这不仅是子欣的孩子,更是她的亲骨肉。她轻轻摩挲着肚子,仿佛在安慰孩子。这时,她的头脑开始飞速旋转,且不管报上的照片是真是假,是谁把这些用这么大的心思,去一一剪下来,然后寄给她?

　　康凯蒂?为了想让她和子欣失和?杏礼或美莲,想让她知道真相?哥哥?后者都不可能,如果他们想让她从假象中清醒,就没有必要这段时间一直陪伴着她,刻意地隐瞒她。可是康凯蒂这样做又有什么好处呢?除了让她和子欣之间产生问题,也会让她自己陷入被动。她和子欣认识这么多年,不可能不了解他的脾气。他那个人凡事讲规矩,守原则,尽管力求变通,但让他变通到在妻子怀孕的时候与一个女人传出丑闻,最后还要与妻子分开,与丑闻中的女主角成为佳偶,这恐怕太不可能了。

　　她冷静下来,仔细地研究着这些报纸上的相片,除了那些耸人听闻的文字,子欣只是与康凯蒂抱在一起,而且一张是侧影,一张是背影。凤仪端详着,那照片一角似乎还有辆汽车头,样子很像子欣常用的那辆。如果只是子欣送康凯蒂回家,有人喝多了,他们互相扶着走路,也可能造成这样的身体接触。凤仪皱起了眉,那么是谁在暗中去拍他们的照片,同时把这些登在报纸上?

　　她忽然想起,当年为救美莲,邵元任发动新闻所做的那场民意大战。尽管,她不太清楚在新闻层面之外,邵元任到底干了什么,但是当时报纸的威力,她是很了解的。她想到这儿,不禁有些心惊,到底是谁在针对子欣,要这样对付他?

　　他们夫妻失和,子欣声名狼藉,对谁有好处?凤仪百思不得其解。难道是三井,可是三井与元泰只是商业竞争,没有必要参与他们的家务事。

凤仪看着报上的标题：元泰金牌女婿袁子欣贪恋美色，女职员金笔小姐投怀送抱。两腿一软，坐倒在了椅子上。她觉得很不舒服，肚子隐隐作痛，霎时间，一股冷汗顺着额角渗了出来。

不好！凤仪连忙稳住心神，伸手紧紧握住桌子一角。我和子欣相识这么久，难道他是什么样的人，我不清楚吗？她暗暗想道，他连商业行为，都不愿有所逾矩，更不用说面对家庭与妻儿。我若不信他，岂不是中了别人的暗算，还会害了腹中胎儿。

她又看了看面前的剪报，如果子欣真的做错了，那么爸爸、哥哥、液仙、杏礼和美莲，不会帮着他一起隐瞒，我就算不信我的丈夫，也应该相信我的亲人与朋友。只不过，康凯蒂为什么躲着不见自己，她想了想，也释然了，想必金笔小姐的日子也不好过。子欣说，元泰正在全力生产，以完成南洋订单，现在正在非常时期，如是这件事情再闹将起来，那么元泰的管理就会陷入混乱。

她逐渐平静了一些，略略休息了一会儿。突然，电话铃响了，她心头一跳，又觉得很不舒服。她拿起电话，虚弱地道："喂。"

"凤仪，"子欣听她声音柔弱，忙道，"你不舒服吗？"

凤仪没来由地觉得一阵厌恶与愤怒，尽管她告诫自己要信任他，但是，她还是很难克制情绪。"我没事，"她迅速地道，"你别打扰我，我想休息休息。"

她挂上电话，担心子欣会到办公室来看她，这些剪报？她想了想，把盒子盖上，收进了柜子里。果然，十几分钟后，子欣风尘仆仆地从外面走了进来，他见凤仪脸色苍白，吓得连声问："你怎么样了？你没事吧？要不要看医生？"

凤仪见他双眉紧皱，眼睛里透着不安与焦急，脸颊深陷，嘴唇干枯，她再一细看，只见他鬓发之旁，竟然有了若干白发。她心中一软，知他这段时间所受的压力，已非寻常时间可比。她情不自禁伸出手，在他的头发

— 325 —

上轻轻摸了摸："子欣，"她忽然有了一个想法，"我想回一趟南京。"

"回南京？"子欣惊异不已地看着她，"为什么？"

"我自从来到上海，已经十六年了，我还没有回去看过外公。"凤仪提起汪静生，心中一阵悲伤，"现在，我也成家，也怀孕了，我想回去看看。而且，上次听你说，汪宅也卖给了其他人，我也很想回去看一看。"

子欣松了口气，看来女人怀孕不仅胃口会变，想法也会多变。他温柔地道："你想回去可以等一段时间，等这笔订单完成了，我陪你回去。"

"不用了，"凤仪道，"现在订单这么大，十一家工厂一起开工，我留在这儿，只会让你分心。倒不如我回到家乡看一看，散散心，也带着我们的孩子去看看外公。"

子欣没有说话，如果凤仪在这时离开上海，的确让他安心不少。这段时间，为了报上的那些新闻，全家人甚至连所有的朋友都如惊弓之鸟，生怕她看到什么，听到什么。凤仪看着他的神色，便知道他心中已有所动，又道："至于安全问题，我想过了，当年，是哥哥把我送到上海的，我想和他一起回去。他这段时间也没有什么事情，我和他说说，他一定会同意的。"

"和大哥一起走？"子欣想了想，放下心来，"如果是这样，我觉得还行，要不这样，让阿金跟着你，你也多个人照顾。"

"不用了，"凤仪道，"我想多住几天，还是让阿金留在邵府吧。"

"多住几天？"子欣观察着她的神色，惊疑不定地问，"为什么？有什么不高兴吗？"

"你觉得呢？"凤仪抬起眼，默默地看着他。子欣又愧疚又痛苦，张了张嘴："凤仪，我——"

"子欣，"凤仪打断了他，"你一直告诉我，什么事情都不要想到是两个人，要想是一个人，一个人承担困难、一个人面对未来。我到今天也不知道你说的这话是什么意思。也许，你不是真心爱我，但是，我相信你是一个君子,有些事情,你一定不会做的。"

"不,我……"子欣将那句"我爱你"含在口中,半晌又咽了回去。他现在没有资格对她说这样的话,是他做错了决定,请金笔小姐来元泰,更是他没有把持自己,不管那天晚上有没有发生什么,他是男人,他知道自己动了心,也动了情。

凤仪看着他,觉得一种冷冷的悲哀浮上心头。纵然我相信他的人品,她凄凉地笑着,我也不能相信,他对我的爱情。

"就这样吧,"她道,"我想回去准备一下。"

"我让司机送你。"子欣替她拿着包,把她送到了楼下。凤仪笑了笑:"赶紧上去吧,还有很多事情。"

"凤仪,"子欣听到这话,突然觉得肝肠寸断,仿佛他马上就要失去她了,连同她腹中的孩子也一并失去了,"你能不能不走?"

"子欣,"凤仪道,"现在元泰比我更需要你,如果你不振作起来,让有些人有了可乘之机,那么爸爸一生的心血,我们这么多年的努力,全都白费了。"

子欣一怔,凤仪微微一笑,伸手轻轻摸了摸他的脸:"你还不如我吗?"

子欣站着没有动,他直觉凤仪知道了什么,但是他不敢问,而且他忽然理解了,凤仪为什么在这个时候选择回到故乡。"你放心,"他咬了咬牙,"晚上一下班我就回家。"

凤仪点点头,转身离开了元泰。

她回到家,简单地收拾了一下行李。她不想再见到子欣,而且,这个意外的想法让她突然无比思念故乡,思念汪静生,思念南京的小巷、亲切的乡音,甚至是,与上海不一样的空气。

杨练默默地陪她将行李收好,没有问她为什么走,也没有问她想什么时候走。凤仪看着他把箱子提到了客厅，想了想，又独自上楼，给康凯蒂的办公室打了一个电话。

"喂。"康凯蒂道。

"康小姐，是我。"

"哦，袁夫人。"电话那边传来康凯蒂略带慌乱的声音。

"我有事要出去一趟，可能几天，也可能十几天。元泰现在正在赶最大的一笔订单，除去总厂，还有十家特许经营加盟厂也同时在开工，我希望你能协助子欣，把事情做好。"

"您要出门？"康凯蒂道，"可是设计与生产……"

"设计部一直有人，生产方面现在子欣在管，"凤仪道，"我现在身体不好，留在上海也帮不上忙。"

康凯蒂没有说话，心情十分复杂。"康小姐，"凤仪的声音从电话那边传来，"我知道你是子欣的老朋友，中国人说物以类聚、人以群分，他这么欣赏你，可见你不仅是个人才，也是个非常优秀的新女性。不管有人说什么，议论什么。我只信任子欣，同时，我也信任你。"

康凯蒂心头一热。她这些天一直避免与凤仪碰面，不要说外面的人议论纷纷，就连元泰内部，也是咒骂声、嘲笑声不断，那些老员工们看她的眼神，就好像她是一个婊子。她是很怕凤仪，怕她借报上的事情来找她大闹，怕她借机把她赶出元泰，甚至扣下南洋订单的提成，这样一来，她的损失就太大了。幸好子欣说凤仪不知情，又压着其他人，继续赶货生产，她才能勉强在元泰工作。她现在唯一想做的，就是忍，只要把提成拿到手，不要说离开元泰，就是离开上海也没有关系了。

"康小姐，"凤仪又道，"我敬重你是个人才，从你进元泰第一天起，我就告诉过你，我们要一起努力，现在我怀了孩子，希望你能帮助我和子欣，把这笔大订单完成。元泰将来还要好好发展，我希望，你和元泰一起，都有一个好的前途。我再说一遍，不管别人说什么，我相信子欣、相信你。"

"邵小姐。"康凯蒂不知道自己能说什么,她没有想到,在这么大风波之后,对她表示信任的,居然不是子欣,而是凤仪。

"不管你遇到什么,"凤仪道,"我希望你留在元泰。"

"你放心吧,"康凯蒂道,"我会把订单完成的。"

凤仪挂上了电话,缓缓看了看桌上的那只玻璃碗。不管谁的情感出现了问题,只要那个生事的人想要她和子欣不和,想逼着康凯蒂离开元泰,那么她能做的,就是留住康凯蒂,同时,无条件信任子欣。

两个时辰后,凤仪与杨练登上了开往南京的火车。杨练放好行李,凤仪穿着松身旗袍,坐在靠窗的位置。"饿吗?"杨练问,凤仪点了点头。杨练取出在车站买的面点,递给她。她接过来,大口地吃了起来。杨练稍稍放下心来。"我给邵先生打了电话了。"他道,"告诉他我们几天就回来。"

凤仪笑了笑。火车有节奏地向前摇动,阔别家乡十六载,她和哥哥两个人,不,是三个人,她还有一个孩子,一起回往家乡。窗外的风景逐渐向后流动,她感到有一丝激动、一丝愉快,还有一丝说不出的伤感。故乡已一无所有,除了外公的墓地。但是,她说不清为什么,她现在觉得,这是一个非常正确,而且非常美好的决定。

她要远离上海的商业争斗,远离情感的是非波澜,甚至远离爱人与朋友。她只想回家,一个她真正的精神上的家园。

就这样,凤仪在阔别故乡十六年之后,用这样的方式,再次踏上了回家的路。杨练默默地陪着她,她比以前胖了,头发剪得稍短,微微有些蓬乱,不过眉宇间依然可以看见儿时的倔强与机敏。他不知道她是否发现了什么,为什么突然想回南京。不过偶尔,他也想过同样的问题,他想回湖南,回到那个乱哄哄的小城,吃一口咸到家的辣子,喝一口香到家的白酒。

风景飞快地向后跑去,将上海越来越远地抛在了后面。

邵元任、李威、袁子欣都猜测所谓的桃色事件可能与三井相关,但却没有有力的证据,而且众人也不明白三井为何将矛头指向子欣的私生活?难道康凯蒂和日本人有所勾结?南洋郑老板的订单正在紧锣密鼓地生产,除了暗中查访,所有的人都按兵不动。康凯蒂心中忐忑不安,除了凤仪在电话中的安慰,让她安过一点心,除此之外,她觉得处处充满了危险,甚至是不妙的杀机。

本想缓谋子欣的情志,逐渐取代凤仪,但事情的发展完全超出了她的想象。她一想到此事的后果便感到后怕,万一离家休假的凤仪有什么闪失,比如身体不好,或者失去了孩子,袁子欣一定不会原谅她。而且不管什么人要和袁子欣作对,这盆脏水显然是扣在了她的身上。子欣会认为,是她设下的美人计,甚至会认为,她因为感情的事情冲昏了头脑,想让他身败名裂、妻离子散。尽管他没有责备过她一句,凤仪也在电话中百般安慰,但是她已经感觉到,也许南洋订单完成之际,就是她离开元泰之时。

她期望这笔订单能平安地完成,平安地结束。她不知凤仪到底去了哪儿,只好暗自祈祷她能在订单结束之前回到元泰。这位娇小的袁夫人可能是唯一能够救她的人。袁子欣还不可惧,她一想到邵元任阴冷的面孔,以及他和凤凰阁之间奇怪的传闻,就感到不寒而栗。

三天之后,凤仪没有回来,一周过去了,她还是没有回来。康凯蒂见南洋的订单已完成了大半,还是没有凤仪的任何消息,不禁心急如焚。转眼又过去了十来天,她实在忍不住了,决定去找子欣谈一谈。她从三层开始往五层上,走了半截,她又停住了。

元泰真正的董事长是邵元任。袁子欣现在出了这事,能不能自保还成问题。去找他谈，根本没有用。她把心一横，怎么着，也得先下手为强，要到邵元任面前把事情讲清楚，而且听听他的口风才好。

她打听得邵元任在和兴的办公室。这天，她身穿一件素色松身旗袍，轻妆淡抹，打扮得朴朴素素，来到了元泰。邵元任似乎知道她要来，并无人挡驾，秘书直接把她带进了办公室。

邵元任并不在屋中。她看了看四周，见除了一桌几椅，并无其他装饰，不禁暗暗吃惊。没有想到他的办公室会如此简单。她见一张很旧的女人的照片放在邵元任的桌上，片中的女子看起来既年轻又时髦，不知道是谁。

门轻轻一响，邵元任走了进来，康凯蒂连忙站起身，邵元任示意她坐下。康凯蒂坐在他的对面，也不说话，从怀里掏出一条丝质手绢，轻轻叫了声"邵老板"，眼泪便像滚珠一般落了下来。

邵元任默默地看着她。这位金笔小姐的眼泪并没有让他觉得她的柔弱，反倒让邵元任觉得，这的确是个有头脑敢作为的女人。

"邵先生，我冤枉啊！"康凯蒂放下手绢，说出了第一句话。

邵元任点点头。

"我那天只是喝醉了，袁经理好心送我回家，我们可是清清爽爽，不知道哪个人要害我，拍了这样的照片。"她擦擦泪水，"我自小家境贫寒，爹爹嘛身体不好，妈妈是小脚，也不识字。我十几岁就出来工作养家，一直是清清白白，凭自己双手吃饭的，后来考上了先施百货当售货小姐，又遇上袁先生赏识我，投资让我开金笔厂，金笔厂亏了后又让我进元泰，这些事情，袁夫人都是晓得的，她一点都没有责怪，还很支持我。他们都是我的恩人，我感激还来不及，怎么可能做出对不起袁夫人的事情。"

她看了看邵元任，心中轻轻一动。她以前从来没有想过，凤仪对她的态度，照如此说来，凤仪果然有她比不上的地方。"邵先生，我本来是没有脸再在元泰干下去的，可是南洋的订单一直是我在跟，袁经理和袁夫人都让我好好地做。现在单子也快做完,我想和您请辞。"

"你想走?"邵元任微微一笑。

康凯蒂抬头看着他,点点头。

"你刚才说他们是你的恩人,你就这样报恩吗?"邵元任道,"拍照片的人就是想让你在元泰待不下去,如果你走了,也对不起子欣和凤仪。"

"可是,"康凯蒂道,"袁夫人她……"

"她怀孕之后想念老家,就回去看了看,和你的事情没有关系。"

"哦哦,"康凯蒂道,"我是担心她的身体。"

"她身体好得很,你赶紧回去工作,要记住,努力工作就是报答他们最好的方式。至于其他人的想法,你不要在意。"邵元任道,"你是个聪明人,怎么会去觊觎不属于你的东西。你来找我,就是把我当成朋友和长辈,一个女孩子家遇到这种事情,自然是很委屈,但是我们在社会上做事情,总是免不了这些,我相信你是个清白勤奋的女孩,我愿意帮助你,只要你把我当成朋友。"

"能交到邵先生这样的朋友,是我的荣幸。"康凯蒂见邵元任语气和缓,面容祥和,但话中的意思却明白不过。她慢慢地站了起来:"邵先生,那我不耽误你的工作了。我告辞了。"

"你等一等,我这儿离租界太远,路又难走,一会儿凤凰阁的李经理要过来,你等他一起走,我让他送你。"

"这,这太麻烦李经理,不用了。"

邵元任摆摆手:"既然你当我是朋友,愿意到我这儿来说说心里话,我又怎么能不尽朋友之谊,让你一个女孩家孤身回去。"他不容她再说,吩咐秘书将她带到旁边的房间。

这是一间很小的会议室,陈设同样简陋,如果不是亲眼所见,康凯蒂真的很难相信这是元泰集团董事长与和兴集团大董事办公的地方。她见四下无人,轻轻脱去了高跟皮鞋,将腿跷在了另一张板凳上。她仔仔细细地回忆和邵元任谈话的每个细节，稍稍定了定心。看来，他留她是真，但是出言警告也是真。只要他们相信，这件事情不是她做的，就没有太大关系。最关键的，南洋的合同还需要她去维护，有了这张王牌，她基本是安全的。

可是合同一旦结束，她还能在元泰长久地做下去吗？虽然这几位老板都出言安慰，可她还是觉得，应该找条退路了。

要说退路，去南洋嫁给郑老板也不错。这场桃色风波发生后，郑老板对她的态度还是一如既往。看来，他是彻底被她迷住了。这个人虽不比袁子欣年轻有才，却更有财力。关键的是，他正室夫人已经过世，如果愿意明媒正娶，倒是个双料合格的人选。

凭袁子欣的为人，南洋订单完成后，她应该能拿到佣金。有了这笔钱，加上以前的存款，万一过了南洋，在郑家不能容身，或者郑老板对她不好，也够她生活一段。她心中计议已定，方才安下心来。突然，门开了，一个穿着长衫的男人站在门外。康凯蒂连忙从椅子上收下双腿，将脚套入高跟鞋中。

那个男人慢悠悠地打量着她，似乎觉得她的狼狈相很有意思，康凯蒂刚想露出一点愠色，突然认出了这个是李威。她连忙从椅子上站起身，盈盈一笑道："李经理。"

"我们走吧。"李威冷冷地说了句，转过身，朝前走去。康凯蒂既见惯了男人的绅士风度，也习惯了有些男人的傲慢，她不紧不慢地跟着，心下盘算着怎么给这个黑帮老大留个好印象。听说他早年给凤仪开过车，和邵家交情非同一般。两人穿过和兴的办公区，来到汽车前，李威打开车门，康凯蒂坐了进去。

二人相识时间虽久，却从未有过单独接触的机会，她乘机打量了李威一眼，这个男人的容貌谈不上英俊，却颇有精神，左手戴着一枚闪闪发光的大钻戒。她猛地发现，他靠近右耳的地方有道伤疤，很像被什么东西狠狠击过后留下的痕迹。不过不是特别明显,如果不坐在他的身边,几乎不能发现。

"康小姐回哪儿?"李威问。

康凯蒂吓了一跳,忙道:"我回家。"

李威开车向前驶去,过了良久,康凯蒂问:"袁夫人现在好吗?"

"挺好的。"

康凯蒂长叹一声:"不知道什么人要陷害我和袁先生,本来袁夫人还答应画一幅画,送给我做结婚礼物。"

"哦,"李威道,"你要结婚?"

"本来很快了,"康凯蒂羞涩地一笑,继而又深深地一叹,"都是报纸胡言乱语,现在只怕要等一段了。"

李威点点头,没有再说话,康凯蒂见他虽然表情平和,但气色不佳,似乎很疲惫,便不再多语。这次和兴之行不仅打探出邵元任的态度,还有机会与李威同行,将自己与桃色新闻再撇清一点,真是意外的收获。康凯蒂到了家,打开门,忽然想起李威并没有询问她家住哪里,就这样直接把车开到了她的弄堂口。这个打击将她的喜悦弄得粉碎,她恐惧地走到窗边,紧紧地拉上窗帘,又走到门,查看了一下门锁。

她想起这段时间对子欣的图谋,又想起邵元任对她是聪明人的评价,不禁出了一身冷汗。

杨练隔几天就从南京拍来电报,内容只有寥寥,多为平安勿念等。随着时间的推移,大家感到凤仪回乡的背后,还有一种复杂的态度,似乎她知道了什么,不想和子欣多多联系。这让所有人都暗暗担心。袁子欣虽然每天照常工作,却在心中方寸大乱。失去凤仪对他来说,还意味着失去家庭与孩子。他想去南京找凤仪解释,又不知她的去向,这使他不禁有点埋怨杨练,为什么一味地顺着凤仪,不愿意把地址透露给大家呢。

邵元任知道杨练会保护凤仪，倒也不十分担心。他回忆雅贞去世的那段时间，凤仪和他分别把自己封闭起来，后双双受到方谦鼓励，方才重新振作。他猜度凤仪正经历着人生一个重要时刻。人与人是不同的，有人遇事先想到如何解决问题，慢慢才会上升到艺术或宗教范畴。而有人则天性敏感，遇事需从哲理范畴想清楚明白之后，才能付诸行动。对凤仪来说，可能正需要后者的一段时间吧。

六月底是南洋订单的交货期限，这笔生意只要成功，利润相当惊人。元泰欠银行的钱会轻松许多。袁子欣忍着烦恼，把全部精力放在这笔订单上，期望能让元泰平稳过渡。

这天，康凯蒂陪着郑老板参观已生产完的货物。郑老板见成批成批白色的坯布整齐地摞在仓房中。因为货物数量巨大，元泰特意在厂区的另一边又新建了一个仓库，把从无锡和其他几个生丝厂运来的原材料堆放在里面。现如今原材料已消耗殆尽，变成了成批的坯布。

"真是壮观啊，"郑老板不禁感慨道，"元泰了不起。"

"我们每一块坯布都是按要求生产的，"康凯蒂嫣然一笑，"您看看质量怎么样？"

"质量你来把关喽，"郑老板见陪同的其他人离得稍远，压低声音道，"以后你是老板娘，你说可以就可以啦。"

"哎呀，"康凯蒂轻轻把他推到一边，娇笑道，"讨厌。"

"你们全都生产完了？"郑老板见有人朝这边张望，轻咳一声，正色问道。

"还有几天就全部完工了，你们什么时候来人验货？"

"等完成以后。"

"郑老板，"康凯蒂郑重地道，"你为什么不派人分批验货，这样也方便运输呀。"

"呵呵，"郑老板笑道，"还没有过门就为我考虑了，不着急，等验完货我找几家船行的老板,风风光光地连人带货一起运回去。"

康凯蒂见他话里有话,转过脸不好意思地笑了笑。心中暗思不知道他在南洋家业到底有多大,如此地讲排场,不喜节约。不过这样也好,等自己嫁过去之后,相信他也不会对自己小气。二人转了半天,郑老板方才恋恋不舍地告辞而去。康凯蒂回到办公室,刚刚坐下,袁子欣推门而入。

"郑老板什么时候验货?"子欣问。

"后天。"

子欣点点头:"你把验货的事宜安排好,每个细节都不能疏漏。"他走到沙发边坐下,示意康凯蒂也坐。康凯蒂问:"袁夫人,她好吗?"

"挺好的。"他从怀里取出一个薄薄的信封,放在康凯蒂的面前。

康凯蒂一愣,随即明白过来。"这是我的一点歉意,"袁子欣道,"那天的事情是我不对,对不起,这段时间连累你了。"

"袁经理。"康凯蒂没有想到他会向自己道歉,不禁道,"我……"

"听我说完,"袁子欣接着道,"这件事情造成了很不好的影响,对你是个巨大的损失。我知道你是个非常能干的销售人才,但是等订单结束,我还是希望你能离开元泰。"

"袁先生。"康凯蒂打开信封,瞥了一眼数额。她心算极快,眼睛一眨便算出除了郑老板的这笔提成,袁子欣还给了她六个月的薪水。她微微一笑:"这事儿我也有责任。这样吧,这笔钱就当送我的结婚礼物吧。"

"结婚?和郑老板吗?"袁子欣颇感意外。要不是报纸写成那样,她也许不会这么快做决定:"恭喜你。不过婚姻是人生大事,你要考虑清楚。"

康凯蒂点点头:"我考虑得很清楚。合同一结束,我就会去南洋了。"

子欣笑了笑:"不管怎么样,我祝福。希望你好好把握。"

"谢谢你的祝福,"康凯蒂嫣然一笑道,"下个星期一是郑老板验货的时间。这两天我想请假,收拾一点东西,等验货时再来上班。"

袁子欣点点头，起身离开了业务部。南洋订单交货在即，康凯蒂很快也会随郑老板远走他乡，如果凤仪知道这些消息，应该会感到轻松吧。这些天他几乎都是在麻木中度日，幸好一切都过去了，事情慢慢地朝好的方向发展推移，也许过不了多久，他就能见到凤仪了。

他有点儿想喝酒，便给液仙打了个电话，但液仙说这几日非常忙。他只得一个人回到了家，让阿金做了两个小菜，多喝了几杯。也许是很久没有放松了，他觉得说不出的疲惫，倒在床上便睡着了。

也不知过了多久，他被一阵接一阵的敲门声惊醒，小卫在外面大声叫着："袁先生，袁先生，电话！电话！"

难道是凤仪？！袁子欣翻身从床上坐起，匆匆披了件衣服冲到楼下，电话里传来元泰工人焦急的声音："袁经理不好了！不好了！"

"什么不好了，你慢慢说！"

"火！火！仓库失火了！"

啪！袁子欣手中听筒落了下来，他目瞪口呆地愣了几秒，然后像个突然开动的木偶，一下子弯腰捡起了听筒："你说什么？"

"火！"电话那边的嘈杂声越来越响："仓库失火了，全是火！"

"立即打电话给救火队，然后组织所有在场的人去救火，我马上就来！"

袁子欣放下电话，便朝外奔去，小卫跟在后面喊："袁先生，你的衣服。"袁子欣一言不发地折回身，奔到楼上，他抓起衣服，从口袋里掏出车钥匙，直奔到楼下花园。他一边喝令小卫打开园门，一边发动了汽车，只听轮胎吱地一响，汽车像离弦的箭一般驶出了邵府大门。夜晚的道路分外宁静，几乎没有行人，袁子欣把车开得飞快，离元泰还有几个街区的时候，他看见前方的天空闪耀着火红的光芒，照亮了整个闸北。

第十六章

六月的南京比上海还要闷热,雨气裹在炎热的空气里,潮湿得像要滴下水来,下雨吧,凉爽地下一次,可是老天爷偏不,只是这样将高温捂着,一动不动。江南的黄梅天连狗都不能忍受,它们张着嘴吐着舌头,趴在阴凉处,期望能有一丝微风从身边流过。

凤仪坐在堂屋的门前,摇着黄色的蒲扇,她的肚子已经很明显地凸起了。房东太太正在准备午餐,来南京的一个月,他们一直居住在这条巷子里。曾经的汪宅,就在它的斜对面。汪永福夫妇去世后,汪氏族人把它卖给了一家工厂的老板,于是它后面住人,前面则成了一间小加工厂。

她不知道到底要寻找什么。回想过往的二十六年,母亲生下她就走了,父亲长年在外奔波,疼爱自己的外公,又在十岁那年突然去世,然后她坐上火车去往上海,见到了爸爸、雅贞姑姑、李威叔叔、杏礼、美莲、液仙,还有袁子欣……

她的命运,到底由谁来掌握,为什么会发生这些,变成这样?人生的意义到底是什么?她无法回答,却怀着一个崭新的生命。

每天,她坐在堂屋门口,看光线在靠近中午的时候越来越强,然后慢慢西移，然后渐渐转淡，继而消失在西边的大地，把城市变成一片黑色的朦胧。她被困意包围，走进房间，躺在窄而硬的木床上。也许是怀了孩子的缘故，她那么疲倦，每天总也睡不醒，如果不是肚子一天一天地变大，她觉得时光已经静止了。她很希望就这样静止下去，过了一千年，一万年，她像被风凝固的化石，永远停留在这个小院中。

杨练每天默默地出门，默默地回家，除了给她带些想吃的东西，问问她的身体，几乎一直在忙自己的事。房东太太开始怀疑他们是私奔的男女，因为他们的长相完全不像兄妹，彼此又那么牵挂与照顾。接下来的日子，见他们完全以兄妹的方式相处，而且杨练对凤仪的态度有一份特别的敬重，这才放下心来。她见凤仪言谈举止颇有大家风范，杨练虽然寡言少语，却有一种与众不同的气质，实在猜不透这对兄妹的来历，便越发不敢大意，小心地伺候着。

"邵小姐，吃饭了！"她摆好午饭，走到门前，对正在出神的凤仪说。

凤仪笑了笑，和她走到桌边坐下。房东太太打开一盒盐水鸭的包装："这是你哥哥早上买来的，交代中午打开，他可真是细心。"

凤仪见满桌的家乡菜，除了鸭子，还有小时候特别爱吃的苋菜，炒得红红烂烂，放在盘中。煮得浓稠的绿豆稀饭盛在白瓷小碗中，虽不精细，却别有味道，不禁胃口大开。房东太太见她吃得香甜，也不禁笑了："多吃呀，你现在是你一个人吃两个人受用呢。"

"房东太太，"凤仪道，"你到底叫什么呀，为什么大家都这么叫你？"

"我本名姓陈，嫁了个丈夫姓沈，我们成亲没几天他就死了，有些人来不及改口，还叫陈小姐，有些人又叫沈太太，后来我把这个小院子分了几间租出去，大家都叫房东太太了。"

"您今年多大岁数？"凤仪问。

"四十有五。"

凤仪点了点头。房东太太知她对自己身世好奇，也想乘此机会问问她的事情，便长叹一声道："我呀，就是个苦命人，爹死得早，老娘的身体又不好，生我弟弟的时候坐下了病，我的一个弟弟一个妹妹就是我带大的，最小的妹妹比我小十岁，她就在我背上长大的。"

"后来呢？"凤仪关切地问。

"我娘把房子租给过一个教书先生，也算我的命好，那几年学了点字，有了点文化，后来弟弟要娶媳妇，喏，就把后面的院子卖掉了，只剩下前面半片，弟媳妇进门没半年就要分家，又分出一半给他们。我就想招个女婿照顾老娘和我们姐妹，没想到成亲不到两个月，就得急病死了。大家就说我命硬，克死了他，因着这个，我妹妹的亲事也谈了好几家都没成，结果老娘和妹妹都埋怨我，妹妹嫁出去就很少回来了。老娘死后来往得更少，现在一两年也见不到一面。"

"这么说，"凤仪惊异地道，"隔壁就是你弟弟家？"

"是啊，只有老街坊还知道点关系，新来的人就不知道了。"

"他们为什么不来看你？"

房东太太笑了笑："什么为什么，人嘛，就是这样的。"

"你没有想过再嫁一次？"

"谁愿意娶个二婚头？"房东太太瞄了一眼凤仪的肚子，"女人无才便是德，名声比德更重要，我也就认命了，不像你，还有个哥哥这么照顾着。"

"我——"凤仪感到被什么东西触动了，没有说话。房东太太又道："你也不必灰心，现在不比大清朝了，你模样好，又年轻，慢慢再寻门好亲事，不愁将来有饭吃。"

"您，"凤仪呵呵一笑，"您说什么呀？"

"嫁汉嫁汉，穿衣吃饭，你一个女人家带着一个孩子，将来怎么办？哥哥是好没有错，但是哥哥早晚要娶嫂子，等嫂子进了门，还会像现在这样照顾你？人啊，要往实里看，不要看什么兄弟呀，父母呀，都是虚的，实打实有个男人,愿意每天给你钱,让你有饭吃,能平平安安地过一辈子,就阿弥陀佛了。"

凤仪自长大以来,还没有听过如此现实的话语,她想想房东太太的一生,真是别有一种辛酸的人生滋味。房东太太又道:"我啊,就是沾了房子的光,有了这几间屋,我的吃穿用度全有了,将来的棺材本儿也有了。你不同,你现在上无片瓦下无金银珠宝,"她谄笑了一声,"当然有没有我也不知道,只是打个比方,你这样,最简便就是嫁个人。古话说招夫养子,就是这个道理。"

凤仪又是微微一笑,没有再说话。

房东太太心想,她虽然装扮普通,举止却落落大方,谈吐也不像在社会上吃过苦头的,多半是大户人家的太太。若是长期把她留住,房租倒是不会短少,只怕她的老公有权有势,到时候找来万一有什么麻烦。若是能把她劝回去,没准儿还能发点儿小财。想到这儿,她长叹一声道:"人呀,凡事都不能太认真,一个家说散就散了,没有孩子还无所谓,有了孩子,将来孩子怎么办?"

凤仪看着她。见她眉毛修得细细高高,一双眼睛看着笑意盈盈,不禁问:"房东太太,你有喜欢的人吗?"

"嗯嗯,"房东太太猜度她的意思,随口道,"我也有喜欢过的男人,不过像我这种身份是不太好与他亲近的。"

"你不痛苦吗?"

"习惯了就好了,"房东太太觉得她有点好笑,搪塞道,"我们这些小门小户人家,只要吃饱饭穿暖衣就谢天谢地了,哪有那么多痛苦,邵小姐,你吃菜呀。"

"我吃饱了,"凤仪笑道,"现在一饱就想睡,我回去睡一会儿,你帮我留着菜,我回头饿了再吃。"

房东太太忙服侍她上床休息。凤仪实在是困,爬上床没多久便睡

— 341 —

着了。

不知过了多久,她模模糊糊地来到了一个地方,这儿很干净,也是个院落,一个很美丽的女人上穿着斜襟长袖,下穿一条长裙,坐在一间房里,似乎正在做针线。她很像雅贞姑姑,神态安详极了。一个穿长衫的老人端着一碗水,从院门进来,朝房间走去。凤仪大喊道:"外公!外公!"

汪静生似乎没有听到她的叫喊,依然往前走,拐进了房间,透过花格窗,凤仪可以看见他们正在说说笑笑,接着,有人轻轻拍了她一下,她回过头,更加兴奋了:"爹爹!"

方谦张了张嘴,凤仪没有听见他的声音,却理解了他的意思,她嘟起嘴巴,不悦地道:"你们都在,我为什么不能来?"

方谦又说什么,凤仪道:"你给我的纸在爸爸家,我没有带出来。"

方谦和蔼地笑了笑,从身后拿出一张纸,凤仪睁大了眼睛:"是我的纸!"方谦点点头,轻轻指着上面的字,凤仪小声念道:"循序渐进、言简意赅、宽以待人、严以律己、无欲则刚、沉着冷静、随机应变。"她念完一遍后,方谦的手依然指着,她又读了一遍,方谦还是指着,凤仪不高兴地道:"这些我都记得。"

方谦笑眯眯地看着她,那模样似乎在问她问题,凤仪道:"爹爹,你想说什么?"

方谦没有说话,突然,一场滔滔的洪水涌来了,凤仪感到脚下的大地在颤抖,在她和爹爹之间裂开了一条缝。她站在高高的黄土大堤上越升越高,父亲和那座小院则在另一座大堤上越升越高,她拼命地挥手呐喊:"爹爹!外公!"可是他们却没有回答。水越来越大,巨大的波浪在两条土堤之间翻滚着,将他们越分越远,越分越远……

凤仪猛地睁开了双眼,一个悠扬的叫卖声远远地传来:"青菜萝卜,青菜萝卜……"她揉揉眼睛,屋内的一切渐渐清晰起来,梦中的场景也逐渐地回忆起来。这是她第一次梦到和一家人团聚,外公,那个女人是谁,好像不是雅贞姑姑,啊!凤仪激动地坐了起来,她一定是妈妈了。他们为什么不和我说话,凤仪沮丧地想,据说在梦中和去世的亲人说话是不吉利的,他们一定是怕影响自己,所以保持沉默。不过那梦的最后,爹爹想问自己什么呢?

她躺下去,极力回想方谦嘴巴的形状,有张有合。她忽然想起父亲的手一直指在那张纸的最后位置,他好像是在询问自己:你做到了吗?

像一扇久违的大门被突然打开,她的心敞亮起来。这就是人生,母亲早逝父亲远离,外公的去世和上海的旅程。她想起中华民国刚刚成立时,父亲从南方来上海,带她去城墙边的棚户区散步的情景。尽管失去了母亲与父亲,却有外公一直照顾着她,尽管失去了外公,又有哥哥与爸爸,虽然子欣对她的爱不够浓烈与完美,却让她有了自己的孩子。这就是她完美的人生,得与失总是参半,就在其中逐渐平衡。

爸爸为了雅贞姑姑终身未娶,家俊为了杏礼远遁法国,子欣从回国到现在,一直与她相伴相守。或者这就是完美的爱情,每一种都形式不同,需要经历风雨。她突然意识到,很多年来一直折磨她的不安,恰恰是因为有了这么多人的保护。这个世界上,没有谁能真正地保护一个人,就算她即将成为母亲,也无法对孩子承诺完完全全地保护他,每一分每一秒地保护他。

所以,她一次又一次放弃求学美术的机会,不是因为她不爱这门艺术,而是因为,她要解决这个难题。是带着不安的感觉度过一生,还是要自己证明,她有足够的能力与勇气,在乱世中独自生存。

她突然明白了,为什么子欣一直和她说,要放弃两个人的想法,要忘记她是两个人,要想到很多困难发生时,他不在她的身边,甚至无法在她的身边。那是因为他知道这是世界的本来面目,也是每个人生存的最真实的意义。如果一个人无法独自生存,那么依靠谁的力量,也不能好好活在这样的世界。

"海誓山盟没有意义，生活才是真的。"子欣向她求婚时说的话一下子在她耳边响起。他这么多年来，一直陪伴着她，教她学习商业，和她面对困难，甚至总是在她幸福的时候告诫她，要一个人，要一个人。她的丈夫，不是不爱她，而是深爱着她。

她突然意识到，爸爸邵元任，丈夫袁子欣，包括哥哥杨练，都有其脆弱而无奈的一面。爸爸机关算尽却失去了雅贞姑姑；子欣做事处处周全，却被人拿住了把柄；哥哥呢，尽管他不说，相信他也有很多遗憾。他们对事物的看法与能力都有他们的局限，不可能让她完全依赖，甚至，从某种意义上说，他们一样需要她的努力，他们一样也依赖着她。

凤仪走下床，打开门，望着在院中忙忙碌碌的人。他们有些人一辈子就生活在这个小院里，没有机会看到外面的世界，体会不同的人生。命运对于她已经是很大的厚待了。她感到一股力量从心底升起，从脚底心慢慢向上，沁入了她大脑，让她神志清明：她再也不是象牙塔中的女孩了，她真正地打开了这扇大门。

杨练提着早点走了过来，见她满面春风地站在门前，头也未梳脸也未洗，只是微笑着看着他。他本能地打量了四周一眼，没有陌生人，难道发生了什么事情？这时，凤仪对他道："哥哥，你累不累？"

杨练摇摇头。

"我们一起吃早点，然后收拾东西去火车站。"

"你要去哪儿？"

"上海，"凤仪道，"我们回上海。"

杨练看了看她，虽然不明白她心里想什么，但是也没有问。二人吃罢早饭，收拾好行李，凤仪与房东太太辞行，房东太太问："你要回家吗？"

"我有个远房姨妈在南京，昨天被哥哥找到了，所以我们搬过去。"

房东太太失望地点点头。凤仪将一些钱递给她："这段时间，谢谢你的照顾。"房东太太眼睛一亮,忙推辞了一番后,然后将钱收下。凤仪看了一眼小院的外面,那儿阳光明媚,仿佛有无限生机。她感到外面的世界正吸引着她,像她逃出汪宅时看到的阳光一样,外面天地正大,她的亲人与朋友正等着她。

熊熊燃烧的大火从两边仓库开始,向厂房蔓延,整个闸北的救火队全部出动了,住在附近的居民也加入到救火的行列,不久,许多穿短衫的青帮子弟赶来救火,怎奈水源有限,而大火在闷热的天气中仿佛两条愤怒的毒蛇,拼命朝四周肆虐着。

袁子欣绝望地看着冲天的火光与乱奔的人流:"袁经理,"救火队的队长叫道,"火势太大了,赶紧叫工人们撤离吧!"

"不!"袁子欣道,"一定要想办法救火,一定要救火!"

"所有的救火队都出来了,可是火太猛了,你们的布那么多,太危险了!"

"一定要保住工厂,你再想想,还有什么办法?"

救火队长急得跺了跺脚,突然道:"挖地沟,把火隔开。"

"好!"袁子欣道,"你去组织灭火,我去组织挖沟!"他叫住一个元泰的工人:"去组织人,沿着厂房挖沟!"

"经理,你说什么?"工人晕头转向道,"挖沟!我们没有准备工具?!"

"你们经理让你去就去。"一个声音忽地传过来,紧接着工人便被一个穿短衫的人抓住了,"通知元泰所有的人,立即给我去挖沟!"

"李、李、李老板!"工人哆哆嗦嗦地喊了一句,被李威一把推开,脚不沾地跑了出去,边跑边喊:"快!老板说了,找东西挖沟!挖沟!"

"李老板,"袁子欣感谢地看着李威,"谢谢!"

"现在不是说谢的时候,"李威冷冷地对一个手下道,"通知所有的人,在最短的时间内,给我挖出三道地沟来,没有工具就用手挖,要是挖不出来,就把他丢进黄浦江喂鱼!"

"是!"手下得令要走,又被李威喝住:"听着,通知万风堂从西边开始,暴风堂从东边开始,凤凰阁的人沿着办公楼开始,三条线同时并进,再通知一线天的人,给我兵分两路,一路出去召集人手,另一路想办法到四周去接自来水管,越多越好,不管是私人的还是店铺的,全部接上,要是有人不接,就杀了他全家!"

"是!"传令的人立即跑了出去,不一会儿,只见穿短衫的人群开始动用各种东西在地上挖了起来,有斧头、匕首、铁棍、小小的飞刀,甚至,是一双一双的手。元泰的工人此时也领悟过来,工人们开始想办法找到一切可以划开土地的东西,而另外一些穿短衫的人,开始把一条一条水源接进了元泰。这时,邵元任从和兴匆匆赶了过来,他见虽然火势凶猛,但火场秩序有度,不禁略略放下心来。袁子欣欲和他解释,他摆摆手,示意等会儿再说,他走到李威身边,二人交谈了几句,袁子欣就着火光,发现李威的脸变了,他的五官瞬间狰狞起来,本来端正的面孔像被人砍了两刀,朝两边扭曲着,从鼻翼到下巴,拉出两条木刻一般深深的斜线!

邵元任又说了几句,李威点点头,喝住两个人,头也不回地扬长而去。邵元任走到袁子欣身边,子欣见他脸色低沉,眼睛中闪出两股冰冷的寒意,便知道可能有比失火更严重的事情发生了。

看来,从开始接这个订单到桃色事件到失火,都不是偶然现象,子欣感到浑身发麻。这一切都是安排好的,什么南洋老板,什么大订单,这是三井要打垮元泰一步一步设计安排的。难怪这么长时间他们没有动作,这是因为他们不需要动作。他们看着元泰上下折腾着,搞特许经营、接订单、办抵押担保、进货、生产,到了最后这一刻,他们只要一把火烧光了他的货,就能逼得元泰全面破产,甚至所有的加盟厂,也要全部关门歇业!

这哪里是商业竞争,这分明是一场战争!子欣看着火光、水柱、在地上用各种工具拉博的人群——是的,他分明站在战场上,而不是工厂。

他们制造桃色新闻,就是想乱元泰的军心,让我们疏于管理。这样他们有机会摸清我们的情况,顺利地找机会放火。想起刚才爸爸和李威的脸色,袁子欣感到一股凉气从脊背嗖地冒了起来:难道凤仪,他们杀了凤仪吗?!

他踉跄了一下,一把抓住邵元任:"爸爸,凤仪还好吗?"

"凤仪没事,"邵元任见他脸色煞白,平静地道,"你不要太着急,先把火救了再说。"

"从开始,"袁子欣结结巴巴地道,"从开始就是一场阴谋。"

"我知道,"邵元任见他在这个时候还牵挂着儿女情长,不禁有一丝不悦,"现在救火要紧。"

"那你刚才……"袁子欣想问他和李威是不是在说凤仪的事情,才让李威匆匆离去。现在还有什么,能比元泰失火更加重要?他正想问,突然远远望见一个熟悉的身影。那人穿过人流,在火光的映衬下,摇摇摆摆地向他奔来。子欣见那个身影被火光染成了暗红色,不禁哽咽一下,激动地颤抖起来。他越过邵元任,朝那个人影奔去。他感到炽热的空气在周围爆发出来,如同他心底深处的热流。他再也顾不得许多,紧紧地将那个人拥在怀里:"凤仪!"他泣不成声地道,"你回来了!回来了!"

凤仪下了火车回到邵府,便听说元泰失火的事情,此时见到工厂和子欣这等情景,她不禁热泪盈眶:"我对不起你,让你担心了!"

"不不不,"袁子欣抚摸着她的脸,又低下头,看看她隆起的肚子,再看看四周冲天的大火,"我,我不是在做梦吧。"

"你没有做梦,"凤仪斩钉截铁地道,"我回来了,我再也不离开你了!"

"这是阴谋,"子欣大声道,"这是他们的阴谋,他们陷害我,他们放

— 347 —

火烧了元泰!"

凤仪猛地拥住他,"我知道,是他们不对,我们一定能打败他们。"

听了这话,子欣心神一震。他对凤仪道:"你先回家,这里太危险了!"

"不!"凤仪固执地道,"我要和你,和爸爸在一起,和元泰在一起。"

子欣咬着牙,点了点头,他拉着凤仪走到邵元任身边。邵元任看着她,凤仪轻轻地道:"爸爸,我回来了。"

邵元任点点头,什么也没有说。

"哥哥呢?"凤仪四下看了看,惊讶地问。

"我有点事情让他办,"邵元任道,"他先走了。"

"爸爸,"凤仪忍不住道,"我来迟了。"

邵元任摇摇头,没有再说话。突然,天空中划过一道明亮的色彩,开始没有人注意,那道光又闪了一下,凤仪觉得空气中多出了一丝凉爽,她惊喜地看着四周,人们开始叫嚷起来:"有风!看!有闪电!"

梦中滚滚的洪水像此时的闪电,一下子跃入她的眼帘,她一把抓住袁子欣:"要下雨了,子欣,要下大暴雨了!"

"好像是闪电,好像是风。"子欣不能相信地看着她,"你能肯定吗?"

"肯定是闪电,肯定是风,肯定要下大雨!"凤仪激动地喊道,"肯定是闪电,肯定是风,肯定要下大雨!"

这时,雷声已经在空中轰鸣而起,元泰的人群爆发出比雷声更响的欢叫。大家全部仰起头,如饥似渴地等待着!啪,一滴雨水砸中了邵元任的脸,邵元任伸手摸了摸,不禁双手合十,小声地念起了经文。凤仪和子欣像孩子一般抱在一起跳了起来:"下雨了!下雨了!"

所有的人都开始欢庆起来:"下雨啦!下雨啦!"雨点从啪啪到啪啪啪,接着飞速地连接在一起,形成一条条水线,接着水线也不能形容了,它们又快又紧又密,简直像一片水雾,最后,连面对面站着的人也看不清对方的脸孔了，整个元泰沉浸在一片汪洋的水中。人们在水中互相嬉闹厮打，庆祝这场突如其来的大雨。

子欣担心凤仪的身体，要拉她去办公区避雨，但凤仪怎么都不肯，她和所有的人一起喊叫、欢庆，子欣见邵元任一动不动地站在水中，依然保持双手合十的姿势，喊道："爸爸，去避避雨吧！"

邵元任没有动，突然，他慢慢地跪下来，朝着老天磕拜起来。凤仪也跪了下来，袁子欣也跪了下来，许多工人受到感染，也跪拜起来。子欣听见工人们在喊："多谢龙王爷！"不禁又欢乐又酸楚。他想了想，弯下腰，向命运磕拜感恩起来。就这样，大火在雨水中消失殆尽，只剩下一片狼藉。

邵府再次回到车水马龙的状态。杨练、李威、方液仙，还有一些凤仪从没有见过的人，每天在这儿进进出出。大火不仅将元泰为南洋订单生产的产品烧得干干净净，还烧坏了四间库房、一间厂房、部分机器和零零碎碎的东西。但是，勤快的上海工人很快就把工厂整理出了个大概。仅仅一周时间，工厂区就打扫得干干净净，被挖得乱七八糟的地沟用石子小心地填平了，又用石碾轧得整整齐齐。厂房里只要能动的机器全部运转如常，如果不是烧得破败的库房凄凉地矗在工厂两边，几乎看不出火灾的痕迹了。

刘庆生从无锡赶来，全力帮助元泰恢复生产。袁子欣每天和律师，还有银行顾问开会。如今元泰所有的地皮、厂房、机器都抵押在银行里，再无款可贷，而且不管是不是阴谋，这笔南洋大订单，都成了元泰一笔巨大的新债务。除了银行和郑老板，众多特许经营加盟厂也担心元泰会就此倒闭，因此纷纷前来就要退出联盟，并追讨加盟费。

七月的上海越发炎热，知了在街头树枝上狂乱地吼叫着。傍晚时分，子欣回到家，感到身心疲惫。凤仪递给他一瓶冰镇的荷兰水，他关心地看

— 349 —

了看凤仪的腹部:"累吗?"

"不累。"凤仪穿着杏礼送来的旗袍,头发紧紧地盘起,脖颈上还戴着一串珠链。自从元泰失火之后,她每天把自己打扮得又精神又漂亮,从头发、服装到鞋子,焕然一新。这对子欣对全家人,甚至对元泰的工人都是一种鼓舞。"爸爸说,晚上李威叔叔要来,我们一起开个会。"

这段时间,李威与一些生面孔出入于邵元任的书房,袁子欣早就觉得异样。而元泰方面出了这么大的事情,他只是偶尔过问一下,就不再管了。袁子欣总是忘不掉大火之时李威突然变化的脸,他相信一定有别的事情在发生。

"晚上什么时候?"他问。

"九点钟,"凤仪道,"钱的事情今天有眉目吗?"

子欣摇摇头。凤仪见他实在累了,便岔开话题。二人吃罢晚饭,来到了邵元任的书房。

"子欣,凤仪,"邵元任慢慢地道,"元泰的大火你们都有什么感想?"

"这已经不是商业竞争了,"子欣喟然长叹道,"这是战争。"

"可是你还在用商业手段解决这个问题,"邵元任道,"你跑了这些天,有没有结果?"

袁子欣沉默了。邵元任道:"我知道你不喜欢黑帮介入生意,但是现在的中国处于乱世之中,南北之争尚无定论,外国列强割地而居,你想要的理想,在目前的上海办不到。"

"我也不瞒你们,"邵元任喝了口茶,"三井来找我谈收购元泰之后,我便让李威开始倒卖军火,想从中谋取一笔钱财,以解他日之危。"

"军火生意,"袁子欣大惊失色,"您是说,他们也找您谈过?"

邵元任点点头:"这个龙川民可真是人物。他一方面设了个圈套让你钻,另一方面,他勾连日本租界的黑帮,想在上海黑吃黑,吞掉了我们的军火。"

子欣似有所悟地望着邵元任:"失火那天……"

"不错,"邵元道,"他们一把火烧掉了元泰,又派人抢了凤凰阁的码头,要不是李威出手又快又狠,那我们现在,只能等着破产了。"邵元任从怀中取出一沓银票,交给子欣:"这是用军火换来的钱,用凤凰阁的兄弟换来的钱,你能拿着吗?"

子欣坐着没有动。邵元任道:"我也可以不告诉你,说这是哪儿哪儿弄出来的一笔钱。但是今天,我必须告诉你,在上海这个地方做生意,没有你想象的那么简单。你要想做好,就要适应这里的事情。"

"爸爸,"子欣痛苦地道,"我很失败。"

"你没有失败,"邵元任道,"你只是缺少经验。我现在问你,如果让李威入股电织厂,你能同意吗?"

子欣点了点头。

"李威这几天,从凤凰阁和各堂口抽调了五十几名兄弟,他们在街巷阻截、搞爆炸、搞暗杀,日本黑帮觉得没有必要为了三井损失那么大,终于答应赔货讲和,"邵元任道,"元泰想要在上海站稳脚跟,就需要像他这样的人。从江湖道义讲,我欠了他的情,从企业发展讲,我欠他的钱。"

袁子欣听着这样的话,再一次神魂大震,只是点了点头。"子欣,"邵元任道,"你这个人和液仙不同。他刚毅灵活,遇强则强,遇弱则弱,是个顺势而动又能敢作敢当的人。你虽然眼光独具,足智多谋,却吃亏了两个地方。"

"哪两个地方?"

"你心性宽柔,不能杀伐决断,这是其一。而且你心中是非黑白太过,为人从不愿逾矩,"邵元任长叹一声道,"这也是为什么报纸胡乱报道之时,我能相信你的原因。我信你纵然意乱情迷,关键时候,你一定能把握自己。"

凤仪的脸红了,她觉得自己对丈夫的理解还不如爸爸。邵元任接着道:"如果天下太平,国泰民安,以你的才干,一定可以做成一番事业,可惜生逢乱世,你……"邵元任叹息不已,他看了看凤仪,又道:"你们夫妻俩虽然性格有些互补,可惜凤仪是个女流之辈……"

"我有什么不足吗?"凤仪问。

邵元任笑了笑:"爸爸知道你很坚强。但你终究是个至情至性的人,金钱物欲不是你所求,又怎会为它抛弃天道人常,以及你天生的性情……"邵元任指指她的肚子,"你即将为人母亲,爸爸宁愿你能快乐地生活,也不愿意你变成另外一个人。"

"爸爸,"凤仪道,"你为什么今天要讲这些?"

"现在南北之争愈演愈烈,若南方政府胜利,中国能稳定下来,你们便借李威之力,逐渐壮大元泰,只要政府成立,黑帮势力也会逐渐被削弱,到那个时候,李威也借你们之力,多出一条退路。我老了,很多事情都想不到了,天下是你们的,我会把凤凰阁交给李威,把元泰全部交给你们。你们年轻人好好努力,"邵元任看着子欣:"如果南北之争不能停止,或者国家继续动荡,我建议你们转去国外,另求发展之路。"

子欣与凤仪都没有想到,邵元任会说出这番话来,两个人互相看了看,只觉心情沉重。邵元任又道:"我做和兴,是我的理想,成与不成都是天命,但我想,做成与做不成元泰,肯定不是你们的理想,你们应该好好想想,自己到底想要什么、想做什么、能要什么、能做什么。"

"爸爸……"子欣与凤仪同时叫了一声,又不知该说什么。邵元任道:"我以前做事务求成功,凡事都是竭力而为,甚至不择手段,要不是因为这样,雅贞她也不会死,这些年我熟读佛经,深知人世间的事不是靠执着得来的,可惜还是痴迷于和兴,这就是我的命。就当是我邵元任为国为己,最后努力的一件事情。你们还年轻,子欣又在国外生活过,凤仪也有求学之路,你们没有必要为元泰蒙蔽一切的生活,要跳出当下的局势,好好规划人生。"

这时，阿金轻轻敲了敲门："李威先生来了。"

凤仪闻言微微一愣，阿金什么时候开始叫他李威先生了？门呀的一声开了，李威身穿长衫，慢慢走了进来。这段时间他消瘦了许多，两道颧骨略略突起，袁子欣觉得自从那天之后，他的面容就变得狰狞了，让人一见就有些不舒服。

李威见凤仪与子欣在座，也不禁微微一愣，他客气地朝他们点点头。凤仪感到，经过火灾到军火事件，李威的态度果然不同了。他不再称呼自己为凤仪小姐，也不再称呼子欣为先生。凤仪淡淡地一笑："李威叔叔，快坐。"

李威落座后看了看邵元任，邵元任点点头，李威道："姓郑的已经招了，他是三井的人。"

子欣略略一惊，凤仪不动声色地坐着。李威接着道："他嘴还挺严，最后我们查出来他在北平有一儿一女，他怕我们动他的孩子，才说了实话。"

"他在北平有家？"袁子欣不禁问，"不是南洋人吗？"

"他是从南洋来的，在南洋也是个商户，前年到北平被人骗了一笔钱，不得已来上海谋生路，遇上了龙川民。"李威喝了口茶道，"放火之前，他到元泰验货，也是为了看清楚货物情况。"

"日本人给了他什么好处？"袁子欣道。

李威冷冷地一笑："元泰未来的总经理，和百分之三十的营业股。"

"这件事情，"邵元任道，"元泰有多少人牵涉在内？"

"他不知道这些，据三井的人说，大约有二十七八个人。"

"康凯蒂呢？"

袁子欣又是一惊，凤仪警觉地看了看他。李威摇摇头道："她没有和日本人勾结，纯粹是被利用了。"

凤仪觉得子欣有表情轻松下来。这时，邵元任道："我正和子欣、凤仪商议你入股电织厂的事情。这次凤凰阁入股的八万两，数目巨大，而且相当及时。我想你得一些产业股份与营业股份，不知道你意下如何？"

李威恭敬地道："听从邵先生安排。"

邵元任道："百分之三十的产业股，另加百分之二十的营业股。"

子欣飞快地计算了一下，现在的元泰就算全卖出去，也值不了几万两。只不过，他微微苦笑了，到底还是让黑帮介入到了自己的企业，他忽然意识到，自己再想下去就会流露出这个想法了，慌忙笑道："李老板，你愿意加入元泰，我和凤仪都求之不得。"

李威深感意外，本来这次他动用堂会的力量与凤凰阁一起做军火生意，就是想大赚一笔，没有想到日本人从中横插一脚，抢了他的军火。这段时间的火拼，让他损失了不少人马和钱财，他心中已经渐渐有所不甘，觉得邵元任是依靠了自己的实力，才抢回军火做成买卖，而且挽救了元泰。但军火的利润是之前就谈好的，何况不把军火抢回来，他的损失会更大。他只能把不满深深地埋在心中。没有想到，邵元任会说出这样的话来，这么说来，他总算没有白损失，而且这样一来，他也是元泰的大股东了……

他真是年纪越长，越觉得邵元任深谋远虑，而且处处留有后招。这大概也是他几十年不敢过于违背他的原因吧。李威谦恭地道："能加入元泰是我的福气，怎么是你们求之不得，是我求之不得才对。"

"一家人不说两家话，"邵元任道，"凤仪喊了你这么多年叔叔，你马上就要当叔爷爷了，还客气什么？"

"哦，是，"李威笑了笑，"是快了。"

"你我十多年同心协力，不是兄弟胜似兄弟，我有个想法，不如我们正式结拜，我年纪毕竟长些，做你的大哥，也不枉凤仪叫了你十几年。"

"这……"李威怀疑自己的耳朵，他确认自己没有听错，道，"这合适吗？"

"当然合适了,"凤仪见邵元任那些安排,忙道,"我本来就一直叫你叔叔嘛。"

邵元任端起茶杯:"改日我们在开乡堂,正式结拜,今天就以茶代酒,满饮了此杯,兄弟,请!"说完,他将茶水一饮而尽。李威心中百感交集,今天这个夜晚对他来说,确实与平日不同了,这么多年他出入这个地方,都是作为司机、下属,就连阿金也是在不久前才改称呼他"李老板"的。但是从今晚之后,他不再是这里的下人,而是半个主人,或者说,是身份尊贵的客人。

他端起茶杯,一口气喝干了,不禁深深地为自己感到骄傲,这是他自己打下的江山,是流血流汗,用智勇甚至生命危险换来的。凤仪看了子欣一眼,也端起了杯子:"李威叔叔,我敬你。"子欣觉得有些尴尬,还是跟着道:"李威叔叔,我敬你。"

"不敢不敢,"李威道,"凤仪从小叫惯了,你还是叫我李威或者李老板,我也称你袁老板,这样才合适。"

三个人满饮了茶水。李威道:"今天我来,还有件事想请凤仪帮忙。"

"什么事?"凤仪问。

"你还记得如玉吗?"李威道。

"记得,"凤仪见李威脸色不好,"她,怎么了?"

"这次日本人之所以能劫到我的军火,就是她捣的鬼,"李威看了看邵元任,"要不是大哥提醒,我几乎栽在这个娘儿们的手上。"

"她,"凤仪惊诧不已,"她为什么要出卖你?"

李威咬了咬牙,昏暗的灯光下,仍然可以看见青筋在额头两边突突地暴起。他看着凤仪:"她想见你一面。"

那细长弯至额角的眉梢,那杏仁一样黑白分明的眼睛,那白到极致的皮肤,凤仪突然有种说不出的难过,心好像被什么东西箍紧了。她点点头。李威道:"等会儿回去的时候,你跟我去一下,然后我再送你回来。"

— 355 —

"我陪你去吧,"子欣关切地道,"太晚了。"

"没关系,"凤仪道,"有李威叔叔陪我就行。"

邵元任看着李威,保持着沉默,袁子欣也保持着沉默,凤仪站起身,去楼上拿件小外套,行至门口的时候,她突然意识到,如玉可能活不过今晚了。她差点惊呼出来,但是却没有发出声音。她走上楼,打开衣柜,在一件一件的衣裳中翻找一件外套,突然,她的眼泪就流了出来。她站在那儿,任泪水从脸颊滑落,打在橱底边缘。

今晚的上海确实有些不同,不仅月朗星稀,风似乎也多了一些。凤仪坐在车里,车窗开着,风不断地吹进来,她觉得额角的头发有些乱,不时用手去理,可是怎么理也理不顺。今天晚上,元泰的危机解除了,李威变成了爸爸的结拜兄弟,她真的多了一个叔叔,所以这场阴谋中的反面角色都将被一一清除……可是她毫无愉悦的心情,觉得自己之前那种天真的欢乐真的很难再拥有。小时候她坐在车上,只是一心一意地喜欢着李威叔叔,把他当成一个家人,可是,她忽然觉得,他们之间的距离其实很远很远。

"李威叔叔,"她嗫嚅着,还是下了决心问道,"你会怎么处置她?"

"我不会处置她,"李威道,"帮中的规矩会处置她。"

"能不能……饶她一命?"

李威摇摇头。凤仪没有再说话,汽车在夜晚飞快地行驶着,很快来到了凤凰阁。凤仪下了车,回想起自己上学的时候第一次来这里的情景,不禁道:"我都十年没有来这儿了。"

李威仍然没有答话,他的脸色阴沉极了。凤仪跟着他,走上木制楼梯,她的布鞋踩在地板上,发出轻微的声音。没过多久,她来到三楼的一间包间前,四个穿黑色短衫的男人站在门口,其中一个人为他们打开了门。

凤仪跟着李威走进去，屋内一片呛人的烟雾，一个穿着低领绣花中袖丝衫，下着一条长裙的女人斜斜地倚在一张美人榻上，她斜斜地打量着他们，一双眼睛依然黑白分明，透着冷冷的如冰水一般的寒意，凤仪接触到她的眼神，莫名其妙地打了个哆嗦。她还是有点怕她，这两个少年时代有着特殊接触的女人，在十六年之后，终于面对面地又进了同一间屋子。

李威关上门，坐在一旁，眼睛望着窗户。窗户迎着街，已经被木条全部封死，只留下少许的缝隙。如玉慢条斯理地欠了欠身，然后从上到下地打量着凤仪，最后，她的目光落在凤仪的小腹上，紧紧地盯住，凤仪本能地退了一步，用手护住肚子。

如玉不屑地笑了笑，继续抽着烟，不一会儿，她似乎过足了瘾，脸上明显光彩起来，眼睛越发显得水亮秀澈，小小的黑眼仁嵌在一片青白色上，直勾勾地盯住凤仪。凤仪拉过一张椅子，在李威旁边坐下。她觉得这样即使如玉扑过来，李威也能保护到她。她继续用手护着小腹，对如玉道，"你找我？"

"对，"如玉道，"我找你。"

"有事儿吗？"

如玉摇摇头："我就想看看你，看看我们有什么不同，为什么老天爷把好处全给了你，把坏处全给了我？"

"什么好处坏处？"凤仪问。

"当年我也是大户人家的小姐，被人拐子拐走了，怎么没有人救我，怎么拐了你，你就能逃得脱？"如玉的声音像从牙齿缝里硬挤了出来，充满了怨毒，"你逃了不要紧，为什么要招惹洪门，惹得他们担惊受怕，转手把我卖进了妓院，我当了妓女不要紧，我也是堂堂的长三，上海滩的总理小姐，拍过电影的女明星，为什么你们这些人也要跑出来，拍电影，进饭店，你们不是名门淑女嘛，怎么比我们妓女还下贱？！"

"我没有拍过电影，"凤仪道，"你弄错了。"

"我弄错?"如玉冷笑一声,腮边的肉紧紧地拧着,"当初就应该一把把你卖进堂子,让你千人踩万人睡,做最下贱的臭婊子。"

"如玉,"凤仪气愤地道,"我从来没有惹过你,当初是你欺骗了我,你小小年纪就是童拐,长大了又做妓女,这难道是我的错吗?"

"就是你的错!"如玉喝道,"你就不应该逃跑,你也不应该上学读书,穿得像个大家小姐,你更不应该嫁人、生儿子,挺着个肚子。"她越说越激动,突然从美人榻上跃起来,朝凤仪扑了过去,不等凤仪躲避,李威一个箭步蹿起来,握住她的手腕,用力一推,她整个人便飞了回去,摔在美人榻上。

如玉从榻上直起身,举起一根明晃晃的发簪,一双眼睛怨毒无比地盯住李威:"你不就是因为我不能生孩子,所以不肯娶我吗?你和你那个下贱的老娘,不就是怕李家绝后才不敢娶我吗?我跟了你那么多年,明星也当了,美也选了,哪一点丢你的人,你那个老娘不过是个没人要的小妾,以前还不知道是不是干我们这行的,凭什么来挑我的刺……"她咯咯地笑起来,"你们母子是什么好东西,娘是小妾,儿子给人家当打手,还不肯娶我?!你们早晚不得好死,被人乱刀剁成肉酱,然后包成人肉包子,被人吃下肚化成屎,再拉进茅房……"

凤仪弯下腰,感到一阵恶心,她从未听过如此之多、之恶毒的谩骂,李威一声不吭地站在凤仪身边,连看也不看如玉一眼,他问凤仪:"小姐,要不要走?"

"她疯了,"凤仪喘出一口气,"你饶了她罢。"

"她把我们出卖给日本人,越货杀人,前后死了几十个兄弟,我饶了她?"李威微微冷笑道,"没有人会饶了我。"

"谁要你饶?!"如玉喝道,"你这个杀人不眨眼的小打手、小牲畜、小赤佬,你也想飞上枝头变凤凰,我呸!你这辈子都不要想了!出卖给日本人,"她又大笑起来,"我还和日本人睡觉呢!你头上不知戴了多少人日本人的绿帽子,我在他们下边的时候,不知道有多快活……"

凤仪转过头,不忍再听下去。李威道:"凤仪小姐,你出去等我。"

凤仪抬脚往门外走,如玉一拧身又向前扑,被李威一把摁住,她大喊起来:"邵凤仪!我诅咒你不得好死!生儿子没屁眼儿!早晚……"

凤仪关上门,听见里面传来一阵奇异的声响,像是什么东西划破了喉咙,整个凤凰阁安静极了,四个黑衣打手像塑像一般,一动不动地站着。她冲到一张桌边,扶住桌沿,一张嘴,便把晚上的茶饭全部吐了出来。不知过了多久,李威走过来,轻轻扶起她。

"她,她死了?"凤仪紧紧抿着嘴唇,问。

"对不起,"李威木然地道,"我只想满足她最后一个心愿,她在上海一个朋友也没有,你是唯一小时候她认得的人。"

"你不要怪她,"凤仪觉得心里既痛苦又说不出的难受,佛说苦海无边,难道就是这个意思吗,"她……她很可怜。"

李威没有说话,递给她一碗水,凤仪喝了几口。"我送你回家?"李威道,凤仪点点头,二人一前一后地朝楼下走。李威走得很快,一格一格地。凤仪瞥见他的头顶一片花白,忽然想,他这么多年没有娶亲,一定是为了如玉,当年投资拍电影,也是为了她,他对她一片深情,可是这分情义,也不足以给她一个家,给她一个孩子。她觉得心里模糊起来,只是顺着想法问道:"李威叔叔,她为什么不能生孩子?"

李威在前面顿了顿,边走边道:"当妓女的,要喝大凉的药,喝了一辈子都不能再生育。"

凤仪点点头,又走了几步,猛然想起美莲结婚多年,迟迟没有怀孕的消息,难道……她回想起美莲曾经被迫在船上……李威走下了几步,见她没有跟上,回过身问:"你没事吧?"

"没有,"凤仪继续朝楼下迈去,"我很好。"

她回到家的时候，子欣还在等她，走过去，轻轻投入他的怀中，一句话也不想说。子欣问她发生了什么，她也不回答。她拉着他走进邵元任的书房，道："爸爸，你帮我念段经吧。"

夫妻二人在邵元任面前坐下，邵元任打开经书，用一种平缓的语调念了起来。这声音既宽大又温和，像一团有力的空气，包裹住了凤仪。她开始默默地流泪，她要将人世的苦难全部流出去，将这样的智慧全部流进来，流进她的心底，传进她的腹中，让她的孩子平安幸福。

第十七章

元泰经此一战，元气大伤。无论是子欣、凤仪，还是很多相关的人，都需要时间来平复这莫名的伤痛。子欣虽然表面上，他努力振作，带领工人们重建元泰，并且为马上要成为父亲感到非常开心，但实际上他的内心陷入了前所未有的困惑与低潮。

他经常回忆邵元任给他的分析与建议。这个琉璃时代，如果不是他的时代，那么去美国，就同样是他的时代吗？他怀揣一颗赤子之心，回到上海，难道现在，真的要轻言放弃吗？还有，他为了还清八万两贷款，倾尽所有商业上的才干与能力，甚至差点赔上婚姻与家庭，方建成的特许经营联盟，一夜之间灰飞烟灭。他和他的工厂，最后依然用了邵元任的"传统"力量解决了问题。

邵元任说得对，如果在和平年代，在一个兴盛时代下的中国，他是可以做一番事业的。可是在乱世民国，他承认他不如龙川民、不如李威，甚至不如方液仙和杨练。元泰的未来如何发展？他的理想将何去何从，他没有答案。

子欣觉得，这场战争，只让一个人完全成熟了起来，那就是凤仪。她好像一下子长大了许多，有时候夫妻之间嬉闹，她还是会露出淘气的表情，但每每商量事情，她都是沉稳多思。他似乎不能再充当她的老师，甚至经常要向她请教了。

他想，这大概因为一个女人要做母亲的缘故吧。他见她每天穿得神采奕奕，挺着硕大的肚子，在元泰忙进忙出，就莫名会受到鼓舞。自从他回国之后，他们几乎朝夕相处了整整九年，他从未觉得她这么充满吸引力，甚至是一种特别的美。这种美超越了性别与情爱，他几乎要崇拜这种美了。他对她充满爱意，还有一种特别的依恋。夫妻二人的感觉都像回到了新婚，甚至比那时候还要甜蜜。

"子欣，"这天凤仪把子欣带到业务部，指着康凯蒂空空的办公桌问，"你为什么要解雇她？"

"我觉得那样不好。"

"哪样了呀？"凤仪道，"如果她留在元泰，有百利无一害，你为什么要把这样一个人才赶走？"

"百利无一害，"子欣看着她，"我知道她是个业务人才，不过……"

"你看呀，"凤仪道，"现在元泰正是需要振作的时候，一来她是个人才，二来，只要她在，那么她和三井勾结，包括和你之间的传闻，才能不攻自破，三来，谁都知道她是得罪过老板的人，如果我们能不计前嫌，继续对她委以重任。那么，也可以稳定元泰的人心。"

"我是担心你。"

"子欣，"凤仪道，"我知道爸爸那样说你，你很难受，但是每个人都不会一帆风顺。你回国之后就遇见我和液仙，事情也算平稳。你忘记你和我说过，你是想找一条属于你的路。也许最困难的时候，就是快找到的时候。而且，你是元泰的主心骨，如果你没有信心了，那这些工人们怎么办？"

"我没事，"子欣道，"我只是一时找不到元泰的发展方向。"

"那我们把康小姐请回来?"

"只要你同意就可以。"

"我不仅同意,"凤仪道,"我还要聘请她做我们的业务主管,要让她在上海,成为头一个在这样职位下工作的女人。"

"凤仪,"子欣叹了口气,"看来,我这个老公要向你学习了。"

"我们去把康小姐请回来,"凤仪道,"再请上李威叔叔,给他们风风光光办个仪式,一来欢迎李威叔叔入股加盟,二来庆祝她成为上海第一位女业务主管,三来,上次的事情,你和新闻界的朋友搞得挺不愉快的,借此机会把大家都找来,让大家都看看,我们元泰气象一新,未来不可限量。"

"你有没有想过爸爸的建议,"子欣道,"以后的局势会越来越不利,我们是不是……"

"子欣,"凤仪正色道,"我在这个世界已经整整十年了,虽然我很想回到艺术世界,但是我认为,我们不能这样轻言放弃。如果你只是因为失败,远避他乡,那我们去到哪儿,都不会成功。"

"话是这么说,"子欣道,"但是环境对人的影响……"

"好啦,"凤仪抚摸着子欣的脸庞,"我知道你这段时间很累,这样吧,我们先慢慢恢复着,不要着急,等孩子出生了,我陪你出去玩一趟,好吗?"

子欣点了点,轻轻拥住凤仪。也许,我让她事事只想一个人是错误的,子欣暗想,当一个人寂寞或者困惑的时候,能有人在旁边支持着你,是多么幸福的事情。

凤仪准备了一份厚礼,和子欣来到康凯蒂的家。康凯蒂非常意外。元泰火灾之后,郑老板突然失踪,各种传言沸沸扬扬。不少人说她是三井的奸细,先勾引袁子欣,又勾结郑老板火烧元泰……她担心邵元任等人会对她不利,便出门躲了一段,等风声过后才回到上海。她没有想到,袁子欣与凤仪立即找上门来。她稳了稳神,将他们让进去。

"这段时间休息得还好吗?"凤仪笑吟吟地将礼物递给她,"我们大家都想你呢。"

"哦,还行……"康凯蒂手拿礼物,不知他们什么意思,"你们……"

"我们是来请你回去上班的。"凤仪笑道。

"请我回去上班?"康凯蒂警戒地看了看他们,难道是怕我逃了,先把我请回去,再慢慢地折腾我,顺便放长线钓大鱼,看看我是不是三井的奸细。不行,哪里都能混碗饭吃,就是元泰不能去了。她打定主意,连忙赔笑道:"我也很想回去。不过,我在南京找了家公司,待遇非常好,我父母也想去南京生活一段时间,所以……"

"康小姐,"凤仪道,"你是一个人才,应该被赏识和重用。我们这次来,是想聘你为元泰的业务主管,这在上海的企业中,还是一个开先河的创举。元泰如今百废待兴,我们希望你能回来,和我们一起努力,重新振作我们的电织厂。"

"是啊,"子欣道,"我们都相信三井的事情和你无关,你不必有所顾虑。"

"两位,"康凯蒂感动地道,"不是我不答应你们,我真累了,想离开上海过一段平静的生活。"

"康小姐,"凤仪道,"都说做生不如做熟,你对元泰的业务,对我和子欣都非常了解,我们也了解你,愿意重用你,如果都是打工,何必另寻新路。再说了,你要是愿意回来,我们帮你做一个盛大的欢迎仪式,同时宣传你为业务主管的任命。到时候,所有的谣言都不攻自破,你就算要去另一个新地方工作,是不是也应该在元泰走一下过场?"

康凯蒂见凤仪挺着一个圆圆的肚子坐在自己面前,不禁苦笑了一声。她分析得没有错,除了元泰,她找不到这么高的职位,而且大火之后,根本没有企业愿意请她了。她笑了笑:"袁夫人,你说的也有道理,不过……"

"康小姐,"子欣道,"我们现在的电织已经邀请了凤凰阁的李老板入股,资金等方方面面都不是问题。只要你回来管理好业务部,协助凤仪把厂子支起来,我就有精力去想办法制定规划,拓展业务。"

"是呀,"凤仪笑道,"你总不会看着我大着肚子,在工厂孤军奋战吧。"

康凯蒂见二人如此真诚地邀请,再加上现实摆在面前,想了想道:"两位老板,能不能给我点时间想想?"

"好啊!"凤仪也笑了笑,对子欣道,"康小姐还要整理一下,我们先告辞吧。"

子欣站了起来:"半个月之后,我们要办一个欢迎会,欢迎李老板入股元泰。如果你能同意,我们就在会上宣布你的任命,为你庆贺。"

"这个礼物是我挑的,"凤仪笑道,"我希望你穿着它来参加庆祝会呢。"

康凯蒂点头答应。等二人走后,她连忙打开礼盒。只见一条水红色的连身旗袍,端端正正地叠在里面。她轻轻将旗袍提起来,好漂亮的一件旗袍!正是当下最流行的款式,领口、袖口、袍摆都镶着一圈如意纹花边。她摸了摸质地,应该是最好的一级绸缎。她对着镜子比了比,水红色将她的脸色衬托得分外明艳。她干脆拉上窗帘,上身试了试,无论胸围、腰身,甚至长短,都恰到好处。这让她既感动又有些不安,凤仪是如何知道自己尺寸的呢?

半个月后,元泰在大火烧尽的仓库上,修建了一个小舞台,舞台上挂着条幅:热烈欢迎李威先生入股元泰!舞台两边摆满各色花篮,李威第一次脱下了短打的衣服,换上了一袭长衫,文质彬彬地站在舞台上。袁子欣身着西装，凤仪一身旗袍，陪伴在两边。除此之外，还有一位身着水红色旗袍的小姐，她鼻梁高挺，双目微陷，一头黑色大波浪格外引人注目。舞台下的前排座位，坐着不少记者。众人纷纷拿出相机，对准她和凤仪、子欣拍照。

　　康凯蒂心中有些难堪，但她面上不露一点，朝新闻记者们点头含笑。除此之外，坐在舞台后面的元泰的各路中层管理人员，还有众多工头，都在交头接耳、议论纷纷。而大部分站着的工人们更是胡言乱语，有的说是康凯蒂有本事，有的说是袁子欣要收康凯蒂为小妾，一时间满场"嗡嗡"，几乎无人能听清正在主持的刘庆生说些什么。

　　一时刘庆生说完了，换成了李威，众人心中一凛，全场霎时安静下来。李威今天的心情格外之好。穿上长衫就是他娘的好，连感觉都不一样了。幸亏袁子欣替他写了个发言稿，他也仔细地背熟了，这说起话来也和长衫甚为相配，从国家形势到民族资本工业发展，到他如何从娱乐业进入轻工业，他背着背着，自己都有点得意起来。而台下的记者们也听得目瞪口呆，都觉得这个黑帮大佬很有企业家风范。而那些在帮的工头与工人们也顾不上那么多，只是一个劲地拍手，把气氛搞得极为热烈。

　　李威说完之后，邀请袁子欣与凤仪上台。袁子欣先表达了对李威的欢迎，接着向元泰失火之时，灭火的人们，以及大火之后，积极恢复生产的工人们表示了感谢，最后，他宣布了一项新任命，为了扩大元泰的业务，他和股东们决定，聘请康凯蒂小姐为元泰新任的业务主管。

　　此言一出，台下一片哗然，新闻记者的闪光灯扑扑地闪起来。会场上顿时烟雾腾腾，那后面的工人们有的暗暗生气，不发一言，有的议论纷纷，有的干脆叫骂起来。

　　子欣早料到这等局面，便请凤仪为康凯蒂颁发聘书。凤仪将康凯蒂请到台下，做了个手势让台下安静。台下的记者们均想看看这位袁夫人的反应，而元泰的老员工也逐渐站好，不再言语了。

"我知道你们都很好奇,"凤仪笑道,"我们怎么会把康小姐请来做业务主管呢。其实事情很简单,第一,她是难得的人才,元泰重才为用,这是第一标准;第二,前段时间报上刊上的消息,纯属误会,她是我和子欣共同的好朋友;第三,元泰失火,是有些人恶意为之,但这些人,都不是元泰的职工,我们元泰的职工,每一个都值得信任。只要大家肯努力,每一个人都会和元泰一起,在上海获得长足的进步与发展。"她看着康凯蒂,"这位康小姐,不仅是我欣赏的好下属,也是我喜欢的好朋友,康小姐,我能拥抱你一下吗?"

康凯蒂微微一笑,与凤仪轻轻抱了抱,台下又是一片闪光灯与鼓掌声。李威听了凤仪这席话,不禁暗暗好笑,真是看不出来,她什么时候学了邵元任的三分"模样"。子欣见台下群情热烈,台上凤仪与康凯蒂握手言和,不禁暗自惭愧,袁子欣啊袁子欣,你应该尽早振作,让元泰在上海重新立足与发展,这台下台上数百双眼睛,都在看着你,你如何能逃避责任。

这时,有记者要求为四个人合影。本来是子欣与凤仪站在中间,康凯蒂在凤仪旁边,李威在袁子欣旁边,不知是哪个记者,请他们换了换位子,这样一下,就变成了子欣与凤仪站在右侧,是为一对,李威与康凯蒂站在左侧,又为一对。台下一见,又是一片议论之声。记者们见这样站得有趣,纷纷拍起照来。李威觉得康凯蒂穿了高跟鞋之后,似乎比自己还高,连忙挺直了脊背。那康凯蒂见李威在自己身边,台下又众多相机,更是要逗英雄,她侧着头挺着胸,一张俏脸笑靥如花,顿时让记者们忙成一团。

李威的加盟与康凯蒂归来,让元泰精神大振,各种流言随之减淡,一些担心与火灾扯上关系的人也安下心来。不过,自从欢迎活动结束后,人们对李威与康凯蒂开始关注起来。众人本觉子欣与凤仪郎才女貌,可见了这样两个人，便觉得更有意思了：一个是传闻中的江湖大佬，一个是闹翻了元泰的金笔小姐，都亦正亦邪、非同凡响。而李威与康凯蒂，俱是情场失意的人，一时在会上见了对方精彩的表现，难免心下有些异样。凤仪与子欣也私下开玩笑，说若是这两个人结为连理，倒还真是天上一对、地下一双。

欢迎会之后，刘庆生回到了无锡。元泰再次走上了正轨。这一年的十月，凤仪生下一个粉白肥胖的男孩，为了纪念父亲方谦，也为了感谢爸爸邵元任的养育之恩，她和子欣给孩子取名：袁邵方，小名随了哥哥杨练，叫石头。

石头的出生给邵府增添了许多欢乐。邵元任一改严肃的性情，一天几次进出凤仪的房间，好像一会儿看不见这个壮硕的小家伙，就思念得不行。袁子欣初为人父，凤仪初为人母，两人对孩子既新奇又疼爱，简直不知如何是好了。邵元任觉得石头的小名起得非常好，这孩子真的像块石头，又结实又稳重，每天固定时间睡觉、吃饭、拉屎，一点都不折磨人。子欣觉得这是孩子品质优良的表现，凤仪却十分遗憾，她总觉得孩子要淘气才有创造力，如此之乖多半是像了袁子欣，不像自己了。

她日间对着石头闲话，说要生一个淘气到家的妹妹，比哥哥淘气一百倍，淘得所有的人没有办法……袁子欣每每听到，便笑她是不是小时候没有淘够，还想生个女儿好好淘一淘。凤仪想起小时穿着男孩的衣服，戴着瓜皮小帽跟着外公出入酒楼茶肆的模样，便微微地想笑。没有生孩子之前，她觉得生男生女都好，真的生下一个小子，她又十分想生一个女儿了。

液仙、杏礼、美莲纷纷前来祝贺，孩子尚在襁褓之中，便认了几个干爹干娘。凤仪也不管杨练是否愿意，一天乘他在家，把他强行拉到房中，抱着石头给他拜了一拜："哥哥，从此之后你既是石头的舅舅，又是他的师父了。"

"你想让他学武？"杨练讶异地道。

"学学总没有坏处，"凤仪嘻嘻一笑，"我不成才，我儿子总不能也不成才吧。"

杨练无奈地点点头。他十分喜爱小石头，便伸手把他接了过来，抱着逗弄他。凤仪笑道："哥，你真有抱孩子的天分，比子欣和爸爸抱得都好，干脆你也找个女人结婚，生一个得了。"

杨练的脸隐隐有些发红，凤仪道："你还害羞啊，你有中意的吗？"

杨练不理她，继续逗弄孩子。只听屋外有人轻咳一声："唉，都说女人结了婚生了孩子不像女人了，果然如此，说起话来这么口无遮拦，哪儿像个姑娘家。"

凤仪闻言一笑，打开门，将液仙迎了进来。液仙径直走到杨练面前，道："我儿子这几天好不好啊？"

"是干儿子，"凤仪叫阿金泡茶上来，笑道，"不是儿子。"

三人正围着石头说笑，美莲与道德来了。杨练见人一多便悄悄退了出去，众人也知他一向如此，并不以为意。道德坐在石头旁边，目不转睛地盯着，也不说话也不敢伸手抱他，只是一个劲地看着他，好像要把他一口吞下肚去。液仙笑道："你这么喜欢小孩，干脆生一个，我正想给儿子找个小媳妇，本来指望凤仪，谁知道她生了个男孩，你们就别生儿子了，生个漂漂亮亮的小姑娘，给我做儿媳妇。"

道德低下头，美莲勉强笑了笑。凤仪情知有些不好，忙岔开话题道："你等他俩做什么，依我看，你分明是想等杏礼，等她嫁了人生个比她还漂亮的小姑娘，你就八抬大轿抬回去给儿子喽。"

话音刚落，石头突然不安地扭动起来，嘴一撇脸一红、眉一皱，哇的一声哭了起来。凤仪笑道："你哭什么，莫不是舍不得漂亮的小媳妇，想让我们给你娶进门？"

"别说话了，"道德见石头大哭，慌乱地对凤仪道，"你快！快……"

— 369 —

"没事儿，"凤仪笑着对道德说，"你坐远点儿呀，他这副模样，一定是拉屎了，当心臭着你。"她一边说一边打开婴儿的布包，阿金也赶上楼来。果然，石头拉了好大一泡屎，液仙掩鼻大笑道："哭声一响，黄金万两啊。"

凤仪一边笑一边观察美莲的脸色。这几年年纪略长，美莲越发沉静了，轻易看不出她的喜怒哀乐。液仙看了看时间，起身告辞道："我要去前边的饭店请人吃饭，顺便过来看看石头，马上要到点了，我先走一步，"他问道德，"你有空也和我一起去吧，大家对你这个工程师都很好奇，你不能老躲在幕后嘛。"

"我……"道德看着美莲，凤仪抢先一步道："你当然应该去了，我和美莲许久没见，你就把她借给我，让我们说说私房话嘛。"

美莲微微一笑，"你去吧，我坐一会儿就回家。"

"哎，"凤仪道，"你这是什么话，分明不想和我在一起，你今天晚上哪儿也不许去，消消停停地和我在一起，道德吃完饭，就到这儿来接你。"

液仙便拉道德："走吧，她们女孩家说心里话，我们还是不要听，走得越远越好。"道德只得跟着他走了。美莲端着茶杯，轻轻地饮着。石头换了干净的衣衫，又吃了几口奶，舒服地躺着，不哭也不闹，睁着眼睛东张西望。凤仪用手指逗弄着他，房间里陡然安静下来。

"美莲，"凤仪也不看她，若无其事地道，"你没想过生孩子吗？"

美莲放下茶杯，打量了她一眼，"没有。"

"你不喜欢孩子？"

"喜欢。"

"那为什么不想生一个？"

美莲皱了皱眉："有人说了什么吗？"

凤仪坐在她的身边："没人说什么，我只是担心你。"

"我是不能生孩子的，"美莲平静地道，"当年在船上，他们给我喝了一种药，是特别寒凉的东西，女人喝了就再也不能生育。"

"你，你去医院问过了？"

美莲点点头："西医中医我都问过，他们都没有办法。"

"道德知道吗？"

"知道。"

"他，什么意思？"

"没有意思，"美莲道，"我知道他喜欢孩子，提出和他离婚。他不愿意，说收养一个，可我也不愿意。"

"收养一个有什么不好吗？"

美莲看着她："我现在的工作，受牵连的家人越少越好，我不想增加负担。"

"你……"凤仪狐疑地道，"你在做什么？"

"你别问了，"美莲道，"你是我最好的朋友，如果有需要，我会告诉你的。"

"美莲，"凤仪道，"你应该多找几家医院看看，实在不行，我们可以去国外，美国或者欧洲，都有办法的……"

美莲微微一笑："这就是我的命运。从当年误被人骗上船，到后来去德昌堂，我命中注定要看到人世间的苦难，要理解这个社会的糟粕。这样，我才能努力地去建设一个新世界，一个崭新的、充满希望的未来。"

凤仪觉得这些话有些耳熟，不知为什么，"革命"这个词一下子跳入她的脑海。美莲又道："你不必担心我，有时间多关心关心道德，我不一定能陪他天长地久，他比我更需要朋友。"

凤仪没有说话，她实在不知道说什么。美莲悄声道："现在国民政府很快就要迁都武汉，北伐也是节节胜利，我告诉你吧，上海光复也近在眼前了。你不要光想着恢复生产，也要注意外界的动向……"

— 371 —

"美莲……"凤仪忽然很惆怅。这段时间,除了石头的出生与成长,再也没有比这更简单的快乐了,"你要当心呀。"

"放心,"美莲道,"我很安全,革命很快就会胜利了。"

石头两个月大的时候,度过了1927年的新年。新年期间,杏礼在她的洋楼内连续举办了三天的新年晚宴,一时间成为各个报纸的头条新闻。而杏礼在晚宴上的装扮,被拍下来登在了女性读物上。刊物的编辑们根据她的服装,预测上海今年的旗袍走势是:花边淡出,改为一色,长度缩短,不再到小腿肚,而是刚刚好掩住女人的膝盖……

凤仪和子欣、液仙、美莲在新年的第二天,参加了杏礼的晚会。晚会除了各行各业的精英,还有报社的记者、商会的董事、电影业的新明星等。一楼大厅的乐队不停地奏着乐曲,西式壁炉里燃着红红的炉火,小楼中暖意融融、春意融融。各个角落里都塞满了衣装整齐的人:跳舞的,闲聊的,喝酒的,好不热闹。

杏礼不许凤仪与美莲躲进角落,拉着她们在一楼跳舞。子欣与液仙站在二楼,一边看着莺莺燕燕的风景,一边聊天。液仙忽然道:"快看,三井的龙川民。"

子欣心头一跳,便看见龙川民站在凤仪旁边,似乎想要请她跳舞。子欣勃然大怒,转身便欲下楼,被液仙拉住了:"你下去不好,我们找机会在商场上打他。"

"他们杀人放火,根本不是做生意,"子欣努力压住愤怒,"杏礼明知道我们今天来,怎么会请这些日本人?!"

"她那个人,"液仙摇头笑道,"才不会为了这些事情费脑子,你不要介意。"

"我还是叫凤仪上来吧。"子欣见凤仪正在对着龙川民摇头,似乎在拒绝他,想想始终不放心。"我陪你去。"液仙怕他发怒,连忙跟上。二人刚下了楼,突然,龙川民扑通一声,对着凤仪双膝跪倒,双手猛地朝前,一下子扶在了地上。

"哈哈,"液仙大笑道,"龙川先生,不就是请女士跳个舞吗?何必行此大礼?"

听到这话,众人均哄笑起来。龙川民面红耳赤,从地上飞快地爬了起来,对着凤仪略一鞠躬,便从人流中挤了出去。子欣、液仙与凤仪都觉得楼下混乱,便找到美莲,四个人一起悄悄上了楼。原来这座楼的顶层拐角处,有间小阁楼,如不留意几乎不能发现。这也是杏礼招待最贴心的地方。四个人打开门,分坐在沙发上。

"刚才怎么回事?"子欣笑问凤仪,"他干吗跪你?"

"我不知道,"凤仪道,"他说请我跳舞,我说不想跳,他就跪了下来了。"

大家都觉得此事蹊跷,却也无法解释。液仙笑道:"原来日本人请女士跳舞是要下跪的,美莲,你回家问问道德,日本是不是有这个风俗啊。"

"我看那龙川民的脸色都变了,"美莲道,"凤仪,你要小心。"

"又不是我的错,"凤仪若有所思,"不过……"

"不过什么?"子欣问。

"你说哥哥会不会……"凤仪若有所思,"可是,他怎么会来这个地方呢?"

"这位英雄见首不见尾,"液仙从酒柜里摸出一瓶红葡萄酒,又取出杯子给众人倒上,"是他也不足为奇。"几个人闲散地聊着天,一会儿讲讲政治、说说商业,一会儿谈点家常,觉得十分惬意。楼下的乐声和欢闹声一波接一波地传上楼来,慢慢地,那声音越来越小,似乎终于曲终人散了。这时,他们听见门外传来叮咚的皮鞋声,凤仪笑道,"女明星来了。"

砰!门被人大力推开了。杏礼穿着一件杏黄色锦缎旗袍,腰身略收,双袖宽大,底摆恰巧到了膝盖之下,通身上下,再无一道花边,只是压着一道同色的绲边。由于天气很冷,她在脖颈上裹了一条灰黄色的整狐毛,蓬松柔软的狐狸尾巴一直垂到胸前的腰际。她喝得半醉,云鬓蓬乱,双眸惺忪,摇摇倒倒地走进来,一下子倒在凤仪与美莲中间,两条穿着玻璃丝袜的修长洁白的小腿下,套着一双欧式皮鞋,鞋襻上也扣着一枚明黄色的襻扣。

"我就知道你们躲在这儿,"她嘻嘻笑道,"背着我在这儿偷乐。"

"我们要是偷乐,"凤仪笑道,"你就是明着乐了。你看看你,春天还没有到,就打扮成这样。唉,真真正正不知道你要迷死多少人才甘心呢。"

"你这个小宝货,"杏礼一指头戳在她的脸上,"你不算算今天我们多大了,还能迷死多少人?"

"唉,"凤仪道,"过完新年,我虚岁二十八,杏礼,你就满三十了。"

"不许你说出来,"杏礼嗔道,"什么三十,是二十九。"

"不是二十九,是十九,"液仙笑道,"你永远年轻。"

杏礼咯咯娇笑,拿起酒杯:"为了永远年轻干杯!"几个人都陪着她喝了一杯。她今天有些兴奋,干了一杯之后又干第二杯,众人也是心情大好。不一会儿,杏礼有些迷糊了,凤仪要扶她回房间,她执意不肯,歪躺在沙发上。众人见她完全醉了,便悄悄退了出去。凤仪帮她脱了鞋,又命女佣拿了床棉被,给她盖好,众人这才离开了小楼。杏礼早已经进入了梦乡,不知过了多久,她感觉被人抱了起来,悄悄地顺着楼梯朝下走,进到了她的房间,然后,那人把她放在了那张又宽又大又软的床上。她的头发也被松开,衣领的扣子也被解开,然后那人给她盖上了最喜欢的那条轻软的被子。她感觉有一双眼睛默默地注视着她,但是她一点都不害怕。她觉得很舒服,很快乐,不一会儿就沉入了更香的梦境中。

不久之后，李威在租界开了一家西洋式赌场。这家赌场的豪华程度超出了所有人的想象：地上，一色铺着大理石，墙上，贴着洋人爱用的壁纸，顶上，挂着亮灿灿的水晶灯，甚至连靠背椅，都是全部从法国进口来的。里面的侍应生更不消说了，衣服，是质地精良的马甲与长裤，头发，要用水油抹得锃亮，身高体重那是量了又量，怎么端酒怎么说话怎么送客，全部经过了最好的培训。

赌场开业当天，李威遍请上海大亨名流、交际明星前来助阵。凤仪与子欣也受邀参加了开业仪式。二人虽然早就听说了李威要开赌场，但耳听为虚，眼见为实，二人对赌场的奢华程度，不禁双双咋舌。凤仪碰了碰子欣："你不是国外进过赌场吗，比这个怎么样？"

子欣摇摇头："我只去过一次，那地方虽然比这儿大，豪华程度差远了，"他感慨地道，"也只有在中国，在上海，才能看到这些东西。"

"你看，有不少外国人呢。"凤仪环顾四周道。

"他们在国外也看不到这些，"子欣苦笑道，"中国真是个奇怪的地方，连年战乱，可还是有这样的地方存在，就跟做梦一样。"

"袁老板、凤仪。"有人喊了一声，凤仪转过头，便见李威身穿奶咖色西式礼服，脖子上打着一个奶咖色领结，左手端着一杯红酒，右手无名指上套着一枚亮闪闪的硕大钻戒。"李威叔叔，"凤仪迎上前，调皮地笑道，"你今天好漂亮啊。"

"呵呵，"李威笑了笑，吩咐手下人拿来一堆筹码，"这是一千大洋，赢了给你，输了算我的，让子欣带你玩去。"

凤仪眼珠一转，悄声道："你今天这么打扮，没有请康小姐？"

李威朝旁边看去，凤仪顺着他的眼光一瞄，便瞅见了康凯蒂。她披着大大的波浪，身穿一条金色旗袍，正谈笑风生地和几个人说话。凤仪笑道："李威叔叔，你怎么能把佳人丢下呀，当心，被人抢了去。"

李威哈哈大笑。这个赌馆的开业，和这今天到场恭贺的客人，都证明了他在上海的势力与财力。这一切都是靠他的努力得来的,也是他当年给邵元任当打手、当亡命徒、当司机的时候就朝夕梦想的。现在梦想成真了,他觉得有种扬眉吐气的痛快与满足。他看着凤仪,这个因生了孩子以后稍胖了不少,看起来有些富态了。说来也怪,每当他回味过去的岁月,他总是对很多人,包括对邵元任、阿金、小卫等等,都有一点轻微的怨恨,他们当年都没有尊重过他、善待过他,唯有对凤仪,只要看见她,就觉得从心眼里感到亲切。就想起她小时候,每天一看见他,就满心欢喜的模样。他悄声道:"你放心,没有人敢抢,抢也抢不走。"

凤仪嘻嘻一笑,拉着子欣来到赌桌边,不一会儿便把筹码输得精光,她还要再玩,被子欣拉住了:"你想做赌鬼啊?"

"难怪这么人多喜欢赌,"凤仪笑着求道,"实在好玩,我再玩儿两把。"

"一把也不成。"子欣拖着她便朝外走。凤仪忽道:"你看,杏礼。"

子欣举目望去,见杏礼身穿墨绿色旗袍,肩围一道银色毛皮,正玩得兴起。两个穿西服的男人一左一右地坐在她身边,忽而点烟,忽而递酒,态度极为殷勤。子欣皱眉道:"怎么她到哪儿,龙川民就在哪儿?"

凤仪的脸上隐去了笑容:"算了,我们走吧。"

"她这样毫不顾虑地和日本人在一起,早晚要惹出祸端。"

"她要是那种有顾虑的人,也不会过今天的日子,"凤仪道,"我们走吧,免得看见了互相尴尬。"

两人悄悄地溜到门口,各自取了大衣,见康凯蒂和李威双双站在不远处,似乎正在送客。子欣与凤仪相视一笑,趁乱走了出去。屋外是一团清冽寒冷的空气,子欣深吸一口:"还是外面舒服啊。"

"唉,"凤仪笑着叹道,"可惜啊。"

子欣一愣:"可惜什么?"

"金笔师娘就要变成金笔婶婶了,可惜啊可惜。"

子欣乐了,佯装悲惨道:"是啊,你的师娘要被人抢走了,这可怎么办?"

凤仪伸手便去拧他:"哎呀,原来还有人舍不得!"

子欣笑着拥住她:"哪里有什么金笔师娘,都是你整天拈酸吃醋,这下放心了?"

"你说实话,"凤仪道,"你真的没有喜欢过她?"

"说实话?"子欣打量着她,"你不生气?"

"不生气,"凤仪正色道,"你说吧。"

"我是很喜欢她,而且很欣赏她,但是,怎么说呢,在很多地方我们很不一样,有些东西注定我会让她失望,她也会让我失望,"子欣耸耸肩,"她是美女,是个男人都会喜欢她,我只不过多欣赏了一些她的能力。"

"只有这些?"

"嗯,"子欣笑了,"你看她和李威,他们就很合适,他们是一种人。"

"李威叔叔。"凤仪暗想,李威作为一个男人,的确有很多值得女人欣赏的地方,比如他的成功、他的钱财与势力,而她从小和他同进同出,对他的感情不可谓不深,可一想到把他作为自己的丈夫,凤仪便觉得如隔千重鸿沟。她这样想着,觉得有点理解了子欣:"他和金笔小姐的确很合适。"

"有时候我觉得,"子欣边走边道,"他们才是最适合中国的人,或者,是现在的民国。"

"怎么会,"凤仪道,"那爸爸呢?哥哥呢?"

子欣摇了摇头:"爸爸为了建钢铁厂,不惜走私军火。他做事的手段也和李威不相上下,可他的理想是什么?"

"振兴中国的重工业嘛。"

"他从一开始就知道自己有可能失败,可还是苦苦坚持,这不仅因为他这个人要强,更因为他有理想,而不是一个简单的目标。但是李威不同,他开赌馆、卖军火,都为了赚钱,他不会为了什么理想去自找苦吃,他是唯利是图,或者说,他是个很现实的人。"

凤仪没有想到子欣会做出这样的评价,她想了想,感慨道:"哥哥当年出生入死地追随爹爹,爹爹死后,爸爸和叔叔都想拉他入伙,他都没答应。可是每当我们遇到困难,他都会默默地做很多事情,我想上次元泰和日本人抢夺军火,他一定出了力的。"

"所以,他的理想就是你的父亲。我们看一个人,不要只看他的手段,要看他们的目标,"子欣自嘲地一笑,"像你我这样的人,在这样的中国,是不能成功的。"

"我的想法和你不一样,"凤仪道,"我们每个人都有自己的理想。就像孙先生要建立民国,爹爹要让更多的人活得幸福,爸爸要振兴中国重工业,你想把规范的企业制度带入中国,液仙要做中国人自己的化工企业,"她忽然想起刘雅贞,"还有雅贞姑姑,她一心要嫁给爸爸,甚至不成功便成仁。我觉得只要人有了理想,就是一种成功,不一定要达到目标才叫成功。"

"这么说,"子欣道,"我们已经成功了?"

"是啊,为理想在努力,就已经成功了。"

子欣笑了笑。他知道凤仪说的成功和他说的成功是两种意思,他不想和她辩论或企图说服她,她永远都是一个理想主义者,而这,恰恰是他爱她的原因。

杏礼在赌场玩了整整一夜,直到天色微明之际,才疲倦地走了出来。又过了一个不眠之夜,她轻轻打了个呵欠,不,应该说,她终于又热热闹闹地度过了一个夜晚。龙川民盯着她残妆半掩的脸:"你累了吗?"

杏礼摇摇头:"送我回去吧,明天中午还要拍戏呢。"

"是今天中午。"龙川民笑了笑,替她打开车门,小心地将她扶上车,杏礼坐进去,他又赶紧拿起一件斗篷,轻轻地盖在她的身上:"累了,就睡一会儿。"

杏礼嫣然一笑,止不住倦色的眼神别有一番风味。她轻轻靠在龙川民的肩上,不一会儿便蒙眬地睡去了。也不知过了多久,车突然摇晃了一下,她睁开眼,一把亮晃晃的斧头已经从车门外劈了进来。杏礼尖叫一声,本能地俯下身去,龙川民抽出贴身匕首,格开了第二次进攻,杏礼只听见车门一声响,悚然大叫道:"杀进来了!"

龙川民左手将她摁倒,右手一伸,将从左边车门攻进来的斧头挡了回去,坐在前排的司机大约不敌对手,用日语大叫起来,龙川民也用日语大叫,似乎是叫司机坚决抵抗。杏礼此时睡意全消,只觉得浑身都在打战,到处是斧头劈向汽车后发出的铿锵声响,不知道有多少人多少把斧子,似乎要把汽车劈成肉泥。

杏礼后悔不迭,不应该跟着龙川民来赌场玩乐。她感到极度的恐惧,自己还有多少美好的日子没有过,难道就这么样地死了?!

突然,车外的声音混乱起来,有人惨叫一声,杏礼感到车门被打开了。只听一声沉闷的哼响,龙川民的身体倒在了杏礼身边。杏礼尖叫一声,一股大力袭来,将她一把扯出车外。

车外横七竖八地躺着几具尸体,杏礼张嘴欲叫,被来人轻轻捂住了嘴巴。杏礼看着他的眼睛,尽管他一身黑衣,但是他的眼睛……杏礼道:"你是不是……"话音未落,那人的手灵活地转到的她的颈部,轻轻向下一按,杏礼顿时眼前一黑,什么也不知道了。等到第二天中午,她头痛欲裂地醒来,发现自己躺在那张舒适的大床上。

杏礼扭动了一下身体,努力地回忆着,是昨天晚上喝得太多,还是做了一场噩梦。她分不清现实与记忆孰真孰假,还有那双特别的眼睛。这时,电话铃响了,女仆进来通报说,电影公司的所有人正在等她。她不耐

— 379 —

烦地道："告诉他们我一会儿到，让他们等一等。"

女仆转身出去了，杏礼依旧不想起床，她想知道那个人到底是谁。她穿着睡袍光着脚，跑下楼梯，见客厅里放着一束硕大的玫瑰。她随手拿起玫瑰花上的卡片，上面写着：蒙小姐抬爱，与吾共赴宴请，不想路遇不良之人，见财起意，杀人行凶，令花容失色，吾定追踪凶手，还小姐一个公道。署名是：龙川民。

看来昨晚之事是真的了，杏礼跌坐在沙发上，到底那人是谁呢？电话铃又响了起来，女仆接完电话，小心翼翼地走到她身边，杏礼挥挥手："行了行了，告诉他们我这就出发。"

杏礼将鼻子凑在花上，深深吸了一口气，玫瑰特有香味直入心脾，那双平静如湖水一般的眼睛浮上她的心头。她轻轻一笑，"你天天守着我，又天天躲着我，我倒要看看，你什么时候出来见我。"

第十八章

　　1927年新年不久，便是春节。因为前一段时间忙于元泰，凤仪生子并没有什么庆祝。于是初五这天，子欣与凤仪在邵府给石头补办了满月酒与百日酒。二人也不想大费周章，只请了液仙夫妇、道德夫妇、杏礼、李威、康凯蒂以及回上海过节的刘庆生夫妇。

　　杏礼进门后便与液仙争起了石头，液仙争不过她，只得作罢。他见她抱着孩子载笑载言的样子，笑道："你什么时候也生一个，给这小子当老婆。"

　　"呸！"杏礼红了脸，将石头还给凤仪，她环顾一周，不在意地问，"你哥哥呢？"

　　"他？"凤仪愣了一下，"他不在。"

　　"哦，"杏礼咯咯一笑，"刚才我看见有人一晃，以为是他，谁知道不见了。"

　　"真的？"凤仪急忙四下看去，哪里有杨练的身影。她以为杨练回家见人多又离开了，哪知是杏礼有意打听杨练的下落。杏礼见杨练果真不在，不禁暗暗失望，只好逗弄着石头，排遣心中不快。

李威与康凯蒂虽然与众人相识已久,却都是第一次参加这样的聚会。李威一跃成了邵府的座上宾;康凯蒂没有变成袁子欣的夫人,却以李威女朋友的名义,祝贺子欣与凤仪喜得贵子;刘庆生夫妇很久没有同来邵府了,上次元泰火灾,险些牵动了远在无锡的元泰丝厂;液仙夫妇此次因为石头的原因,夫妻二人同时到贺;美莲与道德见石头结实可爱,不免遗憾他们不能生子;杏礼见众人都是成双成对,唯有自己形单影只,本满腔热情想见杨练,却不料扑了个空。一顿饭大家都围着石头,有说有笑好不热闹,但却是各人吃各人,心中滋味大不相同。

饭后女人们上楼休息,男人们在楼下聊天。康凯蒂素知杏礼、美莲与凤仪交好,便悄悄退到楼下,一个人找了几本杂志,坐在客厅一角闲阅。刘庆生夫人与液仙夫人都喜欢孩子,二人抱着石头坐在暖床上闲聊,也不去打扰那三位好友。刚刚初春,屋外的阳光发出淡淡的明亮,凤仪与杏礼、美莲坐在二楼的小书房内,凤仪叫阿金端上一盆炭火,又拿来几个板凳,三个人围火而坐。阿金又端上来一个方几,几上放着糕点与咖啡。

"要不是外面太冷,"凤仪笑道,"真想叫你们坐到花园里去呢。"

"我倒是可以,"美莲指着杏礼的玻璃丝袜,"只怕冻坏了上海的大明星。"

"这是谁的房间?"杏礼见房内支着一张单人小床,问。

"我哥的,"凤仪道,"他也不常回来。"

"你哥哥很神秘呀,"杏礼道,"你跟我们说说,他是个什么样的人?"

"他呀,"凤仪想了想,"他是个侠客。"

"还有呢?"

"还有……"

"还有什么,"杏礼嗔道,"凤仪你别发愣啊,快点说嘛。"

"我想起第一次来邵府过的那个春节,"凤仪笑了笑,"你们知道陈其美吗?"

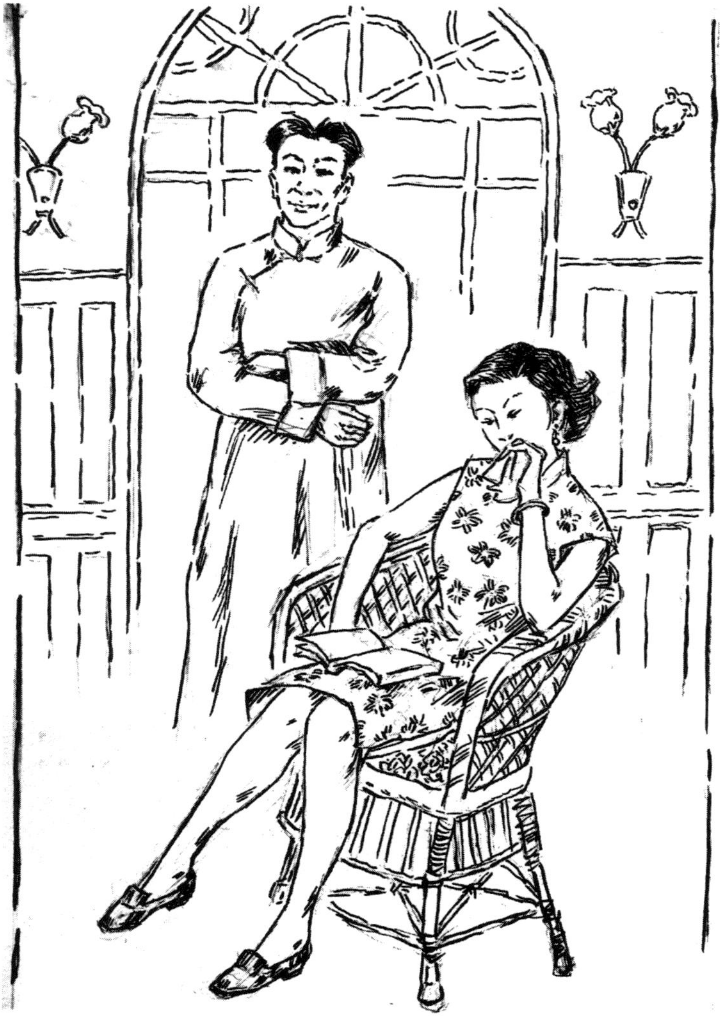

"知道。"杏礼与美莲同时点点头,美莲道:"他是上海光复后的第一任督军。"

"他的扑克牌玩得好极了……雅贞姑姑端庄秀丽……"凤仪幽幽地说着往事,"如果没有哥哥沿着墙壁游进去,把炸药埋进江南制造局,还不知道要血战多久……"

杏礼与美莲出神地听着,美莲道:"想不到上海第一次光复,还有这许多往事。"

杏礼笑道:"什么第一次第二次,难不成上海滩还要再光复吗?"

美莲看了看杏礼:"你和日本来往最好要小心一些。"她又看着凤仪,"上海的第一次光复,表面上是民国了,骨子里却是受北洋政府、外国租界的管制,依我看,第二次光复不是没有可能。而且这一次,恐怕不仅是商人、学生、帮会要出力,上海的工人们,也会为上海翻开一页新篇章。"

"哎呀,"杏礼跺足道,"赶紧闭上你的嘴,大过年的,还要说这些。"

"美莲,"凤仪想起北伐节节胜利的消息,心中一凛,"这么说,上海光复就在眼前了?"

"有可能。"

"那么,会有大的罢工吗?"

美莲没有说话。凤仪看了看她,知她不好明言,便道:"我们这些做企业的,早做些准备也好,至少,可以让工人们为上海光复更好地出力嘛。"

美莲微微一笑,杏礼道:"你说说,你哥哥的武艺在哪里学的,家中还有些什么人?"

"他是个孤儿,"凤仪喝了一口咖啡,"家里什么人都没有了。"

"哦,"杏礼一阵伤感,"想不到他这么可怜。"

"大明星,"美莲冷眼旁观,笑道,"你什么时候也会可怜人了,你不是只要吃喝玩乐，纸醉金迷的嘛。"

"你又来了，"杏礼不悦地道，"天下就你一个人为国为民呀？前几次我参加了一个慈善晚会，让几个财团给灾区儿童捐款。你知道吗，为了竞争我唱一支小曲，他们一直出价出到了五万大洋，你看一看，我一下子为国家出了多少力？"

美莲叹了口气："你做了这些也不对外宣传，报纸上天天说你挥霍无度，又说你和日本人勾连不清，杏礼，你这样很危险。"

杏礼脸色一变，冷笑道："旁人说什么也就算了，难不成你也要和我算账？"

"哎哎，"凤仪道，"你们俩小时候还没有吵够，马上都三十岁的人了，还为这个吵架。"

"反正，"美莲道，"你好自为之。"

"哼，"杏礼道，"你成天想着罢工、游行，你要当心，哪天你被人抓了去，到时候恐怕救你都来不及了。"

美莲没有吱声，凤仪捂着脑袋道，"幸好石头不在，否则让他看到，他的两个干妈像小孩儿一样吵架，肯定要笑死了。"

杏礼与美莲听见这话，神色稍缓。这时，石头在隔壁房间大哭起来，凤仪忙起身去看，原来是饿了，她给孩子喂了奶，仍旧交给两位夫人去哄他。她想回小房间，却见康凯蒂走了上来。"康小姐，进去坐啊。"凤仪邀请道。康凯蒂摇头笑道："邵老板和李老板一直关在书房里聊天，也不知聊到什么时候？"

凤仪一愣："你们等会有事？"

"他说要带我回家去见他的母亲，"康凯蒂脸色微红，"时候不早了，我怕老人家等。"

"那你去叫他呀，"凤仪见她面露迟疑之色，明白过来了，笑道，"你等一会儿，我去喊爸爸出来喝茶。"

她下了楼,走到邵元任的书房门前,刚想敲门,忽听李威在里面沉声道:"龙川民不死,迟早必成祸害,我们再找机会下手。"

凤仪心中一跳,又听邵元任道:"救他的人查出是谁了吗?"

"此人武功奇高,不知道是哪路人马,"李威道,"我们也没想到,他会有这么好的保镖。"

"我听说,杨杏礼也在车上,"邵元任道,"你们以后不要轻举妄动,她虽然与娘家夫家断绝了关系,但这两家都是上海的名门望族,真要伤了她的性命,恐怕也不好交代。"

"我们没想到她会在车上,我已经交代了他们,下次一定注意。"

凤仪轻轻喘了口气,只听里面又在商量大罢工之事。她用力地跺了几下脚,敲了敲门:"爸爸,你们要不要出来坐?"

"我们一会儿出来。"邵元任应了一声。凤仪反身上了二楼,见康凯蒂站在扶梯旁等她,便笑道:"他们还在聊呢,可能还要有一会儿。"

"哦,"康凯蒂点点头,"袁夫人,你脸色不好,没事儿吧?"

"我没事,"凤仪道,"你进房间坐吧,外面太冷。"

康凯蒂依言进了房间。凤仪独自一人站在楼梯旁边,突然感到一股深深的寒意。她不由自主地走进了卧室,来到石头的身旁。两位夫人告诉她孩子已经睡了。她点点头,看着儿子粉嫩的小脸,这是一张毫无痕迹的脸,像一张白纸那样洁白。凤仪笑着叹了口气,道:"看着孩子,人生就有了希望。"

"那是,"刘庆生夫人笑道,"儿子才是真的宝贝啊。"

春节之后,邵元任与凤仪、子欣一同商议有可能到来的大罢工。由于此事关系上海的光复,不要说元泰、和兴两厂工人,就连青帮的工头们也十分配合与支持。让凤仪惊奇的是,元泰的部分工人加入了德昌堂美莲建立的组织,美莲秘密地告诉她,他们不仅要参与罢工,还要参与起义。凤仪连忙将元泰的生产再做调整,一些产品提前生产了出来,不能抢工完成的，便由一些不参加起义的工人继续生产。

这一年的 3 月 21 日，上海郊区的几个工厂，拉响了长长的汽笛。全上海爆发了有史以来最大的一次罢工，整整八十万城市工人参与了此事。元泰目前所有的三间厂房、几十台机器全部停止了转动。而城外的消息不断传来，南方北伐的军队已经接近了上海，很快就要打过来了。

凤仪静静地坐在办公室里，窗外的梧桐树枝有了淡淡的绿意，一切都是那么宁静，几乎听不见一点声响。工厂里所有的工人都不在了，他们有的正在罢工，有的可能正在为起义做着准备。她不禁回忆起十几年前的上海起义，那一次，上海人从清代迈入了民国，那么这一次呢，它会不会是这块土地的最后一次战争？

"凤仪小姐，"司机打开门道，"所有的道路都被封住了，今天晚上恐怕回不去了。"

"没关系，"凤仪笑道，"我准备了被子，一会儿袁先生从厂区回来，我们就住在这儿。"

司机点点头。凤仪道，"今晚还有几个人回不去？"

"没人了，"司机笑道，"加上我，一共才十三个人。"

"你让大家想办法弄点保暖的东西，晚上都到办公楼来过夜吧，这样也安全。"司机点头出去了。凤仪立即打电话回邵府，幸好电话还能通，她交代阿金好好照顾石头，紧闭大门，无事不要外出。接着又打电话去和兴，线路却不通了。凤仪只得放下电话，一边翻着设计图，一边等待着子欣回来。

不一会儿，子欣巡厂回来，两个人又激动又不安，又惦记着家中的石头与远在郊外的邵元任。好不容易熬到晚上，门房下了一大锅白面，分给了众人，子欣与凤仪也凑合着吃了，又安排工人们在业务部的大办公室打地铺睡下。众人正乱，忽听得外面隐约有枪炮声，众人神色俱变。凤仪与子欣忙让他们关好门窗，不要再出去。二人回到办公室，哪里能睡得着，天气又冷又潮,两人拥着一床被子,坐在长沙发上,听着外面的枪声与炮声。凤仪不禁道:"工人们不会有事吧?"

"德昌堂成立了救助站,美莲他们请了医生,"子欣道,"不知道爸爸怎么样,听说,北伐军是从南边打过来的。"

"他的电话一直打不通,"凤仪忧心忡忡,"希望他没事。"

"要是你一个人,"子欣忽然问,"你怕吗?"

"怕,"凤仪笑了笑,"也不怕。现在你在这儿,要是你不在,我还不是一样要守着。"

"要是起义成功,北伐胜利,和兴就有希望了,"子欣道,"爸爸也没有白白地辛苦。"

"为什么?"

"重工业总是需要政府扶持,如果北伐能够胜利,以爸爸和南方政府的关系,如果国家愿意投资,又愿意扶持他们,和兴就真的能建设成功了。"

"要是这样就好了,"凤仪道,"和兴从上海第一次光复就开始筹建,到现在都十几年了,希望这一次能够好起来。"

突然,屋外传来一阵急促的脚步声,凤仪和子欣互相一看,同时从沙发上跳了起来。凤仪道:"这么晚了,是谁?"

子欣示意她躲到门后,伸手操起桌上的一个方砚,只听外面有人敲门道:"袁经理,快出来吧,俺们胜利了!"

"是四姐!"凤仪惊喜地打开门。杨四姐身穿灰色套装,头上戴着一顶工人纠察队的帽子,满脸风霜却又是掩不住的喜色:"袁经理、袁夫人,俺们胜利了,已经开了代表会议,成立了临时政府,俺们这次真的胜利了!"

"这么快?!"凤仪又惊又喜:"这才一天的时间!"

"那是,"四姐得意地道,"俺们要请假,明天俺们要大游行,庆祝上海光复。美莲小姐让俺来问你们,能给所有工人放两天假不?"

"放假放假,"子欣笑道,"全部放假,我们都上街看你们游行!"

四姐爽快地答应一声,转身走了。凤仪与子欣互相看着,脸上都露出了欣喜的笑容。子欣道:"走,我们回家去!"

"现在?"凤仪惊诧地道,"太危险了!"

"不危险!"子欣道,"我们去看看新上海的第一夜!"

两个人手拉着手走了出去,工厂门房空无一人,估计看门的人也躲进办公区了。凤仪与子欣相视一笑,子欣取出钥匙,自己开了门,下了锁,与凤仪双双走了出去。

街上几乎没有什么人,远处不断传来零星的枪炮声,凤仪见子欣走在大街中间,毫不顾忌危险,不禁笑道:"你还挺浪漫的!"

"浪漫?"子欣讶然道,"这和浪漫有什么关系?"凤仪刚想回答,忽然,有一群人从街巷里冲了出来,凤仪吓了一跳,定睛一看,原来他们是庆祝上海光复的。这些人有的点着火把,有的拿着脸盆、炒锅,咚咚地敲着。凤仪与子欣哈哈大笑,手拉着手,跟着这些人走上了闸北的马路。整个上海的战争硝烟还没有散尽,不远处还有密集的枪声,但是更多的,却是开始游行庆祝的人流。子欣似乎被这股气息鼓舞了,猛地跳了起来,大喊道:"啊——!"

"你这个疯子!"凤仪从未见他这样过,不禁也笑着喊道:"啊——!"

两个人像孩子般在街上奔跑,不时仰着头,向着黑色的城市上空大喊一声。一群游行的学生听到了他们的喊声,也齐声喊了起来:"啊——!"

凤仪感到身心炽热,一股热流正从心里往上走,直要将她的眼泪给顶出来。她原是如此爱着这个国家,爱着这座城市,和这些不认识的人们。她原来是如此深切地和他们联系在一起,她从来不知道,她和这片土地以及祖祖辈辈生活在土地上的人们,是血肉相连的一体。她忽然理解了父亲、理解了美莲、理解了革命,她原也可以为他们抛头颅洒热血,离家远走,甚至敢付出生命的!

上海光复后的几天,凤仪恍然沉浸在十几年前的氛围中:到处是游行庆祝的人群,到处是报纸上热烈的消息,元泰的生产也逐步恢复正常。凤仪计划把大家请到一起大吃一顿,庆祝上海的新生。她挨个地打电话,液仙和杏礼都愿意抽出时间,只有美莲在德昌堂,没有电话联系。她想了想,索性站起身,打算去德昌堂找美莲,刚走出门,屋内的电话铃声响了,她进去一接,是邵元任。

"爸爸,"凤仪问,"有事儿吗?"

"和兴这边有点事情,"邵元任道,"我已经派人过去,让他们把元泰所有的工人都带过来。"

"所有的工人?"凤仪惊诧地问,"您要干什么?"

"你不用管,"邵元任斩钉截铁地道,"你听着,就是今天和明天,你和子欣两个人把能组织的工人都带到和兴。还有德昌堂,"邵元任想了想,"你尽量劝他们过来,还有美莲,无论如何叫她不要再去德昌堂了,她要是愿意来和兴也可以,不行的话,就待在家里,实在不行,还可以去家里,总之,你看着办。"

"美莲?"凤仪大惊失色,"爸爸,出了什么事?"

"你不要问,"邵元任道,"明天元泰停工,工厂要锁好大门,什么人都不要随便进出。你和子欣明天也不要出门,就留在家里。"说完,邵元任挂断了电话。凤仪愣了半晌,这是什么意思?她立即将电话打回和兴,却无人接听了。子欣这会与康凯蒂去了商会,她也无人可以商量,便径直赶到了德昌堂。

她走进大门,便感受到一股热火朝天的气氛。所有的工人们都穿着统一的服装,他们有的围坐在一起,有的在整理枪支。不少工人认出了她,朝她点头微笑,凤仪也朝他们微笑,他们的穿戴和神情与在厂里时是多么

— 389 —

不同啊！凤仪忽然觉得爸爸的话绝不是空穴来风，一定要有什么变故的。她急匆匆地走进去，来到了办公室，里面正在开会，凤仪敲了敲门，四姐打开了门。凤仪看了她一眼，夕阳的光线正好射在她的脸上，将她的左脸颊映得明亮，而她的右脸颊刚好陷在一块黑色的阴影里。凤仪从未见过如此恐怖的面容，不觉怔了一下。

"凤仪小姐，"四姐热情地道，"找美莲小姐？"

"是。"凤仪点点头。

美莲穿着与工人同样的服装，走了出来。凤仪几乎认不出她了，她第一次觉得自己的好朋友、老同学，一个上海小姐，好像一个严肃干练的军人。她觉得她的身上散发出一种奇怪的味道，一双眼睛中透着一股坚定，和一种淡淡的冰冷。凤仪只在一个人身上看见过相似的眼神，那就是杨练。

"有事吗？"美莲问。

"你，你明天不要出门，"凤仪大急之下，不觉结巴起来，"还有，一会儿你把工人组织起来，跟我去和兴。"

美莲皱起了眉头："干什么？"

"爸爸说和兴有急事，需要帮忙，还说让你明天不要到德昌堂，也不要随便出门。你跟我回家吧。"

美莲仔细地打量着她，微微笑了笑："是不是青帮有什么动静？"

"我不知道，"凤仪一愣，"你是不是知道了什么，那赶快呀，让工人们跟我去和兴，你跟我回家。"

"你总是那么天真，"美莲道，"你的消息不一定准确，就算准确，我们也要想一想，别人为什么告诉你这些，是真的想救我们，还是另有目的。"

"美莲，"凤仪见夕阳的光线越来越斜，终于打到了美莲的脸上，恐惧地道，"你何必固执，只一天时间，就一天时间，你让工人们回和兴，你回家,好不好?"

"你回去吧,"美莲道,"有些事情你不懂,最好不要随便参与,对你没好处。"

"是啊凤仪小姐,"杨四姐在旁打圆场,"俺们挺好的,你赶紧回去吧。"

凤仪轻轻退后一步,扭身便走。她飞快地朝德昌堂外走去,皮鞋在地上打出"叮咚"的声响。她上了一辆黄包车,来到凤凰阁,却找不见李威。她又来到李威的住处,仆人说已经几天没有看见他,她又赶回元泰,子欣与康凯蒂已经回来了,她追问李威的下落,康凯蒂沉默了几秒,道:"他说这几天有事,说等事情办完了再找我。"

"出了什么事?"子欣见她如此慌乱,忙问。

凤仪说了邵元任的决定:"子欣,你知道爸爸那个人不会胡乱做决定的,现在我说服不了美莲,我觉得要出大事情了。"

"这也不一定,"子欣道,"上海刚刚光复,能出什么大事?依我看,李老板有事情也不一定与爸爸的话有关系。这样,我先安排工人们去和兴,然后我陪你去找道德,让他劝劝美莲。不过,也许没什么大事情,你别太紧张。"

"我不是紧张,"凤仪道,"我真的感觉要出事情。"

"好好,晚上我陪你去美莲家,"子欣道,"康小姐,麻烦你也找一找李老板,如果有什么确切的消息就通知我们一声。"

康凯蒂点了点头。子欣赶紧下楼去看工人准备的情况,大约有三十几个人同时向他告假,说明天德昌堂有活动,不能前往和兴。子欣询问是什么,他们说是庆祝游行。子欣也隐约觉得有点不妥,可又觉得好像不应该再有什么大的冲突。他连忙让所有能去和兴的工人们组织起来,由工头们带领着,前往和兴。又安排十几个人留在和兴看家,夜里分住在厂区与办公区,又贴上大的告示,宣布明天放假一天,工厂内外不得随便出入。一切忙定之后，凤仪立即拉着他去找道德。此时刚刚有些擦黑，二人来到他和美莲的住所，敲了半天门，见无人应答，二人又慌忙找到化工社，才得知道德正在加班做实验，已经几天没有回家了。

凤仪与子欣又来到化工社，找到了实验室。二人刚进门，便看见道德伏在一堆试管中间。凤仪忙喊了他一声，他恍如无闻，子欣走到他身边，拍了拍他。他回过头，愣了半天，才道："你们来了？"

凤仪见他蓬头垢面，不禁暗暗摇头。二人问他美莲的情况，他更是一问三不知。不得已，凤仪拉着子欣走了出来："他这个样子有什么用，我们还是想办法去找美莲。"

二人又赶到德昌堂，工人们说，美莲与四姐开会去了，不知道什么时间能回来，二人等了半夜，还是不见美莲的人影。子欣道："要不然，我们先回去？"

凤仪焦急万分，又追问工人美莲的下落，工人也说不知道。子欣见工人们忙着写标语，整锣鼓，准备明天的庆祝游行，一切井井有条。便道："我看明天未必会出事情，你不要太紧张。"

"不一定，"凤仪道，"爸爸都嘱咐我们明天不要出门了。"

"听我说，"子欣拉住她，"你急也于事无补，不如等到明天，一切静观其变，我实在想不出，还能有什么大事发生。"

凤仪忽然眼前一亮："我们回家，去找找哥哥。"

二人回到邵府，杨练却不在家。凤仪沮丧地坐在沙发上："我应该和哥哥约定一个联系的方法，只要我想找他，就一定能找得到。"

"你不用这样，"子欣道，"你想想，这几年罢工的事情还少吗，不都是没有怎么样吗，而且上海刚刚光复，正是百废待兴的时候，还能出什么事情？"

"那明天你陪我去德昌堂看看，"凤仪道，"我实在不放心。"

子欣点头称是，夫妻二人赶紧休息。邵府外的马路平常到了夜晚非常安静,今天却总能听到汽车开过的轰鸣声,凤仪翻来覆去,怎么也睡不着。天蒙蒙亮的时候,她才疲倦地闭上眼睛,这一觉直到早上九点,子欣已经吃完早饭。凤仪埋怨道:"你也不叫我,都几点了。"

"你昨晚一直没有睡好,"子欣道,"我想让你多休息一会儿。"

凤仪大怒,沉着脸,胡乱吃了几口,便出了邵府。子欣连忙开车赶上,她恨道:"你根本不把我的事情当事情,现在几点了,如果美莲出了大事怎么办?"

"是我不对,"子欣道,"你赶紧上车,我陪你去。"他话音未落,突然从巷子里冲出一队蓝衫短打的人。他们臂戴黑色"工"字袖章,手拿各种刀具,匆匆朝闸北方向跑去。其中几个人恶狠狠地打量着凤仪,见她一副富家少妇装扮,旁边又停着一辆小车,方才作罢。凤仪忙坐上车,子欣也觉得不妙,赶紧发动了,朝闸北方向开去。

车驶出法租界不久,便听见了零星的枪声,偶尔,还有轰隆巨响,似乎是大炮的声音。街上行人全部行色匆匆,所有的商店都紧闭大门。凤仪不由自主想起美莲和四姐昨天的装扮,不禁心急如焚。子欣一边开车一边大为懊悔,昨天晚上真的应该陪凤仪在德昌堂等美莲,他怎么也没有想到,一觉醒来,世界就变了模样。他急踩油门,拼命朝德昌堂赶去。

二人刚到德昌堂外的路口,就被几个蓝衫短打的人拦住了。子欣道:"你们是什么人,快放我们进去!"

"里面正在剿灭共党,"蓝衫人喝道,"你们干什么?"

"我妹妹昨天晚上来这儿走亲戚,"凤仪急道,"我们接她回去。"

"你妹妹?"蓝衫人见他们衣着华丽,一时不敢造次,"这儿现在进不去,等事完了再来接人吧。"

突然,德昌堂方向枪声大作,除了"噼啪"的子弹声,还有轰隆的炮鸣。凤仪与子欣对视一眼,凤仪忽对蓝衫人道:"敢问老大,贵帮多少船?"

蓝衫人一愣："一千九百九十九。"

"船开哪一路，哪位老大是领港？"

"开的是上江下山路，领港头顶二十行。"

几句暗语一对，凤仪已明白这个蓝衫人是青帮门下，他的师父是二十一辈中的"大"字辈，比蔡洪生不知小了多少辈，凤仪喝道："蔡洪生是我师父，凤凰阁的李威是我叔叔，你赶紧放我进去，要是我妹妹出了事，你就吃不了兜着走了！"

蓝衫人惊诧地看着凤仪，嗫嚅着不敢再拦，凤仪便往里冲，蓝衫人从怀里摸着一个臂章："两位，你们把这个戴上，里面的刀剑可不长眼睛。"

凤仪与子欣将臂章套在袖上，疾步朝里走，只见到处是蓝衫短打模样的人，有拿枪的、有拿刀的，还有几个人架着小钢炮，将德昌堂围了个水泄不通。德昌堂门前横七竖八地躺着几具尸体，门内已经用桌椅家具等一切能用的东西，筑了一个简单的防护工事，一些工人躲在工事后，举着枪，与蓝衫部队对垒着。

凤仪没有办法闯进去，也没有办法阻止外面的人向里进攻。不少蓝衫人打量着她，其中有两个人摸了上来，一把扯住了她。子欣见状立即扑了上去，被其中一个人反手抓住，凤仪扭身大叫："放开我，我是青帮的人！"

"嘘！"来人在她耳边低喝道，"凤仪小姐，我们是杨练的朋友，你赶紧离开这儿。"

凤仪惊魂未定地看着他们："我，我要救美莲。"

"美莲小姐我们已经带回去了，你们赶紧回去。"

"那，那里面的工人？！"

"小姐，"来人道，"管不了这么多了，赶紧走吧！"

凤仪还要再说，两个人架着她脚不沾地朝巷外飞奔，子欣也疾步跟在后面，二人到了路口，上了汽车，一路直奔邵府而去。到了邵府门前，凤仪跳下车，子欣在车上道："你先回家，我不放心厂里，去元泰看看。"

"不行，"凤仪见他脸色煞白，额前的头发凌乱地竖成一片，急道，"太危险了。"

"没关系，"子欣道，"我一定要去看看。"送他们回来的两个人对视一眼，道："凤仪小姐，我们送袁先生过去，你赶紧回家。"

凤仪只得点头答应，汽车掉转方向，又朝闸北奔去。凤仪奔进客厅，阿金正在手忙脚乱地朝楼上跑，见她回来欣喜地叫道："小姐你回来了，美莲小姐在楼上。"

凤仪奔上楼去，见杨练的小房间的门开着，美莲躺在床上，杨练坐在一边，正在为她包扎。凤仪忙走进去，只见美莲的胳膊上全是鲜血，床边的地上也滴了一大摊。"哥哥，"凤仪道，"美莲怎么样？"

美莲听见她的声音，睁开眼，"我没事，"她停顿了一下，道，"四姐死了！"

四姐半边黑半边明的脸一下子跃入凤仪的面前。她微微一怔，顿时呆住了，半晌才道："我真笨，"凤仪哽咽着，"我昨天就应该把你们带回家，不应该把你们留在那儿。"

美莲微微闭上眼，一滴泪珠顺着她的脸颊流下来，顷刻消失了。她十五岁开始去德昌堂工作，便认识了杨四姐，四姐比她整整大十岁，多年相处下来，二人中既像主仆，又像一对好同志、好战友。四姐虽没有文化，却性格泼辣，敢作敢为，是美莲开展工作的好助手。如今，就这样被打死了，留下丈夫与三个儿女。美莲一咬牙，将眼泪忍在了心中，哭泣不能解决问题，只能表现软弱。她需要尽快和组织取得联系。

"哥哥，我们送美莲去医院吧。"凤仪道。杨练摇摇头："现在到处在抓共党，她伤得不重，留在家里更安全。"

美莲道："谢谢你，杨大哥。"

杨练把一条毛巾放在美莲嘴边："你吸几口，可以止痛。"美莲深深吸

— 395 —

了几口气,不一会儿,便睡了过去。杨练对凤仪道:"她伤好了还是会走的,现在风声太紧,你最好想办法看住她。"

"怎么会这样,"凤仪道,"怎么一夜之间就变成这样了。"

杨练轻轻拍拍她的肩膀,他见凤仪难过,一时间不知说什么。与此同时,子欣赶到了厂里,只见厂门紧闭,门上上着两把大锁,他一边敲传达室的小门,一边大叫:"有人没有?"

不一会儿,小门开了一条缝,门卫见是他,慌忙打开门:"袁经理,你来了?"

子欣扭身闯了进去,工厂里一片寂静,如死了一般。他朝工厂区飞奔,快到厂区时,只见一排工人守在厂区入口处,子欣跑上前道:"你们在干什么?"

"邵老板来了,"工人道,"他吩咐我们在这儿看门。"

子欣长出一口气:"他在哪儿?"

"在办公室。"工人诧异地道,"听说外面打仗了?"

"没。"子欣胡乱答了一句,转身朝办公区跑去。邵元任坐在办公室里,正在喝着茶。子欣见阳光从外面照进来,沿着邵元任的身体打出一道暖暖的光晕,他突然觉得自己慌乱的模样有点不应该,便镇定了心神,坐了下来。

邵元任赞许地点点头,给他倒了杯茶。子欣道:"工人们还好吧?"

"和兴远在郊区,"邵元任道,"他们无法知道城里的事情,城里的人也找不到他们。"

"您怎么会到这儿来?"

"我过来看看,"邵元任笑了笑,"既然你来了,就陪我下下棋、聊聊天。"

"我打个电话回家。"子欣走到桌边,往邵府打了电话,一会儿,子欣放下电话道,"美莲已经救回去了,她受了点伤……四姐死了。"

邵元任理棋盘的手停了停,继而又开始摆放棋子,等棋盘全部理好,他慢慢道:"元泰不便出面抚恤,你拿一笔钱,以我的名义交给她丈夫。"

子欣点点头,邵元任沉默了一会儿:"上海这十多天,阴云密布,各种力量都在斗争,这只不过刚刚是个开始,"他指了指棋盘,"在中国这盘棋上,我们都是下棋的人,也都是别人的棋子,就算是将军,也未必能保住全盘,何况一介平民。十几年前,我还能在各种势力中平衡较量,现在,我只能坐在这里,守住我的工厂。孙先生说,世界潮流浩浩荡荡,顺之者昌、逆之者亡,我都不知道,这个潮流即将往何处去。"

子欣沉默不语,邵元任又道:"美莲伤好之后,还是会走的,你们不必拦她,她有她的人生选择。"

"如果南方政府能统一中国,"子欣道,"很多事情还是有希望的。"

"统一中国,"邵元任微微摇摇头,"下棋吧。"他举手拿起一只炮,道:"当头炮!"

这场令子欣与凤仪措手不及的屠杀,动摇了两个人在上海生活下去的信念。不管他们曾听说多少故事,都不能与亲眼见到流血与死亡,对心灵的震撼相比。而更让他们感情复杂的是,一个月之后,国民政府发表了定都南京的宣言,宣布于1927年4月18日开始,民国政府在南京开始办公。这些悲喜交集在一处,令子欣与凤仪,不知应该感到欢欣,还是应该感到伤痛。

美莲伤好后,悄悄离开了邵府,不要说凤仪、子欣,她甚至没有对道德说一句再见,就在上海消失了。凤仪等人寻她未果,只好作罢。由于液仙的保护,道德没有受到牵连,但是美莲的离开,对他的心灵是一个巨大的打击。他每天除了工作还是工作,渐渐地,连澡也不洗衣裳也不换,不仅办公室、宿舍堆满了垃圾,连整个人都开始散发出一股臭味。

液仙无法,委派专人照顾他的饮食起居。除了工作,他就像个傻子,有人叫他吃饭,他便吃饭;有人叫他洗澡,他便洗澡;有人叫他休息,他便休息,其他依然如故。既不与人说话,也不与人交流,一些刚进化工社上班的新员工,都误会他是个聋哑人。

这个四月令凤仪永生难忘:四姐死了,美莲下落不明,自己的父亲耗费一生为之努力的政府,在自己的故乡南京定都。生活突然变得遥远起来,远得让她失去了兴趣。除了石头的成长还能牵动她的心情,她对一切都很漠然。

她不止一次来到画室,坐在熟悉的小沙发上,对着五颜六色的油彩、用了多年的画架,苦苦地思索着。十年前,她为什么要放弃去海外求学、报考美院等机会,她真的不能理解,仅仅为了知道这个世界吗?她突然觉得自己很蠢,为什么要离开艺术王国,进入一个现实世界?这个世界有什么好,值得她如此经历。她给威廉神父写了一封长长的信,诉说心中的苦闷,神父回信劝她仍去国外求学艺术,并让她多画些作品,寄往美国,由他帮忙引荐。

自怀孕后便未动笔的凤仪,再次拿起了画笔。这对她是个新的考验,她已经二十七岁了,虽常常练习,但是她不得不承认,她疏远了她的艺术。她画风景、画静物,但什么都没有感觉。她觉得手没有以前灵活了,对画中的结构与色彩,也不再那么容易满足。她开始想画其他的东西,但是画什么呢?她一时没有答案。

子欣也在反思,他是不是还要在上海发展,他想要建立的企业,在乱世中是否真的能实现?和兴现在已经全面停产,并且正式通过股东会,宣布了破产。但是邵元任等人却没有放弃希望,南京政府的成立,让他们看到了新的曙光。他们打算等南京全面稳定之后,向政府提出倡议,希望由政府接管并投资、运营和兴。

而最有收获的却是杏礼。她主演的影片《新爱情与旧黄金》,又一次赢得了票房。被上海新闻界评为"电影皇后"。这位年届三十,专门在银幕上塑造风流少妇、豪门闺怨的女明星的私人生活，越来越引人注目。杨杏礼到底会不会再婚，是再嫁入豪门，还是会追求自由的爱情之路，成为人们讨论的焦点，她每和一个男人稍有亲热，便会被小报渲染一番，由于她与龙川民交往甚密，又有一些报纸骂她为东洋荡妇，说她不仅丢尽了杨家的脸面，更丢尽了中国人的脸面，依照旧法，应该被游街沉塘。

不管报纸如何叙述，杏礼的生活依然照着她的心情一天天过下去。民国政府在南京定都之后，上海越发繁华，人们戏称之为"第二首都"。它的纸醉金迷、浮华绮丽不要说南京，就连清朝的旧都北京，也不可同日而语。

杏礼的小楼夜夜笙歌，通宵地亮着灯光与霓虹。杨小姐的晚宴，已经在上海滩赫赫有名了。而为她专做旗袍的裁缝师傅几乎每天都要登门，不是让她试快做好的衣服样板，就是给她看新出的面料，以确定下一件旗袍的款式。杏礼虽然昼夜颠倒，生活极不规律，皮肤却仍然光洁细腻，尤其是露在外面的粉白光嫩的膀子、修长优美的小腿，无不引人想入非非。裁缝师傅不知量过多少女人的尺寸，对她的身材之美，也深为叹服。若不是极力把持，怕惹怒了这位女财神。裁缝师傅真想趁量体裁衣之际，摸一下她凝脂般的肌肤。裁缝师傅几乎每天都要想，如果哪个男人能与她共享鱼水之欢，岂不是死也值了。

他出入小楼的次数多了，与杏礼的女仆尽皆相识，他常向女仆们拐弯抹角地打听，哪个男人会在小楼过夜，哪个男人是她的老相好。女仆的回答不免令他失望，小楼的夜宴虽然多，但真正能进入闺房的男人如凤毛麟角，裁缝师傅深为遗憾，难不成这位倾国倾城的尤物，都是夜夜独宿么？这让他不禁浮想联翩，终不敢有丝毫妄动，不过和女仆调笑几句，以慰其心。

这天，杏礼又在家中大摆宴席，龙川民命人用红玫瑰扎了极其鲜艳的一大捧，送进小楼装点宴席。自从上次遇险之后，杏礼有很长一段时间与他疏于来往,怕再惹上祸端。龙川民又是送花又是送礼,问候的信函川流不息地送入小楼,这才得以重入门庭,成为小楼的常客。

杏礼的今天装扮与往日不同,她穿了一件杏色碎花旗袍,烦琐的花边全部隐退,袖口略宽,长度及膝,头发剪成齐耳的弯月形,额前垂着浓密的刘海,挡住了弯弯的细眉,只露出夺人心魄的双眼。她看起来不仅美,而且多出一点乡村味道。

龙川民晚饭后早早赶到小楼,见到杏礼,自然又是一番赞誉。杏礼却有些懒懒的,自入夏以来,她的心情越发不好了,杨练已经很久没有在她的生活中留下痕迹,纵然夜夜笙歌,众人围绕,也不能遣散她内心的孤寂,不过每及夜深,几杯酒水下肚,她的心情才会好起来,似乎她的生活就同这小楼的装饰,一下子又光彩亮丽了。

这一晚自然是宾主尽欢,极尽奢华的欢闹与游戏。夜深之后,众人逐渐散去,龙川民却没有走。杏礼醉意蒙眬,他小心地将她扶进房间,从怀中取出一纸文书,递与杏礼。杏礼咯咯笑道:"这是什么东西?"

"这是我们三井请你做形象代言人的聘书,你看看。"

杏礼抬手将合同打落:"我说了多少次了,我不会帮日本人做广告。"

龙川民隐忍了一下,好言劝道:"我们一直很尊重你,把你当成好朋友,你为什么要拒绝我们的美意?"

"你是我的朋友,"杏礼笑道,"但是三井不是……我喜欢我的朋友,我不会帮日本人做广告。"

"可我就是日本人,"龙川民耐心地道,"你帮我和帮三井没有区别。"

"你别烦我,"杏礼嗔道,"我说不行就是不行。"

龙川民因她名气甚大,又和元泰交情深厚,故一心要将她拉上这条船,以振三井之威,但是杏礼几次三番毫不留情地拒绝,已让他心中暗暗不满,此时见她言语毫无情义,不禁想到上次遇险之后,她立即躲避不见,半点也不念他多年嘘寒问暖的情义,可见这个中国美人和其他中国人一样,是下贱的低等动物。她气息微喘,娇态毕露,早把他动了许久的欲念勾了上来,加之心中怀愤,又喝了不少酒,龙川民一伸手,毫不留情地抓住她。

杏礼微微一惊:"你干什么?"

龙川民心道,就算我此时强迫了又能怎么样,敬酒不吃吃罚酒,这种女人何必对她太过敬重。他也不答话,用力将她推倒在床上,杏礼顿时大怒,酒醒了一半,喝道:"龙川民,你想干什么?!"

龙川民扑到床上,将她压在身下,伸手便去扯她的衣裳。杏礼一边厮打一边大叫:"救命!"龙川民抬手便是一记耳光,打得杏礼半边脸火辣辣顿时肿了起来。他扯过一条枕巾,恶狠狠地塞入她的口内,嘴里低声骂道:"贱货!破鞋!"楼下大厅的留声机还在放音乐,女仆正在收拾杯盘,根本没有听到呼喊。杏礼虽然个子颇高,但终究是个女流,哪里敌得过龙川民,几下之间,便被他把崭新的丝绸旗袍扯破,露出了浑圆细腻的肩膀。

杏礼愤恨不已,恨不能立时杀了龙川民。龙川民扑倒在她身上,对准香肩又亲又吻,正伸手去扯她的旗袍下摆,突然,感觉浑身一麻,像撞了邪一般,从杏礼身上滚了下去。

龙川民又惊又怒,喝道:"什么人?!"

没有人答话,他只觉白光一闪,一个东西飞了过来,顺着他的脸颊擦了过去,钉在杏礼的床沿上,速度之快几乎不容反应。龙川民转头一看,原来是把飞刀。他联想上次在小楼请凤仪跳舞发生的怪事,心中大骇,头脑一下子清醒起来。他知道来人并不想取他的性命,不然刚才这一刀他便死了,想到这儿,他猛地跳起来,胡乱整理了一下衣衫,开门逃了出去。

杏礼抱着被子,缩在床上,抖成了一团。她生在豪门,又出落得如花似玉,处处都是众人追捧的对象,自后结婚,也是上海滩名门望族。丈夫虽不懂情趣,却是个温和之人,很少违逆她的意思,小叔子顾家俊更是千

— 401 —

哄万哄，赔尽了小心。后离婚拍戏，夫家娘家虽然断绝了来往，但经济上从未亏待于她，加之人艳名红，走到哪儿都是惊呼一片，半点委屈也不曾受过，哪里受过这等奇耻大辱。她又羞又愤又恨又悔，一口气拧转不来，人往下一滑，便晕了过去。

也不知过了多久，她悠悠醒转过来，见自己好好地躺在床上，盖着被子，不禁一惊，尖叫一声便坐了起来，她伸手想去开灯，却找不准台灯的按钮，颤抖之间又打翻了床头的杯子，不禁又叫了一声，顿时涕泪横流，恍然间是生不如死。这时，她隐约感到旁边有个人，吓得浑身一颤，十指捂住脸，抖动着问："你，你是谁？"

"是我，"来人轻轻坐在床边，伸手想搂她入怀，又不敢造次，言语中藏着无限心痛，"杏礼，别怕，是我。"

"是你！"杏礼陡然大哭起来，猛地扑到他的怀中，杨练轻轻拍着她的后背，生怕她再背过气去，杏礼哭着哭着伸手对他捶打起来，一边打嘴里一边语无伦次地道："你为什么才来！你狠心！你狠心！狠心！"

杨练默默地坐着，任她撕打发泄，女仆此时听到了动静，敲门道："杏礼小姐？"

杏礼定了定心神，道："我没事，你下去吧。"

门外寂静一片。杏礼抬起头，望着杨练的脸，此时天色微明，在一缕微弱的晨光中，只见他的脸轮廓分明，一双静如湖水的眼中，仿佛有无限的情意，又仿佛淡如清水，顷刻便能消失无踪。杏礼觉得自己的一颗心隐隐疼了起来，她人生将近三十年来，从未有过的疼痛。她不觉轻轻依偎在他的怀里，呢喃道："你不走了，好不好？"

杨练伸手抱定了她，自从在凤仪的画中见她的模样，已经十年岁月，他终于将她抱在了怀里，这似乎不是真的，他是一个没有文化的杀手，如何会得到这样的大家闺秀、上海明星的青睐呢？但是杏礼的感觉告诉了他，她喜欢他，舍不得他，甚至，他觉得有点不算妄想：她好像也一直思念着他。

"你不要走,"杏礼又道,"留在这里保护我,好不好?"

杨练觉得她的身体柔软如绵,触之宛如凝脂,几乎要将自己完全融化。他那个"不"字在舌尖打了个转,开口却变成:"是,我留下来。"

"我要你天天陪着我。"

"是,我天天陪着你。"

"永远不离开我。"

"永远不离开你。"

杏礼得到他的承诺,心中稍稍安定,她一夜未眠,又受了惊吓,此时躺在心爱之人的怀中,已是万事皆足,不知不觉便睡了过去。杨练等她睡熟之后,轻轻将自己的手从她的手中抽出来,杏礼动了动,似乎在梦中感觉到什么。杨练慌忙伸手拍拍她,待她再无动静后,起身打开了窗户。他抬脚要走,忽然转念道,要是她一觉睡醒见他不告而别,定要伤心生气了,想到这儿,他回到屋内,摸索着想找纸笔,但是房间这么大,也不知杏礼将纸笔放在何处,若把她推醒,又怕她不放自己走,再者惊了她的睡眠。杨练左也不是、右也不是,觉得自己出入江湖这么多年,还从未为这点小事为难过。突然,他瞥见梳妆台上有一管口红,灵机一动,用口红在梳妆镜上写下:我外出办事,若有急事,在阁楼窗台摆盆花,即会知道。他想了想,又补写了一句:我晚上归,在阁楼。

留言已毕,杨练又坐在床前,看了一会儿杏礼熟睡的模样,方从窗口悄悄翻下,消失在静静的黎明中。

第十九章

  这一年八月立秋之后,上海还是一片闷热,石头仍然穿着棉布的短衫短裤,在摇床上扭来晃去。再过一个月,他就满周岁了。这个虎头虎脑的小家伙正在不知不觉地成长着。阿金此时也怀了孕,这已经是她和小卫的第四个孩子了。凤仪白天上班的时候,她就负责照看石头。凤仪思念孩子,每天如无其他事情,下了班就会回家。为了画画,她将小画室的一些器具拿回了邵府,把一楼一间小储藏室清理出来,放在那里绘画。阿金和小卫就住在画室旁边的一间房间里,三个孩子与小卫的母亲住在离邵府不远的地方。凤仪与子欣对家务琐事都很大度,每日柴米油盐全部交给他们打理,邵元任自和兴二次倒闭后,也搬回了邵府,他每日除了忙于公事,便逗弄石头,好不开心。阿金与小卫素惧邵元任威严,但是家务之事邵元任从不过问,是以这对小夫妻每日安排邵府起居饮食,当了大半的家,偶尔钱财上不太清爽的地方,凤仪也睁只眼闭只眼,只当没有看见,加之在邵府做得久了,主仆之间难免感情深厚,故而夫妇俩做事十分卖力,省了凤仪不少心。

  阿金十分喜爱石头,觉得这位小少爷特别憨实好带,一点点大的人,吃喝拉撒睡颇有规律,什么事情和他好言相商,他就像听懂了似的,睁着乌黑的眼睛,不哭不闹,不像她和小卫的孩子,个个淘气,稍有不顺必大哭大闹,不把板子打在屁股上是不会罢休的。

此时快到傍晚,石头一觉睡醒,自己睁着眼睛玩耍,阿金坐在摇车旁道:"小少爷,阿拉生个像你一样乖的宝宝好不嘛?"

石头看着她,咧嘴嘻嘻一笑。阿金忍不住笑道:"你妈妈说你憨,阿拉看你是精得没得命了。"

这时,凤仪推门笑道:"谁精得没得命了?"石头听见妈妈的声音,似乎更加高兴,咯咯地大笑起来。凤仪走到他身边,望着他,觉得他好笑极了,问:"你笑什么,你知道是妈妈下班回来了?"

石头眉开眼笑地望着她。凤仪在他枕边望着一个喝水用的奶瓶,便道:"你真的能听懂人话了?那你告诉妈妈,你是怎么喝水的?"

石头摇摇摆摆地抓起奶瓶,将奶嘴衔在嘴里,他似乎觉得如此表现还是不足,便睡倒下去,仰天躺着,由于奶瓶有些重,便歪到一边去了。凤仪与阿金面面相觑,凤仪半响才问阿金:"他是真的假的?"

"他能懂话了,"阿金欢喜道,"你还说他憨,他不是精得没得命是什么!"

"你真的能听懂妈妈的话了?!"凤仪又惊又喜,朝着石头道,"你真的听得懂吗?你告诉妈妈,听得懂就点个头。"

石头咯咯一笑,突然点了点头。凤仪直觉得一股热流从心里直蹿上来,眼泪唰地流了下来,阿金在旁笑道:"这是好事,哭什么嘛。"

"生他的时候我也没这样,"凤仪赶紧用丝帕擦去眼泪,"他到底长大了,能听懂人话了。"

"日子过得快哟,"阿金将奶瓶放到一边,抱起石头,"小少爷要成人喽。"凤仪感慨地欢乐着,等子欣与邵元任一回到家,便把这个事情告诉了他们,两个人也是觉得好玩异常,不免又将石头逗弄一番,说来也怪,

— 405 —

他就像一下子能听懂语言,能和他们交流了,真的是说点头便点点头,说摇头便摇摇头,惹得邵元任和袁子欣高兴不已。

"还有一件事比石头还好笑,"袁子欣突然想起,道,"你猜猜看。"

"我哪儿猜得到,"凤仪笑道,"还有什么比儿子更好笑,说出来我听听。"

"液仙做的蚊香,一直是用日本的除虫菊做原料。"

"是啊。"

"他为这事儿一直不服气,说他这国货不正宗。前一段,他为了让他的国货实至名归,就改从美国进口除虫菊,结果……"子欣哈哈笑道,"美国人根本不出产除虫菊,这些洋人也精明得很。一方面和他高价签订合同,一方面从日本买来除虫菊,再转卖给他。把液仙气的。"

凤仪想到液仙吹胡子瞪眼的模样,也哈哈笑了起来:"他哪里肯吃这种亏,不知要生出多少事来。"

"还是你了解他,"子欣道,"今天他和我在洋行碰面,说起这事,又好气又好笑,他说了,要在中国开辟试验田,自己出产除虫菊。"

"自己生产?"凤仪想了想,"照道理说,日本和我们气候差不多,应该能种出来吧。"

"哎呀我的小姐,"子欣笑道,"你们俩说得一模一样,不过这话说起来容易,种起来可不容易。那是一种特殊的植物,首先得搞到种子,其次能弄到土地,第三还要请到农业专家,还要配合化工专家。别的不好说,光是土地就是个大麻烦,你忘了,早些年一些上海人跑到乡下建缫丝厂,被农民赶出去的事情。生产除虫菊,难!"

"这事,要是别人还不一定,"凤仪笑道,"要是他,那就笃笃定定了。他那个人,不撞南墙不回头,身边还有个撞了南墙也不回头的,他们想干,肯定会干成。"

子欣微微叹了口气:"说起道德,液仙还说,想请你帮帮忙。"

"帮忙?"

"他想到乡下去开试验田,农业专家当然是要另请人了,化工专家找别人不放心,他想请道德去,可是道德要在上海等美莲,怎么说都不答应,他没有办法,想请你去劝劝他。"

"我去劝劝没问题,"凤仪长叹一声,"能不能说通就不知道了。"

"美莲走了这么长时间,真的一点消息都没有?"子欣问,"她没有和你联系过?"

"她连道德都不联系,"凤仪道,"何况我?!你是不知道,我们这三个人,若论要强,杏礼表面上最厉害,其实呢,她是大小姐脾气,要人宠着惯着,半点不能违她的心意。美莲,那才真正是骨子里的,又能吃苦又肯做事,遇事沉着冷静,那心,不是一点半点的强啊。"

子欣隐约知道美莲的那段往事,想起她这么些年沉稳冷静的模样,也不禁有些佩服:"女孩子能像美莲能够自立自强,改变人生的,还真不多见。"他转头看着凤仪,笑道,"你呢,你不要强吗?"

"我?"凤仪想了想,"这个时代,哪个女人不要强呢,如玉、康小姐,甚至我的雅贞姑姑,不也是曾经努力过。"她看了看子欣,"怎么,你不喜欢?"

"喜欢——"子欣道,"所以我们男人只好更加奋发图强了,不然,唉,就要女人当家做主了。"

"自清朝末年就开始女人当家做主了,"凤仪笑道,"你不服吗?"

"服服,"子欣学着清朝官员的模样,朝凤仪一作揖,"老婆大人在上,受下官一拜。"

两个人说笑一阵,带着石头睡了。第二天下午,凤仪赶到了化工社。化工社今时已不同往日,不仅面积大了许多,办公室的装修也非常简洁大方。液仙见到凤仪十分高兴,将她带到实验室,示意其他人员全部离开,只剩下她和道德。

道德似乎没有意识到，实验室里只剩下他们两个人了，还在埋头做实验。多日不见，凤仪见他头发和衣裳倒还整齐，只是人消瘦了许多，而且他的脸颊两边拉出两条奇怪的线，似乎每天他都很用力地闭紧嘴巴。凤仪坐了一会儿，见他旁若无人地干着活，便喊了一声道："道德哥哥。"

这是她第一次开口叫他哥哥，道德毫无感觉，凤仪又叫了一声，他恍然从瓶瓶罐罐中抬起头，呆呆地看着她。

凤仪在来的路上，便暗自筹划，说服道德需一击而中，不然，就算费尽唇舌，也不能打动他。"道德哥哥，你还记得汪静生吗？"

道德打量着她，眼神中有了一丝活动，大约太久没有说话，他费劲地从喉咙中挤出几个字："我、猜过。"

凤仪知他的意思是指猜过自己的身份，便点点头："我就是汪静生的外孙女，我本姓方，也是你的亲表妹。"

道德脸微微有些发红。凤仪道："我知道堂舅堂舅母的事情，怕你难过，所以一直没有相认，你不会怪我吧？"

道德摇摇头。凤仪道："美莲不能生孩子，所以才离开你，你不要怪她，依我看，她会回来的。"

听到这话，道德的表情有了一丝变化，似乎激动起来，努力地点了点头。凤仪道："美莲少年时候，遇到非常不好的事情，对男女之事不像常人那样动情，但是她心中，是向往爱情、追求爱情的。你对她这种至情至爱，她不可能放下你的。"凤仪幽幽一叹，"正因为放不下你，她才觉得不能生孩子对你是个遗憾，她才觉得革命对你是个危险，她是为了你的将来，为了保护你，才毅然离开你，你能明白吗？"

道德低下头，没有作声。凤仪道："我也不知道她什么时候回来，但是我想，她的革命同志甚多，你的生活她一定探听得到，如果她知道你一直在等她，她就会回来找你，你是不是也这么想？"

道德抬起头，一双眼睛闪亮地盯着凤仪。凤仪点头叹道："他们都不

— 408 —

明白你的心意，只有我最清楚，你怕去了无锡美莲便不知道你的心意，你怕去了无锡错过她，但是研究除虫菊，不仅关乎一个化工社，更关乎我们中国民族化工业的发展，关乎我们中国人，能不能从头到尾，自己生产一盘小小的蚊香。道德哥哥，我知道你从小就正直善良，努力读书，遇事不肯轻言放弃。难道，你现在愿意放弃这个机会？"

道德没有说话，表情十分痛苦。凤仪笑道："你当初去日本，把信寄到哪儿？"

"德昌堂。"道德嘶哑着嗓子，勉强说出这三个字。

"德昌堂虽然元气大伤，但一直还在运转，美莲的办公室也一直保持着。你去到无锡，依然可以给她写信，说不定这信反而比你待在上海，更容易转到她的手上。只要她觉得你除了她，可以不要孩子不怕危险，除了她，你的生活不会再有幸福。依她的性格，一定很不忍心，一定会想方设法回到你身边来的。"

道德屏气凝神，想了半天，觉得凤仪说得大有道理，脸上不禁露出一点笑意。凤仪知他已有所动，忙道："你也知道美莲的脾气，一心要为国为民做番大事业，她知道要是你为了她，放弃了一个振兴民族工业的好机会，她一定会生你气的。"

听了这话，道德又思考了良久，凤仪坐在一旁，不敢惊动他。不知过了多长时间，他忽然道："我！去！"

凤仪闻言大喜，长松了一口气。她见道德对美莲的感情就像一个孩子，既无辜又专情，心下十分不忍，但是想着让他这样待在上海，还不如让他去无锡，一来远离伤心之地，二来鸿雁传书，也可以让他有个抒发胸臆的渠道，再说，德昌堂的人没准真有可能把信转到美莲手中。凤仪暗自责备美莲心狠，只希望她有一天能回心转意，回到道德身边。

见凤仪说通了道德，方液仙立即着手让农业专家、实验人员等一干人前往无锡的实验基地。凤仪想请杨练暗中查访美莲的下落，只是他不知忙什么，近日越发地不回邵府了。幸而四月之变提醒了凤仪，约定了一个找他的办法。道德一行人走后没几天，凤仪正好得空，便没有去元泰。她起了个大早，将头随便绾在脑后，穿上一条最朴素的旗袍，乍看像个普通的家庭妇女，毫无惹眼之处。然后她轻车简从，一个人悄悄地来到日本租界。这里是上海的日本人的聚集地，治安混乱，日本人很多。她穿街走巷，来到一家浴室门前，卖票的伙计问她："洗澡吗？几位？"

"我想找从东京来的武田先生。"凤仪迟疑了一下，道。

伙计打量了她一眼："武田先生不在，有口信还是笔信？"

"你告诉他，就说他妹妹找他。"

伙计点点头。凤仪慢慢地退出来，见很多穿着日本服装的男女在这儿进出，不禁奇怪哥哥怎么会让她来这种地方留口信。她刚刚走出浴室大门，就见一个穿着和服的男人迎面走来。两个人四目相对，俱是一愣。

"袁夫人。"龙川民微一示意，他身后又走过来四个保镖，把凤仪围在浴室门前。

"龙川先生，"凤仪笑道，"很久不见了。"

"袁夫人怎么会到这儿来？"

"我到这儿来看个朋友，正好从这儿路过，"凤仪笑道，"我还从来没有进过日本浴室，一时好奇，就进去看了看，怎么，这里很有名吗？龙川先生特意过来洗澡？"

龙川民看了看她的眼睛，见她不像说谎，笑道："袁夫人想不想去女浴试试？"

"不不，"凤仪摇手道，"日本洗浴与中华文明不同，就不尝试了。"

龙川民见她不是冲着自己来的，便礼貌地与她道别后，转身进了浴室。自从火烧元泰之后，他已经遭到几次暗杀，幸而都是有惊无险。三井想把他送回日本，被他婉言谢绝了。他先用郑老板下单订货、提供担保，引袁子欣上钩，再制造绯闻，以乱元泰军心，最后一边火烧仓库，让元泰赔偿大笔货款，一边与日本帮会勾结，断了邵元任的财路。如此连环施计，无所不用其极，本以为胜券在握，可以一口吃掉元泰，没想到不仅没有将元泰打死，反而引火烧身，逼得邵元任动用黑帮势力，几次三番要他性命。

这一仗三井和元泰打了个平手，龙川民却觉得自己的才干受到了侮辱，在小楼企图非礼杏礼之后，他更是觉得上海是个引起太多欲望的地方。他时时刻刻觉得有人在跟踪他，想要谋害他，但又抓不到具体的人或事。这半个月来，他干脆躲进了虹口，让日本帮会派人保护自己，没想到居然碰到了凤仪。

等邵元任发完疯后，他再慢慢地收拾元泰。他想起凤仪娇俏伶俐的笑容，不觉也笑了一下。亲爱的凤仪小姐，他在心中暗道，等我一口吞掉元泰，你恐怕再也笑不出来了。浴室里的蒸汽沸沸腾腾，龙川民觉得四肢百脉都舒服起来，等完全蒸透之后，他从池子里爬出来，走到按摩床边，躺了上去。

一个瘦瘦的年轻人走过来，朝他点点头。龙川民也笑了笑，这个小伙子给他做过几次按摩，每一次都让他十分舒服。只不过他不太喜欢他的眼睛，太干净明亮，让人见了有一种说不出的感觉。龙川民闭上眼睛，静静地享受着，四个帮会成员穿着白色短裤，站在一旁护卫着。小伙子从头开始，给他轻轻地捏着，接着是颈椎、肩膀……龙川民哎呀了一声，小伙子问："重了？"

"嗯，"龙川民哼道，"舒服。"他感到他的手像一朵柔软的浪花，沿着他的身体有节奏地翻腾着，时而柔和时而激烈。他不禁想起在日本家乡，睡在海边的沙滩上，听着海浪翻涌的时候，还有母亲和妹妹，妹妹坐在岸边的可爱模样。母亲每晚用水擦拭木制的地板，也是这样，一遍又一遍，从房间的东边跑到西边，再从西边跑回来。不知过了多久，龙川民在蒙眬中听见年轻人道："好了。"

他轻轻地唔了一声，不想从家乡中的美梦中醒来，过了很久，才慢慢地坐起来。他想找年轻人道个谢，今天按得实在太好了，但是保镖说，他已经下班了。

龙川民换好衣裳，觉得神清气爽，精力勃勃，似乎有无限的力量可以使用，尤其是大脑，像用海水洗过了一般清明舒朗。他将赏钱交给浴室，让他们转给年轻人，然后他不知道要去什么地方，又觉得什么地方都不去简直是一种浪费。他今天的精力实在是太旺盛了，不管去哪儿，都不能无聊地待着。他不想回帮会，也不想回三井，去杏礼那儿更不可能了。他想起上海有家新开的舞厅，便转身朝那儿走。四个保镖见他脸色微红，春风得意，也不便阻拦，只得陪他穿过虹口，来到永安公司的大东舞厅。这时舞场还没有开始，只有寥寥几个舞女坐在包间里，龙川民觉得他的身体、他的双脚、他的每一处关节都希望活动起来。他实在等不及了，命保镖找到一个舞女，给了她一些钱，让她喊着节奏陪他在舞场中跳了起来。

他感到旋转是一种痛快，好像一下子领悟到了舞蹈的真谛。他的手脚无比听话地听从着大脑的指挥，想怎么跳就能怎么跳，反应比平常迅速了十几倍。他拉着这个舞女在舞场中间转了一圈又一圈，直到这个女人的面孔渐渐发白，然后又换了一个，又换了一个，舞场中的人多了起来，音乐也响了起来，他感到转得更加愉快了，像疯了一样在人与人的缝隙中穿来插去。

他不知道今天晚上与多少女人共舞，只觉得她们的面孔从粉红色变成灰白色，最后变成了死灰色。他转得越来越快、越来越快，他的头脑也开始飞旋起来，他觉得意识越来越模糊，好像不能控制自己了，他想吐，但是吐不出来，想喊，也喊不出来，只觉得世界也开始飞旋起来，仿佛要把他的脑浆从脑壳里旋转出去，抛向另一个远远的地方。

龙川民张了张嘴，终于大喊了一声，他看见一道血红的水线从他的口中喷了出来。然后，他听见周围有一些混乱的声音，越来越远，越来越轻,他觉得四肢百骸像下午按摩时一样舒服,他又听见了海浪的声音,感觉到沙滩的轻柔,他满足地叹了口气,就这么死了。

舞厅里乱成了一锅粥。第二天,三井经理龙川民跳舞跳到死的新闻像传奇一样,登上了所有小报的头条。大东舞厅被迫停业检查一天。此后有秘闻说龙川民所有的关节都像被人打过了一般,是粉粉碎碎的,又有传言说,骨头是好的,内脏是粉粉碎碎的。到底是他失心疯了跳舞致死,还是被人暗杀,谁也不清楚。只是凤仪看到这条消息时,已经确信,这与哥哥有扯不清的关系。她无从向杨练发问,也不想再去虹口给他留口信,但是对龙川民的死,她没有丝毫的快感,相反,她觉得是一种人生的悲哀。不管对龙川民、对杨练,还是对自己,对所有的生命,都是一种相同的悲哀。

杏礼也猜到了这事与杨练大有关系。虽然杨练从没有在她面前表现出对龙川民的愤怒,但从他救她那天开始,他只要有空,每夜都会住到杨宅的阁楼上,有时,她没有戏拍,他白天也没有事情,两个人便日日夜夜腻在一起,她不许女仆上楼,吃喝等物一律亲自端到楼上,这种秘密的幸福实在是令人刺激,而且,杏礼明显感到,杨练已经把她当成自己的女人。所以,当她听说这件事情的时候,她便猜想,杨练已经计划了很久了。

她觉得龙川民之死是罪有应得,毫不值得同情与惋惜,她早就想他死了,只是不好开口让自己心爱的男人去杀人。但是从心底深处来说,她很满意杨练的做法。

杏礼从未为一个男人如此动过心,有时候,她也捉摸不透自己的心意,论家世、身份、财产、地位,杨练没有一条符合标准,甚至,他连个正式的工作也没有,昼伏夜出、神秘莫测,似乎干着许多不上台面的事情。这实在不是个谈婚论嫁的好对象,但是杏礼不知为什么,一看见他那双静如湖水的眼睛,就觉得,他是世界上的一块珍宝,一旦落入她的温柔乡,就再也不能把他放掉。

他的眉毛、嘴唇、肩膀、腰身，身体的每一块肌肉，每一根线条，都令她怦然心动。当他褪尽衣衫，就连一向以身材自傲的杏礼，都不得不赞叹他的身体之美，如此匀称结实、干练俊美，两个人在一处的时候，就像两尊完美的西方人体塑像。而且杏礼隐约能感到，如果不是龙川民的非礼迫使他露出真面目，他可能会默默地保护自己一辈子，不管她要他做什么，只要不违背大的原则，他都会去做，万死不辞。

她在这个男人身上读懂了真心，以往的顾家安、顾安俊，甚至龙川民，未必不曾对她动过真心，有的也默默付出了许多，可惜她不懂，她也不在乎。现在，她突然在杨练的身上读懂了，她用尽了心思去留下他，用自己的美貌、用他对她的爱恋，一次次地融化他，她要将这个沉默的侠客，化入她的小楼，永远留在身边。

春去秋来，转眼一年过去了，杏礼因为杨练，推掉了不少片约，她自以为美貌无敌天下，自以为已经征服了上海的人们，岂不知这儿的人是善变的，也是健忘的，只要有新的人物登场，旧的人物很快便会被丢入角落。就在杏礼沉迷于男欢女爱之时，阮玲玉与胡蝶，这两位后来独霸影坛的名角，先后进入了电影公司，长江后浪推前浪，她们是淘汰前辈女星的主力军。民国的故事每天都是新的，就像上海姑娘的旗袍，每一年流行的长度、肥瘦、款式都是不同的。这一年的旗袍，哪怕你是用金线银线织出来的，到了第二年，就算送进当铺，也不会有人再要了。

去年，也就是1927年年底，宋美龄小姐出嫁时穿的婚纱款式，尤其是包在头上那一条丝巾，顿时在上海掀起了一股头巾热潮。这位宋家小姐在美国长大，行为举止很有西洋魅力，于是1928年的旗袍大兴欧美之风，不要说长度一短再短，短到了膝盖之上，就连袖口也收得紧紧，裹在女人们的臂膀上，露出肥瘦相宜的线条。

民国政府定都南京之后，上海的新气象还是非常不同凡响的。为了振兴民国工业，振兴属于中国人的国货，上海政府决定搞一个盛大的国货展览会。活动消息一传开，所有的上海本土企业，还有周边地区的企业，纷纷前来报名。元泰与化工社都在其中。

为了国货展览会的布展，凤仪与子欣是绞尽了脑汁。这是元泰打出自己的名气、招揽更多客户的好机会。凤仪想出了一个妙招，她从元泰的产品里选出一款色泽淡雅的绸料，为所有参展的元泰女员工做了相同款式的旗袍，她见杏礼久不出席一些场合，又拉了她来，为元泰助阵。

这些旗袍全部袖子窄窄，长度在膝盖之上。由于十一月的上海秋意甚浓，所有的女员工们又加做了一件薄呢大衣，长度与旗袍相同，而怎么也无法顾及的小腿，只有玻璃丝袜保温，只好辛苦女士们坚持了。幸好这一天天气晴和，加之是民国统一之后的首届国货展览会，国民政府主席蒋介石还要亲临演讲，故而是人山人海，好不热闹。凤仪和女员工们早早地把展台布置好，有的负责介绍产品，有的负责接待客户，各司其职，各就其位。一眼望去，莺莺燕燕均清一色着装，看起来大为整齐，与别家乱哄哄的模样不可同日而语。

液仙与子欣看完化工社的展台，走到元泰这边，液仙一看这架势扑哧笑了："这定是凤仪主意！"

"她主意最多，"子欣笑道，"不过看了这么多家，还没有一家像我们这样的。"

液仙含笑旁观，元泰众人虽着装相同，但杏礼婀娜袅娜，气质卓然，明艳不可方物；康凯蒂高鼻深目，与这种西式旗袍很为相宜，亦不输于杏礼；凤仪身材匀称，眉清目秀，显得很是清新姣美，可以说各人得各人的风采，各人有各人的长处。液仙不禁笑道："想不到凤仪长着长着，比小时候漂亮多了。"

"还是杏礼漂亮，"子欣道，"上海女神当之无愧啊。"

"现在的新明星一个比一个漂亮，我听说，马上还要出有声电影，"

液仙摇头轻叹,"杏礼的女神宝座,只怕不能长久了。"

"哦?说说看。"子欣大为好奇,引着液仙来到角落坐下。

"她当明星好比我们做企业,"液仙道,"要找准产品、大肆宣传,还要保证大家对产品的喜爱长盛不衰,可惜,她从来不是一个做生意的人才,成名立万,都有许多偶然因素,所以恐怕很难持久。"

"你什么时候喜欢考虑这些问题了?"子欣笑道,"难不成想进军影视?"

液仙摆摆手:"我初创化工社时,就因为不懂这些,一直惨淡经营。后来遇到你,逐渐学会了纵观与横观之术,再想想读过的兵法春秋,都是教人识事阅事,我考虑这些已非一日,一是关心朋友,二也磨炼自己的眼光。"

子欣默默地听着,他一直很喜欢液仙身上的勃勃生机,听他这么一说,更是觉得液仙灵活多变,能汲人长处,实在是个难得的人才。液仙道:"元泰大火之后,你不是一直寻找企业发展方向吗?我看你这几年也没有什么特别的动作,你怎么想的?"

子欣长叹一声:"这几年生意不好做,一来日本的生丝与电织业和我们的竞争很激烈,二来生丝价格又受到国际经济危机的冲击,很难啊。我倒是想过,再去南洋看一看,可是这一去,少则二三个月,长则可能半年,元泰一直在苦苦支撑,石头又小,还没有找到放心成行的机会。"

"我有个好主意,不知你有没有兴趣?"

"什么主意?"

"你看,"液仙指了指国货展览会场,"这满场之中,有那么多的国货,大到家用产品,小到吃的玩的,女人脸上用的,应有尽有。"

子欣灵机一动:"你的意思是……"

"我就在想啊,当年我生产雪花膏的时候,不知多少次去求那些商场、百货公司,可他们都要进什么法国货,哪里看得上我的国货。可现在今时不同往日,国货的发展越来越多,质量也越来越好。我们既然有自己的国货产品,干吗不能有个专门卖这些国货的商场?"

"好主意,"子欣想了想,道,"建国货商场,一来不需要太大的投入,只要地理位置好,布置得干净就可以,不需要那些西餐厅、咖啡厅的噱头。二来这些国货如果进到那些百货公司,根本拿不到好的柜台,还得看商场经理的脸色,到了我们这儿,都是最好的东西陈列,最好的优惠条件。三来,现在大家都说要反对日货、支持国货,那这样一来,就可以来逛我们的国货商场,东西又好又便宜,又表达了爱国之情,可谓一举三得。"

"是四得,"液仙笑道,"化工社和元泰的货,就可以直接在商场中卖了。"

"这个主意真不错,"子欣道,"将来我们开好了一家,还可以开第二家,可以开到南京、北平去。"

"你一想就整齐多了,"液仙笑道,"比我想得周到。"

"不,液仙,"子欣看着他,欣赏地道,"我觉得你比我做得好,你既不讲官方背景,也不和黑道势力来往,但是你做得很好,这一点值得我学习。"

"也不能这么说,"液仙道,"我卖的东西都是小东西,一盘蚊香,一盒牙膏,比的是辛苦和质量。而且我和你不同,你呢,去过外面的世界。也了解外面的世界,我一直就在上海,我要是不能在这个基础上学习,我就会死,我和你不同,你还有别的机会。"

子欣默然不语,觉得液仙这番话听起来,别有一番滋味。这时,只听液仙长叹一声道:"你看这国货大会人山人海,不知的,还以为民国正值鼎盛,实际上呢,日本人占我济南,杀我士兵,又对东北虎视眈眈,早有吞并中原之意。各地军界大员亦不甚安分,都希望逐鹿中原……"

子欣听到这些,不觉心情又沉重起来。液仙压低了声音,悄声道,

"美莲一直没有消息吗?听说共产党在北方会师成功,还建立了什么根据地……"

"他们有同志在上海,但是一直不肯露面,"子欣亦悄声道,"凤仪想了许多办法,也没能把道德的信送出去,"子欣叹道,"但是他每周都有信来,我们也不知道怎么办。"

"滴水可以穿石,总会有机会的,"液仙道,"再说让他写信总比空等要好,至少有一线希望。"

两个人一时无言。液仙道:"一会儿就要开幕了,天气怎么突然变了。"

子欣抬头望了望,只见天气突然阴沉下来,刚才晴和温暖的感觉一下子变得有些冷淡灰凉。一时大会开始,先介绍了本会的宗旨是"提倡国货,发扬国民的爱国精神,提高我国国际贸易地位"等等,又说参加了国货产品有二十多个省数万种产品。凤仪站在子欣身边,不禁回忆起第一次在南京见到哥哥时南洋劝业会的盛景。介绍结束后,大会宣布开幕,驻在上海的海军派出飞机在空中盘旋,以壮声势。子欣却越发觉得有些外强中干的味道,心里不是滋味起来。

国贸大会不久,陆伯鸿、邵元任等人以和兴的名义向南京国民政府呈交了提案:"请予拨给巨款,辅助复业,而期发展。"本以为这个消息会得到政府的大力支持,没想发出之后,便宛如石沉大海,直到第二年的三月,众人方等到国民政府实业部的批复,上面要求和兴厂自行创造投资条件,"自易筹措复业,或可无须政府拨款补助"。和兴无可奈何,陷入了没有方向的困境。

杏礼的事业一步一步地走向低潮,到了1931年的春节,她已无戏可拍。因为与杨练相爱,加之名气锐减,小楼的夜宴也几乎停止了。但是她和杨练的感情却日渐深厚,杏礼希望与杨练过上正常的夫妻生活。杨练本来考虑自己素无财产，除了一身武艺，再无其他谋生本领，恐误了杏礼，故迟迟不肯答应，此时见她已无意拍戏，也无戏可拍，对自己又是一往情深，深觉要负起责任，给她一个想要的生活。他思来想去，将此事告之了凤仪与子欣。凤仪回想以往的蛛丝马迹，既觉得是意料之中，又觉得是意料之外。她惊喜地问杨练："哥哥，你打算娶杏礼吗？"

杨练点点头："我手上还有些事，慢慢了结了，我就和她结婚。"

"太好了，"凤仪笑道，"那我就有一位漂亮的嫂子了。"杨练红了脸，低头一笑。子欣冷眼旁观，见杨练并无多少欢欣之色，立即猜度他是为生计发愁。他数次救过凤仪、美莲、元泰与自己，却从不居功自傲，也从未想过什么好处，此时就算元泰给多少钱，都不是非分之事，他却惶惶然面露不安之态。子欣深为敬服杨练的人品，见凤仪只知高兴，也想不到这些，忙迂回道："哥哥，你要娶妻，彩礼钱物都不是问题，依我看，筹划一个正当的事业，才是寻常生活的根本。"

"哦，"杨练嗫嚅着道，"我一向不懂这些，你们有什么好主意？"

凤仪见子欣这般说，顿时明白过来，当下道："这有什么难的，我愿意把我名下元泰的股份让一半给哥哥。"

杨练的脸更红了："这不好，也不行。"

"凤仪，"子欣见她越说越不对，微微责备道，"哥哥是难得的英雄，怎么会要你出让股份?!"他正色道，"哥哥，其实你和杏礼两个人想用正当的方式谋生，十分容易，你们俩一个武艺高强，一个是红过的大明星，如果计算得当，还可以做一番大事业。"

杨练素知他长于谋划，听他这样说，信心大增。子欣道："现在的中国说起来是统一了，可是各地军阀战乱不断，日本人又时刻盯住我们，到底国家能不能和平发展，都没有定论，在这种情况下，武术要比文化有用得多，哥哥如果找机会开一个武术学校，一定能广收生员。钱的问题你不用担心，我们可以和液仙联合投资，还有，液仙一直想开一家国货商场，如果杏礼愿意，我们可以请她做商场的代言人，哥哥可以带学生负责保卫工作，除了工资，你们还可以商场再拿一些股份，这样算下来，生活是肯定没有问题的。"

杨练从未想到，自己可以做这些事情，何况这一下子解开了他压在心底多日的难题，纵然他一向沉静平和，脸上也露出了欣然的笑容。凤仪理解子欣的意思，笑道："哥哥自己创业当然是好，但是我还是要送一部分股份，作为结婚礼物。"

"这个礼物不是你的，"子欣道，"是我们元泰送给哥哥的贺仪。哥哥，你打算什么时候退出江湖，开创事业？"

杨练想了想："大约一年时间。"

"这也好，"子欣道，"有时间慢慢规划。"

三人计议已定，杨练心中放下了一块大石，当下回去告之了杏礼。杏礼听后却隐然有些不快，她从不知杨练为了这些发愁苦恼，微嗔道："你为这些不开心，为什么不告诉我，我现在是不想拍戏，只要我想拍，他们恐怕都要抱着钱在楼底下排队呢。"

杨练没有解释，微微一笑。杏礼长叹一声："我自幼觉得挣钱是男人的事，花钱是女人的事，后来我离婚，自己开始挣钱，觉得没什么不好，若要再嫁人，那一定也是要找个有钱有势的丈夫，可是自从我们一起之后，我却不这么看了，现在你为钱发愁闷，本是理应之事，可是我却觉得，心疼万分呢。"

杨练听她温言软语地这样说话，心像被春风吹暖了一下，伸手轻轻搂住她："有子欣、凤仪帮忙，你就不要操心了。"

杏礼心道，虽然杨练和凤仪、子欣交情非同一般，但她的丈夫，如何要他人相帮。第二天一早，她便打电话去公司，要求拍戏，怎奈今时不同往日，接电话的人开始还婉言谢绝她的要求，后见她在电话时大发脾气，顿时失了耐心，啪地挂断了，她又给几个曾经要好的导演打电话，不是说忙,就是说有事,连听她说话的兴趣都省了。杏礼放下电话,气得大骂:戏子无情。后想到这样说不免骂到了自己,才恨恨地住了声,她恐杨练知道后看轻自己,或者为她难过,便将此事隐在心中,十分地不快。

就在杏礼认为是那些人势利、薄情,导致了自己没有戏拍的时候,1931年3月,中国第一部蜡盘发音有声影片《歌女红牡丹》正式公映,不料报纸大为报道,观看的人数也是前所未有,盛况空前。杏礼忍不住偷偷到影院看了一遍,她这时才发现,自己许多表演的技巧已经落后了,电影上的人没有太多的肢体语言,相反,男女主人公字正腔圆的国语给她留下了深刻的印象。她慢慢走出影院,见大幅海报上贴着阮玲玉与胡蝶,这才觉得自己真的是落伍了。她忽然意识到,杨练是因为明白,她再也无戏可拍,才去找凤仪、子欣商量事情的,她感到说不出的难受,立即坐车回到家,躲进卧室痛哭起来。

凤仪与子欣开始全心全意地帮杨练筹划生活。恰逢化工社增资扩股,子欣为了感激杨练,将自己的股份划出三分之一,改成了杨练的名字。方液仙素敬杨练是个英雄,当下也无异议,但子欣顾及杨练的面子,没有告诉他股份一事,想等结婚之日作为礼物给他。

就在子欣与液仙开始筹划建设一家真正的国货商场的时候,和兴公司突然收到实业部的函件,要求把"和兴厂以往之历史,现在之实况,及用如何方法恢复,迅予详复"。邵元任像捡到一块稀世珍宝般高兴,要求子欣抛开一切事物,尽其所能来写这篇回复。子欣完成之后,他又呈给陆伯鸿等人,几经润色之后,派人前往南京,呈给了实业部。

于是众人一心盼望着南京方面能有好消息传来。这时,在无锡的刘庆生突然回到了上海。原来这一年世界爆发了经济危机,中国的生丝业受到了剧烈的冲击,刘庆生经常主顾的多家洋行,纷纷倒闭,有的还离开了中国。他担心长此下去,元泰生丝厂会因销路问题而无法继续,便亲自回到上海,找邵元任与袁子欣商议对策。

自从火烧元泰之后,这几年时间,子欣一方面励精图治,另一方面时刻惦记着南洋市场,刘庆生的到来,让子欣一下子觉得,计划已久的南洋之行,是时候要动身了。他要亲下南洋,为元泰开辟新的市场。

"这次去南洋,可能要几个月的时间,"子欣与凤仪商量,"家中里外的事情都要交给你了,幸好和兴的事情还在等待,有爸爸帮你,我也放心一些。"

"你打算带几个人去?"

"人不要多,得力就行,七八个吧,带点样品。"

"此去南洋恐怕得几个月时间,"凤仪道,"我看,要不然这样,让哥哥陪你去?"

"不行,"子欣道,"他最好是留在上海,万一有什么事情,我还放点心。"

"我在上海能出什么事,关键是你,南洋那边我们一个亲戚朋友都没有,万一有事,如果没有信得过的人在身边,那是不行的。"

"你放心吧,跟我去的人都是信得过的。"

"我不放心,"凤仪道,"南洋那边的局势也很难讲,我希望哥哥和你一起去。"

"不行,"子欣道,"他现在和杏礼快要成婚了,两个人自然舍不得分开,再说液仙要筹办国货商场,我一走几个月,有杨练帮他我也放心。"

凤仪还要再说,子欣道:"这事再商量,现在还有个难题呢?"

"什么问题?"

"我们元泰在上海是做得挺大,可跑到南洋,谁也不知道我们,不认识我们,我们去跑市场当然没有问题,可是我们的宣传资料要怎么写、怎么做,我还是没有想出来,"子欣笑道,"天才大师,你帮忙想一想。"

凤仪心道,这个主意既要能帮他们起到宣传作用,还要想办法说服子欣,把杨练带在身边。不过,哥哥三十多岁方有成家打算,杏礼有那样的性格脾性,若是分离得久了,也确实不好。她思来想去,忽然笑道:"你们劳师动众跑去那么远,与其做市场调查,还不如做市场推广。"

"我们也是这么想,"子欣道,"可是我们在南洋没有名气,只好在宣传资料上下点功夫。"

"我有个好主意,"凤仪道,"你想想,南洋那边有很多华人,而且在当地多是做生意的。你去了,不过是上海一家电织企业的老板,去卖布卖丝,人家自然懒得搭理你,处处都要求你。可如果你去了,是推广我们中华文明,展现我中华的风物景致,上海现代工业的发展与振兴,恐怕,他们是个中国人都要来看看呢。"

"有道理,"子欣兴奋地道,"说下去。"

"你还记得我们结婚的时候举办的展销会吗?"

"记得,"子欣道,"这和南洋之行有什么关系?"

"你当时看了电影学员们的表演,还说应该找个摄影机把它拍下来,"凤仪笑道,"这么快就忘记了!"

"你想一想,如果我们找杏礼,让她穿上丝绸旗袍,拍一部介绍上海风土人情、风光景色,还有各种企业的发展与现状的片子,再给它起个好名字,比如什么爱我中华之类,然后拿到南洋各地去放,再让杏礼这位当年的上海电影女神沿途登场,这个效果会怎么样?"

"好主意!"子欣拍手叫好,"不过我们的产品……"

"只要把产品融在里面电影说一节就可以了,而且最关键的是,你们可以把宣传资料发给看电影的人,而且可以结交当地的企业家。都说最亲不过故乡人,你带这片子下南洋,就算无法推广产品,也会交到许多朋友,总比悄悄去做了市场调查,处处求人要好吧。"

"你真是个天才,"子欣笑道,"杏礼本身就是个明星,南洋应该还有她的影迷,不过,她一个人跟我走。只怕……"

"你看,这次远行要带电影器材、带杏礼这样一个大明星,如果路上出了差池,可不是闹着玩的,依我说,还是让哥哥跟你们去。我们都在上海,有什么可担心的,再说了,万一有什么事情,不是还有爸爸吗?"

"说来说去,"子欣笑了,"你打的还是这个鬼主意,不过这样也好,确实是比原来的想法要好很多,我听你的,就这么办!"

二人商议已定,遂开始分头工作。凤仪逐渐把业务等管理工作从子欣那儿接过来,子欣则请到杏礼,又找人写了剧本,在上海开拍了他的第一部"电影"。他又请杨练为这次下南洋的保安负责人,和他谈妥了工资与奖金。

杏礼久没有戏拍,这次为元泰拍纪录片,一可以宣传自己的祖国,二可以远行南洋,又能和杨练一道,而且还能赚钱,一举几得,自然很是高兴。

液仙想着,子欣他们去南洋,最多三四个月时间。这天他来到元泰和子欣商议,由他负责国货商场的选址与建设,招商的事情也同时进行。"没准你一回来,"液仙笑道,"就会看见一个崭新的商场了。"

"那我真是求之不得,"子欣笑道,"这几年全世界都是经济危机,听说美国人连吃面包都成问题了,我们呢,内忧外患,还能把企业做到今天,不容易。"

"是啊,"液仙道,"我现在又能生产牙膏、雪花膏了,而且我的三星国货,买的人很多。你呢,也要下南洋,还要开商场了。"

"自从我进了元泰,就没有停止过折腾,"子欣笑道,"先是建电织厂,接着是用工制度改革,然后缫丝厂搬家,电织厂搞特许经营,到头来,被日本人一把大火,烧得干干净净。这次南洋市场的拓展要是能成功,再加上国货商场的经营,也算我没有白白折腾这个企业。"

液仙哈哈笑了:"听起来,你好像很有感触?"

"最近经常有,"子欣道,"你没有吗?开公司开了七年举步维艰,做蚊香派了道德到日本偷学技术,然后就和日本人在上海打擂台,把一盘小小的蚊香,卖得惊天动地,连炸弹都装在汽车屁股底下了。"

"我们都是小儿科,"液仙道,"比不了你的老丈人,一个和兴,几起几落,不知道多少人在这上面栽了跟头。他居然还在努力,不简单啊。"

"上次我给南京写了一个回呈,"子欣道,"又是迟迟没有回复,这段时间,他经常往南京跑,如果政府方面能够支持,这个事情,还是有把握的。"

"我看不一定,"液仙脸色一沉,"现在日本人盯着我们不放,加上各地都是军界大员持政,我看这个南京政府也是够呛,他们哪儿有精力管这件小事。"

"振兴重工业,"子欣道,"事情可不小。"

"那得看和什么事情比,现在,那这事可不算大。"

二人正聊着,突然有人敲门。子欣叫了声进来,康凯蒂从外面推门而入。

"康经理,"子欣问,"有事情吗?"

"袁经理,方老板,"康凯蒂微微一笑,道,"你们在谈事情?"

"要谈的都谈完了,"液仙站起身,"我要走了,公司还有好多事情。"

子欣送走了液仙,看着康凯蒂:"有事吗?"

"是这样,"康凯蒂道,"这次去南洋的市场推广,如果效果好,很有可能会在当地签下一些业务,我想带两个业务部的人,和你们一起去。这样一来我们业务部在南洋也算有了关系,对我们以后开展工作也有帮助,二来嘛,你们忙推广肯定很忙,业务上的事情就交给我们,没准我们去一趟就把这次费用给赚回来了。"

子欣微微一愣:"这个我也想到了,本来想和你商量,看看业务部派谁去比较合适。"

"人选我已经有了,"康凯蒂笑道,"但是我这个业务主管,还是应该亲自去一趟吧？"

子欣迟疑了一下："这事儿我想想。"

"好啊，"康凯蒂道，"那你尽快给我一个答复。"

子欣猜不出康凯蒂为何想下南洋，回家后，便和凤仪商议此事。凤仪一笑道："路途漫漫，风光无限，才子佳人，老师师娘……"

"哎呀，"子欣笑着指着床上熟睡的石头道，"儿子都要五岁了，你还胡说八道，她现在是上海第一大闻人的老婆，我哪儿敢招惹她。"

"奇怪，"凤仪笑道，"她明明是李威叔叔的女朋友，什么时候成了老婆。"

"不是一样吗，"子欣道，"她这个要求，从工作上讲是对的，可怎么和李威说，我看，他是不会同意的。"

"我看呀，她就是想他不同意。"

子欣一愣："你什么意思？"

"李威叔叔是个孝子，当年如玉闹成那样，和他娘是有关系的，我看他和康小姐迟迟不能结婚，恐怕也是他娘亲的关系。"

"你是说……"

"她这个人，审时度势，一定不会开口逼婚，不过出于工作需要，一走几个月，船上多是孤男寡女，还有你这个旧情人，"凤仪咯咯笑道，"只怕李威叔叔要是不同意，总得拿出点诚意来吧。"

"那如果他们结婚了，她就不会去了？"

"你真傻，"凤仪道，"她是想结婚，也确实是想去南洋市场，她是业务主管，下南洋签订单，没准将来客户源源不断，这样的机会，她怎么可能让给下面的人。"

"那李威？"

"她自然是要他一个明确的态度，而且有了态度，她走，李威叔叔自然会百般牵挂，没有态度她走了，也可以让他想想清楚，这一招，就叫以退为进。"

"哎呀，难怪说女人心海底针，"子欣道，"要不是你说破，我这一辈子都想不到。"

"我们呢，要想成人之美，不管李威叔叔怎么来说，只说是工作需要，又说有哥哥，叫他不必担心，反正，一口咬定了，这次下南洋，金笔小姐是走定了！"

南洋之行的人员，至此才全部确定。除了袁子欣、康凯蒂，还有业务部与宣传部的六个工作人员。又有负责放电影的两个人，还有杏礼、杨练，以及杏礼的贴身女仆。

这一行人中，杨练与杏礼是双双出行，自然欢天喜地。子欣早与凤仪商量好了，除了有些不舍，倒也没有什么。只有康凯蒂，还在等待李威的态度，而李威亦是大为不满。他让她别去，她说是为了工作。若要她辞职，她定会说出一堆什么新女性不能靠男人施舍，如果是丈夫还名正言顺的说法来。若让她去，他实在不放心。

李威只得去找子欣，子欣暗暗好笑，拿出工作需要等一堆话来敷衍他。李威又找凤仪，不想凤仪说的话比他人更加过分，说什么丈夫丈夫，一步之内方为夫，他现在还不是丈夫，如何能插手自己女朋友的工作。

"李威叔叔，"凤仪最后又将了他一军，"你现在可是上海最有名的大闻人，做事可得让人心服口服，而且，要符合你的身份哟。"

李威心中苦恼至极。他多年来成亲的愿望，都因为母亲一再落空。如玉是出身不好，康凯蒂的出身背景应该没有问题了吧。可他娘不知从哪儿听到康凯蒂与子欣的绯闻，寻死觅活地逼着他和康凯蒂分手。李威总算明白了，原来他老娘活着一天，就不想看见他结婚。

他实在不明白女人，尤其是这个老母亲。自小，他娘就向他抱怨，男人薄幸女人吃苦，男人多情女人受罪。所以长大以后，他除了花钱嫖之

— 427 —

外，在感情问题上还是十分谨慎的。与如玉好上之后，虽然不敢结婚，却也没有其他二心，与康凯蒂恋爱之后，更是只打算与她结婚。上海女人虽然多，想找个喜欢的，也不是那么容易。

现在，康凯蒂要一走几个月，若开口不让去，看这意思，没结婚这个筹码，是断难留下她了。李威心中烦闷，索性也不理康凯蒂，他想，女人嘛，自己几天不理她，她也就服了软了。没想这康凯蒂更有耐心，不管李威如何冷落她，她一律不闻不问，好像一心只在工作上。李威眼见得元泰的宣传片拍完了，产品也整理好了，就等要出发了，这下再也忍不住，着急起来。

这天，李威主动开车去接康凯蒂下班。多日不见，只见康凯蒂身穿今年上海最流行的长摆旗袍，一直长至脚踝，更显得她修长翩跹。旗袍领口上镶得重重一道花边，衬着她的西式面孔越发地眉目分明。大约为了出国，她把头发也烫成了新款式，一波一浪沿着耳后半遮住脸颊。李威本来心中已是不舍，此刻见了她如此打扮，越发顾不得了。康凯蒂倒是淡淡的，不急不恼的样子。

李威拿不准她的心思，只能将母亲的难题慢慢道出："我娘是个小妾，把我带大不容易，如果她不愿意我娶老婆，我也只能这样，你是我女朋友，其实不也就是我老婆嘛。我这个人，别的都不好，对女人，我是很好的。"

康凯蒂低眉垂首，只静静地听他讲，一句话也不说。

"你倒是说句话，"李威急得直跺脚，"我最怕女人这样了，你说句话行吗？"

康凯蒂又过了半晌，方道："我只问你一句，你想不想娶我？"

"当然想，"李威道，"他娘的上海滩是个男人都能娶个老婆，就老子不能，我这心里，早就够窝囊的了。"

康凯蒂轻轻点点头："我听袁经理说，西方人结婚讲求自由恋爱，说

— 428 —

结婚和父母同不同意没有关系……"

"不成不成,"李威连忙摆手,"我要是敢背着我娘成亲,早就娶老婆了。我不是怕她,我是心里过不去。再说了,我李威要娶老婆,凭什么不能大摇大摆,光明正大的啊。再说以后被我娘知道了,那不知道更要怎么样了。"

"那我也没有办法了,"康凯蒂道,"前几天袁夫人还问起这事,她说她知道你有难处,只是你从来不在她面前讲,所以她有主意也不敢告诉你。"

"她有主意?"李威哂笑一声,想想又不对,忙问,"她什么主意?"

"她的主意我怎么好多问,"康凯蒂冷哼一声,"她是你的侄女,你不去问她,倒跑来问我。"

"好好,我去问她,"李威道,"我请你吃晚饭,行吗?"

"哟,"康凯蒂道,"你不是忙吗?"

"哎呀你饶了我吧,"李威无可奈何地道,"我也真没用,上海哪个闻人像我这样,他们不都是三妻四妾,女人在他们眼里,连根草不如,也就我一个人,上怕老娘,下怕你,将来我们成了亲,要生一定生儿子,千万别生个女儿。"

康凯蒂扑哧一笑。二人算是和好如初。两人吃罢晚饭,康凯蒂心知李威要去问凤仪,便推说头疼,早早地回了家。李威驱车来到邵府,先见了邵元任,又和子欣聊了几句,便问凤仪:"石头呢?"

"他睡了。"

"哦。"李威也不知如何开口询问,又兼子欣在场,只得随便聊了几句,凤仪心中已有感觉,她存心逗弄李威,绝口不提康凯蒂的事情,倒是子欣猜出了几分,道:"我们过些天就要走了,李老板,你还有什么要叮嘱的。"

"我没事,"李威笑道,"有杨练在船上,我还有什么不放心的。"

— 429 —

子欣嗯了一声,也不好再说。李威坐了一会儿,便要告辞。凤仪对子欣使了个眼色,独自送他出来。李威一出大门就长出一口气,他见四下无人,道:"凯蒂说,你有办法,什么办法?"

"什么办法?"凤仪忍住笑,一本正经地道,"李威叔叔,你说什么?"

"唉!"李威又急又气,又不好意思言明,一跺脚转身要走,被凤仪拦住了。

"你是说成亲这件事吧,"她笑道,"我的办法很简单,你悄悄做通了康小姐的工作,你们先领了一纸婚书,暂时不办婚礼。这样呢,你从法律上结了婚,对得起了康小姐,但是从民间风俗上说呢,你没有办婚礼,也不算对不住你娘亲。等时间长了,康小姐怀上孩子,你再慢慢告诉老人家,她纵然不喜欢儿媳妇,但是孙子孙女,她不能不认吧。"

"这……"李威想了想,"不办婚礼,好不好?"

"那我就没有办法了,"凤仪道,"那你干脆和康小姐分手,再找一个你娘满意的。"

"你这丫头,"李威道,"让你出主意,你怎么叫我们分手。"

"那还有个办法,"凤仪道,"你们先领婚书,再办个订婚仪式。"

"订婚,"李威沉吟一下,"这还说得通些。"

"你也不要在外面办,就在邵府,请大家吃顿饭,这样传出去也没有什么,"凤仪道,"只是委屈了康小姐,不过这个委屈也只有你自己去补了。"

李威点点头,忽然道:"她知道你这个主意吗?"

"她……"凤仪本想说知道,转念一想,便明白了康凯蒂的心思,笑道,"她才不知道呢,哪有女人愿意自贬身份说不愿意明媒正娶的。你可别告诉她,这是我的主意,不然她要不高兴的。我看她对你也是一片真心,只要你愿意和她在法律上有明文的婚书,她一定会同意的。"

二人计议已定,李威果去向康凯蒂求婚。康凯蒂虽然有些不满意,但

— 430 —

想到自己的年龄，又想李威对自己还算真心，论条件，在上海也是首屈一指，便半推半就地答应了。李威大为欢喜，为她买了两套高级公寓，然后将之打通，改成一套异常宽阔的住宅，又花大价钱布置最好的家具陈设。凤仪与子欣、液仙、杏礼等相继送来厚礼。康凯蒂这才心态平了许多。

这样忙来忙去，到了初秋时节，袁子欣带着康凯蒂、杨练、杏礼等一干人，踏上了远去南洋的船只。凤仪、邵元任带着石头，与李威等人去码头送行。子欣放心不下，拉住凤仪道："现在全国都在呼吁抗日，国内战争一触即发，你万事都要小心。"

"你放心好了，"凤仪道，"日本人已经占了我东北三省，难不成连上海都敢要占吗？"

子欣苦笑一声："他们有什么不敢的。"

"兵来将挡、水来土掩，就算打进了上海，我也会好好保护元泰，照顾石头，"凤仪道，"倒是你们这次下南洋，万一战事不断，祸及水上交通。你们一定要想办法及时和我们联系，免得让大家担心。"

两人彼此又叮咛一番，心中颇为不舍。李威与康凯蒂新婚宴尔，却让才貌出众的新夫人出门远行，李威一面有些不舍，一面又觉得这种行为颇有西方做派，比起那些青帮人物，一下子高出了许多档次，不禁洋洋自得。他派了几个青帮高手随行保驾，又见有杨练在，故而没有什么担心。倒是康凯蒂、杏礼和杨练等人，见国内局热日益紧张，反而十分牵挂留在上海的亲朋好友。康凯蒂一再交代李威好生照顾她的父母，杨练则叮嘱石头每天都要压腿、打拳，将教的一些基本功反复练习。邵元任见众人情绪不佳，恐损祥瑞，忙催促大家上船，一行人无不是骨肉夫妻分离，唯见杏礼与杨练双双站在船头，男的沉静女的多姿，让众人好不羡慕。

第二十章

子欣等人走了之后,凤仪一下子比平日忙了许多倍。从业务到生产、从行政到财务,大大小小事无巨细,都要她拿捏定夺。幸而元泰大部分骨干与工人都与她相识甚久,管理起来比较容易,众人做事也皆肯出力,这样她独自掌管元泰,开始有点忙乱,一个多月后,倒也从容起来。

元泰工厂暂时无事,但是上海的局势却十分紧张。自从这一年的九月,日本侵略了东三省以来,上海到处都是游行和罢工,人们强烈要求将日本人赶出中国。上海不少学生组织了敢死队,每天都有人们在火车站为他们欢送,他们穿着学生装,头上绑着敢死的绷带,直接从上海奔赴东北战场。子欣等人走后一连两个多月,都没有从南洋报来平安的消息。凤仪一面牵挂子欣与亲朋同事,一面对国内形势忧心不已。转眼是1932年的新年,凤仪也没有心思,只是带石头去照相馆拍了张相片,便草草完事。

石头已经六岁,长得浓眉大眼,看起来颇为憨厚。他每天把杨练交代的功课温习一遍,先压腿、踢腿、扎马步等等,而后打一套完整的拳,如此下来差不多一个时辰时间,从不需人监督,做得是半点不差。凤仪很奇怪,这孩子怎么如此有耐心,如此一丝不苟呢?邵元任见了暗暗担忧,觉得石头的天性太拘于法则,不适合在乱世中生存发展,于是教他习字读书,慢慢将一些古代变通的故事讲给他听,又为他联系学校,打算春节后送他去上小学。

这天凤仪刚刚起床,便接到了液仙的电话。自从子欣等人走后,他担心凤仪一个人不能应付,加上国货商场看中了一处地方,正在谈价格与装修,因为几乎每天都要和凤仪通电话。凤仪拿起话机,本以来又是工作上的事情,不料液仙劈头便道:"你看报纸了吗?!"

"报纸?"凤仪心中一凛,"是南洋有什么事情了?"

"南洋平安,是东北!"液仙哈哈大笑,"日本名将古贺,被我东北义勇军打死了!"

"哦!"凤仪又惊又喜,忙命阿金拿来报纸,见上面大幅标题,写着日本号称战无不胜的名将古贺,被东北义勇军奇袭成功,乱枪击毙。液仙在电话里笑道:"哎呀,好几个月了,终于能好好喘气了!"

凤仪听他这么说,不禁莞尔:"你也没少在商界痛打东洋人,还有多少恶气没有出?"

"他们什么时候与我中国人恪守两国相交的礼仪,我就没有恶气,"液仙道,"不然,我见他们一次打一次,见他们两次打两次。"

"呵呵,"凤仪道,"真应该把你送到东北去,让你参加敢死队!"

"我要是年轻二十年,我一定去!"液仙道。

"别人说我不信,你说我一定信。"凤仪笑道,"你一早打电话,就为这件喜事?"

"两个事,"子欣道,"一是告诉你这个好消息,二是和你商量商量,还有一个月就是春节了,子欣他们到现在还没有消息,估计要在南洋过节了。邵府就你和石头,还有邵老板三个人,我和夫人商量了一下,想把你们接到我这儿来,一起过节,人多热闹,再说孩子们也有个伴。"

"太麻烦了。"

"不麻烦，"液仙道，"就这么定了，三十晚上你们直接过来。"

"好，谢谢。"凤仪挂上电话，下了楼，恰好邵元任正和石头晨练完毕，祖孙俩双双进了厅中。凤仪说了此事，石头自是高兴异常，邵元任却似乎不太高兴，凤仪道："爸爸，你要是不愿意去液仙家过节，我们就自己在家过。"

"唉，"邵元任叹了口气，"日本人一直气焰嚣张，这次古贺被打死，他们肯定恼羞成怒，不会善罢甘休。"

"你在担心这事儿啊，"凤仪笑道，"他们现在还在东北，难不成会打进上海？再说，马上过春节了，日本人不过节，也不让我们过节了？"

"不一定，上海是重要的港口，一旦失手，后果不堪设想。你看看，最近这些天，报纸上天天在讲，上海滩外日本军舰密布，"邵元任道，"何况日本人向来不守道义，突袭上海不是没有可能。"

"你是说，他们可能会趁春节期间来打上海？"

"但愿不会，"邵元任苦笑道，"真要打起来，法租界和英美租界都能自保，日本租界也没有问题，怕只怕南市和闸北……"

"这，"凤仪想了想，焦急地道，"如果日本人真的打上海，那工厂怎么办？还有厂里的工人，他们大都住在闸北。"

"我看，"邵元任道，"凡事还是防患于未然比较好。这样，这几天我在法租界找找看，最好能找一个比较大的闲置的仓库。一旦战事有变，我们就把元泰的货物，还有能搬的，都全部搬进法租界，至于工人们，就让他们住在仓库里，住不下的，还可以住在这儿。"

"爸爸，"凤仪道，"你既然这么想了，不如就这么做，先把平安的过了节要紧，要是等到日本人打起来，就来不及了。"

"可是大过年的，"邵元任道，"大家都忙了一年了，要是日本人也没有动手，岂不是让大家连个年都过不好。"

凤仪叹了口气："也对，那这样，我们先这么准备着。我也通知液仙一声,让他也早做准备。"

石头在旁边好奇地看着他们:"妈妈,外公,要打仗了吗?"

"没有,"凤仪勉强笑了笑,"外公和妈妈在准备一些事情,你好好在家听外公的话,妈妈一会儿去上班了。"

"如果子欣有电报,你最好给他回个电,"邵元任示意石头去餐厅吃早饭,悄声道,"让他们留意上海的局势,如果有战事,让他们就暂时待在南洋,什么时候回来,看战事而定吧。"

凤仪点点头,心烦意乱地出了门。街上行人匆匆,不少报童举着报纸在叫卖古贺被杀一事,不少行人都纷纷掏钱买报纸,一面翻看,一面议论纷纷,大部分中国人脸上都露着欢欣的神色。凤仪一面担心邵元任的话成为事实,一面担心子欣等在南洋的安全。此时正值冬天,天空阴沉沉的,不见一丝阳光,道路两边的树枝光秃秃的。凤仪无暇感慨,急匆匆地赶到了元泰。她一面照常管理,一面抽调十几个员工,让他们盘点所有可以移动的物资。然后把那些物资,全部存放在一个仓库里。

元泰的员工都以为快过节了,所以凤仪如此安排。不久,邵元任在法租界找到四间废弃的大厂房,是一家倒闭的工厂留下的。凤仪为稳定军心,对工人们说在租界找到了便宜的仓库,让他们徐徐地将一些物资从南市运往租界。同时,她又让人事部门统计所有在上海过节的工人名单,让他们以地区为界,分成若干个小组,每组由组长负责,以防战事一起,工人们流离在南市或闸北,无法及时通知他们撤退。

这样一直忙到春节,才把物资与工人等,稍稍整理出个大概。凤仪心中稍安,打算正式放假之前,把账本和重要的合同文件等,从元泰全部拿回邵府,放在家中。

幸好,还有几天便要过节了,她累得筋疲力尽,倒在床上便睡着了。也不知过了多久,她听到轰隆隆的声音。冬天还打雷吗?她迷迷糊糊地想,声音这么大。雷声响了几下后停止了,接着又响了起来,一声接着一声,似乎连成了一片。"不好!"凤仪猛地从床上翻身坐起,她一面抚着怦怦狂跳的心,一面转过头,还好,石头还在熟睡,丝毫没有惊觉。

她轻轻扯过两张软纸,揉成小团,小心地塞住石头的耳朵。然后穿戴整齐,飞奔下了楼。

阿金等人全都起来了,邵元任站在大门外,凤仪疾步过去,只见闸北方向炮声隆隆,火光冲天。凤仪道:"爸爸,你守在家里,我到元泰去看看!"

"不行,"邵元任道,"现在战事不明,要去,也得等到明天天亮。"

"可是还有合同和文件在厂里,"凤仪跺足道,"我太大意了!"

"现在只能等,"邵元任道,"你去是徒涉险地,什么事情也做不了,必须等到明天天亮!"

凤仪正在着急,忽然铃声大作,阿金喊道:"方先生电话!"凤仪疾步回厅,拿过话筒。液仙的声音在电话中炸了起来:"他们真打上海了,这帮畜生!"

"你们没事吧?"凤仪听液仙那边也有枪炮声,连忙大声问道。

"我们很好!"液仙吼道,"你们都好吗?!"

"我们平安!"凤仪道,"道德现在在哪儿,他安全吗?"

"他从实验基地回来后一直住在我家,"液仙道,"现在就在我旁边,你不用担心。"

"好,"凤仪道,"我知道了,你们保重。"

她放下电话,感到无比的愤怒,这时,电话又响了,她拿起听筒,却是李威:"日本人打进来了!他娘的王八蛋!"李威在电话里骂道,"我派了几个兄弟往邵府去了!你们那儿没事吧?!"

"我们没事,"凤仪喊道,"你怎么样?"

"我他娘的正在召集人马,"李威叫喊道,"他小日本的大炮凶、飞机凶,我们就守在城里,只要他们敢进城,我他娘的砍死他们!"

凤仪挂上电话,想着杏礼与美莲均不在上海,连忙给杨家和金家打了电话。幸好这两家父母都住在租界,应了声平安,她这才放下心来。正忙乱间,她一抬头,忽然看见石头披着她的一件薄呢大衣,呆呆地站在楼梯上。

"石头,"凤仪道,"你怎么下来了?"

"妈妈,"石头问,"打仗了吗?"

凤仪点点头。石头走下来,轻轻牵起她的手,道:"妈妈,你不要怕,我会保护你的!"凤仪一下子愣住了,不知说什么是好,像傻了一般看着六岁的儿子。突然,她一把抱住他,道:"孩子,妈妈不怕,妈妈会保护你的!"

这一晚凤仪没有再睡,恐怕任何一个上海人都睡不着了。凤仪抱着石头,和邵元任坐在客厅里。阿金与小卫等也坐在一旁。好不容易熬到了天微微亮,枪炮声这才渐渐弱了下来。而邵府门外的大街一改往日的平静,有人哭有人喊有人叫有人跑,凤仪忙出门去看,原来大量的人们已经分别从闸北和南市逃入了租界。

"闸北怎么样了?"凤仪拦住一个人,问。

"完了完了,全完了!"那人惊恐万状,"日本的装甲车都开进来了。在宝山路、广东路、青云路几个路口,打得一塌糊涂。全完了!全完了!"

凤仪一愣,手一松,那人已跌跌撞撞地跑了过去。凤仪一咬牙,折回邵府,道:"爸爸,我想去一趟工厂,我要把资料和工人带回租界。"

"太危险了!"邵元任道,"你守在家里,我带几个人去。"

"不行!"凤仪道,"你不知道东西放在哪儿,还是我去。"

"不行!你在家里陪着石头,告诉我东西放在哪儿了!"

"爸爸!"凤仪叫了起来,"子欣不在,我就是元泰的总经理,我对工厂和工人都有责任,应该让我去!"

"你待在家里,"邵元任斩钉截铁地道,"哪里也不许去!"

"不行!"凤仪急道,"你就算拿到文件,也不知道工人的情况,这段时间一直是我在组织他们,只要我去,才能尽快地找到他们!"

邵元任还要再说,凤仪又道:"我已经安排了一组工人专门负责转移物资,同时留了个心,让他们整理出所有工人的住址,并且按地区划成了若干组,我只要找到他们,就能找到所有的工人,如果有机会,我们还能把最后的一部分物资运回租界,"凤仪道,"爸爸,时间不等人,你只需要派几个人跟着我就可以了。"

邵元任感慨地看着凤仪,恨恨地叹了口气。"爸爸,"凤仪道,"我不是有意要发脾气,真的情况紧急!"

"好吧,"邵元任道,"你自己去,万事小心。"他命四个青帮子弟跟着凤仪,叮嘱道:"你们路上要留神,如果进不了闸北就立即退回来。"

四个人答应了一声。凤仪看了看石头,一咬牙出了邵府,石头见她走,便要跟上,被邵元任拦住了。五个人开车来到南市,只见这里到处是人,有拖家带口的,有抱着行李的,有老的少的男的女的,哭的哭、喊的喊,纷乱一片,往租界方向涌入。这时炮声又大作起来,四面八方狼烟滚滚,街市之上顿时乱成一片,哭喊声叫骂声不绝于耳,司机将喇叭摁得震天响,也无人理睬。

凤仪欲下车步行。被两个青帮子弟死活拉住了。有人见他们还往里开,在车边喊:"你们不要命了,里面打得一塌糊涂,快去租界啊!"

当下司机也顾不得凤仪的命令了,千难万难在路上掉转了车头,开回了邵府。这边邵元任正在后悔让她去元泰,见她回来,大喜道:"你把工人联系的地址给我,我派凤凰阁的人去。"

这时,已有一些工人找到了邵府,凤仪命几个识字的工人分头把地址誊抄若干份,然后把这些交给邵元任,请凤凰阁的人想办法去找他们。然后她把工人们分成两队,一队将工人和家属安置进新租的仓库内,另一队负责寻找失散在租界的工人。幸好元泰不少工人都认得邵府,众人逃入租界后,都分批分批地找到了这儿。还有些工人认得新仓库,又寻到了那边。到了下午,凤仪点了一下,元泰的工人到了一大半,可能还有些人滞留了在了南市与闸北。

　　当天晚上,由于战事突然而至,事先并没有囤积粮食,凤仪带着一些工人跑遍了租界,才从几家大米行中抢出一些高价米。还有几家米行想积货赚钱,拒不售货,被一些流民砸开了店面,哄抢一空。凤仪将大米送到仓库,恐怕工人胡乱烧煮引起火灾,又将工人们组织起来,重新分配安排。她命中层骨干中几个德高望重的老员工,带领一队人马,负责采买烧饭;年轻有力的青帮工头们带领一队人马,负责保卫安全;熟悉工人情况的再带领一队人马,负责联系寻找还没有到的工人。然后命令各员工家属归各员工管理,如果出现问题一概落实到员工身上。

　　她正忙着,邵元任带人赶到了这边。他见凤仪指挥有度,不禁暗暗欣喜。他又恐她年轻,不能威震撤火惹乱之人,便命凤凰阁一队人马驻扎仓库,以维持秩序。凤仪直忙到后半夜,见所有的人都勉强混了个半饱,这才得以休息了几分钟。这时,老员工们已经安排女人和孩子们在一间仓库里睡下了,剩下的男人全部集中在另外的一间仓库里,一切井然有序,不那么慌张了。

　　枪炮声此时仍然没有停止。这时,工人们中又有人组织起来,要加入帮会的敢死队,配合军队反击日本。凤仪不便强留,只得让他们离开。天气寒冷,又是这般局面,除了孩子,哪里有人睡得着。幸好这个废弃的厂子四面都是围墙,很不引人注目,众人在里面倒很安全。

　　凤仪裹着大衣,冷得浑身打哆嗦。凤凰阁的人找来一件男人的棉袄,虽然破旧,倒很厚实,凤仪套在身上,方稍好一些。邵元任劝她回家,她摇头不肯,反劝邵元任回去。邵元任无法,又惦记着石头,只能先行

— 439 —

离开。

第二天一早,凤仪想着账本、合同等重要资料还在厂里,便悄悄叫上两个工人,趁着蒙蒙亮,偷偷赶往了元泰。凤凰阁的人阻拦不住,只得又叫了两个人跟着她。一行人辗转来到了南市,这里的情况比闸北稍好些,大部队的战斗都在闸北,这里只有零星的战事。凤仪等人一路跌跌撞撞,不知走了多久,方来到工厂。凤仪见大门紧闭,伸手摸了摸口袋,居然没有把大门钥匙带出来。

"你们托我上去,"凤仪道,"我们翻墙进去。"

几个男人面面相觑,只得依言将她托上去,凤仪将高跟鞋脱掉,从墙上纵身跳下,一下子摔倒在泥土地上。随行的人也跳了下来,连忙将她扶起。她忍着痛,走回办公区,幸好办公室的钥匙一直是随身携带的。她打开门,把一块沙发布扯下来,把账目合同等物打成一个包袱,结结实实地捆在身上。至于其他物资等就再也无法顾及了。几个人匆匆地走出办公区,翻过围墙,忽然听见空中传来可怕的声音。凤仪抬头一看,只见几架飞机从空中盘旋而过。两个凤凰阁的人猛地分左右架住她:"快跑小姐!飞机!"

五个人没命地跑了起来,也不知跑出去多远,只听身后轰的一声,震得整个地面都颤抖起来。凤仪脚下一软,便跌倒在地上。她觉得脑中耳中嗡嗡一片,她转过头,看见一个员工正张着大嘴,一开一合地不知说些什么。过了良久,她才能听到他的声音:"小姐!快起来!快跑!"

凤仪回头一看,只见元泰的大门和门边的围墙被炸得粉碎,她之前翻越的地方只剩下一个巨大的弹坑,大门边的门房也已经塌了大半边。

"他娘的小日本!"凤仪不知哪儿来的劲,一下子跳将起来,指着空中破口大骂,"回家炸你爹炸你娘去吧!"

两个凤凰阁的人拖着她便走。轰炸声越来越多,不绝于耳。原来有些抱有侥幸心理躲在家中的人顿时拥了出来。四面全是哭声喊声骂声叫声,两个男人分别提住凤仪的胳膊,在马路上狂奔。凤仪自出生以来,从没有这样奔跑过,她觉得气越来越短,呼吸越来越困难,不管多么努力都再也跑不动了。她停了下来,上气不接下气道:"我,跑不动了,你们,把账本送,回去,我,自己,走!"

两个男人对视一眼,架住她继续往前走,突然,又是一声轰天巨响,几个人一起摔倒在地上。等凤仪再度回过神来,她旁边的整条里弄的房子塌了一半,还有几间房呼呼地燃烧起来。凤仪觉得自己无法再站起来了,她吃力地道:"你们走吧!别管我!"

几个男人也不答话,把她架起来继续朝前走。突然,凤仪听见了孩子的哭声。她循声望去,只见一个孩子坐在废墟之中,正在放声大哭。她勉强道:"那边,孩子!"男人们也不理她,继续朝前狂奔。凤仪又道:"孩子!"

"小姐,情况紧急,顾不得那么多了!"一个男人应了声,同时加紧了步伐。凤仪觉得那哭声像针一样扎着自己的心,这个男人的回答也像针一样刺痛了她,她猛地挣脱开来,吼道:"你不是爹生娘养的吗?那是个孩子!孩子!"说完,她摇摇摆摆地朝孩子走去,四个男人默默看着她,突然,其中一人扶住她,另一人抢了几步,将孩子从废墟中抱了出来。说时迟那时快,一个炸弹呼啸着落将下来,"危险!"五个人同时大叫起来,扑倒在地。

不知过了多久,凤仪徐徐地睁开眼,见两个人男人正在摇晃着她。她缓过神来,见孩子傻傻地坐在她旁边,张着一张嘴,像哭又像笑地看着她。

凤仪摸了摸孩子的脸,他大约两三岁的模样,生得十分瘦弱,凤仪一咬牙,抱起孩子,一股力气不知从何处冒了出来,只激得她两条腿微微发颤。三个人再不说话,只是闷着头朝租界方向跑去。也不知跑了多久,凤仪只听一个男人说:"到了!"便双腿一软,跪倒在地上。两个人男人也是

— 441 —

疲惫不堪，站在一旁喘息。忽然，一辆汽车在旁边响了声喇叭，凤仪举目一看，原来是邵府的司机。这时，从车上跳下一个人，搀起凤仪，又将另外两个扶上车，司机道："小姐，你不要命了，这个时候往那边跑，老爷都急疯了。"

"快回家！"凤仪见几个男人都上了车，孩子也上了车，便虚脱地倒在座位上，一句话也说不出来了。

她听见一个员工喘着气说："菩萨保佑，命大福大。"

另外一个人看了看孩子，道："这小子也是命大福大。"

这场突如其来的，日本对上海的侵略，整整激战了两天两夜，中国守军在全体上海人的支持下，打胜了第一仗，日本军队暂时停止了攻击。虽然上海没有人知道，下一轮的进攻会在什么时候。但宣布停火的第二天，上海的人们就立即开始了工作。一切就像上足了发条，虽然秩序被打乱了，但也要在乱的秩序上奔忙。凤仪立即组织元泰的工人高价雇用车队，将元泰所有能移动的物资全部运进租界，德昌堂的人也开始对附近死难的市民进行清理和掩埋，并向受伤的居民发放粮食和药品。凤仪担心德昌堂人手不够，又从元泰抽派工人前去帮忙。而液仙则组织化工社的人，把工厂变成了一个临时的伤兵医院。凤仪忙完元泰的事情，又命人从物资中找出不少白布，亲自带着工人们送到伤兵医院。

虽然化工社搬过好几次家，但凤仪是它的常客，对它十分熟悉。但是今天她走进这里，却看见了不少人打着绷带、瘸着腿、吊着胳膊，还有些人死了，一排一排放在院中的空地上。穿白大褂的医生和护士们，在紧张地忙碌着，不少自发赶来帮忙的市民，也听从着他们的调遣，帮他们服侍伤兵，或者搬运尸体。

凤仪让工人们将白布搬进去，液仙迎出门来。两个人互相看了看，都不禁有生离死别之感，不禁勉强地笑了笑。

"明天是大年三十了，"液仙道，"你带着孩子和伯父过来，我们回家好好过个节。"

"算了,"凤仪道,"我打算到仓库和工人们一起过,他们有些人还没有找到空,心情都不大好。"

液仙点点头:"这样也好,我明天晚上也要来这儿看望伤兵。"

"年货办齐了吗?"

"现在拿钱也买不到东西,幸好我找了个朋友帮忙,弄了一头死猪,肉还算新鲜。明天我就在这儿烧肉,陪大家痛痛快快地过个年。"

二人又闲聊几句。凤仪惦记着仓库里的工人,还有家中老幼,匆匆告辞出来。还是液仙有办法,她暗自叹气,现在自己去哪里也买不到这么多的肉了,战争突发,所有东西都被抢购一空,偏偏又赶上春节。凤仪正赶路,忽然一个报童突然拦住了她。

凤仪见报童衣衫褴褛,忙从口袋里掏出一点零钱,递给他,报童伸手接了,嘻嘻一笑道:"谢谢小姐,有人约您去静安大道的沙利文喝咖啡吃点心呢。"

凤仪一愣,顺手接过报童递来的报纸。报童一溜烟地跑了。沙利文……凤仪想,那是上学的时候和杏礼、美莲经常去的地方,难道是美莲?!

她也顾不得回去了,赶紧转过身,匆匆地赶往静安大道。此时街上还是很纷乱,但因为租界没有受到攻击,因此秩序还算井然。幸好,这儿离静安大道很近,凤仪远远地看见了沙利文,那店和以前一模一样,门前还摆着两张桌子和两把洋伞,居然还开着门在营业。

她连忙走进去。店里这么多年并没有什么改变,还是铺着她熟悉的小格纹台布,她看见一个烫着头发,穿着毛领大衣的女人坐在靠窗的位置上,正悠闲地喝着咖啡,翻看着几本《良友》。凤仪激动地走上前,刚想开口叫她,忽见她眼中有微微制止的意思,便停住了。

她站起来,优雅地道:"袁太太,怎么现在才来呀?"

"哦哦,"凤仪道,"我、我刚从方先生那儿出来。"

"他……他们都还好吗?"

"好。"凤仪见美莲把他改成他们,不禁一阵复杂的心酸。她恐被人察觉,连忙坐好。店员走了过来,凤仪要了杯咖啡,一块蛋糕。二人一直等店员把东西送齐之后,才互相看着。凤仪轻声道:"美莲,你还好吗?"

"我很好,"美莲道,"我现在的身份是香港远东发展公司的发展部经理刘名芳,你叫我刘经理就可以了。"

"香港?"凤仪道,"这几年你一直在香港吗?"

美莲点点头。凤仪道:"你也不和我们通个消息,还有道德,他一直很惦记你。"

美莲没有吱声,停了停道:"这次我回来,是有很重要的事情找你。"

"什么事情?"凤仪道,"道德每周给你写信,都寄到了德昌堂,你知道吗?"

"袁太太,"美莲轻声道,"事情非常重要,关系到许多人的生死。"

凤仪有些回过神了,美莲一定是有重要的事情请她帮忙,这才冒险来见的。她叹了口气道:"我知道你不方便,可是,你也应该想想亲人朋友的感受。"

"凤仪,"美莲道,"没有大家安有小家。你看看这次的上海,还有几家人可以好好地过一个春节。一个国家不能稳定兴盛,这个国家的任何人,都不可能好好活着。古人说巢若破安有完卵,你的父亲、哥哥都是革命党,虽然他们不懂共产主义,但都是为了国家和人民可以抛头颅洒热血的人。这个道理,你比我懂得多,也懂得早。你知道吗?我们去年十一月,就在江西瑞金成立了中华苏维埃共和国,我们要帮助中国真正地实现共产主义,得到真正的和平和强盛。"

"共产主义?"凤仪第一次听到这个词,她惊诧地问,"这是什么意思?"

"共产主义就是大家按劳分配、各取所需，不管什么样的人都能过上幸福的生活，"美莲见凤仪茫然的模样，笑了，"这不是几句话就能说清的，你要看看马克思和列宁的著作，才能够明白，他们都是伟大的人。"

"马克思，列宁？"凤仪见美莲的双目和面庞，都散发出一种光辉，困惑地道，"我是弄不明白这些的，听起来，你们的目的是想让所有人过上好日子。"

"说得很好，"美莲道，"你也可以这么简单地理解，国家变得强盛，人民变得富足，没有压迫，也没有战争。"

凤仪听到这样的话，一时之间，不知多少滋味在心头。她想着自己在街上狂奔之时，在生死之间转了一圈，想不到此时又与美莲相遇，不禁道："要能这样，那就太好了。"

"这也不难，"美莲道，"只要我们每个人都为之努力，就一定能成功。"

"你说吧，"凤仪道，"有什么事情我可以帮忙的？"

"我们需要一个安全的账号。"

"是买东西还是卖东西？"凤仪问。

"这个，"美莲沉默了一会儿，道，"你知道得越少越安全，但是请你相信，我们是为了后方很多同志的生存与需要，决不会用来做不光彩的事情。"

凤仪点了点头："账号我帮你想办法，但是子欣很快就回来了，他是总经理，我瞒不了他的。"

"我们相信你，也相信他，"美莲道，"但是其他人……"

"你放心，"凤仪道，"我自然会全力隐瞒。"

"元泰有青帮的背景，轻易不会引起怀疑，"美莲叮嘱道，"只要你和子欣小心谨慎，就不会有麻烦。而且，我们也不会长期使用，这个也请你放心。"

"美莲,你不用那么客气,"凤仪见她说得如此正式,叹口气道,"我们是好朋友。"

"事关重大,"美莲微微责备道,"如果不是万不得已,我也不会出来见你。我在上海已经暴露了,这是香港的新身份,但是用得久了,恐怕也有问题。"

"那道德怎么办?"凤仪见她似乎毫不留恋道德,急道,"你总不能让他等一辈子。"

"我也没有想到他这么固执,"美莲轻轻地长叹一声,"我以为他等个几年,就……"

"就什么?"凤仪道,"他的脾气你最了解了,几年怎么了,就是几十年他要等你,也会等的。"她想着这一次相见,不知又要何时才能见到她,连忙劝道:"上海这个地方,你想找一个这样至情至性的人,就是掘地三尺,也未必能找到,人生难得有情痴,你就这么狠心?"

"我有可能要到后方去了,"美莲道,"他跟着我,不仅没有孩子,可能也没了事业,何苦来呢。"

"你怎么知道没有孩子、没有事业?"凤仪道,"孩子可以领养,事业可以重建,你既然说你们也有政府,难道你们的政府就不需要懂化工的人才吗?"

美莲听到这话,不禁心中一动,她沉默了一会儿,道:"你让我好好想想,账户的事情,年后能办吗?"

"能办,"凤仪干脆地道,"但是你要答应我两个条件。"

"什么条件?"美莲惊讶地问。

"第一,你去德昌堂想个办法,把你的信拿走;第二,不管你想出什么结果,你都要见道德一面。你要是不答应,我就不帮你开账户。"

美莲看着凤仪,哑然失笑:"你什么时候学会威胁人了?"

"我不仅会威胁人,"凤仪道,"逼急了还杀人呢,你答不答应?"

"我答应，"美莲心知凤仪是一心一意为了他们夫妇，不禁略略感动地道，"谢谢你了。"

二人喝着咖啡，品着蛋糕，远远望去，就像上海两个有钱有闲的少奶奶，用这种方式打发着下午无聊的时光。谁能想到，上海刚刚经历了一场侵略与战争，而战事，还在继续当中。凤仪尝了一口蛋糕，长出了一口气："这蛋糕真好吃。"她灵机一动，把店员叫来问道："今天的蛋糕还有吗？"

"有啊，不多了，"店员道，"您要多少？"

"天啊，"凤仪兴高采烈地道，"居然没有人来抢货吗？"

"夫人，"店员笑了笑，"这可是使馆区，恐怕一般人也进不来吧。"

"那你把蛋糕都给我，"凤仪像一个穷人在路上捡到了一个大钱包，开心地道，"统统都给我。"

"你买那么多蛋糕做什么？"美莲问。

"你不知道现在年货多难买，"凤仪道，"我买回去给孩子们吃。"

"你有几个孩子，"美莲笑道，"吃得完这么多？"

"除了大石头和小石头，还有仓库里的，至少有几十个。"

"小石头是谁？"美莲惊讶地问，"你又生了一个？"

"是我在路上捡的，"凤仪道，"这孩子的父母都被炸死了。"

美莲见她忙着数蛋糕的模样，不禁微微笑了。她就是有这般魔力，不管在什么时候，遇到什么情况，都可以令身边的人高兴起来。凤仪意外地买到这些"年货"，又见到了美莲，心情格外舒畅。她把蛋糕直接拿到了邵府。小石头经过几天休养生息，已经大好了，只是耳朵还是有些不灵。他的胆子很小，除了凤仪，谁都害怕，这几日与石头混熟了，凤仪不在家的时候，他寸步不离地跟着石头，稍稍不见就会哭泣。阿金等人都嫌他哭哭啼啼，十分厌烦，倒是石头很愿意留在他身边照顾，颇有兄长的姿态。

石头见凤仪回家，高兴地帮她拿东西，接她进来。凤仪又去看小石头,见他穿得干干净净,虽然不是很壮实,脸色也有点红润了。凤仪拍拍他的脸,让阿金将蛋糕收起来,留着明天送往仓库。石头见是甜点蛋糕,他到底年龄小,不禁有些嘴馋,但他知道这是留着过年用的,也不开口讨要,只是默默地看着。阿金见他盯着蛋糕,便悄悄递给他一块,他摇手不要,小石头却在一旁看见了,他话说得还不是很利落,又有点怕阿金,瞄见凤仪在不远的地方清点数量,便哼哼叽叽地哭了起来。

"怎么了?"凤仪走过来一看,随即笑了,拿了两块蛋糕递给他和石头,小石头慌忙接过来,一头埋上去大吃起来。阿金撇撇嘴,心里嘀咕"穷酸相",石头见他吃得香甜,将自己的也递给他。凤仪道:"弟弟年纪小,吃不下这许多,你吃吧。"石头这才吃了起来。邵元任在旁冷眼看着,等凤仪忙完,将她叫进书房,道:"你真的要收养这个孩子?"

"是啊,"凤仪笑道,"等子欣回来我和他再商量商量,但是我估计他也会同意的。"

"这孩子贪婪懦弱,又颇有心计,你留他是恩德,只怕长大之后,反成祸患,"邵元任道,"我看他是个薄情寡义之人,你要慎重。"

"爸,"凤仪笑道,"他才来几天呀,那么点大的孩子,您怎么这样说。"

"三岁见大,七岁知老,孩子因为小,才不知道隐瞒天性,"邵元任道,"我看他和石头比,是一个在天、一个在地。"

"他自幼没有什么家教,估计父母也顾不上管他,自然会这样,以后留在我们身边,慢慢地教育,就会好的,"凤仪想了想,笑道,"您当年收养我的时候,就知道我是什么人了?"

邵元任听她忽然提起往事,微微一笑,凤仪见他不再反对,忙给他倒茶递水。邵元任也知道她是为小石头讨好自己,心想,她如此喜爱这个孩子,想必和她的身世有关,天下事都是早有定分的,自己也不好多加阻拦,想到这儿,他道:"凡事十分十美总是不妥,石头品德都是上乘,所以才有这样的兄弟。"

"爸爸，"凤仪笑道，"您也太爱石头了。"

邵元任对未来之事已了然于胸，当下默默不语。第二天晚上，凤仪早早地与家人吃完了晚饭，便让阿金、小卫帮忙拿上糕点，去仓库探望员工家属。她为了教育孩子，便带上了石头，又将小石头抱在怀里。邵元任牵着石头，祖孙二人走在前面，凤仪抱着小石头跟在后面，到了仓库，工人们自是感激非常，凤仪将蛋糕一一分给孩子们，石头见母亲如此，心下十分感念，也帮着发了起来。唯有小石头见这么多好东西都被别人拿走了，便张着嘴号哭起来，凤仪也不知他为什么，叫阿金抱他去玩耍，阿金深觉这孩子讨嫌，偷偷抱到旁边骂了几句，又在他屁股上拍了几巴掌，他顿时不敢吱声了，乖乖地一动不动。

大年初二的早上，凤仪才收到子欣从南洋来的电报，说他们因为海上交通受阻，刚到南洋，预计四个月份返回上海。凤仪高兴不已，带着石头去给李威拜年。凤凰阁有组织地加入了抵御外敌的战争，死伤了不少弟兄，李威心中也不是很痛快。但他见到凤仪和石头，又听说康凯蒂平安，一行人再过几个月就要回来，不禁大为高兴。他给石头封了个特大的红包，石头见红包很沉，便踌躇着不接。李威道："愣什么，快点收下呀。"

凤仪明白他的意思，笑道："李威叔叔，他觉得你给多了。"她又对石头道："既然叔爷爷一片好意，你就收下，把钱存下来留作上学用，或者捐给其他需要的孩子。"

"那，我分弟弟一半行吗？"石头问。凤仪点头称好，他这才收下，又恭敬地拜谢李威道："叔爷爷，祝你生意兴隆、万事如意。"

李威见石头刚刚六岁，如此有礼有节，宅心仁厚，不禁大为欢喜，恨不能收为义子，又觉得这样乱了辈分，若要收为干孙子，又恐伤了邵元任的面子，只得作罢。他已年过四十，还没有子嗣，心知老母亲不愿意他随便娶亲，也不好说出口，干儿子收了几个，却没有一个像石头这般惹人喜爱的。他心想,等康凯蒂回来就赶紧生个儿子,然后禀明母亲,老太太纵然不悦,也管不了这许多了。

母子二人又到了液仙家,液仙早早在家候着了,石头见他便高兴地喊:"干爹!"他也抱着石头喊:"儿子!"两个人好成一团,一会儿便不像长辈与晚辈,倒像哥们儿一般。凤仪笑道:"你自己的儿子见到你都规矩得很,怎么石头一见你,就什么规矩都没了。"

"我是干爹嘛,"液仙大笑道,"自然有些不同。"液仙的夫人也很喜欢石头,见他来了,便留他们吃饭,凤仪张望了一阵,没有见到道德,便问液仙,液仙让石头跟着夫人和孩子们去玩,领着凤仪来到小客厅,低声道:"道德可能见过美莲了。"

凤仪吃了一惊,道:"何出此言呀?"

"他昨天晚上悄悄找过我,要和我辞行,而且满脸喜色,"液仙用手在嘴角两边比画了一下,"这都咧到耳朵根了。"

凤仪忍不住乐了,看来美莲是想通了。液仙长叹一声道:"我也知道他是留不住的,可是突然说要走,还真是舍不得。"

"他什么时候离开的?"凤仪问,她知液仙与道德友谊深厚,若无液仙,道德不可能发挥所长,并衣食无忧,若无道德,液仙也不能顺利研究出各种生产技术。这二人秤不离砣,砣不离秤,已经十多年了,一朝离别,焉能不难过。液仙感慨道:"昨天说声走,今天就不见了,连声再见也没有说。"

"你也知道他的性格,"凤仪劝道,"他不和你再见,一定是怕你难过,而且见了面,更不知道怎么告别了。"

"是啊,"液仙道,"只是不知道他和美莲在一起,能不能过得幸福。他有时候就像孩子,自己不会照顾自己。"

"会的,"凤仪道,"你不用担心,他们一定会好起来的。"

"嗯,"液仙打量了她一眼,"你不是见过美莲了吧,听你这意思,似乎胸有成竹。"

"这是我们女人的秘密，"凤仪胡乱开了个玩笑，随即正色道，"她有些事不让我说，我也不便告诉你，我们做朋友的，只有祝福他们了。"

液仙笑了笑道："子欣他们有消息吗？"

"我差点忘记了，"凤仪笑道，"他们发了平安电报，说再过几个月就能到上海。"

"回来就好，"液仙闷闷不乐地道，"子欣走的时候，我和他说，等他回来，就有一个国货商场，结果，日本人把闸北炸成了废墟。只怕，我们的商场要等他回来建设了。"

"没关系，"凤仪道，"留得青山在，不怕没柴烧。对了，我想再过几天，如果日本人能够撤军，我就想组织工人恢复生产。"

"是啊，"液仙道，"不管什么原因，耽误了工厂的生产，到时候交不了货，责任还是我们自己的。"

二人计议已定。就这样，元泰在初五之后，一部分工人回到了工厂，先把炸毁的厂门与围墙重新砌好，又运回了一小部分物资。但是为了防止战争再次爆发，工人们每天早上从租界把当天要用的物资运到南市，到了夜里，再把每天生产完的产品和一些不需要的物资，再运送回去。这样来回折腾了大半个月，日军再次对淞沪地区发起了全线进攻，战争持续了四十八个小时，日军彻底占领了闸北、大场、真如，中国军队全线撤退。但是第三天，国联开会要求中日双方停止战争，淞沪战事方告结束。

第二十一章

　　子欣等人的南洋之行可以说大获全胜，也可以说是一无所获。下南洋的本意，是开拓生丝与电织面料的新市场，他们带着"物宝中华"的影片，每到一处，先联系影院放映，然后开记者招待会、宣传酒会等等。这一举动果然受到当地华人的欢迎，加上杏礼在南洋也有些知名度，故而十分顺利。可惜南洋等地的商人对电织厂的面料十分感兴趣，每到一处必能签下合作订单，但是对生丝，问津者却寥寥无几。子欣喜忧参半，一时间也无法解决这个难题。
　　众人刚到南洋，听闻说上海爆发战事，南洋的报纸对上海事件时有报道，一会儿说日本人轰炸了闸北，上海损失惨重，一会儿说日军与中国军民展开巷战，死伤无数。众人皆担心不已，恨不能一步返回上海，但由于工作需要，加上交通不便。众人只得又在南洋多逗留了两个月，于五月初返回了上海。
　　凤仪、李威等人皆在码头迎接各自的亲人。众人相见，俱是千言万语，又无法逐一叙述，于是各个都分了手，各自回家相叙，杏礼回家反正也是一个人，便随着杨练、子欣与凤仪，回了邵府。

几个人坐在车内，沿途之中，见各个街道、建筑都有不同程度的损坏。有的房子被炸掉了一半，另一半中还照常生活着人，进进出出，看起来极为古怪。子欣哪里还等得了，急急追问当时的情况。凤仪便把邵元任怎么提前租用仓库、怎么开战后寻找工人、怎么独自跑进元泰、怎么救下小石头、液仙怎么开办伤兵医院等等，细细地讲述，一直讲到车进了邵府，她还没有讲完。子欣与杨练沉默不语。杏礼见气氛沉重，勉强笑道："听起来好像你出了趟远门，倒是我们来接你了。"

　　众人下了车，石头早迎了上来，子欣见儿子半年不见又长高了不少，不禁伸手抱住他，又听凤仪说，打仗之时石头劝她不要怕，要保护妈妈之类的话，更是令他又惊又喜又难过。凤仪将小石头抱出来与大家相见，众人见这个孩子眉目平平，神态颇为猥琐，都很奇怪凤仪对他的喜爱。子欣与杨练均想，这恐怕与凤仪少年时的经历有关。杨练一伸手，试了试孩子的筋骨，发现他体质十分柔弱。晚饭之前，杨练趁着有空，检查石头的功课，他感觉石头的功夫大有进益了，细问之下，果然是每日练功不辍。凤仪笑道："怎么样，我儿子是练武的材料吧？"

　　"他身体健壮，又勤于练习，"杨练微微一笑，道，"在普通人中到强者，应该不难。"

　　"唉，那就当不上大侠了。"凤仪假装叹气，"石头，舅舅觉得你比不上他哟。"

　　"习武为了强身健体，"杨练对石头道，"大侠不在武艺高强，你很好。"

　　石头听了杨练的话，心中大有触动，默默地点了点头。子欣见儿子虽然年幼，却颇为老成，晚饭之后送走了众人，又将孩子们料理睡了。夫妻二人连夜絮话，子欣道："以后你不要当众和石头开玩笑，他很像个大人了。"

　　"什么呀，"凤仪嗔道，"我儿子才六岁，还是小孩子。"

"以前我听妈妈说过，小时候我就很老成，"子欣笑道，"有一次他们开我玩笑，说我不懂数学，我生了很长时间的气，一直努力地钻研数学方面的书，但是我看石头，他比我当年更为老练，举止动作都很有大人样，你以后和他说话一定要当心，要尊重他，这样他才会自重，将来才会自强。"

凤仪联想起石头一贯的举动，不觉点了点头。子欣又道："你决心收养小石头了吗？"

"对，"凤仪看了看子欣，"你觉得不妥吗？"

"没有。"子欣想，以凤仪的性格及过往的经历，如果阻止她收养小石头，她一定会深为不安，甚至郁郁寡欢埋怨自己，多一个孩子也没什么不好，虽然这孩子看起来不怎么样，如果从现在开始好好教育，没准也是一个人才。凤仪叹了口气道："爸爸觉得小石头不太好，说他行为举止上不得台面，我却觉得是他以前的父母没有好好教他，只要我们好好管教，他会有出息的。"

"我也这么认为，"子欣道，"你既然要收养他，总得起个好名字。"

"我都想过了，"凤仪道，"我们也不知道他的姓名，本来我感激爸爸，想让他姓邵，可是爸爸很不喜欢他，就让他姓袁吧，他又懦弱，又好哭，我想就让他用雅贞姑姑的名字，姓袁，单名一个贞字，你觉得怎么样？"

"袁贞，"子欣想了想，"是个好名字，不过你从雅贞的名字中取字，有没有问过爸爸？"

"我提过，爸爸似乎没有异议，"凤仪依在子欣怀里，娇声道，"去了南洋这么久，有没有想我嘛？"

子欣轻轻拥着她，闻着她发上的清香，想起这几个月来，她在战火中保护工厂、救助孤儿，心中既感动又激荡起阵阵波澜，他的手顺着她的身体前行，夫妻二人相视一笑，凤仪伸出手，拉灭了床前台灯。

淞沪之战后,上海再也没有大的战事,但战败的阴影却笼罩着每一个人。子欣把从南洋接到的面料订单逐一安排下去,同时不断写信给无锡的刘庆生,安抚他的心情,商议如何开辟生丝市场。工厂被炸毁的地方已经全部修复完毕,但是这样在租界与南市之间运送物资与产品,增加了不少人力成本。康凯蒂回到上海之后,受李威的影响,萌生了退出商界的意思,子欣只得做她的工作,希望她再坚持一段时间,以便元泰寻找合适的人才。

此时化工社的除虫菊种植早已大获成功,液仙遂在浙江温州、临平,江苏南通、海门等地的农村推广种植,考虑到农民缺乏资金、技术,担心亏本,液仙主动借钱给农民,又劝说银行向菊农提供免息贷款,还与农民订立契约,收购除虫菊以米价折算,不让农民因货币贬值而吃亏。由于农民种植除虫菊没有经验,他又聘请农业技师,去乡村指导菊农,菊农积极性倍增,已种的请求扩种,未种的申请种植,种植面积不断扩大,液仙梦想的原料自给自足,"三星"成为名副其实的纯正国货的愿望全部实现了。

转眼到了四月末,上海的春天又过去了,液仙与子欣商量开办国货商场的事宜,子欣建议等战事完全平静之后,再筹划此事。这时,传闻日本军队要在虹口地区搞一个声势浩大的"祝捷"大会,以庆祝淞沪战役的胜利,液仙与子欣都深感不平,液仙道:"要不是化工事业同样需要振兴,我就投笔从戎,和他们在战场上一较高低。"

"术业有专攻,"子欣道,"我们在商业上和他们较量,在专业上做到最好,一样是为国家出力。"

"自从春节之后,就再也没有看见道德,"液仙叹道,"也不知道那边的政府到底怎么样,是不是像他们说的,建个什么共产主义。"

子欣想起凤仪帮美莲悄悄开出的账户,默然良久,道:"不管什么主义,只要能救国救民就好。"

"子欣,"液仙忽然道,"你有没有想过再回美国?"

"怎么?"子欣讶然道,"何出此言?"

"如果中国再这样下去,恐怕国将不国,你在美国生活多年,去那儿发展有基础,凤仪又喜爱西洋绘画,我觉得你们应该早做打算。"

"国难当头,"子欣道,"我们怎么能离开呢。"

"话不是这么说,"液仙道,"国难来时,有人当与国同生死,有人当去国离难,为今后做准备,像我这样的人,生于斯长于斯,已经习惯了在这儿生存、发展,当然应该留在国内,也只能留在国内,但你不一样,你更合适西方,应该带着家人远渡重洋,去那儿为国效力。"

"如果在国外,能有为国效力的地方,我一定会去做,"子欣道,"可是我不会为了逃避国难,带着妻儿离开,以凤仪的脾气,她也不会走。"

"不离开又怎么样呢?"液仙道,"我们是多年好友,说句不怕得罪你的话,真要遇到非常情况,你恐怕既不如邵公,也不如我,更不如李威、杨练……"

"我知道,"子欣道,"我也很难改变。"

"中国的生丝一直操控在外国洋行的手中,"液仙道,"我们虽是生产大国,却要仰赖外国的洋行和经纪才能出口,你在美国多年,精通英语和那边的商业,为什么要坚持在国内改变自己呢?我要是你,我一定回美国去,想办法为生丝进出口建立一条中国人自己的渠道,为改变我们生丝进出口的命运作一番事业。"

"液仙!"子欣如醍醐灌顶,一下子站了起来,"你、你怎么不早说!"

"我也是现在才想到的,"液仙道,"如果不是战事紧张,加上生丝业萧条,我也很难想到,这几个月你们远下南洋,我一直在想,你回国这条路走对了没有,我也和几个做生丝行业的老买办聊过,以前也不是没有人做过同样的事,但是他们都是在国内,所以很难摆脱洋行的控制,但是你不一样,你可以离开中国,去美国做。"

"对,这些天我也在想,如果能摆脱洋行的控制,直接进出口,恐怕会增加不少利润，"子欣拿起笔，在一张纸上画了几个圈，又画几个圈，实在难掩激动的心情，握住液仙的手道，"液仙，你把我多年的心事给解了。"

液仙反过来握住他的手："人生难得是知己，我方液仙有你这样一个朋友，不枉此生。"

"这话应该我说才对，"子欣道，"我回国这么多年，一直在思考这个问题，今天总算有了答案。"

二人正聊着，门开了，凤仪走了进来，她忙忙地打了个招呼，说有点事出去一下，子欣答应了一声，凤仪便走了出去。液仙笑道："这小囡都三十多了，还是老样子，还记得当年她跑来找我，问我绘画的世界和现实的世界，我都被她说愣了，其实她在艺术上很有天分，不画画有点可惜。"

"她最近画了一些很不错，"子欣道，"尤其是一张杨四姐的，我虽然不懂，看着却很感动，她把画寄给威廉神父了，不知道有什么结果。"

"如果她能在西洋画上画出一点成绩，同样是振兴中国，"液仙道，"其实爱国有很多种方式，每一种都不一样。"

子欣沉默不语，液仙为他打开了另一条人生道路，或许，他这样想，这条人生道路是他和凤仪早就该行的，只是通过这十几年的阅历，增加了必行的信心与决心而已。

凤仪提着包，匆匆地走着，她哪里想到此时的子欣，已经对未来有了重大的考虑，她为美莲新开的账户，进了一大笔资金，她悄悄地将钱取出来，按照美莲的指令，送到一个规定的地点。

她走进一家美国银行，坐到等候区，正猜想什么人会来拿钞票的时候，美莲挽着道德走了进来，凤仪见道德穿着笔挺的西服，擦得锃亮的皮鞋，打扮得像个有钱的小开，不禁低头一笑，两个人走到她旁边，方才站住，美莲道："袁太太，是你呀。"

凤仪站起来，拉着她的手坐下，美莲见四下无人注意，点了点头，凤仪将提包递给她，她顺手将包递给道德，道德紧紧地抱着，美莲皱起眉看了看他，他慌忙将包挪到身体旁边，一只手放在膝盖上，一只手不自然地架在包上，脸涨得通红。凤仪低声笑道："他这个样子，你还带他来。"

"我们来见最后一面，"美莲悄声道，"今天晚上，我们和几个同志一起，去解放区了。"

"今天晚上？"凤仪惊讶地看了看她，"那账号？"

"会有其他的同志来找你的，你记住，我们一共使用三次，今天是第一次，再有两次后，不管谁来找你，你都不能相认，也不能承认和我们有关。"

凤仪点点头，三个人互相看了看，凤仪不舍地道："你们的东西都带了吗？"

"没有东西要带，"美莲道，"你悄悄和液仙、杏礼说一声，让他们别担心了，"她从手上褪下一枚戒指，"你把这个转给我姆妈，就说我很好，将来解放上海的时候，我们再见面。"

凤仪接过戒指，道德取出两本厚本子，递给她："这个，交给液仙，说，谢谢！"凤仪打开一看，里面密密麻麻，全是各种公式，还有一些图形和文字，道德大约不知如何说清，费力地道："我的，记下的，液仙明白。"

凤仪估计这是和化工相关的记录，点了点头，美莲道："时间不早，我们走了。"她和道德站起身，道德看着凤仪，停住脚步，想讲又不知讲什么，表情十分痛楚，半晌道："保重，叫液仙，保重。"

"道德哥哥，"凤仪站起来，想拉他又不好这样，站在他的对面，仔细地打量着他，这些天大约有了美莲，他精神明显好转了，脸颊上的肉都丰了一些，凤仪不忍心再让他难过，强作欢颜道："你要保重，到了那边，你要好好照顾美莲。"

道德微微一笑："一定。"

"美莲，"凤仪望着她，千言万语汇成一句，"道德哥哥拜托你了，你自己也拜托你了。"

美莲听凤仪这样说，轻轻吸了一口气，平静地道："你放心，"她拉着道德，"我们走吧。"

两个人转身朝前走，凤仪看着他们的背影一步步迈了出去，突然道："等等！"这一声呼喊的动静有些大，惹得不少人转过脸来望她，她也顾不得，几步追了出去，拦住他们，伸手将自己脖子上贴肉戴的项链取了下来，又将耳朵上的两枚珍珠耳环也取下，拉过美莲的手，塞进她的手心。美莲欲推让，凤仪抓紧她，低声道："我不知你们今天走，不要推辞！"

美莲不忍再推，将东西放进包里，凤仪恐自己再站着，就会落下泪来，慌忙转过头，道德也低头不语，双肩微微颤动着。美莲拉着道德，朝前走去，凤仪掏出手绢，轻轻按住眼帘，将泪水都吸入帕中，等她再抬起头，美莲与道德已经不见了，只剩下黄浦江边的高楼大厦和滔滔的江水，还有江上迷蒙的雾气。

凤仪无精打采地回到家，石头还未放学，小石头见她回来，十分高兴，黏在她的身边，一会儿要抱一会儿要说话，凤仪无力应付，叫阿金带他去花园，独自一人坐在房中，也不知过了多久，子欣开门进来，道："怎么不开灯？"

凤仪抬起头，才发现天已经黑了，她擦去泪水，道："没什么。"

"怎么了？"子欣走到她身边坐下，凤仪道："美莲和道德走了。"

子欣默然不语，陪着她坐了一会儿，凤仪又道："这一走，不知哪一年才能见面了。"子欣陡然觉得一阵心伤，他忙道："这是好事，你不要难过。"

"没事。"凤仪见子欣心事重重，恐自己这样惹他担心，振作了一下精神道，"今天液仙都和你说什么了？"

子欣将液仙的建议一一告诉凤仪,凤仪道:"他说的都有道理,你,真的想去美国吗?"

"我想找机会去看一看,"子欣道,"如果有可能,你愿意跟我去吗?"

"那孩子怎么办?"

"一起去。"

"爸爸呢?"

"也一起去。"

凤仪摇摇头:"他不会去的,元泰怎么办?"

"我也不知道,"子欣道,"走一步看一步吧。"

夫妻二人止不住神伤起来,晚饭时候,邵元任又谈起过两天便是日本军队的"祝捷"大会,两人心中更加愤懑,到底要何去何从?人生的命运与国家的命运,似乎都汇到了今天晚上,他们没有答案,只有复杂的悲凉和微薄的、不曾放弃的希望。

美莲与道德离去的几天后,凤仪抽了个时间,将本子送给液仙,这天恰是日本军队在虹口的"祝捷"大会,凤仪到了化工社,员工说他不在,一会儿回来,凤仪也没什么精神,懒懒地坐着,她似乎病了,止不住的困倦,靠在总经理办公室的沙发上,便睡了过去。大约傍晚时分,她被一阵鼎沸的人声吵醒,那声音越来越大,接着砰的一声,大门被撞开了,液仙精神抖擞地走了进来,见到凤仪也不打招呼,一把将她从沙发上拉了起来,道:"日本司令被炸死了!"

凤仪迷茫地问:"你说什么?"

"今天的祝捷大会被人放了炸弹,听说炸死了日本军队的总司令,还有几十个高级官员,这会儿消息都传遍了,不少人在外庆贺呢!"

"真的?!"凤仪惊道,只听办公室外一片欢腾,有人把炒菜的锅拿了出来,当当地敲着,有人跑进来道:"董事长,他们要放假,去街上游行庆祝。"

"放!"液仙道,"不仅放假,告诉他们,我还要给他们发红包!"

来人欢快地得令而去,凤仪这时完全地清醒了,她闷闷不乐地站着,液仙奇道:"你不高兴吗?"

"为什么要侵略我们,"凤仪恨声道,"逼着我们杀人?!"

"因为他们没有把我们当人,"液仙道,"日本攻占中国多年,什么时候做过像人的事情?"

"所以他们还会杀更多的人,"凤仪道,"我们今天是可以庆贺了,他们却在谋划如何杀更多的我们。"

"凤仪,"液仙不知如何向她解释,半晌道,"兵来将挡,水来土掩,这是公理。"

"我很难过,"凤仪道,"非常非常难过,液仙,请你原谅我。"

"你怎么了?"液仙惊诧地道,"这不像你说的话。"

"因为战争还要继续下去,"凤仪道,"还有更多的人要送命,我不明白,为什么要有战争,"她觉得泪水不能控制,从眼眶中夺目而出,她想起死去的四姐,远走的美莲,火烧元泰的龙川民,被炸死的小石头的父母,只觉得这一切都是那么荒谬与无情,她哽咽道:"你为打胜了高兴,我却想战争停止,永远停止。"

液仙不知如何安慰,轻轻拍拍她,道:"会有这一天的,你不要难过。"

"你不能理解的。"凤仪想起石头,忽然觉得自己把他带入这样一个世界是一个错误,还有那些在中国土地上杀人的日本人,难道他们没有母亲吗?不知道人一样是爹生娘养,伤了很痛,破了会流血,死了会有母亲伤心吗?也就是在这个时候,凤仪决定无论如何要带着孩子们离开祖国,作为一个中国人,她愿与祖国生死与共,但是作为一个母亲,她深深为自己的自私感到自责,但是她宁愿自责一辈子也要这么做,作为母亲,她必须给孩子们和平与安乐。

　　当她离开化工社,回到邵府的时候,阿金与小卫也为今天的胜利高兴不已,阿金一面帮她拿包,一面道:"小姐,听说日本防范得可严了,除了日本人和朝鲜人,中国人都不给参加呢。"小卫道:"那又怎么样,"他伸手做了个抹脖子的动作,"还不是被我们炸死了!"

　　凤仪突然一阵恶心,冲到洗手间呕吐起来,阿金慌忙给她倒了杯清水,凤仪算了算例假的日子,忽然想:难道自己又怀孕了?她轻轻呻吟了一声,这孩子来得可真不是时候,她用清水漱了漱口,另一个想法隐隐冒了出来,日本如此保护自己,还是被炸了,做这件事情的人真是了得,会不会和哥哥有关?

　　她匆忙走到客厅,给杏礼打了个电话,杏礼说杨练今天一早就出去了,现在还没有回来。凤仪怕她担心,随便聊了几句,让她告诉杨练,如果回来就给她电话,可是她一直等到睡觉前,也没有接到这个电话。第二天整整一天,她没有接到电话,到了第三天,她放心不下,打电话去小楼,杏礼的声音听起来非常虚弱,她说,杨练已经两个晚上没有回家了。

　　凤仪再也按捺不住,收拾了一下便赶往小楼,将近一年没有跨进这里,凤仪觉得这儿的气氛完全变了,女仆静悄悄地把她让进去,轻声告诉她杏礼在顶层阁楼,所有的窗帘都合拢着,将阳光挡在屋外,屋内除了过道亮着微弱的灯光,几乎是一片黑暗。凤仪朝楼上走去,高跟皮鞋踩在木制楼梯上,发出咚咚的声响,也许是小楼太安静了,凤仪觉得脚下的"咚咚"声听起来十分刺耳,她不得已一再放轻脚步,缓缓地迈向阁楼。

　　她轻轻敲了敲门,听见屋内一片稀里哗啦的声响,门一下子被打开了,正欲往外扑的杏礼瞥见是她,身体一下子僵住了,形成了一个有点向内弓的弯形,凤仪不忍再看,上前扶住她:"杏礼,是我。"

　　杏礼轻轻摆脱她,恢复了以往的容姿,转身走到屋内,坐在床边的西洋美人榻上:"你来了,有事吗?"

"哥哥这两天有信吗？"

杏礼摇摇头："上海滩这个地方，灯红酒绿，他有没有信，和我有什么关系。"

"你，"凤仪又是生气又是难过，"哥哥对你一往情深，他现在失踪了，你怎么能这样想？"

"那我怎么想？"杏礼吸了一口气，不屑地道，"现在我也不是什么明星了，年纪也大了，他自然就没有兴趣了，男人，都是薄情寡义的。"

"你别胡说了，"凤仪道，"哥哥一心要娶你，甚至为了你要退隐江湖，巴巴地找我和子欣商量，现在他只是不见了两天，你就是担心他，生他的气，也不能这么说他，男人虽薄情寡义，可是对你还都算不错吧。"

"对我不错，"杏礼咯咯笑道，"不都是看上了我的美色，我的明星头衔吗？"

"你，我看你才是薄情寡义！"凤仪怒道，"你遇到的男人都怎么了，顾家安虽然不懂情趣，你要结婚，他明媒正娶，你要离婚，他给了你多少财产！还有家俊，为了你苦恼伤心，甚至远渡法国，至于哥哥，他是一心一意地在你身边，要不是他，你连命都没有了，你怎么只想自己，毫不去想这些人为你的付出呢？"

"我要怎么想？"杏礼斜睇着凤仪，眼泪一滴一滴地从眼角渗出来，滴在旗袍上，"我已经等了他两天两夜了，他从来没有这样过，就算再难再难，他也会托人给我带信，或者夜里来看我一眼，自从我们在一起，他从来没有失踪过。"

"我知道你难过，"凤仪道，"我也不想和你发火，我心里太担心了，你知道吗？现在日本人为了抓爆炸案的人，动用了一切力量，如果这件事情和哥哥有关……"凤仪住了口，不敢再说下去。

杏礼翻身坐起来，尖声道："你胡说，他答应过我，永远不再过问这些事情！"她的声音因为恐惧和担忧结巴起来，"他、他一定是被哪个女人

— 463 —

绊住了，回不了家。"

"如果没有淞沪之战，哥哥是不会再过问了，"凤仪见杏礼分明是用谎言自欺欺人，宁愿伤心也不愿相信，哥哥可能有危险，心中无比难受，眼泪止不住地渗出来，"哥哥从南洋回来，见上海被打成这样，日本人又大搞庆功宴，以他的性格，他绝不会坐视不理，只怕在南洋，他就有了这个心了，是我糊涂，根本没有想到，他会做这些事情……"

"糊涂的不是你，"杏礼已经泣不成声，"再过两天是我的生日，他答应我那天要好好地陪我，我也答应他要送个特别的礼物，我应该早点告诉他，我应该前几天就告诉他，我怀孕了，我怀着他的孩子……"

凤仪止住了泪水："杏礼，你说什么，你怀孕了？"

杏礼木然地望着窗外，眼泪大颗地落了下来。凤仪伸手擦了擦脸，镇定了一下情绪，心中暗自自责，凤仪呀凤仪，你这是怎么了，杏礼伤心失态也就算了，现在哥哥生死未卜，你怎么倒先乱了起来，这样多不吉利。她连忙笑道："我是急糊涂了，你和哥哥感情这么好，他怎么会有事，就算那件事情是他做的，他也不过是在外面躲两天，一时不方便和我们联系，再说了，我哥哥是谁，民国第一侠客，日本人想杀他，只怕比登天还难。"她伸手握住杏礼，"告诉你一个好消息，我也怀孕了，这两个孩子差不多大。"

杏礼脆弱地望着凤仪："他真的能回来吗？"

"能！"凤仪斩钉截铁地道，"他一定能！"

"你说，要是他知道我怀了孩子，他还会去吗？"

"他会的，"凤仪道，"但是他也一定会回来。你不用担心，我这两天想办法找找李威，看看能不能打探到他的消息。"

杏礼点点头，轻叹一声，泪光盈盈地道："原来我怀了孩子，他还是会去。"

凤仪忽然想起，不知什么时候，邵元任说过，一个人一个命运，她激灵灵打了个冷战,再也不敢多想。她振作精神,命女仆上来把阁楼收拾干净,又给了女仆一些钱,让她去买些好菜,给杏礼做些汤水,她也知道杏礼不会离开小楼,只得每日抽空过来看一看。时间一天天过去,杏礼在无比期盼中过完了生日,杨练仍然没有回来。

这时已是上海的五月,凤仪这次怀孕比上一次要困难得多,不仅身体疲乏,而且害喜严重,几乎吃什么吐什么,尤其是荤腥之物,稍稍沾一点就会呕吐不止,阿金等人深觉奇异,邵元任也觉得这个孩子很不寻常,他近年来除了和兴就是钻研佛法,早已将世事人情看淡,虽然佛家反对"算命",邵元任还是想等这个孩子出世后,好好看看他的生辰八字。

凤仪一面照顾孩子和杏礼,一面还要追查杨练的下落,自是劳累不堪,子欣劝她把杏礼接回邵府,可是杏礼坚决反对,她也不便勉强。杏礼虽然年过三十怀了第一胎,却出奇的顺利,不管她如何折腾自己,一会儿哭一会儿不吃饭,一会儿又整夜不眠,甚至出门跳舞,这孩子就像长在了她的身上,每次检查都说发育良好,她又觉得对不起杨练和孩子,拼命地大吃大喝,人像吹气球一样胖了起来,母子二人壮实得很,倒是凤仪险些小产,被医生勒令卧床休息了一段时间。

夏天过去之后,随着天气的凉爽,凤仪的身体渐渐好了起来,人也有了胃口,但还是荤腥不进,阿金担心她营养不够,用猪油给她炒点青菜,吃了也都全部吐出来,连一点渣子也不剩,阿金无法,只好给她单独用一口锅,每天素油炒素菜,做点素菜汤,凤仪的肚子大了,身上却一点没见胖,脸颊有些凹陷,反而比怀孕前显得清瘦了。

元泰电织厂由于南洋的订单不断,一直运营正常,但是无锡的生丝厂却越发艰难了,子欣想去美国探寻进出口事宜,又担心凤仪的身体,只好将出行的日期定在预产期之后。这时从南京传来政府拟筹办规模很大的中央钢铁厂等等传闻,和兴众位股东立即起草了两个方案,呈交实业部,提出将和兴售与政府或与政府合作。邵元任又与陆伯鸿一起,在上海与南京两地奔走,期望能打通政府关系,获得支持。

虽然有李威的帮助,杨练就像人间蒸发了一样,怎么也打听不到他的踪迹,不管凤仪去虹口的浴室留多少口信,依然没有人回答。但是她坚信哥哥不会死,只要没有确切的消息,她就不相信杨练会死,她猜度杨练可能受了重伤,躲在某个地方养伤,因为种种原因,无法与他们互通信息。久而久之,大家也觉得唯有这个解释比较合情合理,杏礼更是全心相信,有时与凤仪谈话,也会说什么时候伤好归来等等,总之,这是一个等待的理由,只有靠着它,才能将日子一天一天熬过去。

这一年的九月,日本宣布正式承认满洲国,一个月之后,就有苏炳文等人成立了"东北民众救国军,"活动于海拉尔、扎兰屯等地,同日军作战,双方各有死伤,战事激烈。上海的新闻界纷纷报道着东北传来的消息,更有爱国记者前往东北,深入前线寻求第一手资料,可惜在东北便遇上流弹,不幸身亡。此事更引起了新闻界的关注,一时间大小报纸都写满了各种社评文章,子欣与凤仪谈起此事,凤仪道:"明知此去可能回不来,可还是要去,这就是理想主义吧。"

"可是上海每天还过着老样的生活,"子欣道,"舞厅开了一家又一家,跑马场照样生意兴隆。"

"这就是上海,"凤仪叹了口气,笑道,"你以前说民国就像一个琉璃,五光十色什么东西都有,上海就像琉璃的中心,比五光十色更加迷离绚烂,有人要为国家兴亡尽匹夫之责,有人醉生梦死,有人一心要出人头地,哪管他乡故乡,此国彼国。"凤仪看了看子欣,"你呢,你不是也要重返美国,在那儿做出一番事业吗?"

"都说上海是冒险家的天堂,"子欣道,"这里每天都有奇迹,可是我看,这里更像一个战场,能不能称之为一个合格的人,都要在这里称一称。"

"这大概就是上海的魅力吧,"凤仪道,"大家各自凭心做事。哎,你相信奇迹吗?"

子欣摇摇头:"我只相信合乎常情的事情。"

凤仪笑了笑:"我相信奇迹,所以我相信一切都会好起来,相信哥哥一定会回来。"

子欣没有说话,凤仪又道:"反正日子是我们的,相信是一天,不相信也是一天,你说对吗?"

子欣点了点头,对于杨练的归来,他和邵元任早不抱什么信心,只是希望早日追查到事情真相,他看见凤仪的嘴角挂着努力振作的微笑,实际上却大着肚子,难掩疲倦,充满了艰难,不禁沉默不语,凤仪笑问:"你怎么了?"

"嫁给我后悔吗?"子欣轻轻握住她的手问,"很辛苦吧?"

"不辛苦。"凤仪道,"你为什么这么问?"

"如果你中学毕业后跟着神父去国外求学,可能就不是这样,你现在应该背着画板,在艺术世界里游荡,会很自由很幸福。"

"现在我一样幸福,"凤仪道,"我终于找到了我自己,不管是在上海管理工厂,还是将来会继续学画,我都会非常幸福。"

"人生总会有不幸的时候,"子欣道,"你……"

凤仪看着子欣,眼睛炯炯有神:"我相信我自己一定能够渡过难关,不管有多少困难,我都可以克服。"

子欣笑了,他忽然觉得自己不应该这么颓唐,比起身怀六甲的凤仪,他还有什么不能振作呢:"等你生下孩子,"他充满温柔地道,"我就去一趟美国,你可以整理一些画作,到时候我转给神父。"

凤仪感激地一笑,随着年龄的增长,她觉得子欣比恋爱的时候更懂得感情了,淞沪战役结束后,她分别接到神父和家俊寄来的问候信,她把一些画拍成照片寄给他们,家俊还在信中问候杏礼,她不知道应该不应该说出杏礼怀孕的事情,毕竟,哥哥和她还没有正式成亲。

方液仙一直想运营一家只卖国货的商场,整个秋天,他都在联络各方力量筹办此事,子欣也从旁协助,眨眼又快到元旦新年,凤仪担心杏礼在节日期间更加思念杨练,再说两人的预产期都是二月之前,过完新年没有多久,就要生孩子了,杏礼自从离婚之后就和娘家断了关系,如今又事业低迷,只身一人待在小楼,凤仪想把她接入邵府,以便生产后能互相照顾,她又担心她死要面子活受罪,不肯前来,正为这事儿犯愁,忽然想,可否让液仙前去劝解,她去找液仙,液仙却认为如果杏礼事业如日中天,倒有可能搬到邵府,现在如此境遇,只怕她是宁死也不肯接受帮助的。

"请她搬家,不如我们尽快开展国货商场,到时你们把杨练的股份每月折成钱给她,让她多请女佣照顾,"液仙道,"恐怕这样她还能接受。"

凤仪岂能不了解杏礼,只能默默地退出来。她觉得腹中的胎儿忽而动了一下,伸手在肚子上轻轻拍了拍,这个孩子比起石头,可让她受了罪了。她回到邵府,见邵元任坐在客厅中,她觉得有些惊讶,笑道:"爸爸,这么早就回来了。"

邵元任看了看她,没有回答,这时,一阵汽车响,子欣也回来了,凤仪见邵元任神色凝重,子欣也早早归来,便猜到有事发生,她默不作声地坐下,子欣见她已经在家了,不禁流露出焦急的神色,邵元任道:"你们都回来了,我们走吧。"

"爸爸,"子欣结结巴巴地道,"我们去吧,让凤仪留在家里。"

邵元任又看了看凤仪,对子欣道,"她不会有事的。"

"爸爸……"子欣没有再说,只得看着他和凤仪,凤仪费力地站起身,稍稍晃了一下,子欣慌忙扶住她,凤仪轻轻推开他,看着邵元任问:"是哥哥吗?"

邵元任点点头,子欣见她的脸色无比严肃,知道不能再阻拦,只得吩咐阿金去拿了件披风,扶着她坐上车,邵元任坐在前面,子欣与凤仪坐在后面,汽车沿着法租界的道路朝凤凰阁方向开去。凤仪突然道:"这是第一次我们三个人同时坐车，"邵元任沉默着，子欣不明所以地看着她，她微微一笑，眼神中含着无比的悲伤，对子欣道，"你看，马路上的颜色都是灰的。"

子欣从未见她如此安静，如此地充满悲伤，他不知如何安慰，只能拉过她的手，轻轻拍着，凤仪慢慢将手抽了出去，她记忆深处的触动在这个时候浮上心头，外公的离去，雅贞姑姑的死，父亲的去世，她知道自己又将面临巨大的悲痛，她不喜欢子欣这样的慰问，她必须用自己的力量来面对，只有自己的力量，她才能保证渡过这一关，让孩子平安。

三个人来到凤凰阁，李威亲自站在门外迎接着，过往的一些客人有几个人认识李威的，不禁露出惊讶的神色。李威将他们带到二楼的办公室，里面坐着两个身穿长衫的人，他们见李威推门而入，连忙站起来，肃颜静立。

李威看了看凤仪，面露不忍之色，他又看看邵元任，邵元任点点头，他只得让凤仪在一张靠背椅上坐下，又命沏上香茶，此时正在严寒冬际，屋子里点着燃烧的炭盆，窗户大开着两条缝，以便空气流通，凤仪坐下又站了起来，示意换到窗边而坐，以呼吸新鲜的空气，她等自己完全舒适之后，望着李威点点头，子欣也搬了张椅子坐到她身边，李威与邵元任两个人并排坐在美人榻上，李威对两个长衫人道："你们把打听到的消息，再说一遍。"

两个人不约而同地瞄了一眼凤仪，其中一人道："我们前日抓了个日本翻译，打听出了事情。"

他低着头，又道："他说，日本人在五月末抓到了杨大侠，人，已经死了。"

空气像停住了一般，沉重得像一个整块，凤仪深深地吸了一口气，问："他们怎么抓到他的？"

"他们在杨小姐的小楼前守了一个礼拜，抓到了。"

— 469 —

"不可能,"凤仪道,"哥哥武艺高强,他们抓不到他!"

那人咽了口唾沫,似乎不知如何说清,艰难地道:"他杀了不少日本人,早被他们盯上了,他们从海军里面调了七八个特种兵,听说是空手道高手,要抓他,他和朝鲜人杀了小日本的总司令,犯了大案子,他们知道他和杨小姐的关系,杨小姐名气太大,早两年又和日本人好……""行了!"李威见他越说越颠倒,喝断了他,一指旁边的人,"你说!"

"是!"那人沉声应道,"日本人这次找了不少特种兵,发誓要杀了杨大侠,要报仇寻恨,他们在杨家小楼门前守了整整七天,才发现杨大侠的踪迹,那个日本翻译说,杨大侠真是个男子汉,为了不惊动杨小姐,跟着他们来到一个空仓库,日本人本来说好和他比武,如果他赢了,就放过他和杨小姐,如果他输了,就用日本人的规矩切腹自尽,向他们谢罪,结果七个日本武士,没有一个打得过他,日本输极了,就开枪打他,他骂日本人不守信用,日本人说输给他的是日本武术,开枪打他的是日本军人。七个人七条枪,那个仓库没有窗户,只有一扇铁门,是日本人找了很久的地方,打得那个激烈,所有的子弹在墙上乱窜,那个日本翻译官,当场尿了裤子。"

那人说得慷慨激昂,口齿清楚伶俐,凤仪似乎看到了哥哥在和日本人一招一式地过招,然后躲避子弹的样子,她不知为什么,除了眼前虚构的画面,她什么感觉也没有,好像在听一个漠不关心的人的故事,那人又道:"杨大侠武术高强,听说子弹都打不进他的身体,啪的一声就是一个白印,再啪的一声就是一个白印,他就沿着墙壁跳跃,日本人拿他也没办法。"

李威和邵元任似乎已经听过这个故事,只是忍耐地再听一遍,李威见这个手下越说越神采奕奕,只顾着将故事交代清楚,毫无对杨练之死的沉痛,不觉大恨,要不是见凤仪努力地听着,便想一脚把他踹到窗外的大街上,袁子欣一面担心凤仪,一面关心杨练的命运,只觉惊心动魄,不知如何是好了。

"他是怎么死的?"凤仪问。

"日本人把所有的枪拿出来,轮番地打他,最后杨大侠是用完了力气,气绝而亡,"那人说到此处,似乎也觉得心悸起来,颤巍巍地道:"那个翻译官说,杨大侠突然大叫一声,从墙上摔下来,一口气散开来,身上所有的弹孔全部喷出血来,像喷泉一样,血溅得到处都是,一下子就流干了,仓库里到处都是,日本人的脸上衣服全部都是。"

子欣想起杨练这几个月和他在南洋互相扶持、共渡难关的模样,不觉热血沸腾,凤仪见哥哥死得如此惨烈,狠狠地咬住牙,只觉得牙根隐隐作痛,生生把一声呻吟止住了。

那人说完了这些,大喘了一口气,看了看李威和邵元任,大着胆子道:"听说,杨大侠死了很长时间,日本人都不敢靠近,最后还集体向他行礼了。"

房间里安静了一会儿,凤仪问:"尸首呢?"

"被他们扔到黄浦江里了,"那人道,"找不到了。"

子欣见凤仪面色惨白,在淡淡的冬日光线里,像戴了个面具一样,很是吓人,遂轻咳一声道:"这消息属实吗?"

"既然没有找到尸体,"李威看了看凤仪,道,"就有各种可能,大家只是来听听。"

凤仪看着邵元任,这恐怕是这里唯一坚持自己来听的男人了:"爸爸,你怎么看?"

"杨练做了这么多年杀手,生命于他来说,已经不是一件简单的事,"邵元任道,"你何必如此挂怀,他若活着,一定会回来见你和杏礼。"

凤仪本想问李威如何找日本人报仇,此时听邵元任如此说,仿佛大有禅意,她张了张嘴,居然没有问出口,她何尝不知道哥哥杀了许多人,她也不知道自己是怎么了,只是觉得无比疲惫,好像什么力气都没了,她看着邵元任、子欣、李威,还有两个没有再开口的黑帮打手,轻轻晃了晃,说:"子欣,我不行了。"

她感觉自己像条鱼一样从椅子上滑了下去,又像鱼一样沉入一片黑暗的大海,十分广阔十分温暖,她听见在黑暗的海洋外,有板凳挪动的声音,有子欣惊慌的呼喊,接着,她就什么也听不到了,她觉得四肢百骸无比舒适,人就像回到了一个久违或者久已向往的地方,她安静地躺着,呈一个大字形,在这片海中慢慢地漂浮。她太舒服了,人生几十年,她从未这样舒服过。

就在凤仪享受着黑暗的海洋的时候,她觉得有股力量突然袭来,将她渐渐地吸向一个地方,她感到有光,有微弱的声音,她感觉自己在降落,沉入到一个躯壳中,她突然明白了,自己活了过来,又回到了现实的世界中。她猛地睁开眼,看着忙碌地穿着白大褂的医生和护士,"病人醒了!"有人在叫喊,凤仪感到无比的愤怒,对他们毫无感激之心,她憎恨地看着他们,他们有什么权利把她从那样的世界拉回来,那儿是多么舒服。

一个小护士似乎没有注意她脸上的怒意,笑道:"你醒了,快看看你的女儿吧!"

凤仪转过头,便看见一个小小的婴孩,打着包放在她旁边的一张床上,那孩子与石头的出生完全不同,又瘦又小,满脸的皱纹。

"正好满重呢,"小护士又道,"早产的孩子居然这么好,实在是难得。"

凤仪望着这个孩子,心中还是没有爱的欲望,大约感受到母亲的心情,那孩子突然张开嘴,伊哇哇地哭了起来,凤仪心中动了一下,她忽然想起,她是在凤凰阁晕倒的,她记起那个口若悬河的男人的话,像说书一样,他讲了哥哥的事情,那么,哥哥是死了吗?她望着自己的女儿,突然之间,眼泪就流了出来。小护士看着她,以为她是为了女儿而激动,又笑道:"这孩子真是了不起呢,你昏迷着她自己就出来了,好像知道自己用力呢。"

凤仪没有停止哭泣,她感到身体像散了架一般,她竭力想摆脱那个男人说话的样子,慢慢地,她感觉那个男人的模样变成两片上下不停开合的嘴唇,最后嘴唇也模糊了,成了两条可怕的肉条,她惊怖地抽搐了一下,又昏晕了过去。

第二十二章

凤仪早产后的半个月，杏礼也生下一个女儿，她的女仆打电话去邵府求救，不料阿金等人都在医院，无奈之下，女仆一人扶着她赶到医院，杏礼已是自顾不暇，那女仆又是个没有主见不能当事儿的，主仆二人乱成一团，幸而钱是不缺的，又是家美国医院，便住进了一间高级病房，一直折腾到晚上，孩子还是没有生出来，女仆回家取东西之际，又打电话到邵府，恰巧邵元任回来了，他忙安排阿金赶往医院帮忙，又想这两个女仆不见得能安排妥帖，他毕竟是男人，去妇产科不方便，子欣还在医院陪伴凤仪，叫他去也不莞妥，正犹豫间，液仙打了电话过来，闻说此事，立即与夫人赶到医院，邵元任这才放下心来。

当天夜里，孩子出生了，第二天知道事情的凤仪又让子欣前往探望，又命阿金准备营养汤之类时，也为杏礼准备一份，给她送过去。凤仪着急出院，奈何孩子身体不佳，又在医院监护了一周后，母子二人方回到邵府。石头睡过的小摇车又架在了凤仪与子欣的卧室，子欣添了个小女儿，自是喜爱非常，大小石头也围在旁边，看这个奇怪的小妹妹。石头见妹妹如此幼小，大为惊讶，问凤仪妹妹这么小怎么长大，又问自己以前也这么小吗？凤仪身体还未恢复，见他问得有趣，也不觉莞尔，小石头却抽抽咽咽地哭了起来，凤仪问他哭什么，他哼哼唧唧地道："以后妈妈喜欢妹妹，就不喜欢我了。"

"为什么？"凤仪问。

"妹妹比我小，"小石头厌憎地看了一眼摇车中的小婴儿，"她讨嫌！"

凤仪大为惊诧，这孩子不过三四岁，如何说出这等凉薄的话，她没有说话，默默地帮女儿理了理包被，石头见凤仪神色不佳，问："妈妈，你累了？"

"不累，"凤仪见儿子这般知冷知热，方领悟邵元任的话，看来一切都是缘分，如今小石头已经收养，也不好再作他论，只是这个孩子要更加用心教育，方能去除掉一些天性，这时小女婴在摇篮中轻轻皱了下眉，小石头立即笑道："她动了，她动了！"

凤仪观察他的神色，暗想自己是不是多虑了，但他那种充满自私与厌憎的表情却留在了凤仪心上，自此她对小石头的教育便格外严格，尤其在人品方面，十分地用心。这个小女儿出世后的一个月，方有了一般孩子出世时的体重，眉眼清晰起来，邵元任在她出世之后，就为她算了生辰，见她的八字十分奇怪，若是个男孩，必有一番大业，可是这种命运，却偏偏是个女孩，邵元任不禁十分惊诧。他知道算命一说不合佛家正统，也没有把这个结果告诉凤仪与子欣，子欣日夜想为女儿起个又好听又雅致的名字，甚至把《诗经》搬出来，从中翻字，以往生石头的时候也没有这般，凤仪觉得他十分疼爱女儿，便由着他折腾，最后终于从在水一方的词中选出"伊人"二字。

"这名字妙不妙？"子欣大为得意，询问凤仪。

"这名字嘛，"凤仪笑道，"十之三分像文学青年，十之三分像电影界的小明星，十之三分像古代闺秀，还有一分，有点儿像我们的女儿。"

子欣撇着嘴："袁伊人，多好听，有什么不好。"

"你把后面的人字去掉，恐怕还好听些，"凤仪拿笔在纸上写下袁伊二字，夫妇二人端看良久，凤仪将伊改成依字，看了看子欣，子欣道："袁依，这名字不错，惹人喜爱又落落大方，像我的女儿。"

"他要是个男孩就好了。"凤仪叹气道。子欣大为惊奇："你不喜欢女儿吗？"

"不是，"凤仪摇头道，"我一直觉得欠了爸爸很多，想有个男孩跟他的姓，这样爸爸也有了后嗣。"

"是啊，"子欣道，"我看爸爸很喜欢女儿，不如让她姓邵，叫邵袁依，如何？"

凤仪看了看子欣："你不介意吗？"

"姓名而已，"子欣笑道，"中国人把姓氏看得无比重要，似乎改了姓便对不起祖宗，我倒觉得并没有什么，你问爸爸的意思，他要喜欢我没有意见。"

"若问他他肯定不同意，不如我们就这么定了，然后告诉他，再听他的意见。"

"好啊，"子欣点点头，"不过邵袁依的袁字笔画太多，也不好看，"他在纸上写写画画，突然叫道，"这大不妥，爸爸叫邵元任，孙女儿叫邵元依，不成了兄弟么？"

凤仪一看，果然如此，夫妻二人正在商议，邵元任正好路过门外，听到了一两句，便敲门进来，问清了事由，笑道："我也不需要什么后嗣，这个孩子还是姓袁，叫袁依吧。"

"爸爸，"凤仪道，"跟你姓不好吗？没有关系的。"

"石头的名字已经有了我们三家的姓，"邵元任道，"有他足矣，这个小姑娘的大名就这样了，小名你们得好好起一个，不要再石头石头了。"

"爸爸起个小名吧。"子欣道，邵元任走到近前，仔细看了看躺在摇车中的小孙女，道："女孩的一生不必大起大落，只要平安幸福就好，就叫她安安吧。"

"好，"子欣高兴地道，"就叫安安，平安幸福就好。"

凤仪见安安一生下来，便有父亲祖父疼爱，兄弟围拢其乐融融，不禁想起住在小楼的杏礼母女，不禁黯然神伤，只恨自己还在月子当中，不便出门探望。杏礼也已经回到小楼，每日除了女仆，还有两个保姆伺候，生活倒是无忧，只是除了液仙夫妇、子欣之外，再无他人探望，康凯蒂这时业已有孕在身，她和杏礼同去南洋，熟悉了许多，闻说此事后也来看望了几回，李威因为自己是男人，来小楼总是不便，除让康凯蒂来时带些礼物外，又命人送了无数滋补的药材，又送了大洋五千块，以作贺仪。杏礼知道杨练与青帮有些关联，这钱不好不收，也不好随便收，只得暂且收下，凤仪出月子后便来探望，劝她把钱收下，不要多想，她这才把钱入进账户。

杏礼为了保持身材，找了奶妈来喂养孩子，自己找了一家酒店，每隔一天前去游泳，是以很快瘦了下来，凤仪见她大有振作之态，心中也深为欣慰。至于杨练的死讯到底要不要告诉杏礼，她实在不好定夺，毕竟没有见着尸体，如果告诉她，怕影响她的心情，不告诉她，又似乎有些不妥，她总觉得杏礼对孩子似乎不太关心，每次去了，都是奶妈帮着孩子洗澡换衣，杏礼从来不做这些事情，凤仪心疼孩子，又不好去说杏礼，毕竟她是孩子的亲生母亲。

转眼便到了1933年的春节，液仙、子欣等人在南京东路的大陆商场开办了一个中国国货公司，液仙任董事长兼总经理，国货公司采取薄利多销、商品寄售的方式，加上服务周到，所以一开业便业务鼎盛，这让液仙实现了开办商场的第一步，他计划在二楼拿下一块场地，将所有国货放在其中销售。凤仪请杏礼带着孩子来邵府过节，杏礼不肯，只是初二来了一趟，液仙忙于商场事务，也没有时间前往，倒是初五与去商场玩耍的石头见了一面，给了压岁钱，又命他把弟弟妹妹们的带了回来。邵府这年的春节,家中多了三个孩子,热闹是依然,可是人却变了,凤仪回想新婚之时,与液仙、杏礼、美莲、道德、哥哥围坐一处,众人喝酒聊天的情景,就如昨天一般,如今走的走,散的散,哥哥也已去了,她心中十分惆怅,好在孩子们总是要人照顾,她所有的精力用在他们身上还是不够,每天忙得累极了,晚上上床便睡,也顾不得这许多了。

这天清晨,她刚刚从困倦中苏醒,伸手一摸被窝,子欣已经不在了,估计是去了国货商场,这时阿金在门外敲门,说楼下有客人,凤仪懒懒地问是谁,阿金推门进来,将一张名帖递给她,凤仪一看,上面写着:欧洲爱德远东艺术基金会,远东事务顾问,顾家俊。

凤仪如通电一般,一下子坐了起来,她见阿金满面微笑,便问:"你看清楚了,是顾先生?"

"是顾先生,"阿金道,"这么多年了,他一点都没变,还是那个样子。"

凤仪赶紧下床,一面拢头发,一面道:"快给我打洗脸水,再把新做的旗袍拿出来,"阿金应了一声,转身要走,凤仪又叫住她,"两个石头呢?"

"一早跟着先生去国货商场了,今天是十五,那儿要放烟花,"凤仪松了口气,"你赶紧忙完了,给小姐换件漂亮的包被,一会儿抱下去,见见顾先生。"

阿金答应着去了,凤仪赶紧洗脸匀面,对着梳妆台仔细地化了眉毛,打上胭脂,点了淡淡的口红,又换上今年最新的款式,自去年年底,便开始流行长款旗袍,下摆一直拖到脚面,腰身也更加窄了,几乎完全贴身,为了行动自由,也为漂亮,那旗袍两边的衩开得十分高,基本都是膝上,有些时髦女郎甚至开到臀下,一时被老派的人士痛骂不已。凤仪这件新旗袍也是长摆高衩,在膝上一寸的位置,看起来倒显得人有些高挑,也将生了孩子后微微有些松散的肌肉掩饰得恰到好处。一切收拾停当,她在旗袍外加了一件全羊毛的长款外套，轻松和软地套在身上，阿金早将客厅的炭火生了起来，凤仪对着镜子左右检查，确定自己无一处不妥之后，方落落大方地沿着楼梯走下。

家俊穿着淡灰色西服，优雅地坐在沙发上，他听得楼梯传来脚步声，便站起身来，刚好看着从楼上走下的凤仪。整整十二年未见，她长大了，不不，应该说，是成熟了。她的脸上依然洋溢着热情的微笑，双眉英秀，圆润的嘴唇散发着光泽，她的眼睛，还是那么纯真，家俊见她来到近前，仔细地打量了一下她的双眼，不不不，应该说少了些许纯真，多了一丝老练、一丝成熟、一丝稳重，还有一丝，家俊说不清那是什么，只是从来没有在她眼中读出过，让他觉得既陌生又感慨。

凤仪也在打量着他，十余年不见，他还真是老样子，清秀的外貌，清瘦的身材，笑中含着柔情的眼睛，啊，他的嘴角多了一条深深的纹，凤仪不禁笑道："在欧洲成天笑吗？"

家俊一愣，没想到十二年之后的第一句话是这句，问："什么意思？"

"你一点儿都没变，"凤仪指了指嘴角道，"除了这儿多了条笑纹，是不是欧洲名媛淑女太多，成天笑个没完呀？"

家俊乐了："你倒是比以前调皮了，都三个孩子的妈妈了，还这样开玩笑，"他环顾四周："我的干儿子干女儿呢？"

"谁是你的干儿子。"凤仪也乐了，"两个石头都跟子欣去国货商场了，小姑娘马上下来，对了，你什么时候回来的，怎么也不通知一声？"

"我年三十到的家，这么多年没有回来，好好地陪了一下家里人，今天才抽出空来，想不到小凤仪越长越漂亮了！"

这时，阿金把安安抱了下来，家俊看着这个小囡，眉眼都还清秀，笑道："是个美女，长大一定比妈妈漂亮。"

"我这个算什么，你没见杏礼的女儿，哎呀呀，真是漂亮呀！"凤仪好似脱口而出，打量着家俊的神色，家俊的表情比她更坦然："我都听说了,上海滩性感女神生下私生女这么大的事,居然没有一家报社报道,还是她的女仆告诉我的。"

"你见过她了?!"凤仪惊诧地道。

"她不见我,"家俊摇摇头,自嘲地笑了笑,"我见到了她的女仆。"

"哦,原来我这个朋友还是不如……"凤仪咳了两声,故作轻松地嗔道。家俊不禁想,看来她真是长大了,这番寒暄虽然还似以往,但说什么不说什么,她清楚得很,"给我看看你的画吧,"他转移了话题,"那些照片太小了,又是黑白的,根本看不出什么。"

凤仪引着他来到画室,又命阿金冲了咖啡进来,二人围坐在小台子上,台布是格子花布的,墙角插着一枝蜡梅,发出冷冽的清香,和咖啡的香味溶在一处,凤仪长长地出了一口气:"真舒服啊,好像一下子回到了当年。"

家俊默默地看着她的画,良久道:"凤仪,你把你的才华浪费在这个小小的房间,不觉得这是对生命的不负责任吗?"

"我的画很好吗?"凤仪笑问道。

"非常棒,"家俊看着她自信满满的样子,"你心里很清楚,它们有多棒。"

"是啊,它们很好,"凤仪微微地笑了笑,"有一段时间我也在想,把它们浪费在这个画室是不是很可惜,我是不是还应该坚持在这个世界,做着生意带着孩子,处理着各种事情,还是应该离开这儿,完全投身到这里,把它们给更多的人看,给了解它们喜爱它们的人看,但是现在,我不这么认为了。"

"你怎么想?"家俊问。

"从我正式学画的第一天起,就没有停止过,除了怀孕和哺乳的那十几月,我没有一天离开过线条和色彩,"凤仪悠然地道,"以前,我不知道自己是那么喜欢,后来我理解了,在这个世界里,有一样东西可以让我忘记一切烦恼,让我如此领略美丽,领略寻常无法领略的美,让我自得其乐,让我感到满足和幸福,我怎么还能要求更多?"

凤仪望着家俊道:"我还应该再要求什么?"

"把你的要求交给我,"家俊道,"去欧洲吧,我可以联系最好的艺术学院。"

凤仪摇摇头:"子欣想去美国,我不能离开家和孩子。"

家俊喟然长叹:"如果说,你画得这般好还是不能成名,只能说,你缺少野心。"

"我的野心嘛,"凤仪嘿嘿笑了,"我一直想了解两个世界,现在我做到了,这算不算成功?"

"你就是可遇而不可求,"家俊道,"不知这么多年,袁子欣读懂了没有。"

"其实每个人都是可遇而不可求,"凤仪一笑道:"你也如此。"

家俊见她打起了哈哈,便不再说下去,凤仪的画深深地震撼了她,尤其是杨四姐半明半暗的脸、美莲的侧影、杏礼的全身像,还有一张眉毛细弯,长至太阳穴边,面孔雪白嘴唇鲜红的肖像,家俊问:"这是谁?"

"如玉,"凤仪道,"你还记得吗? 当年的总理小姐,我们在先施百货见过一面,她小时候是个童拐,差点把我拐走了。"

"什么?"家俊讶然道,"你们小时候认识?"

凤仪慢慢地把如玉的故事告诉了他,在悠闲的叙述中,她讲了外公的死,从南京到上海,从邵府到凤凰阁,到如玉最后闷在喉咙中的一声呼喊,她忽然想,这些事情好像从来没有机会和子欣两个,冲杯咖啡,坐在画室中,这样聊出来,为什么和家俊十多年不见,仍然可以这样? 她望着他关切而温情的眼神,心中不觉一动,随即止住了,凤仪啊凤仪,她默默地道,你已经和子欣结婚生子,有了一个家庭,或许,这就是异性知己吧,她再看一眼家俊,那种心动的感觉已经消失了,她自己都觉得惊讶,如何消逝得这般快呢？

家俊默默地听着，朋友这么多年，从来不知道她有这些故事，更不知道她充满讲故事的才华，将这些娓娓道来又惊心动魄，他觉得心境很复杂，等她说完后，他还是违反了自己对自己的承诺，用尽量合适的口吻道："说说杏礼吧，她这些年，是怎么过的？"

凤仪感到心中一紧，又感到微微的轻松，该来的还是来了，她将杏礼这些年大致的生活，包括和哥哥的爱情全部告诉了他，只是哥哥的死，凤仪有些犹豫，小心地道："我哥哥失踪了很长时间，我们没有他的消息，杏礼一个人带着孩子，挺不容易的。"

家俊努力回忆，还是没有和杨练相关的任何信息，他甚至不记得自己见过这个人："有你哥哥的画像吗？"他忍不住问。

凤仪摇摇头，沉默不语。家俊心想，原来以为她不见我，仅是女人的虚荣，想不到也有爱情的成分，他不禁感到一丝醋意，看来她也不仅仅是个物质主义者，自己和大哥付出那么多，都没能打动过她。凤仪瞄着他脸上的神色，笑了笑道："感情的事本来就是缘分，缘生则起，缘灭则散，没有对错，亦没有优秀与卑鄙。"

家俊看着她也笑了："你这么理解？"

"是爸爸告诉我的，"凤仪道，"这是佛教徒的理解吧。"

家俊听凤仪说起，在元泰和国货商场中都有杨练的股份，这部分利润每月都会划归杏礼的名下，想来她们母女也不至于为生计发愁，本来这次回来，就是了一个心愿，如果杏礼还是没有再婚，或者又嫁入豪门，过着醉生梦死的生活，他可能仍不能忘怀，如今她为一个男人甘愿产下私生子，过着寂寞的生活，不知怎的，却让他数年来魂牵梦萦的一缕思念，化成一份淡而冷的忧伤，他想，自己与杏礼的缘分真的尽了。

"不见也好，"家俊慢慢地道，"这样，我就一辈子记得她最美的模样。"他站起身，看着凤仪为杏礼画的全身像，"这时她多大了？"

"三十,"凤仪道,"为了纪念她的三十岁。"

"还是那么美,"家俊道,"就让我记住这些吧。"

"家俊,"凤仪道,"你在欧洲那么多年,就没有遇到过心仪的女孩吗?"

"有一个。"他从身上掏出皮夹,打开来递给凤仪,凤仪一看,里面有张女孩的头像照,鹅蛋脸柳叶眉,一双黑白分明的眼睛,五官之间依稀有几分杏礼的影子,只是少了杏礼那种说不出的神韵,她笑道:"好漂亮的小姐,她也在欧洲?"

"他父亲在欧洲做生意,她非常喜欢我,比我小八岁。"

"小八岁,"凤仪道,"今年二十五了?"

家俊点点头:"如果没有意外,我这次回欧洲就会和她成婚了,家母他们都看了照片,我父亲曾经和她父亲有一面之缘,双方家庭都很满意。"

"好啊,"凤仪道,"男子三十而立,你也确实该成家了。"

"我也说不清楚,"家俊道,"也许是自由惯了,我其实并不太想结婚,只是不忍拂了她的美意,还有,不想母亲再担心了。"

凤仪不知怎么劝解,岔开话题道:"你什么时候回去?"

"春节之后吧,"家俊道,"我还要去一趟北平和南京,有些事情要办,我现在做一些艺术交流方面的工作,你有任何需要都可以找我。"

凤仪点点头,家俊又问:"你们什么时候去美国?"

"现在没定,"凤仪道,"子欣下个月要先去美国,看看情况。"

二人又聊了许久,天渐渐黑下来,家俊不想与子欣碰面,也许是离乡太久,也许是近乡情怯,此次回来,他并不想多见原来的朋友,除了凤仪和杏礼,还有业务上的事情,他只想陪伴陪伴母亲,所谓父母在、不远游,他在欧洲十二年,无时不为自己因为感情之事远离父母而感到内疚,感到自己太过脆弱与任性,如今事已至此,何况国内战事频繁,他也不想回来,甚至担心有一天,可能需要把家人全部接到欧洲,以免战乱,所以商量结婚,也是与这些相关,那女孩的父母在欧洲行商多年,家族颇有实力,如果将来真有此事,他无须为了金钱和房子担忧。

家俊告辞而去,凤仪知道他想回家陪母亲用饭,也不便挽留。这一年三月,子欣一个人踏上了去美国的道路,此次远行因是故地重游,凤仪也不甚担心,倒是他反而担心上海又会陷入战争,十分挂念。日军自二月攻占热河之后,又与中国守军在长城沿线展开了战役,此次战役虽然中国守军获胜,但日本人肆无忌惮的侵略,对中国大好河山的觊觎之心,已是司马昭之心,路人皆知了。凤仪带着三个孩子,前往码头为他送行,子欣想起当年带着"琉璃就是玻璃"的遗憾前往美国留学,如今再去美洲大陆,这个琉璃女孩已是他的妻子,带着他们的三个孩子,不禁也觉得人生的有趣。他走后不久,家俊再一次离开了上海,临行之际,他没有再见凤仪,只是写了一封短信,信中只有两行字:

"杏礼母女务请多多照顾。

万务坚持绘画,望寻找人生之际遇,一展艺术才华。"

凤仪接到信后万分感慨,家俊对她的艺术世界的了解与认同,远远超出了子欣,但是人生就是这样,他们只能是朋友,或者,够上了知己二字,可惜这样的朋友再见不知何年了,她不禁来到画室,一再观摩自己的作品,如果不是家庭和元泰,她多么希望像家俊一样,只身前往欧洲,徜徉于艺术的都城。

她不时前往杏礼处探望,杏礼没有对她提起家俊来找她的事情,凤仪了解她的脾气,也不谈论,杏礼的身材容貌都已恢复,甚至比以前更加有了一份成熟的风韵,但是,不论她如何努力,她都无法再按自己的想法重返电影业,配角或者年龄大些的角色她不愿意接,而女主角永远都是当红的明星才能争夺的地位,她以前的朋友帮她找过一两个角色,因为是配角,都被她恶狠狠地挡了回去,她一向霸道惯了,从不以怀柔对人,又难以容忍自己处于下坡之路，情绪难免恶劣，这样往返了几次后，竟再无人愿意帮忙，她除了照顾女儿，便再无其他工作。

因她脾气不好，孩子从小又由奶妈带着，故而和她并不亲近，倒是与凤仪十分要好，每次凤仪去了，都帮她梳头洗澡，她也愿意让凤仪抱着，一离了凤仪便哭，偶尔杏礼要抱，孩子便扭过身去，十分不愿，若强行抱到怀里，那孩子便大哭大闹起来，杏礼十分烦闷，索性把孩子抛给奶妈和凤仪，整天和几个太太打牌、喝酒、抽烟，浑浑噩噩，度日如年。

这时康凯蒂已经怀孕，凤仪除了设计之外，也担任起了业务的管理，幸而这些年的历练，她办起事来倒也很有章法，李威的母亲业已病重，李威更不敢让她知道康凯蒂的事情，仍教康凯蒂在公寓中休养，康凯蒂不急不恼，反劝李威好好照顾母亲，不要以她为念。这一年四月，李威母亲病逝，他在上海举办了盛大的哀悼活动，因他的势力，苏州的老家不仅让他的母亲进入宗氏祠堂，并在他父亲早已逝世的情况下，以家族的名义让他的母亲成为平妻，与原配夫人平起平坐，两个夫人的牌位分别放在他父亲牌位的两旁，又开墓合穴，三个人摆在一处，为此李威又在老家附近寻找到新的墓地，重新为父母兴建了一座新坟，如此折腾到八月，方才罢休。康凯蒂名正言顺地挺着肚子迁入李府，成为李府的真正的女主人。

子欣本来计划在美国两个月，但去了之后不断有新的想法与机会出现，便一再延期，六月，他在纽约以泰欣这个名字开办了一家公司，并写信让凤仪在国内筹集资金，八月在华尔街交易所内购得经纪人座位一个，可以直接在市场上套购外汇，十一月时，终于以泰欣公司的名义与英国、法国等国聘定了直接代销人，将元泰在无锡生产的生丝直接输入欧洲市场，这一年恰是中国生丝业的大萧条，元泰生丝厂直到此时，方从根本上度过了危机。

这一年年底，小安安度过周岁生日的时候，凤仪接到子欣从美国来的电报，说不日离开美国，回往上海。

安安生日一结束，就是新年了，此时已是 1934 年，凤仪整整三十四岁了，按江南一带虚岁的惯例算，过完新年，她就三十五了，从她十岁逃离南京来到上海，已经在这儿度过了二十多个春秋。二月中旬是农历春节，子欣还在归国的路上，春节之后，邵元任便赶往南京，为和兴争取政府支持一事打通关节。

　　这天天气晴好，再有几天石头就开学了，他今年已经八岁，由于坚持练习功夫，他个头很高，身体结实，生性又肃穆温和，看上去倒像个十岁左右的孩子。小石头的年龄并不准确，凤仪按照他看起来的样子，把收养他的那一年定为两岁半，那么现在算起来，这个小家伙也已经四岁半了。他虽然有些胆小，却喜欢翻看画片，对凤仪画室中的东西很感兴趣，加上凤仪对他的要求十分严格，常常强调尊老爱幼，他的举止比刚来时好了许多。凤仪趁着石头有空，便带上兄弟俩和小安安，去小楼探望杏礼母女。安安年纪小，不懂什么，两个石头都很高兴，母子四人坐着小车来到楼前，凤仪按了门铃，没有人答应，她觉得有些奇怪，就算杏礼不在家，女仆也应该在。

　　她不死心，又在楼前等了一会儿，到底是初春，天气还有些冷，小石头便不高兴起来，他怕凤仪责怪，闷闷不乐地拽着母亲的衣角，石头向来不怕冷，神色如常，他觉得这一带的环境甚美，在阳光下十分好看，悠然自得地看了会儿景色之后，又担心凤仪抱着妹妹辛苦，要自己抱安安，凤仪笑了："妹妹太重了，你抱不动。"

　　"我抱得动。"石头固执地道。凤仪只得把安安交给他，他紧紧抱着安安，生怕把妹妹摔着了，安安便不舒服起来，不停地扭来动去，脸涨得通红。凤仪笑道："妹妹找妈妈了，让我抱她。"石头信以为真，忙把小妹交还母亲。凤仪与儿子正站着逗弄安安，杏礼的女仆远远地看见了他们，慌忙跑过来，一边掏钥匙一边道："袁太太，你怎么不按铃呀，小姐在家呢。"

"我按铃了,"凤仪道,"没有人开门。"

女仆忙低头噤声,打开了门,凤仪有些狐疑,问:"杏礼在哪儿?"

"她在阁楼上。"女仆期期艾艾地道。

"孩子呢?"凤仪追问。

"我去买菜的时候哄睡着了,"女仆见家里很安静,道,"可能还没有醒。"

凤仪把安安交给女仆抱着,又吩咐石头兄弟在客厅玩耍,自己悄悄地上了楼,女仆也不敢多言,忙着找些糖果分给兄弟俩。凤仪走到二楼与三楼的拐弯处,便闻到了一股浓浓的烟味,难道有陌生的男人在?她觉得再上去多有不便,悄声下了楼,女仆见她这么快下来,脸上露出轻松的神色。凤仪把她叫进厨房,先给了些钱,又细细地盘问,女仆也知道杏礼的生活一向由邵府出资,也不敢得罪凤仪,只得悄悄告诉了她,让她千万保密,不要说是自己讲的。凤仪气得在厨房里愣了半晌,才缓过神来,让女仆带着孩子们,自己反身又上了楼。

她怕高跟皮鞋有声响,将鞋子脱了拿在手上,一直走到阁楼门口,方穿上鞋敲了敲门,杏礼以为是女仆,有气无力地喊了声:"进来。"

凤仪猛地将门推开,只见屋子里烟雾缭绕,厚厚的窗帘半掩着,几乎将阳光全部挡在了屋外,杏礼披头散发地蜷在美人榻上,正举着一杆烟枪,贪婪地吸食着。她透过烟雾见来人气势汹汹,愣了一下方才认出是凤仪。

凤仪也不说话,上前一把夺过烟枪,然后走到窗边哗地拉开窗帘,杏礼一下用手捂住眼睛,凤仪一抬手,将烟枪扔了下去。她反过身来,又去拿桌上的烟膏,杏礼慌乱起来,用手捂着和她抢夺,到底吸了鸦片,人还没有过足瘾,是以根本没有力气,被凤仪三两下抢了过去,一把扔出了窗外。

杏礼顿时大怒起来,气喘吁吁地道:"你有什么权力扔我的东西?这

— 487 —

是我的家!"

"杨杏礼!"凤仪也大怒喝道,"你看看你现在像什么样子,怎么能吸鸦片呢?!"

"我吸我的,与你何干?"杏礼听她这样说,恼羞成怒地指着门,"这是我家,你给我滚!"

"我滚可以,"凤仪喘了口气,压制着情绪,道,"你把衣服换了,打扮一下,你要工作还是要钱,随便怎么都可以,但是得把烟戒了!"

"戒烟,"杏礼的精神渐渐恢复起来,冷笑道,"戒了烟我活着还有什么乐趣?"

"你可以工作,你还有女儿,"凤仪费解地道,"一定要抽鸦片吗?"

"够了,"杏礼道,"我这辈子最倒霉的事情就是遇到你这个朋友,没有你就不会认识你的哥哥,没有你的哥哥,我也不会退出电影业,也不会沦落到今天这个田地。"

"什么?!"凤仪闻听此言,又恼怒又伤心,一时不知说什么是好。

"要不是你们,我怎么会如此沦落,"杏礼并不善罢甘休,继续道,"你看我女儿是个宝,不过是把她当成你哥哥的香火继承,可是我呢,就要拖个小油瓶,整天没完没了地照顾她,没完没了地被人说生了个私生女,真是一家子祸害!"

"你!你!"凤仪简直不相信自己的耳朵,"你、你说什么?!"

"你赶紧走吧,"杏礼见她满面通红,一脸的伤心,也觉得自己出口太重,但是她不愿道歉,"以后不要到我家来砸我的东西。"

"好好好,我走,"凤仪道,"你不喜欢拖个油瓶,我把她带走行不行?"

"笑话,"杏礼冷笑道,"她再不济也是我生的,怎么,你是妒忌我漂亮,还是觉得你把我害得还不够惨,还要抢我的女儿?"

凤仪气得五内俱焚,一咬牙转身便走,她飞身来到楼下,抱过安安,呼喝石头兄弟立即出门，石头俩见她脸色不好，忙忙地跟上。凤仪朝前走了十几步，想想不妥，又折身回来，塞给女仆不少钱，让她费心照顾孩子，有任何事情都给她打电话。女仆无法，只得收了，眼见得他们母子四人便这样走了，心下也不忍起来，她不敢责备杏礼，又怕她回头出来找自己算账，便躲入孩子的房间，陪着孩子。

凤仪抱着安安，又往前走了一段，气愤之心渐渐平了，一时间真是万念俱灰，趔趔了两步，实在撑不住，在路边的一张木凳上坐下。小石头吓得躲在她身后，石头不知发生了什么，轻轻问："妈妈，你病了吗？"

"没有，"凤仪只怕自己立时便能落下泪来，她怎么也想不到，杏礼会说出这番伤人的话，不仅数十年的友谊不值一文，就连哥哥和孩子也祸及在内。她将石头拢入怀中，小石头也紧紧靠着她，凤仪道："妈妈累了，你们陪妈妈坐一会儿。"

这次与杏礼的争吵大大地打击了凤仪，连续几天，她都缓不过劲来。这天刚下班到家，便看见邵元任坐在客厅中。"爸爸，你回来了，"凤仪有气无力地道，"南京怎么样？"

"没什么。"邵元任见她气色不佳，道，"你不舒服吗？"

凤仪摇摇头，邵元任道："子欣一走就是一年，是长了点儿，他马上就回来了，你何必闷闷不乐。"

"不是子欣的事。"凤仪实在憋闷，将杏礼的事情一一告诉邵元任，邵元任听后喟然一叹道："她丈夫生死不明，自己又生下遗腹子，又无人请她拍戏，自是打击非常，你不应该和她计较。"

"她说那样的话，"凤仪道，"实在太让人伤心了。"

"她怪命运不济，怪杨练抛弃小家成就大义，怪电影业不再重视她，这些东西，她都找不到人说，也只能对你发怒，"邵元任用微微责备的语气道，"自助者天助，她这些言语你都应该一笑了之，倒是想想，她长期

— 489 —

下去孩子怎么办。"

"她是孩子的亲生母亲，"凤仪道，"我也不好多说什么。"

"只能走一步看一步，"邵元任道，"她没有胸怀你应该有，她没有毅力你也应该有，怎么能在好友落难的时候，计较她的言行呢？你不要再为这件事情郁郁寡欢了，我今天有点累，就早些休息了。"

凤仪点点头，独自一人在沙发上坐了一会儿，邵元任的话启发了她，她也觉得杏礼虽然过分，但情有可原，自己确实不应该和她计较。怎么才能帮她振作呢？她默默地坐着，找不到答案，如果当初告诉她哥哥已经去世的消息，她会不会好一些？还有孩子，孩子怎么办呢？她欠哥哥那么多，一定不能生杏礼的气，一定要帮助她和孩子，就算是还给哥哥的救命之恩，不仅是自己的，还有父亲方谦的，还有许多人的。

她暂时不好再去小楼，只能去询问西医，有没有好的戒烟方法，每个医生的回答都几乎差不多，这取决于病人的决心。凤仪只能缓想办法，她命阿金去找杏礼的女仆，打听孩子与杏礼的近况，并按时送上钱款，杏礼也不与她联系，竟像绝交了一般。液仙此时正忙国货商场的扩大经营，与日本商会亦竞争激烈，凤仪一来不便为了杏礼的事情惊动他，二来也想为杏礼保留尊严，她唯有等子欣归来从长计议，这样忍耐着到了四月末，子欣终于回来了。

这一年风尘仆仆，辗转于美国各地，又开办公司又争取席位，子欣消瘦了不少，两鬓间生出不少白发，风一吹，就看见一片花白。凤仪见他旅途劳顿，想等他休整后再与他细细商量。他忙了一年再回到上海，见到妻儿家人，自是非常高兴，尤其是小安安，虽然长期分离让她几乎不认识父亲了，但是与子欣朝夕相处两天之后，她便黏上了父亲，父女俩嬉戏起来，不时发出阵阵欢笑，就连石头兄弟一并给冷落了不少。

子欣将美国沿途见闻一一告诉凤仪，他觉得在国外振兴中国生丝行业正是他能做，又长于他人的好事业，既能为国又能为己，而且，这一路虽然辛苦，因为文化与办事方式的熟悉，他反而觉得比在国内更加轻松。威廉神父在美国收到他带去的凤仪的画作，十分高兴，他觉得当初的眼光没有错，这个小姑娘就应该继续从事绘画艺术，为了传播西方艺术，更为了凤仪，他竭力劝说子欣带凤仪去美国发展，并且愿意帮助凤仪联系艺术院校。

凤仪见子欣兴致勃勃，仿佛找到了成功与幸福的途径，虽然有些不忍，还是将杏礼之事告诉了子欣，子欣闻言大吃一惊，他对国内的赌场与烟馆一向十分反感，对国人抽食鸦片的恶习更是深恶痛绝，没想到杏礼会走上这条路，子欣沉默良久，道："我们不是她的家人，不能强制她戒烟，孩子也不能强行离开母亲，只能慢慢想办法。"

"如果告诉她哥哥的死讯，她会不会好一点？"

"大哥两年没有露面，只怕她心中早有准备，你说与不说，都是一样的，"子欣道，"一旦吸食鸦片，这些东西，她都不会放在心上了。"

二人正在商议，阿金上来敲了敲门，凤仪问什么事，她说，邵元任请他们去书房。夫妻两个对视了一眼，都觉得这很不寻常，没有事情，邵元任是从不请人去书房小坐的。凤仪与子欣起身，稍稍收拾了一下仪容，连忙下楼，来到书房。子欣轻轻敲敲门，邵元任道："进来。"

凤仪推开门，这儿每隔一天她就会亲自来打扫，靠墙一侧供奉着佛龛，另一侧供着雅贞的牌位，书桌前还放着专门喝茶用的茶桌，今天这里并无什么不同，邵元任坐在茶桌边，轻轻品着茶水，另外两边已经摆放了两个空的茶杯。

她和子欣两人在桌边坐下，邵元任看了看他们，微微地笑了："今天叫你们来，要告诉你们两件事情。"

凤仪看着他，觉得他今天的表情十分不同，她道："爸爸，出了什么事？"

"南京政府已经下了关于和兴的批复。"邵元任把桌上一份抄本递给子欣，子欣忙打开，上面写着：惜值库款支绌，实无余力及此，仍仰该创办人自筹复工，继续前业。

子欣不敢抬头，叹了口气，想不到和兴历经这么多磨难，想得到政府的支持，仍然是难于登天。邵元任又将桌上的另一份文件递给凤仪，凤仪打开一看，是一份地契："四百亩！"她惊讶地递给子欣，子欣也愣了，夫妻二人同时望着邵元任。

"这片地在闸北效外，"邵元任平静地道，"这是出家前，我留给你们最后的东西了。"

"爸爸！"凤仪惊诧地道，"您说什么？"

"我已经同长老商量过了，"邵元任道，"今年的八月十五，我会去庙里剃度出家，自此不再理红尘之事，"他轻轻笑道，"你们就不必担心了。"

凤仪与子欣面面相觑，不知说什么是好，虽然邵元任信佛多年，又是佛门居士，但是他们怎么也没有想过，他会有出家的这一天，书房里安静极了，听不见一点声音，只有上海五月的风，从窗外吹进，拂过三个人的面颊。

第二十三章

多年以后,这天下午的空气、风景与人物,仍然深深地印在凤仪的脑海中,像一幅被固定在某处的画布,不时闪现在她的眼前。上海五月的天气,那略带一点潮热的春天最浓烈最尾声的气息,拂动着这座城市最美丽的季节,那窗外的法国梧桐,正茂盛地吐出新的绿叶,叶片的颜色俨然由浅及深了,预示着盛夏即将到来,四季交替中生命的勃勃魅力,正无遮无拦地上演着。光线非常好,从窗户射进来,将布置得典雅洁净的小书房、茶桌照得窗明几净,让人心旷神怡,桌上精致的细瓷小茶碗里,是大半杯浓浓的明亮醇厚的茶水,此时热气已经散净了,只等着喝茶的人来举杯。子欣坐在她的左边,已是人到中年,发鬓花白,邵元任坐在她的右边,所谓四十不惑,五十而知天命,这个过了天命之年,对她有养育之恩,担当她人生二十四年的父亲角色的男人,清晰地坐在她的面前。

在凤仪的印象中,爸爸的形象最清楚的有两次:一次是她刚到邵府的那个夜晚,她躺在沙发上,一觉醒来,看见灯光中出现了一张男人的脸,让她既好奇又觉得温暖;另一次就是现在,在阳光明媚的春日下午,他还像当初一样,保持着温和的表情,淡淡地向她和丈夫叙述着出家的事情。

时光从一张脸到另一张脸,跳跃得如此之快,而她,在没有看见第二张脸之前,一直还把爸爸当成当年的那个人,沉默有力、温和可敬,她从来没有想过,爸爸会有觉得辛苦的一天,或者,爸爸会有放弃的一天,再或者,爸爸真的放下了所有,心中常怀欣喜,进入大欢喜的世界。

"今年春节之后,我去南京打探实业部的批复,遇见一个二十多年未见的老友,他原来是跟着陈其美的,现在在南京政府做事,从他那儿我得知把持实业部的人,居然是陈慎初,自从陈其美胜了李燮和,当了上海总督军,他就去了日本留学,后来改名为陈汉年,"邵元任喟然叹道,"难怪我们去了几次南京,都约不到人,原来是他。"

当年陈慎初向雅贞求婚等等曲折,凤仪只隐约听说,并不知晓内情,袁子欣更是没有听说过,夫妻二人都望着邵元任。邵元任见他们面露不解之色,不觉笑了笑,道:"人生之事因果循环,焉有爽期?!"他将自己利用雅贞的一片痴情,巧使缓兵之计,坏了陈慎初的求婚,又不愿履行诺言,致使雅贞绝望自尽的前后事件,一一道来,不要说子欣听得目瞪口呆,连凤仪也是头一次知道其中细节。"我当时听说陈慎初就是陈汉年的时候,便知道实业部的批复不可能会好了,果不其然,"他指了指桌上的批文抄件,"当年我即种恶因,必有恶果,只是没想到,让雅贞枉死,和兴集众人之力支持到今,仍要受我所累,人生匆匆数载,我已还完了一些债,没有还完的,就让我去寺庙之中,礼佛诵经,祈求上苍免除人世苦难吧。"

"爸爸,"凤仪半晌方道,"你从南京回来,怎么没有告诉我?"

"你当时正为杏礼烦恼,等子欣回来一并告诉也是一样的。"

凤仪不知如何劝解邵元任,她回想起当日邵元任从南京归沪后疲惫的模样,不禁深深地责备自己,怎么没有想着问问爸爸的情况,怎么没有想过,爸爸也是凡人,会累会烦恼会没有力气,她为什么一直把爸爸当成靠山,没有想过自己也是爸爸的靠山呢。

"爸爸，"子欣见凤仪满面凄然，邵元任一脸平静，眼见着这事似乎不能挽回了，连忙道，"您不想再做和兴，也没有必要出家，等我把国外的事情办理妥当，您跟着我们一起出国不好吗？美国欧洲您都可以去看一看，走一走，外面的世界很大。"

"以后若有兴致，可以去各地云游，如果可能，也可以去国外看一看，"邵元任微笑道，"此事和出家并不矛盾，你不必担心。"

"爸爸，"凤仪听他这样说，知他心意已决，眼泪不觉落了下来，"您就真的抛却了红尘事，以后不管我了吗？"

邵元任看了看她，慢慢地道："爸爸已经管了你二十四年，也不知管得成功还是失败，你小的时候，我常常想，是把人生进退之道告诉你，让你在这世间能夺得一切，还是让你保持天性，快乐地生活，幸而你是女孩，我选择了后者，顺其自然地让你生活，现在回想起来，我常常后怕，深感这是你的大幸啊，以后你教育子女，也要以此为戒，不可贪婪妄求，凡事自然平安即可。"

"爸爸，"凤仪泣道，"我还没有孝敬你，报答你，你就不要我们了。你就是舍得我，你舍得石头、安安吗？"

"你只知今生今世我养育了你，岂知前生前世，我不欠你的情，又岂知来生来世之事？傻孩子，你何必如此执着，你我父女的缘分，各藏于心中，便是善缘了。"

"那石头呢，安安呢？"凤仪道，"您不是最喜欢他们吗？"

邵元任笑了："你怎么还是如此看不开，儿孙自有儿孙福，他们长大后若能记得我，也不妨事，若记不得，也是好事，我出家乃是大欢喜之事，与孙儿们何干？"

子欣见凤仪哭得伤心，掏出手绢递给她："你别哭了，爸爸不是还没有出家吗，就算他住到了庙里，我们也可以常去看他。"

"你知道什么，"凤仪哭道，"入了佛门便是再世为人，我就算能见到他，只怕他也不能认我了。"

邵元任听凤仪这样说，不禁微微点点头，知女莫若父，反过来亦是如此，这个小囡虽不能了解佛门要义，但还是猜中了自己的心思，此番出家之后，红尘过往他一概不想再问，就是凤仪他们肯来，只怕相见也是无时了。

"子欣，"邵元任道，"凤仪与石头兄弟，还有安安，就劳你照顾了，将来若杏礼愿意，将杨练的遗腹子托付给你们夫妇，也请你好好管教。和兴的股权，我全部无偿转给了陆老板，元泰的产业股，我将一分为二，一半转给你和凤仪，另一半捐给庙里。你们若真去国外，可将营业股转给康凯蒂和刘庆生，这二人都很有经营天分，一个有李威相助，一个经营丝厂多年，皆可保元泰一段平安。"

"杏礼会把孩子交给我们吗？"凤仪道，"还有康小姐，现在已经做了李府的夫人，只怕不会再出来做事儿了。"

"杏礼自幼娇生惯养，能为杨练生下遗腹子，独自抚养至今，已用尽了她的力气，以她的个性，既不可能招夫养子，也不可能像美莲那样吃苦耐劳，独自养育孩子。她如此美貌，早晚是要嫁人的，与其把孩子带在身边，既连累自己，又不能好好照料，她不如将孩子托给你和子欣，这是早晚的事，你不必担忧。至于康小姐，她本来就是个实际的人，又颇有远见肯受委屈，李威的势力现在如日中天，她与在家中保住李氏夫人的名分，倒不如将元泰牢牢地抓在手中，再得李威相助，为自己挣一大笔产业。这点，她自己就能想通，不劳你们多虑。"

"李老板能答应吗？"子欣问。

"我一旦出家，元泰就只有你夫妻二人，你们若出国求发展，将元泰托给李威，这便是江湖道义，他肯定会答应下来，他又不懂经营，自己的股份又重，自是要请康小姐操心，到那时只要让凤仪去找一趟李威，拜托他请康小姐帮忙，他会全力承担的，这样，康小姐就能名正言顺地回到元泰。"

邵元任默然叹道:"南京政府未成立之时,我上海各商团、企业,皆为之输送银两,自以为奇货可居,他日政府稳定,都可为自己谋大笔福利,同时,又为中华之振兴,不受外强欺侮负了点匹夫之责。可如今局势尚未大定,便成了政府的眼中钉肉中刺,将来还不知如何。"

"上海向有自治的传统,早年间城市如何规划、如何发展,都由商会商团,甚至同乡会决定,"子欣道,"但从长远来说,一个城市必然要听从国家的安排,尤其像上海这样的地方。"

"道理是没错,"邵元任道,"只是放在眼下的时候,略有些不合时宜,总之,你和凤仪去国外发展,还是比较合适的,你们经营元泰,远不如让李威来经营,他现在是政府借助的力量,政府自然会扶持他。"他指了指桌上的地契,"这四百亩的地契,是我最后的心意,你们拿在手上,不可对任何人提起,上海的发展必会越来越快,这些地现在还不值钱,将来却不可限量,你们在国外如有急用,便可返回上海,用它来换钱。"

"爸爸,那你呢?"凤仪道,"这地我们不要,您留在身边吧。"

"我另有四百亩,"邵元任道,"你不必担心。"

袁子欣见邵元任分析局势,调度安排,虽是出家之态,却洞悉政治与人心,从容不迫万事妥帖,此时听他说留有四百亩在身边,不禁感慨万千,如此精明老辣,处处留有后着之人,居然也走上了出家之路,又何况他这个不能掌控局面的"假洋鬼子"。他不禁想起液仙曾经说过,如果中国局势深陷非常,他既不如液仙,更不若李威,凤仪呢,恐怕自是离康凯蒂大有距离。他默默不语,凤仪的情绪已平复了很多,她心想,现在离中秋还有几个月,可以慢慢猜度爸爸的意思,尽量让他回心转意,若他真觉得出家方能幸福,自己也不能阻拦。她觉得心中不知何种滋味,只想起佛家常说人生本苦,回头是岸,那么,爸爸真的找到了他心中的幸福彼岸吗?

且不说邵元任对出家的感受,袁子欣却坚定了带着妻儿回到美国的决心,这份决心他下得很不容易,自1917年回国,他已经在上海努力了整整十五年,让一个人在奋斗十五年后,承认自己并不合适这块土地,和这块土地上做事的方式,这是很令人痛苦的,何况,在这块土地上,有他学成归来,振兴国家经济的理想,如今虽然可以到国外继续为生丝行业的进出口谋求发展,但是,他仍然觉得自己失败了,没有败得很惨,只是败得很无奈。

凤仪却不断地收到好消息,威廉神父将她的画推荐给了一位老朋友,那人是美国芝加哥美术学院的教授,非常喜欢凤仪的作品,对身在远东的凤仪充满了好奇,希望她能来美国留学,并愿意说服校方给她提供奖学金,由于芝加哥学院教学气氛比较自由,对学生的专业十分看重,至于其他的教育背景和英文,反而不是十分重视,这一切都对凤仪有利。

那久远的留学想法,或者说,那久久藏在她心底深处的热情,她自己都不知道不了解的热爱,突然澎湃起来,去向另一个国家,大洋的彼岸,带着自己的画笔与心灵,在艺术世界里遨游。凤仪心驰神往,不时向子欣打听芝加哥的细节,同时,在子欣的帮助下,她寄去了自己的作品照片集,以及一封英文信。

子欣和邵元任都注意到这件事情对于她的影响,她的面容一下子光彩起来,走路噔噔有声,为了锻炼身体,她还从《良友》上学了新方法,每日带着石头兄弟在小院中跳绳,又从百货公司买了一个篮球,给兄弟俩玩耍。子欣偶尔空闲,也教他们一些打篮球的技巧。

凤仪盼着大洋那边的回信,一面忐忑不安,一面又觉得这件事情不会有什么波折,她突然觉得自己又年轻起来,腰肢有力了,转弯下蹲十分灵活,每每有国外的任何报道,包括报纸和杂志,她都十分留意,为了适应环境,她还努力学起了英文,每天抄写二十个单词,在元泰、邵府或者任何有空闲的时候,就拿出小本本反复背诵。

在没有收到回信之前,她没有对任何人提及此事,就连液仙也不知道他们具体的行期,直到七月盛夏之时,她终于接到了盼望已久的回音,芝加哥大学愿意接受她,但是只能提供一半的奖学金,希望她在明天的夏天入学,威廉神父的好友来信说,请她不要担心钱的事情,只要她来上学,他可以给她提供助学的事务,补充部分钱款,这样算下来,凤仪的学习费用基本持平了,就算吃住也勉强能够。子欣让她不要为钱计较,她却觉得一旦携家带口去了那边,费用还是尽量节约为好。由于子欣的公司开在纽约,恐怕得由她一个人带着孩子们住在芝加哥,子欣为此十分忧虑,怕她既要适应新环境,又要应付学业,还要照顾孩子,实在是太难了些,若让她和孩子们跟着他前往纽约,凤仪便不能继续求学,这也未免太遗憾了。

凤仪劝子欣不必烦恼,她觉得一切困难都不可怕,反而让她充满了激情,她听子欣说那儿靠近美国的大湖,可以走海轮一样的大船,景色优美,空气新鲜,心儿就像鸽子一样飞了起来,哪里还有什么畏难情绪。

"可是你带着三个孩子,语言又不太通,"子欣始终放心不下,"不如请教授帮忙,将学期再延一年,你先去纽约,适应了语言与文化再说。"

"我已经延了整整十七年,"凤仪笑道,"我可不想再等了,你不要觉得我不行,你知道为什么我十七年前要放弃绘画,一心要知道另个世界是什么样的?"

子欣摇摇头:"你的奇谈怪论多了,我不懂。"

"就是为了今天做准备,"凤仪笑着道,表情却沉静下来,"有这个十七年的经历,我什么都不怕了,就算把我和孩子身无分文扔到芝加哥,我也能带着他们活下来,何况还有学校,还有老师和威廉神父。"

"那你的什么艺术世界呢?"子欣见她信心满满的样子,遂不再劝,笑问道,"耽误了十七年,你还有把握吗?"

"我不需要什么把握,"凤仪笑道,"这十七年我从来没有耽误过。"

子欣喟然一笑,不太明白她说的话,不过这不打紧,重要的是他喜欢她现在的样子,既自信又勇敢,还有,她越来越漂亮了,真是奇怪的好事情!这时,在旁边做作业的石头突然抬起头来,对子欣道:"爸爸,你放心好了,我会帮助妈妈的。"

"你,"子欣呵呵笑了,"你会干什么呢?"

"我会说英文,"石头道,"我已经学到第三册了,我还会照顾弟弟妹妹,我还会武功,不怕强盗。"

子欣哑口无言,既欣赏又惊讶地看着儿子和老婆,凤仪笑道:"看看,还是我生的好儿子,比我当年强多了。"

子欣哈哈大笑,不知怎的,他见凤仪与石头对美国之行充满了信心与向往,竟把他多日烦闷的心情一扫而空:"你们放心,"他也乐观地道:"到了纽约我尽快拓展业务,如果条件好,我就在芝加哥开一个办事处,到时候我们就能在一起了。"

"你不来我们可以去看你,"凤仪憧憬道,"我带着孩子们坐长途车去纽约,顺便在美国观光观光。"

子欣大笑起来:"美国可没有长途车从芝加哥到纽约,到了那边可别乱跑,当心跑丢了。"

夫妇二人又谈了会儿事情,凤仪便让子欣先睡了,然后轻轻下楼,去小书房陪邵元任坐一会儿。这段时间父女二人每晚都会小聚一会儿,开始还有话说,后来就变成了凤仪喝茶邵元任念经,在互不干扰里度过一段时光。邵元任明白这是凤仪在尽孝心,也不加阻拦,内心深处却觉得大可不必,随着正式出家的日子临近,他越来越平静,在平静中还有一丝淡淡的喜悦,让他的身心舒适不已。

子欣开始还去书房陪凤仪与岳父,几次之后便发现凤仪更希望与邵元任独处,可能是为了说话方便吧,便不再去小书房陪坐,只是白天有空之时,与邵元任聊聊天。邵元任自叮嘱过他好好照顾妻儿之后,也不再多言,不咸不淡地聊几句局势、经济等等,袁子欣这时才感觉岳父是真有出家之心了,对很多以前在意的事情都看得很淡,有时他特意找来一些让人热血沸腾的话题,他也只是淡淡地应对几句,似乎很没有兴趣。

既然邵元任心意已决,凤仪除了惆怅之外倒也无太多担忧,此时唯一让她放不下的,就是杏礼了。

自从二人春节在小楼口角之后,她已经快半年没踏足这里,每个周末,阿金会将杏礼的女仆约出来,在路口的小公园转一转,凤仪便会在那儿等孩子,那小姑娘刚刚一岁多,便长得惊人地美,每次抱出门停在某处,便会惹得周围的人围观,有摸脸的有摸手的,都不知如何喜爱是好。她小小年纪脾气十分倔强,若是她喜欢的人,不管别人怎么逗弄,她都笑嘻嘻地眨着一双黑白分明的眼睛,又长又浓的睫毛像两把可爱的扇子,呼扇着让人心醉。若是遇上她看着不顺眼的,便发起怒来,若是被那人摸了脸或掐了把手腕,她就跺足大叫,又踢又打,那模样儿既让人着恼又可爱至极,被她打的人往往也不生气,只是又惊又奇地笑着。

眼前这小姑娘生得如此美,又缺少管教,凤仪十分担忧,人人都说这孩子同杏礼是一个模子里刻出来的,她却觉得她很像哥哥,哪儿像她也说不出来,子欣陪她去看过几次,也觉得和杨练有神似之处。杏礼除了每日打牌,便是抽鸦片,孩子完全由奶妈带大,这个女仆听说凤仪要举家移往美国,急得几次落泪,每每见到凤仪便央求她把小姑娘一同带走,不要留在上海受罪。凤仪也是心急如焚,尤其是美国的通知书来了之后,行程便定在了明年的元月,那怎么算,她也只有几个月的时间在上海了。她了解杏礼的脾气,若是说不通,就是打起官司也没有办法要到孩子,何况这事儿只能杏礼托付,哥哥和她连婚礼都没有举行,她根本没有资格从法律上过问这件事情。

液仙也慢慢知道了此事,他特意去看过杏礼几次,一提凤仪便被骂了出来,后来索性听到他的名字便不让进门了。液仙做梦也没想到杏礼会变

— 501 —

成这个模样,也想不出什么好办法,只是劝凤仪不要担心,如果出国之前杏礼仍是这个态度,他会全心照顾这个孩子。

凤仪哪里能放下心,液仙毕竟有家有业的人,平时忙自己的事情都忙不过来,能分多少精神照顾小囡呢,何况他们非亲非故,不过是好友的名义,杏礼翻下脸来,他就连上门探望一眼都不可能。日子一天天过去,凤仪越来越犹豫了,哥哥对她和父亲方谦有救命之恩,她怎么能丢下杏礼和孩子不管,如果哥哥在天有灵,一定会怪她的。

这天晚上在小书房,她与邵元任谈及此事,邵元任劝她不必过虑,杏礼会把孩子交给她的,凤仪心乱如麻,忍不住嗔道:"我还有几个月就走了,她什么时候能把孩子给我?再说我把孩子带走,剩她一个人在上海抽大烟,我也对不起哥哥。"

"你想怎么样?"邵元任微微一笑道。

"爸爸,"凤仪道,"你帮忙派两个人,把她们母女抓到船上吧,我就不相信到了美国,人生地不熟,她去哪儿买鸦片。"

邵元任讶然地看了看她,笑道:"你真这么想?"

"我也知道很愚蠢,"凤仪长叹一声,"可是让我这样去美国,我一辈子都会良心不安的。现在美莲下落不明,也不知道他们的政府现在怎么样,但是她和杏礼不一样,她有道德哥哥,自己又很坚强,杏礼毕竟是哥哥最心爱的人,就算没有孩子,我不闻不问地走了,也是对不起哥哥,就算没有哥哥吧,"凤仪道,"作为好朋友,我也不想看到她这样就走了。"

"那,如果她不交孩子,又继续抽大烟呢?"

"我绑也要把她绑到美国!"凤仪斩钉截铁地道,"要不然,我就申请延期,在上海再等一年,好好开导她。"

"如果一年后还是这个局面呢?"

"至少我努力过了,"凤仪道,"我让子欣先去美国,我在这儿再想办法。"

"你不后悔?"

"不这样我才后悔,"凤仪道,"我不能对不起哥哥。"

见女儿说出这番话来,邵元任喟然不语,半晌方道:"你是个好孩子,杏礼的事情你不用再担心了,我自然有道理。"

"爸爸,"凤仪道,"您一辈子都是这样,有什么道理嘛,说出来听听,别让我着急了。"

"说起着急,"邵元任道,"你要好好地向子欣学习,凡事不可操之过急,事缓则圆,这是第一;第二,凡事要顺其自然,爸爸就算有道理,也是顺势而动,不可强违。"

"我也知道自己急躁,"凤仪叹道,"可是我一想起哥哥……"她还想再说,邵元任翻开经文,小声地诵读起来,她只得忍耐地沉默了,不过,那经文有种奇异的力量,她听着听着,心便慢慢沉了下去,那烦恼不安的事情都平静下来,她长长地出了一口气,暗想,凡事都顺其自然,自己是不是太固执了呢?

这一年的八月十五,本是中秋佳节、合家团圆的日子,邵元任却在上海龙华寺正式出家,法号净明。剃度的仪式非常简单,凤仪想去庙中观礼,被挡在了寺外,此后几次她去庙中探望,也被告知净明法师正在闭关修行,不见外客。

邵元任出家后,李威也前往龙华寺探望,亦没有见到本人,只是由沙弥转赠了一本《金刚经》,李威没有想到邵元任会真的出家,还以为只是走一个形式。他现在已是上海滩赫赫有名的大闻人,此次来龙华寺,虽然邵元任没有出现,但庙中住持还是出来接见了他,又请他去上房喝了一杯清茶。李威本来从不信佛,如今年龄渐长,尤其是儿子出世后,他也有些狐疑起来,匆匆喝下一杯茶后,便告辞出来,他走到大殿的前面,忽然想起多年以前,邵元任在龙华寺清修,给他一张黑社会的名单,让他通知他

— 503 —

们在凤凰阁会面。"放下屠刀，立地成佛"，李威皱起眉，真的有这些东西吗？

他皱起眉，看着落日余晖下金光灿灿的佛门宝殿，怎么也想不明白邵元任到底是何居心，这么多年横在他心上的一座大山，就被这样的地方收去了吗，是邵元任有什么新举动，还是他得了重病，再不然就真的疯了，会相信庙里人说的鬼话？

他不屑地摇摇头，转身离开了寺庙，临行前，他客气地对送行的法师说，既然邵先生在此出家，凤凰阁将捐赠大洋两千，为寺中添加香油，法师亦客气地拜谢了。李威微微一笑，转身走到了汽车旁，他想起凤仪前来找他，请他帮忙照看元泰，愿意把营业股转给康凯蒂的事情，看来，他们一家人要离开中国是真的了，邵元任在他们走之前出家为僧，也是打定了主意不再问世事了。他突然觉得一阵空虚，这于他是种很新鲜的感觉，他很不喜欢，立即上了车，命司机开回李府。

凤仪要走了，他看着窗外流动的风景，突然有一丝舍不得，这么多年了，他在今天才想起，当年小姑娘坐他车子的时候，一定也是这样从窗外看出去，房子都向后移动着。

他在心中有些责备自己，怎么能为了邵元任和凤仪离开伤感呢，伤感，这他娘的是个什么词，只有穿着旗袍在家里什么也不用干的小姐们才会想这种玩意。他微闭双眼，以后凤凰阁就全是自己的了，现在的上海各大财团和南京政府明和暗斗，他何不乘次良机，大捞一把好处，真是想不到啊，邵元任一世豪杰，居然会在这儿出家当和尚。他第一次对当年的"老板"产生了无法理解的遗憾。

邵元任就这样离开了邵府，这儿除了小书房和一间卧室，似乎再也没有他的痕迹。凤仪陷入了深深的伤感，尽管事先她已经有了准备，她怎么也不理解为什么爸爸出家之后，连见一面也不愿意了，不见她也就算了，连大小石头、安安也一并不见了。不要说她难受,就连阿金小卫也很不是滋味,虽然邵元任是个有些让人害怕的东家,但从没有辞退过他们,他们住在邵府,伺候着邵府,这儿就像他们的半个家,也是他们养家糊口的好工作。邵元任出家前,给了他们一笔钱,让他们在凤仪走后开家杂货店,养活自己与家人,他们虽然感激,却知道做小生意哪有这样打工舒服,可凤仪他们毕竟是去美国,漂洋过海万里路途,去了那儿还不知怎样,阿金也不敢央求凤仪带着同去,主仆一场,却是这等结局,阿金背着凤仪不知抹了多少眼泪,当着面却也不好表露,生怕这样不吉利,惹凤仪不高兴。

子欣的情绪也十分不佳,自从相识后,他和邵元任从未有什么亲热的举动,邵元任虽善饮酒却从不醉,他向来不爱喝酒,就是过年过节,翁婿两人也没有把酒言欢,只是喝喝酒、谈谈天,多年来,他只担心和兴将元泰扯入无底深渊,邵元任也一心扑在和兴上,二人似乎有些意见相左,却从不当面表达。如今邵元任突然迈入佛门,并拒绝相见,子欣方觉对他已有了深厚的感情,都说女婿是半子,他后悔自己没有尽到儿子的孝心,就连在做企业这方面,也是元泰对和兴的支持不够,倒是元泰每逢关键时候,邵元任都会挺身而出。有一日,他自己开车绕到了龙华寺,想见邵元任一面,得到了答复仍然是"不便相见"。

大石头似乎有些了解外公的去向,是以很少追问,每天默默地上学放学,小石头虽然很怕邵元任,邵元任住在邵府时,他也很不愿与外公亲近,此时见人没了,又听凤仪阿金等说出家等等,反而一天三问:"外公去哪儿了?"阿金深恨他轻贱,只是他现在大了,打了他会向凤仪告状,便不睬他。安安还不满两岁,凤仪等人不知她的心意,只是有一天她忽然指着邵元任的书房大哭起来,凤仪这才想起,每天下午的时候,只要邵元任无事,都会抱着安安在书房中玩耍一阵,她不禁心酸起来,抱着女儿到书房中走了一圈,告诉她这是外公的书,外公的桌子,外公的佛珠,安安见到邵元任时常拿在心中的佛珠,一下子高兴起来,紧紧地抓在手上,凤仪不忍再留在书房中,抱着孩子走了出来。安安将佛珠当成心爱的玩具,一刻也不肯离手,小石头见了问她要,她不给,二人抢了起来,安安到底年幼,如何抢得过四五岁的男孩,顿时大哭起来,凤仪等人从未见她发过如此之大的脾气,忙把佛珠交给她,她却趁众人不备,突然将佛珠掷到石头的头上,幸好实在年小力薄,又只是一串佛珠,只是砸中了眼角,也不妨事,石头张嘴欲号,被阿金狠狠地瞪了一眼,便不作声了,他转过脸反而恶狠狠地盯住安安,安安虽然年幼,却毫不怕他,拿起一个小木棒,作势又要扔,被凤仪大声喝住,兄妹俩不欢而散,弄得凤仪愁闷不已。

如今行程越来越近了,凤仪不得不开始整理行装,买来西式的大箱子,将些衣服、必用的东西打包装箱,杏礼那边仍然没有变化,她说不出什么感受,邵元任表明出家和出家之后,她觉得生活发生了很大的变化,现在,她是真的失去了依靠,就算她一直依靠自己,有爸爸这样的长辈在,她总是觉得她有一个稳定的后方,一个永远能回的娘家,就算她和子欣有什么不愉快,她也相信爸爸会永远接纳她,永远会支持她。现在,爸爸彻底抛弃了红尘事,她似乎真的要永远永远依靠自己了。她不是没有这个能力,而是为不得不鼓舞自己依靠自己,感到无奈和悲伤。

"你怎么会依靠自己呢,"一天,夫妻二人聊天的时候,凤仪说出了这个想法,子欣有些不忍,连忙道,"你有我,还有石头、安安他们,我们是一家人。"

"你不明白,"凤仪自嘲地笑了笑,"我现在回想起来,刚来邵府的时候,每天画画、上学、吃饭,生活真是幸福。"

"现在不幸福吗?"子欣怅然道,"跟着我,委屈你了。"

"不,我很幸福,"凤仪道,"只是再也不能像孩子一样,无忧无虑地生活了,"她叹了口气,用力动了动肩膀,"以后,我们只能靠自己了,还有安安和石头们,他们还要靠我们,我们要尽量让他们生活得无忧无虑,还在实现我们自己的理想,"她看了看子欣,"你呢,是不是也很委屈?"

"我有什么委屈的,"子欣道,"是我做得不好,才会让你这么担心。"

"不要担心,"凤仪道,"一切都要结束了,一切都是新的开始,"她突然站起来,"袁先生,很快我们就要离开上海了,你是不是请我去外面吃顿好吃的?"

"好啊,"子欣见她大有振作之态,笑问,"想吃什么?"

"德兴馆,"凤仪笑道,"那儿的糟钵头最好吃了!"她忽而想起这也是杏礼最爱吃的饭馆,他们和液仙、杏礼、美莲、道德在那儿度过不少好时光,心微微一沉,但她还是笑容满面,不想露出惆怅之态。子欣也打起精神,夫妇二人将孩子安排好,换衣服理头发,容光焕发地出了门,子欣又打电话约液仙,液仙知他二人不久即将远行,忙里偷闲,赶来吃了一顿晚饭,他本就是极乐观坚强的人,从无疲惫之态,这顿饭有了他,虽不能说极尽欢乐,却也是高兴非常。凤仪一时兴起,还喝了两杯酒,一时脸红心跳,汽车也不坐,与子欣坐了辆三轮车,摇摇晃晃地回到邵府。

阿金打开大门,一见她便低声道:"小姐你可回来了,杏礼小姐在等你们呢。"

听见杏礼的名字,凤仪的酒醒了大半,她走进客厅,只见杏礼穿着一件黑色暗金长旗袍,一直垂至脚面,大约旗袍下摆太长,她穿了一双极高跟的皮鞋,越发显得高挑了,连日吸食鸦片使她消瘦了不少,即使竭尽全力地化了妆,脸上仍不免露出一些沧桑之感。在客厅顶灯的照射下,人,还是一个美人,只是,凤仪不知为什么,忽然想起了刘雅贞,杏礼现在的模样,和雅贞姑姑伤心之时,倒有一两分神似。

杏礼见凤仪盯着自己,冷冷地笑道:"怎么,我变了?"

"她喝了点酒,可能醉了,"子欣在旁插话道,"凤仪,你不请杏礼去楼上坐?"

"不必了,"杏礼道,"我出来很久了,马上要回去,你送送我吧。"

凤仪默默看着她穿上外套,跟着她走出了邵府,子欣不放心,又不便

— 507 —

阻拦，示意阿金远远地跟着。此时天色已晚，马路上亮着昏白的灯光，行人与车辆都很少，凤仪看见一高一矮两个曲线分明的人影在地上拉出长长的影子，不禁微微笑了。

杏礼奇怪地看看她："你高兴什么？"

"看见高兴呗，"凤仪借着酒劲嗲道，"你这个小宝货。"

这个词一直是杏礼骂她时常用的，如今她这样说出来，杏礼觉得心微微一动，不免热了一两分，她轻轻叹了一声，道："你爸爸出家之前来找过我。"

凤仪停住了脚步："你说什么？"

"他告诉我杨练已经死了，还告诉我他给我算过命，我现在是时运不济，不久就会时来运转，而且会离开上海。"

"离开上海，你去哪儿？"

"他说我的时运在南方。"

"南方，"凤仪看了看四周，"我们现在在北方吗？"

"他说的南是广东那边的南，"杏礼冷笑一声，道，"他说对了，我是要走了，去南方。"

凤仪现在完全清醒了，她郑重问："你要去哪儿？"

"香港，"杏礼无所谓地撇了撇嘴，"有个男人要娶我，他说是我的影迷，很有钱，但是提出结婚后要我跟他去香港，"她居高临下地看着凤仪，"我答应了。"

"那，"凤仪半晌问，"孩子怎么办？"

"你不就是怕我弄坏你哥哥的骨血吗？"杏礼不屑地道，"孩子我给你，你爸爸也说，她有些克我，我们母女分开比在一起好，"她皱起眉，望着凤仪，"不是说出家人不打诳语吗，怎么你爸爸也可以胡说八道？"

"杏礼，"凤仪不知说什么，觉得爸爸为了她和哥哥这样去做，实在是件很心酸的事情，她拉住她最好的朋友，"我从来没有怕你坏了哥哥的骨血，你是哥哥最爱的女人，我只希望你好好的，如果你愿意去香港重新开始生活，我当然很高兴，如果你愿意带上孩子，我更高兴，只要你不抽鸦片，活得高高兴兴的。"

"他不怕我抽鸦片，"杏礼冷冷地道，"我也不想带上孩子，你爸爸说得没有错，我不喜欢这个孩子，你知道为什么吗？"

凤仪惊诧地摇摇头。

"她长了和你哥哥一模一样的眼睛，"杏礼的声音在夜晚听起来，就像从牙缝中挤出来的，"又冷又没有感情，就像冬天的湖水，每次我看到她，就像看到你哥哥，我居然会迷上那样一双眼睛，我真是蠢透了。"

凤仪如醍醐灌顶般惊醒过来，难怪她一直觉得孩子和哥哥长得像，其实那小囡的五官没有一处是哥哥的，但是她的眼神，只有哥哥才有那样的眼神，她脑袋里像放电影一样，闪现出小姑娘平常笑或哭的模样，没有错，不管她脸上的表情如何丰富，她的眼神一直是没有变化的，平静得像永远不起波澜的湖水。

她突然感受到杏礼内心的痛苦，这种痛苦是无法用言语可以说明的，她拉住杏礼的手，一句话也说不出来。杏礼嘶哑着嗓子道："我这一生多少人为我付出，我却从没有珍惜过，我为了他，可以息影可以去做别的事业，只想和他有个家庭有个孩子，他却违背了诺言，我不管他杀人是什么理由，"她猛地停住，冰冷地，用抑扬顿挫的声音道，"就算四万万中国人全部感激他，我也恨他，就算四万万中国人全部以他为荣，我也恨他！"

她的声音听起来万分痛楚："我不想再想到他，再和他有什么联系，我也不想要我和他的孩子，这个小囡就交给你，"她看着凤仪，"你好好教育她，不要让她像我这样，女孩子太漂亮了不是什么好事情。"

"杏礼，"凤仪半晌才说出一句，"你放心。"

"我一直没有给她起大名，就是不知道她父亲还能不能回来，"杏礼道，"你答应我一件事情？"

— 509 —

凤仪赶紧点点头。凤仪道,"你答应我让孩子跟袁子欣姓,我不想让她觉得,她是送到别人家收养的,你要答应我,让她就像亲生女儿一样,在你们家生活,将来她想知道我们的事情,你再告诉她,她不想知道,就一辈子不要再提了。"

"我答应你,"凤仪道,"我答应。"

"她的名字我起好了,"杏礼道,"我和杨练都姓杨,你们家女儿叫袁依,她就叫袁杨吧。"

"好,"凤仪道,"就叫袁杨。"

"行了,送君千里终有一别,你不要再送了,明天我让人把孩子送来,我不久也去香港了。"

"杏礼,"凤仪不放心地道,"那个影迷怎么样啊?"

"他原来一直在找我,我几次都没见他,后来康凯蒂又请我吃饭,介绍他给我认识,至于身份李威都查过了,是个老实人,"杏礼微微冷笑,"上海滩这个地方,多少人可以翻手为云覆手为雨,今天你来明天我往,醉生梦死,乱哄哄一片,我算是看透了,我也累了,"她看着凤仪,"我不想知道这件事情的内幕,我只知道这个男人真心喜欢我,他愿意娶我,我就够了。"

"杏礼,"凤仪道,"如果你觉得这件事情很为难,你没有必要去香港,你可以跟我去美国。"

"算了吧,"杏礼道,"你什么时候才能长大?我去美国干什么,我这样挺好,你别送了。"她微一扬手,不远处一辆三轮车飞快地踩了过来,她优雅地登上车,坐稳之后道,"你把孩子带好,我就很感激了。"

凤仪的手还保留着刚才的姿势,她的再见没有说出口,杏礼已经示意车夫蹬车,三轮吱溜溜一响,便在夜色中朝前飞奔而去,凤仪痴呆呆地看着,心中已乱成一团。这时,阿金从背后赶了上来,喊:"小姐。"凤仪这才回过神来,轻轻嗯了一声,阿金见她神色委顿,路灯下双颊惨白,忙扶着她回到邵府,凤仪回去后便头痛欲裂,喝了点汤水后便睡下了,第二天一觉醒来,已经天光大亮,阿金告诉她,杨家的女仆把孩子送来了。

凤仪没有半点愉悦之情,她连忙起身,披衣下床,简单漱洗后来到楼下,女仆抱着孩子站在客厅中,旁边放着一只大箱子,全是小囡的东西。那孩子见到凤仪十分高兴,伸手要抱,凤仪觉得心中酸楚,赶紧伸手抱过她。突然,女仆翻身跪倒在地上,泣道:"袁太太,你行行好,把我也带到美国去吧。"

"你这是干什么,"凤仪惊诧地道,"为什么这般说?"

原来那女仆在上海无亲无故,老家的母亲也过世了,已是孤身一人,她在杏礼处干了四年,孩子自出世之后便是她带,已是情同母女,杏礼又要远去香港,她与凤仪打交道久了,知道这个东家不错,便决心求她一次。凤仪见她这般说,想想自己带四个孩子在身边,石头固然可以照顾自己,还有小石头和安安,如今又多了小袁杨,多个帮手也是求之不得,当下便应允了,让她留在邵府。

阿金见那女仆可以跟凤仪去美国,好生羡慕,她也知道自己一家人,不可能跟着凤仪走,何况去美国也是大有风险,当下没有作声。那袁杨本就和凤仪阿金熟识,来了邵府之后竟也不害怕,与安安在一起玩儿也不打闹,真是十分奇怪。两个石头见来了一个粉琢玉雕洋娃娃一般的妹妹,自是高兴非常。大石头待她和安安没什么不同,小石头见她比安安漂亮许多,又是收养来的,大起亲近之心,可惜袁杨却不喜欢他,他每每逗弄小姑娘便哭闹不止,必惹得阿金一顿臭骂。

子欣见袁杨聪明可爱,又是杨练遗孤,自是十分疼爱,两个人觉得袁杨有些生硬,因她每次出门,必惹得众人叫她小美人,两人索性给她起了个小名叫美美,阿金与石头都觉得这个名字比袁杨好,一家大小"美美""美美"叫个不停。美美自来邵府之后,有小朋友陪伴,又有凤仪与阿金照顾,气色大好起来,越发白里透红,让人喜爱。那女仆回家与杏礼说了要跟着凤仪去美国之事,杏礼索性将她直接打发到邵府,凤仪知道她其实是不放心女儿,让女仆跟着,袁子欣见女仆办事小心谨慎,性格也很老成,便很赞成雇用她同去美国,这样路上孩子们也多了人照顾,到了芝加哥凤仪白天去上学,孩子也有人管了。

元泰的产业股,属于邵元任的,已转入子欣与凤仪名下,而子欣名下的营业股,全部转给了刘庆生与康凯蒂。果然不出邵元任所料,康凯蒂在冬天进入元泰,重新执掌大权,负责元泰所有的管理,这边儿家里面凤仪与阿金将所有的东西清理清楚,一些画和要用的东西先打包好了,寄往美国芝加哥的教授处,有些子欣少不了用的东西又寄往纽约,一些不用的东西又送予阿金和小卫,又从厂拉来废弃的布匹,准备临走时盖在家具上。如此折腾过新年,凤仪一家真的要远行了。

临行前的头一个晚上,凤仪与阿金将布匹盖在客厅的沙发、落地钟、书房的茶桌书橱等东西之上,子欣还未回来,二人正在忙碌,小卫说,有个和尚求见。

凤仪心中一喜,难道是爸爸?她急忙放下东西,赶到门前一看,原来是个小沙弥,他将一封信递给凤仪,说是净明法师让他送来的,放下信他也不愿逗留,匆匆告辞了。凤仪拿着信进到书房,用剪子轻轻打开封口,取出信。这是一封用毛笔写就的书信,十分简短:

凤仪、子欣,明日远行,自当珍重。

当日我答应与雅贞合葬,他年我圆寂之后,望你们将我葬在雅贞近旁,我愿讲经礼佛,渡她于苦海,此事方丈已经应允。净明拜谢。

三五年元月,净明

信中还附了一个佛家的偈语,写着:

如露如电

如梦如幻

如真如假

如悲如辛

如是观

凤仪拿着信,心中大为感怀,爸爸把什么都安排好了,连将来与雅贞姑姑合葬一事都妥善安排,她知道不可能再见到他,至少,人生这几年不会再见了。她轻轻将门合上,第一次在书房的菩萨面前跪下,虔诚地磕了三个头,又朝着龙华寺的方向,恭敬地磕了三个头。她缓缓凝视着这书房中的一切,默默地与之道别。

第二天一早,一家人吃罢了最后一餐早饭,阿金将厨房打扫干净,想着在这儿干了二十多年,不禁滴下了眼泪,她拿出最后一块布,将餐桌盖上。小卫拿着行李,凤仪牵着大小石头,女仆和阿金分别抱着两个小囡,跟着子欣走出了邵府,子欣最后将院门锁上,落了大锁,小卫等将行李装上车,液仙也派了辆车来,于是前辆车放行李,坐着阿金与小卫,后一辆车坐着子欣一家,正待开车,忽然听见嘀嘀的喇叭声,凤仪回头一看,李威从汽车的驾驭座上走下来,穿着一件西式大衣,显得十分华贵。

"李威叔叔,"凤仪牵着大石头走过去,心中一阵感动,"你怎么亲自来了?"

"你要走了,"李威长叹一声,"我不能开车送送你,再说,你们是元泰的大股东,我也应该来啊。"

凤仪不禁笑了:"你开玩笑了。"

"不开玩笑,"李威将一个信封递给石头,"好孩子,拿着这个,叔爷爷给的。"

石头看着凤仪,凤仪问:"李威叔叔,这是什么?"

"你别管了,"李威道,"你到了那边要上学,这是我给孩子们的。"

"我不缺钱,"凤仪忙道,"您不用担心。"

"傻丫头,"李威道,"你不懂,在家千日好,出门一时难,没有钱防身,你走那么远,又人生地不熟,"他轻轻咳了一声,假作生气道,"赶紧叫孩子收了。"

凤仪听到这话,不禁心头一酸,忙稳住情绪,对石头道:"谢谢叔爷爷。"

"不谢,"李威对石头道,"去了国外你要好好照顾妈妈,还有弟弟妹妹们。"这时子欣也走上前来,李威看了看他,"袁老板,凤仪和孩子们就托付给你了。"

"你放心,"子欣道,"我们会很好的。"

"要是他欺负你,"李威对凤仪道,"打个电报回上海,我马上派人把你接回来,不管你走多远,去到哪儿,都要记得李威叔叔。"

"李威叔叔,"凤仪再也忍不住,红了眼睛,她没有想到,最后像亲人一样给她送行的,居然是李威,"你放心好了,我会好好照顾自己的,到了那边留学之后,我给你写信,还给你寄画儿。"

"好好,"李威大笑,"我一定出高价购买。"

"别说了,"这时康凯蒂在旁笑道,"他们出国发展,是好事情,你怎么说成这样。"

"李威叔叔、康小姐,"凤仪笑了,"这么多年也改不了口了,你们也保重。"

"你放心好了,"康凯蒂道,"有他在,什么事情都没有,邵府和元泰,我们都会关照的。"

一行人见时候不早,赶忙上了车,等到了码头,液仙夫妇还有连夜从无锡赶来了刘庆生夫妇,都在码头候着呢,此时千言万语也不知说些什么,彼此都只能叮咛"保重、放心"等等之类,凤仪东张西望了一番,没有见到杏礼,不禁心下怅然,子欣了解她的心意,也不催她上船。这时液仙走了过来,他看着凤仪和子欣,一个是少年时代就相熟的异性好友,一个是志趣相投、互相了解的合作伙伴,现在,他们一同离开上海,让他

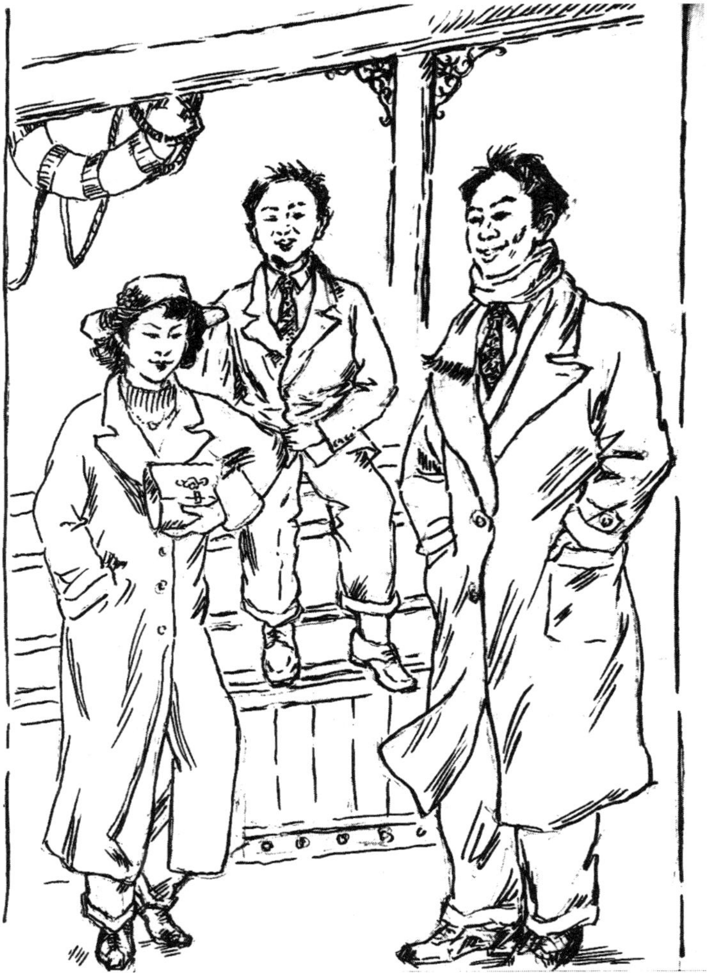

既伤感又振奋。子欣清楚他的脾气,和他轻轻拥抱之后,道:"液仙,你在上海要万事当心,不要小看了那些人。"

液仙呵呵一笑:"他们有本事,就在商业上打垮我,靠那点小手段,我是不会害怕的。"

听他这样说,凤仪忍不住轻轻道:"液仙,你……"她只觉许多话哽在心头,一句也说不出口了。

"我什么?!"液仙笑道,"你现在可是四个孩子的娘,责任比我重多了。"

凤仪知他素不喜欢软弱,微微一笑:"那你可要加油了,至少要生八个。"

液仙大笑起来,凤仪又道:"你在国内,如果杏礼有什么需要帮忙的……"液仙轻咳一声,神色凝重地点了点头。李威见他们在与液仙告别,便拉着石头叮咛几句,这孩子越长越端正,浓眉大眼,让李威越看越爱。液仙上前摸了摸石头的脑袋。"干爹!"石头喊了一声,液仙道:"你是长子,又是长兄,到了美国要帮助爸爸妈妈照顾弟弟妹妹,自己好好学习。"

"您放心吧,"石头道,"我会的。"

"嗯,"液仙将伤感埋于心底,笑道,"我们石头是个男子汉,干爹相信你。"

"干爹,叔爷爷,"石头看着二人道,"你们也好好保重,我到了美国给你们写信。"

李威呵呵一乐,液仙微微一笑,凤仪听儿子说出这般老成的话来,不禁心头一酸,忙低头将眼泪含住了。康凯蒂站一旁,冷眼看着子欣,十多年风雨过去了,他老了不少,但还是那个模样,一双眼睛似笑非笑的,她觉得一丝惆怅掠过心底,瞬间就被她止住了,她是不会做这种选择的,抛下上海的一切前往美国从头开始,何必呢,袁子欣和邵凤仪就是从小吃的

— 515 —

苦太少,所以才分不明理想与现实的差别。

她挽着李威的胳膊,再一次与子欣、凤仪告别。凤仪见她穿着西式大衣,披着时髦的大波浪,既有豪门少奶奶的派头,又有公司女老板的精干,不禁朝她一笑,康凯蒂也回了她一个微笑。虽然凤仪不喜欢她的现实,她亦不明白凤仪的理想主义,不过此时二人都觉得对方是个坚强的女人,暗自欣赏起来。这时登船的人越来越多了,码头上也混乱起来,实在不能再拖了,众人一起催促起来,凤仪与子欣忙携子抱女,跟着人流登上了轮船。上船之后,只见满船的人都挤在船舷边向船下的亲朋好友挥手致意。凤仪将小石头与两个小囡交给女仆看着,领着石头跟在子欣后面也挤了上去,好不容易挤到了船舷边,朝下一望,一眼便看见密密麻麻的人群中,一群黑帮子弟圈在李威等人周围,硬生生挤出块宽敞的地方,李威与康凯蒂、液仙夫妇、刘庆生夫妇、阿金与小卫都站在圈内向上张望。

此时天气甚凉,挤在人流中的凤仪额上微微冒出了汗水,她灵机一动,从颈上解下围巾,拼命朝他们挥手,一时船下的人也看见了,也朝他们挥手,这时只听笛声飞扬,在上海滩头发出既苍凉又深远的声响,船上船下的人知道分离便在此刻了,不免大乱起来,有叫有哭的、有昏晕在船上船下的,凤仪只觉脸上一阵冰凉,伸手一摸,全是眼泪。

这时,她觉得船开始离岸了,巨大的船身离坚固的石岸渐渐远了,露出黄澄澄一截江水,那水的面积越来越宽,越来越阔,终于与所有的江水连成一片,变成滔滔的江水。凤仪远眺着岸边的人们,只能看清他们一个大概的轮廓了。突然,她望见岸边一处站着一个穿着红色大衣的女人,因为离得太远,她实在看不清楚,可是在那么多人之中,能让人一眼看中的,能这样站立着,充满了绰约风姿的,除了杏礼还有谁呢?

她朝那个红衣女人努力地挥舞着围巾,却得不到任何回应,子欣还以为她向液仙等人挥手告别,她告诉子欣是杏礼,子欣远远地看了,觉得认不清楚。他了解第一次远离国土的人的心情,也不便说破,由着她发散心情，慢慢地，岸边的人都成了小小的一个点，什么也看不出了，船舷上的众人也已散去，忙着寻找各自的舱位，安放行李，处置各种事物。凤仪站在船边上，望着逐渐远去的上海，伸手摸着被水面上的凉风吹得发木的脸蛋，真是觉得又悲又辛，又喜又怨，一时多少情绪全部涌上心头，良久，她问子欣："我们真的要去美国吗？"

"是啊，"子欣伸手搂住她，"你说好不好？"

她从女仆手中抱过安安，牵过小石头，见美美眨着眼睛，一派天真烂漫，便笑着问："你们说好不好？"

"好！"小石头见离了上海，又是坐船又是这么多人，兴奋地道，石头见妈妈重新高兴起来，忙道："好！"安安与美美不知何事，也高兴地笑了起来。

凤仪看着丈夫与孩子，像个即将闯荡世界的孩子，笑道："你们说好就好，"她笑着对子欣道，"赶紧告诉美国，我们来了。"

子欣乐了："美国才不会管呢，"他第一次这样远渡重洋，带着妻子儿女，他感觉既满足又幸福，不禁道，"我现在感觉像个富翁。"

凤仪听懂了他的意思，微微笑了起来，她再次看了看远去的上海和滚滚的江面，心中暗道：管你是一个世界还是两个世界，我只想告诉你们，我的世界在我的手中。

她笑了笑，将美美也抱了过来，于是她抱着两个女儿，子欣牵着两个儿子，女仆拿着行李，一行人向船舱走去。

全书完

2007 年 8 月 31 日

附录一:《琉璃时代》注释

[1] 南洋劝业会:清宣统二年(1910年)在南京举办的"南洋劝业会",是中国近代史上第一次举办的大型物产博览会。光绪三十年(1904年),南洋华侨张振勋回国后到北京,向清朝廷捐赠20万两白银,并向慈禧太后诉说政府需大力支持工商业,以富国强民,慈禧太后以为然,命有关官员与张振勋商议办理劝业会,直到宣统二年,南洋劝业会方在南京召开。

[2] 兜顺风:江湖黑话,即为顺道的意思。

[3] 一枝花:江湖黑话,指女孩。

[4] 好老妈:江湖黑话:指女匪。

[5] 洪门:洪门是中国源于明末清初的一个秘密组织。1903年冬天,孙中山在叔父钟水养介绍下加入了檀香山致公堂。这天同时拜盟的有六十余人,就在国安会馆(同兴公司举行入盟礼节。并由主盟人封孙中山为"洪棍",洪门称"元帅"为"洪棍")。据传当时加入洪门的会员名册,现保存在檀香山。

[6] 青帮:中国近代秘密会社,又称清帮、安清帮。传说最早源于明代的民间宗教罗教。最初分布于北直(今北京密云一带)、山东等地,后来沿运河发展到江苏、浙江、江西等地区。其门徒主要在运河沿岸各地运输漕粮为业,

又称粮船帮或粮帮。1726年（清雍正四年），由翁雍等组织南北运河的船夫为清政府承办漕运，遂称清帮，又称潘门或潘家。

[7] 一口钟：一口钟又名斗篷。为无袖、不开衩的长外衣，满语叫"呼呼巴"，也叫大衣。有长短两式，领有抽口领、高领和低领三种，男女都穿，官员可穿于补服之外，但蟒服不许用。行礼时须脱去一口钟，否则视为非礼。妇女所穿一口钟，用鲜艳的绸缎作面料，上绣文彩。里子讲究的以裘皮为衬。

[8] 竖爱司头：民国初年，女子发饰不断转变，有模仿日本妇女梳发的，称为横爱司头、竖爱司头。民初随男子剪发后，女人也兴起一股剪发热潮，后又重新梳发，到1923年左右又开始流行剪发，30年代后流行烫发，有的时髦女子还把头发染成红、棕、褐等颜色。

[9] 龙华寺：龙华寺是上海地区历史最久，规模最大的古刹，距今已有1700多年历史，按佛经上弥勒菩萨在龙华树下成佛的记载而定名为龙华寺。现今龙华寺的殿宇大部分属清同治、光绪年间的建筑，并保持了宋代伽蓝七堂制的格式。天王殿两侧有钟楼和鼓楼，钟楼高3层，最上层中悬有清光绪二十年铸造的青龙铜钟，"龙华晚钟"也是昔日的"上海八景"之一。

[10] 拆白党：二十年代活跃在上海的拆白党可不是什么政治派别，虽有男、女党之分，但干的却都是相同的勾当。灯红酒绿之处是其活动场所，豪门富户的妇女是其作战对象，其战略战术类似于游击战，经常更换姓名、住址和转移战场。拆白党首先是自然条件要好，必须长得眉清目秀，能讨妇女欢心者；其次要有伶牙俐齿，办事机警，既能甜言蜜语地哄骗，又能在紧要关头随机应变。

[11] 长三：比书寓妓女略低一级的高级妓女，名称来自中国牌九牌里的"长三"，意思是客人只要付给这类妓女3元钱，就可以叫她出局应堂差，如果再付3元，就可以让她留宿陪夜。

[12] 文明新装：随着第一次世界大战的爆发，西方女权主义运动开始萌芽，不少妇女尝试一直是男人在做的工作，开始穿长裤、剪短发。这股风潮与席卷中国的"新文化运动"合流，中国女性在追求科学、民主、自由风气的影

响下，纷纷走出家庭接受高等教育，谋求经济独立，追求恋爱婚姻自由。留洋女学生和中国本土的教会学校女学生率先穿起了"文明新装"——上衣多为腰身窄小的大襟衫袄，衣长不过臀，袖短及肘或是喇叭形的露腕七分袖，衣摆多为圆弧形，略有纹饰；与之相配的裙，初为黑色长裙，裙长及踝，后渐缩至小腿上部。这种简洁、朴素的装扮成为20世纪一二十年代最时髦的女性形象。

附录二:《琉璃时代》参考书目

《百年中国社会图谱——从长袍马褂到西装革履》 四川人民出版社
《目击中国一百年》 广东旅游出版社
《民国黑社会》 江苏古籍出版社
《民国春秋》2001 年全年合订本 江苏古籍出版社
《中国服装史》 中国旅游出版社
《中国性史图鉴》 时代文艺出版社
《吾国与吾民》 陕西师范大学出版社
《逝去的武林》 当代中国出版社
《民国野史》 云南人民出版社
《民国政治谋杀案》 群众出版社
《中国人德行》 新世界出版社
《民国洋房》 团结出版社
《民国商业》 团结出版社
《民国电影》 团结出版社
《民国时尚》 团结出版社

《民国名媛》 团结出版社

《民国生活掠影》 沈阳出版社

《文化人的经济生活》 文汇出版社

《海上旧梦影》 上海人民出版社

《老上海十字街头》 上海文艺出版社

《上海金融的现代化与国际化》 上海古籍出版社

《一代报人王芸生》 长江文艺出版社

《近代上海的公共性与国家》 上海古籍出版社

《上海警察1927—1937》 上海古籍出版社

《1927—1937年的上海——市政权、地方性和现代化》 上海古籍出版社

《上海的外国人——1842—1949》 上海古籍出版社

《上海妓女——19—20世纪中国的卖淫与性》 上海古籍出版社

《海外上海学》 上海古籍出版社

《魔都上海——日本知识人的"近代"体验》 上海古籍出版社

《上海特工战》 上海书店出版社

《沪语盘点》 上海文化出版社

《丽人行——民国上海妇女之生活》 古吴轩出版社

《上海美食百年老店》 上海辞书出版社

《近代上海黑社会》 商务印书馆

《霓虹灯外——20世纪初日常生活中的上海》 上海古籍出版社

《上海老洋房》 上海科学技术出版社

《孙中山与南京临时政府》 南京出版社

《南京国民政府内债问题研究》 南京大学出版社

《蒋介石幕僚的思想研究》 华文出版社

《南京商贸史话》 南京出版社

《南京的建筑》 南京出版社
《南京史话》 南京出版社
《民国南京——1927—1949》 文汇出版社

附录三:《琉璃时代》网络参考:

国学网——中国经济史论坛 http://www.guoxue.com/economics/
近代中国研究 http://jds.cass.cn/
上海档案信息网 http://www.archives.sh.cn/
上海市地方志办公室 http://www.shtong.gov.cn/
中国纺织行业网 http://www.cttu.org/
中国服装网 http://www.cnga.org.cn/
中华商务网 http://www.chinaccm.com/
白鹿书院 http://www.oklink.net/
中国第二历史档案馆 http://www.shac.net.cn/cn/jingpin.sp